# EN EL AMOR Y EN LA GUERRA

# ILDEFONSO FALCONES

# EN EL AMOR Y EN LA GUERRA

Grijalbo

Primera edición: marzo de 2025

© 2025, Ildefonso Falcones de Sierra
© 2025, Bastaix del Mar, S. L.

© 2025, Penguin Random House Grupo Editorial, S. A. U.
Travessera de Gràcia, 47-49. 08021 Barcelona
© 2025, Penguin Random House Grupo Editorial USA, LLC.
8950 SW 74th Court, Suite 2010
Miami, FL 33156
© 2025, Pepe Medina, por la imagen de portadilla
© 2025, Ricardo Sánchez, por los mapas del interior

La editorial no se hace responsable por los contenidos u opiniones publicados en sitios web o plataformas digitales que se mencionan en este libro y que no son de su propiedad, así como de las opiniones expresadas por sus autores y colaboradores.

Penguin Random House Grupo Editorial apoya la protección de la propiedad intelectual y el derecho de autor. El derecho de autor estimula la creatividad, defiende la diversidad en el ámbito de las ideas y el conocimiento, promueve la libre expresión y favorece una cultura viva. Gracias por comprar una edición autorizada de este libro y por respetar as leyes del derecho de autor al no reproducir, escanear ni distribuir ninguna parte de esta obra por ningún medio sin permiso previo y expreso. Al hacerlo está respaldando a los autores y permitiendo que PRHGE continúe publicando libros para todos los lectores. Por favor, tenga en cuenta que ninguna parte de este libro puede usarse ni reproducirse, de ninguna manera, con el propósito de entrenar tecnologías o sistemas de inteligencia artificial ni de minería de textos y datos.

Impreso en Colombia - *Printed in Colombia*

ISBN: 979-8-89098-353-4

25 26 27 28 29    10 9 8 7 6 5 4 3 2 1

*A Arnau Estanyol*

PRIMERA PARTE

# Lealtad e inocencia

# 1

*Nápoles, 2 de junio de 1442*

Probablemente desde que Parténope se ahogara en la bahía de Nápoles luego de que Ulises resistiera los cantos tan seductores como peligrosos de las sirenas, la ciudad ya se hallaba plagada de manantiales que, con el tiempo, configuraron la extensa e intrincada red de túneles y acueductos que horadaban su subsuelo.

Arnau, veinticinco años, conde de Navarcles y de Castellví de Rosanes, general de los ejércitos del rey Alfonso de Aragón, armado con la espada que en tantas ocasiones enarbolara su padre, el almirante Bernat Estanyol, avanzaba con sigilo por uno de aquellos acueductos a la luz de las antorchas procurando evitar el entrechocar de sus demás pertrechos: armadura, celada, espuelas... El joven militar encabezaba una línea de varios oficiales y dos centenares de soldados, la mayoría de ellos ballesteros, que transitaban en tensión, todos armados, chistándose unos a otros ante el menor ruido y exigiéndose silencio mediante gestos mientras, atentos a las aguas que corrían a sus pies, se ayudaban para no resbalar con el limo y reprimían el impulso de patear a las ratas que chillaban sorprendidas entre sus piernas.

Por delante de Arnau andaba Paolo, un muchacho napolitano de quince años que cada pocos pasos volvía la cabeza con vacilación para comprobar lo que ya sabía: que el ejército aragonés los seguía. Entonces sus dientes brillaban al resplandor de los titilantes haces de fuego en un rostro demacrado fruto de la miseria, él delgado, sucio, vestido con harapos, los pies descalzos y las piernas enfangadas hasta las rodillas. Paolo guardaba silencio también y, con tímidos gestos de las manos, instaba a Arnau y a los demás a apresurarse conforme los guiaba a través de aquel ignoto universo subterráneo.

—¿Tú crees que este crío sabe adónde nos lleva? —había oído Arnau cómo dudaban sus oficiales.

—Yo no estaría tan seguro —se quejó uno de ellos.

—No deberíamos fiarnos —terció otro.

—¡Silencio! —les exigió él.

Arnau necesitaba confiar en aquel joven apocado porque el rey Alfonso lo había hecho cuando, acompañado por su madre, Orsolina, una panadera agraviada por la administración angevina del rey Renato de Anjou, Paolo había indicado al monarca, con voz trémula y las manos agarradas ante sí, cómo llegar al interior del recinto amurallado.

—Siempre ha correteado por ahí abajo —explicó la panadera cuando el rey y sus oficiales sopesaron en silencio las palabras del muchacho—. Su padre era albañil..., trabajaba en el cuidado y la reparación de los acueductos —añadió para justificarlo.

Desde que la reina Giovanna II de Anjou, de carácter caprichoso y voluble, nombrara heredero del reino de Nápoles a Alfonso V de Aragón en el año 1421 y este entrase triunfante en la ciudad, para ser desheredado tan solo dos años después, habían transcurrido veintiuno de guerras y conflictos con los franceses.

En 1432, Alfonso había abandonado definitivamente sus demás dominios: los reinos de Aragón, Cerdeña, Sicilia, Valencia y Mallorca, así como el principado de Cataluña, para centrarse en la conquista del mayor de los reinos de la península itálica: Nápoles. Durante diez años, los catalanes —así los llamaban los napolitanos de forma genérica y despectiva— habían guerreado contra los franceses por apoderarse del reino, unos y otros aliados con príncipes y nobles napolitanos y condotieros italianos, muchos de ellos mercenarios que cambiaban de bandera con una naturalidad exasperante, aunque también tuvieron que hacerlo contra el papa Eugenio IV, contra los genoveses y contra Francesco Sforza, señor de Ancona, todos contrarios a que el aragonés conquistara un reino de la importancia y las dimensiones del de Nápoles. Aquel año de 1442, después de muchas victorias a lo largo de tan vasto territorio, Alfonso puso asedio a la capital, que resistía orgullosa y estoica tras sus murallas con la ayuda marítima de los genoveses, cuyos barcos fondeaban cargados de provisiones en la magnífica bahía al pie del Vesubio.

En ese momento, todavía en silencio, el rey se frotó el mentón ante la expectación de sus generales, con la mirada clavada en aquel muchacho tembloroso y encogido que, arrimado a su madre, buscaba con ese contacto el apoyo de una mujer tan amedrentada como pudiera estarlo su hijo. Alfonso y su ejército permanecían acampados en Campovecchio, en la llanura que se extendía frente a la puerta Capuana y las inexpugnables murallas de Nápoles, y aquel joven le estaba ofreciendo la posibilidad de lograr el triunfo que no obtenía ni por hambre ni por fuego.

El sol embebido del Mediterráneo que acariciaba a aquellos soldados aguerridos auguró el éxito.

—Sea —sentenció el rey.

La noche del segundo día de junio, Arnau y sus hombres se introdujeron por el pozo del jardín de una casa situada extramuros y recorrieron uno de los acueductos que llevaban el agua a la ciudad. Al nivel de las murallas, toparon con un muro que impedía el paso de las personas. Lo desmontaron con sigilo, piedra a piedra, arañando con cuchillos y lanzas en lugar de picar. Resultó laborioso, aunque no difícil. Franqueado el obstáculo, discurrieron por debajo de las murallas hasta llegar a la altura de las torres de la Carbonara, superar la pequeña iglesia de Santa Sofía y terminar en la antigua puerta del mismo nombre. Allí, Paolo trepó con agilidad por las paredes del pozo que se abría al patio de otra casa. En la oscuridad, lanzó la soga que rodeaba su torso y que luego sustituyeron por unas escalas de barco para que los soldados aragoneses ascendieran a cielo abierto.

Se produjeron malentendidos. Quienes tenían que avisar al rey Alfonso para que atacara no lo hicieron por miedo o por error. Renato fue advertido de la anómala cercanía de su enemigo en el descampado y corrió a defender aquel lienzo de muralla. El aragonés desistió convencido de que la expedición nocturna había fracasado y se retiró. El francés se creyó victorioso e hizo lo propio a la ciudadela. No obstante, alguien logró avisar al rey Alfonso de que Arnau estaba dentro, por lo que rectificó y atacó con un ejército compuesto por nueve mil efectivos entre caballeros, infantes y ballesteros, sorprendiendo a los asediados. Arnau y los suyos salieron de la casa a la que habían accedido por el pozo, así como de otras vecinas que tuvieron que ocupar dado su número, y asaltaron parte de la muralla y una torre cercana a Santa Sofía.

Los angevinos se ensañaron en aquella torre y en los lienzos de muralla que partían de ella, y la bombardearon y asaetaron con denuedo. Los ballesteros aragoneses respondieron al ataque desde el interior del bastión mientras Arnau en el adarve, espada en mano, al mando del resto de los soldados, trataba de detener la avalancha de franceses encaramados a las murallas.

—¡Seguidores vencen! —gritaba el catalán el lema del rey Alfonso a la par que arremetía con su arma. Saltaba y se movía con agilidad pese a la estrechez del camino de ronda, rechazando enemigos, desviando el golpe de las lanzas con las que arremetían contra ellos e hiriendo a los angevinos.

—¡Seguidores vencen! —resonó el grito de guerra en boca de unos hombres que cada vez caían en mayor número.

Muchos soldados aragoneses, desde el exterior, intentaban escalar el muro para acudir en ayuda de Arnau y los suyos, pero el grueso del ejército se dirigía a tomar la puerta de San Gennaro, la más antigua de la ciudad, por lo que la situación en la torre de Santa Sofía se hacía insostenible.

Poco a poco, Arnau y los hombres que lo acompañaban en el adarve, muchos heridos y ensangrentados, se vieron forzados a retroceder ante el creciente número de franceses que los atacaban.

—¡A la torre! —ordenó Arnau—. ¡A la torre!

Él mismo caminó hacia atrás con la espada en ristre. Las saetas de los franceses silbaban a su alrededor, y algunas se estrellaban contra su armadura cuando tropezó y a punto estuvo de caer de espaldas.

—¿Qué...! —exclamó al tiempo que recuperaba el equilibrio—. ¡Fuera de aquí! —ordenó a Paolo, con el que había topado cuando este gateaba entre los soldados.

—¡Los de la torre necesitan saetas! —objetó el muchacho, que se deslizó con absurda prudencia a ras de suelo hasta casi quedar en tierra de nadie en el adarve, entre franceses y aragoneses, para atrapar un par de flechas caídas.

Arnau interrumpió su retirada y lo protegió.

—¡Fuera de aquí! —chilló al ver cómo los primeros soldados angevinos se recuperaban de la sorpresa de descubrir a un joven que reptaba entre los contendientes y, tras unos instantes de duda, arremetían de nuevo.

Paolo obedeció con ligereza, portando un buen haz de saetas con las que abastecer a los ballesteros aragoneses.

Se atrincheraron en la torre y dispararon algunas flechas desde las troneras para defender las entradas desde el adarve, mientras soportaban el bombardeo de balas de piedra que iban resquebrajando los muros. En un momento de tregua, Arnau apretó con terror puños y mandíbula ante el gran número de bajas sufridas. No fue necesario recuento alguno; el estrago era notorio. Evaluó la situación y sopesó capitular ante la imagen de unos ballesteros que exigían a Paolo con gestos alterados que los surtiera de unas saetas de las que el chaval ya no disponía. No podía llevar a la muerte a más hombres; eran su responsabilidad, y la situación era crítica. Con los ojos todavía fijos en aquel muchacho que había arriesgado su vida en busca de armamento, se dispuso a dar la orden de rendirse, pero en ese instante Paolo cruzó una mirada con él y le sonrió con timidez.

—¡Seguidores vencen! —gritó entonces Arnau, y acudió raudo a una de las puertas de la torre en ayuda de sus hombres.

—¡San Jorge!

—¡Seguidores vencen!

—¡Por Aragón!

—¡Por el rey Alfonso!

Su propio clamor les impidió oír el mismo grito de guerra aragonés que atronaba ya en el interior de la ciudad de Nápoles. San Gennaro había caído. La ciudadanía napolitana, hastiada de la guerra y el asedio, no ofrecía resistencia alguna. Los angevinos huían y el rey Renato de Anjou se atrincheró en la ciudadela junto a los restos de su ejército.

Los aragoneses entraron a saco en Nápoles. Los robos y las violaciones de las mujeres se sucedían. El botín de guerra de la ciudad deseada durante veinte años se ofrecía exuberante. Mientras tanto, Arnau reprimía el llanto al pie de la torre a la vista de tantos aragoneses muertos en aquella empresa. Algunos de esos soldados pertenecían a su hueste, la que él pagaba y aportaba al ejército de Alfonso; los conocía, había combatido con ellos durante años, hombres valientes y fieles, recordó con la garganta agarrotada. Ordenó a algunos soldados que retiraran los cadáveres para darles cristiana sepultura y recibió miradas de rencor.

Arnau torció el gesto.

—¿Acaso creéis que su majestad va a permitir el saqueo de Nápoles? —les recriminó consciente de que el malestar que mostraban era fruto del retraso que les imponía.

Así fue, y la orden no tardó en llegar a través de trompeteros que recorrían la ciudad anunciándola a voz en grito: Alfonso de Aragón prohibía el saco de Nápoles y ordenaba la restitución de cualquier bien que hubiera sido robado a los ciudadanos. Arnau, como otros capitanes, fue requerido para vigilar el cumplimiento del mandato.

—Vamos —ordenó a sus hombres.

—Señor conde... —trató de detenerle uno de los pajes que habían acudido prestos a su encuentro tras el ejército aragonés—. Debería veros el cirujano —le aconsejó—. Estáis herido.

Los pajes acababan de quitarle de encima los veintisiete kilos que pesaba la armadura. Efectivamente, estaba herido. La punta de una lanza angevina había penetrado en su axila, allí donde la armadura se articulaba a fin de permitir la movilidad del brazo, pero entre la malla que cubría esa zona y el grueso jubón de algodón que llevaba por debajo de esta, el arma le había hecho poco daño. La experiencia le decía a Arnau que este era exiguo, por escandalosa que fuera la sangre que empapaba el jubón.

—Un arañazo —tranquilizó al joven con una sonrisa.

Su mozo de cuadras, que había acompañado a los pajes, le acercó a Peregrino, uno de sus caballos preferidos, napolitano, poderoso, grande, de remos fuertes, alazán tan brillante que al sol de aquella tierra mediterránea alcanzaba el colorado. Ahora, sin embargo, ataviado con el arnés de guerra, no era su pelaje lo que destellaba sino la testera, el collar, el caparazón y el petral, las flanqueras y las gruperas, todo ello de acero bien bruñido, incluso la montura, que cubrían al animal casi por completo. Arnau montó y se internó en una ciudad destruida por años de guerra y asedio.

El alboroto asolaba calles y edificios. Los soldados aragoneses continuaban con la rapiña pese a las órdenes de sus oficiales, quienes requisaban todo aquello que les encontraban encima. Los trompeteros aragoneses pregonaban por doquier las órdenes del monarca, y los ciudadanos, animados por el perdón real, se quejaban del latrocinio y hasta llegaban a oponerse por la fuerza. Arnau suspiró. Alfonso era un rey generoso y magnánimo, pero los soldados tenían derecho al botín; Nápoles no se había rendido, sus gentes habían soportado el asedio y la conquista de la ciudad había requerido la muerte de muchos de sus hombres. Acababa de padecerlo. Se cruzó con algunos soldados que corrían cargados con objetos y que se detenían asustados ante su presencia. Todos conocían a Arnau Estanyol, conde de Navarcles, general del ejército aragonés.

—Sabed que el rey ha decretado que cesen los saqueos —les anunciaba entonces Arnau con tono monótono—. Restituid esos bienes a sus legítimos dueños —les conminaba sin detener a Peregrino.

La primera vez, pajes y soldados le avisaron de que los saqueadores le desobedecían y escapaban en cuanto los superaba. Arnau se encogió de hombros. En las siguientes ocasiones todos caminaron en silencio tras su capitán; Paolo, el último de ellos, retrasado unos pasos, sin atreverse a formar parte de la hueste del conde.

El callejeo llevó a la comitiva hasta los alrededores del castillo Capuano. Allí había menos bullicio; la fortaleza angevina todavía resistía el asedio de los aragoneses; el estado de guerra continuaba. Arnau requirió la presencia del capitán de aquellas fuerzas.

—No —le contestó el caballero al mando, un italiano al que el rey había premiado con una baronía, ante el ofrecimiento de Arnau—, no es necesario que nos ayudéis, conde. Todos saben de vuestra valerosa contribución para la toma de Nápoles y que estos franceses no tardarán en rendirse. Descansad. Disfrutad de vuestra victoria —le recomendó con una sonrisa sincera antes de inclinar la cabeza en respetuoso saludo.

Arnau y los suyos continuaron por las cercanías del Decumano Mayor, una de las tres antiguas calles que ya desde la época griega cruzaba la ciudad de este a oeste. A causa del asedio del castillo Capuano el barrio gozaba de cierta tranquilidad y solo algunos soldados se aventuraban por allí a riesgo de que reclamasen de nuevo su presencia en la zona de conflicto. Circulaban por los dominios del *seggio* Capuano, uno de los seis *seggi*, barrios o distritos en los que se dividía Nápoles. Con el rumor de los gritos y los cánticos de victoria envolviendo el ambiente, Arnau recorría la ciudad cuya conquista tanto esfuerzo y tantas penurias les había supuesto. No contemplaba nada en concreto, simplemente la olía, la escuchaba, se recreaba en el aire caliente y viciado que soplaba por las callejuelas y que acariciaba su rostro, dispuesto a sentirla, a conocerla como si se tratase de una mujer bella a la que hubiera seducido por primera vez. Los años de guerra pesaron entonces en sus miembros. El conflicto no había terminado; eran muchos los nobles y enemigos a los que todavía habría que vencer… o convencer, pero Nápoles acercaba la victoria definitiva en la contienda por el reino más vasto de Italia. Entre los dominios de Alfonso ya se contaba Sicilia, y con la conquista de Nápoles sería considerado uno de los príncipes más poderosos de Italia. España quedaba lejos, y los problemas con Castilla o los que le procuraban sus dominios peninsulares, es decir, Aragón, Valencia y sobre todo Cataluña, se diluían al cruzar el Mediterráneo. Los Balcanes se habían convertido en el nuevo objetivo de Alfonso: deseaba dominar el mar Jónico desde ambos lados de su costa.

Absorto en tales pensamientos, Peregrino se encabritó.

—¿Qué…! —gritó Arnau sorprendido, desplazado en la montura, a punto de caer al suelo.

Consiguió recuperar el equilibrio y el control del caballo para toparse con un par de soldados aragoneses paralizados delante de él. Habían salido corriendo desde un edificio en el momento en el que Arnau cruzaba.

—El rey ha ordenado que cese el saqueo —les advirtió al comprobar que portaban sacos abultados—. También ha mandado que se devuelva lo... —Evitó decir «robado». No robaban. Era la ley de la guerra—. Que se devuelva lo cogido.

Uno de los soldados, un hombre mayor, fuerte y con barba, se encogió de hombros.

—No hay nadie a quien devolvérselo, señoría. Nadie habita este palacio. Lo han abandonado. Si hacemos lo que nos pedís, vendrán otros... —añadió con gesto contrariado.

Por primera vez, Arnau se fijó en el edificio. Era un palacio napolitano similar a los de Gaeta o de los otros lugares que habían dominado los Anjou: un muro corrido de sillares de piedra que se extendía a lo largo del callejón con sencillas ventanas rectangulares, alineadas en tres plantas, con las jambas nervadas y una delicada cornisa coronando cada una de ellas. El portal de entrada era grande, aunque también relativamente simple: un arco rebajado, no como los catalanes, ojivales, recargados, sino en semicircunferencia, todo enmarcado por una simple ménsula rectangular. Las jambas eran como las de las ventanas, pero mucho más gruesas.

Arnau observó el patio interior que se abría tras el portalón: ninguna actividad.

—¿Dónde estamos? —preguntó sin dirigirse a nadie en particular.

Ninguno de sus hombres supo contestarle.

—En el *vico* Domenni —oyó desde atrás, donde permanecía parado Paolo. Arnau se volvió, escrutó al muchacho y lo animó a seguir con un gesto del mentón—. Este es el palacio de Francesco Domenni...

—Domenni —murmuró el conde catalán con la vista en la hilera de flores de lis esculpidas en la parte superior de la ménsula. Por encima de ella destacaba un gran escudo heráldico en piedra en el que aparecía el rastrillo en uno de sus cuarteles. Conocía perfectamente aquel emblema, lo perseguía desde hacía años. Era uno de los que componían el escudo de armas de los Anjou—. Entremos —ordenó pensando en aquel Domenni contra cuyos hombres se había enfrentado en numerosas ocasiones.

Franquearon el portal. Los cascos de Peregrino resonaron tranquilos en el suelo enlosado del patio del edificio, un lugar amplio e irregular debido a las construcciones que, con el tiempo, habían ido adosándose de forma algo caótica a lo que sin duda era el edificio principal. Allí, una escalera en piedra llevaba a su segundo piso, la planta noble. Como era usual en los palacios napolitanos, la escalera se integraba en la propia fábrica, de modo que no quedaba descubierta, al contrario que en los palacios barceloneses. Esto ocurría en el de Arnau de la calle Marquet, donde se iniciaba en el patio a través de una logia, una galería exterior techada con arcadas sobre columnas, abierta por dos de sus lados y que daba acceso a la escalinata que ascendía por el interior del edificio. Los muros y las ventanas que daban al patio eran tan sencillos como los exteriores.

Con los hombres todavía parados tras él, Arnau observó con más detenimiento: era grande y espacioso. Lamentó la falta de ornamentación y columnas que tanto embellecían las construcciones de su tierra natal, pero consideró aquel palacio suficiente para él, su familia, la servidumbre y sus hombres. El rey Alfonso perdonaría a los nobles napolitanos, lo sabía, lo habían hablado: los aragoneses necesitaban el apoyo de la nobleza feudal que controlaba la mayor parte de las tierras y los lugares del reino de Nápoles, pero aquel Domenni era cercano a Renato, francés, y se mantendría junto a él, en ningún caso podría permanecer en la ciudad.

Desmontó de un salto. Una punzada lacerante le recordó entonces la herida de su axila, pero evitó mostrar dolor o debilidad.

—Nos quedamos —anunció—. Peregrino necesita descansar. Quitadle los arneses. Claudio —se dirigió a uno de sus lacayos después de entregar el animal—, acude a Gaeta y trae a mi familia y mis pertenencias. Quiero una guardia permanente en la puerta —ordenó cuando ya se encaminaba a inspeccionar las dependencias del palacio—. ¡Ah! —Se detuvo de repente—. Buscad a un maestro cantero y que hoy mismo demuela el escudo de los Domenni y todas las flores francesas..., además de cuanto encuentre en piedra que ensalce a los enemigos de Aragón —agregó—. Preparad también unas jornadas de caza. Avisad a los monteros para que lo tengan todo dispuesto.

Mientras ascendía por la escalera de piedra, pensó en la caza. El rey estaría deseando ejercitarse en ella; no había dejado de practicar esa actividad ni en el más crítico de los episodios bélicos, por lo que ahora, tras la victoria, no tardaría en requerir su presencia. Quizá ya estuviera preguntando por él, y sonrió al imaginarlo. Alfonso era un apasionado de la caza, igual que Arnau, quien, además de general del ejército, ocupaba el cargo de montero mayor. El conde de Navarcles estaba satisfecho con aquel oficio que le permitía alejarse de las obligaciones cortesanas, desde la atención al rey en sus necesidades diarias, las misas y la tediosa administración, hasta las veladas musicales, las lecturas o las discusiones filosóficas que tanto promocionaba Alfonso. Mientras los demás bailaban, cantaban, recitaban poemas de amor o se entregaban al placer sin dejar de confabular y urdir todo tipo de artimañas para medrar en la corte, él disfrutaba persiguiendo cerdos y corzos por el monte, galopando con frenesí sobre Peregrino tras los perros que descubrían y acorralaban a la presa.

Paseó por las estancias del palacio. Sin duda Francesco Domenni no habría tenido tiempo para poner a buen recaudo sus pertenencias. El desorden evidenciaba que, además de algunos soldados aragoneses en busca de botín, como aquellos con los que se había cruzado, el propio Domenni debía de haberse llevado apresuradamente nada más que sus joyas y sus objetos de mayor valor. El resto —mobiliario, tapices, trajes y libros, vajillas y cristalería, vino incluso— todavía permanecía en la casa, cuya parte trasera se abría a un cuidado jardín. Se trataba de un *hortus conclusus*, íntimo como los de los conventos, todo él cerrado por altos muros, con fuentes, senderos empedrados y pérgolas, un oasis de verdor resplandeciente, oxigenado, en aquella ciudad de calles intrincadas y construcciones abigarradas. Arnau permaneció un buen rato deleitándose en la visión desde uno de los balcones, sustituyendo el olor acre de la guerra por la fragancia de los árboles frutales y las plantas de esencias aromáticas que los napolitanos incluían en sus jardines. Por un momento olvidó la sangre. «Sí —pensó—, Sofia y los niños estarán bien en este palacio».

# 2

*Nápoles, 26 de febrero de 1443*

Arnau se sentía incómodo ataviado con aquellos lujosos ropajes, pero Sofia había insistido en ello.

—En la entrada triunfal del rey en Nápoles debes destacar como el principal de sus barones, que es lo que eres. ¡Reclama tu lugar! —le había recomendado, convencida de que el alejamiento voluntario de la corte por parte de Arnau le perjudicaba—. La imagen que un noble proporciona a los demás es importante. Bien lo sabe el rey.

Era cierto. Alfonso sabía captar la admiración, el respeto y hasta el temor de sus súbditos a través de fastos y celebraciones en los que se personaba como un dios. Aquel día no sería menos. Varios meses después de su conquista, el rey iba a hacer su entrada triunfal en Nápoles, y la acumulación de gente en las calles obstaculizaba el avance de Peregrino. Arnau cabalgaba molesto sobre la montura debido a la larga hopalanda de terciopelo ocre que vestía, de la que colgaban cadenillas y hasta algún que otro cascabel. Abierta, la amplia prenda le caía libre a los costados y se enredaba en los estribos, obligándole a dar constantes patadas al aire a fin de liberar sus pies. Bajo aquella lujosa túnica lucía las calzas y el jubón, negros ambos, bordados con hilos de oro y adornados con una hilera de perlas. Sofia había intentado rellenarle el jubón con algodón en los hombros para impresionar, pero en esa ocasión el conde se había negado en redondo:

—No necesito alardear.

—Todos lo hacen —se quejó ella.

—¿Cómo lo sabes, mujer? —saltó Arnau—. ¿Acaso estás presente cuando se desvisten?

—No te equivoques —se defendió Sofia—. A los hombres os ciegan el orgullo y la soberbia, pero las mujeres bien sabemos lo que portáis debajo de las ropas sin necesidad de veros sin ellas. —En ese momento miró con descaro la entrepierna de Arnau y sentenció—: Ahí no precisas relleno.

—¡Ni ahí ni en lugar alguno!

Sofia sonrió con picardía para luego acercarse a él, seductora, los pechos firmes, transmitiendo los latidos de su corazón, ahora acelerado. Era bella. Exuberante. Sensual.

Arnau la rechazó, no sin cierta aflicción.

—No llegaré a tiempo… Y todavía tengo cosas que hacer —se excusó.

Claudio y otro criado que le acompañaba apartaron a gritos y empujones a la gente para que Arnau pudiera transitar. Iba con retraso, pero no había podido postergar aquel compromiso. El rey le preguntaría, con toda seguridad. Alfonso podía estar pendiente de la mayor gesta bélica y, aun así, se interesaría por la suerte de su querido perro de caza. El animal había desaparecido en una de las últimas jornadas en el Astroni, un inmenso cráter cerca de Nápoles que el propio soberano había ordenado repoblar con jabalíes, ciervos y corzos. El alano no había vuelto al refugio y el rey, tremendamente preocupado, había ordenado y pagado un ducado y grano para la celebración de misas ante san Antonio, en súplica para que el patrón de los animales obrase el milagro y el perro apareciese sano y salvo.

Arnau había tenido que ir a aquella misa, como a las anteriores, y rezar junto a varios sacerdotes por el bien del alano. Eso lo había retrasado, pero el rey llevaba tres días recluido en un monasterio de las afueras de la ciudad en un rito que exigía la purificación de la sangre de los enemigos vencidos antes de la celebración del triunfo, plazo durante el cual no había tenido contacto alguno con Arnau, por lo que este estaba convencido de que le preguntaría por el animal y, sobre todo, por la eficacia de misas y oraciones. El montero mayor opinaba que el perro había acabado sus días atacado por una piara de jabalíes. También presumía que el soberano era de su misma opinión, pero Arnau no se lo diría y el rey no lo reconocería, por lo menos mientras se invocase la ayuda divina.

Avanzaba con dificultad entre aquella multitud ya entregada al monarca aragonés que lo esperaba exultante y alegre en las calles. Renato de Anjou había terminado rindiéndose, para poco después embarcar en naves genovesas a fin de abandonar Nápoles junto a sus incondicionales, entre ellos Francesco Domenni, cuyo palacio continuaba ocupando Arnau con su familia y su gente, aunque ahora ya como propietario gracias a la gratitud y la generosidad del rey. Durante aquellos meses, el ejército aragonés, con Arnau y el propio monarca al mando, prosiguió sus acciones bélicas fuera de la ciudad, primero en los Abruzos y luego en Apulia, donde derrotó a las huestes de Francesco Sforza, una victoria que supuso la paz en la totalidad del reino.

Alfonso esperaba acampado en la zona oriental de la ciudad, en la marina, frente a la puerta del Mercato, lugar en el que se había derribado buena parte de la muralla para que el soberano y su comitiva accedieran por allí, en público y notorio reconocimiento de lo superfluo de una defensa como esa ante el poder que emanaba del monarca, llamado, a partir de ese momento, a defender personalmente Nápoles y a los napolitanos. Arnau llegó justo cuando se iniciaba la ceremonia: el rey, sentado en un sitial con pasamanería de seda bordada en oro, se hallaba rodeado por la corte, los nobles y los capitanes del ejército y los prohombres en pie, formando un gran círculo a su alrededor. Las sedas, las armas bruñidas y los ropajes brillaban bajo aquel sol de invierno que caldeaba un ambiente por demás frío y ventoso. El conde sabía que, en esa ocasión señalada, Alfonso se disponía a premiar con títulos y tierras a los hombres que lo habían acompañado y sido fieles durante la larga contienda. El propio Arnau iba a recibir el marquesado de Sant'Agata, unas fértiles tierras cerca de la ciudad.

Desmontó con prisas, entregó su caballo a un mozo que rondaba por allí y se vio obligado a guardar silencio ante el discurso ya iniciado del canciller. Le dolía no estar ahí, en pie, erguido y orgulloso al lado de Alfonso, como su familiar, uno de sus favoritos, siempre privilegiado por este, en lugar de permanecer confundido entre el resto de los barones y sus acompañantes, pero la solemnidad del acto le aconsejaba quedarse quieto y no romper el hechizo. En ese momento, como primera providencia, el canciller premiaba a Orsolina y Paolo. El chico todavía iba descalzo, aunque limpio y vestido con una camisa blanca que tapaba sus calzones, pues le llegaba hasta las rodillas, atavíos en los que Sofia había tenido bastante que ver ya que el muchacho se había convertido en un asiduo al palacio Domenni, rebautizado como Estanyol.

Sonreía la madre. Sonreía el hijo, que, en medio de aquel círculo opresivo por la riqueza y los honores de quienes lo conformaban, arrodillado frente al rey, observaba de reojo la opulencia de cuanto lo rodeaba. Orsolina, según anunció el senescal, recuperaba el horno de pan que los angevinos le habían requisado; madre e hijo ganaban la ciudadanía napolitana, con las libertades y exenciones que ello conllevaba, y se concedía a ambos licencia para la exportación libre de impuestos y gabelas con franquicia en la totalidad del reino, incluidos los lugares de señorío, de cinco *carri* de grano, casi mil quinientos kilos.

—Habéis servido bien y fielmente a vuestro rey —intervino Alfonso una vez que su vocero hubo terminado.

Paolo hizo ademán de levantarse tras el reconocimiento del monarca, pero antes de que lo lograra, Orsolina le tiró de la camisa y lo obligó a arrodillarse de nuevo. Se oyeron algunas risas simpáticas entre los presentes mientras la madre arrastraba al muchacho hasta llegar a besar los zapatos de seda del rey, tras lo cual atravesaron las filas de nobles con premura.

Después de la panadera y su hijo, se inició el reparto de títulos y de las tierras confiscadas a algunos de los seguidores angevinos porque a la mayoría de ellos el rey, en un gesto magnánimo, los amnistió y les confirmó la mayor parte de sus honores, tierras y posesiones. Al final, solo las gracias concedidas durante el reinado de Renato de Anjou quedaron totalmente invalidadas. Los nobles fueron sucesivamente llamados a presencia de Alfonso. A Bernardo

Gasparo se lo nombró marqués de Pescara; a Nicola Cantelmo, duque de Sora; a Francesco Pandone, conde de Venafro...

Los agraciados salían al centro del círculo, se arrodillaban frente al rey, recibían sus honores y le juraban fidelidad y homenaje *ore et manibus*, reconociendo poseer las tierras en nombre de su señor. Ceremonias como esas eran de las que huía Arnau. Al lado del soberano, como acostumbraba a estar cuando no le quedaba más remedio que comparecer, solo podía imaginar los comentarios cínicos y las críticas ácidas de muchos de los cortesanos, tales como las que ahora, confundido entre ellos, oía: «Si el rey supiera las barbaridades que ese dice de él...», «Este no merece ni el título de porquero mayor del reino», «Algún día, Alfonso se arrepentirá de haberle concedido tanto poder, se rebelará contra él...». En más de una ocasión, Arnau miró en derredor tratando de descubrir al atrevido, pero sin éxito. Percibió codazos de alerta entre quienes le rodeaban y vio que se chistaban unos a otros advirtiendo de su presencia y requiriéndose al silencio. Sumergido en esa turba de envidias e intereses, la hopalanda de terciopelo le pesó más que su armadura de guerra milanesa y le asaltó el desasosiego. La entrega de títulos continuaba, y en un momento u otro escucharía su nombre. Un repentino cosquilleo se sumó a la intranquilidad. Llamaban a los catalanes.

—¡Alfonso de Cardona!

Al de Cardona le concedieron el condado de Reggio.

—¡Gaspar Destorrent!

«¿Gaspar Destorrent!», se sorprendió Arnau. El desasosiego mudó en ira de manera instantánea, un cambio tan repentino como el de muchos de los que estaban a su lado, quienes se apartaron lo poco que podían, como si quisieran dejarle espacio para estallar. Las rencillas entre Arnau y Gaspar eran bien conocidas.

—Cobarde —se oyó en un susurro a su espalda.

—¡Felón! —dijo otro.

«¡Lo es, sin duda! —pensó Arnau—. Una persona sin honor». Lo vio salir al círculo, todo él espigado: cabeza, torso y piernas. Y tembló. Su hermanastro. Él no habría cumplido unos años de vida cuando su madrastra, Marta Destorrent, intentó matarlo para beneficiar a aquel miserable en la herencia de su padre, el almirante Bernat Estanyol, el que precisamente perdió la suya a manos del abuelo de Gaspar, Galcerán Destorrent, y sus secuaces. Los Destorrent no consiguieron sus perversos propósitos y la vida de Gaspar, en lugar de ligarse al honor y la nobleza, lo hizo al comercio, el dinero, el vicio y la maldad. Había llegado incluso a abjurar del apellido Estanyol movido por el rencor que sentía hacia la familia de su padre.

Gaspar había acudido a Nápoles para defender allí los intereses comerciales de su tío Narcís, heredero de los negocios y la fortuna de los Destorrent. Para obtener la gracia real, participó en la financiación de la campaña bélica y aportó huestes al ejército de Alfonso, las que se permitió capitanear pese a carecer de cualquier experiencia e instinto militar. El rey lo nombró caballero junto con muchos otros, en un procedimiento inusual pero admitido por las leyes de la caballería y por el que, en un mismo acto, se otorgaba aquel título con carácter general. Muchos buenos soldados murieron en combate por la soberbia y la ineptitud de ese hombre que jugaba a la guerra. Consciente, sin embargo, de su aportación a los intereses de Alfonso, Arnau evitaba a su hermanastro, aunque sabía de los esfuerzos de este por mancillar su reputación e incluso perjudicar su patrimonio.

Ahora la paz permitía que aquel que desertaba subrepticiamente del campo de batalla avanzara hacia el rey con arrogancia. Todos los músculos de Arnau estaban en tensión, una vena de su cuello hinchada y el rostro enrojecido.

—Traidor —oyó murmurar de nuevo a su espalda. Sí, sin duda Gaspar era un traidor y...

—¡Cobarde! ¡Renegado! ¡Canalla!

De súbito, Arnau se encontró solo, expuesto a todos. La gente se había apartado todavía más de él. Comprendió que, ofuscado por la rabia, había gritado aquellos insultos. Alfonso permanecía sentado, con Gaspar en pie frente a él. Barones, prohombres y mujeres se hallaban paralizados, quietos, en alerta. Algún rumor, alguna tos, el correteo de un niño, pero incluso la brisa marina que llegaba de la bahía parecía haberse detenido. Silencio. Arnau respiró hondo, se irguió y se acomodó la túnica sobre los hombros. En ese mismo instante dejó de pesarle.

—Sí, ¡cobarde! —gritó entonces señalando a Gaspar—. Ni Aragón ni Nápoles merecen un noble que deja morir a sus hombres. Este... —Arnau agitó la mano hacia un Gaspar hierático, capaz de soportar cualquier afrenta antes que pelearse y poner en riesgo la distinción prometida—. Este... villano rehúye la batalla. ¡Todos lo sabéis! —proclamó al tiempo que recorría con la mirada a los presentes.

Si alguien apoyó sus palabras debió de hacerlo desde atrás, puede que en susurros, porque en público, a la vista del rey, no se produjo muestra alguna de respaldo. Alfonso, por su parte, no parecía dispuesto a interrumpir al conde de Navarcles. Quizá incluso disfrutaba con el enfrentamiento. Lo que Arnau malinterpretó como cierta complicidad lo azuzó.

—Este hijo de puta no está interesado en la gloria de Nápoles, de Aragón y de nuestro rey; lo único que le interesa son los dineros, sus negocios. Sería capaz de vender su honor, ¡el nuestro también! El rey no puede...

Hasta ahí le permitió Alfonso:

—¡El rey puede hacer cuanto desee... y Dios le consienta! —gritó—. De rodillas —le ordenó.

—No... —quiso discutir Arnau.

—¡De rodillas! —El monarca se levantó violentamente, interrumpiendo la réplica del conde de Navarcles.

La tensión se palpó durante los escasos segundos en los que Arnau se mantuvo erguido, casi desafiante, frente a su rey. Luego obedeció e hincó la rodilla en tierra. El ridículo cascabeleo de los colgantes de su hopalanda al postrarse resonó entre los presentes a modo de burla.

Con la mandíbula prieta, sabiéndose observado y criticado, Arnau presenció cómo Alfonso concedía a Gaspar el título de conde de Accumoli, un lugar de los Abruzos, región en la que él mismo había batallado hacía unos meses. Allí no estuvo Destorrent, quien, sin embargo, se levantó como nuevo conde de ese pueblo y, ya de espaldas al sitial dorado, dirigió una sonrisa burlona hacia Arnau, al que quiso ultrajar rozándolo al pasar, golpeándole sutilmente el rostro con el fleco de la túnica de seda que vestía. Arnau se levantó de un salto, su mano desenvainando ya la espada. Varios soldados rodearon al soberano, que se había puesto en pie, y lo protegieron con sus lanzas; otros corrieron en dirección a Arnau. Los gritos y las órdenes se sucedieron.

—¡No en presencia del rey!

Algunos nobles desenvainaron también. La gente se apartaba, y Arnau, ciego como si se tratase de un combate a muerte, presionó con la espada el cuello de su hermanastro. El que este abriera los brazos en señal de sumisión, mostrando que no iba armado, desconcertó a Arnau, que apartó el arma.

—No vale la pena, conde —le aconsejó alguien.

—¡Dejadlo!

—Si proseguís, el rey nunca os perdonará la ofensa.

—Es la celebración de su victoria. No la estropeéis más.

Arnau envainó la espada.

—Necio —oyó entonces de boca de Gaspar, en un tono de voz que solo él pudo percibir.

Aquel artero lo había vencido en un campo en el que no estaba acostumbrado a luchar. Se encaminó hacia Alfonso. Ciertamente era un necio, se recriminaba a cada paso. Durante lo que le pareció un recorrido inacabable, su mirada se cruzó con la de Sofía y sus hijos, Marina, Filippo y Lorenzo. Ella contemplaba su avance con los ojos entornados, el ceño fruncido; los niños... ¿Lloraba Filippo? Hizo un gesto a su hijo para que se contuviese, pero las lágrimas que vio correr por sus mejillas le ardieron en el pecho. Y con esa quemazón, herido, se arrodilló frente a Alfonso y humilló la cabeza. Cortesanos y prohombres recuperaron sus sitios; la guardia real relajó su vigilancia. El rey, todavía en pie, serio, impasible, la mirada acerada que tan bien conocía Arnau del campo de batalla, no se dignó dirigirle la palabra y cedió al senescal la responsabilidad de indicar al conde de Navarcles que abandonase el lugar. Y no lo había hecho todavía cuando se llamaba al siguiente caballero. La ceremonia debía proseguir porque el pueblo, tras las murallas, reclamaba cada vez con mayor ímpetu y urgencia la presencia del soberano.

—¿Acaso no sabes que Gaspar financia las campañas del rey? Era Sofía quien se lo censuraba. Los niños, la humillación de su padre ya olvidada en la vorágine de sensaciones que se sustituían entre ellas, corrían entre la gente que presenciaba la magnífica entrada victoriosa en la ciudad de Alfonso de Aragón, rey de Nápoles, montado en un carro bañado en oro del que tiraban cinco caballos blancos sin mácula, enjaezados con paños de seda y oro. Lo precedían trompetas, pífanos, tambores y hasta castañuelas, que fueron sonando y acompañando los cánticos y las danzas que se sucedieron durante toda la jornada. A derecha e izquierda del carruaje, veinte caballeros elegidos entre los que tenía que haber estado Arnau, que, sin embargo, caminando ahora en el cortejo, junto con el resto de los nobles, prohombres y familiares, escuchaba las palabras de Sofía.

Arnau conocía perfectamente la posición privilegiada de Gaspar por mor de las finanzas reales.

—El rey tiene que pagar la soldada —insistió la mujer, quien, como en todo lo que se refería a la corte, sabía más que él—. En primavera ha de llegar una expedición de telas desde Barcelona, y eso está en manos de Gaspar y su familia en la Ciudad Condal.

Alfonso pagaba a sus hombres con telas. Combinaba la soldada en metálico principalmente con paños, aunque también podía ser con sal, grano o vino, si bien en este caso parecía que optaría por las telas que le proveerían los Destorrent a un precio con toda seguridad reducido, quizá aplazado en buenas condiciones financieras gracias al honor recibido por Gaspar.

Aquel monarca que, erguido en su sitial, entraba orgulloso en Nápoles con la cabeza descubierta, desprovisto de la corona que había rechazado y que debía imponerle un Papa que era su enemigo, tratando con ello de demostrar a los demás príncipes italianos que no se sometía a autoridad alguna, ni siquiera a la del vicario de Cristo, en realidad dependía de prestamistas y mercaderes como los Destorrent y, sobre todo, de los nobles a los que había perdonado y mantenido en sus tierras. De las mil quinientas ciudades que componían el reino de Nápoles, Alfonso poseía menos de ciento cincuenta; el resto se repartía en manos de un centenar de terratenientes, con el príncipe de Taranto a la cabeza, señor de hasta trescientos lugares, la práctica totalidad del tacón de Italia.

Alfonso avanzó bajo palio sostenido por prohombres elegidos. Portaba en las manos el cetro y la esfera que representaba el orbe. A sus pies, pisándolo en símbolo de victoria, el palio utilizado en su día por Renato en su entrada a la ciudad. Por delante iba la representación del emblema elegido por el monarca: una silla cruzada por lenguas de fuego, el llamado *siti perillós*, aquel de la tabla redonda del rey Arturo que, según el mago Merlín, solo era digno del caballero con el corazón más puro. Se trataba de un asiento reservado a un guerrero casto, valiente y piadoso, el elegido por Dios para encontrar el santo grial. Así se consideraba Alfonso I de Nápoles, el único hombre capaz de sentarse entre las llamas de la silla vacía de la mesa de Arturo.

Los vítores y aplausos de la multitud al paso de la comitiva por aquellas calles todavía arruinadas por la guerra y el asedio, si bien alfombradas con pétalos y coronadas por arcos de triunfo efímeros, las flores cayendo en cascada desde balcones y ventanas, acallaron el discurso de Sofia. Sin embargo, ella trató de hacerse oír por encima del gentío y levantó la voz:

—No deberías haber...

—Calla, Sofia —le exigió Arnau.

No, no debería haber cometido ese torpe error, pero no quiso reconocerlo. Nunca debería haberse enfrentado al monarca. Daban igual Gaspar, las telas, los dineros o los honores. Alfonso era su rey. Arnau era capaz de morir por él. Si no discutía cuando le ordenaba arriesgar su vida para tomar una posición o liberar un lugar, ¿a qué poner en duda sus decisiones en materia cortesana?

Sofia no escondía su malestar mientras, en la plaza del Mercato, cuatrocientos jóvenes vestidos con los colores de Aragón lanzaban pétalos al tiempo que bailaban alrededor de dos fuentes de las que manaban agua clara, vino blanco y vino tinto.

—¡No has obtenido el marquesado! —exclamó.

Tenía que reprochárselo. Incluso con el estruendo de la música, los cánticos, los bailes y los aplausos, tres o cuatro hombres de aquellos que los rodeaban oyeron la queja de Sofia. Todos, sin excepción, desviaron la mirada simulando no haberse percatado por no enfrentarse al conde de Navarcles, quien, no obstante, sí se topó con la de ella, fría, acerada.

—¡Basta, mujer! —le espetó con dureza, pero se contuvo y no fue más allá, pues, en situaciones como esa, el recuerdo de Giovanni amordazaba sus reacciones; el siciliano regresaba redivivo en sus brazos, agonizante, y Arnau renovaba su juramento de silencio.

Sofia, que contaba siete años más que él —veintiséis frente a treinta y tres—, se apoyaba a veces en esa diferencia de edad para demostrarle su mayor experiencia en asuntos mundanos, y Arnau había tenido que reconocer en algunas ocasiones que le hablaba con sensatez. Sofia había sido la mujer del compañero de armas más fiel y leal que había tenido Arnau durante la larga guerra: Giovanni di Forti, siciliano al que el rey había concedido el título napolitano de barón de Castelpetroso. Ambos habían peleado codo con codo, habían sido vencidos y habían vencido juntos, salvándose la vida mutuamente hasta convertirse en mucho más que amigos o compañeros; hermanos. Giovanni murió en brazos de Arnau, su cuello atravesado por una saeta. En su agonía, con la sangre asomando a sus labios, le había hecho jurar que se ocuparía de Sofia y de Marina, su mujer y su hija, que cuidaría de ellas y las protegería. Arnau juró. El rey, en pie junto a ellos, sin poder esconder su emoción ante la muerte de guerrero tan valeroso, fue testigo del compromiso.

Y ese mismo rey acababa de revocar su promesa acerca del título nobiliario y las tierras que iba a entregarle. Después del altercado con Gaspar y de que lo echaran de la ceremonia, Arnau había esperado a que el senescal lo nombrase, unos pasos por detrás del gentío apiñado en torno al monarca. Sofia permaneció a su lado, seria, enfadada; los niños, vigilados por una sirvienta, mirando de reojo a sus padres. Arnau presentía que no lo llamarían, pero lo deseaba. Y lo merecía. Significaba un honor en aquella tierra conquistada tras crueles años de guerra; un título de nobleza italiano que añadir a los catalanes que ya poseía. Un acercamiento a los napolitanos a través de la nobleza, y también unas rentas y unos ingresos considerables que no había que despreciar. Asistir al rey en la guerra, acudir con hombres, caballos y armamento conllevaba unos costes elevados. A ello había que sumar el palacio, la servidumbre, los caballos, la plata, las sedas, los brocados... Arnau era rico, pero sus gastos eran acordes con su posición y se convertían en un pozo sin fondo. Tenía claro que Sofia deseaba aquel marquesado tanto o más que él; sin embargo, eso no le daba derecho a recordárselo en público y a retarlo con la mirada.

—¿Sabes...? —dijo él suavizando el tono, a pesar de todo—. El rey no se ha interesado por su perro.

Sofia lo pensó un instante, entendió la decepción de su hombre y, como él, mudó la actitud.

En ese momento, atrás en el mercado, la comunidad florentina ofrecía juegos ecuestres y una procesión de carros alegóricos: las virtudes, la fortuna, la justicia y el césar. Arnau y Sofia vieron a sus hijos corriendo con otros muchos niños entre las carrozas, divirtiéndose y riendo. Marina, una mujercita de trece años, contemplaba a sus hermanos menores con una sonrisa en los labios; Filippo, el mayor de los dos, contaba solo cinco años, lo que concedía a la muchacha una autoridad sobre ellos superior incluso a la de la sirvienta que los vigilaba. Tras la muerte de Giovanni en la batalla, Sofia y Arnau tardaron unos años en desprenderse del sentimiento de culpa que los acechaba en el mismo momento en el que el uno o la otra permitían que la lujuria brillase en su mirada.

Al lado de Marina, como ya iba siendo usual, estaba Paolo. Siempre aparecía de forma inesperada y sorpresiva en el palacio, en el patio, en las cuadras o en las cocinas, aunque evitaba las estancias nobles, y era bien recibido hasta por un Arnau poco dado a las visitas, pero que consentía su presencia al recordar que los había guiado en el acueducto y la valentía con la que arriesgó su vida reptando entre las piernas de los aragoneses para recoger saetas con que surtir a los ballesteros, exponiéndose a resultar herido por una flecha enemiga, una piedra bombardeada o una lanza angevina.

Desde que entraran en Nápoles, hacía ocho meses ya, Paolo les llevaba una torta gratis cada domingo en muestra de respeto. Era evidente que Orsolina carecía de recursos, porque el pan no contenía ni carne ni pescado, sino hortalizas, el principal alimento de la mayor parte de la población napolitana. El estómago de Arnau se revolvió igual que lo había hecho, entonces en mayor medida sin duda, cuando Marina le tendió el último pedazo de torta rebosante de brócoli. Los nobles no tomaban verdura, pero la muchacha esperaba con ilusión el bocado de su padre al presente traído por su amigo. Luego bajaría al patio, refrenando las prisas, a confirmar al panadero lo buena que les había parecido a todos; al que más, a Arnau.

—Me preocupa estar consintiendo una amistad inapropiada —comentó este, con el brócoli todavía pegado al paladar, en el momento en el que Marina bajaba ya las escaleras.

—¡No exageres! —se opuso Sofia—. Son muy jóvenes.

—Quizá deberíamos prohibir estas visitas.

—Tú lo metiste en esta casa, Arnau. —Él fue a protestar, pero Sofia lo interrumpió para aplacar sus temores—: Estoy al tanto, Arnau. Además, Marina sabe lo que hace, está bien educada.

Ese día, el del triunfo de Alfonso, Arnau detuvo su mirada en el joven Paolo; era evidente que estaba prendado de Marina. «No —trató de convencerse—, no debería haber problema alguno; el muchacho parece saber cuál es su lugar». Con todo, un ligero escalofrío le recorrió la espalda: Marina era su preferida. Paradójico, pensó. Tenía dos hijos comunes con Sofia, pero quería más a Marina, a la que adoraba, quizá sencillamente por eso, porque era niña, porque los niños, en cambio, debían educarse en la dureza y la exigencia; con ellos no había lugar al cariño. Pero quizá también porque Filippo y Lorenzo se habían criado en la felicidad, al abrigo de la casa de Gaeta y ahora del palacio de Nápoles. Siempre habían sido críos alegres, listos y revoltosos, y ya a su corta edad respetaban a Arnau, actitud que lo enorgullecía. Marina, por el contrario, se rompió con la muerte de su padre, sin encontrar consuelo en una madre a la que la pérdida de Giovanni golpeó el alma de manera despiadada. A la vuelta de sus campañas, Arnau encontraba una familia derrotada, sumida en el dolor y la tristeza, por eso recordaba como una de sus mayores victorias el primer asomo de una sonrisa en los labios de Marina. Luego vinieron más, el invulnerable ánimo infantil pugnando por acompañar los pasos de aquella niña que con su alegría procuró también la curación de la madre. Arnau se sentía parte imprescindible de aquel duro proceso de redención. Olvidaba lanzas y espadas al cruzar la puerta de su casa; lavaba la sangre propia y la de enemigos para presentarse impoluto ante Marina, y mudaba el tono de voz en el que se dirigía a los soldados para acomodarlo a sus oídos delicados. La mimaba con cuidado, concediéndole espacio, sin tratar de sustituir a su compañero de armas caído en combate. La llevaba a dar largos paseos a caballo o en barca, persiguiendo el horizonte a fin de que el mar ahogara los recuerdos que la atormentaban. Rezó buscando la intercesión de Giovanni para que Dios lo ayudara, y lo consiguió. Marina era su niña, su vida, y no permitiría que nadie le hiciera daño. Así, poco a poco, a medida que ella recobraba la sonrisa, Sofia también recuperó las ganas de vivir. A los dos les costó escapar de la presencia de un amigo y esposo al que invocaban en los momentos de necesidad y lloraban en los de nostalgia, pero la vida empezó a abrirse paso y el dolor y la desdicha tuvieron que enfrentarse al sol que calentaba cuerpos y atemperaba espíritus, a la alegría de los niños que corrían y saltaban en las calles, a la mujer que cantaba en la casa vecina, a los pescadores que bogaban en un mar infinito, a los vientos que azotaban el peñón en el que se erigía el monumental castillo de Gaeta y que les traían aromas y hasta el rumor de conversaciones lejanas en idiomas extraños. La convivencia suavizó recelos y rigideces, las aprensiones se diluyeron en la rutina y el roce estimuló pasiones. Y se entregaron el uno al otro.

    Los catalanes también participaron con sus espectáculos en la fiesta de Alfonso: simulacros de guerras entre moros y cristianos, todos montados en caballos de algodón, confeccionados en tela sobre esqueletos de madera con largos faldones a los lados para ocultar las piernas de quienes los manejaban. En otro lugar de la ciudad se llevó a cabo la representación de las virtudes que caracterizaban al rey. Una torre muy alta habitada por la magnanimidad, la clemencia, la constancia y la liberalidad. Junto a la construcción, una silla vacía, el sitio peligroso, que, como relató una de las virtudes con voz alta y clara, solo correspondía al conquistador de Nápoles. Luego se libró un combate entre diez caballeros coronados con escudos con la señal de Aragón y hombres salvajes recubiertos de pieles y armados con mazas.

Magnanimidad, clemencia y liberalidad. Parecía que aquella torre estuviera ahí dispuesta para Arnau, a fin de indicarle que necesitaría excitar todas esas virtudes en Alfonso para obtener su perdón. La ofensa cometida para con su rey aumentaba en magnitud a medida que transcurría el día y se sucedían la música, los cánticos y las danzas, los gritos, los vítores y las fervorosas muestras de afecto, respeto y devoción por parte de toda Nápoles: la rica, la noble, la pobre, la laica y la religiosa. Todo aquello iba convirtiendo a ese rey sin corona en un dios al que Arnau se había permitido insultar. Carecía de importancia la humillación sufrida a manos de su hermanastro Gaspar. Por más que le doliese, por más que la ira todavía atenazara sus músculos al verse con la rodilla en tierra mientras aquel perro cobarde era premiado con honores que solo correspondían a los soldados nobles y valientes, comprendió que no existía excusa para enfrentarse a su soberano.

—¡Alfonso, Aragón!

El grito resonó en las calles de Nápoles. Arnau se sumó de viva voz a los vítores que se sucedieron, como si con ello pretendiera expiar su culpa:

—¡Seguidores vencen!

—¡Viva el señor rey de Aragón!

—¡Alfonso, Aragón!

Los festejos se desarrollaban a lo largo de la ciudad en un recorrido que alternaba diversiones y misas con la visita que el monarca había dispuesto a los seis *seggi* de Nápoles.

La jornada tocaba a su fin. Entre espectáculos y fiestas, Alfonso había ido recorriendo los *seggi* de Nápoles, las organizaciones municipales que se responsabilizaban del gobierno de la capital, juzgaban, concedían la ciudadanía, dictaban las normas de policía urbana, decidían en asuntos suntuarios, de representación y hasta en los religiosos, como los funerales. De los seis *seggi*, uno era el del *Popolo*, compuesto por ciudadanos ordinarios y que el rey no tardaría en disolver, receloso y hasta ofendido por el poder de la ciudadanía que tantos problemas había causado a su padre y a él mismo en Barcelona. Los otros cinco los conformaban nobles de abolengo y, de entre esos cinco, dos eran los más prestigiosos: el de Nido y el Capuano.

Alfonso tenía previsto alojarse en la fortaleza Capuana, por lo que el último *seggio* al que honró con su presencia fue el Capuano, cercano al castillo. Ni siquiera el rey podía imponer quiénes formaban parte de aquellas instituciones reservadas a los nobles y patricios napolitanos, conservadores, gerontocráticos y que actuaban con criterios endogámicos. Sin embargo, la caótica situación de la ciudad cuando los aragoneses la conquistaron, la residencia de Arnau en el palacio que había sido de Domenni en territorio dependiente del *seggio* Capuano y la pertenencia de Sofia a una familia aristocrática de arcaico linaje napolitano permitieron que la familia del conde de Navarcles fuera admitida en él.

La comitiva recorrió el Decumano Mayor, la vía en la que desembocaba el callejón donde se erigía el palacio Estanyol. Desde el carro, el rey escuchó los cantos religiosos e himnos que entonaban los coros de las iglesias frente a las que discurría el cortejo: San Pietro a Maiella, Santa Maria della Pietrasanta, San Paolo Maggiore con sus columnas de granito aprovechadas del templo pagano sobre el que se había construido. Cuando Alfonso oyó y saludó a los de San Lorenzo Maggiore, Arnau sintió que le atenazaban los nervios: dos calles más allá, en dirección al castillo Capuano, se emplazaba el edificio que albergaba el *seggio* Capuano, la sede del gobierno de aquel barrio, hacia el que se apresuraron adelantando a una comitiva que no hacía más que detenerse ante un baile, un espectáculo o la simple acumulación de gente.

El edificio del *seggio* disponía de una logia, un amplio atrio porticado, con columnas al modo del claustro de un monasterio y decorado con tapices y cortinajes, en cuyo interior se hallaba un coro compuesto por decenas de mujeres jóvenes y esposas, Sofia entre ellas, de las diversas familias nobles integrantes del *seggio*, que tocaban la flauta acompañándose del rítmico golpeteo de sus pies sobre el suelo. Allí se encontraban también los hombres, los representantes del *seggio* Capuano, con Arnau alineado entre ellos para recibir al rey, quien, ya pie a tierra, los saludó uno a uno con un movimiento de la cabeza a medida que le eran presentados.

Arnau pugnaba por erguirse, sintiéndose agarrotado, encogido, asustado como un niño al que hubieran pillado en una travesura, o como si aquel hombre con el que había combatido durante años, con el que había disfrutado de la caza y con el que había llegado a intimar fuera ahora un desconocido.

¡Era su rey!, pero Alfonso torció el gesto y discurrió frente a él sin saludarlo siquiera.

## 3

Tan solo había pasado un día de la celebración del triunfo cuando, tras oír misa por el perro perdido, Arnau Estanyol se presentó en el castillo Capuano para solicitar audiencia con el rey.

—¿Con qué motivo? —le interrogó uno de los secretarios de Alfonso, un religioso joven y altivo.

Arnau no dudó en la respuesta:

—El perdón real.

Esperó hasta el anochecer sin que el monarca lo recibiera. Al día siguiente repitió: rezó por el perro junto a los sacerdotes oficiantes de la misa y acudió al castillo, donde se topó con el mismo secretario, quien disfrutó formulándole de nuevo una pregunta cuya contestación conocía.

No fue recibido, pero sí visto y saludado de forma despectiva por algunos, aunque de manera comprensiva por la mayoría de los nobles, prohombres y cortesanos que entraban y salían tras despachar con el rey.

—Debes expiar tu pecado —le advirtió Sofia, enjoyada, vestida con un jubón azul adornado en las mangas con lazos y anillos de plata y tocada con un sombrero de plumas, dispuesta a acudir al concierto vespertino que se ofrecía en un palacio cercano. Arnau la examinó de arriba abajo—. ¿Te molesta? —inquirió ella abriendo los brazos y mostrándose sin decoro.

No... No le importaba. ¿O sí? Cuando la veía así, bella, exuberante, sensual, dudaba del acierto de la libertad que le había permitido una vez que la mujer superó el dolor por la muerte del siciliano. Sofia gustaba de la corte, de la música, de las veladas literarias y de los poemas; Arnau, en cambio, aborrecía ese tipo de vida que, por otra parte, el rey fomentaba. Alfonso estaba dispuesto a convertir el reino de Nápoles en el mayor centro humanístico conocido en Occidente y a hacer de su capital una ciudad cosmopolita. Ya en sus largas campañas militares contra los angevinos, cuando ni siquiera la victoria estaba garantizada, lo acompañaban algunos de los humanistas de mayor prestigio de Italia: Pandoni, Beccadelli el Panormita y Lorenzo Valla, a los que luego se sumarían Bartolomeo Facio, Giovanni Pontano, Decembrio, Tiferno y otros muchos.

El monarca no reparaba en gastos a la hora de financiar sus mecenazgos. Lanzó a sus agentes a la compra de libros, pinturas, tapices, joyas, perlas, tejidos de calidad y adornos extraños por todo el continente, tarea a la que se agregaron los mercaderes que además le ofrecían los productos más exóticos. Fundó estudios, bibliotecas y escuelas para los niños de la clase social que fuera y que mostrasen suficientes dotes intelectuales. Contrató y financió a músicos, trovadores, poetas, literatos... Celebró banquetes fastuosos y todo tipo de fiestas laicas o religiosas. Promovió justas y torneos a los que invitó a los mejores caballeros de Europa.

La corte aragonesa de Nápoles atraía a todo tipo de humanistas, caballeros, artistas y nobles de Italia. Bullía esplendorosa bajo los auspicios y la participación personal del rey en una iniciada época de paz y prosperidad.

—Puedes venir conmigo, Arnau. Esta tarde está prevista una lectura de varios fragmentos de las epístolas morales de Séneca a Lucilio —lo tentó Sofia, a sabiendas de su respuesta: un largo suspiro y una negativa con la cabeza o con la mano, un golpe al aire en ocasiones incluso impetuoso, como si apartase una malévola tentación—. Piensa que soy tu mejor defensora —le recordó cambiando de tema ante su oposición. Arnau fue a decir algo, pero ella prosiguió—: Y también tu mejor espía.

Mientras Sofia se entretenía en la corte, Arnau asumía la pena e insistía en su empeño con el soberano.

—Decid a su majestad —pidió al cabo de unos días de desesperante ostracismo— que hoy mismo se ha terminado el dinero para las misas por su alano perdido.

El secretario encargado de rechazarlo en esa ocasión lo interrogó alzando las cejas.

—¿Cuál es su voluntad? —preguntó Arnau—. ¿Debo encargar nuevas misas?

—El rey —contestó el otro con aspereza— acude regularmente a misa tres veces al día. Seguro que, entre las muchas oraciones con las que ruega ayuda e iluminación para ejercer como buen cristiano las responsabilidades que Nuestro Señor le ha encomendado en la defensa del reino y el bienestar de sus gentes, tendrá algún momento para acordarse de los animales... y de su perro extraviado.

Esa noche, ante el estado en que Arnau regresó del castillo, Sofia decidió permanecer en palacio.

—No debes concederle tanta importancia —trató de animarlo.

—Alfonso —masculló él— ha perdonado a los angevinos, a nuestros enemigos, y ha mantenido sus honores y tierras a la mayoría de ellos. Indulta a quienes lo han ofendido con malicia, a los desleales y hasta a los traidores al reino. Precisamente por eso su clemencia y generosidad son cantadas y aclamadas por toda esa corte de humanistas que lo rodean y agasajan. ¿Y a mí? ¿Qué es de su general? Lo de Gaspar fue una anécdota. ¡Yo he entregado mi vida a su ejército!

—El rey quiere contentar a Gaspar y a su familia —matizó Sofia—. Me han contado que está negociándose una ayuda muy importante por parte de Barcelona. Los Destorrent y sus pares tienen mucho que decir con relación a ese auxilio. Si lo vetasen, no sería conferido. Hoy Alfonso no hará nada que pueda obstaculizar sus objetivos.

Así era. El tesorero general, Mateu Pujades, negociaba en Barcelona con los prohombres la concesión a la ciudad del privilegio perpetuo de acuñar *croats* de plata a cambio de un donativo al monarca de quince mil florines de oro, contra los diez mil que, como máximo, ofrecían los barceloneses. Pero si esa negociación con mercaderes ennoblecidos como Destorrent era trascendental para la tesorería real, Pujades también intentaba evitar la quiebra del reino ante la imposibilidad de hacer frente a la infinidad de letras de cambio con las que Alfonso había inundado Barcelona para financiar la guerra.

Nápoles se alzaba como una empresa costosísima.

—¡Prefiere beneficiar a esos comerciantes avaros en vez de a sus soldados! —clamó Arnau.

—Mira este palacio.

Arnau obedeció a Sofia y miró en derredor como si en los tapices, los adornos y las paredes de piedra fuera a encontrar la solución.

—¿Qué quieres decir? —inquirió sin entender.

—Que sigues... que seguimos aquí. Tu hermanastro ha ofrecido mucho dinero al rey para que revoque la concesión que te hizo y se la adjudique a él.

Arnau se incendió; el rostro se le enrojeció y los dedos de las manos se le crisparon sobre los reposabrazos de madera de la silla en la que se sentaba.

—Va alardeando por ahí de su nuevo título de conde...

—¿Conde de qué? —resopló Arnau.

—Bueno —continuó ella—, de ese pueblo de las montañas de los Abruzos en el que al parecer solo hay ovejas. Sostiene que un conde como él debe tener un palacio como este, que él es noble italiano, de mejor calidad que tú y que te echará algún día.

—¡Calla!

Sofia sonrió antes de proseguir:

—Debes saberlo, Arnau. Quiero que conozcas bien quién y cómo es tu enemigo, porque es también enemigo de esta familia, de nuestros hijos. Pero lo importante... —Se levantó de su silla, se acercó a Arnau y se arrodilló entre sus piernas, mirando fijamente hacia arriba—. Lo importante es que el rey se ha opuesto y no se lo ha concedido. Ni lo hará. Pero cuídate de Gaspar: desea tu ruina, tu humillación.

—Siempre ha sido así. Si viene a por mí, probará mi espada.

—Nunca vendrá a por ti. Siempre actuará en la sombra. Es un cobarde... Y es peligroso.

Las manos de Sofia hurgando por debajo de los calzones de Arnau, toqueteando sus testículos y pellizcando su miembro pugnaron por distraer su atención. Cuando acercó su boca al pene ya erecto de Arnau, este se levantó, la alzó en volandas, le subió las faldas del jubón y allí mismo, sobre la larga mesa de madera maciza del comedor, la penetró con ímpetu. Sofia chilló, rio, gritó y volvió a reír al mismo tiempo que le tiraba del cabello, lo arañaba y lo golpeaba en la espalda animándolo a romperla.

El rey siguió prescindiendo de Arnau en su viaje a Terracina, localidad en la que entró con toda la pompa en un alarde de poderío militar, y donde lo esperaba el cardenal Scarampo. Tras la conquista de Nápoles y su demostración de fuerza prescindiendo de la autoridad papal, Eugenio IV había recapacitado y, tras dar de lado a las potencias que no reconocían al nuevo monarca napolitano —Florencia, Venecia, Génova y Ancona—, se entregó al nuevo césar italiano.

Alfonso reconoció a Eugenio como Papa legítimo y este, en reciprocidad, lo reconoció a él como rey de Nápoles, además de aceptar a su hijo Ferrante como heredero. Alfonso, fortalecido, arrancó al Papa tal cantidad de concesiones que este exigió que se mantuvieran en secreto mientras él viviese. Entre otras gracias, como las poblaciones de Benevento y Terracina, el monarca consiguió anular los cuantiosos diezmos y tributos que hasta entonces se pagaban a la Iglesia y los sustituyó por un caballo blanco que anualmente debería entregarse en la festividad de San Pedro como único símbolo de la autoridad papal. A esa concesión de entre las doce bulas que el Papa exigió que se mantuvieran en secreto, sumó otra por la que se le liberaba del juramento efectuado a los napolitanos rebeldes con ocasión de su victoria y por el que Alfonso los perdonaba y los mantenía en sus propiedades.

La ausencia del rey en Nápoles concedió un descanso a Arnau porque lo relevó de acudir a diario al castillo Capuano a rendirle pleitesía. Le dolía que no lo hubiera llamado a acompañarlo, si bien eso le permitió relajar la tensión padecida y distraerse con su gran afición: la caza. Continuaba siendo montero mayor, pertenecía a la familia real y tenía asignado el salario que correspondía al cargo. Así pues, trató de convencerse de que Sofía estaba en lo cierto al decirle que si bien el rey no quería indisponerse con quienes le financiaban, eso no conllevaba que hubiera perdido el afecto por Arnau.

Con más que el beneplácito de Sofía, quien lo despidió deseándole que se divirtiera y olvidara todas las afrentas, Arnau, con algunos de sus hombres y sus perros, se dirigió hacia los refugios de caza que el monarca había instalado en el Mazzone delle Rose, una zona extensa, pantanosa en una parte, boscosa en otra, llana y árida también, inculta y casi deshabitada, en Grazzanise, un lugar cercano a Nápoles y a menos de una hora de Capua.

El refugio principal no era más que una construcción de madera de una planta, amplia, con anexos destinados a la servidumbre, perreras, caballerizas y todos los servicios necesarios para acoger las partidas de caza reales. El edificio era austero y hasta inhóspito, amueblado con lo estrictamente preciso para abrigarse en espera de la siguiente jornada. Alfonso, frugal en sus costumbres, bien podía ir a cazar y alojarse en tiendas o incluso al raso.

Mientras los monteros del refugio organizaban lo necesario para la partida de caza de Arnau, este inspeccionó el estado de las instalaciones. Luego visitó las perreras. Ahí se encontraban los animales que eran entrenados para la caza, así como las perras que parían o a las que se les entregaban los cachorros de las elegidas. Si una perra era buena, se le buscaba un macho adecuado y, cuando paría, solo se le dejaban tres o cuatro cachorros para que los criase en la abundancia; el resto se entregaba a otras madres no tan apreciadas. Al final, los animales más idóneos se protegían en las perreras de palacio, donde recibían los mejores cuidados.

Pese a esa natalidad animal natural, conseguir perros excepcionales como aquel alano que tantas oraciones había recibido constituía una tarea harto difícil. Los canes se compraban, como los libros o las joyas, a lo largo del continente, en Sicilia, en Francia o en Inglaterra, y no era extraño que uno de los regalos más preciados en las visitas de príncipes y reyes, cuando menos a juicio del rey Alfonso, fuera un buen perro de caza.

Arnau respiró con fruición aquel aire en ocasiones denso por la cercanía de los pantanos mezclado con el penetrante olor de los animales, y empezó a revisarlos escuchando con atención las explicaciones de los perreros. Se interesó por las llagas que un par de ellos presentaban en la cabeza, cosidas, bien cuidadas, y preguntó por otro al que un desgraciado espadazo durante la última montería había herido en una pata. Arnau recordaba aquel suceso; era un buen perro.

—¿Se recuperará?

—Sí, apostaría por ello.

El conde trataba con cercanía y sin afectación a perreros y monteros, quienes se sentían cómodos en su presencia y hablaban con una sinceridad que obviaban con otros nobles. Arnau también se encontraba en un entorno agradable junto a aquellos hombres, quizá toscos, pero expertos en la caza, en la tierra, en los animales. Habían recibido las enseñanzas de sus padres, y estos de los suyos, por lo que acumulaban unos conocimientos enraizados en la práctica y la costumbre que al propio conde le costaba aprehender puesto que los transmitían en un napolitano cerrado, diferente al dialecto que se hablaba en la ciudad, con influencias toscanas y hasta francesas este.

Cenaron alrededor de un fuego en el que asaron un jabalí. Monteros, perreros, mozos, sus familias y algunos conocidos que llegaron desde Grazzanise y otros lugares cercanos. Bebieron, y mucho, pues Arnau fue generoso con el vino, comieron, cantaron y bailaron. También se explicaron historias, todos entremezclados sin distinción. Cuando acudía de caza con el rey, Arnau no podía divertirse como lo hacía en esos momentos, aunque tampoco le había sido fácil obtener la confianza de aquellas personas.

—¡Me llamo Arnau Estanyol! —gritó en una noche similar salvo por el ambiente que se respiraba, entonces silencioso y respetuoso. Arnau había bebido algo más de lo que debía y se cansó de la actitud servil, del aburrimiento del silencio y la prudencia exacerbada; había abatido un gran ciervo y quería diversión, risas, gritos, mujeres...—. Soy el conde de Navarcles y de Castellví de Rosanes —continuó—. General de los ejércitos de Nápoles y de Aragón.

Montero mayor del rey Alfonso. Hijo del almirante de la armada real, Bernat Estanyol. —A la luz de los fuegos, paseó la mirada por todos los presentes, encogidos ante tales dignidades—. Pero mi madre, Mercè, fue acusada de ser hija del diablo —confesó, y cuantos lo rodeaban se irguieron, atentos—. Una de mis abuelas, Arsenda, fue una monja a la que forzaron. —Algunos murmullos empezaron a correr de boca en boca—. Ella me escondió en un monasterio para que mi madrastra no me asesinara. Hugo, su hermano, mi abuelo..., sí, parece raro, pero es así, eran hermanos —explicó ante la expresión de sorpresa de alguno de los presentes—. Bien, Hugo era agricultor... —Dejó que las palabras flotaran en la noche antes de continuar—: Como muchos de vosotros. Cultivaba la vid. Elaboraba vino y lo vendía en su taberna. Yo mismo vendimié de niño, y pisé la uva y trabajé el mosto. Mi otra abuela, Caterina, fue esclava hasta que la compró y liberó mi abuelo. Los padres de mis abuelos por parte de madre eran humildes pescadores de Barcelona. Mi otro abuelo, Arnau Estanyol, como yo, fue *bastaix*..., estibador de barcos —explicó—, en la playa de Barcelona. —Volvió a posar la vista en aquellos rostros—. ¿Consideráis todo eso suficiente carta de presentación para gozar de vuestro favor?

Nadie contestó. Muchos escondieron la mirada cuando Arnau los interrogó con la suya, hasta que una mujer que recogía el jugo que desprendía el cerdo que se asaba ensartado en un espetón para, acto seguido, echarlo de nuevo sobre la carne a fin de humedecerla osó hacerlo, y con descaro:

—Y ya que vivís en esos dos mundos tan diferentes, decidnos a qué mujeres preferís, ¿a las nobles o a las del pueblo?

Los dos mundos parecieron detenerse, colgados, a la espera de si la reacción provenía de un conde o de un vinatero.

—Prefiero a aquellas que dan y desean placer.

—¡Ah! ¿Las mujeres también desean placer? —se oyó a espaldas de Arnau.

El comentario se acogió con risas.

—Pues en el pueblo se dice que los nobles la tienen más grande que vosotros —replicó una joven señalando con simulado desprecio a un par de perreros.

—Con la espada me ganarán seguro, pero si hay que pelear con la verga, reto a combate a cualquier noble —se defendió uno de ellos.

Más carcajadas. El ambiente se distendió entre vino, comida y canciones. Y esa noche el conde durmió acompañado por la mujer que se ocupaba del asado, aunque poco placer se proporcionaron, borrachos como estaban.

En esta ocasión, Arnau permaneció varios días de caza en el Mazzone delle Rose. Terminó olvidando todos sus problemas a medida que el aire golpeaba su rostro mientras perseguía a caballo a los jabalíes o a los corzos. Abatió bastantes piezas, que despellejó y descuartizó con sus hombres. No faltó noche en la que no festejara con aquellas gentes llanas y que no durmiera acompañado.

El final de junio anunciaba la llegada de un verano caluroso cuando salió del refugio de caza vestido solo con una camisa larga que le llegaba hasta las rodillas. Se dirigió al pozo para hacerse con agua fresca con la que despejarse de una noche desenfrenada, como parecía empeñada en recordarle la mujer que lo seguía, también en camisa, sus grandes pechos bamboleando bajo la prenda. Uno de sus hombres izaba el cubo lleno de agua cuando el sonido de unos cascos de caballos llamó su atención. Al poco vio a un alguacil acompañado por tres soldados y por el lugarteniente del maestro racional. Se presentaron al paso, sin alharacas, en clara muestra de respeto hacia el montero mayor, el que, sin embargo, intuyó dificultades.

El maestro racional era el cargo cortesano responsable de controlar y fiscalizar los gastos de todos aquellos que manejaban fondos reales, entre ellos el montero mayor. Quienes gozaban de la condición de familiares del rey, como Arnau, tenían inmunidad ante cualquier tribunal y jurisdicción; solo el monarca podía juzgarlos. De ahí la presencia del lugarteniente del racional, pensó Arnau mientras se vertía el cubo entero por encima. El agua fría lo estimuló. Agitó la cabeza lanzando un sinfín de gotas a su alrededor, igual que hacían los perros, antes de dirigirse a los recién llegados:

—¿Qué negocio os trae por aquí? No parece que sea para sumaros a nuestra partida de caza.

El lugarteniente echó pie a tierra; no iba a dirigirse al conde desde una posición más elevada. Arnau reconoció el gesto con una leve inclinación de la cabeza. Alguacil y soldados también desmontaron.

—Traigo órdenes del maestro racional, señor conde. Debéis rendir cuentas de vuestra gestión como montero mayor...

—¿Algún problema con ellas? —lo interrumpió Arnau.

—Lo siento, no tengo autoridad para confiaros esa información... —El imperativo gesto de discrepancia que hizo Arnau con manos y cabeza, aun ataviado con una simple camisa, ahora además mojada y pegada a su cuerpo, fue lo bastante autoritario para que el funcionario rectificase—: Parece que sí —reconoció.

—Llevo varios años como montero mayor y el racional nunca ha planteado objeción alguna a mi trabajo. —No es que Arnau asumiera esa labor personalmente, pues la delegaba en su secretario, Francisco Sánchez, hombre de su confianza. Él sabía de espadas y soldados, de embestidas contra el enemigo y asedios a fortalezas, no de números, facturas y libros de comercio—. ¿Qué ha cambiado? —inquirió, a pesar de que los dos lo sabían. El alguacil también. Y hasta los soldados—. ¿Destorrent? —apuntó el montero pese a todo.

—Así es —contestó el lugarteniente.

Arnau frunció la boca; por más que lo intentara, no conocía esas cuentas y, desde luego, Francisco no... ¿O sí? ¿Lo habría corrompido Gaspar? No existía persona que no adoleciera de carencias o no tuviera problemas; quizá su secretario había tenido una necesidad... No obstante, de haber sido así, ¿por qué no acudió a él? Respiró hondo. Gaspar era una alimaña capaz de cualquier argucia.

—De acuerdo —se allanó con pesar.

Pensó que si el rey no había mostrado clemencia durante todos los días en que se había humillado en el castillo Capuano, menos lo haría ahora, con un proceso abierto por su maestro racional por... Tampoco era capaz de sopesar el alcance de su culpa, pero para que lo hubieran llamado a rendir cuentas, algo debía de existir y de la suficiente importancia para iniciar un proceso que podía alargarse a conveniencia contra un noble cercano al rey. Todo eso iría en detrimento de la consideración en la que Alfonso lo tenía y de su posible perdón. Sofia se lo había advertido. Se le encogió el estómago y un escalofrío recorrió su espalda. En unos instantes, sin embargo, se rehízo, se irguió, y solo entonces se dio cuenta de su aspecto: el de un simple villano, descalzo y despeinado, ataviado con una camisa de dormir sucia.

—¿Cuándo tengo que presentarme ante el maestro racional? —se forzó a preguntar.

El lugarteniente soltó una inesperada carcajada. Pensando que se burlaba de su aspecto, Arnau se encolerizó y buscó con la mano una espada que no ceñía. Uno de sus hombres le tendió la suya.

—¡No! —se excusó el lugarteniente.

Arnau ya se dirigía hacia él, amenazador, con el arma por delante. El alguacil desenvainó también, aunque con el miedo en el rostro, al tiempo que los soldados reculaban blandiendo sus lanzas. Todos conocían las hazañas bélicas del conde. Su fuerza y su destreza eran envidiadas tanto como elogiadas tras su participación en alguna de las justas organizadas por el rey. El lugarteniente del maestro racional, sin embargo, se mantuvo en su lugar, desarmado, sin borrar la sonrisa de su rostro.

—¿De qué te ríes? —le espetó Arnau, y lo animó a contestar agitando la espada.

—No me burlo de vos, conde. Al contrario, contáis con todo mi respeto.

—¡Entonces! —lo interrumpió Arnau con brusquedad—. Déjate de respetos.

—Vuestra comparecencia ante el maestro racional queda en suspenso. —Al oírlo, Arnau frunció la frente y lo interrogó con la mirada—. El rey reclama con urgencia vuestra presencia al mando de la hueste para uniros al ejército que partirá hacia Ancona a presentar batalla contra Francesco Sforza. Hay que liberar la Marca del peligro que supone para los Estados Pontificios de Eugenio. Así lo han acordado el Papa y Alfonso en Terracina.

Arnau ya no escuchaba. ¡El rey contaba con él! Si no lo había hecho en la paz, abrumado por sus necesidades financieras, no dudaba en llamarlo a la guerra.

—¡Partimos! —gritó a sus hombres.

# 4

*Nápoles, junio de 1443*

Marina despidió a su padre en el patio del palacio con el movimiento comedido de una mano y una oración silenciosa por su regreso sano y salvo. Peregrino, inquieto, como si supiera que partía a la batalla, devolvía al cielo los rayos del sol napolitano con destellos colorados en lo que podría ser el inicio de una confrontación o una alianza: la de la luz resplandeciente del Mediterráneo con el límpido y brillante pelaje del animal. Arnau, sonriente, disfrutaba del baile nervioso del caballo y nada hacía por calmarlo. El repicar de las herraduras sobre el enlosado acallaba las despedidas y agitaba al resto de las caballerías, incluso a las pacientes mulas cargadas de pertrechos. Acercarse a Peregrino para abrazar a Arnau se presentaba como una empresa peligrosa por los repentinos giros y grupadas del corcel, por lo que la familia del conde permanecía al pie de la escalera. Sofía, con los brazos sobre los hombros de Filippo y Lorenzo, de cinco y tres años respectivamente, apretándolos contra sí, sonreía ante el gozo que emanaba de Arnau. Iba a la guerra contra Ancona, sí, afrontaría peligros y arriesgaría su vida, también, pero desde hacía meses que no lo veía tan vivo y alegre como ahora.

Arnau no prolongó el momento y ordenó la partida. Un sobrio saludo a su familia con la mano y un grito de adiós que se confundió con el barullo de hombres y animales, y que obtuvo como respuesta el esfuerzo de sus hijos por comportarse como caballeros, como soldados.

—Aguantad firmes —los instaba su madre, ella sí con la voz

rota—. Haced que vuestro padre se sienta orgulloso de vosotros y combata con ese recuerdo.

Aguantaron. Marina también lo intentó, pero el incontrolable temblor de su mentón dio paso a unas lágrimas desconsoladas que todavía le resbalaban por las mejillas cuando un silencio absorbente y turbador pugnó por vaciar de vida el palacio.

—Vayamos a la iglesia —murmuró Sofía, como si tuviera miedo de quebrar tal quietud—. Rezaremos por la victoria de vuestro padre y la del rey.

Se dirigieron a San Lorenzo Maggiore, la iglesia construida y preferida por los angevinos y sobre cuyo portal de acceso todavía permanecía colgado, en signo público e incluso divino de victoria, el carro que Alfonso usara en su entrada triunfal en Nápoles hacía varios meses. Sofía y sus tres hijos, junto con la servidumbre que los acompañaba, accedieron a la nave principal de la monumental iglesia de estilo gótico francés. Bóvedas de crucería, esbeltas columnas lobuladas y arcadas destacaban en aquel edificio que se elevaba buscando el cielo, un templo erigido conforme a los cánones de un movimiento arquitectónicamente extraño en Italia. Anduvieron hasta el altar mayor pisando lápidas e inscripciones funerarias, empequeñecidos por los frescos con escenas marianas que decoraban la totalidad de los muros internos de la iglesia. Era difícil no distraer la mirada en algunas de esas pinturas, siempre encontrando algún nuevo detalle que añadir a los muchos que los excepcionales artistas habían plasmado para mayor gloria de la iglesia franciscana.

Los recibieron dos monjes mientras los criados expulsaban a patadas a unos perros que molestaban en el interior e instalaban los reclinatorios en una de las capillas laterales del deambulatorio, en el ábside. Allí, arrodillados, iniciaron las súplicas para que la Virgen intercediese ante Nuestro Señor a fin de que este protegiese al rey y a Arnau, y llevara a la victoria al ejército aragonés. Al cabo de media hora de oraciones, los niños se removían inquietos, cambiando el peso de una rodilla a la otra, incorporándose incluso, en ocasiones molestándose, mientras Marina había caído en unos murmullos con los que tanto podía estar rezando como recitando poemas. Fingía; no deseaba que ninguno de aquellos frailes le llamara la atención por irreverente.

La instrucción de la joven Marina de trece años como noble y futura esposa, un matrimonio que su madre ya negociaba con otras familias de su condición, se hallaba en su momento de mayor intensidad e incluía la *pietas* y la *religio*, virtudes femeninas por excelencia que, no obstante, ella rehuía. La joven se aburría cantando letanías o con las lecturas devocionales y religiosas que le imponían. Prefería los clásicos, a los que de cuando en cuando le permitían acercarse y en cuyas obras fundamentaba el rey Alfonso la corriente humanística que pretendía imponer en sus territorios conquistados. Pero si algo había descubierto Marina al llegar a la ciudad de Nápoles era la biblioteca angevina del anterior propietario del palacio y, entre sus volúmenes, las obras de autores como Dante, Petrarca o Boccaccio que, en ocasiones, hurtaba para leer en la intimidad de su alcoba. A ello cabía sumar su afición por el canto, el baile y la música. En ninguno de sus padres encontraba el modelo de esa devoción que pretendían inculcarle destinada a acercar al piadoso hasta el misticismo, un estado de consciencia que no armonizaba con la lectura del *Decamerón* o la práctica del arpa. Arnau tampoco se aproximaba a la mística; era un soldado al que la prudencia, la piedad y la misericordia le parecían cualidades incompatibles con la guerra. «Jesucristo también necesita soldados», acostumbraba a replicar con su firmeza habitual si surgía el tema.

Marina no se atrevía a contrariar a su padre, por lo que era a su madre a quien se dirigía en busca de las aclaraciones que la curiosidad le reclamaba.

—Eso que dice padre sobre los franceses... —comentó cuando todavía vivían en Gaeta un día en el que Arnau había golpeado la mesa para enfatizar su función como capitán de un ejército divino—, ¿acaso no son católicos como nosotros? Los franceses no son moros ni infieles, son cristianos. Entonces ¿Jesucristo reclama esta guerra?

—Es Dios el que ha llamado a Alfonso a reinar en Nápoles. Si los de Anjou se separan de los designios divinos, habrá que vencerlos por las armas.

—Pero el Papa no apoya al rey Alfonso, y el Papa...

—¿A qué Papa te refieres? —cerró la controversia la madre trayendo a colación el cisma con el que Alfonso jugaba políticamente.

Años después, Alfonso parecía haber apostado definitivamente por el papa Eugenio, explicó Sofia a su hija mientras se engalanaba para acudir a una fiesta. El simple inicio del rito del embellecimiento expulsó de la mente de la muchacha cualquier preocupación por la razón divina o no de las guerras de su padre y del rey Alfonso, para sumirla en la contemplación de la ceremonia que tantas veces había presenciado: el vestido, las joyas, los afeites... Entonces su madre se convertía en una diosa: bella, sensual, exuberante.

Hacía un año que Nápoles había caído ante las tropas aragonesas tras el ardid subterráneo encabezado por Arnau. Durante el largo asedio al que Alfonso y los suyos la habían sometido, la ciudad y sus gentes sufrieron estragos, lo que dejó zonas completamente derruidas, amén de carencias personales de todo tipo. Nada más asumir el control de la capital, el rey inició los trabajos de reconstrucción de Castelnuovo, muy dañado a causa de las hostilidades. También se afrontaron las tareas de rehabilitación urbanística de los lugares asolados, la nivelación, el ensanchamiento y el pavimentado de las calles con la piedra basáltica negra propia de las zonas volcánicas, se emprendió la restauración y el embellecimiento de los edificios tanto públicos como privados, se efectuaron reparaciones en las redes de abastecimiento de agua y alcantarillado, y se proyectaron nuevos servicios. Nápoles renacía y, con ella, sus gentes, a las que el perdón real permitió recuperar un modo de vida arrinconado durante la guerra.

Los napolitanos ansiaban la fiesta y el ocio, aspiración que, alentada por la obsesión del rey por la cultura y las artes, engendró un ambiente en ocasiones libertino en el que poco tardó en verse enredada Sofia.

Marina envidiaba el atractivo de su madre. Si de niña los preparativos para una celebración no habían constituido otra cosa que un juego, tras el cambio que conllevó su primera menstruación y a medida que crecía, que se observaba, que comprobaba cómo aumentaban de tamaño sus pechos y se sentía más mujer, no podía dejar de compararse con una Sofia exuberante. Ella, en cambio, era delgada, delicada, casi frágil, de facciones cinceladas y cabello castaño, tupido, de rizos amplios.

—No te preocupes, serás tan bella como yo —la reconfortaba su madre en el momento en el que la descubría mirándola con desasosiego.

Y Marina, indecisa, torcía el gesto asintiendo a las palabras de consuelo de una mujer presumida que de inmediato volvía a estar pendiente de sí misma, porque las fiestas, los bailes, las celebraciones y las reuniones sociales entusiasmaban a Sofia en igual medida en la que eran reprobadas por mosén Lluís, el fraile franciscano valenciano encargado de mostrar a la joven Marina el camino hacia la perfección cristiana.

—Debes rechazar las tentaciones mundanas —la aleccionaba con insistencia al tiempo que la señalaba con el dedo índice derecho, curvado a modo de garfio como si le supusiera un esfuerzo extenderlo—. La oración, la lectura de los hechos y la vida de los santos, la meditación, el silencio, la circunspección y el recato —recitó una vez más— son las acciones y los atributos que te conducirán hasta Nuestro Señor Jesucristo.

Sin embargo, mosén Lluís no acompañaba sus lecciones con el ejemplo, y eran muchas las ocasiones en las que, después de las clases, Marina se había parado a escuchar la conversación que acostumbraba a sostener con su madre en una de las estancias de palacio.

—¿Qué...? —exclamó Emilia, la criada que llevaba el vino que tanto complacía al religioso, al toparse con una persona agazapada tras la puerta, pero se tranquilizó al percatarse de quién era.

—Chis —le susurró Marina, al tiempo que le pedía complicidad con la mirada.

Y la sirvienta, solo unos años mayor que Marina, obedeció, no sin cierto orgullo por convertirse en aliada de la adorada hija del conde de Navarcles.

Entonces Marina escuchaba a mosén Lluís interesarse y reír

con escasa discreción, la copa de vino en la mano y varias ya en el estómago, las anécdotas que Sofía le confesaba de aquellos encuentros que luego el otro presentaría a la hija como diabólicos.

Esas conversaciones, las risas, los comentarios en ocasiones procaces originaban dudas que golpeaban y hacían tambalearse los pilares sobre los que trataban de educarla.

Su padre huía de religiosos e iglesias, salvo cuando de rezar por un perro de caza se trataba, sonrió Marina con cierto cinismo, y buscaba a Dios en la victoria con las armas. Su madre pretendía rendir a sus pies a la sociedad napolitana con un arma diferente a la espada: la sensualidad. Y el preceptor del alma de Marina, ahora convertido en un hipócrita. Se arrepintió con solo pensarlo. ¿Podía tildar así a un fraile?, se preguntó. ¿Sería pecado? Lo era. Ambas cosas lo eran, de hecho. Pecado, seguro, tan seguro como que aquel cura no era más que un farsante que se recreaba en lo que tanto criticaba y que, ahogado ya su decoro en el vino, terminaba pretendiendo la sonrisa, el roce y hasta quizá un beso de la inalcanzable Sofía, que se zafaba de su acoso con una coquetería y elegancia que el franciscano no merecía.

Por ello, esa mañana en San Lorenzo Maggiore, cuando Marina juzgó suficientemente cumplida su obligación para con su padre, con el rey y con el resto de los caballeros aragoneses, mantuvo en sus labios la cantinela de la oración mientras se concentraba en revivir las últimas experiencias adquiridas. Hacía tiempo que había decidido buscar otras enseñanzas que no fueran tan solo las de aquel fraile hipócrita y sus demás preceptores.

Sofía, inconscientemente, la convenció de ello tras interrumpirla con brusquedad el día en que Marina se atrevió, tras muchas dudas, a interrogarla por la contradicción en la que mosén Lluís incurría al prohibirle a ella lo que después el propio cura reía y alababa.

—Lo entenderás cuando seas mayor —espetó la mujer sin ofrecerle explicaciones.

La joven sintió que le ardía el rostro igual que si la hubiera abofeteado; apretó los puños y evitó replicarle, aunque tampoco satisfizo el interés de Sofía por saber cómo conocía las aficiones del fraile. Aun así, la mujer debió de imaginarlo, porque a partir de aquel día cuidó la privacidad de las conversaciones con el religioso.

¿Acaso no era lo bastante mayor para entender aquella contradicción?, se preguntó Marina cuando ni siquiera había llegado a dar la espalda a su madre. Le buscaban marido. Unos y otros le exigían que se comportase como una persona adulta. «Ya eres una mujer», la regañaban en las ocasiones en las que se dejaba llevar por el cariño y la ternura y jugaba con sus hermanos, y gritaba y corría, se tiraba por el suelo, los abrazaba, les hacía cosquillas y reía a carcajadas con aquellos dos pequeños a los que adoraba. Pero, por otro lado, cuando exponía su curiosidad sobre ciertos temas, esos mismos olvidaban sus admoniciones.

Paolo acostumbraba a hablarle de la Nápoles que a ella no le dejaban conocer, siempre acompañada, siempre vigilada por criados. Por las conversaciones con su amigo, la muchacha sabía de las gentes y sus costumbres, de sus necesidades, sus miedos y sus anhelos, tan distantes y extraños a las preocupaciones de una joven noble y privilegiada como ella. Pero la ciudad, aun estando muy cerca, accesible con solo cruzar la puerta del palacio, se le aparecía como un pozo tenebroso.

—Acompáñame —pidió a Paolo—. Podemos escapar... Y me enseñas la ciudad.

—El conde me cortaría la cabeza —acertó a excusarse el muchacho, que había palidecido.

Charlaban escondidos entre los árboles del gran jardín trasero del palacio. Atardecía, y la vegetación hablaba con colores. Acostumbraban a encontrarse allí, y se sentaban en un banco de piedra.

—¡Por favor! —insistió Marina con su sonrisa más radiante—. Mi padre no nos pillaría. Nunca está. Y los demás no se enterarán. Además, será divertido.

—No... ¡No! Sí que nos pillarían. ¿Cómo vas a escaparte? Te reconocerían.

—Me disfrazaría. Puedo usar la ropa de Emilia —dijo Marina, resuelta a convencerlo.

—¡Es ropa de criada! —alegó Paolo gesticulando como si la joven le hubiera propuesto una temeridad—. ¿Cómo podrías vestir como una… como una sirvienta! Además, ¡tú no andas como una criada! Ni te mueves como una criada, ni hablas como una criada.

Marina abrió los ojos sorprendida. Era la primera vez que el napolitano discutía alguno de sus deseos. Le sonrió de nuevo, decidida a ponerlo en un aprieto.

—¿Acaso tienes miedo? —lo desafió. Sin embargo, sus ojos, del color de la miel, se veían amables y afectuosos.

Estaban sentados el uno al lado del otro, y Marina se le acercó como si quisiera mostrarle apoyo ante su temor, una ayuda que el muchacho rechazó separándose el mismo trecho que ella se había aproximado. Jamás se habían rozado.

—Miedo… ¿al conde? —preguntó él a su vez, a modo de obviedad—. Todo el mundo teme al general.

—¿Tú también? Pensaba que no, que tú eras distinto. ¡Tú lo guiaste por el subsuelo de Nápoles! —exclamó, y Paolo apartó la mirada—. ¿No es así? Y después estuviste en la muralla. Todo el mundo ha reconocido tu valor.

Se habían recreado mil veces en aquellos sucesos, y Marina adoraba esa historia que convertía a aquel simple muchacho en todo un héroe.

—Sí, sí, claro —convino Paolo.

—Y, sin embargo, lo temes —intuyó ella. Paolo chascó la lengua—. ¿Por qué? —reiteró con auténtica curiosidad—. Tú eres un valiente.

A Paolo le hubiera gustado confiarle su secreto, ya que, en el fondo de su corazón, él sabía que no era tan valiente como todos pensaban. Fue su madre quien lo obligó a bajar al pozo; él se había guarecido en la torre, y solo cuando un ballestero lo amenazó con arrojarlo a los franceses si no les conseguía proyectiles, se atrevió a salir de su escondite para recoger aquellas saetas. Así que ese heroísmo procedía más de las amenazas ajenas que del valor propio.

Pese a todo, no tenía la menor intención de confiar eso a Marina, que ahora lo miraba expectante, con los ojos muy abiertos, esperando una respuesta.

—Tu padre sí que es valiente —intentó zanjar la cuestión.

—¡Mi padre es catalán! —Paolo se sorprendió ante la afirmación. ¿Acaso los napolitanos no eran valientes? Marina interpretó su gesto de desconcierto y trató de explicarse—: Cuenta mi padre que, cuando todavía era muy joven, en una ocasión el rey Alfonso tuvo que mediar en una discusión entre sus propios capitanes y Braccio, un condotiero que, tras servir a otros reyes, terminó como mercenario al servicio de Aragón. La disputa versaba sobre la brutalidad de los catalanes en contra del carácter de los italianos. Al final se llegó a una conclusión que todas las partes aceptaron y que consistía en reconocer que los aragoneses luchaban con el ímpetu feroz de sus almas, mientras los italianos dejaban de lado la ira y la precipitación para seguir los consejos de los sabios. —Paolo la escuchaba con atención—. Tú no eres catalán —recalcó Marina—. Los italianos sois sabios.

Aquella visión de la valentía y la inteligencia confundió a Paolo; quizá, efectivamente, no fuera tan valiente como Arnau Estanyol..., pero entonces sería más inteligente. La cuestión lo turbó: ¿él, un simple panadero, más inteligente que el general aragonés? Apartó aquellos pensamientos y pugnó por centrarse en la propuesta de Marina que había desencadenado tal conversación: la intención de recorrer Nápoles.

—Con miedo o sin él, las damas como tú no pueden salir a la calle a mezclarse con el común de la gente.

Marina hizo un mohín de disgusto.

—¿Sabes una cosa? —repuso en un tono levemente desafiante—. Las damas tenemos muchos recursos. Y no te preocupes, no te necesito para esto.

—¿De verdad no tienes miedo de salir sola?

—La mitad de mi sangre es catalana; mi padre era siciliano. Debo de ser algo valiente —afirmó aunque sin excesiva convicción.

—Pues yo no sé si soy valiente o inteligente. Solo soy el hijo de una panadera napolitana...

—Una panadera favorecida por el rey —apuntó Marina.

—Sí...

—He oído que la exención de impuestos que os concedió puede reportaros buenos dineros.

—Supongo...

Era la segunda vez que Paolo evitaba la conversación.

—¿Sucede algo? —se interesó la joven.

Paolo respiró hondo.

—Mi madre se asoció con el conde Gaspar para explotar la licencia de venta de trigo que el rey nos concedió —soltó de corrido, descargando una situación que le preocupaba desde que supo de los odios entre los hermanastros.

—¿Con Destorrent? —se sorprendió Marina—. Es un… ¡Mi padre lo odia!

—Eso lo hemos sabido después. El mismo día en que el rey nos otorgó el beneficio, cuando íbamos a casa se nos acercó un comerciante, un factor del conde.

—¿Y llegasteis a un acuerdo?

—Al día siguiente, sí. El conde nos pagó con generosidad. Ya te he dicho que somos unos simples panaderos, Marina. Tenemos un horno en el que cocemos el pan y las viandas que nos traen, y hacemos el nuestro. No… no alcanzamos a más, no sabríamos qué hacer con una licencia libre de impuestos. No entendemos de esas cuestiones, no tenemos dinero, no comerciamos con grano, y la oferta de aquel hombre fue buena. Lo lamento.

Sonó a despedida. Paolo resopló y se levantó, y Marina lo imitó.

—Paolo…, no te sientas así.

—No —la calló él—. Mi madre tiene razón. No debería estar aquí contigo, esa es la verdad.

Por primera vez desde que se conocían, Marina apoyó con delicadeza su mano en el antebrazo del muchacho, pero él lo apartó casi como si le hubieran acercado un tizón. Quizá su madre también lo hubiera aleccionado al respecto, pensó la joven. Seguía delgado, pero ya no era el chico esquelético y sucio que acompañara a Arnau bajo las murallas de la ciudad. Había ganado presencia. Era bien parecido, y aunque vestía de forma sencilla como cualquier artesano, camisola más parduzca que blanca, calzones y sandalias, salvo algunos restos de harina siempre iba limpio, «como debe ser para quien trabaja con el pan», repetía el propio Paolo con orgullo.

—Pero a mí me gusta que vengas —murmuró ella.

—Entonces prométeme que no saldrás de este palacio.

Marina suspiró. En el fondo, pese a sus palabras, sabía que no se atrevería a pisar la calle si no iba con alguien de confianza como Paolo.

—Te lo prometo.

Él asintió, satisfecho, y prometió regresar, retomando así la costumbre de acceder a los deseos de aquella joven que, una vez sola en el jardín, escrutó los alrededores con preocupación, atenta a miradas indiscretas.

Los temores de Paolo solo consiguieron que Marina renunciara a postergar su descubrimiento de Nápoles. Tiempo habría, concluyó. Así pues, decidió centrarse en explorar a fondo el misterioso mundo que la rodeaba directamente y del que todavía no lo conocía todo: el palacio.

La siguiente noche en la que su madre acudió a una fiesta, Marina aprovechó su ausencia. Pegó la oreja a la puerta de su alcoba, atenta a la respiración de Emilia. La criada dormía fuera, en el pasillo, sobre un par de mantas, pendiente de cualquier deseo de sus señores. Roncaba. Marina conocía ese respirar ruidoso, que no se interrumpió cuando, descalza, en camisa de dormir y embozada en un chal oscuro, pasó sobre ella para adentrarse en la oscuridad de unas estancias que le estaban prohibidas, más aún sola y cuando ya había oscurecido.

Las tardes y las noches eran el universo de su madre, una mujer atraída por los placeres cortesanos, la música, el canto y el baile, aunque también por la literatura y la poesía. Hija del conde Nucci, su inclinación por Giovanni di Forti fue censurada por sus padres y hermanos, y no porque el siciliano desmereciera la nobleza familiar, sino porque los Nucci defendían la causa angevina mientras que Giovanni sostenía los derechos hereditarios de Alfonso sobre el reino de Nápoles. El rey, aun en guerra, apoyó el matrimonio, y Sofia supo aprovechar esa situación.

—Simularía escapar sin vuestro permiso, padre —arguyó ante el conde y dos de sus hermanos en una reunión que logró convocar a base de súplicas—, con lo que vuestro honor quedaría incólume. Podríais repudiarme incluso. —Los tres hombres esperaban mayores explicaciones—. Si Alfonso conquistase Nápoles…

—¡Eso no sucederá! —gritó uno de sus hermanos.

—Si Alfonso conquistara Nápoles —repitió Sofia con paciencia—, tendríais en Giovanni a un aliado.

—¿Y traicionar a Renato?

—Decenas de nobles como nosotros están pasándose al bando aragonés —replicó la hija—. Sois conscientes. Alfonso los acoge con generosidad y los nombra príncipes, duques, marqueses. ¡Más de cuarenta títulos de conde ha creado desde que invadió estas tierras!

Quien hablaba por boca de Sofia, en realidad, era Giovanni. Durante los largos años de guerra, a medida que los aragoneses conquistaban plazas y regiones, Alfonso beneficiaba con extrema generosidad a los nobles napolitanos concediéndoles títulos, tierras y todo tipo de pensiones a cargo del erario real, exenciones fiscales y beneficios económicos en forma de concesiones, licencias y patentes para asegurarse su fidelidad e ir horadando la autoridad angevina. Lo que muchos de sus nobles consideraban un plan arriesgado alcanzó su máximo exponente en el momento en el que el rey otorgó a los barones del reino el *merum et mixtum imperium*, la jurisdicción criminal sobre sus vasallos, una potestad que hasta entonces siempre había permanecido en manos del monarca. Así pues, los barones pudieron, salvo en los delitos de traición, castigar a sus vasallos hasta con penas de muerte, amputación y demás correctivos corporales que aquellos podían conmutar por multas, lo que conllevó un estallido de corrupción y extorsiones en manos de justicias y alguaciles codiciosos y despiadados.

Lo único que Alfonso reclamaba a cambio de esas peligrosas cesiones era que todos aquellos terratenientes asumieran que ejercían esas facultades en su nombre, que Alfonso, rey de Nápoles y Aragón, era la fuente de todo poder.

Con tales argumentos, Sofia convenció a sus parientes, que la dejaron escapar y renegaron de ella. La muerte de Giovanni no significó su regreso a la familia, menos aún cuando sus hermanos se enteraron de que, con el consentimiento del rey, Arnau iba a ocuparse de ella, por lo que le exigieron que mantuviera su palabra. Los aragoneses iban ganando terreno, Alfonso resistía y el resultado de la situación bélica era cada vez más incierto. Poco importaba que se tratase de un noble siciliano o de un catalán; Sofia debía permanecer en el bando de los aragoneses para que ellos tuvieran la oportunidad de cobrar su promesa, como así hicieron el día en el que Alfonso puso en asedio la propia capital y el conde Nucci fue acogido entre los vencedores por intercesión de Arnau.

Desde entonces, Sofia se había ganado el respeto de los napolitanos y recuperado su lugar en el entorno que le correspondía por naturaleza, porque las familias nobles tradicionales, las que enraizaban sus orígenes en la antigüedad, la reconocían como una de los suyos, igual que los Zurlo, los Balzo, los Orsino, los Caracciolo y otros tantos linajes. En esos encuentros, Sofia no era una catalana o una siciliana, no encontraba la admiración y el respeto en aquellos conquistadores extranjeros, sino en su propia familia napolitana: los Nucci. La guerra le había robado gran parte de una juventud que tampoco pudo mecerse en el cariño y la delicadeza que correspondían a una mujer sensible. Arnau era noble de corazón, pero tosco en el trato. Probablemente la quería, pero parecía incapaz de demostrarlo. Él entendía esos sentimientos y la ternura como una debilidad, y quizá eso fuera cierto en el combate, pero en el lecho se transformaba en brutalidad, aunque sin mala fe, Sofia estaba convencida de ello; se trataba, simplemente, de que así jodían los perros o los caballos. Por su parte, Sofia había aprendido a encontrar afecto en la rudeza de Arnau, y lo aceptaba tal como era: noble y leal, brusco y más hábil en el campo de batalla que en el trato social. Un buen aliado para esos tiempos inciertos. Tras años de guerra, rencillas, contiendas y tensiones sociales entre los suyos, sentirse querida y respetada ahora por sus iguales la complacía sobremanera.

Esa noche, mientras Sofia se deleitaba con la música en un palacio enclavado en el *seggio* del Nido, Marina pugnaba por distinguir los sonidos que le señalaban el camino que debía seguir en aquella maraña de pasillos, estancias y patios que habían ido añadiéndose de forma caótica a la construcción originaria.

Nunca había llegado a pensar en la cantidad de servicios necesarios para mantener en funcionamiento su hogar. Las superficies que en las plantas nobles eran estancias amplias, salones inmensos amueblados con lujo, alcobas, bibliotecas..., todo iluminado, limpio y cómodo, ahí abajo, en la planta inferior y en los sótanos, probablemente también en los áticos, mudaban en lugares oscuros, húmedos y malolientes que combinaban grandes espacios como las cocinas o las cuadras con multitud de habitaciones pequeñas cuya función desconocía. Intentó abrir algunas de ellas a su paso; unas cedieron, otras no, cerradas con llave. La oscuridad le impidió ver el interior de parte de las que consiguió abrir, y en las que sí pudo vislumbró armas, aperos o muebles. De camino al resplandor y a las voces que surgían de una habitación, sorteó a un par de hombres que dormían en el suelo para asomarse a la luz.

Dentro había varios más, unos sentados a una mesa, otros de pie, moviéndose; jugaban a los dados alumbrados por velas. Apostaban. Gritaban. Lanzaban los dados y se peleaban. Los dineros pasaban de una mano a otra.

No reconoció a ninguno de ellos, menos todavía al que descubrió su cabeza tapada con el chal sobresaliendo al otro lado del marco de la puerta.

—¡Entra, muchacha! —la invitó—. Si me traes la suerte, seré generoso contigo.

Un estallido de carcajadas y comentarios soeces acompañó la propuesta. Marina se vio observada por algunos de aquellos hombres, otros ni se molestaron en volver la cabeza.

—No nos distraigas, mujer. ¡Juguemos! —exigió un barbudo de los que estaban de pie.

—¿Quién es esta? —inquirió alguien.

Ella se tapó todavía más el rostro.

—No seas tímida, entra —la animó otro.

Marina no fue capaz de moverse. El corazón le latía con fuerza, le temblaban las rodillas y le fallaba la respiración. Permanecía hipnotizada por una escena que parecía que nadie quería romper por no perder su puesto alrededor de la mesa de juego. Presenció dos tiradas más. Oyó insultos, blasfemias por la mala suerte... o por la buena, con la Virgen, para bien o para mal, en boca de todos ellos, hasta que uno, quizá un perrero por sus ropas sucias y el hedor que incluso ella era capaz de percibir, perdió cuanto dinero tenía e hizo ademán de dirigirse hacia donde se encontraba. Marina se demoró un instante, pero acabó reaccionando: se impulsó contra el marco y corrió por el pasillo al tiempo que trataba de recordar dónde dormían los criados para no tropezar con ellos.

—¡Eh! —oyó a su espalda.

Nadie la persiguió, lo que no fue óbice para que continuara con paso apresurado, ajena a todo, hasta tranquilizarse con los ronquidos de Emilia a la puerta de su alcoba.

Mientras Marina cerraba la puerta de su dormitorio para respirar tranquila, Sofía departía con el conde Arinyo, su anfitrión del día:

—¿Os ha complacido la música?

Sofía dudó que al noble le importase si le había gustado o no el concierto. La pregunta no era más que la excusa para acercarse a ella, mucho, como si se tratara de un asunto confidencial, íntimo, y tomarla del codo con una mano para rodearle el talle con la otra, acompañarla en un paseo por el salón, charlando, riendo tontamente sus respuestas, e incitándola a hablar mientras dejaba que la mano apoyada en su cintura descendiera hasta una de sus nalgas.

—Antonino —se quejó ella—, la música me transporta a un paraíso de sensaciones placenteras tal, que desearía no tener que confrontarlas con la sordidez de las mundanas.

La mano saltó del lugar en el que se posaba. Sofía rio como si quisiera agradecer públicamente al conde su compañía.

—Si me lo permitieseis, os mostraría el lado bello de los placeres mundanos —le ofreció él con expresión lujuriosa—, porque con vos podría alcanzarse un éxtasis tan puro y excelso como el que anuncian las trompetas al son del *Pange lingua gloriosi*.

—¡Antonino! —lo regañó Sofía.

El conde se despidió con una elegancia que volvió a arrancar una sonrisa a Sofía, quien después recorrió con la mirada el salón, ruidoso y concurrido. Nadie parecía haberse percatado, salvo un hombre que la observaba con descaro apostado en una esquina, solo, vigilante, el cinismo en su rostro: Gaspar Destorrent, el que, desde la distancia, inclinó levemente la cabeza hacia ella.

Sofia no le devolvió el saludo.

Pese a sus últimas palabras, Paolo no regresó al palacio Estanyol durante tres semanas. Marina no lo entendía, por lo que el último domingo en que Orsolina acudió con la torta con la que acostumbraba a presentarse el hijo y al que volvió a excusar con torpeza, ella acudió a la cocina en cuanto la avisaron de la presencia de la mujer, pese a la oposición de Sofia, que no aceptaba que su hija recibiera a una panadera.

—Dile que no falte el próximo domingo, Orsolina —le pidió—. Díselo de mi parte. Adviértele que me enfadaré si no viene y haré que la guardia vaya a buscarlo —recalcó intentando adoptar un tono de amenaza.

—Se lo diré, baronesa —se comprometió con humildad la mujer, utilizando el título que correspondía a Marina desde la muerte de su padre.

—¿No tienes suficientes jóvenes de tu clase con los que departir en lugar de perseguir a un panadero, Marina? —le recriminó Sofia a su regreso al salón.

Los había, por supuesto. Buena parte de ellos eran groseros con las mujeres por pretenciosos y arrogantes, empeñados en convertir cualquier reunión en una pugna por demostrar su primacía, aunque también se topaba con jóvenes, pocos ciertamente, corteses y agradables, hasta atractivos. Marina disfrutaba de los encuentros sociales. Tenía amigas con las que cotillear y criticar, y reírse de aquel o del otro, quizá de aquella. Siquiera tosco o ingenuo, le complacía el cortejo. «Digna hija de su madre», había oído en más de una ocasión.

Sin embargo, Paolo era... Era como si fuese suyo. Se trataba de un joven dulce y atento que no la pretendía, Marina apostaría a que ni siquiera en sueños, en esas fantasías pecaminosas de las que tanto la prevenía mosén Lluís. Y aunque la obedeciera y consintiera cualquiera de sus deseos, no era comparable a un criado como en ocasiones había insistido su madre para hacerla desistir de su compañía, porque con ningún otro sirviente se habría sentado ella a charlar en el banco de un jardín y le habría confesado sus secretos. Además, Filippo y Lorenzo también lo querían, y esa, por sí sola, ya era razón suficiente para apreciarlo.

Si Paolo no acudía al palacio, Marina no podía explicarle el cambio radical acaecido en sus correrías nocturnas. No le había confesado que por las noches escapaba de su alcoba, pensó enarcando las cejas y encogiendo los hombros en soledad, hablando consigo, como para relatarle que en una de esas ocasiones pisó a Emilia.

La criada saltó como un resorte.

—¡Ay!

Marina se abalanzó sobre ella y le tapó la boca. Emilia se revolvió. En la oscuridad, tardó unos segundos en reconocer a su señora en el atacante y se quedó quieta. Marina la liberó de la mordaza y, también quieta, escuchó entre los ruidos del palacio por si alguien se hubiera percatado del incidente. Al ver que nada sucedía se relajó.

—¿Qué hacéis, señora? —siseó Emilia.

Marina lo pensó un segundo.

—Estoy escapando de mi alcoba —susurró en tono cómplice.

Continuaban la una encima de la otra, hablando tan cerca que percibían su recíproco aliento cálido.

—No puedo permitíroslo. Tengo que decírselo a vuestra madre.

—No. No lo hagas…

—Señora… Si se enteran, me azotarán y me despedirán.

—Y si se lo dices, será a mí a quien castiguen.

Ambas permanecieron unos instantes en silencio, pensando, sintiendo sus respiraciones, el ascenso y descenso de sus pechos, los de Marina presionando los de Emilia. La joven no deseaba obligar a la sirvienta, gozaba de su simpatía, pero sabía que lo que iba a decir a continuación, por más que pudiera doler a ambas, era cierto:

—Y el que a mí me castiguen no garantiza que no lo hagan contigo, Emilia. Es más, te consta que el mayordomo será severo.

Emilia sabía que sucedería: la castigarían igual, quizá hasta con mayor rigor por cumplir con su trabajo y denunciar a Marina. Aunque fuera verdad, constituía una ofensa, porque ¿quién era una simple criada para acusar a una baronesa?

—Entonces... —se le ocurrió plantear—. ¿Por qué no regresáis a la alcoba, yo continúo durmiendo y aquí no ha pasado nada?

—Hagámoslo al revés —propuso Marina con una sonrisa traviesa—: yo me voy, tú continúas durmiendo y aquí no ha pasado nada.

Hablaban las dos en susurros, todavía en la misma posición. Marina tomó la iniciativa y se levantó.

—Duérmete —instó a la criada.

Luego se encaminó pasillo adelante en dirección a las profundidades del palacio. Recorridos unos pasos, se volvió.

—¿Adónde vas? —inquirió al descubrir a Emilia tras ella.

—No puedo permitir que deambuléis por la noche entre todos esos canallas.

Ninguna planteó lo que sucedería si las sorprendían; en su lugar, se sonrieron.

La compañía de Emilia procuró a Marina la posibilidad de penetrar en aquella vida paralela, en ese universo tan solo intuido por la joven privilegiada.

—¿Qué es lo que queréis conocer? —se interesó la criada.

Se jugaba a dados, como ya había comprobado, y también a naipes. Se peleaba, siempre con apuestas de por medio. Emilia la disfrazó mucho mejor, con ropas viejas, remendadas, ocres, le tiznó rostro, brazos y piernas, le cubrió la cabeza y la arrastró a una pelea en la que la sangre de uno de los contendientes llegó a salpicarla.

—¿Por qué lo hacen? —acertó a preguntar la joven cuando se enfrió la angustia.

—Porque son hombres —respondió la sirvienta.

Los perros y los caballos eran intocables.

—El conde, vuestro padre, sería capaz de darse cuenta del menor maltrato. Poco le importará que a un mozo de cuadras le hayan amputado dos dedos en una pelea, pero como uno de sus perros sufra algún daño, ¡colgará al responsable!

Se bebía. Se bailaba. Se contaban historias como la que una noche se detuvieron a escuchar de boca de un viejo portero acerca de Niccolò Pesce, el niño obsesionado con el mar al que su madre, perturbada, enojada por las horas que malgastaba en el agua, maldijo condenándolo a convertirse en pez.

Marina conocía el cuento, probablemente también los demás por popular, pero lo que le interesaba era cómo lo narraba aquel hombre casi desdentado, la inflexión de su voz, la gesticulación de sus manos, los silencios que cortaban la respiración, la sorpresa... Esa noche, la muchacha disfrutó con las respuestas y expresiones del auditorio cuando el niño medio pez, medio hombre, encarnado en el viejo portero, habló al rey de los tesoros que escondían las profundidades marinas. Hasta Emilia parecía embobada ante la relación de piedras preciosas y joyas que el anciano fue enunciando al tiempo que las delineaba con sus dedos como si las acariciase y las contemplara con mirada experta, el brazo en alto, al resplandor de los hachones. Todos aquellos tesoros —perlas, zafiros, esmeraldas...— cubrían el fondo del mar entre jardines de coral y barcos hundidos. Niccolò, explicó después el hombre, cubría las distancias largas dejándose comer por los grandes peces cuyo vientre abría luego con un cuchillo para escapar una vez arribado. Una de las mujeres que trabajaban en las cocinas chilló en el momento en el que el cuentista simuló cortarle el estómago con el dorso de la mano a modo de espada. El resto rio, antes de mudar el semblante al conocer que el niño pez desapareció mientras intentaba extraer una bala de cañón que el rey le había reclamado de las profundidades marinas cercanas al faro de Mesina.

La decena de escuchantes trató de escabullirse en cuanto el anciano puso fin a la historia, pero este consiguió detener a un par de ellos y acorralarlos para que le dieran una moneda.

—Para el entierro y las misas de un pecador —les rogó con la mano sucia extendida, temblorosa.

—Tu sitio es el infierno, viejo, ¿para qué quieres misas? —se zafó uno de ellos mientras el otro rebuscaba a disgusto una moneda entre sus ropas.

—No sé para qué —le recriminó al dársela—, mañana estarás bebiéndote lo que nos quitas para ese puñetero entierro.

—¡A ver si te mueres ya! —añadió el que se había librado.

Marina interrogó a Emilia con la mirada.

—Está obsesionado con la muerte y su entierro —le aclaró la sirvienta—. No hace más que pedir y pedir para sus misas y sus exequias, aunque lo cierto es que después se lo gasta en vino.

El hombre se acercó a ellas con la mano por delante.

—No tenemos dinero, viejo.

Marina, sin embargo, quiso saber de él: había sido portero del palacio ya en época de Francesco Domenni, aunque ahora, a sus años, débil, de poco servía: algún recado, muchas historias y más recuerdos. Pese a haber sido fiel defensor de los angevinos, el catalán se había portado bien con él y le había permitido terminar sus días en aquel palacio. Cuando la muchacha le preguntó si conocía el edificio, el anciano no lo dudó: hasta el más recóndito de sus rincones. Podía recorrerlo a ciegas, aseguró.

—Y a ti no te recuerdo —terminó al tiempo que señalaba a Marina.

—Te falla la cabeza —se interpuso Emilia.

—Una moneda...

—Eres tú quien tendría que dárnosla, Baltassare —replicó la criada—. La usaríamos bien, para divertirnos, no como tú, que la quieres para tu muerte.

El hombre iba a insistir cuando un sonoro cachete y un grito desvió su atención. Un lacayo todavía mantenía agarrada por el culo a una ayudante de cocina que trataba de escapar procurando que no se le cayera el candil que portaba. Pese a la bofetada con la que logró liberarse del acoso, la mujer rio al pasar junto a ellas.

—No estaría de más contar con los conocimientos de ese viejo en nuestra próxima escapada —comentó Marina ya de regreso a su alcoba.

—Sí, aunque tendríais que pagarle media tumba y...

Emilia no pudo concluir su respuesta. La pareja formada por el lacayo y la cocinera obstruía el pasillo, él besando a la mujer, manoseándola en busca de sus pechos y su entrepierna, ella suspirando de placer mientras lo abrazaba con fuerza, como si pretendiera impedir que se separara siquiera un palmo.

La linterna, colgada de un saliente sobre sus cabezas, parecía haber sido dispuesta para iluminar una escena ante la que Marina y Emilia se detuvieron con curiosidad, hasta que la cocinera, sin soltar su presa, desde la propia espalda del hombre, agitó una mano para indicarles que continuaran andando.

Las dos obedecieron, sortearon a los amantes y prosiguieron con una sonrisa en la boca.

—¿Hay mucho más de esto? —inquirió Marina antes de cerrar la puerta de su alcoba.

—Las noches desatan las pasiones, baronesa —contestó la criada.

Y ya en su lecho, con los suspiros de placer de la cocinera que la acompañaron incluso cuando ya la distancia los había silenciado, Marina quiso desatar una imaginación falta de experiencias. Ninguno de sus tutores le había hablado de sexo, y los curas solo se referían a ello para demonizarlo con discursos apocalípticos y amenazas terroríficas, aunque en términos tan genéricos, tan amplios y hasta superficiales que era imposible que una joven ignorante pudiera hacerse una somera idea de lo que en realidad constituían los pecados de la carne a partir de aquellas diatribas. Su madre rehuía la conversación, limitándose a advertirle de la prudencia y el recato con los que debía comportarse ante cualquier hombre. Y con sus amigas... Estas especulaban, se contaban lo que habían oído, quizá alguna propuesta indecente que les había lanzado un hombre a su paso, una frase suelta de algún hermano, los besos y las caricias que habían espiado o lo que hacían los perros y los caballos. Algunas de las jóvenes se escandalizaban y se apartaban de la conversación, aunque otras seguían fantaseando, como Marina esa noche, al intuir que el insolente deseo de la cocinera le anunciaba que había algo más que ella ignoraba. ¿Acaso no eran los hombres los que perseguían el pecado carnal? En eso estaban de acuerdo todas las amigas de Marina: cuando llegase el momento, deberían someterse.

Al día siguiente pensó en acudir a su madre y comentarlo con ella, iniciativa que abandonó ante la imposibilidad de excusar la fuente por la que conocía que una mujer disfrutara de que la besasen y hurgasen en su intimidad. En cualquier caso, Sofia no parecía dispuesta a atender a su hija; desde hacía algunos días permanecía en un estado como de tristeza que la llevaba a perder en el vacío la mirada siempre despierta que la caracterizaba.

La preocupación de la madre no era otra que el acoso al que Gaspar Destorrent la sometía. El nombrado conde de Accumoli no había acompañado a la guerra a la multitud de caballeros que partieron con Arnau y el rey. Gaspar se había librado pagando una hueste de cinco lanzas, cada una de ellas compuesta por tres caballeros con armadura completa y caballo de guerra, tres soldados con armas ligeras y tres pajes. Cuarenta y cinco hombres comandados por un capitán profesional valenciano también contratado por Gaspar, quien eludió su presencia en el campo de batalla alegando las múltiples e importantes responsabilidades económicas que el propio monarca le había encomendado, aunque eso no parecía impedirle disfrutar de la vida.

—¿Por qué está en todas las fiestas? —preguntó un día Sofia a su anfitrión señalando a Gaspar, quien rondaba de nuevo los salones vestido de seda negra con hileras de perlas bordadas en el jubón y en los calzones, a modo del rey Alfonso.

—Es un hombre poderoso —contestó el otro.

El conde de Accumoli le transmitió con una mirada altiva que sabía que hablaban de él.

En su siguiente fiesta, en el palacio de Matteo Gallo, la poesía derrumbó cualquier muro de precaución tras el que pretendiera parapetarse de la presencia de Gaspar. La cadencia de los versos, la sonoridad de las palabras, los sentimientos exacerbados exigiendo una respuesta: risa, llanto, alegría... El amor declarado, el imposible, la pasión... Quizá Antonino tuviera razón y no todo fuera sórdido. Varios hombres se le acercaron, Sofia notando su propia piel, su cabello, ¡consciente de su atractivo! Flirteó. Rio. Charló. Alguien le robó un beso en un momento de descuido. Se turbó. Hubo aplausos. Sofia enrojeció, se ofuscó, se excusó con palabras torpes e intentó retirarse.

—Seréis mía.

Igual que una serpiente, Gaspar se había deslizado hasta ella con sigilo para amenazarla con unas palabras que sonaron sibilantes.

Sofia palideció. El catalán la escrutó con descaro, los ojos ardientes de deseo posados en su torso, tratando de desnudarla para descubrir los pechos que se le adivinaban bajo el vestido, ahora desbocados por la perturbación.

—¡Ah! Veo que os conocéis —terció el hermano de Sofia con gozo, también aparecido de la nada.

Battista Nucci la retuvo junto a Gaspar, obligándola a departir con él y otros más que se sumaron a la conversación.

Días más tarde, Sofia confirmaría lo que ya sospechaba: el conde de Accumoli había prestado una buena cantidad de dinero a los Nucci. Además de financiar al rey, el comerciante ennoblecido iba comprando a los napolitanos con el objetivo de ganarse su respeto, cuando no su obediencia.

—Deberías ser más complaciente con Destorrent, querida —llegó a recriminarle Battista ante sus desaires hacia Gaspar—. En estos momentos la familia depende de él. —Ella fue a protestar, pero su hermano se lo impidió—. Padre está enfermo, madre es anciana… ¿Pretendes darles este disgusto? ¿Sabes lo que les sucedería si el catalán diera por vencidos los créditos?

Sofia conocía el ruinoso estado de las finanzas de su familia y, sobre todo, la ingente cantidad de recursos dilapidados por su hermano mayor. No obstante, pese a que la causa de esas carestías no era otra que el derroche y el despilfarro de Battista, ella nunca haría nada que perjudicara a sus padres.

Mientras tanto, Arnau luchaba lejos de su hogar en una guerra que se prolongaba, puesto que Francesco Sforza, que ya contaba con el apoyo de florentinos y venecianos, llegó a buscar también, atemorizado ante el poderío del ejército napolitano, el de su suegro, Filippo Maria Visconti, duque de Milán, con el que hasta ese momento mantenía un enfrentamiento. Visconti confió en las buenas intenciones de su yerno y medió ante Alfonso para que cejase en su empeño y abandonase la región. La amistad que unía al duque de Milán y al rey de Nápoles era firme y sincera, cimentada en la convivencia entre ambos nobles cuando en 1435, años antes de su victoria definitiva, Alfonso sufrió un revés en la guerra y terminó preso en manos del duque a la espera de su rescate. Ya en aquella época, el rey aragonés luchaba contra los ejércitos de los mayores estados italianos, que querían impedir que se hiciese con el reino de Nápoles. Alfonso se enfrentó a una alianza compuesta por los angevinos al mando de Renato de Anjou y sus aliados: Venecia, Florencia, el Papa y Génova. Fue la flota de esta última república la que venció a la aragonesa en la batalla de Ponza. Alfonso y la mayoría de sus nobles fueron hechos prisioneros, y el aragonés, tras su paso por Savona, terminó bajo la vigilancia de los milaneses.

Alfonso y Filippo hablaron, se conocieron, trabaron amistad y, al final, terminaron firmando un tratado por el que se repartían Italia: el norte para los milaneses, incluida Córcega, a la que Alfonso renunció; el sur, Nápoles, para los aragoneses.

Por eso, la intimación que Filippo hizo a Alfonso para que pusiera fin a las hostilidades contra Sforza puso en un compromiso al aragonés, que se había comprometido a restituir a los Estados Pontificios los territorios cuyo gobierno el Papa había entregado al condotiero, del que ahora desconfiaba. Alfonso continuaba enemistado con Génova y en ese momento volvía a enfrentarse a la Marca de Ancona y sus aliados: Venecia, Florencia y, probablemente, Milán. De nuevo, el aragonés contra Italia entera.

La llegada del invierno, sin embargo, conllevó un cese en las hostilidades y un respiro para Alfonso, que regresó a Nápoles dejando sus ejércitos acantonados en varias ciudades de la Marca. Arnau tenía que regresar por Navidad, pero finalmente no lo hizo: se quedó en Ancona, a cargo de la milicia.

Superadas las celebraciones religiosas, la presencia del rey en la ciudad incrementó las profanas, y si Arnau vivía en la Marca la tregua impuesta por la climatología, Sofía tenía que defenderse en Nápoles en un campo de batalla muy diferente: el de los salones de los palacios en guerra declarada contra un Gaspar Destorrent que, protegido por Battista, se comportaba con mayor descaro a medida que transcurrían los días.

Si la nobleza italiana, frívola en lealtades, permanecía pendiente del resultado del ataque contra Sforza y el consecuente baile de alianzas entre estados, la napolitana presenciaba turbada los ataques del conde de Accumoli a la integridad de una mujer dispuesta a resistir, porque la inicial consideración que Sofia había merecido como miembro de la familia Nucci se enfrió ante el temor a Gaspar y la aquiescencia de Battista, quien consentía públicamente esa relación. Si los Nucci daban su aprobación, ¿quiénes eran ellos para interferir en cuestiones de amor?

—¿Qué más hacen? —interrogó Marina a su criada en el momento en el que la encontró limpiando y ordenando la alcoba.
—No entiendo, baronesa...
—No te hagas la necia —la regañó Marina, como si con ello alejara también sus propias dudas—. ¿Qué más hacen las mujeres de este palacio, además de besarse en los pasillos?

La criada abrió los ojos cuanto le permitieron cejas y párpados. La señora la instó a contestar con un gesto similar.

—Fornicar —terminó reconociendo Emilia.

Por lo visto, era usual que las parejas acudieran a una estancia en particular.

—En ocasiones hasta se junta más de una —explicó Emilia en un susurro.

Esa noche estaban las dos escondidas en un rincón oscuro, tras unos muebles amontonados sin orden. En esa habitación alejada del trajín ordinario de la casa se acumulaban los enseres abandonados por Francesco Domenni en su precipitada huida de Nápoles y que Arnau no permitía que se utilizasen por contener sellos, dibujos, relieves o motivos angevinos, pero que Sofia se había negado a quemar por el gran valor que tenían.

—Algún día podríamos restaurarlos —afirmó con pragmatismo.
—No veo la razón por la que tengamos que aprovechar la

escoria que dejaron atrás nuestros enemigos —desechó Arnau la idea con uno de sus típicos manotazos al aire.

—Querido, la razón es la misma por la que hiciste repicar las paredes de este palacio para borrar los vestigios de esos mismos franceses y traernos a todos a vivir en él.

En aquel almacén se guardaban un par de camas con dosel y escudos heráldicos de los Domenni labrados en grandes medallones en la madera, aunque desprovistos de los colchones de lana, que se habían reutilizado por más que hubieran acogido el descanso de los enemigos. Pero si las camas parecían impracticables, no así los tapices y las alfombras que estaban apiladas en el suelo y que Marina pronto entendió que debían de ser más cómodas y acogedoras que cualquiera de los catres en los que dormían los sirvientes de palacio, cuando no lo hacían en el suelo.

—Podría ser peligroso, si nos descubren —le había advertido Emilia.

—¿Crees que me atacarían? ¿A la hija del conde? —se sorprendió Marina.

—Algunos hombres son como bestias, baronesa, y si además han bebido..., ¡enloquecen! Si nos descubriesen hallándose en ese estado, dudo que vuestra condición los detuviera. Con franqueza, no os lo aconsejo. ¿Por qué deseáis espiar estas cosas?

¿Por qué deseaba hacerlo?, se preguntó Marina. Porque tenía que descubrir lo que alimentaba el placer de la cocinera. Porque necesitaba entender a Boccaccio y su *Decamerón*, uno de sus libros preferidos que extraía en secreto de la biblioteca que el francés, igual que sucedió con todos aquellos muebles y tapices, tampoco llegó a llevarse de vuelta a su país. Marina intuía que existía todo un mundo que los adultos intentaban ocultarle y que ese mundo se movía sobre todo de noche, a oscuras, para que las jóvenes como ella no lo vieran.

La curiosidad fue más fuerte que la prudencia, y Marina convenció a Emilia de que la acompañase hasta aquel almacén de enseres proscritos, al que no tardó en llegar una pareja.

—¿Es Severina? —preguntó Marina cuando creyó reconocer en la mujer a una de las criadas que trabajaban en una de las plantas nobles, codo con codo con Emilia.

Esta suspiró y asintió.

Los vieron besarse y acariciarse, oyeron sus risas y sus cuchicheos. Los amantes trataron de desnudarse, pero sus manos se distraían anhelantes en el cuerpo del otro. Se detuvieron para quitarse toda la ropa, momento en el que Marina comparó los pechos grandes y turgentes de aquella criada con los suyos, todavía nacientes, y sintió una envidia que no supo explicarse. Luego contempló al hombre, también joven, fuerte, bien formado, su pene erecto, y notó acelerada su propia respiración, como si pretendiera acompasarla a la de aquella pareja que acababa de tumbarse sobre tapices y alfombras para entregarse a la cópula, él encima de ella. Marina permanecía fascinada, hechizada por su baile erótico, por sus movimientos rítmicos, por sus jadeos y suspiros de placer... ¿Suspiros? ¿Suspiraba Emilia?

—¿Qué haces? —le susurró al oído.

La criada no respondió. Las dos estaban arrodilladas entre los muebles viejos. Marina percibió que Emilia se acariciaba la pelvis.

—¿Qué...? —iba a insistir Marina.

—Señora, yo... —Emilia no llegó a terminar la frase a causa de una descarga de placer que la llevó a encogerse.

—Pero ¿qué te pasa!

La criada la miró con la mandíbula y los dientes apretados, acallando gemidos, el movimiento de su mano cada vez más enérgico.

—¡Explícate, Emilia!

Aunque la orden hubiera surgido de la boca de Marina en un susurro, muy por debajo de los sonoros jadeos y los gritos que lanzaban los amantes, Emilia comprendió que, a falta de una explicación, aparecería la baronesa, la noble exigente capaz de descubrirse y alzar la voz.

—Me toco... —logró articular mientras una sucesión de espasmos de placer estallaba entre sus piernas.

—¿Qué es lo que te tocas?

—Pues...

—¡Dime!

Emilia la acalló tomando su mano con la que mantenía libre y acompañándola hasta su propia entrepierna. ¿Un insulto para con su señora? ¿Un atrevimiento imperdonable? En ese momento nada le importaba; el orgasmo se anunciaba maravilloso. Marina se notó húmeda y se sintió incómoda con la mano de la criada sujetando la suya al tiempo que tentaba en su intimidad. ¿Qué hacía aquella chica? ¿Cómo osaba...! Quiso librarse justo en el momento en el que un dedo de Emilia le rozó el clítoris. El espasmo que le sacudió todo el cuerpo la paralizó. No dijo nada y fue incapaz de reaccionar hasta que la muchacha insistió en sus caricias, ella empapada, su vulva inflamada, el clítoris dispuesto. Sintió una nueva llamarada de placer. Emilia cogió uno de los dedos de su señora y dirigió la yema hacia aquel botón palpitante, donde le mostró cómo procurarse placer. Retiró su mano y Marina continuó con sus caricias, atónita, maravillada ante un goce nunca experimentado. El abandonado almacén de los franceses se convirtió en el universo de la lujuria, la noche colmada por el deseo de tres mujeres jóvenes persiguiendo el éxtasis.

Emilia lo encontró, se encogió sobre sí, toda ella en tensión, y acalló el orgasmo con gemidos inaudibles.

La mujer, tumbada sobre los tapices con los muslos en torno a los costados de su amante, ofreciéndose entera con las piernas alzadas, gritó sin pudor alguno. Nadie tenía que oírlos.

Marina, extasiada ante el espectáculo de pasión sexual que presenciaba por primera vez en su vida, enloquecida por el arrebato de placer que reventaba hasta en sus entrañas, se dejó llevar al alcanzar el orgasmo, el primero de una joven que nacía a la gloria.

Gritó.

Y prolongó su chillido como enajenada, indiferente a todo y a todos, hasta que en el interior de la estancia solo se oyó su gemido.

Luego el silencio.

El hombre intentó ponerse los calzones antes de enfrentarse a lo que percibía entre los muebles.

—¿Quién hay ahí? Seas quien seas, te pegaré una paliza por entrometido e indecente —amenazó mientras saltaba a la pata coja para introducir uno de sus pies por la pernera.

Emilia buscó la ayuda de su señora, que resplandecía de sudor, la frente perlada como si estuviera febril. La agarró de un brazo y la zarandeó, consiguiendo que tornara al lugar, a los gritos del amante.

Marina comprendió y negó con la cabeza. Iba disfrazada, pero si las detenían, la otra criada la reconocería con facilidad, sin duda. Sería un desastre. Emilia intuyó sus temores y salió de detrás de los muebles para plantarse delante del joven, que ahora ya avanzaba hacia ellas.

—Severina —llamó a su compañera, que también pugnaba por vestirse torpemente, con prisas.

El amante se detuvo.

—¿Emilia? —se oyó a su espalda.

—Sí —contestó esta.

Marina observaba la escena en tensión. Si la descubrían, su vida se convertiría en un infierno. En ese momento no le preocupaba tanto la reacción de sus padres como su propia honra: la baronesa de Castelpetroso mirando cómo hacían el amor sus criados. Las habladurías correrían como la pólvora entre sus amigas y llegarían hasta mosén Lluís. Los rumores se multiplicarían de boca en boca. Marina Estanyol se acostaba con sus sirvientes, a buen seguro comentarían en esas fiestas a las que acudía su madre. Y qué decir de ese futuro esposo al que todavía no conocía... Todos se alejarían de ella. Un error como aquel podría arruinarle la vida. Volvió a sudar, en este caso un sudor frío que absorbió el calor de su espalda: el sudor del pánico.

—¿Nos espiabas? —inquirió Severina al tiempo que se acercaba a su amante para ver mejor a su compañera—. ¿Y te has masturbado mientras nos contemplabas?

—Así es —reconoció Emilia.

Decidió afrontar la situación con arrojo. Salvo que revelase la presencia de Marina, no tenía excusa alguna; además, percibía un cambio de actitud en el joven todavía en calzones, como si el enfado hubiera mudado en... deseo. El brillo de sus ojos en la penumbra no parecía agresivo.

—¡Guarra! —la insultó Severina.

—Supongo que lo soy.

—¿Eres de las que les gusta mirar?

—No. Me gustaría participar. Os he seguido… por envidia —se le ocurrió de repente—. Sí, sabía de tus relaciones, Severina… —Afirmación arriesgada, temió Marina, atenta a la conversación. ¿Y si era la primera vez que se revolcaban sobre aquellos tapices franceses?, aventuró. Sin embargo, el silencio de Severina confirmó la conjetura—. Y por eso realmente te envidio —insistió Emilia señalando al joven como si fuera un dios. El otro se relajó y dibujó una ligera sonrisa en sus labios—. Te imaginaba con él y me subían los ardores, me ponía como una perra en celo… y no he podido controlar mis impulsos —perseveró la criada en su plan, consciente de que se había ganado al compañero de Severina.

El joven corroboró aquella opinión y se acercó a ella ofreciéndole la mano, invitándola… ¿A qué?, se espantó Marina desde su escondite.

—Puedo satisfacerte a ti también… Puedo a las dos a la vez —alardeó mientras instaba a Severina con los dedos de la otra mano, abriéndolos y cerrándolos repetidamente, a que se uniese a ellos.

¡Ahí estaba!, se derrumbó Marina, horrorizada ante lo que iba a suceder. Lo mismo pensaba Emilia: había solventado el primer escollo, pero se hallaba en un almacén alejado y acababa de provocar a una bestia que mostraba su excitación por debajo de los calzones. La inmensidad de su erección hizo que la joven llegara hasta a planteárselo: era guapo, fuerte, muy bien dotado, lo exhibía en ese mismo instante, pasional, lo había visto, se había masturbado imaginándoselo encima de ella… Pero su señora permanecía a su espalda y su compañera estaba un paso por detrás de aquel semental, aunque sin moverse, sin obedecerlo…, porque no quería compartirlo con nadie.

—¡Por encima de mi cadáver te follarás a esta guarra! —gritó Severina, que se abalanzó sobre su amante y lo separó de Emilia a empellones.

El sol del mediodía, ya ardiente al final de la primavera, parecía intensificar el aroma de los frutales y de las hierbas aromáticas que se acumulaba en el interior de los jardines amurallados del palacio de Arnau. Sentada con Paolo en el banco en el que acostumbraban a hacerlo, Marina trató de distinguir el olor de las diferentes hierbas que cultivaban: perejil, orégano, albahaca...

Ese domingo el joven había cumplido, Marina suponía que obligado por su madre, y se había presentado con la consabida torta. La muchacha y sus dos hermanos lo encontraron en la cocina al regreso de misa mayor en la iglesia de San Lorenzo. Al verlo, los pequeños se le echaron encima, y pelearon y jugaron durante un buen rato, instantes que Marina aprovechó para sopesar, una vez más, si compartiría con él sus escapadas nocturnas. Había dispuesto de tiempo suficiente, entre rezos y cánticos, para pensar en ello, y su decisión fue que no. Le daba vergüenza hacerlo. Era todo tan problemático que hasta Emilia se rebeló tras el episodio en el almacén de los enseres franceses. Los amantes se enzarzaron en una riña mientras ella se escabullía hasta la puerta, desde donde vigiló que no descubrieran a su señora. Luego, cuando salieron, corrió por los pasillos, se escondió y, tras su paso, todavía gritándose e insultándose el uno al otro, regresó al almacén, llegó hasta el montón de muebles apilados y tuvo que agacharse para ayudar a Marina a ponerse en pie.

Los corazones de ambas latían desbocados, y no se habían sosegado aún, cuando alcanzaron la puerta de la alcoba de la muchacha.

—¡Esto no puede ser! ¡No podemos volver a hacerlo! —exclamó entonces la criada.

No había terminado de hablar, cuando la joven baronesa de Castelpetroso venció palpitaciones, angustias y nervios y se irguió frente a su criada, que instantáneamente se arrepintió tanto de sus palabras como del tono de voz con el que las había pronunciado.

—Señora... —trató de excusarse, pero aquella, airada, ya había cerrado la puerta tras de sí.

La soledad y el silencio del dormitorio cayeron a peso sobre una Marina desconcertada. Emilia le había gritado, sí, le había dado órdenes, a ella, su señora, la baronesa. Una joven descarada. ¡Todas lo eran! ¿Qué decir de Severina, que se entregaba a los hombres? Pero todo eso palidecía ante el descubrimiento que ella misma acababa de hacer sobre su propio cuerpo. Un hallazgo que no terminaba de entender. Pero, excepción hecha de Emilia, aquella que la había guiado por el sendero del placer, no tenía a quién acudir para que le explicase lo sucedido. Emilia tenía que saberlo, pues ella también se acariciaba la entrepierna. Marina jamás había sentido ese estallido de goce. Nunca hubiera llegado a imaginar que su cuerpo albergase esa capacidad de disfrute, que sus músculos, su piel, sus órganos, toda ella llegara a convulsionarse ante tal arrebato de pasión. ¿Qué era aquello? No podía ser algo normal. Tal vez se hubiera mancillado para siempre, quizá incluso había perdido la virginidad, una lacra que su futuro esposo podría reconocer cuando llegara el momento. ¿Y los curas? ¿Lo percibirían con solo mirarla? Seguro. Aquellos hombres olían el pecado. La idea de que su madre pudiera intuirlo llegó a marearla.

—¡Emilia! —la llamó, convencida de que no lograría conciliar el sueño si no obtenía alguna respuesta.

Atendió a sus explicaciones. Decidió no volver a tocarse, aunque al día siguiente lo hizo, sola, y, como había augurado la criada, descubrió que su capacidad de gozar no se había agotado en aquella primera explosión. Su clítoris se empapó de nuevo al recuerdo del amante de Severina, aunque consiguió reprimir el grito de placer. La niña ingenua que había sido hasta entonces se vio asediada por mil sensaciones que no controlaba, que no conocía. Mintió a mosén Lluís durante sus clases, pero la reserva en el confesionario le impedía dormir, consciente de que se hallaba en pecado. La culpa la acechaba; era mala, se reprendía prometiéndose la reconciliación con Dios, pero no se atrevía. Porque, por otra parte, su mente fantaseaba con el amor, con los hombres, con la cópula de la que Emilia le había hablado y que ella misma presenció. Los jadeos de aquella pareja, los gemidos ahogados de Emilia incluso, sonaban como música en su cabeza, casi armónicos, y notó cómo se le endurecían los pezones. Otro descubrimiento. Se quedó quieta hasta que se atrevió a tocárselos y el placer recorrió de nuevo su cuerpo, una sensación que tampoco era absoluta en sí misma, que exigía más y más hasta llegar al éxtasis. Ignoraba si era eso o pura perversión, y tuvo miedo de sí y de su propio cuerpo, que no paraba de depararle sorpresas. Empezó a pensar que los sacerdotes tenían razón y que debía alejarse de los pecados de la carne como del demonio.

No, no podía contar nada de todo aquello al joven panadero que permanecía sentado a su lado en el jardín ese domingo, cabizbajo y en silencio, presto a recibir una reprimenda por haberla evitado durante varias semanas. Paolo era un joven tímido y dulce, ¿qué iba a saber de relaciones carnales? Aun así, la pregunta surgió de sus labios sin que pudiera reprimirla:

—¿Te has acostado alguna vez con una mujer?

—¡No! —chilló él.

—Pero lo habrás visto —insistió Marina—. Dicen que donde vives..., donde vive la gente del pueblo, todo el mundo fornica.

—¿A qué viene ese interés, Marina? —la interrumpió Paolo.

La joven soltó un bufido y agitó las manos, empujando el aire, como si quisiera alejar de sí la conversación.

—Una amiga... —La voz traicionó su engaño. Paolo la interrogaba con la mirada. Se conocían demasiado, concluyó Marina. Quizá su madre tuviera algo de razón en cuanto a la asiduidad de sus relaciones. Él era un muchacho inocente y no le sería útil. No debería haber sacado ese tema—. Olvidemos a mi amiga.

Paolo seguía observándola sin entender nada.

—Perdona —dijo ella al percibir su incomodidad—. No debería habértelo preguntado.

Como para convencerlo de la sinceridad de su disculpa, posó su mano sobre la de él, una mano grácil, de dedos largos y finos que mantenía apoyada con firmeza en la piedra del banco. El contacto volvió a liberar una oleada de calor en el cuerpo de Marina, una sensación que ya no le era del todo desconocida, pero que Paolo rechazó con embarazo.

Si la hija buscaba el contacto de Paolo, la madre renegaba del de Gaspar Destorrent, porque Battista, su hermano, seguía actuando como si la hubiera vendido al comerciante y tuviera que entregarla. Y la mujer se encontraba sola. Arnau no pisaba Nápoles desde hacía tiempo y tardaría mucho en hacerlo. En el mes de agosto de 1444, cuando el rey Alfonso se disponía a partir hacia Ancona y acabar con Francesco Sforza, el virrey de Calabria, Antonio Centelles, hombre de confianza que gobernaba sobre una de las regiones más importantes del territorio, traicionó a su monarca y se alzó en armas contra él.

Alfonso cambió el rumbo de su ejército y lo desvió hacia el sur de la península, adonde Arnau fue reclamado junto con el resto de las tropas acuarteladas en la Marca de Ancona. Eso permitió que Sforza, con la ayuda de los estados italianos enemigos del aragonés: milaneses, florentinos y venecianos, volviera a establecerse. La partida del ejército napolitano posibilitó al condotiero recuperar las veintiuna ciudades y los numerosos castillos que Alfonso había conquistado para el Papa, hasta el punto de que este se vio obligado a rendirse y a reconocer a Sforza, nombrándolo marqués de la Marca.

Y mientras los estados italianos guerreaban y confabulaban entre sí, y el rey de Nápoles se veía inmerso en una revuelta interna arrastrando a la mayoría de los nobles catalanes consigo, Sofia vivía con una ansiedad superior a la de su hija. Aquella situación no podía prolongarse más: o ella desaparecía y se recluía en su palacio, algo que su propia familia sanguínea no le permitía, o tenía que poner fin al asedio de Gaspar. El comerciante no aguantaría mucho más tiempo sin agredirla; un hombre como él, rico y poderoso, no iba a conformarse con ser permanentemente rechazado, era una afrenta de la que empezaba a chismorrearse. Actuaría. La forzaría, y lo que era peor, lo haría con el consentimiento, cuando no la ayuda, de su hermano, quien ya la presionaba sin ambages para que accediese a la lujuria del conde de Accumoli.

—Por fin yacerías con un hombre —se permitió insultarla Battista.

El ánimo de Sofia se vio atacado por un sinfín de desgracias, a cuál más repugnante. La raptarían, sin duda. Destorrent o cualquier secuaz que contratara, podía ser hasta de su familia, la secuestrarían y la llevarían a una propiedad discreta en la que el catalán la tendría a su merced. No sería la primera vez ni la última que eso sucedía. Gaspar satisfaría su lascivia al mismo tiempo que humillaba a su enemigo acérrimo, Arnau, el hermanastro que le había robado la herencia del almirante Bernat Estanyol. Sofia negaba con la cabeza cada vez que pensaba en las posibles consecuencias: multas, enfrentamientos, peleas entre los seguidores de uno y de otro, quizá un juicio que se alargaría años y que terminaría en un acuerdo económico con el rey... Y mientras tanto, ella mancillada, si no muerta, confinada en algún convento.

Sopesó encerrarse en el palacio a costa incluso de lo que pudiera suceder a sus padres. Lo probó un día, pero Battista se presentó y le habló con claridad.

—Asaltará el palacio —le advirtió—. Está dispuesto. Se ha vuelto loco por ti, lo tienes obsesionado, y Arnau está muy lejos, eso si todavía vive. Está siendo una guerra cruenta esta de Calabria. Sofia —continuó como si se dirigiese a la hermana pequeña—, muchas mujeres mantienen amoríos con hombres que no son sus esposos. El rey, el duque de Calabria, los barones del reino, hasta los más humildes se dejan arrastrar por la incontinencia. Lo sabes. Tú misma no haces más que enardecer pasiones, mostrándote, flirteando, coqueteando, excitando a los hombres. No me extrañaría que ya hubieras tenido varios amantes.

—¡Mentiroso! —lo insultó ella.

—Decide tú —prosiguió Battista sin darse por ofendido—. Puedes controlar la situación como hacen las demás y entregarte a Gaspar, con discreción. Tarde o temprano se cansará de ti y te liberará. Estos catalanes son bastos hasta en el amor. O puedes retarlo, oponerte, enojarlo. Creo que le gusta. Lo excita, es un vicioso. En ese caso, sin embargo, el escándalo será tal que no tendrá remedio.

Tras esa conversación, Sofia no se atrevió a desaparecer del mundo cortesano a la espera de tomar una decisión. Pensó en avisar a Arnau, pero lo descartó. ¿Y si no la ayudaba? ¿Y si lo hacía y el rey volvía a retirarle su favor? Cualquier solución le pareció mala. Arnau estaba en una guerra, ella debía ser lo bastante osada para solventar el acoso de un miserable comerciante catalán.

Fue una noche de regreso al palacio, la brisa caliente y húmeda incomodando el andar de Sofia. Había aumentado su escolta: Claudio abría camino con la linterna y Angela, una criada, caminaba a su lado junto a dos lacayos más que los acompañaban. La comitiva superó la plaza en la que se alzaba la iglesia de Santa Maria Donnaregina, giró para dirigirse al palacio Estanyol y cruzar el complejo de la catedral y sus edificios sacros, y allí, a la altura de la plaza en la que antaño se erigía el templo de Apolo, vieron cómo se les acercaba una partida de varios hombres embozados.

Sofia chilló en la noche. Claudio empujó a su señora a un callejón sin salida y la protegió con su cuerpo y un puñal que no estaba autorizado a portar por las calles de Nápoles. Los hombres los persiguieron hasta la calleja.

—¡Atrás! —los exhortó Claudio amenazándolos con el arma, su espalda presionando a Sofia contra la pared, mientras Angela y los dos lacayos, más atemorizados estos que las mujeres, hacían piña con él.

Los asaltantes se quedaron repentinamente quietos.

—¿Necesitáis ayuda? —preguntó uno de ellos con sosiego.

—¿Qué ayuda! —replicó el criado corriendo el cuchillo de uno a otro.

Sofia suspiró. Se asomó por entre las cabezas de sus sirvientes para comprobar que no iban embozados; las sombras de la noche los habían engañado.

—Pues eso, ayuda. Tu señora ha gritado —terció otro.

Sofia se zafó de la presión de Claudio y los demás, y apareció en escena.

—Disculpadnos —les rogó. Se veía que eran ciudadanos respetables de Nápoles; solo los privilegiados, además de las putas, los borrachos y los delincuentes, deambulaban por las calles una vez anochecido; con el toque de campanas y el cierre de las puertas de las murallas, la población se recluía en sus casas—. Nos habían advertido de la existencia de unos malhechores y hemos creído... Evidentemente, nos hemos confundido. Os reitero mis disculpas, caballeros.

—No es necesario.

Tal como les dieron la espalda, Sofia sintió que le fallaban las piernas y cayó desmayada al suelo.

—¡Apartaos de mí! —gritó Sofia en el momento en el que Gaspar se había arrimado a ella en los jardines del palacio donde los invitados a aquella lectura pretendían encontrar algo de frescor entre los árboles y las fuentes, alrededor de una de las cuales se había reunido una gran parte.

El catalán dio un paso atrás, sorprendido. Battista la miró con odio, convencido de que su hermana se había plegado a sus pretensiones para evitar el escándalo, mientras la otra mujer y dos hombres más de los que componían el grupo, todos aduladores del dinero del comerciante, mostraron disgusto en sus rostros y en sus gestos. Varios fueron los que se volvieron hacia el corro ante el rugido de Sofia, muchos otros lo hicieron ante sus siguientes palabras:

—¡No sois más que un avaro catalán que no merece pisar este sagrado suelo napolitano! ¡Jamás me poseeréis! ¿Lo habéis entendido? —Escupía las palabras con saña, vertiendo todo el odio y el rencor que había ido acumulando—. ¡Jamás disfrutaréis del amor de una noble napolitana! ¡Ni gozáis de calidad ni sois lo suficientemente hombre!

Mientras la mujer lo insultaba, Gaspar observaba a su alrededor escrutando actitudes, comprobando lealtades, anotando amigos y enemigos.

Sofia calló y sus juramentos flotaron en un silencio solo roto por el suave borboteo del agua en la fuente.

—Estás loca —le siseó al oído Battista—. Acabas de cavar tu tumba y la de los tuyos. ¡Necia!

Sofia también interrogó con los ojos a cuantos los rodeaban. Una gran mayoría no fue capaz de sostenerle la mirada.

—¡Cobardes! —los insultó.

Gaspar sonrió con cinismo, alzó las cejas e impávido, como si nada hubiera sucedido, se dirigió a Sofia:

—Ni siquiera los vuestros están dispuestos a defenderos. ¿Dónde se esconde Arnau?

Sofia fue a revolverse cuando una voz cascada la detuvo:

—Arnau pelea junto al rey, defendiendo Nápoles. Bien lo sabéis, catalán. El conde está donde también deberíais estar vos por poco valor y coraje que tuvierais.

Sofia se había presentado en la sede del *seggio* de su barrio, el Capuano. Muchos de los asientos perimetrales que rodeaban el atrio que, junto a la estancia para reuniones, componían el *seggio* estaban vacíos porque los nobles que los ocupaban, Arnau entre ellos, se hallaban en Calabria. Pero aquellas instituciones ancestrales que dirigían la ciudad, que juzgaban, castigaban y legislaban, respetaban al modo en el que lo hacía el Senado romano la preeminencia de los ancianos, el respeto a su sabiduría y la prudencia, y esos sí que permanecían en Nápoles.

Eran cuatro, ancianos todos; tanto, que uno de ellos requería de la ayuda de un bastón y un criado para sostenerse. Tres viejos condes y un marqués, de las familias Arcelli, Orimini, Gagliardi y Pandoni, todas del *seggio* Capuano. Los trajes, otrora magníficos, les caían grandes, a buen seguro ridículos si los vistieran personas vulgares, pero ninguno de ellos, ni siquiera aquel que se apoyaba en el brazo del lacayo, las rodillas amenazando con quebrarse definitivamente, había llegado a perder el porte de la nobleza napolitana. En el *seggio*, Sofia habló, invocó sus orígenes, emparentados de una forma u otra, en mayor o menor medida, con los de los linajes de los miembros a los que se dirigía, y se quejó de la persecución a la que estaba siendo sometida por un catalán avaro, porque, como bien sabían todos ellos, los catalanes eran avaros. Los nobles asintieron: desde hacía más de un siglo, en el imaginario italiano, los catalanes, ciertamente, eran un pueblo de avaros. Su agresividad comercial, la conquista de nuevos mercados en toda la cuenca del Mediterráneo y sus éxitos en los negocios habían llevado a los diversos reinos italianos a considerarlos verdaderos depredadores. Quien consolidó de manera definitiva esa condición fue Dante Alighieri en la *Divina Comedia*, donde directamente habló de «*l'avara povertà di Catalogna*», algo que, a partir del gran maestro florentino, alimentaron diversos cronistas y escritores, y por fin el pueblo.

—Y brutos —añadió uno de los ancianos del *seggio* Capuano—. Por más que se empeñe Alfonso, la mayor parte de su gente no habla latín, algunos ni siquiera saben leer. No les preocupa más que el dinero y la guerra.

Con tales prejuicios, con la autoridad que les procuraba su edad y su condición, los cuatro ancianos se enfrentaron a Gaspar Destorrent, comerciante catalán recién beneficiado con un condado insignificante que pocos sabrían señalar en un mapa.

Gaspar dudó, aunque recuperó su hieratismo antes de contestar:

—El rey me encomienda labores tan importantes o más que la de guerrear contra un rebelde. ¿Quiénes sois vosotros para criticar los deseos de Alfonso? —Había elevado el tono de voz a medida que hablaba. Incluso se había acercado un par de pasos hacia ellos, altanero, vestido con prendas lujosas, como siempre—. ¿Cuatro viejos que no pueden tenerse en pie?

Sofia se apretaba los dedos entrelazados de las manos pese al dolor. Se lo habían cuestionado en el atrio: «Es un cortesano importante, ¿nos apoyarán los nuestros?», y solo rebajó la presión cuando vio que varios nobles napolitanos se acercaban a los ancianos y les daban su amparo. El apoyo se multiplicó y, en unos instantes, Gaspar se enfrentaba a un numeroso grupo de aristócratas, bastantes mujeres entre ellos.

—No sois hombre de calidad suficiente para gozar de una noble napolitana —le escupió una de ellas.

—Regresad a vuestra tierra.

Los insultos se repitieron hasta que uno de los ancianos levantó una mano.

—Catalán —le advirtió con dureza—, habéis conquistado esta tierra, pero nunca lo conseguiréis con nuestra gente. Si esta mujer..., si cualquiera de nuestras mujeres tiene algún problema con vos, os colgaremos en la plaza como a un vulgar ladrón y después os descuartizaremos para que os coman los perros. No es el rey, sino nosotros, los miembros de los *seggi*, los que gobernamos Nápoles. ¡No lo olvidéis nunca! ¡Marchaos!

SEGUNDA PARTE

# Deshonra y condena

# 5

*Barcelona, agosto de 1447*

De pie en la proa de la galera que se acercaba deslizándose lentamente en un mar en calma para fondear cerca de la playa de Barcelona, el flamante duque de Lagonegro, erguido, agarrado a un cabo, contemplaba el frente marino de la ciudad en el que, alzándose por encima de las casas de pescadores y de la lonja, destacaban las torres de Santa María de la Mar, la iglesia que siempre había estado presente en la vida de su familia.

Arnau apretó el cabo y frunció los labios a medida que los recuerdos de aquella tierra regresaban a él: su abuelo, Arnau Estanyol, la construyó con su esfuerzo personal cuando no era más que un simple *bastaix*. Luego, la fortuna ya sonriéndole, donó grandes cantidades de dinero. Su otro abuelo, Hugo, trabajó las viñas propiedad de la iglesia, y su padre, Bernat, almirante de la flota aragonesa, fue enterrado en ella después de reconciliarse con la vida ante la actitud de un puñado de ciudadanos humildes y desarmados que le impidieron el acceso a su interior.

Arnau inspiró con fuerza, como si con ello quisiera recuperar los más de diez años que hacía que no pisaba Barcelona. Había aceptado el encargo del rey con sentimientos encontrados: Filippo Maria Visconti, el duque de Milán, agonizaba sin otra descendencia que su hija Bianca Maria, casada con Francesco Sforza. Su muerte convulsionaría Italia. Alfonso había trasladado sus ejércitos y acampado en Tivoli, a las puertas de Roma, y la península entera especulaba si era para ayudar y defender al Papa o para atacarlo y hacerse con sus territorios. Lo que sí sabía Arnau era que, bajo la excusa de ayudar al pontífice, Alfonso se había zafado de acudir a sus reinos para intervenir en las pendencias con Castilla, originadas por la belicosidad de su hermano Juan, rey de Navarra, pero también gobernador de Aragón, quien reclamaba con obstinación su presencia. Alfonso no quería regresar a España.

Las tensiones en Italia volvían a pronosticar la guerra, y Arnau quería participar en ella. Sin embargo, también era consciente de los problemas que el rey afrontaba en Cataluña, del pulso que mantenía con la Iglesia, con los nobles y, sobre todo, con los patricios de Barcelona.

Había recuperado por completo el favor del monarca tras aplastar la revuelta de Antonio Centelles en Calabria y luchar al mando de las tropas con más audacia que nunca. Alfonso, como acostumbraba, perdonó la vida del traidor, condescendencia que este aprovechó para huir a Venecia, pero le requisó todas sus tierras y todos sus honores. Como premio, Alfonso concedió a Arnau el ducado de Lagonegro.

—Majestad —objetó, sin embargo, después de que el rey ordenase su partida a Barcelona—, sabéis que soy hombre de armas. Para lo que estáis proponiendo necesitáis diplomáticos, secretarios y hombres de leyes.

—Esos ya están allí —lo interrumpió Alfonso—. Mi secretario y conservador del patrimonio real, micer Pere Besalú, ha iniciado esa tarea en Valencia, y en Cataluña se encuentra Jaume Ferrer, gran jurista. Escucha —continuó, aunque no con el afecto que a Arnau le hubiera gustado—, muchos de mis familiares, de los miembros que componen mi casa real, están emparentados con nobles catalanes y tienen importantes intereses allí. Estoy convencido de que darían la vida por su rey en la batalla, pero no me atrevo a sostener lo mismo en cuanto a su patrimonio. Sus hermanos, sus mujeres, sus padres y sus hijos, todos esos que no les impiden montar a caballo y partir a la guerra y los despiden con alguna que otra lágrima en los ojos, se olvidarán de su rey y del reino y utilizarán cuantos recursos tengan a su alcance si de defender sus riquezas, su posición y la propiedad de sus tierras y sus vasallos se trata. Por el contrario, en ti, duque —recalcó su nuevo título con la intención de recordarle a quién se lo debía—, tengo plena confianza. Eres una persona de palabra y de honor, la idónea para esta misión.

En realidad, se trataba de una guerra contra la nobleza catalana y los patricios barceloneses. El rey había decidido ayudar a los remensas, los payeses sometidos a los malos usos, a la explotación ancestral, violenta e injusta que sufrían por parte de sus señores feudales.

—Además, tengo entendido —prosiguió Alfonso al adivinar los pensamientos de Arnau— que tu abuelo fue uno de los primeros nobles catalanes en derogar los malos usos en sus tierras de la baronía de Granollers, ¿cierto?

—Así fue, majestad.

Arnau no conoció a su abuelo, y poco a su padre, puesto que Bernat había fallecido siendo él muy niño. Sin embargo, quienes convivieron con el primer Arnau Estanyol habían contado esa historia, ya convertida en una leyenda. Los feudatarios de un cambista que hundía sus humildes orígenes precisamente en las tierras de Navarcles, esas que después conseguiría Bernat, negaron el juramento de fidelidad al nuevo barón de Granollers por considerarlo hombre de menor calidad que ellos.

Decían que el abuelo Arnau no se molestó con lo que a su esposa, la ahijada del rey Pedro, obligada a casarse con él como premio por haber impedido el desembarco de las tropas castellanas que amenazaban Barcelona, le pareció una traición y una falta de respeto inadmisible, y que en aquel momento, con los vasallos regodeándose en lo que consideraban una humillación, se decantó por los modestos: los siervos de la gleba. Los declaró libres de todos los malos usos, leyes y costumbres abusivas que sobre ellos ejercían aquellos soberbios señores feudales.

—Pues tú —continuó el rey— harás en mi nombre algo similar a lo que hizo tu abuelo.

Antes de viajar a Barcelona, empero, Arnau regresó a Nápoles. Llevaba cuatro años sin pisar su hogar, y su familia lo recibió con el cariño que la ocasión requería. Se extrañó al ver crecidos a sus hijos, pero la gran sorpresa fue Marina. La niña que él había dejado en Nápoles era ahora una mujer, menos exuberante pero casi tan bella como su madre. Luego, cuando se quedaron a solas, él y Sofia se dieron un largo beso de bienvenida, el preludio de lo que llegaría después de la cena, que se celebró en el gran salón del palacio. Sentados a una larga mesa, en cuya cabecera se habían dispuesto dos servicios, degustaron cordero adobado. Sofia había ordenado el abasto de carne en cuanto le anunciaron la llegada del duque. Se le hacía raro el tratamiento. El primer día quiso complacerlo con aquel plato que a él tanto le gustaba: cordero despedazado y cocido con caldo en una olla de arcilla. La propia Sofia, con la ayuda de Marina, determinó el momento idóneo del estado de cocción para añadirle entonces azafrán, clavos, pimienta y vinagre. El cordero continuó al fuego hasta que la señora introdujo un pincho en uno de los trozos y consideró que la carne estaba en su punto. Entonces ordenó a las criadas que batieran yemas de huevo y las vertieran en el guiso para revolverlas hasta que espesaran. Marina culminó la obra incorporando una buena cantidad de miel poco antes de servir el plato. Una vez más, Arnau paladeó el manjar. Acto seguido, dio un trago del vino greco del Vesubio con el que Sofia y él acompañaban la vianda, para luego contestar a la pregunta que acababa de formularle sobre su misión en Barcelona.

—¡No! No tiene nada de similar.

Marina, escondida tras un postigo que daba al gran comedor del palacio, se vio impactada por aquella rotunda afirmación de boca de su padre. La muchacha espiaba desde aquel acceso a la estancia, disimulado como uno más de los paneles de madera con molduras que cubrían las paredes. Hacía poco que lo había descubierto, y estaba segura de que ni su madre ni el resto de la familia lo conocían. Quizá la servidumbre supiera de él, pero nunca se utilizaba. Se trataba de un corredor estrecho y oscuro que conectaba el salón y las estancias privadas mediante otra puerta igualmente oculta, concebido para escapar o evitar el tránsito por el palacio.

Fue Baltassare, el viejo portero al que escuchara contar la historia del niño convertido en pez, quien le reveló la existencia de aquel pasadizo. Marina, sin necesidad de disfrazarse, a la luz del día, hizo por toparse con el hombre, que se prestó gustoso a mostrarle los secretos del intrincado conjunto de edificios que componían el palacio Estanyol.

—La situación es parecida, sí —continuó Arnau—, en cuanto a preferir a los payeses en detrimento de sus señores. Pero difiere en tanto que mi abuelo no esperaba ningún beneficio a cambio; de hecho, dicen que le sobraba el dinero. Sin embargo, el rey pretende obtener mucho dinero por la liberación de esos remensas. Los nobles le ofrecen treinta mil florines para financiar la guerra; los siervos, cien mil. Es fácil imaginar a favor de quién apostará el monarca. Además, está embargando todos los títulos señoriales en los que los nobles, las ciudades y la Iglesia fundamentan la posesión de tierras, castillos, villas, masías, y hasta simples casas que hubieran sido de realengo y sobre las cuales no puedan acreditar título suficiente. Hay infinidad de casos que se remontan en la historia y en los que no es posible obtener unos títulos que igual ni existieron o se dieron de palabra, o por costumbre o incluso por la fuerza, y que se han perpetuado en el tiempo. Alfonso pretende recuperar todo ese patrimonio para la corona.

—Pues no quiero ni imaginar el ánimo con el que te recibirán los catalanes. Vas allí para sublevar a sus siervos y quitarles castillos, tierras y honores. —Sofía soltó una carcajada sarcástica—. Menudos son esos nobles. Avaros todos. Y el rey te manda allí a pelearte con ellos —terminó quejándose.

—Olvidas que soy catalán.

—Tú eres diferente.

—No —se propuso discutir su visión—, todo aquel que se resista a los deseos del monarca no es mi igual. Si no se opone, no tendrá problema —razonó—, y si lo hace, se encontrará conmigo.

Sofía suspiró.

—Pero tendrás que pelear con esa gente. Más enemigos —se lamentó.

—Quienes se enfrentan a mi rey son mis enemigos: franceses, napolitanos, italianos, moros, catalanes o aragoneses.

—No te equivoques, también tienes enemigos entre los fieles súbditos de Alfonso.

—¿Te refieres a ese perro sarnoso de Gaspar?

Arnau arrastró unas palabras que rezumaban odio. Las necesidades financieras del rey le habían llevado a tener que pactar con el maestro racional una multa de mil ducados que tuvo que pedir prestados, una cantidad exorbitante para acallar las mentiras que Gaspar Destorrent había urdido al respecto de la compra en Inglaterra de unos mastines que nunca arribaron a las perreras reales. Si bien era cierto, no sucedió que Arnau hubiera distraído el dinero, de lo que su hermanastro lo acusaba, sino que los canes se revendieron en Milán, sustracción que el montero mayor conocía pero que no podía demostrar sin poner en riesgo la amistad entre Alfonso y Filippo Maria Visconti.

Sofia ignoraba las exigencias del monarca tras conceder el ducado de Lagonegro a Arnau.

—No solo a él, querido —lo sorprendió—. En tu ausencia, he tenido que humillarlo.

—¡Qué dices! —la interrumpió Arnau con ímpetu—. ¿Te ha hecho algo?

Marina se sobresaltó y entreabrió algo más la puerta a fin de echar un vistazo a la mesa. Sofia, sin embargo, preveía esa reacción en él y se mantuvo impasible. Había decidido tomar la iniciativa y controlar la situación antes de que Arnau acudiese al *seggio*, como con toda seguridad haría antes de partir hacia Barcelona, y allí le relataran lo sucedido.

—No, no me ha hecho nada. ¿Cómo piensas eso? Pero desde luego ha intentado flirtear conmigo —declaró. Arnau enrojeció, y Marina mudó del miedo al asombro—. Estoy convencida.

—¡Lo mataré!

—Cálmate —le rogó Sofia—. Era evidente que pretendía vengarse de ti molestándome a mí.

Arnau golpeó la mesa con el puño.

—Cálmate, por favor —repitió Sofia, y aprovechó para tomarle de la mano—. Tu hija y yo hemos preparado esta comida para ti con todo el cariño del que somos capaces. No nos estropees la ilusión. Come —le pidió—. Y bebe —le exigió llenándole la copa. Acto seguido, se la ofreció. Pese a que tenía la boca llena, Arnau obedeció—. Más —le apremió.

—¿Pretendes emborracharme? Ya sabes que borracho soy peor.

—Pretendo que te tranquilices y confío en que un par de copas más no te lleven a ese estado. Bebe, amor mío. —Le sonrió—. Lo de Gaspar lo hemos arreglado ya los napolitanos.

—¿Los napolitanos? —inquirió él—. Soy yo quien debe arreglarlo.

—Arnau, soy una noble napolitana a la que un catalán ha faltado al respeto. Tú no estabas. Nada mejor, pues, que fueran los míos los que me defendieran.

—Y se lo agradezco, pero ahora he de intervenir.

—La humillación pública que sufrió ese depravado fue suficiente. Imagino que te lo contarán en el *seggio*.

—¡Nunca será suficiente!

—Pues en este caso debe serlo. Tienes que aceptar la intervención de los ancianos. Si hubieran considerado otras soluciones, las habrían adoptado, y si tú haces algo más, a quienes estarás faltando será a tus compañeros de escaño del *seggio*. Piénsalo, ofenderías la sabiduría de los ancianos. En unos días zarparás rumbo a Barcelona... No me indispongas con los míos.

—¡Ese hijo de mala madre...! —Arnau dio otro largo sorbo de vino como si se plegase a los argumentos de Sofia—. ¡No entiendo cómo puede haber personas que se acerquen a ese malnacido, que lo enriquezcan y que hagan negocios con él! ¡Les robará a todos!

Marina había vuelto a quedar en penumbras, tan asustada como preocupada. Temía imaginar qué sucedería si su padre se enteraba de que Orsolina había pactado con Gaspar. Impediría el acceso de Paolo al palacio, sin duda. Además, ¿sería cierto que Gaspar los engañaría y les robaría? La joven se dio cuenta entonces de lo mucho que respetaba a ese hombre que, desde la muerte del suyo, era como un padre para ella. Lo había echado de menos durante esa larga ausencia, reconoció para sí, más de lo que imaginaba. Su mente regresó a Paolo. Dudaba si debía o no advertirlo del peligro, cuando la cuestión que su madre planteó a Arnau llamó su atención:

—¿Qué hay de cierto en ese nuevo amor del rey?

Era una pregunta capciosa, hecha con picardía. Sofia cambiaba de tema a uno que, por un lado, le interesaba y, por otro, sabía que desviaría la atención de Gaspar. No se equivocaba: Arnau contestó con un bramido y uno de sus típicos manotazos al aire.

—En las fiestas y reuniones no se habla de otra cosa —insistió ella, sin embargo—. Gabriele Correale, ¿verdad?, el hijo de Bartolomeo Correale, de Sorrento.

«¿Gabriele?», se preguntó en un susurro Marina, e inmediatamente volvió a abrir más la rendija. ¡Gabriele era nombre de varón! Pero su madre hablaba de un nuevo amor del rey. El suspiro de su padre resonó en el gran salón.

—¿Qué ha sucedido? —inquirió Sofia al presentir que tras esa exhalación se ocultaba algo importante.

—En realidad —confesó Arnau—, algunos de mis compañeros sostienen que el rey me manda a Barcelona para alejarme de la corte. Me consta que no es cierto, son solo habladurías. Nadie conoce Barcelona como yo, y su majestad lo sabe.

—Por lo que dices, entiendo que te has opuesto y manifestado contra esa relación —ironizó Sofia.

—¡Como que hay Dios! —gritó Arnau.

Ahora fue el suspiro de Sofia el que llegó a oídos de Marina.

—Siempre tan diplomático, querido —volvió a ironizar.

—Acaba de beneficiar a ese Correale con el señorío de la Torre de Tacina.

—El rey beneficia a mucha gente, incluido tú.

—«En virtud de los servicios prestados y de los que prestará», consta en la pragmática —continuó Arnau, como si no la hubiera escuchado—. Es un joven imberbe que no tiene la menor experiencia en el campo de batalla. ¿Quieres que te diga cuáles son esos servicios?

—Mejor que no.

—La sodomía está penada por la Iglesia, mujer —afirmó Arnau con determinación y el rostro congestionado, asegurando así que la única razón de esa concesión había sido sus relaciones torpes—. No hay pecado más repugnante que el del ayuntamiento de dos hombres… o el apareamiento contra natura.

Sofia alzó las cejas y miró hacia arriba como implorando ayuda a esa divinidad que castigaba a los sodomitas. Lo habían hablado en algunas ocasiones, pero en todas ellas Arnau había hecho caso omiso a unas explicaciones que nunca era capaz de zanjar puesto que les ponía fin interrumpiéndolas con su consabido manotazo al aire y una inacabable retahíla de insultos hacia los pervertidos.

Sin embargo, en esa ocasión afectaba al monarca. ¿Lo insultaría también?, se planteó con cierta malicia la mujer.

—Nos habréis conquistado —alegó entonces Sofia—. Tu rey…

—¡Nuestro rey! —la corrigió Arnau.

—Nuestro rey puede estar empeñado en convertir a todos sus catalanes en hombres de letras sensibles a la belleza, pero costará que entendáis ciertas tradiciones y conductas.

—¿La sodomía es una tradición? —Arnau intentó liberarse de la conversación, como en otras ocasiones—. No seas necia.

—¡No des otra puñada al aire! —replicó Sofia cuando él iba ya a hacerlo—. Y no soy ninguna necia. Eso no es sodomía. Además, estamos hablando del rey.

Lo que había conseguido impedir en un primer momento cayó en el siguiente ante esa última afirmación.

—Que un rey conquistador, un hombre valeroso sin igual, el llamado a sentarse en el sitio peligroso y encontrar el grial, ame a un paje, lo celebre y lo trate como a su favorito, caiga públicamente rendido a sus encantos como un espantajo, le beneficie con tierras y dineros y que… ¡Dios sabe lo que harán en sus aposentos! ¿Eso no es sodomía?

No fue uno, sino toda una sucesión de manotazos, a cuál más vigoroso, los que Arnau dio. Sofia volvió a negar con la cabeza. En cuanto a Marina, había abandonado ya toda precaución a la hora de mantener entreabierto el postigo, tal era su atracción por el curso que tomaba la conversación.

—Alfonso apuesta por el humanismo —continuó Sofia. Trataba de calmar los ánimos pausando la voz como si explicara una lección—. Fomenta la relectura de los clásicos griegos y romanos, la vuelta a sus culturas esplendorosas. Eso es lo que quiere para Nápoles y para sus catalanes. En aquellas épocas, la de los griegos y la de los romanos, mantener relaciones con un muchacho no estaba considerado sodomía; si leyeras a Marcial...

—¿Marcial? —se burló Arnau.

—¡Ni se te ocurra dar otra puñada al aire!

Marina vio cómo el guerrero se plegaba y detenía la mano ya alzada, y por un momento se sintió orgullosa de su madre, capaz de enfrentarse a un hombre como Arnau.

—Siempre que hablas de eso se me revuelve el estómago —terminó reconociendo él—. Los romanos eran unos viciosos.

—Vosotros fuisteis romanos. La Hispania Citerior.

—De eso hace ya muchos años. No sé si el tal Marcial estaría por allí entonces, pero te aseguro que ahora, en Cataluña, no habría publicado ningún libro que consintiera tal vicio. Si se pilla a dos sodomitas, lo que menos se les hace es castrarlos.

—Dos sodomitas, sí. Los hombres adultos tienen prohibido caer en el pecado nefando, pero lo que no podían hacer dos hombres adultos sí que estaba permitido con muchachos, generalmente esclavos.

—Estaba.

Arnau extendió e hizo temblar su mano, los dedos abiertos reclamando una razón que le parecía natural, evidente.

—Atiende —insistió Sofia otra vez con paciencia—, el humanista al que más respeta Alfonso es Beccadelli el Panormita, al que mantiene como un familiar, quien le explica e instruye en los clásicos romanos, a él y a toda la corte. ¡Yo he estado en algunas ocasiones en sus lecciones! Incluso en campaña...

—Lo conozco, lo conozco.

—Pues entonces sin duda sabes que en su juventud escribió un libro de poesía erótica, el *Hermaphroditus*, en el que considera normal, bello y puro el amor de un hombre por un muchacho. Arnau, ya no hablamos de la vieja Roma y de Marcial, hablamos de la Nápoles actual, y de tu rey y su maestro... y del paje.

Y fueron muchos los humanistas de estas tierras que alabaron sus versos.

Arnau cayó en el silencio. Sofia decidió no contarle que Beccadelli se había retractado de sus afirmaciones por las presiones de la Iglesia, aunque nadie creía que hubiera mudado sus convicciones, por lo que era probable que el rey se hubiera entregado a un efebo con la complacencia de su maestro, que no la de su confesor, pero Alfonso y su temible ejército acampaban sobre Roma y exigían al Papa multitud de concesiones y favores que el pontífice, atemorizado, les concedía. ¿Qué religioso iba a oponerse a unas inofensivas inclinaciones voluptuosas?

—Quizá sea mejor que vaya a Barcelona.

Arnau se rindió verdaderamente compungido, la imagen de su idolatrado rey corrompida por la lujuria. Sofia asintió con los labios prietos: el duque de Lagonegro era capaz de soliviantar al monarca y excitar su ira; sí, mejor que desapareciera durante un tiempo. Marina, por su parte, no llegó a oír la réplica de su madre porque corría en la oscuridad del pasadizo para llegar a la biblioteca mientras repetía el título de la obra del Panormita: «El *Hermaphroditus*, el *Hermaphroditus*...». La había visto, estaba convencida, pero jamás había imaginado su contenido.

—Aquí me encontrarás cuando vuelvas —dijo Sofia usando su tono más sensual—. Ahora que hemos cenado, ¿se te ocurre algo que hacer conmigo... en lugar de discutir?

La galera superó las *tasques*, los bajíos que encerraban la costa barcelonesa por el lado del convento de Santa Clara, y se acercó bogando con lentitud a la ciudad. Arnau chascó la lengua con disgusto. Se lo habían advertido los tres mercaderes que viajaban con él en la nave.

—Todavía no se ha construido el puerto de Barcelona —se quejó uno de ellos—. No hay dinero, incluso parece que no haya interés, y los derechos de anclaje que el rey concedió a la ciudad para afrontar la obra no cubren ni una mínima parte de lo necesario para su buen fin.

En contra de los deseos de Alfonso, que prefería las naves grandes y pesadas, Arnau había decidido viajar hasta Barcelona en una de las típicas galeras catalanas en las que no existían castillos ni cámaras para pasajeros y el espacio era tremendamente reducido. Se trataba de naves rápidas, de cuarenta metros de eslora por ocho de manga y un calado de casi dos. En la cubierta había veinticinco bancos de tres remeros cada uno, destinándose la mayor parte de la nave a la carga. Por delante de él, en uno de esos barcos de gran capacidad, Arnau había mandado a la mayor parte de su servidumbre. Así, durante cuatro semanas, el enviado del rey y aquellos comerciantes que habían transportado sal de Ibiza y telas de Barcelona a Italia para tornar cargados de cereales y coral se vieron obligados a dormir, comer y moverse en un entorno opresivo. Pero eso, precisamente, era lo que pretendía Arnau, quien consiguió que en pocos días sus compañeros de viaje perdieran el respeto al duque de Lagonegro y conde de Navarcles, general del ejército, y se abrieran a conversaciones sinceras, sin miedo a represalias.

De esa forma supo que el proyecto del puerto que los consejeros barceloneses se habían propuesto y para el que habían obtenido permiso real hacía ya ocho años no había fructificado.

Barcelona, la ciudad que reclamaba la primacía mediterránea, seguía sin tener puerto. Lo más que Arnau podía esperar, como le advirtieron los mercaderes, era la existencia de tres simples pontones, uno de los cuales ni siquiera estaba operativo, justo aquel cuya financiación dependía de los derechos de anclaje.

La vista de tan rudimentarias instalaciones portuarias, que desprestigiaban su ciudad natal, fue la que provocó la muestra de disgusto por parte de Arnau en la proa de la galera. Barcelona se le presentaba hostil. Las confesiones recibidas en el transcurso del viaje por parte de los tres mercaderes le preocuparon sobremanera. Cataluña, arrastrada por el contexto internacional, estaba en crisis tanto económica como social y laboralmente desplomada en un marasmo del que no lograba salir. La población había disminuido porque todavía no se había superado la debacle de la peste negra de 1348 y, aun así, el desempleo crecía; no se encontraba mano de obra cualificada y los extranjeros prosperaban a costa de los nacionales. Por otro lado, el comercio decaía, el tráfico naval y la construcción de naves descendían, la piratería aumentaba y los catalanes acaudalados ya no especulaban, olvidando el dinamismo comercial que tanto éxito les había procurado a lo largo y ancho del mundo. Ahora no arriesgaban sus capitales, buscando para ellos refugio en inversiones seguras pero improductivas. Asimismo, descendían los intercambios de mercaderías. La crisis era también bancaria y financiera: habían quebrado numerosas mesas de cambio, y la moneda se devaluaba y huía del principado empobreciendo al pueblo. Para completar el nefasto panorama, en el ámbito político la ciudad padecía las consecuencias de enfrentamientos entre grupos sociales que mantenían intereses contrapuestos, los mercaderes y menestrales reclamando el gobierno de Barcelona a los oligarcas en un desafío público que nada bueno auguraba.

Aunque lo que más afectó a Arnau, según le contaron aquellos hombres conocedores de la profunda realidad del país, fue la grave crisis de confianza entre el pueblo catalán y su rey.

—Alfonso nos ha abandonado —afirmó uno de ellos.

Y era cierto. El monarca llevaba más de quince años fuera del principado y de sus demás reinos peninsulares, sin regresar pese a los constantes llamamientos de sus súbditos.

—El rey nos ha sangrado —alegó otro antes de arrepentirse de la grave acusación vertida. Arnau, sin embargo, lo tranquilizó con un gesto, como si no diera importancia a sus palabras, y le incitó a continuar. El vino desataba las lenguas—. Hace años que don Alfonso inició una campaña bélica contra Túnez, Nápoles, el Papa, Milán y Génova. ¡El mundo contra nosotros! —se quejó el hombre gesticulando igual que Arnau—. Y la mayor parte del esfuerzo económico para sufragar esas guerras lo ha hecho Cataluña, un reino que sufría ya problemas financieros.

Navegaban a vela, con viento favorable. Los remeros descansaban en sus bancos, los mercaderes buscaban respirar la brisa marina para evitar el hedor de tanto hombre hacinado en la galera, algo que no afectaba a Arnau, acostumbrado a castillos y campamentos malolientes.

—Sí —terció el último mercader, enardecido por el vino y la posibilidad de hablar sin reparos—, desde que inició la guerra, el rey ha cobrado ingentes cantidades de dinero de Cataluña, entre ellas el cuantioso rescate que hubo de pagarse cuando fue apresado por los genoveses. Todos esos dineros se han ido en una empresa que en nada ha beneficiado a los catalanes. Los miles de florines que se han desembolsado se han quedado en Nápoles. Cataluña no ha obtenido ningún provecho...

—Podéis comerciar con el nuevo reino —lo interrumpió Arnau.

—Eso ya lo hacíamos sin necesidad de conquistas y de pelearnos con otros pueblos. Las guerras afectan al comercio, a la credibilidad, a la confianza y hasta a la amistad. En Barcelona hay numerosos mercaderes florentinos, genoveses, venecianos...

—Alfonso —profundizó otro de los mercaderes en ese argumento— cobra derechos por cualquier acto, pragmática, ley o gracia que promulga o concede, a la vez que exige ingentes subsidios. Gasta cuanto necesita y desea, y luego lo carga a Cataluña, como si fuese un cofre sin fondo, mediante letras de cambio difíciles de atender. Todos esos recursos se han dedicado a Nápoles, a sostener un ejército colosal al que, incomprensiblemente, cuando gana batallas se le impide hacer botín en beneficio exclusivo de las gentes de esas tierras, y también se han destinado a pagar los suntuosos gastos de la corte y a subsidiar a los nobles napolitanos a los que el monarca compra su lealtad.

—Y mientras tanto los catalanes pagan y pagan y pagan... —sentenció otro.

—Al principio se confiaba en que el rey volvería, que Nápoles sería uno más de los reinos, pero no es así. Prefiere Nápoles, hasta el punto de vivir allí y haber nombrado heredero a su bastardo Ferrante. Ha dividido sus territorios en vida: su hijo nunca reinará en Aragón, ni en Cataluña, Valencia, Mallorca, Sicilia o Cerdeña porque es eso, un bastardo. Y los dineros que hoy pagamos por la empresa napolitana nunca revertirán en estos reinos, serán patrimonio de Ferrante.

Abordaban ya el pontón que, según le indicaron los mercaderes, pertenecía al Consulado de la Mar, cuando Arnau comprendió que su misión era mucho más complicada de lo que aparentaba e incluso de lo que Sofia predijo. Acudía a un país empobrecido, con una sociedad convulsionada, disgustado y enfrentado a su rey, y lo hacía para promover la rebelión de los remensas en contra de sus señores feudales, algo que, paradójicamente, Alfonso no hacía en Nápoles, un reino en el que había restituido a los nobles hasta el derecho a juzgar y castigar con penas corporales y de muerte a sus siervos. Y, por si ello no fuera poco, su misión consistía también en restituir al patrimonio real unos bienes que debería embargar a sus iguales y a aquellos patricios urbanos, sobre todo barceloneses, que se habían enriquecido y ennoblecido.

Un escalofrío lo recorrió de la cabeza a los pies, todavía en proa, firme sobre la cubierta, aferrado al cabo. ¿Sabría combatir en aquel campo de batalla? Se le antojó extremadamente difícil. En ese caso no pelearía montado en Peregrino, ambos ataviados con armaduras tan brillantes como pesadas, con la espada desenvainada hacia el enemigo, y una sensación de profundo desasosiego lo asaltó durante un breve instante. Luego la desazón se desvaneció ante la visión de una mujer, un muchacho y una niña que lo observaban desde tierra: la dama lo hacía con circunspección; los jóvenes, con una curiosidad que les costaba reprimir. Arnau tuvo la impresión de que los tres sonreían y, a medida que las figuras se hacían más nítidas, creyó distinguir el lunar típico de los Estanyol que destacaba junto a la ceja derecha del muchacho.

—Señora... —Arnau inclinó la cabeza ante Elisenda de Marganell al tiempo que tomaba la mano que esta le ofrecía.

—¿Habéis tenido un buen viaje? —inquirió ella.

Con su mano todavía agarrada con cuanta delicadeza era capaz, Arnau asintió perdido en la contemplación de la mujer. Había engordado durante los últimos años. Elisenda asistía día y noche como dama de compañía y confidente a la reina María, la esposa de Alfonso, mujer estricta en sus convicciones morales y religiosas, ejemplo de honestidad y santidad de vida, pero de constitución débil y enfermiza. Arnau recordó a la joven de diecisiete años con la que contrajo matrimonio. Ya entonces era una muchacha con tendencia a una corpulencia que la edad y la timidez disimulaban; ahora, sin embargo, se mostraba como una matrona poderosa. Entonces levantaba la mirada solo cuando se le exigía; ahora la mantenía firme al frente, aunque Arnau se sorprendió al descubrir en su rostro los mismos ojos, grandes, todavía vivaces, siempre con un atisbo de insolencia que, si bien entonces contradecían el recato, ahora perturbaban.

—Se os ve bella y con salud —quiso halagarla Arnau, y le liberó la mano.

—A vos parece que las guerras os han endurecido —contestó ella haciendo un gesto casi imperceptible hacia la pareja de niños que los observaban, quietos, atentos.

Arnau se dio por aludido, asintió y sonrió. No conocía a aquel niño de once años del que se había separado cuando apenas andaba. Revolvió su cabello antes de proporcionarle un pescozón torpe que pretendía ser cariñoso y que Martí aguantó con temple.

—Así me gusta —le felicitó su padre. Martí sonrió con la franqueza con que lo hacen los críos—. ¿Montas a caballo? ¿Y qué hay de la espada? —continuó sin darle oportunidad a responder—. ¿Ya te ejercitas en ella?

—Sí —contestó el chico.

—Es muy diestro —aseveró su madre.

—Entonces lo comprobaremos en el patio del palacio. ¡Escuchad todos! —gritó Arnau, obligando a los comerciantes que ya mercadeaban con la carga, y a los marineros y los *bastaixos* que la descargaban a detenerse y prestar atención—. ¡Yo!, Arnau Estanyol, duque de Lago..., conde de Navarcles —se corrigió por usar su título catalán—, siguiendo la costumbre de los caballeros de hacer armas y combates, os reto a vos, Martí —añadió señalando a su hijo—, a combate a toda ultranza, a pie, con espada, bajo los auspicios de la Virgen de la Mar, y que el vencedor adquiera el honor de la victoria.

La gente sonreía y se acercaba ante el vozarrón de Arnau desafiando a su hijo, pendientes de la declaración de todos los requerimientos que las leyes de caballería exigían de las letras de batalla amistosas, aquellas que se lanzaban con el simple objetivo de ejercitarse en el combate, aunque no por ello menos formales y pomposas.

El niño, por su parte, escuchaba a su padre erguido, altanería que flaqueó en el momento en el que Arnau finalizó su reto y Martí se vio acechado por los espectadores a la espera de su respuesta. Titubeó. Carraspeó. Miró a su madre, la que, aunque fingía seriedad, lo animó golpeándose repetidamente con los dedos el lateral oculto a Arnau de un vestido verde esmeralda que destellaba a la luz del sol mediterráneo. El muchacho carraspeó de nuevo antes de lanzarse.

—¡Venid...! ¡Venid, caballero, venid a la batalla! —gritó en un tono de voz que intentaba mantener grave sin éxito.

Arnau reprimió una carcajada de orgullo y satisfacción. Un escalofrío le recorrió la espalda a la vista de su hijo animándolo a la pelea. Le hubiera gustado agarrarlo, zarandearlo y darle unos cachetes incitándolo a la lucha. Sin embargo, se mantuvo serio, como si fuera un reto de verdad.

—Aquí me encontraréis, caballero —continuó Martí—, y en nombre de Dios, el vencedor de todas las batallas, de la Virgen y del bienaventurado sant Jordi, acepto vuestro desafío, y que aquel al que sonría la fortuna sea magnánimo con el vencido.

Mercaderes y marineros aplaudieron y vitorearon al chico mientras Arnau, emocionado, con la garganta agarrotada, dudaba al respecto de cómo poner fin al episodio. Fue Elisenda la que acudió en su ayuda.

—Y Blanca será la madrina —propuso señalando a la niña, ignorada hasta ese momento.

Arnau aprovechó la indicación, agarró a la pequeña por las axilas y la alzó hasta su pecho, donde la estrujó con cariño. Recordó la alegría que supuso la noticia del nacimiento de esa niña. Tenía unos bonitos ojos castaños, pensó él, y una mirada dulce.

—¿Quieres ser mi madrina? —le preguntó.

La niña asentía con la cabeza cuando algunos de los presentes se apartaron a instancias de unos maceros que protegían a tres hombres vestidos con las gramallas carmesíes propias de los consejeros de la ciudad; dos eran nobles, el tercero era un ciudadano honrado. En nombre de Barcelona dieron la bienvenida al enviado del rey Alfonso, cruzaron unas frases de cortesía y lo invitaron a acudir al Consejo de Ciento. Los consejeros lo esperaban: los mensajeros del rey que permanentemente viajaban entre Cataluña y Nápoles habían anunciado su llegada.

—Os lo agradezco —dijo Arnau. No obstante, todavía no estaba preparado para discutir de tanto agravio como pondrían sobre la mesa, así que intentó librarse del compromiso—: Ha sido un viaje muy largo y cansado. Acabo de reencontrarme con mi esposa y mis hijos después de muchos años y deseo pasar un tiempo con ellos.

—Los asuntos de Cataluña…, de Barcelona —se corrigió uno de los consejeros— no pueden esperar —añadió con gravedad, como si de ese momento dependiese la suerte del país.

Arnau recordó las aceradas críticas del rey al respecto de la soberbia y las exigencias de nobles y oligarcas, y comprendió su postura.

—Los mercaderes que han sufrido el cansado viaje igual que vos —el ciudadano honrado que terciaba en la conversación enfatizó el término «cansado»— no tienen inconveniente en negociar a pie de playa —le recriminó al tiempo que señalaba unos fardos amontonados allí mismo.

Arnau dejó a Blanca en el suelo y resopló. Cuantos habían disfrutado del desafío bufo entre el duque y su hijo permanecían ahora atentos a ese enfrentamiento.

—Cierto —reconoció el conde de Navarcles—. Son mercaderes y obran como tales. Yo soy guerrero, y como tal, aun cansado —ironizó—, estoy dispuesto, aquí y ahora, a batirme a espada con cualquiera de vosotros… —los retó acercándose, la mano ya en la empuñadura de su espada—. ¡Con los tres a la vez, si lo deseáis!

Ninguno de los consejeros se movió un ápice ante el avance de Arnau. Sus rostros tampoco empalidecieron ni mudaron los rasgos. La amenaza, que en otras circunstancias hubiera causado temor, se estrelló inofensiva contra ellos.

—¿Acaso estáis desafiando a la Ciudad Condal? —le reprendió uno.

—Nadie puede amenazar a los representantes de Barcelona —afirmó otro.

—Yo sí —proclamó Arnau sorprendiéndolos al mismo tiempo que desenvainaba la espada, ajeno a la diplomacia, en tensión, ya imbuido en su oficio de guerrero—. ¡No existe consejero de ciudad alguna que insulte al conde de Navarcles como lo habéis hecho vosotros sin recibir su merecido!

Si las palabras no les habían afectado, el casi imperceptible sonido de la fricción del filo de metal contra su vaina provocó que recularan. Uno de ellos incluso tropezó con los bajos de la túnica encarnada que se prolongaba hasta sus pies. La gente se apartó; el consejero trastabilló; los maceros se dispusieron a defender a sus señores interponiéndose con las grandes mazas de plata que portaban; Elisenda apretó a Blanca contra sí, mientras Martí, con los ojos y la boca muy abiertos, observaba atónito cómo su padre arremetía contra la máxima autoridad municipal de la ciudad.

—¡Alto en nombre del rey! —se oyó antes de que Arnau llegara a blandir la espada contra los maceros.

El veguer, el representante del rey en Barcelona, se presentó acompañado de varios soldados. Arnau detuvo su embate. Elisenda respiró ante lo que ya asumía como un enfrentamiento directo entre su esposo y los prohombres barceloneses. Martí hinchó los mofletes en claro gesto de decepción, un sentimiento compartido por muchos de los curiosos atraídos por la posibilidad de espectáculo y diversión.

—¿Es cierto que habéis insultado al conde de Navarcles? —exigió el veguer de los consejeros.

—No... —quiso excusarse el ciudadano honrado.

—¡Mentís! —lo acusó Arnau, hierático.

Durante unos instantes pudo oírse el chapoteo de las olas del mar, Arnau todavía con la espada en la mano.

—Si el conde de Navarcles se ha sentido insultado —dijo otro de los consejeros, en defensa de su compañero—, se tratará de un malentendido. No creemos que micer Beneya tuviera intención alguna de insultar a principal tan distinguido como Arnau Estanyol, noble catalán de cuyas empresas guerreras nos enorgullecemos, y representante de nuestro bien amado rey Alfonso.

—¿Es cierto eso, micer Beneya? —insistió el veguer.

Todas las miradas recayeron en el consejero, algunas exigentes, las del veguer, Elisenda y sus compañeros del Consejo de Ciento que deseaban evitar la reyerta; otras, entre ellas quizá la del pequeño Martí, anhelantes de oír una negativa que lanzase a Arnau contra los maceros.

—Es cierto —se vio obligado a musitar el hombre.

Acceder de nuevo al palacio de Marquet originó en Arnau sentimientos contradictorios. Allí había transcurrido su infancia y pasado los escasos y cortos periodos en los que regresó a Barcelona, para contraer matrimonio o para visitar a su familia, su vida siempre a expensas de las campañas bélicas de Alfonso.

Tras franquear los portalones recios de madera claveteada con flores de hierro, se detuvo en el patio empedrado de acceso y contempló aquella construcción que tanto conocía: la escalera noble que ascendía hasta la primera planta, abierta al patio, con una galería de arcos sostenidos por columnas que lo circundaba; por encima, otra planta más, sin galería y rematada con un torreón desde el que controlar cuanto sucedía en el mar. Sí, probablemente era más bello que su palacio napolitano, las columnas de los arcos más trabajadas, así como también la decoración del resto de la obra, pero el de Barcelona se hallaba encajado entre callejuelas que tanto llevaban la brisa del mar, a pocos pasos de distancia, como el hedor de la ciudad, todo envuelto en una permanente humedad que calaba hasta los huesos y de la que era imposible liberarse.

Nápoles era húmeda también; el bochorno estival resultaba insoportable. La ciudad se abría al mar, al mismo, el Mediterráneo, sí, pero el que había sido el palacio de Francesco Domenni estaba bastante más alejado de la costa y, por encima de todo, contaba con unos excepcionales jardines que aportaban mil aromas al ambiente, lo que creaba entre sus moradores una sensación etérea del entorno, en ocasiones mágica. La única magia que flotaba en su casa de Barcelona, en cambio, era la del poder, la de la riqueza. Al contrario de lo que sucedía en Nápoles, allí, parado en el patio de su palacio barcelonés, Arnau se sintió oprimido, rodeado de malos presagios, aunque quizá mucho de ello, pensó en ese momento, se debiera a la conversación que había mantenido con el veguer, el que escoltó a la familia durante el trayecto desde el pontón.

—Mal comienzo —se permitió censurar el hombre.

Arnau simuló estar absorto en las casas de los pescadores apiñadas en la ribera del mar por cuyo frente transitaban desde el monasterio de Santa Clara mientras dudaba si replicar al funcionario real. «¿Mal comienzo?». En una guerra como la que tendría que afrontar, nunca constituía un error mostrar al enemigo el poderío y acobardarlo, como acababa de suceder con aquellos débiles personajillos. Desechó la discusión cuando discurrían por delante de una casa de dos plantas de fachada pobre y deteriorada, los marcos de madera de puertas y ventanas maltratados y combados por la humedad y el salitre, como sucedía en la gran mayoría de las viviendas de las gentes de la mar, todas similares, todas humildes.

Sin embargo, no le costó reconocer entre ellas la de su abuelo Hugo. Un fogonazo de nostalgia y de cariño le recorrió el cuerpo y se detuvo, obligando a hacer lo mismo a toda la comitiva: veguer, soldados, familia, servidores y *bastaixos* que portaban su equipaje. Allí, en esa casa, Arnau había recibido una de las lecciones más importantes de su vida, la que quizá habría venido a distinguirlo como el gran capitán que era.

Tras la muerte de su padre, Bernat, a manos de los secuaces de Destorrent y la lectura del testamento en el que le nombraba único heredero, con su madre ajena a la corte e ignorante de la educación y forma de vida de principales y caballeros, la reina María lo tomó bajo su protección. Aprendió de la mano de tutores y maestros elegidos y controlados por la monarca. Sus aptitudes eran considerables, lo que se reflejaba en un rendimiento sobresaliente, por encima del de sus compañeros, preeminencia que también impelió a un crío de nueve, diez años, tal vez los once de Martí, a pecar de soberbia. Fue esa arrogancia la que lo llevó al insulto cruel y el trato despótico con los niños modestos con los que coincidía en las ocasiones en las que su madre lo obligaba a acudir, siquiera a regañadientes, a las vides que cultivaba su abuelo.

Algunos de los muchachos a los que Arnau humillaba, compeliéndolos a cederle el paso o el sitio, a hacer su trabajo o a portar la cesta con las uvas que a él correspondía, a los que empujaba y pegaba si simplemente dudaban, podían haberse enfrentado a él y haberlo vencido de un manotazo en una pelea sin espadas, ni lanzas ni ballestas, como así era, pero tenían un miedo reverencial hacia el impúber conde de Navarcles, un niño noble, el protegido de la reina.

—Ven conmigo —le dijo cierto día su abuelo, y lo agarró de un brazo.

Se hallaban en el palacio, adonde Hugo había acudido como invitado. Arnau acababa de lanzar una copa al rostro de un criado que los había atendido con torpeza. El crío quiso zafarse de la presa hecha en su brazo, pero Hugo lo zarandeó hasta que cejó en su empeño. Entonces buscó apoyo en su madre, Mercè, quien se limitó a apretar los labios y desviar la mirada.

—¡No podéis tocarme! —gritó Arnau a su abuelo—. ¡Soy...!

La bofetada resonó en el salón y hasta pareció reverberar en los techos altísimos mientras criados y demás servidumbre evitaban mirar. Hugo lo arrastró fuera del palacio, los dos solos.

—Arnau —le advirtió—, te aseguro que como me plantees problemas te humillaré en público, delante de la gente de Barcelona.

—No osaréis.

—Ponme a prueba.

—¡Os arrepentiréis de esto!

—Puedes conseguir que me encarcelen. Puedes denunciarme al veguer, a la reina, ¡a las Cortes de Cataluña! Haz lo que te plazca... Pero primero vas a acompañarme.

Lo llevó cogido del brazo por las estrechas callejuelas hasta donde estaba ahora parado. Y, una vez ahí, le mostró la casa.

—Tu sangre... —anunció sin dejar de apretarle el brazo—. ¿Entiendes lo que te digo? —añadió con vehemencia inclinándose sobre él—. Esa sangre de la que tanto te enorgulleces proviene de esta casa. En la parte que corresponde a tu abuela no proviene de ninguna casa noble, de condes o almirantes, propietarios de castillos y tierras. No, tu fortaleza es esta y tus tierras... son la playa.

Hugo lo empujó al interior, al que accedieron tras golpear una puerta que se abrió sin oposición. Arnau se dejó llevar con algo más de docilidad. Dentro encontraron a una mujer que cocinaba en una olla que colgaba sobre el fuego. Dos niños pequeños correteaban desnudos. Hugo ofreció una moneda a la madre.

—Esta fue mi casa —reveló en el momento en el que ella la tomó—. ¿Me permites?

La mujer, el rostro y la mirada cansados, no se inmutó, como no lo había hecho al verlos entrar. Asintió y les indicó con el mentón la escalera que conducía a la planta superior, porque aquella en la que se encontraban se abarcaba de un solo vistazo: el hogar, una mesa con varios taburetes torcidos y una estantería para los cuatro útiles de comer y cocinar.

Arnau, al que se había acercado Elisenda, sabedora del vértigo emocional que estaba sufriendo su esposo, vio desfilar toda aquella sucesión de acontecimientos: ya arriba, se sentaron sobre un catre y su abuelo le contó de su vida, de su propia hermana, Arsenda, abadesa en un convento, la verdadera madre de Mercè, a la que repudió. Le explicó que fue él quien cuidó de Mercè hasta que se casó con Bernat Estanyol y ambos tuvieron un hijo, él, Arnau. Luego pasearon por aquel entramado de callejuelas a las que se abrían las moradas de los trabajadores del mar, y Hugo mostró a su nieto otra casa en la que había vivido su otro abuelo, Arnau, y otra más en la que nació su otra abuela, Mar.

—Estos son tus orígenes, hijo —insistió de camino al Raval para enseñarle algo que no quiso adelantarle—. Tu abuelo Arnau alcanzó la nobleza, pero murió acusado de traición. Tu padre, Bernat, fue un corsario que terminó al servicio de los castellanos, nuestros enemigos, hasta que regresó a Cataluña cuando se coronó a un rey castellano.

La sorpresa fue una taberna que Hugo le dijo que había sido suya. Ahora la explotaba Pedro, un joven que había trabajado con él y que seguía haciéndolo en las viñas cuando era necesario. Se sentaron a una de las mesas corridas y el abuelo puso un vaso de vino sin aguar, como el suyo, delante del niño.

—Son tu gente, Arnau —arguyó—. No debes menospreciarlos. En alguno de ellos podrás encontrarme a mí cuando era niño, a tu madre, a tus otros abuelos… o a tu padre. Nunca renuncies a tus orígenes, son estos, hijo, son estos —recalcó.

Esforzándose por no mostrar repulsa, Arnau daba sorbitos de aquel vino espeso y fuerte mezclado con *aqua vitae*: el secreto de su abuelo botellero. Hugo reprimió la risa y continuó exhortándolo a procurar un buen trato a la gente humilde.

—Seré su amigo —cedió al cabo el chaval.

El abuelo negó con la cabeza.

—No —le corrigió—. No se trata de eso. Tú eres noble y estás llamado a grandes hazañas, estoy seguro. Nunca encontrarás amigos en los inferiores, y si alguien pretendiera serlo, desconfía. Lo que tienes que hacer, lo que me gustaría que hicieras, es que los respetes, que no los maltrates, que los entiendas y que los defiendas. Tú eres un caballero. Trátalos como personas, de menor calidad que tú, por supuesto, pero personas. Mantente en tu lugar, no te rebajes, pero sé comprensivo, generoso y magnánimo. Guarda tu vigor, tu energía y tu valor para los enemigos de Cataluña, y para con tus iguales, porque en ellos encontrarás a tus verdaderos adversarios.

Arnau lo hizo. No le supuso un gran esfuerzo porque cuantos lo rodeaban continuaron temiendo desagradarle, lo que le concedió la posibilidad de comprender que era mucho más efectivo ganarse el aprecio de aquellos que lo rodeaban y dependían de él. Con el tiempo, reinterpretó los consejos de su abuelo, porque Hugo acertó en que sus peores enemigos serían sus iguales, contra los que se cuidaba, pero Arnau gustaba de la cercanía de la gente sencilla, ante la que no le costaba reconocer sus orígenes. Cierto, nunca serían sus amigos; la sumisión y la obediencia hacia los nobles y los privilegiados que caracterizaban sus más triviales experiencias vitales alzaban un muro insalvable entre las personas de uno y otro estamento, pero, asumida esa realidad, aprendió a disfrutar junto a ellos, un contacto sincero que lo encumbró como el general más querido por sus soldados.

El conde de Navarcles suspiró y se puso en marcha de nuevo. Hugo había muerto a la provecta edad de sesenta y tres años. Su esposa, Caterina, la liberta que nunca se atrevió a asumir la responsabilidad del papel de abuela, lo hizo poco más tarde. Su dolorosa historia y el amor que Hugo le profesaba también dejaron, sin embargo, huella en el joven: Arnau no compraba esclavos.

La comitiva siguió al enviado del rey igual que lo venía haciendo la chiquillería que correteaba bulliciosa a su alrededor ya desde el pozo de Santa Clara, donde las mujeres que se aprovisionaban de agua interrumpieron sus tareas y algunas tuvieron que apartarse, como sucedía allí por donde transitaban: el Pla de Palau junto a la magnífica lonja de los Mercaderes y el pórtico del Forment, la fuente de Santa María, la calle en la que se ubicaban las pescaderías, zonas vibrantes todas ellas, ruidosas, rebosantes de una vida que parecía paralizarse momentáneamente al paso del conde de Navarcles.

El veguer, molesto por el alboroto, buscó la compañía de Arnau.

—Vuestras amenazas a los consejeros de la ciudad no harán más que acrecentar el descontento —retomó el tema sin esconder su disgusto por no haber obtenido respuesta a su primer reproche.

—¿Habéis pensado que precisamente eso es lo que desea el rey? —apuntilló Arnau, decidido a acallarlo en esa ocasión.

Arnau terminó de cruzar el patio con el corazón todavía más encogido que cuando había accedido al palacio de Marquet. Luchador, caballero, valiente, aun así notó los indicios de un temblor en las piernas que pugnó por controlar. Elisenda se arrimó a él, apoyándolo. Ambos sabían cuál era la razón. Su esposa le daba cumplidas noticias de su estado a través de cada una de las cartas que le remitía a Nápoles.

—¡Madre! —susurró entonces en el patio.

Cuando era niño y regresaba a casa, gritaba su nombre desde

el patio y saltaba escaleras arriba para abrazarla. Ese día, seguido de su familia y de la mirada compasiva de muchos de los miembros de su casa, las subió apesadumbrado.

—Madre —repitió tras golpear con los nudillos en la puerta de su alcoba y abrirla.

Una luz mortecina, filtrado el sol por vidrieras de tonos oscuros, le mostró a una mujer consumida sentada en una silla, con las piernas y los pies cubiertos por aparatosos vendajes. Arnau se acercó, se acuclilló a su lado y le tomó la mano, toda hueso y pellejo.

Los labios de Mercè, agrietados, se ensancharon en una sonrisa al mirarlo. Arnau creyó ver un destello en sus ojos velados.

—Arnau —musitó.

—Madre, yo...

Quería seguir, pero se le agarrotó la garganta. En su lugar, le apretó la mano con ternura.

—Entonces era cierto —dijo ella.

—¿Qué?

—Que venías. Me contaron que el rey te enviaba a Barcelona —añadió Mercè con esfuerzo al tiempo que dirigía una mirada que pretendió ser de agradecimiento hacia Elisenda, parada en la puerta con los niños. Le costaba respirar—. Creí que solo lo hacían para contentarme y que pudiera morir tranquila.

—No vais a morir —se apresuró a replicar Arnau.

—Hijo, lo deseo, y ahora que te he visto..., rezo a Dios para que me libere de esta tortura.

La tortura. No era otra la causa. Mercè permitió que Arnau balbuceara palabras de ánimo en las que él mismo no creía y que apoyara la mejilla sobre su mano, esa que ella terminó girando para acariciarle el rostro húmedo. Luego quiso saludar a sus nietos, tras lo que se abandonó a un letargo que nadie se atrevió a turbar.

Arnau salió de la alcoba con la culpa arañándole las entrañas. Aquellos vendajes manchados de pus que había visto y olido de cerca no eran más que el precio que pagaba ahora la mujer que había resistido tres sesiones de tortura en la cárcel de Barcelona sin desvelar el lugar en el que escondía a su hijo Arnau a Marta Destorrent, la que pretendía asesinarlo para que fuera el suyo, Gaspar, quien heredase los títulos y la fortuna de Bernat Estanyol. Todas aquellas heridas y quemaduras que laceraron la carne y el espíritu de Mercè, y cuyos daños fueron atenuados por el vigor de la juventud, reclamaron virulencia a medida que los años debilitaban su naturaleza y reaparecieron en forma de dolores insoportables y llagas que nunca conseguían cicatrizar. Y aquellas heridas y quemaduras, cuya eclosión Arnau había ido padeciendo con angustia carta a carta de su esposa durante los años que llevaba fuera de la ciudad, eran por su causa, por haberlo protegido.

—No sufre —quiso tranquilizarlo Elisenda—. Los médicos le dan pociones para el dolor.

El soldado acostumbrado a arrinconar la amargura de la guerra, la sangre y la muerte de enemigos y muchos otros que ni siquiera empuñaban armas pero que estaban en el bando equivocado, en algún lugar recóndito y, por lo visto, infinito de su alma, intentó enterrar allí también los padecimientos de su madre, quizá los suyos, aunque solo consiguió cierta evasión a instancias de Martí y Blanca, quienes lograron levantarle el ánimo en lo que quedaba del día. El niño lo perseguía con adoración y no dejaba de observarlo embelesado. Combatieron en el patio utilizando espadas de madera, amadrinados por Elisenda y la pequeña Blanca, aplaudidos y vitoreados por algunos invitados y por el personal de palacio, que hasta dejó de lado sus obligaciones.

La cena fue multitudinaria. El palacio de Marquet estaba invadido por diputados que habían acudido a las Cortes Catalanas que se celebraban en Barcelona y que necesitaban alojamiento: un par de síndicos de ciudades realengas, el abad del monasterio de Escarp y hasta el procurador que representaba al propio Arnau, incluido en el brazo de la nobleza, que por su residencia en Nápoles había excusado su presencia el año anterior cuando se iniciaron las Cortes. Todos ellos estaban obligados a acudir al llamamiento real y viajaban acompañados de séquitos en los que se incluían tres o más criados o escuderos, maestresalas, mayordomos, mozos de cuadra... Los principales, que iban y venían acompañando a la reina, quien no siempre podía acudir a las sesiones a causa de sus dolencias, comían y cenaban sentados a la mesa del comedor del palacio y se alojaban en habitaciones dispuestas a esos efectos. Los oficiales, la servidumbre y los esclavos se repartían de forma caótica por donde fuera. Barcelona entera estaba invadida por los diputados a Cortes de los tres brazos: el eclesiástico, el militar o nobiliario y el de las ciudades de realengo.

Todos los invitados de Arnau eran proclives a la política del rey Alfonso, y si no era así, se cuidaron mucho de emitir crítica alguna durante la cena y la sobremesa en presencia de su anfitrión.

Al anochecer, Arnau volvió a llamar a la puerta de otra alcoba; en esta ocasión, la de su esposa. Elisenda lo esperaba ya en camisa de dormir sentada cerca de la ventana, donde su criada mantenía frente a ella un pequeño espejo de plata bruñida al que llevaba interrogando un buen rato sobre el deseo que su cuerpo originaría en un hombre al que no veía desde hacía mucho tiempo. Se levantó, y la criada abandonó la estancia de inmediato. Arnau se acercó a una mujer que se esforzaba por mantener la serenidad y le quitó la prenda, luego la examinó de arriba abajo. Las carnes rebosaban en su vientre y los pechos se mostraban abundantes y lechosos, con los pezones retraídos en el centro de grandes areolas rosadas.

—Tened presente, conde —logró articular Elisenda, desamparada por su desnudez y aquel escrutinio que la avergonzaba—, que los años son los peores enemigos de las mujeres.

—En vuestro caso se han convertido en aliados, señora —contestó Arnau, y posó la mano en uno de sus pechos—. Estáis preciosa.

—Y vos, conde, además, habéis dejado transcurrir todos esos años sin cumplir con vuestros deberes conyugales —le recriminó ella.

Arnau le apretó el pecho con lujuria. Elisenda se había puesto en tensión, como si quisiera recuperar la identidad perdida a causa de desnudar su cuerpo ante un hombre que se le aparecía como un desconocido.

—Fueron muchas las ocasiones en las que os insté a venir a Nápoles a compartir esa vida conyugal cuya falta me censuráis.

—Os consta que no pude, que mi sitio está al lado de su majestad, al servicio de mi señora, la reina.

La sola mención de la reina María confirió una confianza a

Elisenda que se reveló en su tono y en su actitud, ambos más terminantes, más firmes. Arnau se separó un paso de ella.

—Y el mío está con el rey, en Nápoles —declaró con solemnidad.

Los dos se miraron durante un instante, conscientes del destino impuesto por los poderosos —casarse para impedirles vivir su matrimonio por la lealtad debida—, y los dos también pensaron lo mismo: Alfonso, unido a su prima, la infanta María, hija del rey de Castilla, había terminado repudiando a aquella mujer estéril, neurótica, probablemente epiléptica, fea, atacada por las picaduras de viruela que inundaban su rostro, de piel áspera por el paludismo, flaca en extremo y con una dispepsia incontrolable, que caía desmayada y padecía de gases, flatos y todo tipo de problemas uterinos. Si el rey aborrecía a la nobleza y al patriciado catalán, tampoco encontraba en su esposa atracción alguna que le impeliese a regresar a sus reinos españoles.

Esa situación, sin embargo, en nada se parecía a la de Arnau y Elisenda por más que sus vidas no fueran sino el reflejo de las de sus respectivos señores. El joven matrimonio, durante el periodo en el que Arnau residió en Barcelona mientras se negociaba el rescate de Alfonso, entonces prisionero de los genoveses, gozó de la compañía mutua, y ambos se entregaron a unas relaciones sexuales que Arnau entrevió placían a Elisenda, aunque después el cargo de conciencia la llevase a confesar su pecado ante un sacerdote que le imponía severas penitencias, recordándole siempre que las mujeres no debían perseguir placer alguno, que el mundo del gozo carnal era señorío del demonio.

En ese momento de comunión de ideas, con Elisenda tan desnuda como firme ante él, Arnau se vio azuzado por una simple mirada y volvió a acercarse a su esposa, la abrazó y la acarició. Aquella, la de la mirada, era la señal más evidente que Elisenda iba a proporcionarle acerca de su disposición a recibirlo con entrega; siempre había sido así.

Dos mujeres. Dos universos opuestos. Sofía arrollaba consciente de su belleza, tomaba la iniciativa con pasión, experimentaba, tocaba, palpaba y exigía gratitud, como si la diosa que era se hubiera mancillado al contacto con un ser inferior que no podía pretender nada más sublime que disfrutar de su cuerpo y de su amor. Elisenda, en cambio, recibía. Esperaba y se dejaba, como ahora, cuando Arnau la acompañaba hasta el lecho. Y permanecía pasiva, atenta a las manos que la acariciaban o que apretaban con fuerza sus carnes. Sofia gritaba y gemía. Elisenda suspiraba cuando él le mordisqueaba aquellos inmensos pezones que se habían levantado en busca del placer. La napolitana arañaba. La catalana dejaba correr sus manos casi con prudencia. Una alzaba piernas y caderas para ofrecerse; la otra difícilmente entendía que sus propios movimientos podían complacerla en mayor medida. Sofia jadeaba y chillaba con desenfreno al alcanzar el orgasmo. Elisenda aceleraba la respiración, como ahora ante los embates de Arnau montado sobre ella, penetrándola, empujando con el vigor con el que tomaría una torre al asalto.

Sofia pretendía mandar. Elisenda lo hacía. Sofia otorgaba favores. Elisenda esperaba recibirlos. Una era capaz de engañar para halagar su hombría; la otra se conformaba con golpearla escondiendo su decepción, si era el caso. No obstante, las dos tenían un ascendiente sobre Arnau. Sofia era mayor que él, una venus que llenaba las estancias y eclipsaba cualquier otra presencia; Elisenda, por su parte, destacaba por una entereza y distinción tales que la rodeaban de un halo que acallaba bocas y enfriaba soberbias.

Sin embargo, si Sofia nunca descendía de su pedestal, Elisenda sí permitía que esa corona de autoridad y prestigio que la glorificaba se resquebrajase si alcanzaba el éxtasis, como estaba sucediendo esa noche, en la que cerró los ojos y apretó labios y mandíbula, los brazos a los costados, atenta solo a su propio placer, la respiración contenida para dar paso a un gemido apagado, y se atrevió a doblar las rodillas para aumentar el contacto, hasta que toda ella convulsionó una, dos, varias veces antes de volver a tomar aire de forma compulsiva y dejarse caer a peso sobre el colchón mientras su esposo, jadeando, todavía pugnaba por verterse en ella por completo.

—Martí está preparado —comentó Arnau poco más tarde, la mirada fija en el dosel de la cama.

Él permanecía desnudo; su esposa, por el contrario, había vuelto a cubrirse con la camisa de dormir, el pudor reinando de nuevo.

—Lo harás feliz.

Elisenda lo asumió con voz tenue, consciente de que era llegada la hora de que su hijo abandonase Barcelona para unirse con su padre a la corte y el ejército del rey Alfonso en Nápoles. Por un lado le dolía, puesto que Martí solo era un niño que todavía peleaba con espadas de madera; aunque, por otro, le enorgullecía que iniciase la carrera de las armas, y también la de las letras, como bien se cansaban de contar cuantos mensajeros iban y venían del reino italiano con respecto a los esfuerzos de Alfonso por promover la cultura y el humanismo. Pero, por encima de todo, Elisenda deseaba que Martí Estanyol reclamase la legitimidad de su nacimiento frente a cualquier intento que, en todo caso, se le antojaba absurdo y ridículo por parte de Sofia de sustituir a los herederos del conde de Navarcles por sus bastardos italianos. Martí tenía que estar en Nápoles proclamando con su sola presencia la estirpe legítima de los Estanyol.

—Cuida de él —exhortó a su esposo, evitando no obstante toda referencia a su familia napolitana.

Arnau era noble y caballero. Elisenda estaba segura de que nunca olvidaría cuál era la posición y cuáles los derechos de su heredero legal. Sí, si ella lo hubiera seguido, quizá él no habría tenido esa otra familia, aunque tampoco existía garantía alguna. El propio rey solo tenía hijos bastardos y acogía en la corte con total naturalidad a los de su hermano Juan, el rey de Navarra. Ferrante, el duque de Calabria, heredero de Nápoles, también había concebido hijos fuera del matrimonio. Todos los grandes mantenían relaciones ilícitas, públicas y consentidas. ¡Incluso con jóvenes pajes!, de lo que se acusaba ahora al rey Alfonso, murmuraciones que Elisenda debía confirmar con Arnau a instancias de la reina María. Lo haría, lo haría. Tenía tiempo, se dijo. En ese momento solo deseaba disfrutar de la presencia de su esposo, porque lo era, eso era lo único que importaba. Ella era la condesa de Navarcles y ahora la duquesa de Lagonegro, y Martí y Blanca eran los descendientes y herederos de Arnau Estanyol ante Dios y ante los hombres. Que su esposo aplacara la incontinencia de todo soldado fornicando con una napolitana, bella, por supuesto, era irrelevante.

A la mañana siguiente, Arnau acudió al castillo del veguer, que se alzaba junto a la plaza del Blat. En la cárcel ubicada en sus sótanos era donde habían torturado a su madre hasta que, tras tres sesiones, el juez, por mandato de la ley, se vio obligado a declararla inocente. El día en que, con quince años, Arnau partió de Barcelona por primera vez para seguir al rey Alfonso, ya conde pero inexperto, no era capaz de imaginar el sufrimiento que podía originar un verdugo en sus víctimas. Las necesidades de la contienda fueron mostrándoselo con una crueldad abominable, y hoy, a medida que se acercaba a la fortaleza, tuvo que obligarse a expulsar de su espíritu las súplicas y los alaridos de dolor que creyó oír de boca de una joven madre mientras el fuego devoraba sus pies.

La plaza del Blat bullía de gente que iba de puesto en puesto de venta de cereal buscando el mejor precio, el mejor producto. Allí mismo también habían ahorcado al padre del primer Arnau Estanyol cuando en el llamado «primer mal año» la carestía y, como consecuencia de ella, el hambre asolaron Barcelona.

Arnau se detuvo entre un gentío que respetuosamente le hacía sitio y respiró hondo. Esa ciudad... A su abuelo Arnau lo decapitaron acusado de traidor, sin juicio alguno, en esa ocasión en el Pla de Palau, y su abuela Mar languideció de pena en la miseria hasta morir. Y a su padre, Bernat, le tendió una emboscada Galcerán Destorrent, abuelo de Gaspar, que mantenía secuestrada a su madre, Mercè, contra cuyos secuaces se vio obligado a luchar en desventaja numérica hasta que lo mataron a traición. Ninguna acusación se tramitó contra el mercader que ya entonces financiaba las costosas campañas del rey en Nápoles: era notorio, se excusaron, que fue Bernat quien allanó el palacio de Destorrent. Los Destorrent... Por sus venas corría mala sangre, pero siempre se granjeaban el favor real. Su iniquidad era hereditaria: Marta Destorrent ya había intentado envenenarlo cuando él era solo un niño, y ahora había tenido que soportar que el hijo de esta, su hermanastro, el innoble y cobarde Gaspar, se viera premiado por el rey Alfonso.

¿Acaso él tenía contraída deuda alguna con esa ciudad traicionera y ensoberbecida? Instintivamente, Arnau acarició la empuñadura de la espada que colgaba a su costado. Miró en su derredor: decenas de personas, todas desarmadas como ordenaba la ley, que gritaban, reían o discutían. Debía ser prudente, concluyó, pero... ¿cómo se hacía eso en un campo de batalla tan desconocido?

La cortesía con la que el veguer lo trató no ocultaba cierta suspicacia, que Arnau achacó a la abrupta finalización de la conversación del día anterior. Con todo, las explicaciones que recibió sentado frente a su escritorio, después de que un alguacil lo acompañara a su presencia, coincidieron con la descarnada versión proporcionada por los mercaderes durante la travesía en la galera, sobre todo en lo que se refería a los ingentes costos de la empresa napolitana que los catalanes consideraban uno de sus mayores problemas.

—No estamos aquí —pluralizó Arnau a fin de comprometer al veguer en cualquier proyecto— para resolver los problemas económicos de los barceloneses o los catalanes, sino los del rey Alfonso. ¿En qué medida afecta todo eso a los payeses de remensa?

Payeses de remensa o siervos de la gleba sometidos a los malos usos por parte de sus señores feudales y de los que el rey esperaba obtener un buen dinero por su apoyo, y embargos de las tierras de los nobles que no pudieran acreditar su derecho; esos eran los dos grandes cometidos que Arnau debía afrontar. Su secretario le había concertado ya para el día siguiente una cita con el jurista Jaume Ferrer, ocupado en el embargo de tierras. Ahora, con el veguer, Arnau pretendía profundizar en la situación de los siervos.

—La crisis económica ha afectado a los ingresos de todos los estamentos sociales —le explicó el veguer—, pero sobre todo ha afectado a los más ricos, indudablemente. El miserable solo es un poco más miserable, pero si los menesterosos no tienen capacidad para obtener otros ingresos, los privilegiados sí, y lo que hacen es exprimir todavía más a los payeses que están atados a sus tierras, abusar más de ellos y tratar de compensar así las pérdidas derivadas de los mercados. Tened en consideración —le advirtió el funcionario real— que un tercio del precio de venta de las tierras depende de la situación servil de los payeses adscritos a ellas con obligación de trabajarlas. Cuanto mayor es el sometimiento a los malos usos, mayor es el valor de esa hacienda.

»Iglesia y nobleza —continuó el veguer—, los dos estamentos no productivos, han endurecido con saña las condiciones de vida de sus payeses, imponiéndoles a la fuerza el cumplimiento estricto de cuantas obligaciones componen el conjunto de los malos usos que los atan a la tierra de los señores en un estado similar al de la esclavitud. Exigen insoportables cargas en dinero, en especies o personales a su favor, al mismo tiempo que imparten justicia en caso de incumplimiento. La Iglesia hasta los excomulga y los presiona con el infierno si no asumen resignadamente su condición de siervos de la gleba. Esos payeses solo pueden emanciparse de su señor y ser libres si se redimen o se escapan. El precio de la redención, si es el payés el que la solicita, lo fija a su antojo su dueño, lo que convierte ese procedimiento en una quimera. La fuga, el derecho que hasta ahora habían tenido los siervos de huir y conseguir la libertad viviendo un año y un día sin que se los detuviera aquí mismo, en Barcelona, o en otras ciudades privilegiadas, también se ha hecho imposible tras una ley que las Cortes dictaron hace cerca de quince años. Desde entonces, los señores pueden perseguir a los fugados y pregonarlos en las ciudades como huidos y lanzados de paz y tregua, con lo que los lugares no pueden acogerlos por ser delincuentes.

El veguer detuvo su discurso ante la ausencia en la que parecía haber caído Arnau, quien, con la mirada perdida más allá de la propia estancia en la que se encontraba, rememoraba la historia de su familia. Después de que su abuelo Hugo lo hubiera llevado a ver la casa de pescadores en la que había nacido, Arnau tuvo curiosidad por la historia de sus antepasados. «Conviví poco con tu abuelo Arnau porque murió siendo yo muy joven —le explicó Hugo—, pero cualquier *bastaix* conocía bien el pasado de uno de sus miembros más ilustres». Así supo Arnau del trabajo de su predecesor en una labor históricamente reservada a los esclavos, los *macips de ribera*, aquellos que transportaban las mercaderías de los barcos, pero sobre todo supo de la fuga de Bernat y un Arnau casi recién nacido del dominio del señor de Navarcles. Bernat, al que ahorcaron en la plaza del Blat por reclamar grano para comer, se había beneficiado junto a su hijo Arnau de la ley que concedía la libertad a los remensas que se mantuvieran en Barcelona un año y un día sin ser detenidos.

Ahora, tras el endurecimiento de las condiciones de vida de los siervos, el padre de su abuelo no habría podido rematar su fuga. El viejo Arnau no hubiera sido *bastaix*, su padre no hubiera nacido y —se le encogió el estómago— ni él ni sus hijos vivirían.

De regreso al palacio de Marquet, continuó dando vueltas a la situación de los siervos. El veguer le había dicho que en 1391, fecha en la que los barceloneses atacaron la judería de su ciudad y masacraron a todos aquellos miembros que no se convirtieron a la religión católica, los remensas iniciaron el camino de la violencia y, por su parte, asaltaron y saquearon la judería de Gerona. Desde entonces, las situaciones de tensión fueron manifestándose, principalmente por las cruces que los remensas levantaban en las fincas que cultivaban junto a hoyas y algunos otros signos de muerte y amenazas que lanzaban contra sus señores y sus procuradores, a algunos de los cuales llegaron a apalear.

La mayoría de aquellos agricultores que durante siglos habían soportado la humillación, la sumisión y la vinculación a unas tierras que no podían abandonar se mostraban ahora levantiscos y problemáticos. No obstante, lo que más preocupaba a los señores feudales, en especial al obispo de Gerona, el máximo representante del despotismo feudal en el norte de Cataluña, eran las incipientes reuniones de remensas en las que se establecían reivindicaciones comunes y se proponían acciones conjuntas. Separados, los siervos carecían de recursos y hasta de valor para oponerse a sus señores; unidos, podían alzarse como un ejército que pusiera en riesgo la preeminencia de los privilegiados: Iglesia, nobleza y ciudadanos ricos.

—Deseo acudir a la próxima congregación remensa —anunció Arnau al veguer cuando ya daba por terminado su encuentro—. Quiero hablar con sus cabecillas.

—Es difícil saber...

—Conseguidlo.

Andaba por la calle de la Mar, la de los plateros, deteniéndose en las mesas instaladas ya en la vía pública, donde tocaba y sopesaba las joyas que exhibían los artesanos. Deseaba comprar un regalo a Elisenda y otro a Blanca, y en una de ellas descubrió unas ajorcas grandes en plata repujada con esmeraldas incrustadas que, después de alzarlas hasta sus ojos y examinarlas con detenimiento ante la meliflua insistencia del joyero, compró para su esposa. Luego eligió otras más pequeñas y sencillas para la niña, ordenó a su secretario que se ocupara de cerrar la operación y continuó calle abajo hasta toparse con la fachada principal de Santa María de la Mar.

Las puertas de bronce en las que destacaban las figuras de dos *bastaixos* cargando las piedras con las que se construyó el templo se hallaban abiertas. Arnau se fijó en un criado que esperaba al pie de la escalinata de acceso vigilando una silla de manos. La reconoció de inmediato: era la que estaba en el patio del palacio, en la que transportaban a su madre impedida. Lo pensó un instante, asintió para sí, como si se animase, y accedió a la iglesia que tanto había influido en la vida de toda su familia.

Santa María de la Mar seguía como la recordaba de niño y de las veces que después había vuelto a Barcelona: majestuosa, visible por entero desde la propia puerta, amplia para reunir a modo de hogar a los fieles que ese día, sin embargo, no siendo domingo y a hora laborable, no llenaban ni un cuarto del inmenso templo construido por las gentes humildes de aquel barrio en honor de la Virgen que cuidaba de los marineros. Las vidrieras de colores del ábside filtraban la luz solar lanzando rayos que quebraban la penumbra. Entre esas luces mágicas y sorteando parroquianos, Arnau cruzó para dirigirse hasta el altar mayor, donde un gran número de religiosos, probablemente de los que habían acudido a Cortes en Barcelona acompañando a sus obispos, abades y demás prelados, mujeres nobles y esposas de ciudadanos honrados, seguían la ceremonia en las sillas y los reclinatorios que sus criados habían dispuesto con anterioridad.

Muchos de los religiosos, buena parte de las mujeres y algunos hombres que las acompañaban desviaron la mirada hacia Arnau, en pie en uno de los laterales, ya junto al altar, escrutando las primeras filas de privilegiados en busca de su madre, con la que no daba, quizá oculta tras alguna de las anchas columnas ochavadas que soportaban la obra. Se desplazó unos pasos para evitar los obstáculos. El sacerdote que predicaba se apercibió, titubeó y detuvo su sermón un instante, interrupción que propició que gran parte de los fieles desviara también su atención hacia aquella presencia tan imponente como insólita en el ambiente piadoso del templo.

Mercè tampoco estaba tras las columnas. Alguna de las nobles por las que Arnau paseó la mirada se la sostuvieron con altivez. El cura reanudó su prédica, gritando ahora, amenazante:

—¡Esos hombres vanidosos que contravienen los intereses de la santa Iglesia, la obra de Dios en la tierra a través de la que Nuestro Señor Jesucristo se manifiesta y se acerca a los hombres de bien…!

Entre gestos de asentimiento por parte de muchos de los religiosos, Arnau entornó los ojos hacia el oficiante. ¿Lo atacaba a él? ¿En Santa María de la Mar? Escuchó unos instantes la diatriba del cura contra aquellos que se enfrentaban a la Iglesia: el rey, sus oficiales, los juristas que les embargaban las tierras… Luego regresó a lo que le había llevado allí: su madre. No estaba. Quizá la silla de manos no fuera la suya, aunque el criado sí que le parecía que pertenecía a su casa. Eso pensaba justo en el momento en el que una niña se atrevió a distraer su atención rozándole el codo. Arnau la interrogó con la mirada, y la pequeña señaló hacia atrás, donde se ubicaba la gente más humilde. Arnau dudó. Algunos rostros de satisfacción malsana en esas mujeres que ahora se le aparecían como verdaderas arpías lo impelieron a seguir a la niña con un mal presentimiento agarrado al estómago. La vio, mezclada con los menesterosos como una más de ellos, solo que sentada en una silla desde la que lo recibió pidiéndole ya perdón con las manos abiertas.

—¿Qué hacéis aquí, madre? —No le permitió contestar y desvió su atención hacia los dos criados que la acompañaban—. ¿Qué hace ella aquí! —bramó sin consideración alguna hacia el lugar en el que se encontraban.

Los dos hombres se atropellaron en balbuceos.

—Hijo... —quiso intervenir Mercè.

—¡Llevadla al altar mayor! —ordenó él.

Mientras en el fondo del templo los lacayos alzaban con esfuerzo la silla que Mercè ocupaba, el sacerdote dejó de oficiar y, como la práctica totalidad de los presentes, observó el desplazamiento hacia el altar mayor del conde de Navarcles seguido de su madre en su asiento a modo de sitial.

No llegó. Un buen número del centenar de religiosos adscritos a la propia iglesia y otros tantos foráneos, aquellos que habían acudido a Cortes en Barcelona, salieron al paso de la comitiva para interponerse como un muro infranqueable.

—¿Adónde vais, conde? —le espetó uno de ellos entre un sinfín de recriminaciones.

—Estáis en la casa de Dios. ¡Aquí no sirven vuestras órdenes! —clamó otro.

—¡Pretendéis arruinarnos! —le echó en cara alguien más, hasta que las admoniciones se pisaron unas a otras en una cacofonía que las hizo incomprensibles.

—¡Desarmaos! —se elevó una por encima del resto.

Arnau había accedido a la iglesia con la espada al cinto. La barahúnda del ejército de religiosos remitió a la espera de la reacción del noble, quien les dio la razón asintiendo una sola vez con la cabeza para, acto seguido, desabrocharse el cinturón y entregar el arma a uno de los criados, con la indicación de que la llevara al exterior.

Aun cuando Arnau no parecía haber perdido autoridad, los religiosos no se amedrentaron.

—¿Qué pretendéis, conde? —preguntó el que asumía el papel de portavoz de aquel heterogéneo grupo de miembros del clero regular y secular.

Los parroquianos iban acercándose; curiosos unos, los principales, hasta unirse a los religiosos, y humildes otros, siempre manteniendo las distancias.

—Mi madre debe estar en la primera fila de este templo —anunció Arnau con gravedad—, lo más cerca de la Virgen.

—Si tanta devoción tenéis por la Virgen, ¿por qué embargáis las tierras y los honores cuyos recursos se destinan a su culto y a sus cuidados?

—¡Y a los estómagos de los curas! —se oyó de entre la gente sencilla.

Arnau hizo caso omiso del comentario y de las risotadas que originó.

—Es la voluntad del rey —replicó. Su afirmación encolerizó de nuevo a los religiosos, que reiniciaron sus críticas embrolladas y profirieron hasta algún que otro abucheo. Mercè miraba al suelo, los dedos de las manos entrelazados como garfios en su regazo—. ¡Con independencia de eso —clamó Arnau elevándose por encima del barullo—, mi madre, la viuda de Bernat Estanyol, almirante de la armada de Aragón, debe ocupar el lugar que le corresponde en esta iglesia!

—¡Con los indigentes!

No había sido un grito, pero silenció a un buen número de curas, a los que fue sumándose el resto. Arnau escrutó entre ellos en búsqueda de la mujer que había lanzado tal ofensa. Mercè, sin embargo, cerró los ojos, la cabeza todavía gacha. Arnau no necesitó verla mientras cruzaba el pasillo abierto entre los religiosos. La presintió. Una sensación de miedo extraña al guerrero, pero que se hundía en sus recuerdos: los de un niño de tres años al que las monjas del convento de Bonrepòs asustaban con la presencia de esa mujer para que se mantuviese callado y oculto en la celda. Marta Destorrent, su madrastra, la que llegó a envenenarlo. Tras la muerte de Bernat y el escándalo en el que la reina María tuvo que poner orden, Marta dejó de aparecer en público; entonces se rumoreó que, mancillado su honor, se había retirado a un monasterio. Al recuperar el amor de su madre que le habían robado de muy niño, Arnau no se planteó el destino de esa mujer, pero era evidente que no llegó a vestir el hábito de orden alguna. En su lugar, con una edad similar a la de su madre, aparecía ahora con un vestido negro en el que destacaban algunos bordados de plata y apoyada en un bastón que sujetaba con firmeza.

—¡Ese es el lugar de vuestra madre! —insistió la mujer, encarada ya con Arnau y Mercè, esta todavía cabizbaja.

—¡No oséis…! —saltó Arnau.

—¿Vais a enfrentaros a una anciana! —lo interrumpió ella.

—Esos son los valientes generales del rey Alfonso —masculló uno de los religiosos.

—¡Y en lugar sagrado! —insistió otro.

Arnau titubeó: efectivamente, estaba en el interior de una iglesia; no podía quebrantar la paz y los privilegios de la casa de Dios. Mercè percibió la indecisión de su hijo; Marta la aprovechó:

—El lugar de vuestra madre no es otro que junto al pueblo llano, con los de su condición. Ya se le ha advertido en numerosas ocasiones.

—Mi madre es la viuda del almirante Bernat Estanyol —reaccionó Arnau.

—¡Yo soy la viuda de Bernat Estanyol, Marta Destorrent! —proclamó al tiempo que golpeaba el suelo con el bastón y se erguía cuanto le permitía su naturaleza marchita, lo suficiente, sin embargo, para que Arnau se sintiese impactado por su actitud y, sobre todo, por sus palabras—. Bernat os nombró heredero —continuó la mujer volviendo a golpear sobre el pavimento—, pero su matrimonio conmigo nunca fue anulado. ¡Yo soy su viuda! Esa —añadió utilizando ahora el bastón para señalar a Mercè— no es más que la hija de una monja sacrílega y libertina. ¡Su lugar está con la gente vulgar!

# 6

*Nápoles, otoño de 1448*

La silueta del palacio de Arnau Estanyol se recortaba en la noche contra la luna. Dos hachones encendidos hacia el callejón iluminaban los portalones cerrados, la guardia limitada a un portero que dormitaba en la caseta del patio. La tranquilidad reinaba en una Nápoles vacía de soldados y nobles, la gran mayoría de ellos enrolados en los ejércitos de un rey venido de fuera que había decidido «dictar la ley a toda Italia».

Con ese propósito, un año antes y tras la muerte del duque de Milán, Filippo Maria Visconti, y la consecuente descomposición de sus territorios, Alfonso había declarado la guerra a Florencia. Arnau, atascado en las disputas catalanas, pidió licencia para acudir en ayuda de su señor, pero la contestación fue tajante: el mayor servicio que podía prestar al reino era el de perseverar en su labor y conseguir la suficiente cantidad de dinero para financiar aquella costosa nueva campaña bélica aragonesa.

Porque, tras la humillación de su madre en Santa María de la Mar, de la que los Estanyol fueron expulsados por un ejército de religiosos airados y vengativos, Arnau decidió apartar cualquier atisbo de diplomacia y enfrentarse a nobles y principales con la misma violencia con la que se desenvolvía en el campo de batalla. Acudió a las reuniones de remensas que se celebraban en Gerona y, en nombre del rey, les concedió permiso para convocar a los demás payeses y nombrar síndicos que los representasen. Los siervos de la tierra ofrecieron sesenta y cuatro mil florines de oro, que pagarían en conjunto por su libertad; la contraoferta fue de cien mil.

Las Cortes Catalanas, el foro en el que se reunían Iglesia, nobles y ciudades, se extraviaban en acusaciones y agravios, reclamaban con arrogancia el respeto a sus derechos históricos y sus privilegios, requerían el regreso del rey a sus dominios españoles, el cese de los embargos y del apoyo a los remensas. Alfonso respondió a todas esas exigencias, de las que abominaba de una forma drástica, y licenció a las Cortes dejándolas sin voz.

Esa sosegada noche napolitana del otoño de 1448, una partida de alrededor de una docena de hombres embozados rodeó el palacio de Arnau Estanyol para saltar el muro por el lugar más apartado del jardín. Podrían haberlo hecho por la entrada principal, desechando la sorpresa en la que querían ampararse, sin otra oposición que no fuera la del portero, porque Arnau había aportado todos sus hombres a la guerra contra Florencia dejando casi desprotegida su vivienda. Un par de soldados y el vigilante parecían más que suficientes para afrontar los escasos incidentes que pudieran plantearse en una ciudad en paz, lejos de la contienda que en esos días se desarrollaba en Piombino, a varias jornadas de distancia.

El alto muro del *hortus conclusus* destinado a proteger la intimidad de los dueños del palacio no fue obstáculo para los asaltantes: un garfio, varias escalas y en poco tiempo estaban todos al otro lado. Los perros centinelas ladraban, pero lo hacían ante la puerta principal a la que habían corrido excitados por la reyerta entre varios jóvenes que se desarrollaba en el callejón al que daba la entrada, una pelea amañada para distraer la atención de los asaltantes.

—¡Silencio! —exhortó el guardián a través de la mirilla.

—¡Calla, viejo! —replicó uno de los de fuera escupiendo contra la puerta para, acto seguido, lanzarse de nuevo contra sus enemigos ficticios.

La barahúnda ahogó cualquier ruido que Gaspar, dirigiendo a los suyos con el rostro escondido tras una máscara, pudiera haber producido al cruzar el jardín. En circunstancias normales debería haber habido un guardia en la zona, pero la guerra había llevado la excepcionalidad a casa de Arnau, y Gaspar franqueó sin oposición el umbral del palacio que sentía debería haberle pertenecido, para encontrarse en un salón lujosamente amueblado en cuyo centro se detuvo para respirar hondo y dejar que su mirada vagara tras los reflejos de la luna sobre las maderas nobles.

Los hombres esperaban unas órdenes que tardaban en llegar. Los gritos y los ladridos de la entrada principal les recordaban que la sensación de tranquilidad de aquella estancia era irreal, pero Gaspar quería disfrutar de ese momento: llevaba años cruzando correspondencia de carácter reservado con su tío Narcís, cuyos negocios e intereses representaba en Nápoles. El patriarca de la familia nunca le había permitido atacar a Arnau Estanyol. «Goza del favor de los reyes», le advertía en una carta. «Contente», le ordenaba en otra. «Es un mal enemigo, y enemigos siempre tendremos. Mejor conocerlo que anularlo». «Llegará tu momento y el de tu madre», le animaba en otras misivas. Y ese momento había llegado. «¡Destrózalo!», le instó su tío en una carta que le entregó uno de los embajadores que acudían a Nápoles para reclamar al rey, una vez más, la reparación de los agravios que estaban sufriendo los nobles en Barcelona.

Arnau había sido inmisericorde. Muchos de esos payeses que sufrían los malos usos deseaban que las tierras que cultivaban retornaran a manos del rey, el que concedía la libertad a los siervos de la gleba tan pronto como volvía a detentarlas. Los funcionarios encargados de la recuperación del patrimonio real y de inventariar castillos, tierras y casas cuyos propietarios no acreditaban su titularidad trabajaban a destajo, asediados por los nobles que pretendían engañarlos o comprar su favor.

Al contrario que los privilegiados, los payeses no se dejaban comprar puesto que su objetivo no era personal sino un empeño común, y fue a través de ellos que Arnau conoció la sospecha de que los títulos de barón y de conde y los dos castillos con extensas tierras y siervos propiedad de los Destorrent, que en su día adquirieron a nobles empobrecidos siendo ellos acaudalados comerciantes de Barcelona, carecían de suficiente consistencia jurídica.

Arnau recorrió la distancia que lo separaba de Barcelona a galope tendido para plantarse ante el escritorio del enviado del monarca: Jaume Ferrer. Fiel cumplidor de las órdenes reales, había sido denostado por los tres brazos de las Cortes Catalanas que remitieron embajadores a Nápoles para acusarlo de detestable, escandaloso, destructor del mundo... Si Arnau era odiado, Ferrer no se quedaba atrás. Las Cortes añadieron un agravio más que reclamar al rey y exigieron la destitución de su enviado. Alfonso jugó sus cartas hasta que se decidió a favor de los remensas y en contra de los principales de Cataluña, disolvió las Cortes y el funcionario no tuvo impedimento alguno para continuar con su labor.

—Dicen, sin embargo, que el rey consintió las compras de los Destorrent —alegó Arnau, trasladando al jurista la duda que le habían expuesto los siervos de los comerciantes ennoblecidos.

Ferrer todavía no había registrado esas propiedades. Eran varios los funcionarios reales que recorrían Cataluña investigando tierras y contrastando títulos, y en ocasiones las informaciones eran inexistentes o erróneas, cuando no se habían obviado, simplemente, por corrupción de los encargados.

—Ese consentimiento debió de ser *ad beneplacitum*, como la gran mayoría —aventuró el funcionario—, esto es, mientras el rey lo mantenga, favor que por lo tanto puede revocar en cualquier momento a su libre arbitrio. En todo caso, tampoco se trata de esa condición, sino de que aquellos que les vendieron títulos y tierras tuvieran en verdad capacidad para hacerlo. Durante mucho tiempo nadie controló esos pequeños detalles —señaló con cinismo.

Unos días más tarde, Narcís Destorrent fue requerido para aportar la documentación que acreditara la titularidad de sus tierras y castillos. Ferrer recibió presiones, del propio Destorrent, que tanto lo amenazó como intentó corromperlo, de los consejeros de la ciudad, de ciudadanos honrados, del obispo, de notarios y abogados amigos y compañeros suyos, y hasta de algunos familiares que mantenían relaciones con el noble. Resistió a todas, y dos semanas después embargó para el patrimonio real los títulos y las posesiones catalanas de Narcís.

Arnau reclamó la prerrogativa de comunicar el embargo, para lo que se presentó en el palacio de los Destorrent, el mismo en el que su padre había sido herido de muerte cobardemente, por la espalda, y desde la calle, sin desmontar del caballo, requirió la presencia de quien ya no era noble.

Narcís Destorrent cometió el error de no presentarse ante Arnau, quien sonrió y no perdió un instante en llamar al pregonero del que se había hecho acompañar.

—Proclámalo —le ordenó, y le entregó la copia del embargo.

—«Yo…» —empezó a leer el hombre.

—¡Más fuerte! —le instó Arnau.

—«¡Yo —gritó ahora el pregonero—, Jaume Ferrer, conservador del patrimonio de su majestad Alfonso rey de Nápoles, Aragón, Valencia, Mallorca, Cerdeña y Sicilia, conde de Barcelona…».

Un Arnau sonriente interrumpió al pregonero:

—¿Lo oís, Destorrent? Marta, ¡enteraos, arpía!

Los ciudadanos iban congregándose para escuchar el edicto. Arnau, firme sobre el caballo, percibió movimiento tras una de las ventanas del edificio. Estaban allí, lo presentía, Narcís, Marta…

—«Declaro embargados y recuperados para el patrimonio del rey los castillos…» —leía el pregonero.

Se ocultaban como perros asustados. Arnau desenvainó su espada. El caballo se asustó y recibió un espadazo plano en la testa que lo centró. Luego, airado, encolerizado, el conde dirigió el arma hacia esa ventana.

—¡Ya no tenéis castillos, Narcís Destorrent, ni tierras, ni títulos!

Muchos de los congregados rieron. Arnau espoleó y al mismo tiempo refrenó a un caballo que jamás había vivido la batalla. Un animal tranquilo, manso como todas aquellas personas que se arremolinaban en derredor, siempre quejosas y críticas, ajenas a las heroicas empresas emprendidas por su monarca para mayor gloria de Dios y de Aragón. El duque de Lagonegro necesitaba sentir el hervir de la sangre y la fuerza física transmitida por un caballo como lo era Peregrino, al que aquel palafrén de las cuadras de Barcelona intentó imitar bailando sobre el lugar azuzado por los espolazos de su jinete.

—¡Solo sois un mercader, Destorrent, un usurero, un vendedor de telas…, una profesión que no deberíais haber dejado jamás! —escupió Arnau.

El pregonero finalizó su comunicado. Las gentes, sencillas pero envidiosas, mostraban su satisfacción por la caída en desgracia de un hombre tan altivo y arrogante como Narcís Destorrent. Y mientras este ya urdía a gritos todo tipo de planes, entre ellos, las instrucciones dirigidas a su sobrino Gaspar para vengarse de los enviados del rey que lo habían humillado y socavado su honor, amén de originarle tan enorme perjuicio económico, Arnau acompañó al pregonero en su recorrido por las plazas más importantes de Barcelona. En todas ellas acallaba al son de las trompetas a aquellos otros que en esos momentos comunicaban los nombres de los deudores o de los condenados, a los comerciantes que ofrecían sus productos, a quienes anunciaban a gritos la muerte de alguien o a los que simplemente se hacían oír a voces en un entorno ruidoso y caótico. Cuando los trompeteros conseguían el silencio y la atención de la gente, Arnau daba la orden y se deleitaba en el gozo que aparecía en muchos de aquellos semblantes.

Luego de que la situación de Narcís Destorrent fuera públicamente proclamada en la plaza del Blat y en la de Sant Jaume, Arnau lanzó unas monedas al funcionario y le ordenó que el pregón se reiterase por todos los rincones de Barcelona.

—Adelante —indicó en un susurro un tal Bernardo, el hombre al que Gaspar recurriría en secreto para sus acciones más turbias, tras el gesto casi imperceptible que le hizo su amo—. Arrasad con todo —instó a la partida de secuaces turcos que los acompañaban.

Aquellos individuos eran maleantes que el comerciante utilizaba en sus negocios más oscuros. Acostumbraban a ser diferentes en cada asunto y nunca llegaban a relacionarse con él, siendo Bernardo al único al que conocían y al único que, en su caso, podían traicionar. Esa noche, incluso Gaspar y su hombre de confianza llevaban vestimentas que recordaban a las que usaban los otomanos.

Bernardo no había finalizado su arenga y ya se habían arrojado al suelo lámparas y bronces, platos y cuadros. Los destrozos vinieron a calmar la quemazón de las entrañas de Gaspar ante la ofensa de Arnau para con los suyos. El estruendo que originó un mueble lleno de cristalería al estrellarse contra las baldosas se alzó por encima de ladridos y gritos. Uno de los soldados que había quedado como retén en el palacio llegó hasta la estancia. Bernardo no le permitió ni asomar la cabeza. Lo desarmó tras propinarle un golpe violento en el pecho.

—¿Dónde están tus señores? —le preguntó forzando el tono y el timbre de voz, imitando el habla de los turcos, agarrándolo de la nuca al mismo tiempo que apretaba la punta de un cuchillo curvo contra su garganta.

El soldado, algo mayor, probablemente tullido en algún lance bélico, balbuceó palabras incomprensibles. Gaspar apretó el filo sobre su nuez. El otro balbuceó más todavía. La docena de hombres que habían asaltado el palacio se desperdigaban de forma incoherente por el interior de este: unos lo hacían con sigilo, deslizándose en silencio, mientras otros vociferaban, exaltados, intimidando a unos criados que corrían a esconderse tras comprobar que no podían abandonar el inmueble ya que aquellos que hasta hacía unos instantes simulaban pelearse fuera habían atrancado las puertas.

Gaspar, tan excitado como pudieran estarlo sus hombres, no dio importancia al escándalo. En aquel momento, además de la reyerta que había organizado en el callejón, la guardia de la ciudad estaría volcada en apagar el fuego que asolaba una nave amarrada en el puerto. Habría personas que jurarían haber visto al comerciante defendiendo unas mercancías adulteradas pero debidamente aseguradas como si estuvieran en buen estado; un negocio rentable. Sin embargo, no era ese el motivo de su excitación. Sofía, ella lo era. Iba a poseerla. Todavía no había llegado a imaginársela desnuda y su miembro ya estaba erecto.

Empujó al soldado. Cojeaba, sí, un lisiado del que Arnau no era capaz de desprenderse. Gaspar soltó una risotada. «Ese romanticismo y la fidelidad desmedida hacia sus hombres lo perderán», pensó.

Siguió empujando al tullido por la espalda, sin decir nada, instándolo a que lo llevara hacia los aposentos principales.

Arriba ya se oía alboroto, el de una partida de ladrones haciendo botín y destrozando el resto.

—¿La señora? —inquirió Bernardo.

El viejo señaló la puerta de una de las alcobas.

La simple posibilidad de una Sofía escondida excitó a Gaspar todavía más. Salivó y masticó el placer. Con un gesto imperativo, indicó a Bernardo que abriera la puerta de la alcoba. Sofía no podría reconocerlo, ni siquiera oírlo u olerlo. Jamás hallaría motivos para denunciarlo, por más que presintiese que había sido él, situación que todavía lo estimulaba más.

«Le arrancarás la ropa y la pondrás a cuatro patas —había ordenado a su secuaz antes de entrar en el palacio— como una perra en celo».

La imaginó de tal guisa, ofreciéndole el culo, su exuberancia colgando, él dando fuertes palmadas a sus nalgas, agarrándola de sus costados para luego asirse a sus pechos tras penetrarla, usándolos para impulsarse con mayor vigor.

Bernardo negó con la cabeza tras entrar en los aposentos de la señora de la casa. Sofía no estaba.

Gaspar comprendió, se enfureció y se volvió de inmediato hacia el viejo soldado, al que golpeó a puñetazos.

—¿La señora? ¿Dónde? ¡Di! —inquiría al mismo tiempo Bernardo.

Un chillido agudo interrumpió exhortaciones y golpes.

—Ve —indicó Gaspar a su lacayo con un gesto de la cabeza, y este se introdujo en una de las alcobas adyacentes, aquella de la que había surgido el grito.

Al cabo, el hombre reapareció en el pasillo arrastrando del brazo a una muchacha que plantó en medio del corredor, evitando enfrentarla a los ojos de su señor, lo único que podía verse de su cara.

Apenas cubierta por una camisa rasgada, Marina trataba infructuosamente de tapar sus vergüenzas. Temblaba. Lloraba. Balbuceaba y moqueaba. Bernardo la zarandeaba como si fuera un muñeco de trapo. Unas marcas rojas en el rostro de la muchacha visibilizaban las bofetadas que había recibido.

Gaspar boqueó, aunque su espontáneo gesto de admiración quedó oculto por la máscara que le cubría el rostro. Se trataba de

Sofía, pero en todo el esplendor, firmeza, tersura y pureza de una bellísima joven de más de dieciocho años. Porque si en alguna ocasión, cuando era niña y veía cambiarse y arreglarse a su madre para acudir a las fiestas, Marina la había envidiado y temido no asemejarse, el paso del tiempo había dado la razón a Sofía y confirmado el augurio de que sería tan hermosa como ella.

Bernardo volvió a zarandear a Marina, que había aprovechado la sorpresa de Gaspar para intentar zafarse de él. La fugaz pelea hasta que la joven se rindió hizo que toda su juventud estallase ante Gaspar, el que con un movimiento de su mano indicó a Bernardo que terminase de rasgar la camisa de la muchacha.

El maleante no lo dudó y en dos zarpazos desnudó a Marina, que se encogió sobre sí, llorando, incapaz de taparse, los brazos aferrados por el hombre, quien la alzó del suelo y la mostró como si se tratara de un trofeo, ella pataleando.

Ante Gaspar se reveló un cuerpo maravillosamente esculpido. Piel de mármol pálido en un rostro que encontraba sus orígenes en la Roma clásica, de labios y pómulos bien definidos, nariz recta y afilada capaz de ganar respeto por sí solo, y cabello abundante y sedoso. Alta, de cuello estilizado y tan fuerte que los tendones estuvieron a punto de reventarle en los pocos instantes que duró la exhibición; unos pechos generosos como los de su madre, pero más firmes, de movimientos bruscos mientras ella peleaba en el aire; un vientre liso; curvas marcadas y sensuales, brazos y piernas largos y ágiles… Y aquel pubis… que a Gaspar le pareció el triángulo rizado más exquisito y perfecto que jamás había visto.

«Adentro», señaló a su lacayo de nuevo con simples gestos. Marina intentó defenderse; el hombre la introdujo de un empujón. El portazo con el que Gaspar cerró la puerta tras de sí marcó el reinicio del saqueo del palacio de Arnau, con un griterío que se confundió con la tremenda bofetada que Bernardo propinó a Marina y que la lanzó hasta la esquina opuesta de la alcoba. La joven todavía no se había recuperado cuando el lacayo se abalanzó sobre ella y la pateó varias veces en el estómago.

Gaspar se despojó de la saya y se bajó el calzón descubriendo su miembro erecto. Para entonces Bernardo ya había puesto en posición a Marina, a cuatro patas sobre la cama, como su amo le había ordenado que hiciera con la madre. Sin fuerzas ya para llorar siquiera, Marina hizo un último intento y trató de escapar gateando. En esa ocasión, sin embargo, fue Gaspar, desde atrás y casi encima de ella, quien se lo impidió, para lo que metió la mano entre sus piernas, agarró carne y vello púbico, tiró y la hizo retroceder hasta que quedó postrada boca abajo sobre el lecho. Y todo ante las risas y los aplausos de Bernardo.

Entre ambos le separaron las piernas. Gaspar la penetró, y la joven sintió que su útero se convertía en una bola de fuego que iba a reventarla.

—¡Madre! —suplicó su ayuda.

Gaspar jadeaba montándola por detrás, tirando de ella para entrechocar con brío su pelvis al tiempo que le clavaba las uñas en los pechos. Bernardo lo animaba agitando con violencia los puños crispados al compás de los grititos que su señor soltaba a cada embate y que penetraban hasta lo más profundo de la joven, rasgando su espíritu igual que rasgaban su intimidad.

Marina lloraba, gritaba, insultaba, insultaba con mayor fuerza aún y suplicaba. Por fin abandonó los ruegos y pasó a exigir misericordia a ese Dios del que mosén Lluís tanto le hablaba. Cuando superó el umbral del dolor, en el momento en el que creyó que se desmayaría, desfilaron por delante de ella, como fogonazos todavía más dolorosos, las tremendas consecuencias de su mancillamiento: la vergüenza pública, la que portaría en su rostro Sofía, pero sobre todo Arnau… Su padre estallaría en ira. Y su prometido, ese joven noble napolitano con cuya familia su madre había logrado concertar un ventajoso matrimonio, seguro que la repudiaría, con razón. Incluso Paolo le daría la espalda. Toda su vida se desmoronaba mientras aquellos gritos de rata seguían lacerando sus entrañas y los embates iban haciéndose más y más sincopados, violentos y urgentes hasta que el hombre que la atacaba lanzó un chillido final y se derrumbó sobre ella. Unas gotas de sangre manchaban las sábanas allí donde descansaban los pechos de Marina, materialmente acuchillados en algunos puntos por las garras de aquel salvaje.

*Enero de 1449*

Pleno invierno, mala época para la navegación, pero Arnau volvió a elegir una galera para regresar con urgencia a Nápoles tras las noticias que le llegaron a través de una extensa carta de Sofía. Solicitó licencia a la reina María, la que a su vez interrogó con la mirada, sin la menor circunspección, a su confidente, amiga y dama de compañía, Elisenda de Marganell, cediéndole una decisión que afectaba a la hija violentada de la amante de su esposo. Elisenda asintió.

—Sois generosa —la felicitó la soberana.

Y desde el mismo lugar donde había desembarcado hacia casi un año y medio, el precario pontón que sustituía el puerto que una gran ciudad como Barcelona merecía, Arnau embarcó con su hijo Martí y parte de su servicio. El pontón, la galera, Elisenda y Blanca en la playa despidiéndolos con resignación, su madre, que tras aquella visita había decidido que ya podía morir, la gramalla morada de un consejero atento a confirmar que aquel que los había perseguido con saña abandonaba Cataluña, el usual griterío de la gente que podía oírse pese a la brisa marina, todo eso junto sumió a Arnau en la melancolía. Trató de combatirla cogiendo a su hijo del hombro y apretándolo contra sí. Atrás quedaba una Cataluña rota: el rey había concedido definitivamente su apoyo a los remensas, y la reina María había fijado ya la cuantía que debían pagar por familia para librarse de la servidumbre de los señores feudales, que intentaron detener las reuniones de payeses y forzarlos a continuar como siervos de la gleba. Los obispos excomulgaron a los representantes del rey, y la reina contestó ordenando que los remensas no debían prestar juramento de fidelidad a la Iglesia, sino a la monarquía.

A medida que los remeros alejaban la nave de la playa de Barcelona, con la tripulación manejando las velas para tomar el viento, Arnau comprendió que dejaba una Cataluña al borde del enfrentamiento civil.

Sin embargo, la carta recibida de Sofia y algunas otras noticias de los embajadores catalanes y de los correos que iban y venían de Nápoles a Barcelona sin cesar presagiaban que tampoco encontraría una situación idílica en Italia. Pese al recibimiento que la ciudad había otorgado a Alfonso a su reciente regreso de la pretendida guerra contra los florentinos, los ciudadanos en las calles con teas encendidas convirtiendo Nápoles en una verdadera estrella nocturna con luz propia, lo cierto era que la campaña contra aquellos enemigos había sido un completo desastre. Alfonso, el monarca ungido por Dios para encontrar el santo grial, aquel que había iniciado la empresa bélica con la ambición de imponer su ley a toda Italia, fue rechazado en Campiglia y más tarde se estrelló contra las inexpugnables murallas de Piombino, feudo de Rinaldo Orsini, donde pretendía instalarse para atacar Florencia. El ejército aragonés solo se salvó de la ignominia y de una desbandada vergonzosa porque, aparte de algunos lugares conquistados en su camino, compró la rendición de dos pequeños pueblos sin la menor trascendencia: la isla de Giglio y Castiglione della Pescaia.

Y Alfonso se retiró habiendo invertido una ingente cantidad de dinero para obtener tan parcos resultados, aunque el más importante fue, sin duda, el de no haber sido oficialmente derrotado.

¿Qué había sucedido? ¿Cómo podía haber fracasado el rey en aquella empresa que se presentaba fácil? Sofia lo relataba en su carta con descaro, sin reparo alguno: se comentaba que el rey estaba más pendiente de los amoríos con el efebo que tenía por paje que por la batalla.

—No es posible —se había negado a admitir Elisenda el día en que Arnau y ella comentaron el asunto.

—Escuchad —rebatió Arnau—, el asedio a la ciudad de Piombino ha constituido el mayor error estratégico de un general. Alfonso tendría que estar necesariamente distraído… o enfermo. —Acompañó tal afirmación golpeando al aire con fuerza—. Nadie se atreve a hablar de ello en Nápoles. El castillo de Piombino se yergue en un promontorio, sobre el mar, una defensa natural invencible. Alfonso lo sitió, pero olvidó bloquear el puerto… ¡Olvidó bloquear el puerto! —repitió a gritos volviendo a aporrear la nada—. Y desde allí los florentinos suministraron alimentos, tropas, armas y munición a los sitiados, y el primer asedio fracasó.

—Un simple olvido…

—¡Señora! No estamos hablando de acudir a la iglesia. Un general no puede cometer ese error, menos cuando es responsable de la vida de miles de hombres y del honor de Nápoles y Aragón.

—Lo solventaría…

—Lo intentó, pero llevó a sus hombres a la muerte porque los acampó en terrenos pantanosos. Instaló a los soldados en una zona de efluvios malignos… ¿Quién toma esa decisión? Los florentinos aprovecharon la situación y, con unas fuerzas tremendamente inferiores, del orden de uno a seis, se atrevieron a retar a un ejército al mando del hombre ungido por Dios para conquistar toda Italia.

Arnau cayó en el silencio. Un silencio que Elisenda comprendió doloroso.

—Y puso en fuga al rey Alfonso.

Arnau no gritó esas palabras ni golpeó al aire, las susurró, casi con un gemido, como si ello pusiera fin a una época gloriosa.

—Lleváis muchos años guerreando… —quiso excusarlo ella—. Se trata solo de una batalla perdida.

—No lo creo. Su majestad está cansado de la guerra y es evidente que prefiere la cultura sobre la batalla, esa sensibilidad italiana de la que tanto alardean los naturales de allí, la de la corte humanista y epicúrea. ¡Hedonistas, eso es lo que son! Y todo ello ha afectado al espíritu de Alfonso.

—Arnau —intervino Elisenda—, sois un soldado valiente, pero las guerras deben acabar; el reino ya es nuestro. Sin embargo, el impulso intelectual y cultural, el embellecimiento de Nápoles, la transformación que Alfonso ha afrontado lo llevarán a la gloria. Me parece normal, y hasta encomiable, que el rey haya caído seducido por esa sensibilidad tan ajena a nuestras costumbres.

«Lo único que lo ha seducido es la belleza de ese joven paje», evitó replicar Arnau, pues no olvidaba que Elisenda era la confidente de la reina María.

—No me miréis con esa cara —lo reprendió su esposa ante el gesto crispado de él.

Arnau no hizo el menor esfuerzo por relajar la tensión de sus facciones, más bien al contrario: tuvo que pugnar por no estallar. Reprobaba las gracias que el rey procuraba a su amado efebo. Le había concedido ya la Torre de Tacina, pero lo inmoral y escandaloso a su juicio era que, mientras sus hombres morían por decenas, enfermos en pantanos infectos, le concediera derecho sobre Pozzuoli…

—Arnau —lo llamó Elisenda en un intento por apartarlo de unos pensamientos que, por su respiración acelerada, entendió que le generaban cada vez mayor ofuscación.

Solo consiguió que su esposo apretase los puños con fuerza. ¿Qué general, ante las penurias de sus hombres, perdía un instante en beneficiar a un paje?, se planteaba en ese momento.

—Arnau —insistió ella.

Y no quedaba ahí, seguía reflexionando Arnau. En plena huida de los florentinos, Alfonso celebró con su amante la concesión del castillo y los impuestos de la población de Vico Equense. ¡En plena huida! Sus hombres en desbandada y el rey…

—¡Arnau! —chilló Elisenda. En esa ocasión, él reaccionó y la miró—. Es tu rey —recalcó, segura ya de que pensamientos perversos atenazaban la mente de su marido—. Recuérdalo siempre: ¡es tu rey!

Con esa convicción, la de que su rey había traicionado a sus hombres, a la historia e incluso a Dios por el amor obsceno hacia un paje, Arnau afrontó una travesía ardua. El mar embravecido, el tiempo inclemente, poca calma, muchas tormentas. Martí palideció con la primera de ellas, y con ese mismo color, exacerbado por la delgadez de un estómago frágil que devolvía cuanto tragaba, desembarcó al cabo de trece días en el puerto de Nápoles, a los pies de Castelnuovo, la gran fortaleza angevina que engrandecía la ciudad junto con el puerto, a diferencia de lo que sucedía en Barcelona. El padre lo agarró para que no cayera al suelo por efecto del mareo, sin embargo, al instante lo soltó.

El crío trastabilló.

—¡Firme, hijo! —le exhortó Arnau—. Desde que has puesto el pie en esta ciudad, la gente te juzga.

Martí se irguió con dificultad.

Un criado, avisado el personal del palacio Estanyol tan pronto como la galera arribó a la bocana del puerto, acercó a Peregrino hasta Arnau, quien palmeó su cuello y montó. Otro llevó un segundo caballo hasta Martí. Arnau no miró, tampoco esperó, y enfiló rumbo al convento de Santa Chiara. Discurrió al lado de Castelnuovo, donde se hallaría el rey, quizá mirándolo desde su posición privilegiada, pero no estaba preparado para enfrentarse a él; la violación de Marina lo atormentaba desde que había oteado la costa napolitana. Así pues, accedió a la ciudad por la calle de las Correggie, una avenida que por haber estado situada extramuros gozaba de una amplitud suficiente para correr justas y torneos, igual que se hacía en las zonas abiertas de la Sellaria y la Carbonara, al contrario de lo que sucedía con las intrincadas y estrechas callejuelas del núcleo más antiguo de Nápoles. El propio Arnau había destacado en muchos de aquellos juegos ecuestres que tanto entusiasmaban a Alfonso. Al final de la calle se hallaba el convento. No sabía qué haría una vez allí, quizá observarlo desde fuera, quizá entrar y preguntar por la abadesa; la decisión que no le había costado adoptar, pues no tenía alternativa, era recluir en él a Marina. Entre el griterío de la gente, similar al de Barcelona, Arnau prestó atención a lo que sucedía a su espalda. Lo seguía un caballo, lo oía, como también los criados que no habían quedado en el puerto para descargar sus pertenencias de la galera. Claudio, sin embargo, caminaba a su lado.

—¿Cómo está mi hijo? —le preguntó por lo bajo.

—Como el hijo del duque de Lagonegro —aseguró con orgullo el lacayo.

—Martí —lo llamó el padre—, acércate, cabalga a mi lado.

El niño azuzó a su montura y ganó la posición, los dos mirando al frente.

—Martí, algún día te veré vencer una justa en esta vía, corriendo lanzas contra caballeros napolitanos.

Arnau y Martí, el padre orgulloso, el hijo asombrado, descubriendo un nuevo mundo, se cruzaron con multitud de personas a caballo. En Barcelona no las había, pues eran pocos los que estaban autorizados a cabalgar en el interior de las murallas; en Nápoles, aquel que no fuera a caballo era considerado poco menos que un pordiosero.

Y había sido en esa condición, en la de pordiosero, como Gaspar descendió por aquella vía noble la noche en la que asaltó y saqueó el palacio de Arnau y violó a Marina. Desde allí podía vislumbrar el puerto, que no el fulgor del incendio en su nave que iluminaba la noche.

Bernardo se adelantó y regresó con la hopalanda y el sombrero con los que habían vestido al suplente de Gaspar, un criado de su casa de similar constitución y hasta apariencia. Las instrucciones eran concretas:

—Que te vean, pero no permitas que se te acerquen.

—¿Y cómo consigo eso?

—Todos estarán trabajando, principalmente para que el fuego no se extienda a otras naves. Tú estarás pendiente del incendio de la nuestra. Si alguien viene hacia ti, aproxímate al barco para dar instrucciones.

—¿Cuáles?

—¡Manda que lo apaguen! ¿Qué si no? —ironizó Gaspar—. También puedes quejarte de tu desgracia. Grítalo, como si lloraras.

—No sé...

—¡Yo sí que sé! —lo interrumpió su amo—. Si no lloras entonces..., lo harás después. ¿Entendido?

El hombre asintió, resignado.

Gaspar se vistió con unas ropas que habían elegido lo suficientemente llamativas para que cualquiera que hubiera visto al criado disfrazado pensara que se trataba del mercader que, ahora sí, corría por el muelle dirigiéndose a unos y otros, discutía, clamaba al cielo por la pérdida de su barco y sus mercaderías e insultaba a cuantos se cruzasen en su camino.

Arnau no fue capaz de desmontar ante la iglesia de Santa Chiara, un templo gótico de grandes dimensiones que, sin embargo, presentaba una fachada sencilla, sin más adorno que un gran rosetón en su centro, una simplicidad, preludio de la majestuosidad de su interior, similar a la de Santa María de la Mar de Barcelona. Pese a haber humillado a los Destorrent, no había conseguido que su madre abandonara la compañía de los humildes, pescadores, artesanos y *bastaixos*, entre muchos otros, para ocupar el lugar de honor que le correspondía frente al altar mayor. Sonrió con tristeza, seguro de que no tardaría en recibir noticias luctuosas acerca de ella. Conocía esa mirada rendida con la que Mercè se había despedido de él: se había entregado a la muerte y solo esperaba el momento en el que su cuerpo, maltratado, se plegara a su anhelo.

Allí dentro, en Santa Chiara, convivían alrededor de trescientas monjas, todas ellas miembros de las más nobles familias napolitanas, que debían dotarlas con grandes cantidades de dinero para que les abrieran las puertas de ese convento, el más rico y prestigioso del reino. Ser monja en Santa Chiara constituía motivo de orgullo para la religiosa y para su familia.

La confusión de emociones que estallaban en su interior fue tal que hasta Peregrino las sintió y, como si se hallase pendiente de entrar en combate, el animal relinchó, manoteó y caracoleó obligando a criados y viandantes a apartarse. El caballo de Martí se encabritó, pero el muchacho mantuvo la serenidad, superó el lance y después lo castigó. Arnau no se apercibió de nada de lo que sucedía a su alrededor. Su mente estaba fija en la comparación del dolor de su hija con el que en su día padeció su madre. Ambas habían sufrido a causa de los Destorrent, porque si con lo sucedido a Mercè no cabía duda alguna, Arnau estaba convencido de que Gaspar estaba detrás del ataque a su palacio y, por lo tanto, del infortunio de Marina. Y eso lo llevó a plantearse una cuestión: ¿admitirían en esa orden tan exclusiva a una joven mancillada?

Porque, con todo el dolor de su corazón, Arnau no veía otra opción. Durante todo el viaje había sufrido por las noticias sobre Marina. Su niña..., la misma que había aprendido a quererlo como padre, la que había crecido hasta convertirse en una joven y bella dama. La que ahora había sido ultrajada de una manera tan brutal y salvaje que había conmovido a todo el reino.

Nápoles entera sabía de la violación de Marina desde poco después que se produjera. Aquella noche, tras una razia que podía haber parecido eterna pero que no duró más de media hora, bastante después de que Gaspar saliera de la alcoba de Sofia y de que Bernardo diera la orden de abandonar el palacio, cuando criados, soldados y niños reunieron el valor suficiente para quebrar el silencio sepulcral en que la residencia había caído tras la huida de los asaltantes y abandonar sus escondites, un par de ellos encontraron a Marina, deslavazada sobre la cama de su madre, llorando sin lágrimas y lanzando quejidos sincopados, casi inaudibles, las nalgas y el interior de los muslos escocidos, los pechos arañados.

Unos llamaron a otros. Desde el umbral los hombres miraban, maldecían, lamentaban, pero no se atrevían a entrar en la alcoba y atender a la joven en aquel estado impudoroso y violento. Una ayudante de la cocina acudió a cubrir a la joven con una sábana y la llevó a su habitación, alejando así a los curiosos, que continuaron con sus quejas desde los pasillos del palacio. Buscaron a Emilia, que no aparecía; todavía no sabían que también la habían forzado y permanecía aovillada en un rincón, conmocionada. Alguien prohibió que los niños, Filippo y Lorenzo, vieran a su hermana.

No se sabía dónde estaba Sofia, así que decidieron ir en busca de mosén Lluís a San Lorenzo Maggiore. Y para entonces, antes siquiera de que los hombres llegaran a la iglesia, la gente ya discutía acerca del número de violadores que habían forzado a Marina.

Unos criados despertaron al religioso, otros dos corrieron en dirección al resplandor que iluminaba el puerto. «Allí están los alguaciles», les aseguraban a medida que se acercaban. Hasta Gaspar oyó el relato que uno de aquellos servidores de Arnau proporcionó al alguacil del capitán de la ciudad.

—Han asaltado el palacio de Arnau Estanyol, el duque de Lagonegro. Han robado y saqueado su casa y han violado a su hija Marina.

«¿Ha habido muertos?», «¿Más violaciones?», «¿Y doña Sofia?», «¿Y los niños...?». Las preguntas se acumulaban en boca de los curiosos. Asediados, los dos criados contestaban como podían, pero el verse convertidos en el centro de interés de tanta gente los envalentonó y, para satisfacción de Gaspar, empezaron fantasear y a inventar aquello que ignoraban.

—Sí, pobre muchacha, tan joven y delicada... Por lo menos la forzaron dos hombres fuertes y grandes como monstruos —dijo uno de los criados.

—No los vimos bien. Iban tapados. Pero, además de fuertes y grandes, eran... eran como oscuros —añadió el otro.

—¿Turcos? —apuntó alguien.

—Sí, eso, turcos —afirmó el segundo de los criados.

—Sin duda —se sumó el primero—, pues hablaban un idioma rarísimo que no se les entendía.

—¡Árabe! —surgió de nuevo de la gente.

—Los turcos hablan turco —le corrigieron.

Mientras algunos discutían de la lengua vernácula de los otomanos, el criado que había intervenido el último se encogió de hombros dando así mayor credibilidad a su versión.

—No lo sé. No conozco ni el árabe ni el turco. De lo que sí estoy seguro es de que no era catalán, ni napolitano ni ninguna otra lengua italiana. Tampoco francés —aclaró.

Gaspar no pudo evitar una sonrisa que al instante borró de su semblante: no era momento de mostrar contento alguno.

Marina no salía de su alcoba. Sofia se lo hizo saber a Arnau después de que este, tras abandonar la idea de hablar con la abadesa de Santa Chiara, azuzara a Peregrino en dirección al palacio. Sin necesidad de señal alguna, Claudio entendió la urgencia de su señor y encabezó la comitiva a pie apartando a la gente, que obedecía con prontitud a la vista de aquellos dos caballos dispuestos a atropellar a quienquiera que se interpusiera en su camino.

—Está costándole mucho superar el trance —añadió Sofia con la voz quebrada.

Se hallaban en el salón que daba al jardín, aquel por el que Gaspar había accedido al palacio. En pleno invierno, muchas plantas languidecían convirtiéndose en el anticipo de la tristeza de una estancia desprovista de gran parte de los objetos que la habían ornado hasta entonces, unos robados, otros rotos, y algunos muebles estropeados a causa de los golpes. Sofia sabía que el reencuentro con Arnau iba a ser muy duro. Desde que habían violado a su hija dudaba de cómo contárselo al padre y, sobre todo, qué contarle. Porque aquella tragedia no era la única mala noticia, y ella solo esperaba que Arnau no llegara a descubrirlo todo. Estaba decidida a hacer cuanto estuviera en su mano para ocultar toda la verdad de las torpezas de Marina anteriores a su desgracia, de las que había tenido conocimiento a raíz del asalto, para no soliviantar al hombre que en ese momento andaba con semblante serio por la estancia. Arnau nunca la había maltratado, aunque sospechaba que el día que conociese toda la historia, si llegaba a desvelarse, podría descargar sobre ella toda su ira. Y la asaltó un temblor que él no llegó a percibir, absorto como estaba en recorrer el canto de una mesa con uno de sus dedos. Hasta que retomó la conversación:

—¿Ha quedado…? ¿Está encinta? —preguntó Arnau.

—No.

—¿Seguro?

—Seguro.

—Sofia, se comenta que no estabas en casa cuando sucedió —la acusó.

—Es cierto, no estaba —reconoció ella, derrotada en un sillón.

Por un instante, cuando tras el anuncio de que la galera de Arnau había arribado oyó el escándalo de Peregrino y aquel otro caballo en el patio, sopesó encerrarse en su habitación y negarse a ver o hablar con quien fuera, igual que Marina, pero no se atrevió a retar a Arnau adoptando tal postura. Era mejor no provocar su ira. Y motivos tenía.

Arnau continuó recorriendo el salón. Sofia no fue capaz de seguirlo con la mirada, pero se percató de que se detenía e incluso de que se volvía hacia ella.

—¿Y bien?

Ante el silencio de Sofia, insistió:

—¿Qué excusa tienes?

—Ninguna —reconoció ella, contrita—. Me hallaba en una fiesta. Eso es todo. Como muchas otras veces.

—Si hubieras estado en el palacio, esto no habría ocurrido.

—Debería haber estado aquí, tienes razón. Era mi obligación. Te juro que me arrepiento de haber asistido a aquel baile. Si hubiera estado, quizá me habrían violado a mí, en lugar de a mi hija. Dicen que primero asaltaron mi alcoba, que esos hombres me buscaban a mí, no a Marina.

¿Habría sido así?, se planteó una vez más, a sumar a las mil en que había barajado ya esa posibilidad: si aquellos canallas se hubieran distraído con ella, tal vez Marina no habría sufrido su ataque. Por otro lado, ¿qué hombre podía despreciar el encanto y la sensualidad de una joven tan excepcionalmente bella como su hija? Sería absurdo que después no la forzaran.

—Igual hubieran quedado satisfechos contigo —apuntó Arnau con crudeza.

Sofia negó con la cabeza. ¿Qué responder a semejante sugerencia? No obstante, lo cierto era que a los malhechores les urgiría escapar de allí, y el tiempo perdido con ella podría haber jugado en favor de su hija.

—Te aseguro que eso es algo que corroe mi alma desde que ha sucedido... esto. —Se le quebró la voz—. Quizá sí, quizá hubieran tenido suficiente conmigo, y puedo jurarte que me habría entregado a todos esos hombres, ¡a todos! —recalcó—, con la pasión y la solicitud necesarias para que olvidaran la existencia de cualquier otra mujer en el mundo.

Se sentía así desde esa noche. Cuando llegó al palacio, ya estaba allí mosén Lluís, que había sido el primero en acudir. Luego supo que el cura había entrado en la alcoba de su hija con decisión, como si sus votos lo liberasen de protocolos y lo excluyesen de tentaciones, y que se había acercado a Marina. Ya en el interior de la estancia, junto a ellos, oyó que el sacerdote recriminaba a su hija los pecados que no había confesado y que, con toda seguridad, habían provocado que Dios le enviase aquel castigo.

—¡Arrepiéntete! —la exhortaba entre oración y oración.

Sofia avanzó hacia el lecho, desgarrada y perturbada, fuera de sí, cuando mosén Lluís todavía rezaba y hacía cruces sobre Marina, y la abrazó y lloró con ella. El cura se apartó, cerró la puerta de la alcoba para impedir que los criados curioseasen más de lo que ya lo habían hecho, y fue hasta la ventana para no interferir en el consuelo que la madre trataba de proporcionar a la hija. Observó el patio desde ella: la gente lo cruzaba nerviosa de un lado al otro. Junto a la ventana, para aprovechar la luz natural, había una silla y una mesa sobre la que descasaba un bastidor con un colorido bordado a medio hacer. También había varios libros devocionales, por los que se interesó.

El grito que profirió el franciscano debió de oírse hasta en el patio.

—¡Virgen santísima! —Sofia volvió la cabeza hacia él para verlo agitar uno de los libros en el aire—. ¡El *Hermaphroditus*! —chilló, y lo agitó todavía más, como si pretendiera que las páginas o las letras se desprendiesen.

Sofia lo observó con la boca abierta. La Iglesia había perseguido aquel tratado erótico hasta conseguir que Beccadelli se retractase.

—¡Y Marcial! —continuó gritando el religioso mientras señalaba ahora los libros que Marina mantenía escondidos debajo de los devocionales—. Y Ovidio... ¡y Boccaccio!

Sofia, horrorizada ante todos aquellos descubrimientos, solo pudo pensar en lo mucho que desconocía de la vida de su hija. En ese momento aún ignoraba todo lo que Marina ocultaba, actos que iban más allá de los libros, pero ya intuyó que llegaría el día en que tendría que guardarle los secretos ante el hombre que la quería como un padre. El mismo que ahora estaba ante ella en aquel salón echándole la culpa de la desgracia.

Tras dar esa respuesta a Arnau, Sofia se desmoronó en el sillón y toda ella pareció encogerse, los reposabrazos del asiento vacíos, sus manos recogidas, escondidas en el regazo. Las lágrimas brotaron sin oposición. Eran escasas las ocasiones en las que había llorado en presencia de Arnau, siempre defendiendo su posición de mujer fuerte, luchando para que la considerase su igual. Sin embargo, desde que habían violado a Marina y esta permanecía en una alcoba de la que no salía, en ayuno, sin asearse y sin dormir, al parecer, con el monótono arrastrar de sus pies resonando afligido en las noches, Sofía había mudado la sonrisa por un extenso repertorio de suspiros que escapaban de ella sin control alguno. Igual que esas lágrimas, que surgían sin necesidad de profundizar en la pena, prestas a recordarle en cualquier lugar y en cualquier momento la desgracia de su querida hija.

—Si hubieras estado aquí, defendiendo a tus hijos en lugar de acudir a un baile, las cosas serían distintas —insistió Arnau.

Sofía se tapó el rostro y se entregó al llanto. Era cierto, debería haber estado más pendiente de todos sus hijos y haberlos educado en el respeto y el miedo al diablo. Arnau golpeó el aire con el puño y, ajeno al desconsuelo de la mujer, continuó su andadura por el salón.

—¡Ese malnacido no se librará! —gritó tras unos instantes que se hicieron eternos. En esa ocasión, el puño cayó sobre uno de los muebles y astilló la madera.

Sofía alzó un rostro congestionado.

—¿Qué quieres decir? —inquirió.

—Que Gaspar pagará caro su atrevimiento.

—¿Gaspar? —se extrañó ella—. ¿Qué tiene que ver Gaspar con esto? Los delincuentes, dos de ellos por lo menos, ya fueron detenidos, torturados y ejecutados. Quizá hasta puedas ver todavía sus cuerpos, o lo que quede de ellos, colgados en la plaza.

—Fue Gaspar —afirmó tajante Arnau.

—No —le contradijo Sofía secándose los ojos—. Gaspar será cruel y despreciable, pero en este caso fueron unos marineros turcos que estaban de paso. El alguacil los encontró en posesión de varias de nuestras pertenencias. Confesaron su delito.

—Confesarían a consecuencia de la tortura; en ocasiones, es mejor confesar y morir que sufrir esos castigos. Fue Gaspar —insistió.

—¿Cómo puedes estar tan seguro?

—Porque los Destorrent han querido vengarse.

—Ese ha sido siempre su deseo. —Sofía se irguió, extrañada—. ¿Por qué ahora? ¿Qué es lo que no sé?

A la madre de Marina le importó muy poco que fueran órdenes de Alfonso, que los bienes de los Destorrent en Cataluña hubieran pasado a engrosar el patrimonio real o que la madre de Arnau fuera constantemente humillada en Santa María de la Mar.

—¿Y acabas de recriminarme que no haya defendido a mis hijos! Solo soy una mujer. —Una mujer que en ese momento se levantó del sillón y se dirigió a un Arnau sorprendido por la reacción—. Eras tú quien debería haber adoptado las prevenciones necesarias sabiendo de la maldad de Gaspar y los suyos. ¿O acaso creías que tu actuación en Barcelona quedaría impune? ¡Alguien como él es capaz de contratar a unos turcos para asaltar nuestro hogar!

—Eran órdenes del rey.

—¡Ingenuo! —estalló Sofia—. ¡Ingenuo, ingenuo, ingenuo!

—¡Soy…!

—¿Qué eres, eh? —se encaró con él—. Te lo diré: eres el hombre que ha dejado a su familia al albur de los deseos de un loco como Gaspar al que, además, ha incitado. Y lo más que previste fue dejar una guardia con tres ineptos.

—¡Grandes soldados veteranos!

—¡Si tanto los quieres, licéncialos y regálales tierras como hacían los romanos! Pero ya ves de qué han servido a la hora de defender la honra de tu hija.

—Intentaron oponerse a los intrusos —se defendió Arnau.

—¿Y bastó con intentarlo? ¿Acaso pelearon? ¿Alguno de ellos está herido? —aulló Sofia—. ¡No y no! Yo te diré quién está herida: ¡Marina! Y el único… —Ahora se encaró definitivamente con Arnau escupiéndole las palabras al rostro, aunque rectificó de inmediato, consciente de que él no era el único culpable—. Tú has tenido tanta culpa como yo —le acusó—. Si hubieras olvidado tu resentimiento y tu rencor para con esos comerciantes, no le habría sucedido mal alguno a tu hija —terminó entre sollozos.

# 7

Marina, de espaldas a Arnau, sacudió el hombro para liberarse de la mano que su padre le había puesto encima. Él reaccionó tomándola del antebrazo.

—Hija... —Quiso obligarla a darse la vuelta, pero la joven se zafó con mayor violencia.

—¡Dejadme! —le exigió Marina mientras las lágrimas volvían a descender por su rostro igual que lo habían hecho a lo largo de los casi dos meses transcurridos desde que la violaron.

Arnau se quedó paralizado, con los puños apretados y el ceño fruncido. No estaba acostumbrado a que le llevaran la contraria y lo desafiaran de aquel modo, con malas maneras, pero Marina no era la muchacha que había dejado en Nápoles tras su partida a Barcelona. Durante muchos días con sus noches eternas, el espíritu de su hija había saltado de la desesperación a la vergüenza. Lloraba sin consuelo, aunque también había momentos en los que apretaba los dientes de rabia: ¿por qué había permitido que aquel hombre la despojase de su camisa y la exhibiese como a un animal, ella pataleando en el aire? ¿Acaso no era la baronesa de Castelpetroso? Tenía que haberse opuesto, haber exigido el respeto que merecía, y haber peleado y gritado, mordido, arañado, pegado, haber perdido la vida antes que dejarse caer inerme como una muñeca sobre la cama de su madre regalando su virtud. Fue después, por el contrario, cuando se arañó vientre, manos y piernas ante la simple imagen de sus nalgas y su pubis impúdicamente expuestos al hombre que le mancillaría y arruinaría la vida.

Desde que le habían anunciado la llegada a Nápoles de su padre, los sucesos de aquella noche aciaga volvieron a estallar con similar fuerza con la que lo hicieron entonces.

—Sé fuerte —oyó que le aconsejaba Arnau intentando suavizar un tono de voz brusco y seco por naturaleza.

No lo era. Era una joven destrozada que, cuando no lloraba ni se recriminaba su pasividad, se avergonzaba de sí misma. Permanecía recluida en su habitación en ayunas, a pan y agua, desde que mosén Lluís la oyó en confesión y le impuso tal penitencia. Un encierro que, lejos de acercarla a la Iglesia como el fraile pretendía, la sumió en la sensación de que todo aquel que la miraba estaba viéndola desnuda, igual que la encontraron los criados de la casa. Estaba convencida de que muchos de ellos imaginaban cómo la montaba aquel ser despreciable y de que ya nadie veía en ella a la joven que hasta entonces habían admirado y respetado, sino a la desgraciada a la que habían forzado, y que incluso algunos, llevados por esas fantasías lujuriosas, era posible que la deseasen.

Por eso negó con la cabeza y no se volvió hacia su padre cuando este se serenó y le rogó que lo hiciera, temiendo que él también estuviera viéndola en ese instante desnuda en manos de un bellaco que la manoseaba y la penetraba.

—Solo quiero abrazarte, hija.

Marina no deseaba el menor contacto con nadie. Le habría encantado refugiarse en los brazos de su padre, pero era incapaz de permitírselo. Todo su cuerpo se ponía rígido. Pese al tiempo transcurrido, aún se sentía sucia. Una impureza agarrada a sus entrañas, donde era imposible que llegara el agua. Todavía eran muchas las ocasiones en las que deseaba morir. Por eso, cuando notaba que su cuerpo temblaba de forma incontrolada como si quisiera expulsar la semilla del diablo instilada en ella, y le faltaba la respiración y se le aceleraba el corazón, anhelaba reventar, pero tan pronto se entregaba a lo que creía la muerte, su respiración y su corazón se sosegaban, como si se burlasen de ella.

Arnau continuaba tras su hija sin atreverse a tocarla, sin saber de qué modo consolarla. En su mundo las afrentas se solventaban con sangre, pero Sofía, tras culparlo de la desgracia de Marina, le había exigido que no le contase nada de Gaspar.

—Si algún alivio ha tenido, ha sido el de pensar que dos de sus agresores han sido ejecutados y han pagado el delito con su vida. No vayas ahora a aumentar su tristeza diciéndole que crees que ha sido Gaspar, un mercader que corre feliz por la ciudad alardeando de su dinero sin problema alguno. Peléate tú con Gaspar, con el rey y con quien desees, pero tu hija no merece mayor castigo.

Esa seria advertencia, que Arnau discutió con terquedad hasta que Sofía lloró por el dolor de su hija y se lanzó sobre él con uñas y dientes, impidió que prometiera venganza a Marina como con seguridad hubiera hecho: «Juro que lavaré tu honra con la sangre del canalla que te ha mancillado y que te traeré su cabeza en una bandeja». Aunque pensaba hacerlo, no lo compartiría con ella como le habría gustado.

Aun así, jamás cejaría en la búsqueda de venganza. Ya había emplazado a sus hombres a acompañarlo en pos de Gaspar. De poco sirvió el criterio de Sofía, sobre todo cuando la mujer, igual que había hecho al culparlo de la falta de seguridad, sembró las dudas en cuanto a la sinceridad de su actitud:

—Al duque de Lagonegro lo que le duele es que hayan mancillado su honor, no la honra de su hija, la muchacha a la que prometió cuidar y defender.

Arnau golpeó al aire con brutalidad. No respondería a semejante insinuación. ¿Cómo no iba a dolerle la desgracia de Marina? Tras la llegada de la carta de Sofía, rezó por la joven y, en el silencio de la capilla de su palacio de Barcelona, se arrepintió ante el recuerdo de Giovanni di Forti, su compañero de armas, casi su hermano, por el incumplimiento de su juramento.

No creía que su culpa radicase en el ataque a los Destorrent, como Sofía le había echado en cara; recuperar tierras y dineros era el objetivo que el rey le había marcado, pero la realidad era que Marina había sido violada, y esa realidad lo señalaba a él, el *pater familias*, como el único responsable.

—Respeto tu aflicción, hija —le dijo—, pero estate tranquila. Ingresarás en Santa Chiara, donde profesan las más distinguidas nobles de este reino, y allí podrás olvidar todo esto, descansar y entregarte a la oración y a la vida espiritual. Tu madre opina como yo. Es la única salida ante tu situación —añadió.

Arnau se había visto obligado a tratar ese asunto con Sofia cuando esta se calmó, aunque mostró una reticencia que él no entendió. La familia del noble prometido de Marina había roto el compromiso y toda Nápoles se había alejado de la joven casadera como si fuera una apestada.

—¿Es que crees que existe otra alternativa? —inquirió Arnau, sorprendido.

Sofia balbuceó.

—No... —terminó reconociendo.

Marina cesó en su llanto, como si el destino que Arnau acababa de proponerle, el mismo en el que insistía su madre, volviera a dar al traste con su vida. Aunque, ¿cuál era su futuro? Durante su encierro en la alcoba, no había querido enfrentarse a esa angustiosa realidad más allá de las discusiones con Sofia en las que rechazaba una y otra vez su ingreso en cualquier convento, con la ingenua esperanza de que su padre pudiera ofrecerle otra alternativa. ¡Era el general de los ejércitos de Alfonso! ¡Había conquistado Nápoles y vencido en mil batallas! ¿Acaso un hombre como aquel no sería capaz de encontrar una solución que no fuera su reclusión hasta el último de sus días?

La joven se sintió desfallecer. Quiso oponerse a la propuesta de Arnau, pero su negativa se atascó en una garganta irritada. La Iglesia... No deseaba entregarse a ella. En lugar de pelear contra su agresor, había rogado a Dios que la ayudase... y Él se había desentendido. Y luego, en aquella fatídica noche, tampoco mosén Lluís había contribuido a proporcionarle el menor consuelo.

Recordó que mientras el sacerdote le recriminaba unos pecados que él tan solo suponía y le hacía cruces sobre el cuerpo para espantar el mal, ella se hundía todavía más en el lecho en el que acababan de forzarla. Pensaba en los libros que había hurtado de la biblioteca del angevino, empezando por aquel de Beccadelli, el *Hermaphroditus*. No se trataba del mismo latín de los tratados religiosos, pero ella se empeñó y logró desentrañar el significado de términos y expresiones como «polla», «maricón», «coño», «prostituta», «mamada», «darse por culo», «chupársela...», un catálogo de lo que le parecieron depravaciones sexuales que tuvo que ir descifrando con otros libros o a través de los interrogatorios a que sometió a Emilia. La joven criada tampoco lo sabía todo acerca de todo, pero en ocasiones descubrían algo nuevo en el almacén de los muebles franceses al que, esporádicamente, seguían acudiendo.

Quizá sí, quizá Dios la había castigado por aquella insaciable y voluptuosa curiosidad que nunca llegó a revelar a mosén Lluís cuando le contaba de sus pecados en el confesionario, una curiosidad que le descubrió un placer extraordinario. Emilia se lo había enseñado la primera noche en el almacén mientras espiaban a aquellos amantes que jadeaban sobre alfombras y tapices. Junto a la criada, Marina aprendió a tocarse ese botón mágico de su pubis. Luego lo repitió en la soledad de su alcoba, y continuó conociéndose aun cuando en San Lorenzo Maggiore la prevenían de tentaciones mucho más inocentes y la amenazaban con el fuego eterno.

Entonces el cura descubrió los libros prohibidos y a Marina le faltó el aire y se le aceleró el corazón, segura de que ese era solo el primero de los secretos que acabarían hundiéndola en el foso de la desesperación.

No iría a Santa Chiara. Marina odiaba a la Iglesia y a su ejército de vicarios hipócritas.

—No quiero entrar en ningún convento —se opuso con todo el aplomo del que fue capaz.

Esa vez no hubo garganta dañada que le impidiese manifestar sus deseos. La respuesta pilló a Arnau cuando se disponía ya a abandonar la estancia. Se volvió hacia su hija, que ahora sí presentaba el rostro, consumido, la lozanía de sus dieciocho años arrasada tras unas ojeras oscuras, los ojos apagados, el cabello quebradizo y enmarañado y los pómulos marcados.

—Lo siento, Marina —replicó sin acercarse a ella—, pero no se trata de lo que tú quieras, sino de lo que queremos tu madre y yo.

—No podéis decidir en mi vida. Soy la baronesa...

—¿Y qué harás? ¿Acudir al rey?

Marina dudó… y enmudeció. Algo similar había replicado su madre.

—Alfonso no te escuchará —continuó Arnau, siguiendo el mismo discurso que Sofía—, opinará exactamente como tu madre y yo: el único destino para una mujer de tu calidad y en tus circunstancias es el del claustro. Servir a Dios es un orgullo, y así debes verlo, hija.

—No me recluiré en ningún convento.

Marina jamás se había opuesto a una sola indicación de Arnau, por insignificante que fuera, siempre lo había querido y respetado como a un padre, pero lo sucedido en los últimos meses, el dolor y la desesperación, la amargura, le permitieron enfrentarse a él con apatía.

—Harás lo que se te diga.

Era evidente, pensó Marina tras el portazo con el que Arnau la dejó sola de nuevo, que su madre no le había desvelado todo aquello que podía impedir su entrada en Santa Chiara. Tembló al imaginar la reacción de su padre el día en que se enterase. Y no era tan improbable que terminara sabiéndolo, dado que mosén Lluís estaba al tanto.

—Salid, mosén Lluís —lo había instado Sofía la amarga noche de la violación.

El religioso volvió a agitar los libros sobre su cabeza como si la mujer pudiera no haberlos visto y fuera incapaz de advertir la trascendencia del problema de su hija.

—Os lo ruego —insistió ella, sin embargo.

—¡Pecadora! —escupió el fraile a la joven, puede que convencido de que era su deber hacerlo, antes de obedecer.

Marina aguantó el insulto del franciscano mientras temía que otra verdad saliera a la luz. Una que no se refería solo a aquellas lecturas prohibidas. Y es que la tentación, la real, la predictible, no tardó en presentarse en la vida de dos jóvenes ardorosas que jugueteaban peligrosamente con el sexo. Señora y criada. La distancia social se redujo la noche en la que, al acecho ambas tras los muebles franceses, nadie se presentó. La espera reveló un deseo que les aceleraba la respiración, y dejaron de ser espectadoras para convertirse en protagonistas. Emilia no se atrevió, pero Marina se acercó a su criada y le rozó la mejilla, luego el cuello y, turbada, le acarició uno de los pechos. Emilia se desató entonces y se besaron con pasión. Enseguida se exploraron con dedos y lenguas; se tocaron, se rozaron, con dulzura o con ímpetu, descubriendo el placer en los rincones más insospechados de sus cuerpos. Y se humedecieron la una a la otra hasta alcanzar el éxtasis.

Durante un tiempo repitieron refugiadas en el dormitorio de Marina. Emilia llegó incluso a permanecer una noche entera en el lecho de su señora, quien despertó al roce de unos dedos que le pellizcaban con delicadeza uno de los pezones, aunque poco después, temerosas, decidieron interrumpir esos encuentros nocturnos. A Marina la turbaban profundamente, y la propia Emilia admitió que prefería a los hombres para esos juegos. Además, un día les preocupó que el viejo Baltassare, que siempre rondaba a hurtadillas, las hubiera oído. Luego a Marina le hablaron de matrimonio, y a partir de ese momento su prometido sustituyó a Emilia en sus fantasías.

Sofía pidió una palangana con agua y toallas limpias, ordenó que acudiera su doncella personal, a la que encargó que le llevara los ungüentos que almacenaba para las constantes curas que Arnau requería, y que luego buscase a la criada de su hija. Despidió con un manotazo al aire, en igual gesto que el de su hombre, al mayordomo y a cuantos fueron a importunarla a causa de la rapiña y los destrozos de la casa.

—¡Que no nos moleste nadie! —terminó gritando.

Solas madre e hija, Sofía estalló en llanto en el momento en el que inició la limpieza y cura del cuerpo que había visto crecer y desarrollarse con orgullo. Era parte de sí misma, era su niña, la que con su presencia y sobre todo con su risa y el asomo de vanidad con la que acompañaba cada uno de sus movimientos había revivido en su memoria a Giovanni, al que durante algunos años había arrinconado en favor de Arnau. Marina, por su parte, permanecía quieta, en silencio, el llanto agotado, encogida, pasiva mientras su madre tenía que ir buscando en su piel las zonas dañadas.

—No sabes lo que has hecho, hija. —Sofia no esperaba respuesta, hablaba para sí, entre sollozos. Frotó con tristeza el ungüento, aceitoso, reconfortante—. Toda mi vida he estado en boca de esos frailes.

Calló unos instantes, como si necesitase fuerzas.

—Pese a mi calidad y la nobleza de mi familia, nunca he dejado de ser la concubina del conde de Navarcles.

Marina esperaba consuelo, incluso una admonición después de que el fraile hubiera descubierto los libros y amenazase al cielo con ellos, pero en su lugar estaba obteniendo una confesión que jamás hubiera imaginado en boca de quien se movía como una mujer arrebatadora. ¿Por quién lloraba su madre en verdad?, se preguntó la joven, ¿por ella o por sí misma?

Como si hubiera percibido la duda en su hija, Sofia se sorbió la nariz varias veces, aclaró la garganta y continuó hablando, escondiendo la dura realidad del relato de su vida en los remedios que no dejaba de aplicar:

—He peleado con mis iguales y, salvo excepciones, la victoria de los catalanes me ha permitido reclamar..., exigir el lugar que me corresponde entre ellos. Los religiosos, sin embargo, son arteros. Adulan, sonríen, rezan, aconsejan, dicen entregar su vida a Dios, pero en cuanto te das la vuelta son los primeros en perseguir los placeres mundanos, en criticarte, humillarte, lanzar maledicencias y, si pueden, dominarte. ¡Su objetivo es que dependas de ellos, de su magnanimidad!

Sofia continuó frotando con delicadeza los muslos de su hija.

—Tú has tenido la desgracia de que ese condenado fraile descubra con qué lecturas te deleitas en la intimidad, de ofrecerle las pruebas necesarias para hacerte..., hacernos daño.

Entonces recordó las muchas veces que había tenido que librarse, en unas con encanto, en otras hasta con cierta rudeza, de las manos y el pretendidamente ingenuo acoso de mosén Lluís, y un tremendo escalofrío la recorrió por entero. Hasta esa noche lo había considerado una simple molestia, incluso un divertimento, un fraile tan concupiscente como torpe, pero ahora entendió que quizá ese teatro de alzar los libros prohibidos por encima de su cabeza estaba dirigido más a ella que a su hija.

—Un estupro es una desgracia —continuó—, pero más allá de la que queda en el cuerpo, esa mancha no debería afectar al espíritu. Esos libros, sin embargo... Mosén Lluís y su ejército de minoritas se cebarán en ese error... —Suspiró—. Y en el momento en el que alguien se entere, que se enterarán, tu honra correrá de boca en boca, Marina. No sé por qué tuviste que...

Sofia calló. La respiración de ambas mujeres pareció acompasarse en la desgracia y así permanecieron unos instantes.

—Perdóname —terminó rogando la madre después de haberse contestado ella misma la pregunta inconclusa lanzada a Marina—, probablemente no sea yo el mejor ejemplo de circunspección. Te he fallado, pero te juro que haré lo necesario por arreglar este asunto de los libros.

Y Marina estuvo a punto de confesarle que eso no era todo, que existían en su pasado otros pecados mayores. Pero le fallaron las fuerzas.

Sofia proporcionó a su hija un bebedizo que contenía extracto de amapola. Si aquello era capaz de sosegar a Arnau cuando regresaba herido de alguna campaña o cacería, poco tardó en surtir efecto en Marina, a quien su madre contempló con el corazón encogido, culpándose por no haberla vigilado y atendido con mayor diligencia. Al cabo de un rato de remordimientos, se vio obligada a salir de la alcoba para impedir que los repentinos gritos que se oían desde el pasillo pudieran turbar el sueño reparador en que caería la joven. Allí se encontró a Emilia, que, amoratada, las ropas rasgadas, permanecía acobardada ante un mosén Lluís que la interrogaba y amenazaba con abofetearla. La escena contrastaba con una Sofia que, aun alterada y despeinada, lanzaba destellos que nacían de la pedrería de su vestido de fiesta.

—¡Has permitido que tu señora caminara por la senda del mal! —acusaba el fraile a la criada.

—¡Mosén!

Sofia acalló su reprimenda al comprender que no debía enfrentarse al religioso, que debía ganarlo para la causa de Marina. ¿Dónde estaban aquellos libros acusadores? Debía recuperarlos como fuera. Si no existieran, si el fraile no pudiera demostrar nada... Para hacer tiempo, echó del pasillo a cuantos curiosos se amontonaban.

—¡Ya habéis tenido bastante! Id a limpiar, a arreglar los estropicios que han causado esos canallas y a averiguar qué han robado.

Mosén Lluís no tenía los libros consigo, pero Sofia descubrió allí a un par de novicios que acostumbraban a acompañarlo y supuso que serían ellos quienes los custodiaban. Pensando en cómo recuperarlos y en ganar más tiempo, se acercó al fraile y le habló al oído:

—Tampoco sabemos si Marina ha leído esos libros, ni siquiera si ha sido ella la que los ha dejado allí...

—En su alcoba —le recordó con un siseo el religioso, que había aprovechado para aproximarse tanto a Sofia que sus mejillas se rozaban.

La mujer soportó el contacto. Emilia, por su parte, permanecía encogida. A diferencia de Marina, no lloraba ni se quejaba, como si hubiera nacido para que un día u otro algún hombre la violentara; un triste destino que había terminado por cumplirse y al que sabía que se había unido su señora. Se lo había contado el hombre que dio con ella, indiferente al dolor de una simple criada por el que ni siquiera se interesó.

Sofia se creyó fuerte tras la satisfacción del fraile. Quizá si los invitase a vino hasta que se relajasen y se despistasen, podría hacerse con los libros.

—Dejémoslo, mosén Lluís —propuso—. Es una noche de gran tensión, y es evidente que esta muchacha también ha sufrido...

—La verdad y la justicia de Dios no pueden esperar, señora —se opuso el religioso, que en ese instante la cogía de la mano como si pretendiera consolarla—. El pecado hay que atacarlo en el momento, un solo instante de tregua y corroerá el cuerpo.

Sofia comprendió tarde su error: el fraile había olido su miedo y se ensañaría como una alimaña. Así fue.

—¿Por qué has consentido que la joven baronesa se entregara

al diablo? —interrogó a una Emilia que contestó bajando todavía más la mirada—. Tú la acompañabas a San Lorenzo, rezabas con ella, debías vigilarla, atender a sus lecturas… ¿Por qué no nos advertiste de esas pasiones pecaminosas?

—Mosén… —trató de terciar Sofia, pero el religioso se había desatado en persecución de ese diablo que solo él veía.

Si antes la había tocado con evidente lascivia, ahora no prestó la menor atención a la mujer que estaba a su lado. En lugar de ello, amenazó a Emilia con el dedo índice y, utilizando un tono de voz grave, hirviente, surgido del mismísimo infierno, continuó el feroz asedio sobre una muchacha herida y atemorizada, totalmente confundida.

—Deberías haber protegido a tu señora. Ese era tu trabajo… ¿O es que disfrutabas tú también? —la tentó—. ¿Acaso disfrutabais juntas?

—¡Mosén Lluís! —se quejó Sofia—. ¡Estáis hablando de mi hija! ¡De la baronesa de Castelpetroso!

—Dios no distingue entre humildes y nobles. El infierno está lleno de grandes señores. ¡Contesta! —instó a Emilia agarrándola de los hombros y zarandeándola.

Sofia quiso intervenir y terminar con el cruel interrogatorio, ¡solo eran unos libros!, pensó, pero se encontró con que los dos novicios se habían interpuesto. Intentó apartarlos.

—¡Contesta! —insistía mientras tanto el fraile—. ¿Disfrutabas? ¿Pecabais juntas? ¡Te espera la eternidad en el infierno si no confiesas tus pecados!

—Sí… —balbuceó Emilia entre empujón y empujón.

Sofia se detuvo repentinamente. ¿Qué decía aquella sirvienta?

Sí repitió Emilia con algo más de sosiego cuando el franciscano dejó de sacudirla. Ahora era el silencio el que la interrogaba. No quería ir al infierno… Aunque, bien mirado, ¿qué importaba?, se rindió la muchacha. Solo era otro de los destinos asignados a los desamparados: pagar la culpa de los principales; ya se lo había advertido a la señora Marina. Un repentino empujón de mosén Lluís la devolvió a la realidad—. Nos acariciábamos y nos tocábamos hasta…

—¿Cómo!

—¿Qué dices, desgraciada!

Las exclamaciones surgieron al unísono de la madre y del religioso, sorprendidos de que la lectura de unos libros prohibidos hubiera derivado en unas relaciones sexuales. El fraile ordenó a sus acólitos que impidieran acercarse a la joven a una Sofia ahora desenfrenada:

—¿Qué le has hecho a mi hija, furcia, mala puta!

—Yo... —dudó Emilia—, yo no le he hecho nada, señora. Fue ella quien...

—¡Calla! —le exigió la una.

—¡Continúa! —la contradijo el otro—. Apartadla —ordenó a los novicios haciendo un gesto imperativo con la mano al mismo tiempo que atravesaba a Sofia con una mirada victoriosa, consciente de que aquella confesión pondría a la mujer en sus manos, la dejaría a su absoluta merced.

Sofia creyó sentir cómo aquel hombrecillo se introducía en ella y removía sus sentimientos... y hasta sus vísceras. Tremendamente turbada, miró a un lado y a otro buscando un escape, un consuelo. Todo se desarrollaba en el estrecho espacio de un pasillo, con algunos hachones iluminando aquí y allá a lo largo de la pared a la que daban las alcobas, en una de las cuales descubrió, asomadas, las cabezas de Filippo y Lorenzo.

—¡Regresad adentro! ¡De inmediato! —gritó a sus hijos.

La distracción permitió a mosén Lluís alejar un par de pasos a Emilia y a los novicios apostarse con firmeza frente a Sofia.

—Confiesa —exhortó el fraile a la criada—. Nuestro Señor es misericordioso. Te perdonará.

Sofia escuchó abatida y consternada la confesión de Emilia: el almacén de los tapices y muebles franceses; las parejas que acudían allí, la curiosidad que avanzó aviesa hasta fomentar las experiencias propias, los toqueteos, las caricias, los besos, el placer, la noche en que habían compartido lecho...

—¡Pero fue durante muy poco tiempo! Enseguida dejamos de hacerlo. Os lo juro, señora.

—¡La palabra de una sirvienta carece de valor ante una noble como mi hija! —gritó Sofia, desaforada—. ¡No podéis acusarla, mosén Lluís!

—Eso será en la justicia mundana —replicó él—. En la divina, la palabra de esta mujer vale tanto como la de una reina. El más abominable de los pecados... —sentenció acto seguido—. ¡Sodomía!

Los dos novicios tuvieron que sostener a Sofia cuando ya se desplomaba. Y desde su alcoba, la joven Marina, demasiado alterada para que el bebedizo hubiera surtido en ella un efecto profundo, despertó con los gritos y, de inmediato, sintió que se desmayaba también al oír esa palabra que la condenaba al infierno en la tierra.

## 8

Igual que había sucedido con su tío Narcís en Barcelona, Gaspar Destorrent no abrió las puertas de su palacio a los requerimientos de Arnau. Sin embargo, a diferencia de su pariente catalán, salió a un balcón de la planta noble desde el que se veía la calle y allí escuchó hierático sus gritos y acusaciones.

—¡Sé que fuiste tú, malnacido! —lo acusaba Arnau montado en Peregrino.

Gaspar, en silencio, miraba fijamente a su hermanastro haciéndole partícipe de la verdad de lo sucedido con su actitud soberbia. Todavía fantaseaba con Marina, con sus nalgas y aquel maravilloso cuerpo a su merced, tal había sido el gozo alcanzado con la violencia con que forzó a la joven. Prescindiendo de las mujerzuelas del común, el mercader era una persona acostumbrada a tomar lo que deseaba. La mayoría de las damas de prestigio a las que perseguía terminaban entregándose a él por su tesón e insistencia, cuando no por sus regalos, o si no mediante chantajes que sustentaba en la ruina o los problemas financieros de sus esposos o familiares que él prometía solventar, aunque nunca lo hacía por completo. En esas situaciones necesitaba utilizar cierta violencia para vencer la escasa resistencia que ofrecían unas mujeres más preocupadas por su riqueza y bienestar que por su integridad y decencia, una especie de farsa en la que muchas excusaban lo que no era más que una entrega voluntaria.

Sin embargo, aquellas peleas ficticias nada tenían que ver con el poder que Gaspar, persona dominante donde las hubiere, había creído alcanzar al poseer a Marina. Al placer físico se añadió la sensación de dominar el mundo. Someter violentamente a una joven virgen, bella, ejemplo de distinción y, para mayor escarnio, hija de sus enemigos, de Arnau y de la mujer que lo había humillado en público, le proporcionó un éxtasis casi superior al orgasmo. En aquellos momentos Gaspar se creyó Dios, un sentimiento que debió de reflejar ahora en su rostro, quizá en el halo de maldad que lo rodeó al ritmo de sus recuerdos obscenos. Y es que al grito de «¡Te mataré!» Arnau flexionó las rodillas con fuerza y se empujó hasta quedar en pie sobre la silla de montar de Peregrino para, acto seguido, encaramarse de un salto hasta un balcón que se abría a la calle y desde el que podría llegar a aquel otro en donde permanecía su enemigo, quien, superada la sorpresa y al mismo tiempo que Arnau desenvainaba su espada aullando de rabia, corrió a esconderse en el interior del palacio.

Peregrino escapó a galope tendido por las calles de Nápoles. La media docena de soldados que acompañaban a Arnau se apresuraron a seguir a su capitán subiéndose unos encima de otros y empujándose para trepar hasta el balcón. Mientras tanto, un pequeño ejército de maleantes que Gaspar había ordenado a Bernardo que contratase antes incluso de que la galera en la que Arnau viajaba desde Barcelona arribase a puerto, y que permanecían apostados en el patio del palacio incapaces de prever el ardid del conde de Navarcles, corrieron escaleras arriba para defender a su señor.

No eran enemigos para Arnau y sus hombres, diestros con unas espadas que no tardaron en entrechocar, convirtiendo la residencia de Gaspar en una barahúnda de gritos, amenazas y chasquidos metálicos.

—¡Dónde te escondes, canalla! —clamaba Arnau conforme reventaba puertas a patadas—. ¡Sal a luchar, cobarde! ¡Defiende tu inocencia como un caballero! —lo retaba justo en el momento en el que accedía al salón principal de la casa. Allí, de reojo, creyó percibir una figura escondida. «Propio de los traidores», pensó al lanzarse hacia allí con la espada al grito de—: ¡Te mataré, perro!

Logró detener a tiempo su ataque: una mujer protegía a dos

muchachas jóvenes a las que mantenía a su espalda. La señora, probablemente la esposa de Gaspar por la calidad de sus ropas, no se alteró.

—¿Vais a atacarnos? —reprendió a Arnau.

—Busco a Gaspar Destorrent —gruñó él.

—¿Y lo hacéis aquí, irrumpiendo como un bárbaro en el hogar en el que vive su familia? —La mujer permitió que las chicas asomasen el rostro; una de ellas, la mayor, se atrevió incluso a salir su madre—. ¿Así es como se comportan los generales del rey Alfonso?

Arnau no escuchaba. La madre observaba el salón al que ya llegaban los soldados de este seguidos con cautela por algunos de los esbirros de Gaspar. La chica, joven, próxima a la edad núbil, irradiando inocencia, mantenía la mirada fija en él. ¿Habría dispuesto de esa oportunidad Marina, la de mirar a los ojos a su agresor? Arnau movió la cabeza y golpeó el aire con la mano libre. La muchacha se espantó. Él se arrepintió al instante... Eran mujeres. Rindió la espada de inmediato. Sin embargo, sus hombres no lo hicieron, pendientes de unos delincuentes cuyo número se incrementaba en el salón.

—Os ruego disculpas, señora —solicitó Arnau, y recibió un ligero asentimiento con la cabeza por parte de la mujer.

Arnau inclinó la suya hacia la joven que permanecía al lado de su madre, así como hacia la pequeña que todavía asomaba desde detrás de ella, y se volvió hacia el resto de los presentes de nuevo con su espada en ristre.

—¡Vosotros no sois señoras —gritó dirigiéndose a los esbirros de Gaspar—, aunque os comportéis como mujeres asustadas! ¿Quién quiere sustituir al mercader en el día de su muerte?

Se lanzó contra dos de ellos a los que desarmó del mismo espadazo, amplio, fuerte, brusco.

—¡No quiero sangre en esta casa! —oyó chillar a la esposa de Gaspar.

Aquel ya no era su problema.

—En ese caso, señora —contestó sin darse la vuelta—, rodeaos de gente noble en lugar de rufianes.

Uno de los esbirros de Gaspar, quizá distraído con una conversación a todas luces inoportuna en el fragor de una reyerta, se sorprendió cuando su espada salió lanzada por los aires, aunque la sorpresa fue todavía mayor al ver colgar su antebrazo de un simple tendón que lo mantenía precariamente unido al resto de su cuerpo.

Aulló de dolor. Sus compañeros lo hicieron de terror ante un Arnau que, junto a sus soldados, ebrios en la batalla, los embestían sin contemplaciones, sin miedos, sin ninguna precaución, aclamando a Aragón, ensalzando a Alfonso con su grito de guerra: «¡Seguidores vencen!». Comenzaron a romper y lanzar muebles y todo tipo de enseres, atacándolos como si no fueran más que una jauría a la que ahuyentar a patadas. La osadía y el coraje de Arnau y los suyos fueron suficientes para que el ejército de mercenarios rastreros huyera y se dispersara por las calles de Nápoles sorteando a la guardia de la ciudad que esperaba fuera, advertida a instancias de Gaspar.

—Señor duque... —titubeó el alguacil al mando de la patrulla.

Era incuestionable que no le habían advertido de que quien encabezaba el ataque al palacio de Destorrent era el duque de Lagonegro, en cuyo caso no hubiera acudido. En su calidad de montero mayor y familiar del rey, Arnau solo podía ser detenido por orden expresa de Alfonso, a cuya exclusiva autoridad se hallaba sometido.

La figura del alguacil había sido importada por los catalanes para tratar de poner algo de orden en el caos napolitano de los angevinos, aunque el desorden vino, precisamente, de la mano de la infinidad de alguaciles y ayudantes que con tal propósito se crearon. El rey y su Consejo disponían de varios de ellos, cada cual con ocho hombres a su servicio —los mismos que ahora formaban frente a Arnau— para cumplir con sus órdenes. Pero también disponían de aquellos oficiales el tribunal de la Vicaria y el del Gran Almirante, así como el capitán de Nápoles, la Casa de la Moneda y otros muchos tribunales que se repartían la jurisdicción exclusiva en los asuntos de su competencia. Los alguaciles, que debían gozar de la condición de caballeros, eran siempre españoles, algo que indignaba a los barones napolitanos, los que exigían al rey que limitase sus atribuciones frente a ellos mismos y a sus feudatarios. Pero Alfonso nunca cedió a esas pretensiones y continuó ejerciendo su poder en todo el reino.

La justicia era uno de los caladeros en los que el rey echaba sus redes para obtener dinero, por lo que no tenía intención de desprenderse de prerrogativa alguna. Alfonso ya había concedido numerosos castillos, tierras, independencia y poder a los barones napolitanos. Todo eso conllevaba una importante merma del patrimonio real, de manera que la totalidad de sus súbditos se veían sometidos a una autoridad declaradamente corrupta. Por un pago determinado, cualquier juicio podía paralizarse, ganarse o perderse; la promesa de ayuda bélica, la compra del perdón, todo negocio cabía en una administración siempre necesitada de recursos. La intervención de Alfonso en el ámbito de la justicia llegó al extremo de que ante un abogado tan hábil como marrullero que acostumbraba a ganar causas en perjuicio de los intereses del reino, el rey decretó que, en adelante, todos los pleitos en los que interviniese aquel letrado, tuviera o no razón, fueran sentenciados en su contra.

—Disculpad mi atrevimiento —solicitó el alguacil una vez que recuperó la compostura ante Arnau—. Ignorábamos de quién se trataba.

—No hay nada que disculpar —le dijo Arnau—. Habéis acudido a un aviso que debería haberse resuelto en combate singular entre caballeros, sin necesidad de guardias. ¡Pero los cobardes y mentirosos huyen y se esconden! —gritó, seguro de que Gaspar estaría espiándolo desde algún rincón—. ¡Destorrent! —continuó gritando—. Te acuso de asaltar mi casa y violentar a mi hija, una joven indefensa como esas tras las que hoy te has escudado. ¡Delante de ellas te desafío a duelo para demostrar tu inocencia, cobarde! ¡Recibirás a mis heraldos!

—Con todo, tendré que dar parte al Consejo Real —anunció el alguacil en el momento en el que Arnau se calmó.

—Haced lo que debáis —se despidió este.

Tras el asalto al palacio de Gaspar, el rey citó a Arnau en Castelnuovo, donde había fijado su residencia, cansado ya de la guerra y decidido a delegar toda responsabilidad militar en su hijo Ferrante, de veinticinco años y heredero al trono de Nápoles.

Alfonso tenía intención de dedicarse a la cultura y las letras, a la vida placentera y a engrandecer la capital y el reino impulsando las obras iniciadas en el propio castillo poco después de la conquista de la ciudad. Los angevinos habían cometido el error de recrearse en la magnífica situación de la fortaleza, sobre el mar, el puerto, el arsenal y los astilleros, olvidando su verdadera función: la defensiva. La primera decisión que tomó el rey fue la de cambiar la puerta de entrada del castillo, que los franceses mantenían hacia el puerto y que tanto había facilitado a las naves aragonesas el asedio y la toma de la capital. En lo sucesivo, el acceso sería desde el interior de la ciudad. Junto a ello ordenó la reconstrucción de las torres semiderruidas durante la guerra y la erección de una nueva, la fortificación de los muros de defensa, la ampliación del puerto y del arsenal; en suma, de toda la fachada marítima.

Para trabajar en Castelnuovo, contrató al arquitecto mallorquín Guillem Sagrera, que acreditaba el puesto de maestro mayor en las catedrales de Perpiñán, Gerona y Palma de Mallorca, en donde, además, afrontó su proyecto más importante por diseñarlo e iniciarlo él personalmente: la lonja de los Mercaderes, una obra conocida por el rey Alfonso, lo que le valió su consideración como maestro mayor de Castelnuovo.

Además de su propio equipo, Sagrera dirigió la ingente tarea contando con maestros de obras italianos, venidos sobre todo de Cava de' Tirreni, una población cercana a Salerno en la que se emplazaba una prestigiosa escuela. La influencia catalana y del estilo gótico fue preeminente en las obras que se desarrollaron en la fortaleza desde que Sagrera se hiciera cargo oficialmente de ellas en 1449, pero los maestros italianos también aportaron en diferentes aspectos sus propios conceptos: arcos rebajados, la coronación de las torres en punta de diamante, a diferencia de la de San Jorge, ejecutada por Sagrera... Esa disparidad de criterios arquitectónicos se apreció también en el uso de materiales distintos, en algunos casos piedra clara de las canteras de Santanyí, en Mallorca, y en otros, piedra oscura de color grisáceo extraída de las de Pozzuoli. El contraste alcanzaría su mayor expresión cuando, pocos años más tarde, se añadiese sobre la nueva puerta el arco triunfal en mármol conmemorativo de la conquista alfonsina de Nápoles.

Pero no todo fueron obras defensivas. Como hombre de profundas convicciones humanistas, espíritu, ideas y conceptos de muchos de sus súbditos mirando hacia los clásicos, idealizándolos, Alfonso se ocupó, asimismo, del embellecimiento, para lo que mandó llamar a jardineros valencianos que diseñaron vergeles de inspiración islámica utilizando naranjos y limoneros, como aquellos que abundaban en la huerta del Levante español, la región a la que el rey favorecía por su carácter abierto y su generosa ayuda financiera en detrimento de Cataluña, esta siempre exigente, escudada en sus fueros y privilegios de continuo. También ordenó que desde el mismo lugar le mandaran artesanos moros expertos en tallar la madera y encargó en Manises miles de piezas cerámicas de reflejos metálicos con las divisas reales: el mijo, el nudo, la silla y el libro abierto.

Jardines, maderas talladas para los techos, elaboradas cerámicas para suelos y paredes, cuadros y tapices matizaron la austeridad de una obra principalmente militar, coloreando e iluminando las estancias que el rey utilizaba para sí en las plantas superiores, como el comedor en el que ahora se encontraba Arnau. Estaba en pie al igual que muchos otros nobles a la espera de la llegada del monarca, que fue anunciada con trompetas hasta que Alfonso tomó asiento.

El escándalo devolvió a Arnau a la realidad porque hasta entonces había permanecido absorto en el encuentro con su hijo Martí, alojado en Castelnuovo junto a otros pajes que aprendían a ser caballeros: la equitación, el manejo de la espada, la guerra, pero también el arte, la música, la literatura y demás materias que conformaban el humanismo que Alfonso pretendía de los miembros de su corte. Arnau esperaba encontrarse con un muchacho nostálgico a causa del distanciamiento de su madre y su ciudad natal, pero se vio sorprendido por un joven exultante que acudió a su encuentro sudoroso por el esfuerzo de algún ejercicio, si bien con la pretendida dignidad de un caballero.

—Mi padre, el conde de Navarcles —lo presentó a dos compañeros que lo acompañaban después de saludarlo.

Arnau percibió la admiración al general aragonés en la mirada de aquellos dos aprendices de guerreros, pero sobre todo llegó a palpar incluso el orgullo que, al lado de ellos, desprendía Martí. Arnau había recibido todo tipo de beneficios, méritos y bendiciones por su valor y sus victorias en el campo de batalla, desde las de sus hombres, las más sinceras y jubilosas, hasta las del rey, y aun así era la primera vez que se estremecía ante una muestra de contento y satisfacción como la que su hijo trataba de reprimir. Carraspeó, y se sorprendió haciéndolo. No acostumbraba a caer en el sentimentalismo. Quizá estaba viejo y cansado, como el rey, quien tras la calamitosa campaña contra los florentinos aseguraba haberse hartado de la guerra, de los constantes desplazamientos con las tropas, del frío, del calor, de la lluvia y de todas las inclemencias climatológicas, de la dureza de la vida del soldado y, tras llevar toda la vida guerreando, había decidido retirarse y disfrutar de la paz y las bondades del reino conquistado.

—El paje ha conseguido hechizar y confundir al mejor general que ha conocido la historia —se quejó Arnau cuando se lo comentó Sofia, siempre enterada de todo.

—No sabría qué decirte —lo refutó ella—. Parece que Correale se ha retirado enfermo a Sorrento. Las noticias acerca de su salud no son esperanzadoras.

—Si te he entendido bien —ironizó Arnau—, lo que son es precisamente esperanzadoras.

—Arnau —se quejó la mujer con hastío—, sigue así, con la delicadeza de una de tus bestias de carga, y será el propio rey el que te dé noticias poco esperanzadoras para ti.

Sofia lo trataba con desapego y, sin embargo, ahora se le había agarrotado la garganta cuando pretendía dirigirse a aquellos tres jóvenes. Volvió a carraspear y charló un rato con ellos. Les preguntó por sus actividades y sus maestros, y con esa conversación en la memoria estaba en el momento en que sonaron las trompetas.

El rey se acomodó en el centro de una mesa cubierta con un mantel rojo bordado en oro, material del que estaban hechas las copas, flanqueado a un lado por su hijo Ferrante, duque de Calabria, y al otro por el arzobispo de Nápoles. Tal como Sofia le había anunciado, Arnau confirmó la ausencia del joven paje al que el monarca se había entregado. Al resto de los presentes, probablemente treinta entre nobles y religiosos, calculó Arnau, la gran mayoría de ellos aragoneses, los distribuyó el mayordomo en una larga mesa enfrentada a la distancia de unos pasos a la del monarca.

El bastón del mayordomo indicó a Arnau el lugar de honor que le correspondía: delante del duque de Calabria, al que saludó con una inclinación de cabeza algo menos solemne que la que le había dirigido a su soberano padre, para terminar con un simple, rápido y leve asentimiento hacia el religioso, indiferencia que Alfonso le recriminó con aquel lenguaje que solo quienes habían combatido juntos podían apreciar.

Arnau, sin embargo, celebró la imperceptible amonestación. Lo que más podía preocuparle era la indiferencia del rey, pero Alfonso acababa de recordarle los vínculos que siempre los mantendrían unidos: los de la sangre, los de la victoria.

Cuando todos estuvieron sentados, una multitud de servidores inundó la sala: portafuentes y portaescudillas, coperos, trinchantes, botilleros, panaderos, todos apresurándose por complacer a los comensales. Al mismo tiempo acudieron juglares, bufones y músicos, que se alternaban en sus oficios de entretenimiento discurriendo entre las dos mesas.

Charlas, música, gritos, poemas y leyendas, carcajadas, aplausos que llenaron el espacio entre el resonar de platos y entrechocar de copas. Arnau disfrutó de una cena tan exquisita como abundante porque, en su lugar de privilegio, recibía una ración mayor que quienes se sentaban a lo largo de la mesa, cuyas porciones iban menguando a medida que se acercaban a los extremos.

Dos fueron los platos principales. El primero de ellos, atún a la cazuela con pasas, almendras y piñones y salsa hecha con vinagre, todo cocido con canela molida, miel y azúcar. El segundo, el llamado «manjar real»: piernas de carnero cocinadas en leche de cabra y harina de arroz. A media cocción se deshilaban en hebras finas las piezas de carne y se dejaban al fuego en una olla que siempre debía ser nueva hasta que el guiso tomaba el aspecto similar al queso mantecoso. En ese momento se le añadía azúcar fino, agua de rosas y azafrán para dar una tonalidad amarillenta a la carne, lista para ser servida.

Ya en los postres, en el apogeo de la noche, mientras Arnau daba cuenta de un exquisito membrillo cocido con almendras y vino y aderezado con azúcar, canela, clavo y nuez moscada, las trompetas volvieron a sonar inesperadamente. Nobles y religiosos se levantaron a una antes de que lo hiciera el rey. Cayeron algunos vasos y copas debido al ímpetu y a la ebriedad de bastantes de ellos. Los artistas detuvieron sus representaciones y permanecieron quietos, al igual que los numerosos miembros del servicio.

—Continuad y disfrutad —los instó Alfonso, que acompañó sus buenos deseos con un gesto de la mano.

El rey se retiró, seguido por el duque de Calabria y el arzobispo de Nápoles. Al instante se les unieron los miembros más significativos del Consejo Real y que gozaban de la confianza de Alfonso, todos nobles y españoles, algo de lo que los napolitanos se quejaban sin éxito: el senescal, el racional, el propio mayordomo, el obispo de Valencia, el chambelán, el protonotario, cinco barones más y el montero mayor, Arnau Estanyol.

Desde el comedor se dirigieron a una estancia grande que llamaban la Glorieta, decorada al gusto de Alfonso con los azulejos de reflejos metálicos que había encargado en Manises, con tapices en las paredes y madera tallada en los techos, donde acostumbraba a despachar con los embajadores y los más allegados. Tomaron asiento, en ese caso en semicírculo alrededor del rey, quien cedió la palabra al protonotario:

—Duque de Lagonegro —se dirigió este a Arnau—, elogiamos y agradecemos vuestra labor en tierras catalanas, pero nos interesaría también conocer vuestra opinión acerca de la verdadera situación en ese reino. Los embajadores que acuden desde Barcelona nos trasladan una visión poco objetiva, atrevidamente interesada. Su majestad, como no puede ser de otra manera, dispone de sus informantes, la reina María la primera, pero no está de más vuestra percepción.

Arnau se levantó y se trasladó al centro de la estancia como le había invitado a hacer el protonotario. Salvo que fuera para encorajinar a sus hombres antes de una batalla, no acostumbraba a hablar en público. En ese momento agradeció la insistencia de Sofía para que vistiera ropas negras, poco adornadas en consonancia con su carácter estricto, aunque sí lo suficiente para evitar la menor incomodidad ante el rebosante lujo de todos aquellos principales que lo rodeaban. Transcurrieron unos incómodos instantes de silencio durante los cuales Arnau sopesó qué debía y qué no debía contar, algo que no había decidido pese a la terminante advertencia de Sofía:

—El rey te preguntará. No nos busques más enemigos, te lo ruego; piensa en tu familia. Con los Destorrent nos basta. Todos los miembros del Consejo Real son españoles. Todos tienen familiares, amigos e intereses en Cataluña, muchos ni siquiera quieren vivir en Nápoles y van y vienen en contra de su voluntad, obligados por el rey. Tenlo en cuenta.

La recomendación de Sofía no quedó ahí.

—Alfonso está arruinado —le anunció también.

El monarca había dedicado gran parte de su vida a la guerra, delegando en funcionarios incompetentes o deshonestos la administración del reino. La desastrosa y vergonzante campaña en la Toscana contra los florentinos terminó de vaciar sus arcas. A su regreso del fallido asalto a Piombino, se encontró con que gran parte de los funcionarios no recibían su salario. La administración estaba paralizada. El regente de la Vicaria, el tribunal que conocía de las apelaciones de las sentencias, llevaba cinco años sin cobrar.

—No me dan ninguna pena —la interrumpió Arnau—. Habrán ganado mucho más dinero vendiéndose al mejor postor.

Sofía se mostró de acuerdo, pero lo cierto era que el rey estaba reestructurando toda la administración, hasta el punto de verse obligado a conceder al banquero Giovanni di Miroballo el privilegio de recibir en su establecimiento todos los ingresos y pagos de la corona en un desesperado intento de conseguir fondos con los que atender las obligaciones corrientes.

—Arnau —volvió a advertirle Sofia—, Gaspar Destorrent es intocable. Pertenece al círculo del que el rey espera ayuda financiera.

Con tales prevenciones, Arnau se enfrentó a los expectantes miembros del Consejo Real reunidos en la Glorieta. Carraspeó. Tres veces el mismo día en aquel castillo, se extrañó.

—Arnau —resonó entonces la voz del rey. Él se irguió. Alfonso le trataba como lo hacía en los momentos de intimidad compartidos—. Estoy cansado de los diplomáticos que esconden las realidades tras palabras con sentidos varios que después hay que interpretar a riesgo de no acertar. En muchas ocasiones me has advertido del peligro que acechaba a nuestras tropas e incluso has discutido mis decisiones y estrategias. Habla, pues, no a tu rey, sino a tu compañero de armas —le animó.

—Son altivos, soberbios y egoístas —se decidió Arnau olvidando toda precaución.

Y contó, sin ambages, la situación en la que vivía Cataluña y más específicamente Barcelona, donde la sociedad se había dividido en dos grandes partidos: el de los artesanos y mercaderes, y el de los ciudadanos honrados y nobles, bandos que ya planteaban una guerra abierta por el control de las instituciones ciudadanas. Se explayó en las aspiraciones de los remensas y en el trato vejatorio e inmisericorde que recibían de sus señores, alabando el acierto de la política de apoyo por parte de la reina María y del propio monarca.

—Considero —terminó anunciando— que la situación podría degenerar en una guerra en Cataluña.

Algunos miembros del Consejo Real reaccionaron con aspavientos, con comentarios ofensivos y hasta con alguna que otra burla. El rey los hizo callar.

—Sabéis —elevó la voz sobre sus súbditos— que algunas peticiones de los catalanes han sido indecentes, impertinentes y deshonestas en traicionero ataque a la dignidad real. —Dejó que sus insultos se estrellasen contra todos los rincones de la Glorieta antes de continuar—: ¡Nos enfrentamos a súbditos envanecidos que ponen en duda la autoridad del monarca que Dios ha ungido! —gritó—. Nobles, ciudadanos y mercaderes enriquecidos refugiados tras los *Usatges*, las constituciones y los capítulos de corte, y en unos pretendidos privilegios y usos y libertades que dicen protegerlos.

Alfonso se sofocó a causa de la ira. Nadie se atrevió siquiera a moverse y los pensamientos de muchos de ellos se remontaron al momento en el que el rey Fernando, el padre de Alfonso, fue humillado por los barceloneses obligándolo a pagar, como si de un villano se tratase, el impuesto sobre la carne que se consumía en la corte y que el monarca defendía que no debía satisfacer.

Los avaros mercaderes ganaron aquel envite sin entender que perdían el afecto de una dinastía que, ya encabezada por Alfonso, ni siquiera deseaba pisar Cataluña.

Tal era la inquina del rey hacia los catalanes que lo que impedía allí, la explotación de los remensas, lo permitía en el reino de Nápoles. Aquel era uno de los agravios en el que más insistían sus súbditos españoles, pero lo que no entendían, o no querían entender, era que en sus nuevos territorios conquistados el soberano asumía y garantizaba la existencia de una nobleza feudal con derechos sobre sus vasallos que en ocasiones llegaba a extenderse hasta el imperio de condenarlos a muerte, y él, Alfonso V de Aragón, I de Nápoles, se alzaba como señor de todos ellos por la gracia de Dios. Lo que no soportaba era la existencia de burgueses ennoblecidos, advenedizos, y mercaderes que se escudaban tras leyes infames obtenidas mediante la coacción en momentos históricos de necesidad y que atentaban contra el poder real.

En ese instante Arnau empatizó con su rey y, con el desprecio hacia su madre por parte de mercaderes, principales y hasta de los curas de Santa María de la Mar quemándole el recuerdo, compartió sus sentimientos. Sin embargo, como Sofia le había advertido, muchos de los consejeros reales pensaban de manera diferente por los lazos familiares, los vínculos económicos y los intereses de diversa índole que mantenían en Cataluña y, si bien no se atrevían a discutir con Alfonso, no sucedía lo mismo con Arnau Estanyol.

—¿Y habéis tenido que traer a Nápoles las rencillas catalanas de las que habláis? —le recriminó en un tono de voz elevado un conde cuando Arnau ya hacía el ademán de retirarse.

—¿Qué insinuáis?

—Que habéis asaltado el palacio de uno de esos catalanes enriquecidos y ennoblecidos que tanto habéis repudiado —contestó ahora el propio duque de Calabria.

Arnau no se sorprendió por las palabras de Ferrante. El hijo de Alfonso no pretendía tomar partido en contra de su padre, sino aprovechar el altercado para socavar su prestigio. Ferrante contaba con algunos años menos que Arnau, y en muchas ocasiones, sobre todo a medida que intervenía activamente en las campañas bélicas y en las partidas de caza a las que era tan aficionado como su padre, se había mostrado celoso del afecto y hasta del respeto de este hacia su general. Como era de esperar, Arnau no supo gestionar esa situación anímica que escapaba a su comprensión e incluso intuición, y el duque, de carácter despótico, terminó instalándose en una animadversión irracional hacia el conde de Navarcles y duque de Lagonegro.

Alfonso se mantuvo al margen de la disputa, mientras parte de sus consejeros se enardecían ante el apoyo del heredero al trono.

—Destorrent es un caballero que financia generosamente las necesidades de la corona —afirmó un tercero—. Un familiar del monarca no puede asaltar su palacio poniendo en riesgo relaciones tan fructíferas, para acusarlo de haber violado a... a la hija de su amante.

La referencia a Marina y Sofía rezumaba el mayor de los desprecios. Arnau no consintió la ofensa.

—¡Os exijo respeto! —contestó señalando al barón que había hablado—. Esa joven es la hija de un valiente que dio su vida por el rey y por Nápoles. Destorrent cobra intereses usurarios por su ayuda. Si alguien fue generoso con este reino, ese no fue otro que Giovanni di Forti, barón de Castelpetroso.

Su apelación al honor y a la sangre no bastó para acallar los ataques del Consejo.

—Ya se encontró, juzgó y ejecutó a los responsables de la desgracia de la hija de di Forti —intervino uno de los religiosos.

—No fueron ellos quienes idearon el asalto.

—¿Quién sois vos para poner en duda la justicia del rey? —saltó otro barón interrumpiendo las palabras de Arnau.

—El procurador de Destorrent os ha denunciado al Consejo por el asalto a su palacio y las calumnias que habéis vertido sobre su persona —indicó el arzobispo de Nápoles.

Arnau cruzó su mirada con la del preboste y en su rostro abotargado por los excesos reconoció la avaricia, vicio que Gaspar manejaba con soltura. Las aserciones de los demás miembros lo convencieron de que aquello estaba planeado. Lo juzgarían y lo condenarían. Buscó apoyo en un rey que permanecía imperturbable, hasta que intervino acallando las conversaciones de los demás miembros de su Consejo.

—¿Acusaste a Destorrent de haber forzado a la joven baronesa de Castelpetroso?

No podía mentir a Alfonso, aunque sabía que si reconocía los hechos, la sentencia sería inapelable. Salvo que...

—Majestad —replicó con rotundidad hincando una rodilla en tierra frente al rey—, como caballero a vuestro servicio desafié a Gaspar Destorrent a que luchase conmigo para defender su inocencia. —Al oírlo, el monarca mudó el semblante y se inclinó ligeramente para prestar mayor atención—. Las leyes de caballería me permiten retar a otro caballero —alegó con igual firmeza—. Las disputas entre las personas de calidad no se dirimen a través de sentencias elaboradas por leguleyos y curas, sino mediante las armas. ¡Esa es la ley! Gaspar Destorrent es caballero, vos le concedisteis tal honor. Tengo derecho a demostrar en duelo la razón que me asiste.

—Eso se hace mediante cartas de batalla —intervino el primero de los nobles que lo había acusado—, nunca asaltando una casa.

El rey le ordenó callar con un gesto de la mano. Todos los presentes sabían que Alfonso de Aragón y de Nápoles, el monarca que se enorgullecía de ocupar un asiento a la tabla redonda del rey Arturo, el *siti perillós*, el que permanece vacío, el reservado a aquel destinado a encontrar el grial, nunca osaría violar las sagradas leyes de la caballería.

El propio Alfonso había sido retado a combate por Renato de Anjou hacía poco más de once años, en 1438, en plena contienda por el reino de Nápoles. El francés tuvo la osadía de desafiarlo a un duelo. Alfonso aceptó el reto en cualquiera de las dos posibilidades que Renato no concretaba: persona contra persona o ejército contra ejército, en ambos casos a muerte, sin concesiones, como solución definitiva a la guerra. Renato no se atrevió a enfrentarse personalmente al aragonés y decidió que fuera entre ejércitos, pero tampoco se presentó en el día y el lugar pactados para resolver el conflicto, el 8 de septiembre en Arpaia.

Como le permitían las leyes de la caballería, Alfonso lo tuvo por contumaz y corrió al galope todo el campo de batalla burlándose de su enemigo, del infame y cobarde que había incumplido su palabra. Ese mismo día, en Arpaia, nombró caballero a su hijo Ferrante.

—Sea —dictaminó el caballero que estuvo dispuesto a arriesgar sus conquistas, el reino de Nápoles, a combate singular—. Reta al conde... —Alfonso necesitó la ayuda del senescal para recordar el título que había concedido a Gaspar Destorrent—. Al conde de Accumoli —concretó luego de que se lo apuntaran—. Hazlo en defensa de tu honor y el de tu pupila.

# 9

No se lo habéis contado, ¿verdad?

—No —reconoció Sofia a su hija—. No me atrevo. No quiero imaginar cómo reaccionaría tu padre...

—Pero al final siempre se sabe todo —la interrumpió Marina, angustiada—. Vos misma lo dijisteis.

Sofia asintió con aflicción. «Sí, todo termina sabiéndose», evitó afirmar. Se hallaban las dos sentadas en unas sillas junto a la luz de la ventana en la alcoba de Marina. La madre había hecho salir a Cosima, la mujer que, por indicación de mosén Lluís, acompañaba a la joven en su clausura y vigilaba que cumpliera la penitencia que el franciscano le había impuesto tras su forzada confesión, primero entre sollozos y medio inconsciente y luego, ya formal, en San Lorenzo Maggiore: reclusión, ayuno, oraciones y lecturas devocionales, una forma de expiación que Sofia había conseguido que el fraile aceptara temporalmente hasta el día en que la joven ingresase en un convento. La pobre Emilia, después del escándalo, había sido relegada a las cocinas, donde ni Sofia ni nadie de la familia la veía a menudo.

El problema radicaba en decidir a qué institución iría Marina. Si se descubría la sodomía de la que había sido acusada, sería imposible que la aceptaran en Santa Chiara, allí donde profesaban las hijas de los nobles que entregaban su vida a Dios. Su destino sería el convento de Santa Maria Maddalena o el de Santa Maria Egiziaca, los lugares en los que se refugiaban las prostitutas arrepentidas.

«¿Con las mujeres públicas? —se aterró Marina el día en que su madre planteó esa posibilidad—. ¿Pretendéis que me pase la vida rodeada de rameras infectas?».

La aversión de su hija hacia el convento para arrepentidas satisfizo a Sofia, en tanto en cuanto allanaba su consentimiento, hasta entonces expresado con tozudez, a ingresar en Santa Chiara.

La situación de Marina era crítica: mosén Lluís, como si de un inquisidor intransigente se tratara, insistía en la comisión del pecado nefando por parte de las dos jóvenes, Marina y Emilia. Sofia percibía en la actitud del fraile una verdadera paradoja ideológica: el deseo desatado hacia ella; el sentimiento de culpa que esa inclinación provocaba en un religioso que se enorgullecía de su virtud; la posibilidad de vengarse de la mujer que lo había rechazado una y otra vez, hiriendo sin compasión la masculinidad que se ocultaba bajo sus hábitos, y, por último, la contradicción que suponía acusar a la hija de sodomía —la criada era considerada un mero personaje secundario, una ignorante sometida a obediencia— mientras fantaseaba con poseer a la madre.

Porque tal como Sofia había llegado a reconocer: que por proteger a su hija se habría entregado con pasión a cuantos miserables la hubieran deseado, a igual conclusión llegó ante la concupiscencia del fraile. Así se lo hizo saber con descaro, y lo tentó.

—Nada de esto puede ser conocido, mosén —le rogó—. La Iglesia debe rechazar las declaraciones de esa sirvienta, y la confesión de mi hija ha de mantenerse en secreto. Siendo una joven deshonrada contra su voluntad, el destino de Marina no es otro que el de tomar los hábitos, y eso solo lo puede hacer ingresando en Santa Chiara, donde le corresponde por nobleza. Sus tierras y sus dominios en Castelpetroso constituirán una sustanciosa dote que enriquecerá todavía más el patrimonio del convento. ¿Me ayudaréis?

El religioso no contestó. Dilataba la respuesta y exageraba los pecados, como si le exigieran un sacrificio, y aprovechaba para acercarse a ella, y rozarla, y apoyarle la mano en la espalda, acariciando el principio de sus nalgas, o en el brazo hasta sentir el calor de sus pechos. Entonces Sofia percibía en el fraile unas convulsiones de deseo tan imperceptibles como incontrolables. Y se zafaba con habilidad de su acoso para no ofenderlo.

—¿A qué pecado tan grave os referís? —le planteaba siempre que él mentaba la sodomía—. Se trata únicamente de dos jóvenes necias e ingenuas que no sabían lo que hacían. Asumo la culpa. Debería haber educado a mi hija de forma más estricta.

Pero el fraile insistía, y Sofia hacía lo propio:

—No es sodomía, mosén. Son dos mujeres que solo se toqueteaban. No han fornicado; no existe cópula..., y ni siquiera han utilizado un falo artificial para simularla.

Había escuchado y hasta intervenido en discusiones acerca del pecado contra natura. Se decía que toda Italia estaba infectada por aquella plaga, en especial Florencia y Venecia, por lo que la cuestión era objeto de enconadas controversias en una Nápoles que, por lo demás, acogía con gozo y asimilaba las tendencias e ideas, con sus luces y sus sombras, provenientes de aquellas ciudades culturalmente más avanzadas; ese era el objetivo declarado de un rey que acababa de mantener una relación torpe con uno de sus pajes. La Iglesia consideraba pecado contra natura todo aquel comportamiento sexual que no estaba destinado a la reproducción, desde la cópula entre hombres como su máxima expresión, el lesbianismo y la simple masturbación, pasando por todos los tipos imaginables de relaciones que no persiguieran la procreación, como la bestialidad.

Las penas para los sodomitas, sin embargo, eran muy diferentes en unos y otros lugares. Mientras en Venecia podían llegar a dictarse duras sentencias, también la de muerte, del mismo modo que en algunas de las múltiples jurisdicciones señoriales napolitanas, en Florencia el asunto se arreglaba con una simple multa.

Pero, con independencia de tal lasitud por parte de las autoridades de la Señoría, para la Iglesia la sodomía era un pecado peor que la fornicación y que el adulterio, e incluso que el incesto. ¡Más todavía que la violación! Esa posición, defendida a ultranza por el fraile Bernardino de Siena, azote de los sodomitas y general de los franciscanos en Italia, era la que sostenía con pertinacia mosén Lluís.

—Bien sabéis —reiteraba Sofía— que lo que han hecho estas dos jóvenes no es delito, es simple molicie.

—Señora, esas dos jóvenes buscaban un placer pecaminoso.

—¿Qué placer pueden encontrar dos mujeres, mosén! ¡Las mujeres no gozamos del sexo! —argumentó conforme a la doctrina de la Iglesia, ocultando, sin embargo, el placer que en ocasiones alcanzaba con Arnau.

—Soy un siervo de Dios —se excusó el fraile—. Carezco de experiencia en cuanto exponéis.

—Pues yo os lo mostraré —replicó con descaro Sofía.

Pero si presumía que el minorita se turbaría con la propuesta, la sobria estancia en la que se encontraban en el complejo del monasterio anexo a San Lorenzo Maggiore pareció derrumbarse sobre ella cuando el fraile se levantó la sotana y dejó a la vista su pene erecto, tan tieso como el campanario que se erigía, majestuoso, al costado de la iglesia.

—Arrodíllate y muéstramelo —exigió el hombre con un deje de cinismo, pasando a tutearla.

No podía dudar. Marina estalló en su cabeza: la ingresarían con las arrepentidas, como a una vulgar mujer pública. No lo consentiría. Hincó las rodillas en tierra, ya con la estremecedora visión de Arnau enfurecido si llegara a enterarse de cuanto se había descubierto a raíz de la violación de su hija, y se encogió al solo pensamiento de su ira desatada. Pese a la frivolidad y el galanteo en los que la había absorbido aquella sociedad hedonista, lo cierto era que Sofía no conocía más hombres que Giovanni y Arnau, a diferencia de las experiencias que acreditaba la insolente conducta del fraile, quien ya resoplaba.

Asqueada, con los ojos cerrados, le agarró el pene con una mano. Los religiosos siempre habían sido los mayores sodomitas, pensó mientras notaba cómo mosén Lluís temblaba y suspiraba. Le presionó el miembro e hizo un sube y baja sobre la piel. La descarga de placer llevó al fraile a encogerse.

—Con la boca —susurró este, incapaz de alzar la voz—. ¡Chúpamela! —logró exigir apremiante después.

Sofía reprimió una arcada, pero trató de reponerse. Abrió los ojos para enfrentarse al miembro erecto, el glande morado, hediondo, y lo toqueteó un par de veces más con una violencia que el mosén confundió con pasión, antes de levantarse repentinamente.

—Me poseeréis el día en que mi hija ingrese en Santa Chiara —afirmó.

Mosén Lluís tardó unos instantes en abandonar el estado de ensueño en el que había caído.

—¡Furcia! —la insultó entonces.

—¡Impúdico! —replicó ella—. ¡Obsceno!

—Tu hija terminará en la Maddalena rodeada de rameras.

—¡Os arrancaré los ojos, aunque me vaya la vida en ello! —gritó Sofía—. Y revelaré al duque de Lagonegro que me habéis mancillado, que os habéis aprovechado de mi pesar.

Si la primera amenaza no pareció hacer mella en el fraile, la segunda lo llevó a tensar los músculos del torso, como si la sola mención de Arnau Estanyol lo pusiera a la defensiva. Después de que el noble se enterara de que su hija había perdido la virtud, toda Nápoles sabía de su desafío a ultranza a Gaspar Destorrent. Sofía pensó que no habría manera de ocultar a su hija una noticia de tal calibre. Pese a que Marina vivía prácticamente recluida en sus aposentos, podría oír algún comentario al respecto, ya fuera entre el servicio o entre sus hermanos. Por ello, una tarde se lo contó:

—Ya sabes cómo es tu padre —le dijo tras relatarle esos últimos acontecimientos—. Los hombres necesitan a alguien a quien culpar, y para Arnau, el mayor responsable de todos sus agravios es ese medio hermano cobarde y su familia.

Marina, que había escuchado las palabras de su madre, quedó desconcertada. ¿Acaso no habían ajusticiado a unos turcos por ello?

Pero conocía el odio de Arnau Estanyol hacia los Destorrent, así que se convenció de que su madre tenía razón: ese desafío era el fruto de una ira latente que buscaba en quien descargarse. Y lamentó, una vez más, haber llevado a su padre a ese estado de cólera y zozobra.

Mosén Lluís no quiso imaginar la reacción del duque si Sofía le revelaba que la había obligado a arrodillarse ante él. Así pues, optó por recuperar la hegemonía y frunció el ceño hacia la mujer, que, sin embargo, aguantó su mirada torva, ambos sopesando sus posibilidades.

—¿Cómo sé que cumpliréis vuestra palabra? —cedió al cabo el fraile.

—¿Cómo sé yo que lo haríais vos con mi hija y procuraríais su ingreso en Santa Chiara una vez hubierais disfrutado de mí? Los caprichos de los hombres son efímeros.

—Porque soy un siervo del Se... —se dispuso a replicar el franciscano.

—No. No metáis a Dios en esto —lo interrumpió Sofia—. En este momento solo sois un hombre como muchos otros que me pretenden —añadió señalando con un movimiento de la mano, los dedos ligeramente encogidos, su entrepierna, el pene ya cubierto—. Mosén —continuó con seriedad—, me tenéis a vuestra merced. Sois consciente de que si no cumpliese mi palabra, podríais aducir que habéis conocido de la sodomía con posterioridad al ingreso de Marina, y si no la expulsasen con deshonor siendo solo una novicia, la vida de mi hija en ese convento sería un verdadero infierno.

—¿Y si después de que entrase en el convento se lo confesaseis al duque?

—¿Para qué! —exclamó Sofia—. Mi objetivo es el bien de mi hija. De conseguirlo, como así será, no me cabe duda, ¿qué ganaría revelando a Arnau mi infidelidad? La vergüenza pública, que me repudiase, que me echase de su casa. ¡Sería absurdo!

Percibió la duda en aquel hombre resentido con la vida, un recelo que quiso atajar tomándole una mano que llevó a su pecho, donde la mantuvo prieta hasta que la crispación facial del minorita se relajó.

—Seré vuestra, no recéleis de mi palabra —repitió, a sabiendas de las concesiones que tendría que ir haciendo por el camino.

Yo, Arnau Estanyol, conde de Navarcles y de Castellví de Rosanes, duque de Lagonegro, de acuerdo con las leyes y las costumbres de los caballeros, os acuso a vos, Gaspar Destorrent, conde de Accumoli, de haber asaltado mi casa y forzado violentamente a mi pupila la baronesa Marina di Forti, hija del noble Giovanni di Forti, barón de Castelpetroso, capitán del rey Alfonso abatido mientras defendía con valentía la causa de la casa de Aragón. Por ello os reto a combate a ultranza, cuerpo a cuerpo, para que, en nombre de Dios, de la Virgen María y de sant Jordi, se muestre la verdad a todo el pueblo y paguéis con sangre y el deshonor que corresponde a un canalla como vos vuestra inmensa culpa.

Esperaré vuestra respuesta durante el plazo de diez días, transcurridos los cuales, si no me habéis contestado y según me permite la ley, os perseguiré y dañaré vuestra persona y vuestros bienes en cuantas maneras encuentre.

Y en testimonio de todo ello, os remito la presente carta de batalla, partida por abc, firmada de mi mano y sellada con mis armas en la ciudad de Nápoles, por Pedro Gil, trompeta.

El requerimiento se entregó en persona a Gaspar Destorrent después de que el trompeta elegido por Arnau, acompañado de tres caballeros testigos y un notario, entrase en su palacio y a voz en grito reclamase la presencia del señor, se anunciara como procurador de Arnau Estanyol y le comunicara su cometido. De todo ello el notario levantó acta hasta que Gaspar, poco ducho en las reglas y las estrictas formalidades de la caballería, pero instruido en ellas después de que algunos miembros del Consejo le advirtieran de lo que iba a suceder, contestara con igual solemnidad que la utilizada por el heraldo que en su momento respondería al requerimiento.

Apuntaba la primavera y el domingo se mostraba soleado y cálido, ruidoso y alegre, lo que no había conseguido que Marina alzase la cabeza para deleitarse en un cielo límpido. Se dirigían a San Lorenzo Maggiore, a misa mayor, el padre montado en Peregrino, sus hijos Filippo y Lorenzo en sendos palafrenes, y las mujeres transportadas en sillas de manos.

Los frescos con escenas marianas que decoraban los muros de la imponente iglesia y en los que en otras ocasiones le gustaba recrearse, se le presentaban ahora a Marina invasivos, acusadores. Allí donde mirase creía encontrar una figura que la reprobaba, como si fueran capaces de oír la confesión que le parecía todavía flotaba entre aquellos muros. Mosén Lluís se la había arrancado frente al altar de una de las capillas laterales. «¿Qué hacíais? ¿Dónde? ¿Cómo? ¿Qué os tocabais? ¡Habla, muchacha, confiesa tus pecados!». Y la conminaba con la mirada, con aspavientos, con una proximidad invasora. «¡Solo obtendrás el perdón de Dios si confiesas y te arrepientes! ¿Cómo lo hacíais? ¿Con los dedos? ¿Con qué más? ¿Usabais algún artilugio? ¡Tal vez la lengua!», se había sobresaltado elevando la voz. Y Marina se sinceraba con una voz trémula que contrastaba con los jadeos cada vez más estentóreos del mosén, pensando ingenuamente que confesar todos los detalles de la verdad la ayudaría en su causa. Y sus revelaciones se habían quedado adosadas a los muros de San Lorenzo Maggiore para que ahora hasta las figuras de los frescos la acusasen y la intimidasen señalándola con crueldad.

De escaso consuelo le sirvió la actitud altiva y serena de Arnau, hierático a su lado a la espera del inicio de la ceremonia religiosa, como si nada hubiera sucedido. Al otro, su madre, triste en su vestir después de alejar de sí los colores con los que tanto la complacía engalanarse, y más allá Filippo y Lorenzo. El mayor ya contaba once años y el pequeño, dos menos; en cualquier caso, los suficientes para asimilar la trascendencia de lo sucedido aquella noche. Las escasas ocasiones en las que Marina se topaba con ellos, siempre ocupados en su aprendizaje, percibía que no sabían cómo comportarse en su presencia ni cómo afrontar aquellos tiernos sentimientos fraternales que hasta entonces habían regido su convivencia con los rígidos principios que sus preceptores les inculcaban. Y más que probablemente con los comentarios y las burlas crueles que no les habrían ahorrado sus amigos.

Marina quiso entender que su silencio y su distancia no eran sino el recurso que sus hermanos adoptaban para no dañarla todavía más.

Fuera de la línea de asientos y reclinatorios, pero a su altura, en pie, cuidando de que su espalda no llegara a apoyarse en los frescos, se encontraba Cosima, su carcelera, la misma que al término de una ceremonia que a Marina se le hizo insufrible y ya de vuelta en el palacio de los Estanyol trataría de oponerse con determinación a los planes de un Arnau que acababa de superar su insensibilidad ante la voz trémula y las inapreciables convulsiones derivadas de unos sollozos que la muchacha que rezaba a su lado en ese momento pugnaba por reprimir.

En la iglesia, el guerrero indestructible vio cómo se resquebrajaban sus defensas ante la debilidad manifiesta, el aspecto enfermizo y la inmensa tristeza que destilaba su hija. Con la voz del oficiante resonando imperiosa en el templo, desvió su atención hacia el Cristo crucificado y le consultó si podía faltar a la palabra dada a Sofía y tratar de consolar a la joven diciéndole que ya había retado a Gaspar, que su venganza sería pronta, que lo mataría como al perro cobarde que era. No se le ocurría qué otra cosa hacer puesto que los escasos intentos de acercamiento hacia la joven habían sido infructuosos. Justo en ese instante, sin embargo, Sofía lo miró angustiada, tan rota como él pudiera estarlo, y Arnau desechó la idea.

En esa tesitura, silenciosos, compungidos, regresaron todos al palacio, en cuyo patio se toparon con Paolo, la torta de los domingos en sus manos, una expresión expectante que mudó en contrariada a la vista de su amiga tras descender del palanquín. Igual que toda Nápoles, sabía de la desgracia de Marina, aunque desde entonces no le habían permitido verla. Y ahora, con la joven hundiendo la mirada en el embaldosado del patio, se sintió como si estuviera violando su intimidad. Quiso desaparecer e hizo ademán de dirigirse hacia las cocinas cuando la voz de Arnau lo detuvo.

—¡Chico! —gritó, y bajó de Peregrino de un salto.

A pesar de que Paolo contaba ya veintidós años, Arnau seguía tratándolo como al muchacho de quince que había guiado a los soldados de Aragón a lo largo de los intrincados acueductos subterráneos de la ciudad.

—Espera —lo conminó, y Paolo se detuvo. Acto seguido, indicó a su hija—: Ve a pasear con él por los jardines.

—¡No! —exclamó Cosima.

Arnau se volvió para comprobar quién osaba discutir sus decisiones. Fue a decir algo, pero negó con la cabeza y decidió no hacerlo, como si se hubiera tratado de un error. Antes de que Cosima interviniera de nuevo, Sofía se abalanzó hacia ella y la apartó.

—Id, id —instaba Arnau a Paolo y Marina, ajeno por completo a lo que sucedía a su espalda.

Los dos jóvenes cruzaron el patio. Marina arrastrando los pies, Paolo con las manos todavía manchadas de la harina de la torta.

—Te compensaré con generosidad —proponía mientras tanto Sofía al oído de Cosima—, pero no enfurezcas al duque. No puedes imaginar de lo que es capaz.

Sofía había entrado en una espiral incontrolable de mentiras. Marina no sabía, ni sabría nunca, lo que su madre estaba dispuesta a hacer para que la acusación de sodomía no se hiciera pública. Arnau, empeñado en su venganza contra Gaspar y en sus obligaciones para con el *seggio* y el rey, en especial las de montero mayor que lo alejaban de Nápoles con frecuencia, vivía ajeno a la rutina doméstica y creía que el encierro de su hija era voluntario, consecuencia de su tremenda aflicción. La presencia de Cosima simplemente no le interesaba, no era de su incumbencia. Esta, por su parte, ignoraba el horrible pecado de sodomía en el que se empeñaba mosén Lluís para coaccionar con crueldad a Sofía, por lo que consideraba desproporcionada la penitencia que el fraile había impuesto a la muchacha como pecadora que había causado su propia desgracia. ¿Cómo si no, excusó el monje cuando la instruyó acerca de sus obligaciones para con Marina, podía explicarse que la hubieran violado en su propio palacio, una fortaleza urbana bien defendida por los hombres de Arnau, si no era por castigo divino por sus muchas faltas? Cosima, mujer devota donde las hubiera, no discutió los argumentos de un religioso —¿quién era ella, que ni siquiera sabía leer?—, pero tampoco lo hizo con la lucrativa propuesta que le efectuó la madre de la joven ese domingo.

—¿Crees que es apropiado ese paseo? —inquirió Sofía solventada la encrucijada con la mujer—. Era a ti al que preocupaba que la niña se relacionase con un panadero.

—Cierto, pero ese panadero fue la llave del reino de Nápoles.

Sofia, el hecho de que Marina se disponga a entrar en un convento no es causa para estar triste, al contrario. Y por lo que respecta a su desgracia..., tiene que superarla, es una joven fuerte. Ya reza demasiado. Ese muchacho debe venir con más frecuencia, quiero verlo por aquí. Deseo que mi hija vuelva a reír.

La fragancia de las flores y las plantas aromáticas que en aquel recinto amurallado se acumulaba y burbujeaba como pudiera hacerlo el agua hirviendo en el interior de una olla golpeó a Marina. Un sinfín de sensaciones se amontonaron a las puertas de sus recuerdos clamando por colorear aquella nueva visita. Pero la joven se desplazaba con torpeza, asediada por la culpa, los miedos y, sobre todo, el triste futuro que se le deparaba.

Paolo paseaba quizá con mayor dificultad que Marina puesto que trataba de acompasar sus zancadas al titubeante recorrido de esta.

—¿Cómo estás? —se atrevió a preguntarle al cabo de un rato de silencio.

La actitud de Marina lo llevó a dudar de que le contestase, y realmente ella no lo hizo; en su lugar, preguntó con voz tenue:

—¿Qué se comenta entre la gente, Paolo?

Hacía más de seis años que se conocían. Habían crecido juntos y compartido experiencias y hasta anhelos. Paolo siempre la había complacido. La idolatraba, era su diosa. Por eso no quería revelarle las barbaridades que oía en las calles de Nápoles; la desgracia pública de una joven baronesa rica y privilegiada se propagaba con una crueldad sin parangón entre las mujeres del común, tergiversada, aumentada, ridiculizada incluso, siempre azuzada por una envidia atávica hacia los elegidos por la fortuna. Y calló.

—¿No vas a contármelo?

No se miraban. Continuaban andando, el uno al lado de la otra.

—No —se atrevió a oponerse él.

Le costaba mucho no cumplir los deseos de esa joven a la que llevaba años admirando. Incluso ahora, desmejorada como estaba, seguía despertando en el panadero unos sentimientos difíciles de definir. La apreciaba más que a cualquier otra muchacha, la encontraba más bella, más elegante que a ninguna otra y, de alguna manera, se sentía atraído por ella… aunque nunca se había atrevido a decírselo. ¿Quién era él para pretender a alguien como Marina?

—Por favor, vivo casi enclaustrada en mi alcoba. Necesito saber qué está sucediendo fuera. Mi madre me ha hablado de la acusación que mi padre ha hecho contra Gaspar Destorrent.

Paolo asintió. No quería revelarle cosas que le hicieran daño, así que se limitó a corroborar lo que Marina ya sabía.

—Mi padre siempre ve en los Destorrent a los culpables de cualquier desgracia —concluyó Marina.

Y se calló que ese hombre, al que hacía años que consideraba su padre, no estaba dándole en esos momentos el apoyo que necesitaba. Tal vez estuviera tan fuera de sí que actuaba como solían hacerlo los guerreros, buscando venganza, cuando lo que ella requería de él no era un duelo ni ver sangre derramada, sino unas palabras que la hicieran sentir que su padre, su héroe, aún la quería.

Gabriele Correale, el paje que había ofuscado la consciencia real, falleció a los diecinueve años en sus dominios de Sorrento. El monarca, compungido, lo acompañó en su tránsito, al pie del lecho, mientras los miembros del Consejo y de su servicio personal se establecían en la ciudad y en los alrededores para atender sus necesidades y ocuparse de la gestión de los asuntos del reino.

Arnau fue objeto de hospitalidad en casa de Vittore Giginta, un caballero sorrentino con el que había trabado amistad gracias a su gran afición a la caza. Allí trató de inhibirse del ambiente tan fúnebre como impertinente que nació en derredor de la agonía del muchacho y del dolor del rey. Alfonso, en un proceder del que no se tenían precedentes para con un joven al que no se le conocían otros méritos que su cercanía a la persona del monarca, llegó a pronunciar un largo discurso al pie del lecho acerca de la muerte, de la resignación ante un final sobrevenido en una persona sana como Gabriele, del consuelo por ser acogido en compañía de Nuestro Señor, y del orgullo por entrar a servir al Rey de reyes.

Pero a las cuestiones teológicas se añadieron otras que los presentes pronto se encargaron de transmitir para que se convirtieran en habladurías. En presencia de sus allegados, Alfonso aseguró a un Gabriele moribundo que él cuidaría de su familia, de sus padres, de su hermana, del resto de sus parientes y, muy especialmente, de su hermano, al que acogía bajo su protección, prometiéndole que nada les faltaría: ni recursos ni honores.

Aunque lo que más comentarios originó fueron las palabras en las que el rey hacía mención de sí mismo y manifestaba a Gabriele la crítica que, dijo, muchos le efectuaban acerca de que había perdido la razón en los últimos tiempos, falta por la que debería arrepentirse el día en el que fuera llamado a presencia de Jesucristo. Él también era un ser mortal, reconoció.

Fue el propio rey de Nápoles, de Aragón, Valencia, Mallorca, Sicilia y conde de Barcelona quien compuso el epitafio para el malogrado Gabriele Correale y que sería grabado en su sepulcro, confesando públicamente de manera alegórica que el joven había constituido la mayor parte de la naturaleza del monarca.

Arnau se abstuvo en esa ocasión del menor comentario y acompañó a su rey en el dolor y la congoja, manteniendo un silencio tétrico en el camino de regreso a Castelnuovo, donde el monarca se recogió a rezar en su capilla.

Él, por el contrario, se dirigió a su palacio siguiendo la misma ruta elegida el día en que desembarcó junto a Martí, al que había saludado antes de abandonar la fortaleza. Deseaba discurrir por delante del gran convento de Santa Chiara. La enfermedad de Gabriele le desaconsejó tratar el asunto con el soberano, pero sí lo hizo con el racional, con quien parecía haber llegado a un acuerdo acerca del reparto de las posesiones de Marina, a falta del plácet de Alfonso, que sin duda, le prometió el contador mayor, obtendría. Por otra parte, las gestiones religiosas para el ingreso de Marina estaban bien encaminadas. Mosén Lluís, según Sofia, procuraba con eficacia ante la abadesa, lo que le había valido la gratitud del duque.

—Sois muy generoso —le agradeció el fraile a su vez, luego de que Arnau lo llamara a su presencia y le anunciara que acudiera a su mayordomo para formalizar una donación para la orden—. De buen cristiano es desprenderse de sus posesiones más queridas para cederlas a los hombres de Dios —continuó con un cinismo que Arnau no llegó a captar—. Estoy seguro de que vuestra magnanimidad llegará mucho más allá de esos dineros.

—Sí, sí, contad con ello, claro... —respondió el otro despreocupadamente, ya distraído en otras cuestiones, y sin siquiera haber llegado a escuchar las últimas palabras del fraile, ni mucho menos percibido la mirada de lujuria hacia Sofia, también presente, con que las acompañó.

Cavilaba en el éxito de esa empresa, en la vida de servicio a Dios en la que Marina se refugiaría para superar su desdicha y esconderse de la mirada mezquina y humillante de las gentes, cuando un alboroto que se vislumbraba a las puertas del palacio lo trasladó a la realidad.

—¡Claudio! —llamó al criado, que iba tras él—. Ve a ver qué sucede.

El hombre corrió la distancia que los separaba de la entrada mientras Arnau lo seguía con parsimonia hasta alcanzar a los congregados, a los que hizo caso omiso e intentó sortear para acceder al palacio. En ese momento la gente se separó y dejó a la vista un cartel clavado en el muro, junto a las puertas.

Arnau se detuvo. Claudio, que regresaba ya con el portero, se acercó a Peregrino para dar cuenta a su señor.

—Dice —empezó señalando a su acompañante— que el trompeta, los testigos y el notario de Gaspar Destorrent han acudido a contestar a vuestra carta de batalla y, como no estabais, la han colgado en la entrada.

—Tráemela —ordenó Arnau, y espoleó al caballo para que prosiguiera incluso entre la gente.

Nada más apearse de Peregrino, leyó para sí:

> He recibido de vos carta de batalla en la que me acusáis de haber asaltado vuestra casa y forzado a vuestra pupila. Yo, Gaspar Destorrent, conde de Accumoli, os acuso de mentiroso. Vuestra casa no es digna de acoger mi persona ni para ser saqueada.

No tengo ningún interés en penetrar en semejante guarida de alimañas.

Niego haber forzado a ninguna joven por desesperada que pudiera sentirse al ser vuestra pupila. Entiendo que la justicia del rey se ha ocupado de este asunto, y no voy a ser yo quien discuta las decisiones de los magistrados de nuestro bien amado Alfonso.

Por el contrario, vos, Arnau Estanyol, hijo de una mujer nacida del diablo tal como declararon las autoridades eclesiásticas de Barcelona, no habéis hecho más que mentir, engañar, coaccionar, amenazar y violentar personas y voluntades para perjudicar a la distinguida nobleza catalana, entre ellos mis parientes, pilar de nuestro reino, vileza que la historia y alguna espada empuñada en nombre del sant Jordi que no deberíais atreveros a mentar se ocuparán de vengar.

No os reconozco nobleza alguna para desafiarme. No sois más que la descendencia diabólica de una estirpe malvada, un fraude que el tiempo se ocupará de revelar al reino entero, todo lo cual he querido decir en la esperanza de que muy pronto vos y los vuestros tengáis el castigo que vuestras malvadas obras merecen.

En Nápoles...

Arnau arrugó en una de sus manos el pliego y se retiró con paso firme seguido por la mirada de sus criados... y la de Marina desde la ventana de su alcoba.

—Ni se te ocurra contar nada al panadero —le advirtió Sofía.

Marina evitó torcer el gesto ante el desprecio que rezumaba la referencia de su madre hacia Paolo. Sofía había entrado en la alcoba interrumpiendo las interminables y cansinas oraciones que llevaba rezando durante horas junto a Cosima, las dos postradas, ofreciendo a Dios su piedad y el sacrificio de un insoportable dolor en rodillas, piernas y espalda. Para su sorpresa, la carcelera se retiró silenciosamente hasta la ventana, donde simuló interés por lo que sucedía en el patio, que era nada, y, con ella allí, Sofía le anunció la llegada del joven.

—Hoy no es domingo —alegó Marina, extrañada.

—Tu padre está empeñado en que Paolo te acompañe a pasear por los jardines. Dice que eso te animará.

¿Y para qué quería ella animarse?, estuvo tentada de replicar. ¿Qué necesidad tenía...?

—Arnau desea lo mejor para ti —continuó Sofia intuyendo sus pensamientos, y añadiendo en voz más baja para que Cosima no la oyera—: Y lo hace desde el escaso conocimiento que tiene de lo sucedido.

—El otro día lo vi leer una carta en el patio que parece que no le complació —alegó la joven ante la referencia de lo que sabía o no Arnau.

—Son cosas de tu padre —quiso cerrar el asunto Sofia. Luego suspiró—. Los hombres siguen sus propios códigos, hija. A Arnau le habría gustado degollar a esos turcos personalmente. Y lleva años obcecado por el odio hacia los Destorrent...

Lo cierto era que tampoco Sofia creía en la culpabilidad de Gaspar y estaba convencida de que Arnau buscaba a alguien a quien culpar de sus desgracias. ¿Quién mejor que su acérrimo enemigo, aquel hermanastro cobarde y miserable? Ella estaba segura de que Gaspar habría gozado seduciéndola a ella y humillando a Arnau, pero de eso a forzar a una joven virgen mediaba un abismo.

—Las rencillas y los celos entre los miembros de la corte le originan muchos disgustos —mintió—, que, como bien sabes, le son complejos de entender. Vamos —la apremió—, no pienses más en eso. Son cosas de hombres. Los culpables pagaron por su crimen, puedes estar tranquila al respecto.

Y fue mientras la acompañaba abajo cuando la conminó a la discreción. Lo último que necesitaban era que Marina confiara en nadie, ni siquiera en Paolo, sobre todo aquello que seguía siendo un secreto, en especial la obscena acusación de sodomía que podía torcer aún más su destino.

—Las negociaciones con la abadesa de Santa Chiara van por buen camino —le anunció acto seguido—. Una sola indiscreción, con Paolo, con quien sea, y podría estropearse todo. Bien sabes que en Santa Chiara no admitirían a una mujer acusada de un pecado de tal calibre —terminó recordándole por enésima vez.

Día a día, a golpe de oración y suplicio, el negro de las ropas que la obligaban a vestir como máximo exponente de la tristeza que la asolaba, Marina iba asumiendo el destino que le imponían, máxime cuando la alternativa consistía en ingresar en un convento rodeada de por vida de prostitutas que ni siquiera llegaban a prometer los votos, sino que vivía en él como simples arrepentidas. No parecía haber otra salida a su situación. Siendo que ni Arnau ni su madre admitían que permaneciese en aquella casa, siquiera encarcelada, como emparedada, llegó a barajar otras posibilidades. La primera, la más sencilla, refugiarse en sus tierras de Castelpetroso. El rey no lo consentiría, concluyó con certeza. Su violación le impedía el acceso a la vida cortesana, a la simple compañía de sus iguales. Sus bienes podían constituir la dote para el convento; Alfonso, piadoso por excelencia, cristiano de tres misas al día, nunca se opondría al destino de ese patrimonio en beneficio de la Iglesia, pero con el mismo empeño tampoco consentiría que una mujer mancillada, soltera, sin posibilidad de engendrar hijos nobles ni continuar el linaje de los di Forti, rigiese las tierras, dominase a sus feudatarios e impartiese justicia en la baronía que había concedido al padre por sus méritos en la conquista de Nápoles.

Excluida esa solución, solo cabía huir. Aunque ignoraba adónde o para qué. En ocasiones olvidaba que la principal preocupación de aquellos que vivían ajenos a la magnificencia distaba mucho de centrarse en las joyas. «¡Comer!», se sorprendió reconociendo. ¿Quién le prepararía la comida? No dispondría de criados. Tendría que esconderse de sus padres y de los alguaciles que la buscarían. Nunca había cocinado, aunque... «¿Y cómo conseguiré la comida? ¡Soy una necia!», se insultaba. No tenía... ¡nada! Era noble, sí, baronesa, también rica, creía, pero todo eso se lo gestionaban administradores y procuradores que rendían cuentas a Arnau y a su madre. A decir verdad, si no era por casualidad, nunca manejaba dinero. Su inexperiencia, su incapacidad, se irguió frente a ella a modo de barrera insalvable. No sabía nada del mundo que se abría más allá de los muros de aquel palacio, y aunque en el pasado había fantaseado con salir a escondidas para recorrer Nápoles, siempre lo hizo pensando en que esas escapadas serían breves y podría volver a la seguridad de su hogar. Quizá ahí habían empezado sus desgracias, pensó con arrepentimiento. Su destino parecía decidido y se dibujaba muy distinto al que había aventurado con sus amigas. Estas denostaban todo aquello que quedaba fuera de sus casas, sus fincas, sus tierras y sus jardines, especulando con las mayores calamidades que podían acaecer a las mujeres que se aventuraban en tales parajes. Aunque compartieran ignorancia, Marina ratificó esa visión apocalíptica en el contenido de aquellos libros paganos cuya lectura tanto la había perjudicado y que en ocasiones mostraban un entorno hostil, miserable y violento. Y ella no sabía hacer otra cosa que disfrutar de una vida regalada; tal había sido su educación. Además, huir significaría romper toda relación con su familia, no volver a ver a su madre ni a sus hermanos. Tampoco a aquel hombre al que había querido como un padre. La simple idea le provocaba escalofríos.

Desde la ventana de su habitación contemplaba los portalones de acceso al patio, vigilados durante el día, atrancados tan pronto como sonaban las campanas que llamaban al recogimiento y que indicaban el cierre de las puertas de acceso a la ciudad. En alguna ocasión tuvo que apoyarse en el alféizar de piedra ante el sudor frío que la asaltaba cuando atisbaba la idea de traspasarlos para enfrentarse a un mundo que la aterrorizaba.

Por todo ello Santa Chiara iba presentándose ante ella como la única solución a sus problemas: viviría entre sus iguales, entregada a Dios, pero atendida, sin perder el contacto con su familia, con su madre, con Arnau y, sobre todo, con sus adorados hermanos.

Con esa rendición ante unos hechos irrefutables, Marina llegó al jardín donde la esperaba Paolo, alto y espigado. El panadero pretendió recibirla con una sonrisa que, no obstante, borró de su rostro para fruncir los labios y rectificar de inmediato tratando de relajarlos, antes de desviar la vista de los ojos de ella, todo sin dejar de balancearse sobre los pies.

—Gracias por acompañarme —lo saludó Marina con la mirada de Sofia clavada en la espalda, instándolo a iniciar el paseo.

El joven saludó a la madre con una rápida inclinación de cabeza y siguió a la hija a través del sendero que se internaba en la exuberancia de las flores y los frutales que, a imagen del rey, Arnau había ordenado plantar en el jardín, pero sin llegar a ponerse a su altura, medio paso por detrás de aquella figura negra que contrastaba con el sol y la agradable temperatura de aquella primavera que llamaba al contento.

«El duque desea que vengas con mayor asiduidad —había trasladado Sofia a Paolo disimulando sus dudas—. Tienes que hacer sonreír a Marina, alegrarla, pero no le cuentes nada de lo que sucede fuera».

Y si Paolo aceptó esa reserva de buena gana, no sucedió lo mismo con el objetivo de alegrar a Marina, pues lo hizo con escepticismo: él siempre se había sometido a la dinámica que marcaba la joven. Ella decía. Ella proponía. Ella hablaba. Ella bromeaba o criticaba. Ella mandaba. Ella dirigía. Y Paolo contestaba y obedecía, y lo hacía con satisfacción. ¿Cómo podía convertirse ahora en el protagonista de sus encuentros? En cualquier caso, se trataba de Marina, y jamás la abandonaría a la soledad ni a la tristeza que había percibido que esparcía a su paso ese primer domingo. Esa era su misión: una sonrisa de Marina, un triunfo maravilloso; pero si no lo conseguía, se dijo, la acompañaría en el desconsuelo.

Y en ello estaba, en un acompañamiento contrito y silencioso, sin saber cómo acceder a aquella diosa abatida, cuando ella lo sorprendió tomando la palabra:

—¿Por qué no te has casado todavía?

Una pregunta absurda hilada al compás del pensamiento que la llevaba al interior del convento donde, igual que ahora, se veía paseando por el claustro..., pero rezando en silencio avemarías en honor de las siete alegrías de la santísima Virgen, padrenuestros en honor de las cinco llagas de Nuestro Señor, la *Salve, Regina* o cualquier otra de las muchas oraciones que debían rezar en sus momentos de asueto. Paolo, sin embargo, contaba la edad suficiente, algo más de veinte le constaba, y era apuesto... No era feo ni deforme, y gozaba de salud, y tenía una panadería y una licencia

real para mercadear con grano sin pagar impuestos. ¿Qué hacía perdiendo el tiempo con ella?
—Di, ¿por qué no te has casado? —insistió ante su silencio.
Paolo balbuceó lo que parecían excusas. «No tengo tiempo»... «Mi madre»... «La panadería»... «No»... «Todavía soy joven». «No encuentro ninguna mujer»...
—¿No encuentras ninguna mujer?
—No.
La excesiva parquedad en las contestaciones de Paolo, un proceder que contrariaba su comportamiento más abierto de los domingos que acudía con las tortas antes de que acaeciera la desgracia de Marina, fue cesando al mismo ritmo en que ella tomaba la iniciativa en las siguientes ocasiones en las que se vieron en los jardines del palacio, y sus paseos recuperaron los hábitos que los venían caracterizando a lo largo de los años. Santa Chiara estaba cada día más cerca. Mosén Lluís, le contó su madre, mediaba ante la abadesa. Los franciscanos eran la comunidad que atendía a las necesidades espirituales de las monjas, y gozaban de tal influencia que, de forma excepcional, en el complejo monástico se ubicaban dos conventos: el de las clarisas y el de los franciscanos. Compartían la iglesia, excluida de la clausura, aunque los demás espacios —el claustro, el refectorio, los servicios y, por supuesto, los dormitorios— se hallaban separados.
—Profesaré en Santa Chiara —afirmó Marina en otro de sus paseos.
—Me alegro por ti —apuntó Paolo, y lo decía de corazón, por mucho que eso le doliera—. Allí están las mejores damas
Pero Marina no lo escuchaba. La simple enunciación de tal idea removió su conciencia. Era la primera vez que lo pronunciaba de viva voz, la primera que lo comunicaba al mundo. «Profesaré en Santa Chiara», se repitió. Y no la asaltó la tristeza, ni la angustia ni la desesperación.
—Profesaré en Santa Chiara —reiteró en un susurro.
—Ya te he oído —se quejó Paolo sin esconder cierta molestia.
—Mi padre está negociando con el rey la dote que aportaré a la comunidad —explicó a su acompañante tal como también se lo

había contado su madre—. Es complicado porque Arnau desea que el título y parte de las tierras sean concedidos a mi hermano Filippo, y el rey, como siempre, quiere más dinero para él. Todos pelean por los bienes. Pero cuando una es monja y se ha entregado a Dios en cuerpo y alma no necesita de bienes materiales —se sorprendió recitando ante Paolo una de las cantinelas con que Cosima la machacaba—. ¿No te parece maravilloso?

—Si tú lo dices… —se le escapó al joven.

Marina se aproximó a él y lo interrogó con la mirada. El escepticismo que había percibido en el tono de su voz la inquietó. Lo cierto era que Paolo no estaba dispuesto a admitir virtud ni bondad alguna en el destino de la única amiga a la que quería con todo su ser, la mujer con la que soñaba desde hacía tiempo y a la que indefectiblemente perdería para siempre en cuanto traspasase las puertas de esa cárcel dorada.

Arnau hizo pública su siguiente carta de batalla, y fue en el lugar más concurrido de Nápoles: el Mercato, la plaza en la que los lunes y los viernes se amontonaban multitud de mercaderes para vender sus productos. En época de Alfonso, el antiguo *campo del moricino*, que entonces llegaba hasta el mar y era nombrado así por los muchos sarracenos que levantaron y establecieron sus tiendas y comercios cuando fueron llamados a defender Nápoles en las guerras lombardas, aparecía ya delimitado por los gobernantes angevinos, que, en pro de la salubridad pública, habían trasladado a los curtidores más allá de la zona y delimitado esta por las nuevas murallas francesas, la puerta del Mercato y edificios emblemáticos como la iglesia de Sant'Eligio y el matadero, y la basílica y el monasterio de Santa Maria del Carmine Maggiore nacidos al amparo de la devoción de la imagen de la *Madonna Bruna* que, milagrosamente, los frailes carmelitanos habían encontrado y escondido de los sarracenos en una cueva.

Allí, entre fuentes y centenares de tenderetes y cercados, la muchedumbre y los animales: perros, caballos, mulos, gallinas, pero sobre todo cerdos sueltos que se alimentaban de los desechos, cerca del palacio de Gaspar Destorrent en los dominios del *seggio* de Portanova, el trompeta del duque de Lagonegro pregonó una y otra vez la contestación de su señor, para terminar fijando el documento en la entrada del magnífico campanario del Carmine.

«Cobarde». Esa fue la palabra que más oyó entre el gentío. «Cobarde», y se reían y aplaudían al trompeta. «Cobarde», e insultaban a Gaspar. Cobarde por no aceptar el desafío y por mentir. Solo la mano de Dios, que sin duda guiaría la espada del victorioso, esclarecería la razón. Y mientras el vil mercader ennoblecido no aceptase las normas de la caballería y, con ellas, el duelo o la rendición, Arnau perseguiría su persona, sus allegados y sus bienes sin tregua ni descanso.

—¡Es mi hija! —gritó a Sofia cuando esta acudió, una vez más, a pedirle que cejara en su empresa, que Gaspar era mal enemigo, que contaba con mucho apoyo en la corte—. Es la hija de Giovanni —continuó en un tono más amable—, y defenderé su honor por encima de todo. ¡Lo juré ante Dios! Y el rey ha admitido el desafío.

Sofia era consciente de que su empeño era imposible después de que Gaspar hubiera removido los orígenes de la madre de Arnau, hija de una religiosa violada en el propio convento. «Hija del diablo», llegaron a sentenciar a Mercè las autoridades religiosas. Arnau había revivido esa mácula que el éxito en la guerra, los honores y los reconocimientos, el tiempo y la distancia parecían haber atenuado. Ahora se mostraba tremendamente irritado, había llegado a patear a uno de sus queridos perros sin otra razón que no fuera la disputa con su hermanastro.

—¿Y si no fue él? —se atrevió a inquirir Sofia—. Ya te expresé mis dudas al respecto cuando empezaste con tus sospechas.

—Eso lo decidirá Dios —quiso poner fin Arnau a la discusión—. Y bien sabes que aceptaré su juicio.

—Gaspar no es contrincante para ti —alegó ella.

—David tampoco lo era para Goliat, y Nuestro Señor guio su mano.

Arnau preparó con ahínco y una buena dosis de saña los recursos necesarios para asediar a Gaspar. Mandó recado a sus incondicionales, a los capitanes y soldados que había contratado en las largas campañas durante la conquista del reino, y les prometió pingües recompensas por atacar y destruir los intereses de Destorrent: sus tierras, sus depósitos, sus barcos, sus caravanas, siquiera un simple chamizo en el que algún viejo pastor guardase cuatro ovejas de su propiedad. Dio orden a su mayordomo para que contratara un buen número de guardias de lealtad probada y se aprovisionara de armas y munición suficiente para convertir su palacio en una fortaleza inexpugnable, en la convicción de que su hermanastro estaría haciendo lo propio. Pero las informaciones que le llegaban eran contradictorias: Gaspar no adoptaba medida de protección alguna.

La actitud de su oponente se aclaró en su siguiente carta de batalla, esta proclamada y fijada en las puertas del castillo Capuano, residencia de Ferrante y su familia, como si con ello Gaspar quisiera exhibir públicamente el apoyo del duque de Calabria a su causa.

Tras insistir en los orígenes diabólicos de Arnau, en el injusto daño originado a los catalanes, y negándole de nuevo la condición de caballero, Gaspar añadió una nueva causa de oposición al desafío: los hechos que se referían en la carta de batalla por la que Arnau lo retaba a un duelo a ultranza habían sucedido en Nápoles, donde sus habitantes, y más los nobles, gozaban de los muchos privilegios derivados de su ciudadanía. La resolución de los problemas y las rencillas entre nobles eran de estricta competencia de los *seggi* de la ciudad a través del tribunal de San Lorenzo. Allí, en Italia, de hecho, no regían las normas de caballería aragonesas. Los *seggi*, argumentaba la contestación, eran instituciones propias de aquel reino, no existían ni en Aragón ni en Cataluña, donde los caballeros se enfrentaban, herían y hasta se mataban en defensa de su honor. En la ciudad de Nápoles el honor no lo decidía la sangre, sino el recto juicio de sus iguales. Gaspar se sometía a las leyes y costumbres napolitanas y exhortaba a Arnau a hacer lo propio, aquello a lo que venía obligado por ciudadanía, advirtiéndole de que cualquier ataque a su persona, allegados o intereses sería ilegítimo, propio de un bandido, mientras no constase una resolución de dicho tribunal.

—Os aconsejo que evitéis cualquier ataque a Destorrent —le conminó Luigi Scarano, juez de la Vicaria, doctor en leyes, conocido de Arnau al que este recurrió en busca de opinión—. Efectivamente, desde antiguo los *seggi* de Nápoles tienen jurisdicción en los problemas que se plantean entre los nobles. El propio rey Alfonso confirmó ese privilegio en el año 1444. Lo concedió a los elegidos de San Lorenzo para evitar los odios, los rencores y los escándalos en el supuesto de que surgieran conflictos entre nobles o gentilhombres de la ciudad, siempre y cuando no hubiera habido sangre, en cuyo caso derivaban a la justicia real...

—Todavía puede haber sangre —lo interrumpió Arnau.

Scarano torció el gesto, sentado el uno enfrente del otro, con la escribanía del juez de por medio.

—Os aprecio, duque, pero ¿preferiríais enfrentaros a un rico mercader como Destorrent en un juicio ante el Consejo de Alfonso? —Negó con la cabeza, hastiado de repetir los mismos argumentos—. Ese mercader compraría a todos los miembros del tribunal; pagaría lo que fuera por venceros y humillaros. Y sabéis que sus sobornos serían bienvenidos por los consejeros y por el propio rey. Sois un noble con tierras y recursos, pero os arruinaríais. Os hablaré claro: vuestra reclamación tampoco se sustenta... —Arnau hizo ademán de protestar, pero el juez no se lo permitió. Lo acalló con un gesto de sus manos antes de mostrar las palmas como si con ello constatase una realidad—. Vuestras acusaciones contra Destorrent no provienen más que de una intuición, ni siquiera de una sospecha por indicios. No creo que pudierais demostrar que fue él quien asaltó vuestra casa y... forzó... Bueno, en vuestra contra, además, se alza que ya hubo un juicio contra dos canallas que reconocieron su intervención y fueron ejecutados.

—Lo confesaron bajo tortura.

—Sí, efectivamente, un procedimiento admitido en derecho, usual en la investigación de los crímenes. ¿Pondríais en duda hasta los fundamentos de nuestra justicia? Los jueces que los condenaron nunca reconocerán que se equivocaron al dar pábulo a las confesiones de esos dos herejes... bajo tortura, cierto, como siempre se ha hecho.

—Es falso —insistió Arnau, y Scarano volvió a mostrar las palmas de sus manos en gesto de inútil resignación—. El duelo entre caballeros existe precisamente para eso —le recordó—, para demostrar la verdad. Quien vence la ha demostrado. Es la verdad de la espada; la espada es el juez.

—Los duelos, los que no son clandestinos, están admitidos en Italia...

—Somos catalanes.

—Estáis en Italia, y esos duelos, quizá a diferencia de los procedimientos de vuestra tierra, aquí son verdaderos juicios, con demandas y contestaciones en los que el señor al que las partes se someten juzga antes de la batalla...

—Pero no los *seggi* —lo interrumpió una vez más un Arnau irritado al ver que su amigo parecía no apoyar su reclamación.

—Los miembros de los *seggi* son nobles, aptos para dirigir una contienda armada... ¿Qué diferencia habría entre ellos y ese señor al que deben someterse las partes? Ninguna —se respondió él mismo—. En todo caso, se trata de un problema jurídico complejo, y a eso se agarrará el mercader para no enfrentarse a vos. En Nápoles, los *seggi* tienen plenas competencias en el gobierno de la ciudad. No van a permitir que dos nobles enfrentados inicien una guerra abierta en sus plazas y calles... —Sin haber terminado, Scarano se mantuvo un instante en silencio, para romperlo sentenciando—: Y menos si son catalanes.

Los nobles napolitanos utilizarían la reyerta entre Arnau y Gaspar como una forma de afirmar su poder ante los conquistadores, sin duda reclamarían esas competencias y exigirían la jurisdicción para juzgar cualquier hecho que pudiera suceder en la capital del reino. Esas habían sido las últimas palabras de un juez que terminó excusándose con Arnau por no haber podido ayudarlo con mayor eficacia, y en ellas pensaba este mientras esperaba en Torre del Greco a ser recibido por el rey. Alfonso había consentido el duelo, mantendría su palabra.

Nápoles, al igual que el resto de Italia, Alemania, Francia y España, vivía todavía las reminiscencias de la gran peste que había originado la muerte de millones de personas hacía cien años. Desde mediados del siglo XIV, la pestilencia se reproducía de manera intermitente, si bien con menores efectos que los devastadores originados por el brote primigenio, a causa, probablemente, de la inmunidad adquirida por la población superviviente. En 1449 la pestilencia atacó Nápoles otra vez, y Alfonso abandonó Castelnuovo para refugiarse en Torre del Greco, una población costera en la falda del Vesubio distante seis millas de la capital. Allí poseía una sencilla residencia dotada de servicios a todas luces insuficientes para asumir las necesidades del rey. Disponía tan solo de un salón pequeño y un dormitorio todavía más reducido con una única ventana que, sin embargo, ofrecía al monarca el magnífico espectáculo de la bahía de Nápoles, una vista mágica que abarcaba cuanto se encontraba entre Miseno y Capri.

Alfonso se había retirado a Torre del Greco tremendamente desilusionado de las campañas bélicas, la simiente que hasta entonces había alimentado su vida, y acababa de padecer la muerte de su amado paje. La soledad y la nostalgia amenazaban con hacer presa en él cuando encontró consuelo en la compañía de una joven a la que había conocido hacía poco más de un año: Lucrezia d'Alagno, hija de una familia noble de fortuna modesta que habitaba en Torre Annunziata, un lugar cercano, también costero, ubicado entre la residencia real y la antigua y desaparecida Pompeya.

El conquistador del mayor reino de Italia, un soldado de cincuenta y tres años curtido en mil batallas, cayó rendido a los encantos de la bella Lucrezia, de casi veinte, quien lo hechizó hasta el punto de conseguir que, tras escuchar misa por las mañanas, el monarca limitase sus tareas de gobierno a dos horas al día y dedicara el resto a disfrutar de su compañía, charlando y paseando por los jardines de Torre Annunziata. Lucrezia se convirtió en su señora, consentida, admirada, idolatrada y regalada.

Y mientras el rey gozaba de aquel espíritu renacido, a las puertas de su palacio se amontonaban consejeros, cortesanos y suplicantes, Arnau uno más entre ellos, que desesperaban ante la imposibilidad de conseguir una audiencia real. Los embajadores de Barcelona escribían a los consejeros de la ciudad para excusar su retraso y la imposibilidad de acabar su misión diplomática ante un rey que no los recibía. Las condiciones eran incómodas e insufribles. Torre del Greco no estaba preparada para acoger a las decenas de personas que diariamente acudían a gestionar algún asunto. La corte no cabía, los funcionarios tampoco, no había comida para todos, ni platos ni cristalería, no había camas, y la gente iba y venía desde Nápoles en un constante peregrinaje que se estrellaba contra los infranqueables muros de los jardines de la residencia de Lucrezia d'Alagno, tras los que imperaba la calma y la felicidad.

Portando la pestilencia de un lugar a otro, durante más de una semana Arnau se sumó a la corriente de comitivas que recorrían la costa para perder el día en Torre del Greco. Necesitaba que el rey ratificase el desafío que había autorizado en los términos de las normas de la caballería catalana, no en los de los napolitanos. A su pesar, maldiciendo, con la ofensa de Gaspar acerca del origen diabólico de su madre aguijoneando su odio, mortificándolo sin descanso, había seguido el consejo del juez Luigi Scarano y revocó las órdenes de atacar las propiedades de Gaspar. Como siempre, Sofia se alzó como la voz de su conciencia: «¿Ahora! —gritó al enterarse de la situación—. Con Marina a las puertas de entrar en Santa Chiara..., ¿ahora el catalán va a negar la autoridad de los *seggi* napolitanos? ¿Acaso no conoces la íntima relación que existe entre esos nobles y los conventos y monasterios? ¡Tú formas parte del de Capuana, Arnau! Vuestra iglesia es la catedral. Los procuradores de los monasterios y los conventos son los nobles de los *seggi*. ¡Os entierran allí! Hay muchos religiosos que provienen de esas familias. Los *seggi* no existirían sin esas iglesias y conventos, forman parte de su idiosincrasia. Dios, ese al que te sometes en tu reto a Gaspar, es quien concede carta de naturaleza a la nobleza; ambas instituciones van íntimamente ligadas».

No le faltaba razón. Sus propios compañeros del *seggio* de Capuana ya le habían adelantado, sin ambages, que la nobleza de la ciudad no iba a renunciar a la jurisdicción inmemorial que mantenían sobre la resolución de los conflictos entre sus miembros en favor de las normas de caballería catalanas, por más que su majestad se empeñara; eso constituiría una pésima concesión que sin duda traería consecuencias, y ellos debían mantener sus privilegios.

Se trataba de la nobleza napolitana, no de la catalana, y, a diferencia de lo que sucedía en tierras españolas, allí, en Italia, Alfonso respaldaba los derechos de una aristocracia sobre la que se encumbraba a modo de un césar, algo que nunca reconocerían catalanes ni aragoneses, los cuales, tras la muerte de Martín el Humano sin descendencia legítima, habían elegido al padre de Alfonso, el castellano Fernando de Trastámara, a través de una trivial decisión formal de las Cortes tras una votación amañada en Caspe fruto de sobornos, maquinaciones e intrigas políticas, algo totalmente alejado de la gloria de una victoria en el campo de batalla.

Si, en Nápoles, Alfonso había conquistado el trono por las armas imponiéndose a cuantos hubieran osado oponérsele, en España, los nobles consideraban que eran ellos quienes habían entronizado a esa nueva dinastía castellana, y no les faltaba razón, una actitud que no soportaba el elegido por Dios para ocupar el *siti perillós* a la mesa de Arturo y hallar el santo grial. Alfonso no se enfrentaría a la nobleza que componía los *seggi*, respetaría sus competencias y, si así era y su desafío terminaba controlado por el tribunal de San Lorenzo, Gaspar gozaría de ventaja. El mercader sabía moverse en los entresijos de los intereses cortesanos; Arnau, por el contrario, era brusco y torpe en las relaciones, y hallaba su suerte en el dominio de la espada.

En esas disputas pensaba, paseando inquieto y enfadado junto a un noble siciliano que tampoco conseguía audiencia, ambos recorriendo arriba y abajo la playa frente a Torre del Greco, el mar devolviendo al sol napolitano el reflejo de la luz con que lo bañaba en un resplandor que llegaba a dañar la vista, cuando un paje que bien podría haber sido su hijo Martí se acercó a ellos vacilante, recelo que se acrecentó en el momento en el que los dos hombres se impusieron ante él.

El joven entregó una carta del senescal al siciliano y luego otra a Arnau. Los dos las leyeron al mismo tiempo tras romper el lacre. En la de Arnau, el rey ordenaba al duque de Lagonegro y conde de Navarcles, montero mayor y su familiar y consejero, que preparase lo necesario para una partida de caza en el Astroni, el inmenso cráter repoblado de animales de un volcán extinguido en los Campi Flegrei, cerca de Pozzuoli. Ahí tenía Arnau su respuesta: el soberano no iba a recibirlo. Lo comentó con su compañero, con el que había trabado cierta amistad en la espera, ambos, sin vocalizarlo en momento alguno, disconformes con el nuevo romance de su monarca.

—Tengo que preparar una partida de caza para el rey —manifestó Arnau con rabia en la voz—. ¿Y vos?

—A mí me manda a cazar... dinero —contestó el siciliano, y le ofreció su carta.

En ella, Alfonso le ordenaba que fuera a Nápoles y se pusiera al mando de la galera Santa María y San Miguel, con la que regresaría a su tierra, a Trapani, para encontrarse con Íñigo Dávalos, almirante de su flota, a la que se uniría para navegar en corso por la vía de mediodía. Se tenía noticia de que regresaba de Egipto un barco genovés cargado con mercadería florentina que debían capturar. Lo mismo harían con cualquier otro navío que avistaran y que transportara mercancías de genoveses, florentinos, provenzales, venecianos, sarracenos o cualesquiera otros enemigos del reino.

Tras devolver la carta al siciliano y con la suya algo arrugada en la mano, el muchacho todavía esperando, Arnau se volvió hacia ese mar que, si antes lo había hechizado, ahora se le mostraba siniestro. El rey lo apartaba... Quizá pudiera hablar con él en la cacería, pero de momento lo mandaba lejos de Torre del Greco mientras al otro lo enviaba en una de sus razias en busca de más dinero para el tesoro y, con toda seguridad, para aquella joven que acababa de nublarle el sentido.

—¡Mi caballo! —gritó con brusquedad a Claudio.

El criado quedó a su espalda y se separó un paso, cohibido ante el enojo que había percibido en Arnau al apretar el papel en su mano rígida, en sus facciones contraídas mientras lo leía y en la tirantez de su porte.

—Duque... —se atrevió entonces a llamar su atención.

—¿Qué!

Arnau se volvió para toparse con que el joven le tendía otra carta, que le arrancó sin la menor consideración. Rompió el sello y con el rostro crispado leyó el contenido. Alfonso accedía a su propuesta y, en el momento en el que Marina ingresase en Santa Chiara, el título de barón de Castelpetroso recaería en su hermano mayor, Filippo, al que le cedía el castillo y determinadas tierras adyacentes que casi coincidían con las que Arnau había propuesto al maestro racional. El resto de ellas, censos y demás beneficios se repartirían entre el convento y el propio Alfonso.

Arnau respiró hondo. Por lo menos Marina tenía garantizado el acceso a Santa Chiara, convento que recibiría una buena dote y cuya abadesa, por más independencia de la que gozase, ya que dependía directamente del Papa, no del arzobispo de Nápoles, no contravendría los deseos del rey.

Claudio esperaba con Peregrino de la mano. El siciliano observaba, y el paje permanecía encogido como si fuera el culpable de las malas noticias que había portado a los dos nobles.

—Yérguete, muchacho —le exigió Arnau, originando que diera un respingo—. Nunca te amilanes ante nadie, ni siquiera ante nosotros —lo arengó—. Sirves al más grande de los monarcas que existen sobre la faz de la tierra, por lo que debes cumplir sus recados con orgullo. Los deseos del rey de Nápoles siempre son atinados, disponga lo que disponga. —Guardó silencio un instante a fin de darle tiempo para reaccionar—. ¡Seguidores vencen! —clamó entonces el grito de guerra aragonés. El joven se mantenía tieso frente a él—. Venga… —Lo instó con las manos—. ¡Seguidores vencen!

—¡Seguidores vencen! —exclamó el muchacho.

—¡Más alto! ¡Que te oiga el rey! —le exigió Arnau.

¡Seguidores vencen! —aulló en esa ocasión el paje.

—¡Seguidores vencen! —se sumó el siciliano.

Fueron muchos los que desde las inmediaciones de Torre del Greco observaron la escena, y la consigna aragonesa se repitió en boca de bastantes de ellos uniéndose a los gritos de los tres desde la playa, bajo el sol, Arnau con al brazo alzado en dirección al palacio, seguro de que Alfonso sabía sin duda quién revivía sus victorias en aquel ambiente idílico y apacible.

—Algún día la gritarás en un campo de batalla —auguró Arnau al paje antes de encaramarse con agilidad sobre Peregrino, de despedirse del siciliano deseándole fortuna en su empresa y de volver grupas hacia Nápoles.

## 10

La voluntad del rey, plasmada en la pragmática que ordenaba el destino de los bienes de la baronesa de Castelpetroso, incentivó voluntades. Monarca pío donde los hubiere, Alfonso mantenía una estrecha relación con las instituciones religiosas de Nápoles y dotaba con generosidad a todas aquellas doncellas que querían profesar en los conventos. Arnau, moviéndose entre los refugios reales de caza en los alrededores de Pozzuoli y Nápoles, sabía que la entrada de Marina estaba próxima.

—Te entregarás a Dios —le comentó un día antes de partir para preparar el inicio de la temporada de caza por San Lucas—. El servicio a Nuestro Señor te llenará de paz y felicidad. Cuando eso suceda no volveremos a vernos, pero te prometo que acudiré a misa a la iglesia del convento sabiendo que tú estás ahí, en la clausura, y que escuchas las mismas palabras, respiras el mismo aire y vives el mismo momento que yo. Comulgaremos juntos, hija —terminó, para luego atraerla hacia sí por los antebrazos y besarla en la frente.

Marina lloró. Sofia también. Arnau carraspeó varias veces, y cuando Filippo y Lorenzo iban a dejarse llevar por la emotividad que flotaba en el ambiente, la voz del soldado los sacudió.

—¡Quedáis al mando del real! —los responsabilizó Arnau pese a que no tenía intención de estar fuera más que unas semanas—. Tú, Filippo, barón de Castelpetroso, deberás cuidar de las mujeres y ordenar lo que corresponda a esta casa y a nuestras tierras e intereses; dispones de la ayuda de servidores de confianza, Francisco

Sánchez te dará cuenta de todo. A ti —añadió dirigiéndose a Lorenzo, quien, a diferencia de su hermano mayor, que permanecía hierático como un militar, todavía miraba a su padre con la ternura en los ojos— te nombro su lugarteniente y castellano de esta fortaleza.

El inmenso gozo que apareció en el rostro del pequeño de nueve años llevó una sonrisa a los labios de Marina, que mantuvo una mano sobre su cabello enmarañado mientras Arnau se despedía de Sofia. Perdería aquella familia, pensó la joven. Las clarisas prometían cuatro votos; los tres usuales de todas las monjas: obediencia, pobreza y castidad, al que se añadía el específico de reclusión perpetua, suerte a la que se accedía tras un año de prueba. Sonaba con dureza para una muchacha que no hacía ese mismo plazo soñaba con un futuro inmensamente feliz, plagado de vivencias a cuál más atractiva. ¡Reclusión perpetua! La realidad había llevado a la joven a renunciar al matrimonio y los hijos, a las fiestas, a la lectura, a los paseos, al teatro, a la música y al placer. Atrás quedaban las ilusiones con las que fantaseaban entre amigas, cuchicheando, las cabezas juntas, la risa fácil: este, aquel, ese es más guapo, ¡hala!, el otro. El amor... La pasión. A medida que asumía la trascendencia de los cuatro votos que pronto prometería para entrar en el convento, iba arrinconando su naturaleza, adormeciendo su vitalidad como si envejeciera con una rapidez insólita.

De la mano de mosén Lluís y acompañada de su madre, Marina había visitado ya varias veces aquellas zonas del convento que no estaban sometidas a la clausura: la iglesia y algunas dependencias. No conocía a la abadesa, ni a la guardiana ni a las seis discretas que decidirían sobre su admisión en una comunidad compuesta por cerca de trescientas monjas que llenaban el convento. Había que esperar a que corriesen las listas, las postulantes accedieran a profesar ante la muerte de alguna monja que dejara libre una de las contadas celdas del convento, y era entonces cuando empezaba el baile de influencias y dineros. Había tres plazas libres, y Marina aportaba una buena dote. En cuanto a las influencias, no la había mejor que la del rey de Nápoles.

—Para llegar a convertirte en clarisa —le explicó mosén Lluís—, hay que ser una mujer mayor de doce años, de vida irreprochable, piadosa, y acudir movida por una devoción notoria, firme, una voluntad sincera de entrega a Dios que no esté viciada por reserva alguna.

Ella no era una mujer de vida irreprochable.

—Un error de juventud, hija —trató de animarla Sofia ante la sombra que percibió había empañado de súbito el ánimo de su hija—. Decídselo —rogó al fraile.

Mosén Lluís dudó.

—Siempre has sido una cristiana devota —afirmó al cabo—. El diablo te confundió, pero has confesado, la Iglesia te ha readmitido en su seno y cumples penitencia por ello.

«¡Más!», lo presionó Sofia con una actitud agresiva, los ojos encendidos y el ceño fruncido.

—Sin duda —cedió el religioso—, ese error al que hace referencia tu madre no empaña el que seas una cristiana de vida irreprochable.

Con todo, Sofia se ocupó de recordar a Marina cuando se encontraron a solas que no debía revelar su secreto.

—No hables de tu desliz con nadie, hija.

—¿Ni siquiera he de contárselo al confesor del convento cuando me examinen? —inquirió la joven.

—No. Ya has confesado tus faltas con mosén Lluís. Y se te han perdonado. Una vez has recibido la misericordia divina, los pecados no se arrastran en el tiempo, hija. Profesarás en Santa Chiara porque unos desalmados te robaron tu virginidad, no por otra cosa, no lo olvides.

—¿Y si fuera otra persona quien lo revelara? —insistió Marina.

«¿Quién? ¿Cuántos lo saben?», se preguntó la madre.

Emilia, la principal protagonista. La criada estaba asustada por lo que pudiera sucederle. Sí, mosén Lluís la consideraba una persona sin voluntad frente a su señora, pero eso ella no lo sabía. «Sodomía», esa fue la acusación que oyó esa noche. Sofia la mantenía vigilada en las cocinas del palacio y le había prometido dotarla el día que consiguiera esposo. Además, la chica quería a Marina, se responsabilizaba de lo sucedido como si efectivamente hubiera sido ella quien la hubiera llevado por la senda del mal, tal como le había recriminado el fraile. Emilia le profesaba un cariño que le impediría causarle mal alguno.

—La baronesa está sufriendo mucho por mi culpa —se atrevió a decirle titubeante a Sofia en una ocasión en que se cruzaron en el palacio—. ¿Creéis que podría verla, señora...?

—Bastante daño le has hecho ya —la interrumpió Sofia.

No, la criada estaba controlada.

Mosén Lluís. «Pero ¿para qué descubriría su amaño?», se preguntó Sofia. El fraile se tomaba cada día más libertades, como si preparase aquel en que la poseería. La rozaba, la tocaba, la examinaba con descaro y lujuria, hasta la había besado. Y Sofia lo manipulaba procurándole una satisfacción que nunca llegaba a colmar ese deseo que permanecía encendido, con mayor pasión a medida que el mosén acariciaba su victoria, un momento que ella no quería ni imaginar. Si Marina estaba dispuesta a aceptar la reclusión perpetua, ¿qué calamidad no debería aceptar su madre?

Solo quedaban los novicios. Pero también los descartó. «Jamás lo harán público —le había asegurado mosén Lluís—. Escuchar confesiones como la de la criada de vuestra hija y ayudar a los pecadores forma parte de nuestra labor evangelizadora. Se lo he prohibido y lo han jurado; nunca quebrantarían ese compromiso».

—Nadie dirá nada —tranquilizó Sofia a su hija.


Sin embargo, los vaticinios de Sofia no se cumplieron. Un buen día, Cosima se negó a continuar atendiéndola.

—Sodomía —susurró con miedo, como si el mero hecho de mencionarlo pudiera mancharla.

Sofia no intentó retenerla. Marina permanecía ausente, sentada en una silla con la vista perdida después de que su madre le revelara que en las calles se hablaba de ella y... de sus pecados.

Poco antes de la entrevista con la abadesa y el resto de las monjas que debían permitir su acceso a Santa Chiara, el rumor se extendió por toda la ciudad igual que había sucedido el día en que la violaron. Como siempre, las malas lenguas, las envidias y la crueldad gratuita agrandaron la falta, y la imaginación enfermiza de algunos terminó relacionando la imputación de sodomía con aquella descendencia diabólica de la que había sido públicamente acusado Arnau, un catalán pervertido.

—Cuando el río suena...
—Dicen que la muchacha lo hacía con su padre.
—No es su padre.
—No, claro. ¡Es el diablo!
—Y ella, una bruja.
—¡Lo más seguro es que ni la violaran! ¡Nos mintió!
—La debió de montar Satanás.
—¡Sacrilegio!

Y los comentarios en las calles se sucedían. También en las casas y en los palacios, en la corte y en las iglesias..., y hasta en los refugios de caza del rey Alfonso. Fue durante una cena de esas que Arnau disfrutaba compartiendo con monteros, perreros y demás personal y que se desarrolló en un inusitado silencio, hombres y mujeres cabizbajos y apocados alrededor del fuego y en torno a las mesas al aire libre. Faltaban las risas, los cantos, las bromas e incluso las peleas; las conversaciones eran casi furtivas.

—¿Qué sucede? —preguntó a la mujer que lo atendía y que dormía con él desde que había llegado al refugio, al ver que había trocado la alegría y el desparpajo por el temor y la distancia.

La interpelada, una joven italiana exuberante de cabello negro azabache y rasgos cincelados, desvió la mirada.

—¡Todos fuera! —acudió Claudio en ayuda de la muchacha, instándola a ella y a los demás a apartarse.

El criado, sorprendido igual que su señor ante el ambiente lúgubre con el que los habían recibido a su regreso de los montes, tuvo oportunidad de indagar las razones de aquella actitud. Arnau respiró hondo en el momento en el que en la zona solo quedaron él, sentado a la mesa, y Claudio y el montero jefe del refugio, en pie al otro lado.

—La guerra le curte a uno frente a las malas nuevas —advirtió, concediendo con ello permiso para hablar a los hombres.

Tras escuchar el relato de Claudio, los gritos de Arnau llegaron a avivar un fuego que pareció quejarse chisporroteando con mayor fuerza.

La muerte era capaz de ocasionar tanto dolor como sentimiento de orgullo por su acaecimiento: el honor, la valía, el arrojo que la había causado. El dolor se podía esconder tras la compasión, o diluirse en las lágrimas de un amor perdido, quizá mezclarse con los rescoldos de pasiones desenfrenadas. Pero Arnau no sabía cómo escapar de la angustia que lo asaltó ante la infamia o la vergüenza. ¿Cómo se luchaba contra eso?, se preguntó durante toda la noche. Permaneció en vela, sentado a la misma mesa, en una soledad solo quebrada cuando Claudio se acercaba para escanciarle vino o atizar las brasas de la chimenea.

El sol no hacía más que apuntar en aquellas antiguas tierras volcánicas de aire viciado sulfuroso cuando Arnau ya galopaba en dirección a Nápoles. Sin embargo, lo hacía pausadamente, atemorizado por llegar a un destino en el que debería enfrentarse a Marina. ¿Qué había de cierto en lo que Claudio le había contado que corría en boca del pueblo? ¿Podía ser aquella muchacha dulce y cariñosa la mujer perversa que criticaban?

El alcohol llegó a adormecer su consciencia y su irritación, y no había conseguido urdir un plan. A lo largo de su vida eran varias las personas que habían defraudado su confianza, y con todas procedió con dureza, llegando incluso a ejecutar sumariamente, por su propia mano, a algún desertor en el campo de batalla. Era consciente de que ante tales situaciones el rencor se instalaba en él, y hasta se recreaba en una actitud que desde ese momento pasaba a regir las relaciones con quien lo hubiera traicionado. Arnau Estanyol era estricto. No cabía el perdón para quienes lo ultrajaban. Pero Marina... Aun cuando lo que se dijera de ella fuera cierto, siquiera en parte, y su hija le hubiera mentido y engañado y se hubiera entregado al vicio, se creía incapaz de odiarla. Quizá si se tratara de un hijo varón se enfrentaría a él, discutiría, lo insultaría, le pegaría o hasta se batiría en duelo, pero a medida que se acercaba a la ciudad se amontonaban en su cabeza un sinfín de emociones encontradas que no lograba ordenar.

La presencia en el patio de palacio de un caballo y varios criados lo llevó a desmontar de Peregrino de un salto y ascender presuroso por la escalera que conducía a la planta noble. Allí encontró a Sofia y Marina atendiendo a las explicaciones de un hombre vestido de negro.

—¿Quién sois? —exigió tan pronto como entró con brusquedad en la sala, interrumpiendo el discurso.

—Ettore Cola, señor de Paduli, miembro del *seggio* de Nido, procurador del convento de Santa Chiara —se presentó el otro.

—¿Y qué hacéis en mi casa? —le recriminó Arnau alzando la voz, erguido, firme, descargando en aquel hombre la tensión acumulada.

Madre e hija habían bajado la vista, la segunda escondiendo unas lágrimas que corrían libres por sus mejillas desde que el enviado de Santa Chiara había empezado a hablar con anterioridad a la irrupción de Arnau, quien traspasó con la mirada a Sofia sin atreverse, sin embargo, a detenerla un solo instante en Marina. No quería hacerlo. No podía verla en aquella tesitura, siendo insultada y vejada por un hombre que intentaba excusarse:

—He venido a traer noticias del convento...

—¿Y desde cuándo las noticias se comunican a las mujeres? Si tenéis alguna nueva que afecte a mi familia, debéis hablar conmigo.

—He preguntado por vos...

—Y os habrán contestado que no estaba. ¿Qué hacíais pues aquí con ellas?

—Duque —se revolvió el enviado—, como os he dicho, soy el procurador del convento en el que vuestra pupila pretendía profesar. ¿A quién sino a ella debo informar de la decisión de la abadesa?

—¡A mí, por supuesto! Me ofendéis, caballero.

—Sabed entonces...

—Salid de aquí —ordenó a Sofia y Marina, volviendo a interrumpir al procurador. Continuó sin mirar a su hija—. Decid lo que hayáis venido a comunicar —instó al visitante una vez ambas abandonaron el salón.

—La abadesa ha desestimado el ingreso de vuestra pupila por no ser una persona de conducta intachable...

—No me interesan las opiniones de una monja, por más abadesa que sea —bramó Arnau.

—No es ella, sino el arzobispo de Nápoles, quien acusa a vuestra pupila.

Arnau frunció el ceño y hasta el lunar que tenía junto al ojo derecho pareció crisparse.

—¿Qué tiene que ver el arzobispo con todo esto?

—Su eminencia estaba espantado ante los rumores callejeros que afectaban a una joven postulante a profesar en Santa Chiara —afirmó el procurador—, y se vio obligado a investigar la verdad. Habría sido un escándalo.

El rostro abotargado del preboste acusándolo de haber asaltado el palacio de Gaspar en la encerrona que le habían preparado en el Consejo Real, y de la que solo se libró con el permiso de Alfonso para retar a su hermanastro, apareció como un fogonazo frente a Arnau. Aquellos curas, leguleyos y cortesanos lo perseguían, se lamentó.

—¿Y qué verdad es esa? ¿Que mi hija mantuvo relaciones diabólicas? —ironizó utilizando las informaciones de Claudio.

—No, duque. —Ettore Cola continuó hablando con gravedad—: Todo eso es fruto de la maledicencia de los humildes, bien lo sabéis, y lo lamento. Lo cierto es que vuestra... hija cometió sodomía de forma reiterada con una criada de este palacio...

—¡Imposible!

—Así lo ha jurado sobre la Biblia el franciscano que os atiende espiritualmente, mosén Lluís. Es vuestro confesor, ¿me equivoco? Dos novicios que lo acompañaban han ratificado su confesión.

—Todo es una argucia de los curas...

—No fueron los frailes —le corrigió el procurador—. Si ese minorita hubiera querido perjudicaros, habría denunciado a vuestra hija ante sus superiores en la orden, o incluso a la abadesa de Santa Chiara, pero siempre antes de que los rumores se hubieran esparcido por las calles. Mosén Lluís no descubrió nada. De haber sido así, si la hubiera denunciado, las habladurías habrían nacido de esa acusación. Sin embargo, ha sido al contrario: su eminencia el arzobispo llamó a su presencia al fraile a raíz, precisamente, de que el pecado de vuestra hija estuviera en boca de los ciudadanos de Nápoles, y solo ante un intenso interrogatorio el franciscano terminó reconociendo una verdad que de inicio refutaba.

—¿Por qué iba a negarla?

—Parece que el fraile os es extremadamente fiel. Diría, más bien, que os tiene miedo. Esa fue la excusa que arguyó ante su eminencia: que temía vuestra ira si contaba lo que sabía de vuestra hija y que, por lo tanto, se vio obligado a esconder el desdoro de la joven para conseguir su ingreso en Santa Chiara, a riesgo de faltar a sus obligaciones para con Dios y la orden de los franciscanos. El miedo es un estímulo suficiente para aturdir la más firme de las lealtades —sentenció el procurador—. Vos, como soldado, sabéis mucho acerca de él, ¿me equivoco?

Arnau no contestó.

—Bien —continuó Ettore Cola—, el fraile ya está penando su culpa, como los dos novicios, que han sido expulsados.

—Sigo sin dar crédito a la palabra de un fraile, más si se confiesa miedoso. Cualquiera puede haberlo amenazado.

—En este momento no es la palabra de un fraile, sino la del arzobispo de Nápoles, insisto.

El silencio se hizo entre ellos tras esa afirmación.

—Lo siento, duque —deploró el otro al cabo.

—¡Claudio! —Arnau llamó a su criado—. Acompaña al señor de Paduli —le ordenó, dando por terminada la conversación.

No habían acabado de bajar un par de los escalones que llevaban al patio cuando un grito resonó en el palacio:

—¡Sofia!

Marina tembló.

—No me dejéis sola, madre —le rogó.

—Nunca lo haré —le prometió Sofia—. Pero mejor que vaya yo... a que venga tu padre.

Marina observó cómo se acomodaba el vestido y se palmeaba la falda tratando de alisar unas arrugas que nunca desaparecerían. Su madre respiró hondo y soltó el aire en un suspiro antes de encaminarse al encuentro del duque de Lagonegro. En cuanto salió del salón, Marina, impulsada por una angustia incontrolable, corrió al pasadizo desde el que espiaba las conversaciones y que hacía tiempo no utilizaba.

—¡Es todo falso! ¡Calumnias! ¡Mentiras! —llegó a tiempo de oír que afirmaba su madre, plantada frente a Arnau, tan altiva como pudiera estarlo él.

¿Cómo osaba?, se estremeció Marina. Lo negaba todo. La misma postura que había adoptado ante el procurador del convento antes de que su padre se presentara de repente. Era una postura desesperada porque él podía descubrir fácilmente la verdad.

—¿Quién es la criada a la que se ha referido ese hombre! —bramó Arnau.

Marina sollozó.

—Ya no está aquí —quiso excusarse Sofia con otra falacia.

A través de una rendija, Marina se sobresaltó ante el golpe que Arnau dio sobre la larga mesa del comedor y que retumbó hasta en aquel pasadizo escondido.

—Si todo son mentiras... —empezó a decir, no obstante, en un tono de voz pretendidamente sosegado que enseguida levantó con brutalidad—, ¿por qué debería irse nadie de esta casa!

Sofia titubeó y volvió a golpearse la falda para intentar recomponerse. Marina los observó a los dos, el uno enfrente del otro, su madre cada vez más nerviosa y Arnau, colérico.

No esperó contestación.

—¡Claudio! —lo llamó, y este volvió a aparecer de la nada—. ¿Quién es la criada con la que mi hija ha pecado? ¿Quién es!

En esa ocasión fue el sirviente quien titubeó. Lo sabía. A excepción del duque, todo el personal de palacio conocía la identidad de la persona de la que tanto se hablaba en las calles de Nápoles. Se decía que la baronesa había mantenido relaciones con una mujer de la casa. Solo podía ser su criada personal, sospecha que se demostró puesto que esta había sido sorpresivamente extrañada a las cocinas.

—Señor duque, yo...

—¡Tráemela! —le exigió Arnau. En cuanto el criado salió, se

volvió hacia Sofia—. ¿Eres consciente de que el rey se sentirá engañado por quien considera un amigo? Alfonso nos ha concedido su gracia sobre la base de una mentira.

Marina apoyó la frente en la pared fría del pasadizo. Nunca habían sopesado las implicaciones de la corona. Sofia también reparó en ello en el mismo instante en el que lo hizo su hija y se dejó caer, descompuesta, sobre una silla. ¡El rey!

—Tú eras, Sofia —le reprochó Arnau—, la que me advertía siempre de los peligros de la corte. ¿Imaginas siquiera lo que ahora mismo estará contando a Alfonso el maldito arzobispo? ¿Lo que tramarán contra mí todos los amigos de los catalanes que se han sentido perjudicados por mi última empresa en el principado? ¡Gaspar! ¡Casi puedo oír sus carcajadas!

—Gaspar —logró articular Sofia—. Solo te interesan tus problemas.

En ese momento, cuando Arnau se disponía a replicar, Claudio apareció tirando de una Emilia reacia a ir con él. De un último empujón, sin mediar palabra, la plantó ante el duque. Marina contempló a través de la rendija a quien había sido su… compañera, tremendamente desmejorada, vestida con los harapos de una sirvienta de la cocina, sucia, el cabello apelmazado y despeinado, las manos enrojecidas y las piernas heridas e hinchadas.

Arnau la miró de arriba abajo sin dar crédito.

—¿Esta? —inquirió atónito, dirigiéndose primero a Claudio y después a Sofia, de los que no recibió contestación. Manoteó en el aire como si no lo entendiera. ¿Qué podía haber llevado a Marina a mantener el menor contacto con esa miserable?—. ¿Tú has tocado a mi hija? —le preguntó a bocajarro acercándose a ella con asco.

Mientras Arnau escupía esas palabras, Emilia dio un paso atrás. Claudio también. Sofia, sin embargo, consiguió levantarse de la silla ante el cariz que tomaban los acontecimientos. ¿Cuántas veces había temido esa explosión de ira?

—¡Has mancillado su cuerpo! —aulló Arnau al tiempo que agarraba a Emilia del brazo y la zarandeaba con violencia.

—No le hagas daño —le rogó Sofia.

Sin liberar a la joven, Arnau se volvió hacia ella.

—¿Acaso la defiendes? —exclamó con un desconcierto sincero—. ¿Imploras por esta furcia que ha arruinado la vida de nuestra hija! ¿Suplicas por esta...? —En lugar de calificarla, se desprendió de Emilia con tanta fuerza que la muchacha cayó al suelo de bruces.

El duque hizo caso omiso a la petición de Sofia y, con Emilia encogida a sus pies como si fuera un enemigo vencido, se propasó en los insultos. Sofia no intervino. Ciertamente, tal como estaba la situación, ¿qué motivo tenía para interceder por esa criada?, pensó. Sería absurdo pelearse con Arnau por defender a una sirvienta que había inducido a Marina al pecado, porque había sido ella, se convenció en ese momento; Marina jamás habría caído en tal procacidad de no ser por la diabólica influencia de esa zorra. Probablemente también fuese ella quien desvelara el secreto, jactándose con vanidad de sus aventuras con una noble a la que ni siquiera era digna de dirigir la palabra. ¿Cómo no lo había previsto? Se había equivocado. Confió en mosén Lluís... ¡No! ¡Tampoco! En el instante en el que Arnau parecía dispuesto a patear entre gritos a la joven, Sofia entendió que quien había pecado era ella: de soberbia, por considerarse una diosa inaccesible con poder para controlar los deseos del fraile y despreciar todo lo demás. Sí, se iba a entregar a él... o no, reconoció por primera vez, y mientras ella jugaba a ser Venus, imbuida de magnificencia, todo estalló por el lado más débil, como acostumbraba a suceder, comprendió cerrando los ojos y negando con la cabeza.

Desde el suelo, Emilia también negaba con la cabeza, aunque de manera imperceptible, por más que Arnau, ciego de ira, tampoco habría sido capaz de descubrir que aquel gesto no era una súplica de clemencia, sino que estaba dirigido a la persona que se ocultaba tras la rendija de la puerta disimulada entre los paneles, donde sabía que Marina los espiaba. Conocía el escondite. Lo usaban en sus correrías por el palacio. Había percibido su presencia, sus lágrimas, la mirada puesta en ella.

—¡Eres una criada mezquina y egoísta! —le gritaba Arnau—. ¿Así pagas la generosidad con que se te ha tratado!

Los gritos eran ensordecedores, el duque estaba colérico. La rendija aumentó. Emilia volvió a negar en silencio.

—No... —llegó a lamentar en el momento en el que la puerta se abrió por completo y se intuyó la figura de una mujer vestida de negro que no lograba destacar en la oscuridad que había a su espalda.

—¡Dejadla, padre! —exigió Marina.

Ahora la vieron todos, un paso dentro del salón. La luz que se rendía al negro de sus ropas desveló sin embargo a Arnau, que en esa ocasión no apartó la mirada de su hija, unos rasgos cadavéricos y una tez macilenta solo rota por los ojos enrojecidos.

—¿De dónde...? —se sorprendió él, pero su titubeo duró solo un instante—. ¿Que la deje? ¡Tú no eres quién para indicarme cómo debo tratar a mis criados!

Marina perdió el porte con el que había tratado de irrumpir en la estancia ante el asombro que le originó esa réplica totalmente inesperada: Arnau jamás se había dirigido a ella en esos términos ni en ese tono.

—Hija...

Sofia quiso acercarse a Marina, conocedora del peligro de las reacciones de un hombre ofuscado y enloquecido, pero no lo consiguió porque Arnau se lo impidió extendiendo un brazo con tal brusquedad que la mujer no se atrevió a sopesar si era una simple barrera o un manotazo violento. Nunca la había maltratado, tampoco a Marina, aunque ahora...

—¡Has destrozado a esta familia! —recriminaba el duque de Lagonegro a una joven que no fue capaz de reaccionar.

Ni Marina ni Arnau habían trazado una estrategia para el supuesto de que se produjera ese encontronazo. El padre descartó esa posibilidad en el refugio de caza y en el camino de regreso a Nápoles; no quería enfrentarse a aquella niña que acogió tras la muerte de su compañero de armas. Por su parte, la hija había llegado a temer tanto ese encuentro que toda precaución quedaba relegada al silencio, apartada para no originar mayor preocupación y angustia, pero todo se había venido abajo. Marina había actuado de forma inconsciente por defender a Emilia sin prever su propio conflicto; Arnau, iracundo, prescindía de afectos para ver en su hija a un contrincante más.

—¡Tú! —La señaló—. ¡Tú has sido la culpable! Has menoscabado el honor de esta familia, el de tu madre..., ¡el de tus hermanos! ¿Qué futuro les espera? ¡Has engañado al rey! —Tembló. Sus manos buscaban en el aire algo a lo que agarrarse—. ¡Al rey! —aulló—. Y a la Iglesia, y a las monjas... y a Nápoles entera.

Olvidó a la criada y se dirigió hacia Marina, que lo esperó resignada. Sofia corrió y se interpuso entre ellos cuando estaban a un paso.

—Es tu hija —le recordó.

Arnau pensó en ello unos instantes.

—Es la hija de Giovanni di Forti, barón de Castelpetroso —contestó al cabo con voz más baja pero también más acerada—, a quien juré que la cuidaría y educaría con mayor entrega que a los de mi propia sangre. Y le he fallado. ¡Tu padre estará juzgándome desde el cielo! —Alzó el tono de nuevo y volvió a señalar a Marina, tratando de sortear a su madre—. He incumplido mi palabra con un noble valiente que murió en mis brazos. Y lo único que distingue a un hombre de bien es su lealtad, su honor y su palabra..., y tú me lo has quitado todo. Tú y esa sirvienta.

Se dio la vuelta hacia Emilia, pero la criada había desaparecido. Claudio también. Arnau negó con la cabeza como si el universo entero se hubiera confabulado contra él.

—Arnau... —trató de tranquilizarlo Sofia.

—Padre... —habló por fin Marina, todavía escondida tras su madre. Arnau respiró hondo—. Perdonadme —alcanzó a pedir con la voz tomada.

—Tu verdadero padre nunca me perdonará, como tampoco lo hará la historia de la caballería, y jamás encontraré la serenidad de ánimo ni la tranquilidad de espíritu —sentenció Arnau—. Esa clemencia que pretendes de mí debe concedértela el arzobispo, la Iglesia, ¡y el rey! Ni la confesión que escuchó un fraile renegado e impío ni el castigo que sin duda te impuso son válidos. Tampoco su absolución. Deberás buscar la indulgencia y asumir la penitencia que te reconcilie con la Iglesia e ingresar en la institución que te indique el arzobispo. Asume el destino que para ti escojan la Iglesia y el rey, y que Dios te perdone, Marina —añadió antes de abandonar la estancia arrastrando los pies.

Marina abrió la puerta de su alcoba. Nadie se lo impidió. Cosima ya no trabajaba en la casa. Se asomó al pasillo: desierto. Dudó, se mordió el labio inferior y se decidió a salir. Vaciló de nuevo. ¿Qué tenía que hacer? La tristeza por todo lo que acababa de vivir no dejaba espacio para nada más. Se sentía vacía, repudiada, sola. El palacio parecía una tumba. El silencio la sobrecogía. Anduvo por las estancias como un espectro y se cruzó con criados y vigilantes que murmuraban saludos y escondían la mirada. La inquietud la llevó hasta las cocinas. «Ya no está», oyó que alguien decía rompiendo el mutismo en el que cayeron cocineros y criados ante su presencia. Paseó un rato por el jardín, los pensamientos revueltos, Emilia azuzándolos: las risas y las correrías nocturnas, los recuerdos de un placer que se había desvanecido como si nunca hubiera estremecido su cuerpo; la sospecha de la traición de Emilia. ¿Había sido ella la delatora? ¿Quién si no?, se preguntaba sin querer responderse... Pero la mirada que le dirigió en el salón, cuando estaba a los pies de Arnau, inerme, no era la de una falsaria. El frío del otoño exigía ya mayor abrigo, se dijo para alejar de sí aquella controversia. Regresó a su dormitorio y, de camino, acercó el oído a la puerta del de su madre. No oyó nada y no se atrevió a llamar con los nudillos. Sin embargo, la de su habitación, ya dentro, la dejó abierta de par en par.

Observó el patio una y otra vez desde la ventana a medida que recorría la estancia. No tenía obligación de rezar..., ¿o sí? No. No la tenía, como tampoco la de leer los libros devocionales, ni la de permanecer arrodillada, arrepintiéndose, frente al Cristo crucificado. Miró con repulsión su vestido negro y recuperó sus ropas antiguas del baúl, aunque no se atrevió a cambiarse y, tras unas sacudidas de nostalgia, volvió a guardarlas.

Ese día comió sola y en silencio sentada a la gran mesa de madera maciza, igual que hizo al día siguiente y al otro.

Arnau había desaparecido la misma mañana de la discusión.

Todavía reverberaban sus advertencias en el salón cuando se oían ya sus órdenes a Claudio y a los demás hombres, mezcladas con los ladridos de los perros y el repique de los cascos de Peregrino y las demás caballerías sobre las losas del patio.

Marina no sabía más de él, y su ausencia le dolía como una herida abierta.

Inmediatamente después, Filippo y Lorenzo fueron trasladados a vivir a Castelnuovo para ser educados igual que su hermanastro catalán. Se trató de una despedida sin palabras, sin abrazos; ni siquiera lágrimas. Labios prietos. Miradas avergonzadas. Quizá un atisbo de compasión que no llegó a encontrar el medio de exteriorizarse. Marina seguía envuelta en aquella sensación de vacío. Habría querido gritar, pero apenas lograba reunir fuerzas para hablar en susurros.

En cuanto a Sofia, desde entonces permanecía encerrada en su habitación y eran raras las ocasiones en que se dejaba ver por el palacio. Marina escuchaba cómo su criada la exhortaba, sin éxito, a comer, a vivir, y en la noche era ella la que se acercaba a su puerta tratando de percibir algún indicio de aquella vitalidad inagotable que la había caracterizado. Pero nada, nada, ningún ruido. Aun así, no se atrevía a hacer más, sintiéndose culpable de tan gran tristeza, por lo que regresaba a su alcoba a esperar llorando a que con la llegada del nuevo día la criada saludase a su señora en lugar de gritar de terror por encontrarla muerta de pena.

Sofia sufría por mantenerse apartada de su hija. Sabía que la necesitaba más que nunca, pero la desgracia la arrollaba como hiciera cuando se llevó a Giovanni. Todos los vínculos parecían rotos como entonces, y se sentía tremendamente culpable por no haber cuidado de ella, por no haberle prestado más atención, por haberse recreado en la vanidad mientras su hija… Negó. Lloró. Necesitaba tiempo.

Una de las pocas ocasiones en las que Marina coincidió con su madre, escondido el rostro tras un velo negro, el mismo color que el de las ropas de ambas y de la sotana del sacerdote, fue cuando el enviado arzobispal acudió al palacio de los Estanyol con instrucciones de su superior. Daban por buena la confesión ante el fraile.

—En aquel momento tenía potestad para ello —alegó el religioso con un fastidio que no trató de ocultar. En cuanto a la reconciliación con la Iglesia, fue claro—: Muchacha —se dirigió a Marina—, el arzobispo promete rezar por ti, pero tu destino, si en verdad deseas redimir tus pecados, no es Santa Chiara ni ningún otro convento en el que se exija una vida de probidad, sino el correspondiente a las mujeres impúdicas; allí podrás expiar tu culpa.

¿Deseaba esa redención?, se preguntó la joven. Había llegado a aceptar la reclusión de por vida y la asunción de unos votos destinados a hundirla en las tinieblas, ella, a la que no hacía mucho prometían poner Nápoles a sus pies, y ahora aquel mundo de renuncias forzadas también se desmoronaba para arrojarla a la compañía de prostitutas que tampoco tomaban los hábitos, sino que simplemente se asilaban en aquellos conventos creados para limpiar de indeseables las calles.

En poco tiempo se había convertido en una mujer infecta. ¿Qué gran pecado podía haber cometido para que Dios la castigase con aquella violación de la que el fraile la responsabilizaba? Su madre siempre había restado importancia a sus relaciones con la criada. No se trataba de sodomía, sostenía; solo era el error de una fantasiosa joven ingenua y necia. «Molicie», afirmaba una y otra vez. «Entonces ¿por qué mosén Lluís se empeña en culparme de ese pecado?», le preguntaba ella. «No lo sé, hija —evitaba contestarle Sofía—. Media Nápoles estaría recluida en conventos y monasterios si una simple relación torpe se alzara como una transgresión sodomítica —le aseguraba, en cambio—. ¡Hasta el propio...!». Su madre no se atrevió a pronunciar el nombre de Alfonso. Y Marina recordó que su acceso al *Hermaphroditus* fue a raíz, precisamente, de escuchar escondida en el pasadizo la conversación de sus padres acerca de la relación de Alfonso con su paje. La vida, el mundo, el universo entero parecía conspirar contra ella. Pero no podía evitar sentir que sus actos, fueran o no pecado, habían causado la desgracia a toda su familia, y eso la corroía.

Mosén Lluís y Cosima habían conseguido borrar la sonrisa de su rostro. Con el consentimiento de los suyos, sí, con el de su madre y el de su padre, la alejaron del mundo, le prohibieron el menor asomo de felicidad, y en su conversión hacia la reclusión perpetua terminó asumiendo la tristeza como forma de vida. Ahora, olvidada como la habían dejado, y libre del acoso de personajes tenebrosos, la juventud, por naturaleza vivaz, iba arañando costras y reclamando sensaciones. Y recordó a Emilia y sus caricias, y el placer... ¡Y no sintió culpa alguna!

No, decidió entonces delante del enviado arzobispal, no quería redimir un pecado que no había cometido.

—No soy una prostituta —replicó en un arranque de orgullo—. Soy la baronesa de Castelpetroso, y os exijo el respeto y la consideración que merezco.

Sofia, que en otras ocasiones habría terciado con vehemencia, en esta se mantuvo en silencio y ni siquiera se movió ante un desplante que sabía que acarrearía consecuencias, como así sucedió al cabo de un par de días de que el ofendido sacerdote abandonara el palacio. Marina lamentó el silencio de su madre, que siempre la había apoyado, y su rebeldía interior creció casi sin que se diera cuenta. Comprendió que no podía contar con ella como aliada y se dijo que, ahora sí, se enfrentaba en solitario a un mundo que la despreciaba.

Ese día, un heraldo notificó una pragmática: la baronía de Castelpetroso, sus honores, sus tierras y sus derechos revertían al patrimonio real ante la imposibilidad de que la hija del ínclito capitán del ejército aragonés Giovanni di Forti, a quien su majestad tenía presente a diario en sus oraciones, pudiera cumplir con las obligaciones del señorío y tuviera descendencia noble y legítima para continuar la estirpe que requería todo feudo del reino de Nápoles.

Tan pronto como el mensajero salió de palacio, Marina repudió el negro y recuperó los colores, los adornos y las telas suntuarias, y, para recibir a Paolo, exigió de una criada que le cepillase el cabello hasta que recobrara el brillo que percibía ausente. Porque de la misma manera que nadie la vigilaba ni controlaba, con Sofia hundida en una sima de dolor, tampoco nadie se preocupaba de impedir el acceso a aquel joven al que Arnau había abierto las puertas para que paseara con ella.

La situación podía haber cambiado, cierto, todos lo sabían, pero nadie iba a contradecir una orden que el duque no había revocado.

—No quiero entrar en un convento —confesó Marina en la primera ocasión en la que Paolo se presentó tras el escándalo.

El joven se había planteado qué había de cierto tras esa historia y la visión de Marina gozando con otra mujer lo turbaba profundamente. Aun así, al tenerla delante, herida y desconcertada, pero con un destello de desafío en la mirada, olvidó todas esas preguntas.

—¿Y qué vas a hacer? —inquirió él.

—No lo sé —respondió Marina con franqueza.

Y le pidió que acudiera con mayor frecuencia incluso de la acostumbrada hasta entonces, de manera que Paolo se convirtió en la única persona con la que hablaba y con quien se explayó en sus dudas, sus miedos y, sobre todo, en la injusticia que creía que se estaba cometiendo con ella. Someterse al destino no le había proporcionado ninguna solución; se había dejado llevar por la opinión de Arnau, por la de su madre y por la de ese maldito fraile que la acusaba de sodomía. Tendría que haberse rebelado, haberlo negado todo, haber gritado y haberse enfrentado al franciscano aunque eso hubiera significado tachar a Emilia de mentirosa. Su vida era más importante que la de una criada… ¿O no? Las dudas la volvían loca. Ella era baronesa, hija de un soldado valiente que entregó su vida por Aragón. Su madre era una noble napolitana y su padre…, Arnau, un noble catalán, capitán general del rey Alfonso. No obstante, habían tratado de ocultarlo, otro de los grandes errores de su vida. Y ahora se habían ensañado con ella hasta convertirla en una vulgar ramera a la que había que encerrar, y no estaba dispuesta.

El panadero no era un conversador culto, pero reaccionó rápido ante sus quejas.

—Eres una mujer —le dijo como si con ello quedara disculpada toda afrenta o desafuero.

—Y tengo que obedecer —apostilló Marina.

—Sí… —titubeó Paolo—. Es lo que hacen las mujeres.

Pasearon un rato en silencio. El jardín, exuberante hacía poco, era el único lugar del palacio en el que no se respiraba tristeza, y si las fragancias disminuían, los sonidos se mantenían incólumes: el canto de los pájaros, el correteo de algún animalillo que escapaba a su paso, el murmullo del agua en las fuentes...

—Pero yo soy noble —se revolvió Marina—. Un sacerdote no puede insultarme como si fuera una mujer pública.

Paolo no encontró respuesta ante el giro de una conversación que había venido a plantear un problema muy alejado de sus hábitos. ¿Qué sabía él de mujeres nobles y sus prerrogativas? Conocía bien a las mujeres del pueblo, a las que acudían a cocer el pan o a comprarlo a su panadería, y allí escuchaba sus muchas quejas, sus deseos y anhelos insatisfechos, y hasta sus llantos cuando aparecían con la cara amoratada. Y, a pesar de todo, se animaban entre ellas. Peores eran el hambre y la calle, se consolaban en muchas ocasiones, porque ¿qué otro recurso le quedaba a una mujer sin un hombre a su lado? Incluso Orsolina, comentaban como ejemplo, ¿qué habría sido de ella de no haber contado con el favor del rey? Y la panadera asentía, aún presentes los maltratos a los que se vio sometida en la época angevina.

—Ya no soy noble —le soltó Marina a modo de saludo en la siguiente visita.

Paolo se sorprendió ante la noticia. Ese día la joven lo había recibido vestida con un bonito traje de seda azul, su cabello reluciente bajo el sol del Mediterráneo, y al sentir esa presencia revivida, el panadero llegó a barajar un cambio en su fortuna.

—¿Qué...? —alcanzó a preguntar.

—Y además soy pobre. El rey me ha despojado de mis títulos y mis posesiones, las legítimamente heredadas de mi padre.

—¿Qué ha pasado?

—Que Alfonso me considera una puta inhábil para regir mis tierras y parir herederos de calidad suficiente.

—No lo eres... No —se corrigió de súbito ante el posible malentendido—, sí que puedes parir..., ¡claro que puedes! Quiero decir que no eres ninguna puta. Lo de los herederos...

¿Qué futuro se le abría a una mujer forzada y acusada públicamente de sodomía?, evitó añadir Paolo. Y además pobre, eso decía ella, pero ¿cómo podía ser pobre Marina?, rechazó la idea el joven.

Solo aquel vestido costaba lo que él no llegaba a ganar en un año. Ni siquiera sabría dónde adquirirlo, dónde se compraban esas telas en Nápoles, y ¿acaso no paseaban por los maravillosos jardines de uno de los palacios de mayor prestigio de la ciudad?

—Pero sigues siendo...

—No soy nada, Paolo —negó ella—. La hija de la amante de un catalán que ha renunciado a luchar, y la pupila de un hombre que jamás discutirá lo que ordene su rey. Y si su rey me menosprecia...

—El duque no permitiría que te sucediera nada malo —comentó Paolo expresando lo que no era más que un pensamiento—. Te quiere.

—El duque cree que mi lugar está en el convento, y con mis antecedentes solo hay dos instituciones que me acogerían: Santa Maria Maddalena o Santa Maria Egiziaca. Como debes de saber, las jóvenes entran en Santa Chiara para ser monjas, rezar y entregarse a Dios, y en esos otros conventos se entra para arrepentirse y penar la culpa de los propios pecados carnales. —Marina dejó que las palabras flotasen entre ellos. Necesitaba el apoyo de Paolo—. ¡Tú opinas lo mismo que los demás! —exclamó ante su silencio.

—No, no, no... —se defendió él—. No entiendo de todo esto. Solo soy... un panadero. Yo estaré siempre contigo, pero entre la gente con la que vivo no existen estos problemas. Si a una mujer la... la violan, la mancillan, está perdida, está muerta, Marina.

—Quizá la muerte debería ser mi destino —sentenció ella consiguiendo que, repentinamente, se instalara también en aquel entorno el silencio tétrico del palacio.

El día en que se celebraba la festividad de San Lucas, a mediados de octubre, Alfonso dio comienzo a la temporada de caza en el Astroni, el inmenso cráter inactivo en cuyo interior se ubicaba una gran llanura, dos lagos y varios manantiales, además de zonas boscosas. La conformación morfológica del lugar, que permitía que los campesinos de la zona se situaran en los bordes bien definidos de la boca del viejo volcán para evitar que los animales escaparan del acoso de los cazadores, había hecho del Astroni uno de los cotos de caza preferidos de los aragoneses, que constantemente lo repoblaban con corzos y ciervos, jabalíes y liebres.

Como era usual, la atención del cortejo real supuso un esfuerzo de intendencia que Arnau, controladas sus responsabilidades cinegéticas, observó con cierta nostalgia tratando de compararlo con las movilizaciones militares en la guerra. Tiendas de campaña, lujosas para el rey y la corte que lo acompañaba, cada una exhibiendo su pabellón; sencillas, cuando no inexistentes, para el resto del personal de servicio, criados, camareros, músicos y bufones, cocineros, perreros, halconeros, palafreneros y soldados... Un estrado en la ladera de una de las colinas para que las mujeres contemplaran la cacería. Mesas interminables destinadas a las largas comidas que Alfonso pretendía celebrar durante la partida. Cocinas. Caballos y cuadras. Perros y perreras. Instalaciones para los halcones, más de ochenta se llevaron para la ocasión. Incluso una pequeña capilla. Movimiento y alboroto sin descanso, bullicio allí donde se mirase.

Las jornadas de caza fueron magníficas, en especial las de los jabalíes. Arnau participó junto a Alfonso y Ferrante, padre e hijo expertos cazadores. Los campesinos levantaban a las presas; los galgos y los sabuesos, por delante de los jinetes, iniciaban una frenética persecución hasta que les daban caza, momento en el que entraban en juego los perros feridores, aquellos capaces de atacar a las bestias, fieros canes ingleses y bretones o corsos protegidos con collares y petos de hierro que, aun así, en ocasiones morían en el combate. Era entonces cuando llegaba el momento más peligroso, puesto que el cazador debía desmontar y, pie a tierra, enfrentarse a un animal herido y acosado, en ocasiones de gran envergadura, y matarlo con la lanza o con la espada. Los accidentes se sucedían, aunque, por fortuna, ninguno revistió mayor gravedad.

Por las noches se cenaba, se bebía y se comentaba la jornada entre música, bailes, risas y los alardes propios de los hombres vanidosos y satisfechos. El rey se encontraba de un humor excelente, mecido entre el recuerdo de su nuevo amor, Lucrezia d'Alagno, que lo esperaba en Torre del Greco, y la actividad que más lo apasionaba. Arnau, como montero mayor, se movía entre la fiesta y las perreras y las cuadras, ahora bebiendo y charlando allí, ahora resolviendo los problemas aquí para que al día siguiente todo se desarrollara correctamente. La tensión del día y la actividad constante lo tranquilizaban y lograban alejar de su mente la situación de Marina en Nápoles.

Percibía cierta molestia en Alfonso. Sabía que el arzobispo y algunos miembros del Consejo Real lo presionaban con sus insidias; así se lo habían advertido amigos de confianza. Deseaba hablar con el rey, suplicarle un perdón que seguro que le concedía, pues, al fin y al cabo, Marina no era más que una joven atolondrada, y proponerle la posibilidad de que, en contra de la opinión del arzobispado, profesase los votos en algún convento ubicado en sus tierras, en Lagonegro; él era el duque, y todo el que vivía allí dependía de su favor y generosidad. Había llegado incluso a barajar la posibilidad de que Marina ingresara en algún convento catalán bajo los auspicios de la reina María... y de su propia esposa, Elisenda. No se opondrían, estaba convencido, eran buenas mujeres. Además, la dote de su pupila sería espléndida si el monarca revocaba la requisa de sus tierras, de la que había tenido conocimiento. Pero no conseguía hablar con Alfonso, siempre asediado por cortesanos, embajadores y funcionarios que requerían su atención. En las cacerías, el rey acostumbraba a atender los asuntos de Estado a caballo, en un descanso, en un oteo, bajo un árbol o en un llano, y liquidarlos de manera expeditiva, eso si tenía tiempo de hablar y no espoleaba de pronto a su montura en persecución de una presa recién avistada.

No era lo que Arnau deseaba. Él pretendía mantener una conversación con su rey a la manera de las que habían sostenido en sus campañas bélicas y en las que imperaba la confianza, la naturalidad y hasta la intimidad.

Regresaba de comprobar el estado de un perro de Alfonso que había resultado herido, cuando, ya desde cierta distancia, Arnau apreció que la fiesta y la diversión no se daban cita en derredor de la mesa del soberano, rodeado por un buen número de hombres en pie, firmes, escuchando lo que allí se exponía, que en modo alguno parecía jocoso.

Decidió sumarse a la reunión.

—¿Y el perro? —se interesó el rey, dejando de lado lo que se estuviera tratando, por importante que fuera.

—Sanará, majestad, no os preocupéis —aseguró Arnau.

Alfonso asintió aunque sin mostrar contento.

Ese detalle le reveló la trascendencia del problema que el soberano trataba con los congregados a su alrededor, muchos de ellos miembros del Consejo Real, además de algunos otros nobles y principales que no formaban parte de él..., como Gaspar Destorrent. No lo había visto hasta esa misma noche. Su hermanastro tenía aversión a la caza tanto como a la guerra.

Gaspar siguió hablando en el mismo instante en el que el rey se lo autorizó con un leve movimiento de la cabeza.

—Las consecuencias para nuestro tráfico comercial y nuestras empresas van a ser devastadoras, majestad —aseveró—. Puede que os falte el dinero.

Arnau se apartó unos pasos y llamó la atención de un conocido, el cual lo siguió.

—Los venecianos han atacado Mesina, duque —le comunicó el hombre al oído—, y parece ser que han hundido doce galeras y varios barcos menores. Han incendiado el arsenal y una carraca real que estaba construyéndose...

—¿Qué me importa el comercio y vuestros malditos intereses cuando han destruido mi flota! —gritó en ese momento Alfonso, acallando a Destorrent y al grupo de comerciantes y banqueros que lo acompañaban y que terciaban en sus quejas—. ¡A los reyes no les falta el dinero, sino la gloria! —sentenció.

—Después, duque —continuó el amigo de Arnau bajando todavía más la voz para no quebrar el silencio originado por la explosión de ira del rey—, los venecianos se han presentado en el puerto de Siracusa, donde también han arrasado con los barcos que estaban allí protegidos, y han asaltado la ciudad.

—¿Y el almirante Íñigo Dávalos? —inquirió Arnau pese a conocer la respuesta.

—Estaba navegando de corso con algunos navíos —se lamentó el otro—. ¡Cazando dinero!

Arnau reprimió un resoplido al volver a acercarse a la mesa de Alfonso. Los venecianos, contaba en ese momento un capitán llegado de Sicilia, estaban promocionando movimientos sediciosos entre los barones de la isla y los del sur de Italia. El sur, como siempre. Ahí era donde se originaban los verdaderos problemas para el reino, admitió Arnau al tiempo que los presentes se alzaban en insultos y amenazas contra los venecianos. Pero Alfonso, empeñado en amoríos, pendiente del norte del país y confiado en sus embajadores y ardides políticos, no había sido capaz de preverlos. «¡Otro tremendo error de estrategia!», concluyó Arnau para sí mientras los demás continuaban lanzando imprecaciones que acariciaban los oídos del rey.

Tras la derrota en Piombino y la vergonzosa huida de los aragoneses en 1447, la situación en Italia se había complicado. Todavía no se había firmado la paz con los florentinos, y la muerte de Filippo Maria Visconti, en agosto del año siguiente, había terminado de revolucionar la situación política en el norte de Italia. Visconti había dejado Milán en herencia a Alfonso, aduciendo no solo la amistad que los había unido, sino también la necesidad de que su pueblo continuara bajo las órdenes de un rey en lugar de caer bajo una república dirigida por sastres, zapateros y toda clase de hombres y capitanes que ignoraban quién era su padre. Alfonso no estaba en disposición económica, militar y ni siquiera anímica para combatir por esos derechos hereditarios, algo a lo que, por otra parte, se oponían frontalmente Venecia, Florencia e incluso sus aliados genoveses o el propio Papa, que temían tal poder en manos de un rey belicoso. El aragonés renunció a Milán y, ese mismo año, firmaba un tratado para mantener con la *Aurea Repugleba* de nuevo cuño la misma influencia que había regido sus relaciones con Visconti.

Milán, sin embargo, terminó cayendo en manos de Francesco Sforza, apoyado este por venecianos y florentinos contrarios a una república. Los esfuerzos y las grandes cantidades de dinero invertidas por Alfonso en condotieros para sostener el gobierno de Milán fracasaron, Nápoles perdió toda influencia en el norte de Italia y, en prueba de todo ello, los venecianos acababan de atacar ahora una Sicilia desguarecida por completo.

El rey, notoriamente afectado por las noticias recibidas, se retiró a su tienda acompañado por el duque de Calabria entre los gritos de apoyo de sus barones.

—¡Viva el señor rey de Aragón!
—¡Viva el rey de Nápoles!
—¡Seguidores vencen!
—¡Seguidores vencen...!
—El tribunal de San Lorenzo sigue pendiente de vuestra decisión —recriminó Gaspar a Arnau cuando ya decaían los vítores al rey.

Algunos hombres pudieron escuchar la insolencia del mercader, que en manera alguna trató de disimular el desafío. Más aún, sintiéndose seguro al otro lado de la mesa real, porfió en él.

—Ahora que vuestra pupila resulta ser una mujer depravada —continuó con el cinismo en su voz y en sus rasgos—, los miembros elegidos de los *seggi* deberán tenerlo en consideración...

Arnau no llevaba espada, pero sí un cuchillo que portaba en las cacerías y que, por sorpresa, apareció en su mano justo antes de lanzarse por encima de la mesa contra Gaspar. Cayeron sillas, copas, platos, comida y vino.

—¡Hijo de la gran puta! —chilló el duque de Lagonegro.

Varios de los presentes se habían apartado, otros trataban de retenerlo, casi postrado encima de la mesa, la mano extendida con el puñal hacia un Gaspar que simplemente se había retirado unos pasos. El rey y su hijo Ferrante tuvieron oportunidad de oír el alboroto y volvieron la cabeza para ver qué sucedía. El arzobispo, que se había unido a ellos, chasqueó la lengua y negó con cansancio, animando a Alfonso a avanzar en dirección a su tienda, como si la violencia mostrada por Estanyol fuera algo rutinario.

Sus iguales convencieron a Arnau de que no continuara; sería una ofensa al rey, repitieron con la pretensión de que se calmara, lo que no consiguieron hasta que Gaspar desapareció en la noche junto con los suyos, algunos de los cuales se marcharon haciendo aspavientos mientras contaban mentalmente sus dineros, calculando ya sus pérdidas económicas.

Al día siguiente, de forma precipitada, el rey ordenó levantar el campamento y regresar a Nápoles. Su mal humor no impidió, sin embargo, que quisiera disfrutar de las aclamaciones y ovaciones de los ciudadanos ni que, como era costumbre, recorriera la ciudad exhibiendo la multitud de piezas abatidas durante la cacería en un desfile que encabezaban varias decenas de los temidos perros feridores con sus collares y petos de hierro. La gente retrocedía a su paso y apartaba a los niños, a los que, no obstante, soltaba para que, una vez que la jauría los había superado, corrieran y juguetearan entre los cerca de cincuenta jabalíes cobrados, los corzos, algunos lobos y los ciervos, las piezas mayores, a lomos de mulas. Entre ellos iban los soldados, los cazadores, la corte y el rey, que repartía los cerdos y demás animales entre los embajadores, sus allegados, las iglesias y los hospitales.

—Lleva uno al embajador de Florencia —ordenó Alfonso a uno de sus criados.

Arnau, como montero mayor, cabalgaba junto al monarca y Ferrante, el heredero, por delante del resto de los nobles.

—La hija de Giovanni di Forti tendrá que ingresar en el convento de las egipciacas —soltó de repente el monarca entre cerdo y cerdo.

Arnau se encogió.

—Majestad, había pensado mandarla a Lagonegro.

—La Iglesia exige que cumpla su penitencia allí donde corresponde.

—Majestad —insistió Arnau—, no es una meretriz. Es solo una joven necia.

—¿No me has oído?

—Yo

—¿No has oído al rey! —terció contundentemente el duque de Calabria.

Arnau quiso buscar el apoyo del padre, pero Alfonso de nuevo estaba entretenido repartiendo las presas, haciendo gala de una generosidad que en ese momento a Arnau se le antojó una tremenda muestra de hipocresía.

—Así será, señor —se plegó ante el heredero.

—Quizá, cuando haya expiado sus pecados, Marina pueda ir a un convento en nuestras tierras —especulaba Arnau ante una Sofia que no lo escuchaba, la cabeza gacha, cadavérica, derrotada.

Quien sí logró escuchar la conversación como si Arnau hablara con ella pese a estar en otra alcoba, la de su madre, fue Marina, tal era el silencio que imperaba en el palacio. ¡Las egipciacas! Temía ese momento. Lo había ido postergando a sabiendas de que un día u otro llegaría. Una vez en la habitación, se arañó el dorso de las manos con las uñas. Sangró. Recorrió la estancia mirando aquí y allá, nerviosa, sin saber por qué, qué buscaba, qué pretendía. Se estiró del cabello, procurando que el dolor impidiese hacer brotar las lágrimas. Un impulso la llevó a coger su joyero... y algo para llevarlo. Buscó y al final optó por unos pañuelos negros, en los que lo envolvió. Luego escapó mientras Arnau continuaba hablando con Sofia. Descendió la escalera a toda prisa hasta llegar al patio. «¿Y ahora?», vaciló. Se volvió hacia la ventana de la alcoba de su madre, que también se abría a la entrada: nadie miraba a su través. Cruzó la puerta sin ninguna oposición justo cuando un cortejo fúnebre recorría el callejón. «Un funeral... Nada más apropiado», se dijo con sorna. En cuanto se había enterado del regreso del rey de su cacería por la procesión, que pasó cerca del palacio de los Estanyol, y por los perreros que devolvían a los animales a sus jaulas, desechó los colores y volvió a vestir de negro ante el pronto y seguro retorno de su padre. Y allí estaba ahora, de luto en un cortejo fúnebre entre el que reconoció a muchos de sus componentes porque pertenecían al servicio de palacio.

—¿Quién ha muerto? —inquirió a la primera mujer que discurrió frente a ella y que se sorprendió ante la presencia de la joven noble.

—El viejo —contestó—. Baltassare —concretó ante el gesto de ignorancia de Marina.

Un buen féretro, de madera, con adornos. Velas para los acompañantes. Un cura y varios monaguillos a la cabeza del cortejo, el incensario por delante, volteando de la cadenilla y aromatizando el recorrido. Un grupo de plañideras llorando a gritos y vestidas de luto...

—Parece que lo ha conseguido —comentó casi para sí Marina al recordar el empeño del viejo portero, siempre preocupado por su entierro.

La joven se incorporó a la procesión con el fin de alejarse del palacio.

—Nadie lo entiende —intervino la mujer—. Todo esto vale mucho dinero y además... ¡dicen que hasta tiene una tumba! En San Pietro ad Aram, he oído.

—¿Dónde está eso?

—Extramuros, cerca del hospital y la iglesia de la Annunziata y del convento de las egipciacas.

Marina reprimió un escalofrío.

—Descansará en paz, entonces —comentó para despistar.

—No —se opuso la otra—. Un miserable que ha conseguido tanto dinero... seguro que ha hecho algo malo.

Marina se separó de aquella mujer que podría contar de ella. Lo haría, seguro, así que cuanto menos supiera, mejor. Se cubrió la cabeza con uno de los pañuelos en los que escondía su joyero y se tapó el rostro a guisa de velo para mezclarse entre la gente que acompañaba al muerto, al que probablemente ninguno conocería, pero al que tenían por rico, y los ricos acostumbraban a agradecer con generosidad los llantos, los pésames y las falsas muestras de dolor. La comitiva se dirigió al castillo Capuano para, superado este, encaminarse hacia el mar por detrás de las murallas de la ciudad, en gran parte arregladas por los aragoneses tras la conquista, en dirección a Santa Maria Egiziaca. Marina sí que se había preocupado por conocer la ubicación del convento de las monjas. No le importó. Baltassare le brindaba la oportunidad de alejarse del palacio y de un Arnau que pretendía recluirla como a una vulgar prostituta. ¿Adónde habría ido de no ser por ese cortejo fúnebre? No conocía Nápoles, siempre la acompañaban y la guiaban, y su aspecto... Se comparó con las mujeres que avanzaban a su alrededor: casi todas humildes, con ropas oscuras y viejas, llevando de la mano a niños descalzos y sucios. Nadie parecía fijarse en ella, o quizá evitaban hacerlo en señal de respeto, en la creencia de que una mujer vestida con telas de lujo fuera una allegada de aquel difunto rico. Se permitió una sonrisa. Familiar de aquel anciano portero que no hacía más que mendigar una moneda para su entierro, pero que después la malgastaba en vino. Recordó que solía toparse con él a menudo en los rincones más extraños e impensables del palacio... Surgía de la nada. Una y otra vez. ¡Surgía de la nada! Entonces le había parecido divertido, la perseguía para obtener su premio, pero... había muerto rico. ¿Y si, igual que espiaba a los demás, lo había hecho con ella? En el almacén de las alfombras. ¿Y si hubiera presenciado cómo allí ella y Emilia...? No fue un escalofrío, fue una sucesión violenta de espasmos que la llevó a doblarse y trastabillar al pensar en aquel viejo mirándolas. Unas manos la agarraron de los brazos, desde atrás.

—¿Os encontráis mal? —oyó que le preguntaba una mujer.

—No... Sí. Sí.

Se zafó de la ayuda. No estaba dispuesta a seguir el cortejo de quien la había traicionado, y lo dejó para encontrarse sola entre la gente que se santiguaba o se arrodillaba al paso del ataúd, ya cerca del castillo Capuano. Solo podía haber sido el viejo, el que lo conocía todo del palacio y de quienes lo habitaban. Había sido un presentimiento a modo de fogonazo irrebatible. Ahora lo veía con claridad. No había sido Emilia, tampoco el fraile ruin, ni su madre..., porque había llegado a sospechar de ella..., nunca de mala fe, por supuesto, pero sí que había barajado la posibilidad de que a Sofia se le hubiera escapado algún comentario, achispada, quizá desconsolada, ante alguna de sus amigas chismosas. Sin duda había sido el viejo portero angevino, pero ¿quién podía pagarle un entierro por esa información? Arnau tenía mil enemigos. Sofia era envidiada. Ella misma... Aunque no, se corrigió: después de la violación, no parecía necesaria tanta crueldad para con ella.

—¿Puedo ayudaros?

El cortejo fúnebre se alejaba, el gentío se dispersaba y muchas personas la miraban, un simple vistazo por parte de algunas, otras deteniéndose unos instantes a especular quién era y qué hacía allí una mujer de negro con el rostro cubierto y aferrada a un objeto envuelto… y, por encima de todo, sola.

—No —repuso Marina con autoridad, y volvió la cabeza para escapar de la vaharada pútrida con que la asaltó el hombre que se había interesado por ella.

Le dio la espalda procurando mantener la misma altivez con la que había respondido y se encaminó con decisión a… No sabía adónde. No llegó a superar las murallas y se internó en las callejuelas napolitanas, sin detenerse, con un paso firme que tanto mantenía atenta a la gente con la que se cruzaba como la apartada. De repente se dio cuenta de que por evitar Santa Maria Egiziaca se hallaba frente a Santa Maria Maddalena, el otro convento para mujeres penitentes. Huyó de allí y se desvió hacia el interior de Nápoles, alejándose del castillo Capuano. Miraba de reojo las casas bajas y sencillas, de dos plantas, muchas con negocios en sus bajos y escaleras exteriores que llevaban a las habitaciones superiores. ¿Adónde iba? Las callejuelas parecían estrecharse todavía más sobre ella. ¿Cuánto tiempo podría estar recorriendo la ciudad sin detenerse? Tenía unas incontrolables ganas de llorar. Paolo… Solo conocía a Paolo. El estruendo era ensordecedor. Los comerciantes pugnaban por anunciar sus mercaderías y las ofrecían a gritos, sobre todo los desvergonzados vendedores ambulantes de hortalizas y las escasas frutas de la época a los que Marina procuraba sortear.

No sabía dónde estaba la panadería de Paolo y su madre. De hecho, ni siquiera sabía dónde se encontraba ella salvo por la referencia de esa muralla que iba quedando a su espalda. Trataba de discurrir rápido por la calle en cuanto se hallaba ante un palacio, temerosa de que, incluso de negro, toda ella tapada, alguien la reconociera: una amiga, un noble, un criado… Pero tan pronto como superaba uno, se topaba con otro. Nápoles era una ciudad de iglesias, conventos, monasterios, hospitales, palacios, todos monumentales, todos con sus jardines y sus extensos huertos.

—Por favor… —intentó detener a una mujer que no le hizo caso.

No era la actitud.

—¡Tú! —gritó señalando a una muchacha andrajosa algunos

años menor que ella. La joven se detuvo—. Estoy buscando la panadería de... Orsolina —recordó a tiempo—. ¿Sabes dónde está?

—¿Para qué deseáis...?

—No te importa —se impuso de nuevo Marina—. Llévame hasta allí —le ordenó al entender que conocía el establecimiento. La muchacha dudó—. Te recompensaré.

Si la promesa de unas monedas agilizó las piernas de la joven napolitana, la posibilidad de encontrar a Paolo y refugiarse con él sosegó a Marina, que siguió a la otra por calles y huertos hasta llegar a las cercanías de la iglesia de Santa Maria di Portanova y la judería, donde la chica le señaló un amplio edificio de dos plantas. El obrador se ubicaba en el que se abría a pie de calle. Las habitaciones, como era usual, estaban arriba, en este caso bajo un techo abuhardillado para almacenar el grano, mientras que el horno, grande, se encontraba semienterrado en un sótano, la parte superior de su bóveda invadiendo un segmento de la planta baja como una burbuja que irradiaba calor.

Había varias mujeres que charlaban, probablemente mientras esperaban la cocción de alguna vianda. Marina, en su condición de doliente, fue examinada de reojo. No se descubrió.

—Esa es. —La joven que la había acompañado señaló a Orsolina.

Marina reconoció en aquella matrona grande y poderosa a la que vio hacía algún tiempo en las cocinas de palacio, el día en que le pidió que Paolo continuara acudiendo los domingos con la torta. Orsolina, mujer sagaz, captó al instante que la que acababa de entrar en su obrador no era otra que aquella por cuya desventura había oído llorar a su hijo. No necesitaba verla, pero tras todas las habladurías sobre ella, consideró oportuno esconderla de la inspección de las arpías que la escrutaban en el obrador, deseosas de conocer su identidad.

Reaccionó con rapidez.

—¿Qué hacéis aquí, señora? —simuló sorprenderse mientras se acercaba a Marina—. Entiendo que estéis alicaída. La repentina pérdida de vuestro esposo... ¡Paolo! —gritó hacia el semisótano antes de volver su atención hacia Marina—: Acompañadme arriba, donde podréis descansar y tomar un vaso de agua —la instó casi empujándola hacia la escalera—. ¡Paolo! —insistió hasta que este, sudoroso y enharinado, asomó la cabeza desde abajo.

—¿A qué tanta urg...?

Orsolina no estaba dispuesta a dejar hablar a su hijo.

—Sube ya —lo conminó—. Ha venido la señora.

—¿Qué...?

—¡Sube, te digo!

Angelo, el aprendiz que tenían en el obrador, quedó a su cuidado, mientras los demás, incluida la joven que había acompañado a Marina, que aprovechó el desconcierto general para colarse sin que nadie se fijara en ella, accedían a la planta superior. Allí acomodaron a la noble en un sillón amplio, cómodo y relativamente nuevo, como el resto del mobiliario que se hallaba en la estancia. Marina se dejó caer deslavazada, sin atisbo de elegancia.

Paolo, a quien nada nuevo le descubrió su amiga alzando el velo que pretendía ocultar su identidad, se arrodilló junto al reposabrazos de madera labrada del sillón. La panadera torció el gesto ante aquella actitud, aunque terminó acercándose al hogar para llenar un vaso de agua de la jarra de una alacena.

—¿Qué haces tú aquí? —inquirió entonces Orsolina a la joven que la había seguido.

—La he ayudado —contestó ella con orgullo, la voz impostada.

De familia muy humilde, desde niña pateaba las calles en busca de algo que llevarse a la boca, una lechuga o una zanahoria, peleando, esquivando apuros, huyendo siempre, y todas esas lecciones de vida la llevaban a intuir que cuando alguien de posibles buscaba refugio en una simple panadería, y la panadera se alarmaba ante esa presencia inesperada y la escondía de las clientas, y su hijo se postraba desconsolado a los pies de la doliente, podría obtener algo más que el par de *denari* con que pretenderían despedirla.

—La perseguían... —aseguró manoteando en el aire—, y me dijo que querían hacerle daño. Y la he ayudado.

—De acuerdo —la acalló Orsolina, y le indicó que se sentara

lejos de ellos cuando la chica hizo ademán de seguirla al otro lado de la estancia.

—Debo huir —afirmó Marina con decisión como colofón a las explicaciones que proporcionó a Paolo y Orsolina.
El silencio se hizo alrededor de la mesa a la que se habían sentado. Liboria, que así se llamaba su joven guía, descansaba en un chamizo adosado a la casa, el hambre saciada como pocas veces en su vida en pago por su ayuda. La chica intentaba dormir, pero la conversación que se desarrollaba en la planta superior la desvelaba. Orsolina, taimada, quiso verificar la versión que le habían proporcionado, pero Marina no había hecho más que divagar y encogerse de hombros ante sus preguntas. ¿De qué le hablaban? Sí, esa joven la había acompañado. ¿La perseguían? Sí, tal vez sí. Toda Nápoles parecía pendiente de ella, quizá andaban detrás de ella... Sus recuerdos eran muy confusos; estaba nerviosa y atemorizada. Temía que Arnau no consintiera que hubiera huido, que se sintiera humillado por haber puesto en duda públicamente su autoridad. La perseguiría, sin duda. «El rey ha dicho... —había oído que Arnau explicaba a su madre, para, acto seguido, corregirse—: El rey ha mandado...». ¡Un rey catalán que había asolado las tierras italianas!, pensó Marina. Un monarca por el que su verdadero padre, Giovanni di Forti, había muerto. Y ese rey, tan piadoso, benigno y generoso como aseguraban que era, la había deshonrado quitándole sus tierras y ordenando su ingreso en una cárcel para putas. ¡La palabra de ese rey no valía nada para ella! La de Arnau... tampoco.
Orsolina cerró antes la panadería.
—Una pariente de Sorrento que acaba de enviudar —trató de satisfacer la curiosidad de las clientas, renuentes a abandonar el obrador sin noticias al respecto.
—Vestía buenas telas... —señaló una de ellas.
Orsolina la fulminó con la mirada.
—Sí —contestó con brusquedad, a sabiendas de que sentirse ofendida pondría rápidamente fin al proceso inquisitorial—. ¿In-

sinúas que una panadera como yo no puede tener una pariente con posibles?

—No, no, no —alegó la clienta.

—En ningún caso —confirmó otra.

—Jamás pensaríamos eso —apostilló una tercera.

Las echó. Luego instruyó al aprendiz sobre la presencia de Liboria y subió a la primera planta para escuchar de boca de Marina la historia que su hijo solo le había contado a retazos.

—Prefiero la muerte —aseguraba Marina en ese momento.

La panadera vio cómo el rostro de Paolo se contraía en una mueca de desesperación que, poco a poco, fue mudando a otra muy distinta. En sus ojos brilló el reflejo de un amor que jamás se había atrevido a exteriorizar.

—Huiré contigo —propuso él en ese mismo instante.

Después de escuchar a una elegir la muerte y al otro proponer la fuga, Orsolina supo que acababa de perder a Paolo, pues su hijo nunca abandonaría a Marina.

—¿Adónde? —inquirió la joven—. Arnau dará con nosotros allá adonde vayamos.

Orsolina dejó de escuchar, angustiada…, molesta. Marina no se había opuesto. No había dicho que no a Paolo ni rechazado su ayuda advirtiéndole que no debía inmiscuirse en la vida de los poderosos, no le avisó de que si el duque se enteraba, y se enteraría, su ira caería sobre él. No. Lo que preocupaba a esa muchacha que iba a robarle a su hijo no era lo que pudiera sucederle a este, sino, precisamente, cómo escapar del padre.

El silencio la condujo de nuevo a la realidad. Los dos jóvenes la miraban, ambos conscientes de las cuitas que llenaban su cabeza.

—Madre… —Paolo extendió el brazo sobre la mesa para poner su mano en la de ella, la palma hacia arriba.

—Señora… —quiso intervenir Marina.

Orsolina le rogó con un gesto que no continuase y, con la mirada humedecida puesta en Paolo, cerró su mano y apretó con fuerza. Pese a su holgada situación económica, a la licencia real sobre el grano y a la panadería; pese al atractivo de Paolo, ¡el hombre más bello de Nápoles!, su madre no había conseguido despertar en él el menor interés por alguna de las muchas candidatas que habían discurrido por el obrador. Paolo las rechazaba evitando el menosprecio, pero lo hacía, fruncía la boca y le rogaba que no insistiese. Sin embargo, los domingos se le iluminaba el rostro al simple aroma de la torta que le abriría las puertas del maldito palacio de los Estanyol.

—Es una joven noble —le advertía Orsolina una y otra vez.

—Lo sé —contestaba él con idéntica tozudez.

—No está a tu alcance.

—Lo sé, madre.

—Entonces ¿qué pretendes?

—Nada, ya os lo he dicho. Solo quiero estar con ella... Gozar de su compañía.

En unas ocasiones Orsolina negaba: «No lo entiendo, hijo». En otras discutía: «¡Estás malgastando tu vida!». En otras trataba de convencerlo: «Piénsalo bien, por Dios». O negociaba: «No volveré a recriminarte nada más, pero no dejes de lado a las demás mujeres». Paolo, a pesar de todo, centraba su existencia en los encuentros con una joven inaccesible... Hasta que llegó la violación y la sorprendente petición del duque de que acudiera con mayor frecuencia, algo que Paolo celebró como la mayor de las gracias que pudieran hacerle. Y luego llegó lo de la sodomía y el pecado y las disputas públicas entre el duque y su hermanastro. Orsolina oía los debates en su tienda. En ocasiones, cuando no se trataba solo de comprar el pan, sino de cocerlo, las esperas se hacían largas y las lenguas se soltaban con virulencia. Y todo eso se había complicado ahora con Santa Chiara y las egipciacas, y el arzobispo y el rey... ¡El rey!

Orsolina traspasó a Marina con una mirada torva que dio a entender sin disimulo alguno lo que pensaba: acudía a su hijo cuando ya no era nada, sin título, sin tierras, ¡sin honor!, ultrajada, perdida la virginidad, sin valor alguno como mujer, sentenciada por la Iglesia, desobediente al rey, contumaz y perseguida por el duque de Lagonegro, Arnau Estanyol.

—Sí —asumió Marina—. Tenéis razón, Orsolina. Ya no soy nadie, no soy... nada.

—Te equivocas —la corrigió la mujer—. Eres una fugitiva.
—Cierto. Mañana mismo abandonaré esta casa. Permitidme que no lo haga ahora. No sabría...
—¡De ninguna manera! —saltó Paolo—. Te esconderemos. Madre, ¡decídselo!

Orsolina se opuso negando con la cabeza.

—Hijo, aquí os encontrarían más pronto que tarde. Por lo que he oído, eres de las pocas personas dispuestas a ayudar a la barone..., a esta mujer —se corrigió—. Los hombres del duque tardarán poco en acudir a esta casa. Lo cierto es que me extraña que todavía no hayan venido.

—Tenéis razón —concedió Marina de nuevo—. Sospecharán de vuestro hijo. Paolo, quizá deberías presentarte en palacio como si nada hubiera ocurrido, y entonces...

—Buena idea —aprobó él.

—Hijo —rebatió la madre—, no eres capaz de mentir así.

—¿Cómo...!

—Sí eres capaz —se corrigió a sí misma la mujer—. Para mi desgracia... y la tuya —añadió haciendo caso omiso de la presencia de Marina—, estoy convencida de que mañana, ¡ahora mismo!, si fuera menester, irías al palacio del duque para simular que no sabes nada... —Dejó transcurrir unos segundos en los que negó y resopló—. Pero no sabrías hacerlo.

—Madre...

Orsolina volvió a interrumpirlo.

—Te sobra valor —afirmó—, de eso estoy más que segura, pero careces de maldad..., del disimulo necesario para engañar a personas como el duque. Si ese hombre te hostigase, te desmoronarías. Lo siento, Paolo.

—Creo que tu madre vuelve a tener razón —intervino Marina—. Arnau puede ser muy duro y convincente, y no quisiera ponerte en dificultades...

Orsolina se levantó de forma súbita tirando la silla, que retumbó al golpear contra el suelo. Aquella joven esperaba huir con su hijo, arruinarle la vida, ¿y ahora decía que no quería ponerlo en dificultades? La mujer recorrió la estancia murmurando.

—Antes del amanecer debemos volver al trabajo —dijo en una de sus vueltas—. Es posible que mañana vengan los hombres del duque. Más que posible —afirmó sin dejar de andar. Marina y Paolo seguían atentos a sus pasos y a sus palabras—. Y en ese caso no deben encontrarte a ti. —Señaló a Marina. Luego a su hijo—. A ti sí.

—Pero me interrogarán. ¿No sería lo mismo?

—No. Estarás en tu casa. Trabajando. Pendiente de tus obligaciones. Y estaré yo.

—¿Y yo? —intervino Marina—. ¿Qué tienes pensado para mí?

Que Marina tuteara de golpe a la madre de Paolo de nuevo ponía de manifiesto la tensión que había terminado por estallar entre las dos mujeres. Orsolina no se achicó. Era su casa. Era su hijo.

—Tú —contestó utilizando el mismo tratamiento, que ya empleaba para con Marina desde hacía un buen rato— te irás con esa… ¿Cómo…? ¡Liboria! —recordó—. Te irás con ella a donde sea hasta que encontréis cómo escapar de esta ciudad.

—¡Madre!

—¿Con esa pordiosera! —La exclamación descolló sobre la queja de Paolo—. Me niego a ir a un convento para prostitutas… ¿Y pretendes que me esconda entre la miseria?

—Allí no te encontrarán, seguro, pero en cualquier caso no estás en situación de elegir.

—No te equivoques.

La joven se levantó de la mesa. No iba a aceptar tal menosprecio por parte de una panadera.

—¿Qué harás? —la retó Orsolina.

—Lo que desee —proclamó Paolo ante la duda que vio asomar en el rostro de Marina—. No, madre, no —se adelantó a su queja—. Si os negáis a ayudarnos…

Orsolina notó que se le agarrotaba la garganta. No pudo continuar. Ante su pugna con Marina, Paolo acababa de elegir a la mujer a la que rondaba sin rondarla y cortejaba sin cortejarla desde hacía años. ¿Ayudarlos? ¿A qué? ¿A apartarse de ella y abandonarla a la soledad? ¿Y cuánto duraría aquella aventura? ¿Qué tardaría esa joven caprichosa en deshacerse de Paolo? ¿Y si sus padres, la Iglesia y el rey la perdonaban? Desmanes más importantes habían sido condonados. Alfonso había conquistado Nápoles a base de perdonar a sus enemigos. El Papa había reconocido a Ferrante, un bastardo, como heredero del reino. Los nobles vivían en un mundo diferente. En ese caso, en el de que se reconciliasen todos ellos, ¿qué sucedería con Paolo, el panadero? Lo destrozarían.

—Tú eres mi vida, hijo —alcanzó a decir sin embargo, las razones enterradas, rendida a los sentimientos—. ¿Cómo no iba a ayudarte? Esto es tuyo, puedes coger cuanto desees...

—Tengo mis joyas —apuntó Marina.

Orsolina asintió cansinamente, sin ganas de discutir.

—Entonces ¿qué pretendéis hacer?

Marina y Paolo intercambiaron miradas de ignorancia.

Escapar. Lo discutieron alrededor de la mesa, ya anochecido, a la luz de una vela. En cuanto amaneciese. Fuera del reino: Florencia, Roma, Siena..., cualquier lugar al que Arnau no pudiera llegar con la facilidad con que lo haría en tierras de Alfonso.

Marina escuchaba los planes de Paolo con mayor reparo a medida que este asumía un mando que nadie le había otorgado. ¿Escapar? ¿Cómo? Paolo hablaba de Terracina, la frontera con los Estados Pontificios, a seis o siete, quizá ocho jornadas a pie, por la costa.

—¡Siete días caminando!

—También podríamos embarcar —propuso ante las reservas de Marina acerca de tan largo camino—. Compraremos el silencio y la colaboración de algún piloto con las joyas —aseguró señalando su cofre.

Estaba abierto en mitad de la mesa. Relucían en él un par de collares y varios anillos, el sello del barón de Castelpetroso resaltando en uno de ellos, así como un broche, pendientes y una pequeña diadema. Era todo lo que le habían regalado a lo largo de su vida.

A la joven se le encogió el estómago al pensar que esas alhajas con las que se había adornado, el tesoro que había contemplado una y otra vez, acabaran en manos de un marino pendenciero a cambio de transportarlos unas millas más allá.

—¿Y después? —preguntó con cierta ingenuidad.

—Cuando estuviéramos ya lejos de aquí, buscaría trabajo —prometió Paolo con un ánimo que cada vez se le hacía más difícil de compartir a ella—. Seguro que lograría colocarme en alguna panadería.

—¿No sería mejor intentar convencer a tu padre? —propuso Orsolina ante el gesto de aversión que la joven hizo ante la propuesta.

Por un instante, Marina sopesó esa posibilidad. Podía regresar a palacio y excusarse en una... locura pasajera. Había buscado la soledad, necesitaba pensar, rezar... Sí, eso era: ¡rezar! Y había estado arrodillada en una iglesia buscando el perdón de Dios. Nadie se lo discutiría.

—Pero me ingresarían en el convento... —se le escapó.

—¿Cómo, si te opones? —quería animarla Orsolina.

—Que no, que sería imposible convencer a Arnau. No lo conoces bien. Si el rey ha dado una orden, él la cumplirá sin discutir, de forma terminante, aunque le vaya la vida en ello, la suya o la de los demás, una obediencia tan ciega como la de Abraham a la hora de sacrificar a su hijo Isaac.

Ya no tenía ninguna duda. La voz se le fue apagando al mismo tiempo que asimilaba su situación, incómoda a la mesa de una panadería, en tinieblas, una simple vela peleando contra la noche, el corazón roto. En ese entorno incógnito para Marina, Paolo se le apareció como un extraño. No era el joven que paseaba con ella y la adulaba; era otro, un panadero, un hijo, un... desconocido. Y las lágrimas empezaron a correr por sus mejillas. No imaginaba cómo escapar de Arnau y del destino que le tenían previsto. Solo llegar hasta aquella calle, simplemente cruzar parte de Nápoles le había supuesto un tormento. No se veía con fuerzas para afrontar una aventura como la de abandonar la ciudad y lanzarse a la miseria, con Paolo trabajando como panadero, y ella..., ¿ella qué? No era nadie. No tenía tierras ni dinero. Sus joyas se las quedarían esos marineros, y si no ellos, otras personas, las que los alojasen, u otros, o se las robarían y volverían a violarla en algún camino, y apalearían o matarían a Paolo. La alternativa: el convento para prostitutas. Estalló en un llanto doloroso que trató de ocultar dejando caer la cabeza sobre la mesa y ocultándola entre los brazos.

Escondieron las joyas porque era lo único con lo que podían contar para salir adelante con sus planes. Orsolina se ocupó de ello y luego indicó a su hijo que la dejaran sola. Dentro de muy poco debían empezar a trabajar.

—Ya vienen.

Liboria lo anunció en tensión, aunque en voz baja, tras acceder corriendo a la panadería. Era muy temprano. Todavía no había clientas.

—¿Qué dices? —inquirió Orsolina.

—Que los soldados vienen en busca de la señora.

—¿Y tú cómo lo sabes…?

La pordiosera negó con la cabeza como si fuera evidente que lo sabía todo.

—¡Hay que escapar! ¡Hay que escapar! —levantó la voz la muchacha—. ¡Están muy cerca!

Y se lanzó escaleras arriba para encontrarse a Marina dormida sobre la mesa, en la misma posición en la que había caído pocas horas antes.

—¡Señora! —La zarandeó sin contemplaciones.

Marina se sobresaltó en el momento en el que Paolo accedía al piso superior.

—Los sodados —la avisó él—. ¡Vienen a por ti!

La joven tardó unos instantes en reaccionar. Se levantó más por las manos de Liboria, que la empujaban a hacerlo tirando de ella que por voluntad propia.

—Tenemos que huir —oyó que la apremiaba Paolo.

Estaba cansada, somnolienta y le dolían los brazos, la espalda…, todo el cuerpo. Aun así, las dudas de la noche anterior estallaron en su cabeza despertándola por completo. ¿Huir?

—¿Adónde? ¿Y…?

El retumbar de los golpes sobre la puerta de la panadería, que Orsolina había cerrado instintivamente, acalló quejas y exhortaciones.

—¡Vamos! —volvió a empujarla Liboria, la primera en reaccionar tras esos instantes de pánico.

—¡Abrid a los hombres del duque de Lagonegro! —gritaban desde la calle.

Era cierto... Marina se echó a temblar. ¿Estaría Arnau con esos soldados?

—¿Cómo vamos a escapar de aquí? —preguntó con voz chillona.

—Hay una escalera por detrás —indicó Paolo.

Los golpes sobre la puerta habían empezado a mudar de firmes y secos a tronchados; la madera no resistiría mucho más tiempo el embate de aquellos hombres.

Liboria y Paolo tiraban de Marina hacia la escalera posterior.

—¿Creéis que son necios y no estarán vigilando esa salida?

—Por la ventana —propuso Liboria solventando la parálisis en la que había caído Paolo—. Debajo está el techo del chamizo. Es fácil saltar —insistió la joven para vencer las dudas de Marina.

La puerta se rompió y los gritos de Orsolina se vieron acallados por el estruendo de los soldados al acceder al establecimiento. Liboria estaba ya sobre el tejado del cobertizo del huerto, desde el que había escuchado la conversación de la noche anterior, y ayudó a saltar hasta allí a Marina, a la que Paolo sostenía afirmado en la ventana. Marina no pensaba ya en la huida. Los gritos y la violencia que se sucedían en el obrador habían nublado cualquier consideración que no fuera la de escapar de quienes la perseguían con aquella saña. Pisó el tejado del chamizo, y Liboria, sin mediar advertencia alguna, la empujó hasta el suelo del huerto, de tierra suelta, si bien mitigó su caída agarrándola de los brazos. Marina se sorprendió por su propia ventura: acababa de saltar desde una ventana sin sufrir el menor daño. Sin embargo, no tuvo tiempo de recrearse en ello: Liboria y Paolo volvían a tirar de ella a través del huerto, que se mezclaba con los de las demás casas.

Mientras tanto, en la panadería, los hombres de Arnau se habían dividido tras echar un vistazo al obrador: un par fueron al semisótano, donde encontraron el horno y al aprendiz pegado a la pared, quieto como una estatua; el resto revisó el piso superior. Orsolina, que ignoraba la suerte que habían corrido los de arriba. «¡Aquí no hay nadie!», oyó que gritaban.

—¡Registradlo todo! —ordenó el que debía ser el jefe—. Comprobad si ha estado aquí.

A Orsolina se le encogió el estómago al escuchar el ruido de muebles que se arrastraban y jarras y escudillas que caían al suelo. No tardarían en abrir el arcón en el que guardaba sus pertenencias y entonces...

—¡Aquí hay un cofre con joyas! —resonó en la panadería.

Una vorágine de sensaciones contradictorias la asaltó. Quizá Marina escapase del convento, pero definitivamente había arrastrado a su hijo en su malaventura. Además, ese descubrimiento la condenaba también a ella, comprendió al instante; ya no podía negar su intervención en la fuga de Marina. La seducción del hallazgo de un tesoro atrajo a los hombres que permanecían en el obrador, quienes se acercaron al pie de la escalera.

—¿Joyas!

—¿Cuántas hay?

—¿Cómo son?

—¡Está el anillo con el sello del barón de Castelpetroso! —se oyó desde arriba.

—¡Son de la pupila del duque! —sentenciaron.

Orsolina no se paró a comprobar si los soldados de abajo subían o no a satisfacer su curiosidad. Aprovechó el desconcierto para colarse por la puerta abierta y perderse en las callejuelas de Nápoles.


Siguieron diferentes rumbos. Marina y Paolo, guiados por Liboria, se dirigieron al castillo Capuano para cruzar las murallas y salir de la ciudad, el camino que había evitado Marina cuando acompañaba al cortejo fúnebre de Baltassare.

—Hay muchos pantanos y chamizos en los que podremos ocultarnos —arguyó Liboria, que los dirigía con una autoridad insólita en una joven—. El burgo Sant'Antonio todavía está medio derruido tras la guerra de los catalanes; también es fácil perderse por allí. En la ciudad no tardarían en dar con nosotros, es imposible esconderse y la gente habla...

Nápoles estaba tomada por los nobles y por la Iglesia. Intramuros, la propiedad de la tierra se hallaba mayoritariamente en manos de las muchas instituciones religiosas, monasterios y conventos que abarrotaban la ciudad. La explosión demográfica originada por la paz en el interior del reino, la bonanza económica y la falta de epidemias tan devastadoras como la peste de hacía cien años auguraba la expulsión del pueblo llano más allá de aquellas murallas protectoras construidas por los angevinos. Sin embargo, hasta esa fecha, tras la tremenda mortandad del siglo anterior y con una población de cincuenta mil habitantes, los humildes, el gran porcentaje de ellos, todavía podían vivir en el interior de los muros, si bien hacinados en inmuebles arrendados por la Iglesia, que no tenía intención alguna de renunciar a los grandes claustros, huertos y jardines que rodeaban sus complejos y que ocupaban gran parte de la superficie de la capital.

Desde la iglesia de Santa Maria di Portanova, cerca de donde se encontraba la panadería de Orsolina, Marina y sus dos acompañantes anduvieron atentos a cuantos los rodeaban y a cualquier altercado o movimiento brusco, fuera de lugar, cada vez más difícil de controlar debido al griterío y las idas y venidas de compradores, vendedores, pregoneros, heraldos y todo tipo de gentes. Cruzaban la Nápoles artesana y comercial establecida en las calles alrededor de la plaza de la Sellaria, donde se manufacturaban las mejores sillas de montar del reino, amén de otros productos de guarnicionería. En esa parte de la ciudad se encontraban las vías de los florentinos y de los genoveses, la calle de los maestros en jubones, la de los armeros, otras en las que se elaboraban ropas y se vendían telas, así como las de otros oficios más, hasta que llegaron a la vía de los banqueros y los plateros. Allí Marina se detuvo de súbito al darse cuenta de que no llevaba el joyero con ella.

—Ya lo recuperaremos. Lo ha guardado mi madre —quiso tranquilizarla Paolo.

—Y hasta entonces, ¿de qué comeremos?

Liboria golpeó un zurrón que llevaba colgado y del que enseñó parte de una buena hogaza.

—¿Has robado ese pan? —se molestó Paolo.

—Me lo ha dado Orsolina —mintió la otra con descaro.

Alcanzaron la puerta Capuana. Cerca se alzaba el palacio de Arnau. Marina pensó en su madre y dudó. Pese a tenerlo vacío, se le revolvió el estómago y la boca le salivó anunciando un vómito que no deseaba. Podía volver. Solo tenía que dar media vuelta. Probablemente no la creyeran si se excusaba en la oración, pero tampoco importaba porque no podía haber mayor castigo que la reclusión. Sin embargo, para qué regresar. Quizá su madre fuera más feliz sin ella al lado. ¡Cuánto daño le había hecho! Antes de que la violaran, antes de que la acusaran de sodomía, Sofia era la mujer más hermosa, elegante, deseada y jovial de Nápoles. Por su causa se había convertido en un espectro, en una mujer torturada. ¿Y qué decir de sus hermanos? Habían sido extrañados del palacio y, sin duda, serían objeto de burlas y humillaciones por parte de sus compañeros. Hasta Arnau estaría sufriendo por su culpa. Siempre la había querido… a su manera, la única que conocía, áspera y ruda, pero noble en todo momento, sin engaños ni dobleces. Lo cierto era que solo había ocasionado la desgracia a su familia, y a sí misma.

—¡Vamos! —animó a los otros dos.

«Quizá si desaparezco…», terminó pensando al internarse entre aquellos huertos y campos de cultivo que se alternaban con zonas pantanosas e inundadas debido al caudal de agua que llegaba hasta allí procedente de uno de los brazos del río Sebeto y que se unía al de las aguas subterráneas, al acueducto de Bolla, además de las que se recogían de la ladera del Vesubio a través de la fuente del Formiello. Liboria parecía conocer bien esa zona infecta porque los dirigió hacia una construcción semiderruida pero suficiente para acogerlos y protegerlos de la tremenda humedad y del frío casi invernal que azotaba Nápoles.

Quizá si desaparecía, terminó de decirse Marina mientras se sentaba sobre un sillar de piedra que algún día debió formar parte de aquella casa en ruinas y encogía las rodillas para alzar los pies embarrados y mojados y alejarlos de aquel suelo húmedo, sus seres queridos serían más felices. Tendría que transcurrir algún tiempo, reconoció para sí, pero superado ese duelo, seguro que su madre retomaría su vida social, sus hermanos se establecerían en la corte y su padre se entregaría a sus guerras y cacerías. Si continuaba en Nápoles, aun recluida en un convento, todos ellos compartirían su penitencia porque no la olvidarían, porque seguiría presente en sus vidas.

Sin pensarlo, tomó un pellizco de la hogaza que le ofrecía Liboria, sentada a su lado sobre otra piedra. Paolo permanecía de pie, en el exterior de aquel agujero techado en el que se habían refugiado, vigilante, examinando el entorno.

—¿Por qué nos ayudas? —preguntó Marina a la joven.

—Nunca había comido un pan tan blanco como este. —Liboria alzó un pedazo que de inmediato se introdujo en la boca, compulsivamente—. Por eso os ayudo —añadió sin dejar de masticar con ansia, la voz torpe—. Estar con vos me traerá suerte.

Marina no pudo menos que torcer el gesto ante tal afirmación.

Mientras su hijo esperaba a que oscureciera, momento en el que tenía previsto regresar a la panadería, Orsolina se mantenía firme frente a Gaetano Gaetani, sentado al otro lado de una mesa abarrotada de libranzas, letras de cambio, documentos mercantiles y libros de cuentas. El hombre, entrado en años y en carnes, era uno de los factores de negocios de Gaspar Destorrent, quien la había abordado para llegar a un acuerdo el día en el que el rey Alfonso le restituyó la panadería y la licencia para comerciar grano libre de impuestos, después de que Paolo guiara a las tropas aragonesas por el laberinto de acueductos subterráneos.

—Necesito todo, Gaetano, todo —le pedía Orsolina.

El apoderado asentía a los ruegos de la panadera con una bondad de la que no hacía gala con la mayoría de los clientes del establecimiento sin perjuicio de que, con las manos abiertas, las palmas extendidas hacia ella, intentara, sin éxito, tranquilizar a una mujer alterada por los nervios y la angustia.

—Han encontrado las joyas de la pupila del duque de Lagonegro en mi casa —le repitió por enésima vez—. Y ella no estaba allí, ni mi Paolo, y el duque ya sabrá que la hemos ayudado a huir...

Y era en ese momento, ante el temor a la ira de Arnau, cuando Orsolina volvía a callarse y a resoplar sin atreverse a continuar verbalizando una historia que siempre terminaba muy mal para ella y su hijo. Entonces Gaetano le pedía calma con ademanes más enérgicos. Desde la entrada triunfal de Alfonso, hacía siete años ya, habían mantenido una relación que mezclaba los negocios con una amistad sincera que condujo a esporádicos encuentros amorosos entre una viuda de buen ver, vital, necesitada de cariño y un Gaetano en el que encontró la discreción propia de un comerciante casado y con hijos. La displicencia con la que Orsolina trataba a los hombres que la cortejaban en su barrio, y eran muchos los que la pretendían, se desvanecía en cuanto Gaetano le mostraba esa sonrisa pícara tan impropia en un semblante serio, adusto, proclive a la negativa, acostumbrado a la discusión.

Entonces se encerraban en el escritorio del factor, en los bajos del palacio de Gaspar, donde se almacenaban las mercaderías más preciadas, y se entregaban al goce. Gaetano, de barriga prominente y brazos cortos, sorprendía sin embargo por una avidez y una lascivia que colmaban con suficiencia las necesidades de una mujer más grande, enérgica y apasionada que él.

El factor se ocupaba de dar cuenta a la panadera de la marcha de la venta de trigo en la que se había asociado con Gaspar. No se trataba de ningún negocio de envergadura, pero sí de una empresa que, tras los gastos en los que Orsolina siquiera reparaba por desconocimiento, le rentaba unos buenos ducados que ella reinvertía en aquellos otros que le aconsejaba el comerciante. La panadería les proporcionaba las rentas suficientes para vivir con desahogo. Ni ella ni su hijo eran dados a los gastos suntuarios, por lo que Orsolina ahorraba cuanto obtenía. «El día en que te cases y formes una familia, dispondrás de todos esos dineros», prometía a Paolo, que parecía no tener el menor interés en disfrutar de tales capitales.

Y así, a base de negocios y placer, Gaetano y Orsolina habían forjado una íntima relación de amistad.

—¿Y ahora dónde están tu hijo y la baronesa? —inquirió

Gaetano, haciendo un gesto al darse cuenta del uso inadecuado del título que había utilizado.

—No lo sé. Han escapado antes que yo. Estarán… ¡No lo sé! Igual los han detenido ya. No sé cómo nos reencontraremos. La panadería debe de estar en manos de los hombres del duque de Lagonegro. Las joyas nos delatan. No puedo volver allí. Me detendrían tan pronto como pusiera un pie en mi casa.

—¿Y qué piensas hacer?

Orsolina negó con la cabeza.

—¿Escapar también? —apuntó buscando el apoyo de Gaetano—. No tengo edad para eso, pero Paolo, tras enfrentarse al duque, sí que debe huir, con esa joven o sin ella. Siempre había contado con que ese dinero sería para él y podría iniciar una vida en otro lugar. Sería suficiente…, ¿no? Contesta, ¿sería suficiente? —preguntó preocupada.

—Sí, sí, de sobras. Pero ¿y tú?

—Yo no he hecho nada malo, Gaetano. Pueden decir… ¡Da igual! La panadería me la concedió el rey, y mientras él no me la quite, continuaré trabajando en ella. Paolo está cegado por esa chica. Lo tiene hechizado.

—¿Quizá enamorado? —trató de excusarlo el comerciante.

—Un panadero no se puede enamorar de una mujer principal. Aunque ahora… —Orsolina forzó un risa irónica—. Ahora resulta que ella es menos que mi Paolo.

—De acuerdo —asintió Gaetano—. Tendré que hablar con el conde de Accumoli. Es él quien tiene que liquidar tus contratos. Todo se arreglará. Puedes quedarte aquí, Orsolina —ofreció para tranquilizarla ante la expresión de desconsuelo que surcó su rostro—. En la cocina te darán de comer y en la zona de los criados hay camas suficientes. Lo arreglaré todo.

—Gaetano… —pidió ella—, ¿puedes mandar a alguien para que se entere de cómo está la panadería? ¿De qué ha sucedido?

Anochecía cuando Paolo preguntó por enésima vez a Marina si le parecía bien que fuera a interesarse por la situación de su madre después del asalto a su casa. Le preocupaba dejar a la joven allí, en un chamizo fuera de la ciudad, en campo abierto y sin seguridad alguna, tiritando como ya había empezado a hacer encima de aquella piedra. Necesitaba, una vez más, escuchar de su voz que sí, que partiera, porque ella ya había rechazado la posibilidad de volver a entrar en Nápoles.

—Traeré ropa de abrigo —se comprometió para consolar a una Marina cada vez más decaída.

A lo largo del día se habían planteado su situación. La realidad los devoraba. Los anhelos de Marina por escapar de Arnau y de su destino en un convento para prostitutas iban estrellándose contra aquellos escenarios tan crueles como ciertos. Había abandonado el palacio para dormir con la cabeza apoyada en la mesa de una panadería propiedad de una mujer que recelaba de ella, no era difícil percibirlo, y si todo eso la había deprimido, ahora se encontraba totalmente desamparada entre campos y marismas infestas, con frío, los pies empapados y una humedad que calaba los huesos, sentada sobre una piedra, sin más comida que una hogaza que iba menguando bocado a bocado, sin recursos... «¡Las joyas!», pensó de pronto. ¿Qué habría sido de su tesoro? Aunque lo más trágico que desgraciadamente se había visto obligada a reconocer a medida que transcurrían las horas era que la acompañaban un hombre indeciso, voluntarioso, sí, amable y cariñoso, también, pero inseguro, y una pordiosera irritante. Sin embargo, la chica era la única de los tres que tomaba alguna decisión, reconoció para sí, como cuando había apedreado a dos desharrapados que pretendían acercárseles hasta hacerlos escapar.

Liboria había defendido aquel precario y mísero refugio como una loca surgida del mismísimo infierno, a gritos, saltos, carreras, insultos, escupitajos y, por supuesto, pedradas con una puntería envidiable.

—No te preocupes —se dirigió a Paolo, en lugar de a Marina, que se había rendido a la desesperación—. Estaremos aquí cuando vuelvas. No nos pasará nada. ¡Ah! —añadió cuando él ya iniciaba la marcha—, además de ropa, trae comida... y un poco de vino.

Paolo no llegó a acercarse a la panadería. En las proximidades de la iglesia de Santa Maria di Portanova, a poca distancia del establecimiento, una mujer lo reconoció pese a que se movía entre las sombras.

—No sigas, Paolo —le advirtió. El joven reconoció a una de las clientas de su negocio, de las que hablaban y hablaban mientras esperaban a recoger el pan, y se acercó a ella, que lo arrastró hasta el interior de su portal—. Los hombres del duque de Lagonegro están buscándoos por el barrio —explicó en susurros—. Detienen a la gente y la interrogan. Están locos por encontraros. Incluso se ha visto al duque y al capitán de la ciudad a caballo, rondando y dando gritos, aunque creo que ya se han ido.

—¿Y mi madre? ¿Sabes algo de ella?

—No, pero debe de haber escapado también, porque los soldados preguntan por ella, en eso hemos coincidido varias amigas. Una de ella, Marzia, incluso afirma que la vio salir corriendo una vez que los hombres del duque habían asaltado la casa. De todos modos, Marzia es bastante fantasiosa, así que… En fin, lo que es seguro es que, si la tuvieran, no la buscarían.

En la oscuridad del portal, Paolo resopló y pensó qué hacer.

—No vayas, hijo —insistió la mujer—. Las puertas de la panadería están vigiladas, los soldados andan por ahí cada vez más irascibles porque se les echa la noche encima y siguen trabajando en lugar de estar en una taberna bebiendo. De nada serviría que te detuvieran.

—Pero mi madre…

—Orsolina ha escapado —dijo con firmeza—. A ver si se te ocurre adónde podría haber ido… Por aquí nadie lo sabe. Todas nos hemos preocupado por si estuviera escondida en alguna casa cercana, aunque lo dudamos. Tiene que haber acudido a alguien de confianza. Tú deberías saber…

Paolo negó con la cabeza.

—No, no, no.

El joven acompañó su gesto con esas palabras al mismo tiempo que las de su madre resonaban en su mente como si estuviera oyéndolas de nuevo: «Si me pasase algo —le había repetido en varias ocasiones—, acude a Gaetano, el factor de Gaspar Destorrent. Lleva nuestros intereses y es de mi plena confianza».

Unos pasos firmes, el rechinar de correajes y el tintineo de metales entrechocando hizo que se introdujeran todavía más en el portal.

—Vete —le exhortó asustada la mujer cuando el peligro se alejaba—. Y que la Virgen os proteja, a ti, a tu madre e incluso a esa...

No terminó la frase. Toda la ciudad debía de saber ya que Marina había huido de su destino y que ellos la ayudaban. Paolo agradeció a la mujer sus advertencias y sus buenos deseos. Luego volvió a perderse en una noche napolitana que hasta las dos de la madrugada, cuando la campana de San Lorenzo dejaba de señalar las horas, permitía que sus habitantes circulasen con libertad.

—Mi hermanastro está poniendo la ciudad boca abajo en busca de su hija... y del tuyo. Al parecer, también te persigue a ti. ¡Está furioso!

Orsolina se levantó de la silla con prontitud y respeto en el momento en el que Gaspar Destorrent accedió al escritorio de Gaetano, quien por fin la había citado, ya entrada la noche, a través de uno de los esclavos negros al servicio personal del conde de Accumoli.

La última afirmación había surgido tajante de boca del mercader, aunque amparada en unos labios cínicos, sonrientes. Gaspar, espigado el cuerpo, espigado el rostro, indicó con displicencia a su factor y a Orsolina que tomaran asiento. Él, sin embargo, se mantuvo en pie.

—Y si no encuentra a su hija en Nápoles, Arnau empezará con los caminos —añadió—. Esa joven ha tenido muy mala fortuna. Primero, esa repugnante violación; después..., el error de una muchacha desconocedora de los placeres del sexo. El problema es que el carácter tosco y las enemistades de su padre no la han ayudado en nada.

Orsolina permaneció callada. Solo esperaba que aquel noble confirmase que le compraba la licencia real del grano y que le devolvía sus dineros para que Paolo pudiera escapar de Arnau, pretensión de la que Gaspar estaba advertido por su colaborador y que, como buen comerciante, percibía en la tensión de las manos de la mujer y en la rigidez de su espalda, de su cuello, de todo su cuerpo. No lo haría. La narración de Gaetano, tal como le planteó la solicitud de la panadera, había excitado su libido con un fogonazo que no sentía desde su juventud más vigorosa. Las nalgas duras y redondeadas de la muchacha golpeando su vientre, una y otra vez, mientras él se aferraba a sus pechos, jóvenes y turgentes, sacudieron de nuevo su deseo, obligándolo a cerrar las piernas con fuerza, como para castigar la inoportuna reacción de su miembro. No, no lo haría. Marina, la amada hija de su mayor enemigo y de la mujer que lo había humillado rechazándolo como a un vulgar suplicante, públicamente, en una fiesta, estaba desamparada y huía de su familia, y él, Gaspar Destorrent, no dejaría pasar una oportunidad como esa. Gaetano no había terminado de contarle la historia de la mujer cuando el catalán ya movilizaba a todos los secuaces de los que disponía para que le informasen y encontrasen a Marina antes que Arnau. A partir de ese momento, en las calles de Nápoles se mezclaron sin distinción los hombres de uno y los de otro.

—Creo que cometes un error realizando tu patrimonio para que tu hijo pueda escapar con la pupila de Arnau. No desearía ser cómplice de tal equivocación.

Orsolina perdió todo el aplomo que había logrado mantener ante Gaetano.

—Yo... —titubeó.

—Escucha, Arnau los perseguirá hasta dar con ellos donde sea que se escondan, recluirá a su hija en el maldito convento, si es necesario, atada y amordazada, todo sea por cumplir con las órdenes del rey, que son las del arzobispo, y después matará al tuyo por enfrentarse a él.

—Paolo no se ha enfrentado...

—Poco importa. Arnau es simple. Es un soldado que solo ve amigos y enemigos. Por los primeros dará la vida, a los segundos los ejecutará sin piedad. Desde que tu hijo ha ayudado a escapar a Marina, es su enemigo.

La mujer respiró profundamente. Gaetano permanecía en silencio, sentado delante de ella.

—Entonces no hay solución —se lamentó Orsolina.

—Sí la hay —la rebatió Gaspar. La panadera buscó a Gaetano, quien asintió a las palabras de su señor rogándole con la expresión que estuviera atenta—. Yo mismo les proporcionaré refugio en mis tierras.

—¿Y vos qué ganaríais? —se le escapó a Orsolina.

—En ocasiones es satisfactorio dejarse llevar por las pasiones. No tengo otro objetivo en mi vida, aparte de ganar dinero, que perjudicar a Arnau Estanyol. —Gaspar arrastró las palabras—. Bien sabes, como toda Nápoles, que me ha acusado de violar a su pupila. Ganaría el respeto de la joven y, con ello, la humillación del padre. Quiero vengarme —reconoció sin disimulo—, y con la muchacha en mi poder, seguro que estaré más cerca de conseguirlo. Y ahora que lo sabes, elige —la apremió—: Arnau o yo.

—¿Y el rey? —se preocupó de preguntar Orsolina antes de elegir bando, por más que intuyera por cuál iba a decidirse—. La barone..., la joven dice que es el rey quien exige su ingreso en el convento de las egipcíacas. ¿Nos opondríamos al monarca?

—Tú no te opondrías a nada, mujer —le soltó Gaspar, reclamando un respeto que hasta ese momento no había considerado necesario exigir—. El rey no vive para controlar la penitencia de una joven caprichosa a la que le ha dado por solazarse con su criada. Su majestad tiene problemas... y aficiones mucho más importantes.

Alentada por la expresión de Gaetano, Orsolina no preguntó más y eligió a Destorrent. Ignoraba qué compromisos asumía con ello, aunque tuvo oportunidad de empezar a comprenderlos cuando su hijo se presentó inesperadamente en casa del mercader y lo hicieron pasar al escritorio del factor, a quien Gaspar le había encargado que se ocupara de aquel asunto antes de regresar a sus aposentos en la zona noble sin despedirse de ellos.

—¡Gracias a Dios! —exclamó Paolo mientras abrazaba a su

madre—. Pensé que solo podríais estar aquí, madre. Os buscan..., nos buscan a todos. ¡Arnau y los soldados del rey nos persiguen!

Orsolina le contó lo sucedido desde que los soldados habían asaltado la panadería. Las joyas... Las joyas los habían delatado. Luego lo instó a hacer lo propio.

—Ya te he dicho que puedes confiar en él —despejó los recelos de su hijo a la hora de descubrir frente a Gaetano el lugar en el que se escondía Marina.

Paolo se explayó. A mitad de su relato, Gaetano llamó a un criado y le pidió que preparara suficiente ropa de abrigo, calzado, comida y vino. Luego se dirigió al joven:

—Mañana al amanecer irá a buscaros una partida de hombres que os acompañará hasta el castillo de Accumoli, donde podréis esconderos y hallar refugio. Gaspar Destorrent, señor del lugar, os garantiza protección.

Paolo tardó en reaccionar.

—¿Gaspar Destorrent? —inquirió sin llegar a entenderlo—. Pero Marina... es la pupila del duque de Lagonegro, y él y el conde de Accumoli son enemigos a muerte. ¡El duque sostiene que fue él quien violó a Marina!

—Es la única persona que nunca te traicionará en favor de Arnau Estanyol.

Paolo terminó repitiendo a Marina el mismo argumento que le había proporcionado Gaetano ante sus escrúpulos a recibir la ayuda propuesta. En el escritorio del mercader, su madre había mediado con tenacidad para que entendiera y asumiese la bondad de la oferta, hasta el punto de que Paolo llegó a sospechar:

—¿Tanto interés tenéis, madre, en que aceptemos la proposición de Gaspar Destorrent?

—¡Claro! —replicó ella tajante, mostrando las palmas de ambas manos en un gesto de evidencia—. ¡Es nuestro socio! Arnau Estanyol no te ha dado nada. Nunca te ha sentado a su mesa. Es más, ¿acaso te agradeció en alguna ocasión la torta que cada domingo llevabas a su palacio?

Paolo cerró los labios con firmeza. «Nunca, ciertamente», reconoció para sí.

—Arnau solo te traerá problemas, hijo. Ahora te persigue, y solo Dios sabe lo que te hará si te atrapa. Gaspar Destorrent nos paga, nunca en estos años nos ha fallado. Comercia con nuestro..., con tu dinero, el tuyo, el que reservo para ti. Por supuesto que tengo interés en que alguien de la calidad y con los recursos del conde de Accumoli te proteja..., os proteja de Arnau. Tengo todo el interés que puede tener una madre. —Paolo asintió—. Gaetano es un buen amigo y de confianza —añadió—. Ha gestionado nuestra sociedad desde hace tiempo y nunca nos ha engañado.

Si en el escritorio de Gaetano había sido Orsolina la que había terminado convenciéndolo, en el chamizo de las ciénagas de las afueras de Nápoles fueron el frío y la incomodidad los que lo hicieron con Marina, por más que se hubiera abrigado, comido y hasta bebido tras la llegada de Paolo y varios hombres del conde que se apostaron en la zona. Sí, concluyó; eso era cierto: Gaspar nunca se aliaría con su padre. Paolo le había explicado espantado las batidas que Arnau había emprendido para encontrarla. ¡Malditas joyas! Era obvio que si no daba con ella en la ciudad, lo intentaría más allá de sus murallas y que, tarde o temprano, los encontraría. ¿Adónde iban a ir? ¿Acaso iba a estar toda su vida arrastrándose por el lodo, refugiándose en casas derruidas y mendigando ropa y comida? No lo aguantaría. Marina estaba cansada, muy cansada. Las lágrimas corrieron una vez más por sus mejillas, sin razón, como venía sucediéndole desde que se había sentado sobre aquella maldita piedra sin querer pisar de nuevo el fango, tan quieta y dolorida como cuando rezaba horas y horas arrodillada junto a Cosima.

Destorrent le proporcionaría las comodidades que merecía, por más que sus tierras fueran fronterizas, pobladas por pastores y gente ruda e inculta. No tenía otra alternativa: era una mujer acusada de sodomía y que previamente había sido mancillada. Por otro lado, no estaría sola, tendría a Paolo a su lado. La cuestión radicaba en aquella sospecha de Arnau sobre si fue Gaspar quien la violó; de ser así, no podía admitir la ayuda, ya no del enemigo de su padre, sino de aquel que la forzó con violencia. Su madre no creía que lo hubiera hecho y ella no podía asegurarlo; no llegó a ver al hombre que la atacó. Recordaba la conversación que había mantenido con Sofia al respecto cuando le reveló que Arnau había retado en duelo a Gaspar por considerarlo culpable de su violación, para gran sorpresa de Marina, y cómo ella había zanjado el tema. Era, se quejó Sofia, uno más de los empecinamientos, de las obsesiones y terquedades de su padre, en ese caso contra quien era su antagonista desde el día en que nació. Además, pensó la propia Marina, ¿acaso la corte no había condenado y ejecutado a dos turcos por ello?

El castillo de Accumoli estaba lo bastante lejos para que pudiera considerarlo un lugar seguro, y Gaspar no estaría allí... Así que, con la mente turbada por todos esos razonamientos, Marina tomó una decisión.

Asintió. El alivio y la flojedad que le provocó la resolución la llevaron a marearse y tambalearse sobre la piedra. Paolo la abrazó antes de que cayera, y la joven se apoyó dócilmente en el panadero.

A la mañana siguiente, en el momento en el que el día solo apunta y las sombras se agarran tenaces, un grupo de mulas de reata se detuvo frente a la casa derruida tras discurrir en silencio entre huertas, campos y pantanos. La demora fue casi imperceptible. No había equipajes que cargar, solo dos figuras que los hombres de Gaspar auparon rápidamente a lomos de las acémilas y una tercera que intentó encaramarse a otra de las bestias, pero que fue rechazada de un manotazo que la lanzó por los aires. La recua se puso en marcha con aquella sombra siguiéndola a una distancia prudencial. Uno de los hombres intentó alejarla, sin gritar, con aspavientos, pero Liboria reculó un par de pasos para seguirlos de nuevo en cuanto el individuo le dio la espalda. Por delante, un viaje de cerca de una semana.

# 11

*Accumoli, Apeninos centrales*

E l castillo se erigía imponente a casi mil metros de altura sobre el nivel del mar, en lo alto de un promontorio empinado, de muy difícil acceso, desde el que se dominaba parte del valle del río Tronto. Era un día gris, frío y desapacible. La fortaleza se había ido conformando a lo largo de los siglos alrededor de una torre del homenaje a la que se añadieron con posterioridad otras dos, almenadas, todas alzándose por encima de las murallas que protegían un conjunto que se presentaba sobrio, compacto, macizo y agresivo. Pese al anhelo y la necesidad de poner fin a aquel viaje prolongado y riguroso, Marina se encogió y sintió un escalofrío al contemplar la enorme construcción desde el pie de la montaña, materialmente sepultada entre las inmensas cumbres de los Apeninos ya blanqueadas por la nieve.

El alcázar defendía la frontera septentrional del reino de Nápoles, que en esa zona venía delimitada por el curso del Tronto hasta su desembocadura cerca de Ascoli, en el Adriático. La recua de cerca de veinte mulas cargadas de mercaderías, a la que se le había unido un grupo de hombres rudos y malcarados a caballo —«Para protegeros», según dijeron a Marina y a Paolo ante el pánico que ambos mostraron a su vista—, había hecho una larga travesía recorriendo parte de la vía de los Abruzos, un entramado de caminos que parcialmente utilizaba antiguas vías romanas para unir Nápoles con Florencia a través de los Apeninos. Por esa ruta pasaba gran parte del comercio entre los estados del centro y el sur de la península en detrimento de las antiguas Appia y Domitiana que antaño discurrían por la costa y que ahora resultaban intransitables a causa de las marismas y los salteadores que habían invadido las zonas que lindaban con el mar.

Muchos eran los comerciantes que preferían cruzar Italia utilizando aquel largo y tortuoso trayecto a través de las montañas, las mercaderías a lomos de mulas por senderos que no admitían el paso de carros, en lugar de embarcarse en naves siempre sometidas al acoso de los corsarios y a las inclemencias del tiempo. Esa era la situación de Gaspar Destorrent, que había aprovechado la necesidad de transportar a Marina y a Paolo hasta sus tierras de Accumoli para organizar una partida que, tras dejarlos en el castillo, continuaría hasta Florencia.

Transportaban cuero y pescado en salazón, tintes y aceite de oliva, pero sobre todo coral rojo ya manufacturado. Pese a la crisis financiera que Cataluña vivía y que la llevaba a perder su preeminencia en el Mediterráneo, la pesca y el comercio de coral continuaban en manos de los mercaderes catalanes, principalmente en los arrecifes de Cerdeña, en Alguer, o en los de la costa africana, y, también desde ese mismo siglo, en los de Trapani, en Sicilia, donde se había descubierto un importante escollo coralino. Sin embargo, en 1391 el pueblo de Barcelona había atacado la judería de la ciudad, asesinado a buena parte de los miembros de esa comunidad y obligado a convertirse a otros tantos, lo que impulsó a muchos de ellos a abandonar la ciudad, por más esfuerzos que hizo el rey por retener a aquellas personas que tantos impuestos le satisfacían personalmente. En 1410, no saciadas con la violencia y la mortandad de la devastación llevada a cabo veinte años antes, las gentes de Barcelona reincidieron en sus salvajes ataques contra los judíos que todavía permanecían en la ciudad, por lo que aquellos que no fueron ejecutados ni se convirtieron bajo tal amenaza iniciaron otro éxodo, entre ellos muchos artesanos que trabajaban el coral y que terminaron estableciéndose en el norte de África y en Sicilia. Los consejeros de Barcelona, preocupados, habían intentado detener esa fuga de trabajadores especializados prohibiendo su salida, la exportación de sus instrumentos y hasta la de compartir los secretos de su oficio, tristes exigencias cuando nada habían hecho para impedir las matanzas y humillaciones sufridas. De ello se aprovechó Gaspar Destorrent, que llevó a Nápoles a algunos de esos maestros de un coral cuya recogida en Trapani financiaba él mismo, asociado con los propios pescadores, y que luego transportaba en bruto para, mediante las habilidosas manos de aquellos artesanos, convertirlo en maravillosos objetos que vendía con unos beneficios formidables en la capital del reino, en Roma y en Florencia, lugares donde eran codiciados.

A punto de caer hacia atrás, Marina se agarró a la cuerda que a modo de petral rodeaba el cuello de la mula que montaba cuando esta inició repentinamente el arduo ascenso al castillo, arreada por unos hombres que ansiaban desmontar. Ella también tenía esa necesidad; nunca había hecho un viaje tan largo en condiciones tan precarias, siempre atentos durante el día por si aparecían los hombres de Arnau. «Cuanto más nos separemos de Nápoles —le había comentado el que parecía ser el jefe de aquella guardia, tan desastrado como el más repulsivo de sus hombres—, menos podrá el duque dar con nosotros, porque el territorio a controlar se va haciendo más y más inabarcable». Así, escondiéndose por las noches, durmiendo en descampados, superaron Pomigliano para desde allí dirigirse a Benevento y Bojano. Poco después Marina se vio acosada por la nostalgia y mil recuerdos punzantes al cruzar tierras de Castelpetroso, pero reprimió el llanto y continuaron hasta Isernia. Más allá, la gran ciudad de Sulmona, cruce de caminos, después Castiglione y luego L'Aquila, donde abandonaron la vía de los Abruzos que llevaba a Rieti, para desviarse hacia el oriente, en dirección a Amatrice, cerca de la cual se ubicaba Accumoli.

No tuvieron ningún encuentro con hombres de Arnau, tampoco con bandidos, probablemente disuadidos de cualquier tentación ante la protección de la que gozaba la recua. Pagaron sin discutir los peajes, pontazgos y demás impuestos que les fueron exigidos para transitar por las tierras de los diversos barones por las que cruzaban, unas exacciones abusivas establecidas por los señores al margen de la sanción del rey y sus funcionarios, control que menguaba más y más a medida que se internaban en las montañas. Las caravanas de Gaspar eran bien conocidas y nadie puso reparo ni mostró interés alguno en la presencia de Marina y Paolo, que desmontaban y se mezclaban entre soldados y arrieros en los momentos en los que se aproximaban a alguna aduana real o feudal.

El castillo de Accumoli se hallaba algo alejado del núcleo de población, si bien se veía rodeado por algunas chozas lo suficientemente separadas de las murallas como para no constituir un riesgo en la defensa de los lienzos. Los hombres bromearon y gritaron con mayor énfasis a medida que ascendían y se acercaban, revelando un carácter que hasta entonces habían escondido en presencia de Marina. Durante el viaje, la habían respetado y obedecido tras recibir instrucciones expresas de Gaspar, quien también se había ocupado de hacer lo más liviano posible a los dos jóvenes aquel trayecto procurándoles ropas de abrigo, algo que Marina agradecía en ese momento ante el viento frío y cortante que azotaba su rostro.

Superaron las puertas de la fortaleza, todavía caminando en línea, los hombres controlando mulas y mercaderías ante la curiosidad de quienes habitaban las chozas y la expectación de la media docena de soldados a que se limitaba la guarnición del castillo. Uno de los guardias retuvo a Liboria cuando esta pretendía acceder andando junto a la mula de Marina.

—¿Adónde crees que vas, pordiosera! —le gritó a la vez que la zarandeaba.

Ninguno de los hombres de Gaspar que los acompañaban mostró el menor interés por terciar en la disputa. Marina los había obligado a dejar de molestar a la muchacha luego de que intentaran deshacerse de ella ante su pertinacia por seguirlos. Dudó, pero terminó cediendo a la mirada suplicante de una joven que, en efecto, la había ayudado y hasta tratado de consolar —torpemente, cierto— en la tremenda congoja que la asaltó sentada en aquel sillar con los pies empapados. Luego, a medida que el frío del camino fue atenazándolos, incluso prometió unos dineros que no tenía al jefe de la partida a fin de que proveyese a la chica de algo de abrigo, y que se materializó en una vieja capa que le llegaba hasta unos pies envueltos en trapos, y que ella arrastraba por tierra como si se tratase del manto de brocado bordado en oro de una reina.

—Viene conmigo —anunció al soldado del castillo, que sin

embargo no soltó a Liboria hasta recibir una señal de asentimiento del que mandaba sobre los recién llegados.

Si Marina esperaba que Gaspar hubiera acomodado el castillo al gusto y a la imagen pública de un noble y acaudalado mercader, se equivocó: el interior de la construcción era todavía más áspero y desangelado que cuanto lo rodeaba. Los muebles, pocos y toscos, se veían viejos y estropeados. Las contraventanas estaban cerradas para impedir que se colase el frío, aunque Marina pensó que bien podía ser al revés: que el ambiente gélido y húmedo acumulado durante años y agarrado ya a las piedras de las paredes de esas estancias ultrajaría la nieve prístina y hasta la ventisca que fluía natural en las montañas si se le permitía escapar de aquella cárcel mórbida. El salón casi circular de la torre del homenaje al que los habían acompañado se hallaba mal iluminado por hachones insuficientes, aunque quizá calentaran más que la chimenea en la que morían unas pocas brasas. Marina examinaba estupefacta la mezquindad de la estancia, sin tapices, ni cuadros ni esculturas, sin adorno alguno, en el momento en el que una voz la devolvió a la realidad:

—La templanza y la modestia son dos de las cualidades más importantes de un mercader.

La observación la efectuó un hombre relativamente joven, delgado, con la barba bien recortada, sin duda también sobrio en el comer, en el beber y en el vestido por la sencillez del que portaba, ante el crítico examen que Marina efectuaba al lugar y que se manifestaba en unos rasgos algo contraídos.

—No parecen esas las virtudes de los castellanos —replicó ella casi sin pensar.

Giacomo Manetti, así terminó presentándose el hombre, era en efecto el castellano de aquel lugar, pero también era el factor del conde de Accumoli y su cualidad de comerciante primaba sobre la de gobernador de la fortaleza. Poco sabía de guerras y defensas. Su dominio era sobre los libros de cuentas y los negocios, y las únicas estrategias que conocía nada tenían que ver con las destinadas a vencer a un enemigo armado, sino aquellas tendentes a obtener los mayores beneficios para su principal.

—No necesito poseer esas habilidades —explicó a Marina—. En último caso, contamos con una experta y nutrida guarnición que nos protegería de cualquier ataque del enemigo.

La ironía, ante la visión de los seis soldados desharrapados que acababan de recibirlos, hizo sonreír a Marina.

—Un jinete rápido del conde me ha advertido de vuestra llegada —anunció—. Vos debéis de ser la baronesa di Forti.

La joven, sucia, con su vestido negro de seda arrugado y rasgado en algunos lugares a causa de la rudeza del viaje, borró la sonrisa que aún iluminaba un rostro cansado.

—Ya no soy noble —quiso aclararle.

—Quizá no lo seáis ahí fuera. Este es mi reino —dijo mostrando el salón con la mano abierta—, más austero de lo que cabría, supongo. Pese a eso, aquí continuáis siendo baronesa. —Consciente de la satisfacción que sus palabras habían originado en Marina, se volvió entonces hacia el panadero—. Tú, evidentemente, debes de ser Paolo. Tenemos mucho trabajo por delante —le dijo.

Esas eran las instrucciones recibidas desde Nápoles por Giacomo. La carta la firmaba la mano derecha de Gaspar, Gaetano Gaetani, que, a su vez, le trasladaba las que a él le había dado el conde. Había incluido una vehemente recomendación con relación a Paolo, que leyó a su madre, para mayor tranquilidad suya, antes de enviar la misiva. «Enseñadle el negocio —pedía Gaetano a Giacomo en la carta—. Os lo agradeceré». Y, en opinión de Giacomo, una solicitud de Gaetano había que cumplirla como si fuera del propio Gaspar Destorrent.

—¿Qué trabajo? —se extrañó Paolo.

—Ya lo verás. ¿Y aquella? —inquirió haciendo un gesto hacia Liboria, a la que se le había ordenado que esperara fuera, mandato que, como era usual en la chica, no había cumplido, y ahora asomaba la cabeza a la estancia.

—Viene conmigo —repitió Marina, como había expuesto al guardia en la puerta.

El castellano resopló.

—No tengo instrucciones de acoger y mantener en el castillo a una tercera persona —lamentó.

—Pero… —titubeó Marina.
—Nos ayudó en Nápoles —intervino Paolo—. Seguro que el conde admitiría…
—Os lo ruego —solicitó Marina—. Podría ser mi… Podría atenderme.
Giacomo Manetti torció el gesto. ¿Cómo iba a atender aquella pordiosera a nadie?
—Pero no quiero verla vagando por el castillo —consintió al final—. Dormirá con vosotros, comerá vuestra comida y vestirá vuestras ropas. Entendedlo, no puedo utilizar los dineros del conde en su manutención, y al primer escándalo… se irá.
Liboria sonrió desde la puerta.

*Nápoles*

Orsolina sabía que la esperaban, pero tenía que afrontarlo. Y debía hacerlo sola, sin ayuda, como le justificó Gaetano:
—Arnau no ha de sospechar que su hija está refugiada en la fortaleza del conde, y si mi señor interviniese públicamente en este asunto, podría desconfiar. Quizá algún día llegue a saberlo, pues la presencia de la joven y de tu hijo en ese castillo fronterizo y perdido en las montañas no pasará desapercibida. Correrán los rumores y aparecerán espías o simples traidores. Pero ahora Arnau está demasiado irritado y sería imprevisible. Procuremos que transcurra el tiempo, y cuando eso ocurra, ya decidiremos. No te preocupes, que Gaspar Destorrent es hombre de recursos. Él se ocupará de que nada le suceda a tu hijo.
Por eso aquella mañana, luego de que tuviera la confirmación de que Paolo y Marina se habían sumado a la caravana con destino a Florencia, la mujer se dirigió a la panadería, y por el camino hizo caso omiso a los vecinos que se acercaban a ella para advertirle de la presencia de hombres de Arnau custodiando el establecimiento.
La seguían varias personas cuando llegó a la panadería, y el rumor y algún que otro comentario entre ellas fueron la única

oposición que se produjo en el momento en el que la mujer fue detenida y ella se entregó pacíficamente. Solo después, cuando empezó a andar por delante de sus captores, la gente reaccionó.

—¿Por qué os la lleváis? —voceó entonces uno de los curiosos, que habían ido creciendo en número.

—¡No ha hecho nada malo! —se oyó de otra mujer.

—¡Lo que el duque de Lagonegro debería hacer es educar mejor a su hija!

Los murmullos del resto de los presentes se convirtieron en gritos.

—¡Y dejar tranquilos a los humildes!

Los dos soldados empujaron a Orsolina por la espalda y apretaron el paso.

Cruzaron Nápoles hasta llegar al Decumano Mayor y de ahí al *vico* Domenni, donde se erigía el palacio de Arnau Estanyol, en una de cuyas mazmorras, oscura y húmeda, sin mueble ni poyo alguno, con tan solo un grillete oxidado empotrado en la pared como recuerdo de un pasado cruel, encarcelaron a Orsolina.

Ganar tiempo, eso era lo que le había aconsejado Gaetano para que la recua de mulas se alejase lo más posible. «¿Distraerlos con alguna pista falsa? —dudó el comerciante ante la propuesta de ella—. Yo no lo haría —decidió tras sopesarlo unos instantes—. El duque tiene experiencia con los cautivos de guerra, y tú, Orsolina, no la tienes mintiendo... en interrogatorios —aclaró ante su ademán de discutir—. Aquí no se trata de engañar con el peso del pan o de lanzar mentirijillas entre chismes y risas. No, mejor que no lo hagas».

Por eso Orsolina se limitó a aseverar frente a uno de los capitanes de confianza de Arnau, ya en la mazmorra, ambos en pie, que no sabía nada de Marina.

—¿Y dónde está tu hijo?

—No lo sé.

—Vive contigo.

—Mi hijo es mayor. Hace lo que desea.

«Pasa más tiempo en este palacio que conmigo. Pregunta aquí», estuvo tentada de añadir. Pero calló. No debía enfrentarse, aquel había sido el último consejo de Gaetano antes de besarla y pellizcarle el culo cuando se disponía a marcharse de casa de Gaspar.

—Entonces no sabes nada de ninguno de ellos.

El capitán de Arnau se movía con parsimonia lo poco que podía en aquel espacio reducido y hablaba en un tono pausado, sin presionarla, aunque Orsolina percibía una ira reprimida en cada paso y en cada palabra mientras las escenas de las torturas judiciales, esas de las que tanto había especulado con sus amigas cuando algún delincuente conocido confesaba sus culpas, danzaban sádicamente en su imaginación.

—Te he dicho que no.

—¿Estuvieron en tu casa? ¿En la panadería?

Orsolina tardó en contestar.

—No —decidió mantener.

—Tú estabas en el momento en el que llegaron los hombres del duque.

—Sí.

—¿Y no sabes si la pupila del duque y tu hijo estaban allí?

—No. Yo acababa de llegar y ellos no estaban. Los soldados no los encontraron; por lo tanto, no estaban.

—Pero sí que estaban las joyas de la joven.

Ese era uno de los cabos sueltos. El capitán de la ciudad no se inmiscuiría mientras Arnau se interesase por la suerte de su hija, no le negarían ese privilegio, había argüido Gaetano al tratar el tema de las joyas, pero si todo eso derivaba en un simple robo, no le correspondería intervenir al duque, por lo que el alguacil reclamaría la jurisdicción sobre una ciudadana. Cuando estuviera en manos de la justicia ordinaria, Gaspar intervendría a través de sus muchos contactos, influencias... y dinero. No dejaba de ser un riesgo, pero debía estar tranquila.

—No sé de qué joyas me hablas —contestó Orsolina con serenidad siguiendo el consejo del factor de Gaspar Destorrent.

—Dices que la pupila del duque no ha estado en tu casa, pero resulta que allí se han encontrado sus joyas. ¿Cómo lo explicas? ¿Acaso las robaste?

—Yo no he robado nada. Nunca en mi vida he delinquido. Te repito que no sé de qué joyas me hablas.

—En tal caso, las debió de robar tu hijo. Lo buscarán por ladrón en todo el reino...

—Mi hijo ayudó al rey Alfonso a tomar esta ciudad —replicó Orsolina—. Ten cuidado, entonces ya gozó del favor del rey.

El capitán detuvo su caminar en aquel círculo ínfimo, frunció la boca y asintió antes de continuar.

—Ahí al lado, en otra mazmorra —dijo con brusquedad—, está el aprendiz que trabaja en tu obrador. Él dice que sí que vio a la pupila del duque y a tu hijo, que pasaron la noche en tu casa, contigo, que escaparon ante la llegada de los soldados...

La mujer dejó de escuchar. Aquel era el otro cabo suelto: Angelo. Orsolina lo había animado a escapar de la panadería aprovechando, como ella, el revuelo del hallazgo de las joyas, pero no lo esperó y ni siquiera comprobó si lo hacía. Tampoco pudieron confirmarlo durante la noche ya que su familia vivía en un pueblo a más de un día de camino y no querían levantar sospechas preguntando en la zona. Apostaron, pues, a que sí había escapado, pero era evidente que el crío se había quedado pegado a la pared.

—Angelo siempre ha tenido mucha imaginación. —Orsolina sonrió—. Solo es un niño.

El capitán respiró profundamente. La mujer lo percibió en tensión, los músculos agarrotados, controlando los impulsos que lo impelían a abofetearla, golpearla y patearla hasta que suplicase clemencia y contase cuanto sabía.

—Veremos si la imaginación de ese chaval aguanta una buena sesión de tortura —amenazó a Orsolina en cambio.

Ella sintió que se le encogían las entrañas al ritmo de una repentina angustia que no había sufrido por sí misma ante la posibilidad de que hicieran daño a Angelo, una criatura dulce, pendiente de forjar su carácter, de superar la timidez de una infancia dura. Sin embargo, se repuso. Era evidente que aquel hombre tenía prohibido maltratarla, desde el principio pugnaba por reprimir sus arrebatos; sería absurdo que lo hiciera con Angelo.

—No tienes autoridad para torturar a nadie —le espetó entonces.

Pese a su tamaño y a su peso, el fuerte y repentino puñetazo que recibió en el rostro lanzó a Orsolina contra la pared, donde se apoyó para no caer al suelo. Se llevó los brazos a la cara para protegerse de un nuevo golpe que no llegó. En su lugar, oyó y hasta tembló al retumbo del portazo con el que el hombre abandonó la mazmorra.

Sentados a la larga mesa del salón de su palacio, Arnau y Sofía escucharon el informe del capitán, de pie frente a ellos. Orsolina mentía, les aseguró. Era evidente, aunque no por ello tenía que saber dónde se escondían Marina y Paolo, y si lo sabía, no lo revelaría, aseveró.

—Vuestra hija —expuso— acudió al panadero en busca de ayuda. Eso lo intuisteis rápidamente, duque. No iba a arriesgarse a buscarla en ninguna persona de condición que, con toda seguridad, la rechazaría y la traicionaría, y a pocas personas humildes conoce que no sean ese muchacho y la criada, Emilia, quien, por cierto, creo que no ha tenido intervención alguna en todo esto. Han logrado escapar de la panadería. Lo más probable es que hayan buscado refugio en casa de algún conocido del chico, aunque algunas mujeres han comentado a mis hombres algo acerca de unos parientes en Sorrento. Hemos conseguido conocer los nombres de unos cuantos amigos de confianza del panadero que podrían haberlos ayudado. En este momento estamos peinando Nápoles en su busca, aunque también he mandado unos hombres a Sorrento, por precaución.

—Ese cabrón no puede traicionarme —masculló Arnau—. Le otorgué mi confianza...

—No te traiciona a ti. Ayuda a tu hija —intervino Sofía con voz cansina.

—¿Ayudarla?

—Eso es lo que ambos creen.

—Tarde o temprano Marina volverá —auguró Arnau—. ¿Qué

va a hacer con ese Paolo? ¿Qué comerán? ¿De qué vivirán? Insiste con la panadera —ordenó al capitán—. Están en Nápoles. Dos personas solas y sin recursos no pueden haber abandonado la ciudad. ¡Marina no aguantaría una sola jornada de viaje! Consigue que esa mujer te diga con quién se esconde su hijo.

—No lo hará —pronosticó el capitán—. Ni siquiera lo haría aunque me permitierais torturarla...

—Ni se te ocurra —le prohibió Arnau.

—Pues no lo hará, ya os digo. Es su madre —argumentó como si eso lo explicase todo—. Es una mujer fuerte. No cederá —insistió respaldando su afirmación con una negativa de la cabeza.

Sofia, consumida, el rostro enrojecido a causa del constante llanto irreprimible tras la fuga de su hija, volvió la mirada hacia Arnau en el mismo momento en el que el capitán excusaba a Orsolina como madre. El duque pretendía mostrarse hierático, como si escuchase el parte de guerra de una contienda que se les torcía; las había habido, batallas en las que resultaron vencidos. Aun así, Sofia sabía que, por debajo de tal empaque, su espíritu estaba quebrado, más ante la referencia a las madres, porque la noche anterior, cuando Arnau gritaba a unos y a otros para que partieran en busca de Marina, se le acercó un mensajero.

—¡No molestes! —le escupió el duque.

La carta de Elisenda desde Barcelona era escueta, y tras las habituales muestras de cortesía y luego de interesarse por el estado y la educación de su hijo Martí, anunciaba a Arnau la muerte de Mercè. Su madre había fallecido en la gracia de Dios y en la paz de Cristo, le contaba su esposa, atendida por su confesor y confortada con los santos sacramentos. La habían sepultado en Sant Pere de les Puelles, monasterio al que Elisenda, en nombre de él, el conde de Navarcles, había hecho una sustanciosa donación que confiaba contase con su aprobación.

Sofia no seguía con especial interés los problemas y las rencillas catalanas, siempre complejas y enmarañadas en ambiciones, odios y egoísmos; sin embargo, fue consciente de que al dolor del hijo por la muerte de la madre se añadía la humillación del hombre porque sus restos no descansaran en Santa María de la Mar.

A falta de guerras en las que destacar, heroicidades que ensalzar y osadías que admirar, el mundo de Arnau se desmoronaba hasta quedar en una rutina impertinente e insatisfactoria. Vivía separado de sus hijos y de su legítima esposa en un país que se mostraba hostil con los vencedores, sentimiento que subsistía por mayores esfuerzos que hiciera el rey Alfonso por asumir la cultura italiana, un monarca al que, por ende, también parecía haber fallado. Su hija Marina, a la que juró proteger, había sido violada para terminar huyendo de la mano de un panadero después de que se la acusara de sodomía, además de sufrir la deshonra de la confiscación de sus tierras y honores. Y Sofia, la mujer que lo acogía con pasión y desenfreno al regreso de las batallas y en la que encontraba reposo, comprensión y afecto, se había alejado de él hasta convertirse en una extraña.

Y ahora fallecía su madre. Previsible, y demasiado tiempo había sobrevivido, pensó Arnau, desde que se despidiera de ella en Barcelona con el mal presentimiento de que no volvería a verla. Su madre, una mujer que soportó tres sesiones de terrible tortura sin desvelar el lugar en el que escondía a su hijo. ¿Por qué iba a hacerlo la panadera con el suyo? Las madres no eran nobles ni humildes, ricas o pobres, cultas o analfabetas; eran madres, simplemente.

Arnau se levantó de la mesa dispuesto a abandonar el salón.

—¿Adónde vas? —inquirió Sofia.

No obtuvo respuesta. Lo siguió, y pronto confirmó su primera intuición: las mazmorras.

—Entiendo que no delates el paradero de tu hijo y no espero de ti que lo hagas; eso te honra —fue lo primero que Arnau dijo a Orsolina, antes incluso de que esta consiguiera levantarse del suelo, donde permanecía sentada—. Sin embargo, tu hijo me ha traicionado. —Arnau elevó el tono y la gravedad de su voz al recriminárselo—. Confié en él, le abrí la puerta de mi casa y le permití tratar con mi hija. A mi juicio, en esta vida no hay mayor crimen que la traición. Nunca lo perdonaré y el día en que me tope con él, que llegará, lo mataré. Ahora puedes irte.

El duque de Lagonegro abandonó la mazmorra dejando abierta la puerta tras de sí. Orsolina, todavía sobrecogida, no lograba articular palabra. Observó la puerta, que la llamaba a lanzarse al exterior, y luego miró a Sofia, allí parada, puesto que no había seguido los pasos de Arnau.

—Ambas somos madres —oyó que se dirigía a ella esa mujer que acababa de entender el motivo por el que Arnau había tomado la decisión de liberarla—. Yo tampoco te pido que traiciones a Paolo, pero sí que te hagas cargo de mi angustia, mi sinvivir, y me digas si mi hija se encuentra sana y salva.

Orsolina respiró hondo. Podía ser una trampa. Si reconocía saber de Marina... Pero la tristeza que emanaba de aquella madre, sincera, real, tan dolorosa que hasta ella podía palparla, parecía reñida con ardides o engaños. Asintió y, al instante, Sofia se relajó.

—Estaré aquí —le dijo—. Si puedo ayudar, cuenta conmigo. Arnau no se enterará. No es mala persona, solo es... un soldado terco. Intentaré que rectifique con respecto a Paolo, pero no permitas que nada malo suceda a nuestros hijos, te lo suplico. Ambas somos madres —reiteró.

Orsolina volvió a asentir, superó a Sofia y salió presurosa de aquella cárcel.

«¡Buscad! ¡Buscad, buscad, buscad y buscad! —Esas fueron las órdenes que Arnau repartió entre su gente—. Contratad más hombres, los que sean necesarios. Inspeccionad todas las casas de Nápoles, pagad delatores, ofreced recompensas, doblad..., ¡triplicad los efectivos que han partido hacia Sorrento!, pero ¡encontrad a mi hija!».

Y mientras los efectivos de Arnau se volcaban en Nápoles y Sorrento, Marina escapaba en una mula en la dirección contraria.

—¿Y qué harás cuando la encuentres? —preguntó Sofia a Arnau.

—¿Qué quieres decir? —se sorprendió él.

—Pues eso... Nuestra hija ha huido porque no deseaba ingresar en las egipciacas. ¿Qué harás? ¿La obligarás a tomar esos hábitos?

—Eso exige el arzobispo. Eso exige el rey. ¿Qué te parece que puedo hacer? ¿Crees que me complace?

—Si no te complace..., ¿por qué la persigues?

—Porque juré a su padre que la cuidaría...

—Mal cumpliste tu palabra —le recriminó Sofia con una dureza de la que ella misma se sorprendió. Arnau, sin embargo, no se ofendió.

—No me culpes a mí —replicó—. Tú eres su madre. Tampoco vigilaste lo que hacía con esa... con esa mala furcia que tenía por criada.

—Cierto. Y me arrepiento, no sabes hasta qué punto, pero, en cualquier caso, mucho más de lo que lo haces tú, porque yo creo que se puede buscar una solución que no sea la de internarla en un convento para arrepentidas como si fuera una vulgar prostituta. Lo intenté con Santa Chiara, y fracasé, pero lo intenté. Tú te obcecas en ese maldito juramento y en tu obediencia ciega al rey y a la Iglesia.

Arnau anunció la dureza de su contestación con un manotazo al aire:

—Mujer, es la Iglesia la que sostiene que sois torpes y que necesitáis el cuidado y la razón de los hombres, y con tu discurso necio no haces más que justificarlo. Atiende a mis palabras... Te lo he dicho en repetidas ocasiones: cumpliré mi juramento hasta desfallecer en ello, y en este caso, nunca, ¿me has oído?, nunca consentiré que la hija de Giovanni di Forti escape, conviva o dependa de un hombre de condición tan vil como lo es un panadero. En cuanto al rey..., ten cuidado con lo que comentas de él, no vaya a ser que te acusen de felonía. Al rey no se lo obedece, eso conllevaría una potestad que los vasallos no tenemos; al rey se le pertenece, nuestra voluntad es suya.

Mientras Marina y Paolo ascendían fatigosamente la cuesta que llevaba al castillo de Accumoli, los hombres de Arnau desesperaban. Tras dos semanas de búsqueda intensa, de seguir pistas que parecían fiables y que originaban optimismo, no habían obtenido resultado alguno. Los jóvenes no estaban en Nápoles; tampoco en Sorrento ni en sus cercanías, donde, además, nadie sabía de familiares de la panadera.

Arnau había dejado de gritar e insultar al cielo al recibir el parte diario de sus oficiales, y se limitaba a negar con resignación.

—Continuad —los instaba, ya sin excesiva convicción—. No cejéis. Tiene que estar en Nápoles. Mi hija no puede haberse lanzado a los caminos.

Lo cierto era que acusaba la muerte de su madre más de lo que aparentaba y quería aceptar. La nostalgia lo transportaba a Barcelona, aunque la mayor parte de su vida hubiera discurrido lejos de la Ciudad Condal, pero esas raíces que en ocasiones consideraba arraigadas ya en tierras napolitanas reclamaban ahora su verdadera naturaleza ante la pérdida de la persona a la que agradecía su existencia. Su última empresa en Cataluña no resultó placentera. Excusó en el cumplimiento de las órdenes reales su opción por el reino italiano y la pelea contra sus iguales catalanes, pero ¿era eso lo que en verdad sentía? ¿Qué satisfacciones le había proporcionado Nápoles aparte de sus éxitos bélicos y el señorío de unas tierras lejanas, más al sur, que visitaba siempre con premura y a disgusto? Su condición de general laureado podía disfrutarla en Barcelona, como también controlar desde allí el ducado de Lagonegro, igual que hacía a la inversa desde Nápoles con el condado de Navarcles y el resto de sus intereses catalanes.

Sí, estaban Sofia y sus hijos. Pero Marina había huido. ¿Adónde? ¿Viviría o la habrían asaltado en los caminos? El panadero no era defensa suficiente ante una partida de bandoleros. Filippo y Lorenzo se hallaban alojados en Castelnuovo para guarecerse tras aquellos muros de los escándalos de su hermana. En cuanto a Sofia... Triste y melancólica, lo culpaba de las desgracias de la familia.

¿Qué otro infortunio lo esperaba en Nápoles?

Le llegó en forma de una notificación del tribunal de San Lorenzo que portó un heraldo de la sala mediante la cual se lo citaba en un plazo de quince días para resolver el desafío lanzado contra Gaspar. ¿Qué sentido tenía ya esa batalla?, se preguntó Arnau. Había retado a Gaspar como violador de su hija, una mujer acusada después de uno de los pecados más abyectos según la Iglesia, que además había perdido el favor del rey desobedeciéndolo para huir de su casa, de su familia y del destino que correspondía a una noble deshonrada. ¿Qué causa defendería ante aquellos delegados napolitanos de los *seggi*, molestos por tener que mediar en una disputa entre catalanes?

Y sin embargo, tenía la certeza de que fue su hermanastro quien violó a Marina. ¿Probarlo? Solo podía hacerlo mediante la sentencia que dictasen las espadas a través de un duelo que se alejaba en el momento en el que todo ello se derivaba a tribunales y procesos judiciales, como había conseguido Gaspar. Pero había sido él, sin duda; se lo confirmó con soberbia desde el balcón el día en el que Arnau asaltó su palacio. No negó la acusación que este le imputaba; al contrario, sus facciones, su pose, su presencia, el efluvio de maldad que emanó de él e invadió el entorno, probablemente al recuerdo de la tropelía, se convirtieron en una confesión expresa e inapelable.

Pero eso, por desgracia, no sería suficiente en el tribunal de San Lorenzo.

—Renunciad —le sugirió Luigi Scarano, el juez de la Vicaria al que Arnau volvió a pedir consejo—. Desafiasteis a Gaspar Destorrent para resarcir el honor mancillado de Marina. Lo que conseguiríais ahora sería justo lo contrario: se incidiría en su... desliz. Arnau, ¡vuestra pupila ha huido con un panadero!

—¿Tan público es? —se extrañó él.

—Estáis poniendo boca abajo la ciudad en su persecución. Lo sabe todo el pueblo. Lamentablemente, en lo que afecta a Marina, todas sus desgracias son conocidas y se comentan, desde su violación hasta su fuga. Renunciad al duelo —insistió el juez tras un silencio en el que evitó recordar a Arnau que ya se lo había advertido en la primera ocasión en que fue a verlo, que no tenía prueba alguna de la culpa de Gaspar.

Arnau sabía que debía renunciar, pero no estaba dispuesto en ninguna circunstancia. Aquel hijo de puta había violado a Marina.

—Retrasadlo —casi exigió a su amigo—. ¿Podéis? Hacedlo

—le rogó después de que el juez asintiera, si bien con cierta reserva—. Daré con ella. La ingresaré en el convento que corresponda... y me enfrentaré a Gaspar libre de cualquier atadura.

Esa noche, para sorpresa de Sofia, Arnau recuperó la vehemencia con unos oficiales acostumbrados a pasarle unos partes de fracaso casi rutinarios.

—¡Encontradla! —les gritó en pie delante de ellos, muy cerca, a un solo paso, escupiéndoles la orden al rostro—. ¡Buscad en todo el reino!

La persecución se reavivó, como también los problemas de Alfonso con el resto de Italia. Los florentinos se conjuraban con los franceses para conseguir el regreso de Renato de Anjou y entregarle el reino de Nápoles al mismo tiempo que recuperaban la ciudad de Castiglione della Pescaia y ponían bajo asedio su castillo. Aquel lugar y la isla de Giglio constituían el irrisorio botín obtenido por Alfonso en la costosa y reciente guerra de la que huyó y que comportó su renuncia al belicismo. Pero si el rey no peleaba, sí lo hizo el resto de la flota real tras el ataque veneciano a Sicilia, que acudió en defensa de Castiglione, con Arnau embarcado al mando de parte de la infantería.

Mientras sus hombres se dejaban la vida en la defensa de posesiones tan fútiles, el rey manifestaba ante el enviado papal su escaso interés por aquellos enclaves y, en su obsesión por influir en Lombardía, se volcaba en pactar con Sforza para atacar a los venecianos a la vez que con los venecianos para atacar a Sforza. No consiguió que fructificara ni una ni otra alianza y, en marzo de 1450, Sforza hacía su entrada triunfal en una Milán republicana pero hambrienta, y se hacía dueño y señor de los dominios de los Visconti que debía haber heredado Alfonso de Nápoles y Aragón.

Con ese nuevo equilibrio de poderes en la península italiana, Cosimo de Medici consideró que los peligros que se cernían sobre Florencia desaparecían, por lo que se apresuró a proponer a Alfonso un tratado de paz por el que definitivamente le reconocía el señorío sobre Castiglione y Giglio, además de un vaso de oro que cada año debía entregarle el señor del castillo de Piombino, aquel que el rey de Nápoles tuvo que dejar de asediar para huir de manera deshonrosa.

En junio de 1450, el rey, Arnau y la corte que los acompañaba interrumpieron sus actividades cinegéticas para proceder a la firma con los florentinos del tratado de paz que se formalizó en su campamento del macizo Majella, cerca del río Pescara. Poco después, en julio, los embajadores napolitanos firmaban la paz con Venecia. Todos esos fortuitos movimientos diplomáticos tan alejados de la prístina voluntad de Alfonso permitieron, sin embargo, que el 16 de julio el rey los revistiera de victoria y lo celebrara con una nueva entrada triunfal en Nápoles, que realizó por la puerta Capuana. Un centenar de jóvenes a pie cubiertos con sayas blancas con la cruz de Sant Jordi en rojo, ballestas colgadas del cuello y pendones encabezaban el cortejo. Los seguían juglares tambores, flautistas y trompetas; decenas de nobles y principales a caballo; los miembros del Consejo Real, con Arnau sobre un ya viejo Peregrino entre ellos; heraldos y reyes de armas; los embajadores de Barcelona y de Etiopía, país con el que Alfonso pretendía entablar relaciones como contrapeso al casi omnímodo poder del soldán de Egipto en Oriente; el duque de Calabria, Ferrante, portando la espada de su regio padre; y, finalmente, Alfonso, quien cerraba la procesión sobre un corcel blanco enjaezado con gualdrapas bordadas en oro y plata.

El monarca se detuvo para saludar a la duquesa de Calabria, acompañada de su corte femenina frente al castillo Capuano, y luego, entre los toques de campanas de las iglesias por las que discurría, sus sacerdotes en la puerta cantando himnos y el pueblo vitoreándole con vivas al «señor rey de Aragón», prosiguió hasta el cercano *seggio* Capuano. La sede lucía engalanada con telas de oro, seda y raso, y los nobles lo aguardaban en sus sitiales del atrio, donde sus esposas e hijas, vestidas con el mayor de los lujos, danzaban al son de las flautas. En cuanto Alfonso entró, los presentes se arrodillaron ante él para besarle las manos y los pies.

Arnau no ocupaba su sitio en el *seggio*. Permanecía junto al rey, desde donde tuvo oportunidad de saludar con una sonrisa y una inclinación de cabeza a Sofía antes de que esta hincase la rodilla frente a Alfonso.

La vio besar sus manos, y un inmenso sentimiento de congoja atenazó su estómago. Allí estaba ella. Fuera permanecían sus hijos, a los que había reconocido entre el gentío: Lorenzo, el menor, armado con ballesta y ataviado con la saya blanca y la cruz de Sant Jordi; Filippo y Martí ya a caballo, orgullosos como pajes de armas.

Solo faltaba Marina, de la que nada sabían desde hacía nueve meses.

## 12

Superar el invierno en aquella tierra inclemente, fría y montañosa, recluidos en un castillo inhóspito, solo fue posible gracias al carácter de Giacomo y su esposa, Simonetta, quienes suplían con su afabilidad las muchas carencias de lo que pretendía ser un hogar. El matrimonio tenía varios hijos entre los cinco y los quince años que, si bien encontraron en Paolo una referencia diferente a la de su padre o a la rudeza y vulgaridad de los soldados, chocaron con una Marina reticente que vio en ellos a los hermanos humillados a causa de sus muchos errores.

Además de las temperaturas gélidas que hubieron de soportar, el invierno mostró a los fugados una vertiente que les era desconocida: la de la oscuridad y el silencio. Porque si la estación también acortaba los días en Nápoles, en Accumoli los sacrificaba hasta llevarlos a una oscuridad densa, a modo de una manta pesada que todo lo envolvía, y un silencio que los retaba a quebrarlo, como si hacerlo constituyera un delito.

Les costó acostumbrarse a esa interrupción de la vida que no se producía en una capital siempre bulliciosa y en la que no faltaban luminarias a las que fiar el camino. Aquí se apagaba el castillo, salvo las antorchas imprescindibles para la guardia de los soldados, tan escasas y lánguidas que aún resaltaban más la oscuridad de cuanto los rodeaba.

—¿Por qué no me enseñas a mí también? —propuso Paolo a Marina en una de esas noches eternas y opresoras, ambos buscando el calor y el resplandor de la chimenea de la alcoba en la que ella dormía.

El aceite para las linternas estaba restringido por orden de Gaspar, igual que las velas y hasta la leña, limitación un tanto absurda en un entorno de bosques extensos y tupidos, abundancia que era la que permitía cierta lenidad por parte de Giacomo y que les posibilitaba luchar contra el frío.

Marina se alojaba en una estancia bastante amplia, con espacio de sobras, en el último piso de una de las torres que acompañaban a la del homenaje y desde la que dominaba el entorno, hasta entonces siempre nevado. Paolo lo hacía en un cuarto en una construcción anexa junto a los soldados, encima de las cuadras y de servicios como la herrería o la armería, con lo que siempre iba envuelto en efluvios de vaca, gallina, cerdo y mula, pero a cambio dormía caliente. Liboria, por su parte, lo hacía en una esquina de la habitación de Marina, sobre un jergón junto a la chimenea. Por las mañanas, muy temprano, limpiaba la estancia, iba en busca de agua fresca y vaciaba el orinal, luego acudía a las cocinas del castillo, como si su único objetivo en la vida fuera estar allí donde había comida. Iolanda, la cocinera de cabellos rubios contratada a falta de hombres que quisieran encerrarse en aquel castillo perdido, intentó echarla, pero la chica insistió con terquedad, como era usual en ella, y al final se hizo un sitio transportando leña, agua y basura, así como ocupándose de la limpieza y muchos otros trabajos indeseables. La joven fue ganando presencia, mejor alimentada de lo que había estado nunca, y cierta feminidad que no sabía manejar. Tenía la mágica virtud de reaparecer junto a Marina en el momento en el que esta la necesitaba, siempre cubierta con la capa mil veces remendada que le dieran en el viaje y que cuidaba como un tesoro.

Marina se sorprendió ante la petición de Paolo.

—Hace años que nos conocemos y nunca me habías pedido…

—Nunca había necesitado sumar y restar más allá de los dineros que se manejan en la panadería, que son pocos —alegó él—. Tampoco leer, ¿para qué querría abrir un libro un panadero? Lo más importante que hacía en mi vida era llevarte una torta los domingos, y eso ya me animaba durante toda la semana.

Marina creyó ver un atisbo de rubor en las mejillas de Paolo. El contacto diario, la convivencia entre ambos, puesto que cuando el joven no trabajaba con Giacomo estaba con ella, no habían logrado, sin embargo, que superase la timidez y alejase de sí la deferencia con que siempre la trataba. Marina sonrió; siempre sería igual.

—¿Y ahora qué necesidad tienes de abrir libros? —inquirió, no obstante conocer una respuesta adelantada a través del castellano, que había tomado a Paolo como aprendiz.

—Giacomo dice que si deseo ayudarlo en los negocios, debo dominar la aritmética y la escritura. Y también leer los libros que tratan sobre el comercio, y aprender. Y... no sé leer.

Marina no llegaba a entender las razones de Giacomo para volcarse en Paolo con una disposición que le parecía excesiva. Quizá este había venido a ocupar un lugar al que todavía no podían optar sus hijos en aquel ambiente solitario. Bien podía ser así, pero ella creía entrever alguna razón que no terminaba de aclarar. En cualquier caso, la propuesta de ayudarlo no solo la satisfizo, sino que la sedujo, y a partir de aquel día la prematura puesta de sol invernal dejó de ser el preludio del aburrimiento y el final del día para convertirse en el esperado inicio de una actividad que, en cierto sentido, los alejaba de su extrañamiento, de esa situación totalmente anómala, y los unía a los dos solos como cuando paseaban por los jardines del palacio de los Estanyol en Nápoles.

Además de leer, Paolo también quería aprender a escribir.

—No es lo mismo —le explicó Marina en la primera ocasión en la que se sentaron alrededor de la mesa dispuesta frente al fuego—. Hay mucha gente que sabe leer, pero no escribir. Sobre todo mujeres, aunque también muchos hombres. Dicen que nosotras tenemos suficiente con saber leer las cartas de nuestros esposos y los libros devocionales. Sí, yo sí que sé escribir —aclaró a su pregunta.

Sobre la mesa, un pergamino y una pluma. Giacomo, complacido con la iniciativa, les había provisto de ambos útiles. Los pergaminos eran accesibles en los Abruzzos, tierra de grandes rebaños de ovejas con cuyas pieles se elaboraban, remojándolas para pelarlas y descarnarlas, secándolas por tensión y puliéndolas hasta conseguir unas hojas sobre las que escribir, de mayor o menor calidad según la edad del animal seleccionado, desde las vitelas, hechas con las pieles de nonatos o recién nacidos, hasta los pergaminos bastos, confeccionados con las de ejemplares viejos. Se escribía sobre ellos y luego se lavaban o raspaban para reutilizarlos.

Vitela no era la calidad proporcionada por el castellano, pero poco le importaba a Marina en el momento en el que abrió la boca con solemnidad ante Paolo.

—A —pronunció al mismo tiempo que mojaba la pluma en tinta.

Paolo la miró con expectación y ella escribió la letra sobre el pergamino.

—Esto es una «a», la letra «a», la primera, la más sencilla —le explicó señalándola—. Inténtalo. Otra vez —insistió ante los trazos irregulares que surgieron de la mano de Paolo.

Otra vez. Otra vez. Otra vez...

Las letras del abecedario primero, después las sílabas y las palabras los acercaron hasta rozarse, olerse y sentirse el uno al otro. La mano de ella cogiendo la de él, guiándolo en la escritura, notando su piel áspera, aunque también su calor; Marina estúpidamente sofocada; Paolo en tensión, los dedos casi paralizados. «¿Qué es ese borrón?». Las risas. Las miradas tiernas, ¿cómplices? «Nunca», se convenció Marina: Paolo se retraía y escondía su espontaneidad en el preciso momento en el que se daba cuenta de que la enseñanza derivaba en intimidad. Aunque volvían a caer en un juego ingenuo, y repetían. Y él olvidaba las letras y ella reaccionaba con un empujón. «¡La escribiste la semana pasada! —Y le daba otro empujón—. Piensa, piensa, piensa». La grafía que no regresaba al recuerdo, y la vuelta atrás; ganas de cogerle la cabeza y agitársela hasta que expulsase esa palabra perdida. Las disculpas. La gratitud sincera, sentida.

—Te agradezco...

—¡No vuelvas a darme las gracias o dejaré de ayudarte!

Paolo callaba al instante. Ella se sabía incapaz de renunciar a unos momentos que le procuraban un gozo extraviado hacía ya más de un año, cuando un villano irrumpió en su casa y la violó. Luego llegó la acusación de sodomía, los conventos... y la huida. A partir de ahí, todo se lo debía a ese hombre que en ocasiones mostraba la punta de la lengua por encima del labio superior, igual que hacía el hijo pequeño del castellano, cuando concentraba la atención y se esforzaba por dibujar correctamente una letra. ¿Qué habría sido de ella si Paolo no hubiera estado a su lado? Especular con su suerte de no haber contado con él le creaba un vacío que pugnaba por absorberla, como si la propia Marina fuera a tragarse a sí misma. Por lo general, sucedía por las noches, tras la despedida de Paolo. Liboria aprovechaba entonces para colarse en la alcoba y tenderse sobre el jergón junto al fuego. Marina, por su parte, le daba las buenas noches, se acostaba y se arrebujaba, y se quedaba muy quieta hasta que las sábanas ganaban calor.

Tras el trágico día de su violación creyó que jamás volvería a sentirse atraída por un hombre; le asqueaban, le repugnaban. Mientras se barajó la posibilidad de profesar en Santa Chiara, uno de los atractivos para renunciar a su futuro e incluso aceptar ese cuarto voto de clausura perpetua era el de alejarse de todo lo masculino. Luego, ironías de la vida, quisieron obligarla a encerrarse con las mujeres que precisamente habían pecado de promiscuidad con ellos, con unas mujeres que jamás se desprenderían del hedor a sexo sucio.

Todavía no estaba preparada para encontrar en Paolo a un hombre completo; se trataba del muchacho de la torta de los domingos, aunque tampoco pudiera imaginar lo que significaba la virilidad, más allá de la imagen extraída de los libros que tantas desgracias le habían originado, las escenas espiadas en la habitación de los enseres franceses o la traslación del placer alcanzado con Emilia a la ignorada relación voluntaria con varón. Con todo, lo cierto era que Paolo no la repelía. Se encontraba cómoda y segura a su lado en aquellas tierras perdidas entre montañas, despobladas, tan agrestes que ni siquiera su señor acudía a visitarlas.

«¿El conde? —se burló Giacomo el día en que Marina le preguntó al respecto—. Odia este lugar. Odia estas tierras. Odia a sus gentes. A veces pienso que incluso me odia a mí. Si alguna vez pasa por aquí es porque le viene de camino o porque tiene un negocio… complicado —añadió bajando la voz, aunque no hubiera nadie cerca—, de los que solo pueden hacerse en secreto, a espaldas de todo. ¡Esto es nuestro!», exclamó después para animarse y romper la decepción que a él mismo le originaba tal realidad.

Pero si al mercader disfrazado de castellano le oprimía la vida aislada que lo alejaba de sus iguales que trabajaban en los grandes núcleos comerciales, la llegada de la primavera a Accumoli mostró a Marina un universo desconocido, más cerca del cielo, mucho más, como si desde las montañas pudiera tocar esa cúpula luminosa bajo cuya protección creció la hierba y florecieron las plantas allí donde antes se acumulaban mantos de nieve ahora convertidos en caudal de ríos de aguas prístinas y heladas. A lo largo de su vida, Marina había vivido la llegada de la primavera primero en Gaeta y luego en Nápoles. «Escucha cómo cantan los pajarillos», acostumbraba a decirle su madre esa u otra expresión similar, y ella prestaba atención a los silbidos, los trinos y tantos otros gorjeos, y se deleitaba en ellos como la espectadora que presenciaba el resurgimiento de la vida.

Esa primera primavera en Accumoli, sin embargo, tras los meses de frío y oscuridad, fue la propia Marina la que renació y se confundió con un entorno exuberante para convertirse en protagonista de la explosión de vitalidad de la naturaleza. No escuchaba los trinos, reía.

Salió a pasear por las cercanías con asiduidad. Intentó rescatar a Liboria de las cocinas para que la acompañase, pero Iolanda se negó a dejarla ir acostumbrada ya a su ayuda, y por más que lo intentó, Marina no consiguió que aquella mujer que, según se contaba, había llegado de la mismísima Zaragoza diera su brazo a torcer en buena muestra de la famosa terquedad aragonesa.

«Te lo consiento por el excelente trigo cocido que nos haces», le dijo Marina con una sonrisa tras la discusión. Se refería al sabroso y confortable plato que la cocinera les ofrecía durante el invierno y que acostumbraba a ser objeto de chanzas porque se rumoreaba que cierto día Iolanda llegó a perseguir a su esposo por el castillo, insultándolo y enarbolando el rodillo de amasar, por permitir que se quemasen las migas —así las llamaba ella en recuerdo del plato de su tierra— a cuyo cuidado lo había dejado.

Paseó, pues, sin la compañía de Liboria, aunque sí con la de un soldado que Giacomo se empeñó en que la vigilara, de lejos. «Sí —aceptó el castellano—, pero una joven como vos no puede deambular sola por ahí. Además, sois mi sobrina, ¿lo recordáis?». Y es que había hecho correr ese rumor, y en tal calidad tenía a Marina hasta el sacerdote beneficiado con la capilla de la fortaleza. ¿Paolo? Un aprendiz que la había acompañado para ayudar al mercader. En cuanto a Liboria, ¿a quién importaba aquella moza salvo a la cocinera?

Marina se llenó de aire, de paisaje, de frescor, de verdor... y de ovejas, porque, con la primavera, cerca de un millón de animales regresaron a los Abruzos provenientes de los pastos de invierno en la llanura de Tavoliere, en Capitanata. Algunos rebaños hibernaban en las propias montañas con el objetivo de eludir el pago de impuestos, pero la gran mayoría de ellos migraban hacia tierras más cálidas, en este caso, la mayor llanura de toda Italia, cerca de Foggia, ya en el Adriático. Aunque la trashumancia de los animales de los Abruzos se remontaba a los tiempos de los romanos, no había sido hasta la llegada de los aragoneses, a medida que se incrementaba la demanda de lana por parte de la manufactura florentina, cuando alcanzó niveles considerables. El rey Alfonso quiso asimilar la rudimentaria trashumancia de los angevinos con la institución de la Mesta castellana por la que los rebaños cruzaban España en busca de pastos, pero para ello debía procurar las mismas condiciones que garantizaban el paso pacífico de las ovejas por las tierras de unos nobles deseosos de obtener pingües beneficios de las necesidades de los pastores.

A partir de la conquista de Nápoles por los aragoneses, la trashumancia de las ovejas entre los Abruzos y Capitanata se convirtió en un monopolio de la corona, que se interpuso entre pastores y terratenientes. Si se obligó a los primeros a llevar sus rebaños a tierras de la Apulia en invierno y a pagar un impuesto por cabeza, a los segundos se les prohibió la imposición de peajes, ordenándoles ceder el paso por sus tierras, así como a arrendar los pastos al precio tasado por la corona, considerando estos, los pastos, como un derecho regio con independencia del propietario o señor de las tierras. Ya desde 1443, en las primeras Cortes celebradas el mismo año en el que Alfonso entró triunfal en la ciudad de Nápoles, los nobles intentaron oponerse a esas iniciativas. Nunca consiguieron detenerlas, sin embargo, circunstancia esta que, unida a una justicia real expeditiva en materia de trashumancia de pastores y animales, obtuvo los resultados esperados: unos elevadísimos ingresos para la corona a la par que un significativo incremento de la cabaña, que había llegado a duplicarse en los últimos cuatro años, así como de la calidad de la lana debido a la tranquilidad y seguridad que supuso para pastores y propietarios el hecho de contar con el apoyo regio en lugar de tener que someterse a la arbitrariedad y la avaricia de los nobles en cuyas tierras debían pastar o por las que les era obligado transitar.

Pero aquella colosal afluencia de vida a unas montañas deseosas de acogerla puso fin a lo que para Marina se habían convertido en unas relajantes y tranquilizadoras veladas en las oscuras y frías noches de invierno. La gente de los Abruzos vivía principalmente del comercio de la lana y de los demás productos derivados, esto es, la carne y el queso. La cabaña estaba compuesta en más de un noventa por ciento por ganaderos que poseían entre quinientas y cinco mil ovejas, aunque junto a ellos convivían los grandes poseedores, nobles y terratenientes, incluso el rey, que contaban sus animales por decenas de miles. Gaspar Destorrent era uno de ellos, con casi veinte mil cabezas, por lo que la llegada de la primavera, el nacimiento de los corderos, el esquileo y la limpieza de la lana, las ferias de ganado —la más importante en Lanciano, a una semana de viaje—, las negociaciones y las compraventas despertaron en Giacomo un frenesí mercantil larvado por el invierno. Y Paolo se contagió de aquel entusiasmo al modo de un niño al que se le prometiera descubrir un mundo ignoto.

—Practica la escritura y los números —le dijo Marina el día

en que castellano y panadero, próximo el mes de mayo, partieron hacia la feria de ovejas montados en sendas mulas junto con dos soldados como compañía y tres mulas más de reata con sus pertenencias.

—Lo hará, lo hará —prometió en su lugar Giacomo—. Yo me ocuparé.

La sonrisa de Paolo se ensanchó a medida que la recua se alejaba al amparo de un sol brillante que animaba espíritus, medio cuerpo girado sobre la acémila, el semblante feliz e ilusionado mientras miraba a Marina y se despedía, partiendo a la aventura. Ella forzó una sonrisa. ¡No quería que se fuese! Lamentó la soberbia con la que a veces continuaba comportándose con él inconscientemente, de forma rutinaria, una actitud que se acentuaba con el joven sometido a ella desde el primer domingo en que apareció con una torta en sus manos. Acababa de decirle que practicara en lugar de acercarse a él para desearle fortuna en su empresa al tiempo que le posaba la mano en el antebrazo... Habría sentido su calor como en las sesiones de lectura y caligrafía, y Paolo se habría llevado consigo el de ella.

Se prometió cambiar de actitud con Paolo antes incluso de que este recuperase la posición, se acomodase sobre la mula y encarase el camino. Ella, por su parte, se volvió hacia el castillo: Simonetta y sus hijos todavía despedían a la caravana desde la ventana de la torre del homenaje en la que vivían, y Iolanda y Liboria miraban en silencio desde el exterior de la cocina. Reparó en los cuatro soldados que quedaban en la fortaleza y se preguntó qué sucedería si alguien la atacaba. Aquellos hombres vagaban por el patio, indolentes, sucios, groseros... Aunque lo más importante si realmente se entraba en conflicto era lo que sucedería con las mujeres después de que atrancaran las puertas del castillo y se aislaran en su interior. Pese a la calidez del ambiente, un temblor frío la asaltó igual que si estuviera desnuda frente a todos ellos. Alzó la mirada hacia Simonetta, ya sola en la ventana, que se la devolvió transmitiéndole idéntica preocupación.

Todavía creía percibir aquel olor a animal que impregnaba la ropa y hasta el cuerpo de Paolo tras dormir sobre cuadras y gallineros, y ya lo añoraba. Pero si la esposa del castellano compartió la congoja desde su atalaya aparentemente inexpugnable, Liboria comprendió la angustia que atenazaba a Marina. Así, sin ser requerida para ello, la otrora indigente hambrienta abandonó el mundo de las cocinas que tanta seguridad le dispensaba y se pegó a ella, día y noche, esta vez armada con un cuchillo de dimensiones considerables que, robado o quizá cedido por su amiga de Zaragoza, escondía bajo la capa, ya adherida a su piel. Marina la imaginó enfrentándose a alguno de aquellos soldados con el mismo arrojo y agresividad con que lo hiciera a las afueras de Nápoles ante los vagabundos que intentaron acercarse a ellas, pero en lugar de utilizar piedras, gritos y escupitajos, en esa ocasión lo haría blandiendo un cuchillo... Y se sintió tranquila; ninguno de aquellos hombres gozaba de tal ferocidad.

Paolo regresó exultante al cabo de cinco semanas. Marina casi no podía hablar. Habían comprado y vendido lana y ovejas, le explicó. La cabaña de Gaspar, que regresaría a los Abruzos en busca de los pastos de verano, engendraría del orden de unos nueve mil corderos. Un tercio de ellos se destinarían a la rotación de los animales, y los restantes, junto con los más viejos, se venderían para carne también en Lanciano. Aunque eso sería en la feria de septiembre, donde asimismo se ofertaría la lana procedente del esquileo de finales de verano, de menor calidad que la de primavera. Con aquellos manejos, las madres proporcionarían leche más que suficiente para las toneladas de queso que se elaboraban en la zona.

—¿Has escrito? —se interesó Marina entre frase y frase de Paolo.

—¡Y hemos ido en barco con las ovejas! También hemos comprado la lana de muchos otros pastores, y Giacomo ya la tiene vendida a los florentinos...

—Pero ¿has practicado?

—Sí, sí. He escrito. —El semblante de Paolo mudó a la gravedad. Marina no aguantó una mirada en la que creyó percibir reproche—. Giacomo me ha enseñado a llevar los asientos en los libros y...

—Bienvenido —lo interrumpió intempestivamente Marina, alarmada por continuar presionándolo en lugar de animarlo—. ¡Dame un abrazo!

Sorprendido, dudó si acercarse a ella. Y cuando lo hizo, casi forzado por aquellos brazos extendidos para acogerlo, no fue capaz de apretar su cuerpo contra el de ella y mantuvo una distancia que, aun así, a Marina le pareció la situación más tierna vivida a lo largo de las semanas de ausencia del castellano y su aprendiz.

Si se hubiera abalanzado sobre ella, la hubiera decepcionado, concluyó Marina mientras cenaban en la torre del homenaje junto a Giacomo y Simonetta, algo que no había sucedido desde su llegada a Accumoli, pero que ahora, tras el viaje, se planteó como una consecuencia natural. Pese a Liboria y su cuchillo, desde la partida de Paolo no dejó de temer que alguno de aquellos soldados la acosara, y la primera imagen impactante consistía siempre en un sórdido abrazo del que no podía zafarse; luego, en un momento u otro de sus pesadillas, despierta o dormida, conseguía alejar esos sueños perversos y respirar tranquila de nuevo. Ahora le sucedía lo contrario: recordar la cercanía del cuerpo de Paolo, las manos tímidamente apoyadas en sus hombros, le aceleraba la respiración.

La inquietó que pudiera notarse aquel repentino acaloramiento, aunque parecía difícil que alguno de los comensales se apercibiera de ello, inmersos como estaban en un ambiente dicharachero en el que, para su sorpresa, Paolo intervenía tanto o más que Giacomo, con una Simonetta que asentía aunque también participaba, acostumbrada a escuchar en silencio sobre los negocios de su marido. Los tres reían y charlaban, y Marina se sumaba, aunque cuando hablaban de ovejas, ignorante de su naturaleza y comercio, simulaba concentrarse en la magnífica dobladura de carnero con la que Iolanda festejaba el regreso de su patrón: pedazos grandes de carne fritos con cebolla en grasa de tocino y cocinados después en el propio jugo mezclado con un majado de pan tostado, avellanas y azafrán al que se añadían veinte yemas de huevo bien batidas, todo espolvoreado, una vez ya servido en las escudillas, con canela molida.

La actividad comercial continuó frenética tras el viaje a la feria de Lanciano. A finales de la primavera se produjo el primer esquileo del ganado y después la selección de la lana por su calidad y su lavado antes de ensacarla para la venta, y Paolo participó en cada uno de esos procesos como si la vida le fuera en ello. La afluencia de la gente necesaria para todos esos trabajos, entre la que se contaban muchas mujeres y niños, convulsionó un valle que hasta entonces solo parecía perturbado por los balidos de las ovejas.

Marina trataba en vano de recuperar la intimidad de la que disfrutara con Paolo durante el invierno, pero este, o bien regresaba cansado ya anochecido al castillo, si lo hacía, o bien era requerido por Giacomo para revisar el estado de los negocios. Fueron escasas las ocasiones en las que pudo acercarse a su amigo para charlar con él. En ellas evitó preguntarle por la lectura o la escritura, aunque le quemaba la necesidad de comprobar sus progresos, y callaba por no imponerse, por no alzarse sobre él como la diosa que lo hiciera en Nápoles.

Pero entonces no tenían de lo que hablar y Paolo caminaba a su lado como acostumbraba en los jardines del palacio de los Estanyol, en silencio, a la espera de que ella tomara la iniciativa. Preocupada por la situación, Marina proponía algún tema de conversación que ya tenía preparado y que consideraba que le interesaría: su madre, Orsolina, y su propia familia, Sofia, sus hermanos y Arnau. A través de la correspondencia que Giacomo cruzaba regularmente con Gaspar habían conseguido mantener el contacto con Orsolina, quien, después de que Gaetano le leyera la carta, les informaba a través de la misma mano acerca de la situación de todos ellos en Nápoles: se encontraban bien de salud. El duque de Lagonegro había liberado a la madre de Paolo y esta no había sufrido represalia de ningún tipo, por lo que continuaba al frente de su negocio, con mayor carga de trabajo, por supuesto. Arnau todavía insistía en encontrar a su hija, aunque quizá con menor empeño, si bien seguía jurando que se vengaría de Paolo por traidor. En siguientes cartas comentó que el duque parecía empezar a asumir ya la desaparición de su pupila y el más que probable trágico destino de ambos vagando sin recursos por los caminos del reino. Los hermanos de Marina estaban bien, convirtiéndose en nobles. Y Sofía... Sofía sabía que ella vivía, aunque no dónde, y que se encontraba protegida, aunque no por quién, y en buen estado, y nunca contaría nada a nadie. Ese había sido el trato con Orsolina, y esta los tranquilizaba, convencida de que aquella madre angustiada lo cumpliría. La primera vez que Marina leyó esa noticia, una noche del pasado invierno, lloró. Paolo no pudo explicar la razón por la que su madre había desvelado tales afirmaciones. Marina sabía lo mismo que él; en esa época, las cartas las escribía y las leía ella.

La correspondencia con Nápoles se había incrementado al mismo ritmo que los negocios, y las noticias de los suyos, aunque triviales, les llegaban con fluidez.

—¿Qué te parece que tu madre haya ascendido a Angelo en la panadería, Paolo? —le preguntó Marina.

—Bien.

Paseaban por los alrededores del castillo sin haber llegado a bajar al valle, donde Paolo tenía puesta la mirada. Marina vio en él a un niño al que se le retiene e impide correr a jugar.

—¿Crees que podrá cumplir con tanto trabajo?

Paolo respondió con un murmullo que tanto podía significar que sí como que no.

—¿Podrá sustituirte...? En la panadería, quiero decir —añadió con una risa forzada.

Otro murmullo.

—Ah, vale —concedió la joven como si lo hubiera entendido—. Tu madre parecía satisfecha... ¡No me respondas con otro ruido impertinente! —interrumpió ella el inicio de una nueva contestación huidiza—. Si no quieres hablar, no es necesario —le retó.

No lo hicieron. Anduvieron un rato más hasta que Paolo corrió en pos de un rebaño de ovejas sucias, escandalosas y malolientes, como en ese momento las consideró Marina, porque, de poder, las habría sacrificado a todas por recuperar la atención de Paolo.

Unos días después, Marina decidió conocer a su enemigo y, acompañada por Liboria, se presentó en un amplio conjunto de cobertizos en los que esquilaban la cabaña de Gaspar.

El escándalo era ensordecedor. El ir y venir de gentes y animales junto con los gritos y las órdenes resultaban agobiantes.

—Están ahí encerradas para que suden —le explicó Liboria señalando un ingente rebaño de ovejas apelotonadas en un cercado, sin poder moverse, balando desenfrenadas.

—¿Y para qué quieren que suden? ¿No van a esquilarlas? —inquirió Marina de forma refleja.

—Ya, pero con el sudor se les reblandece la grasa por debajo de la piel y entran mejor las tij... —La muchacha se topó con la mirada penetrante de Marina y dudó, aunque se recompuso enseguida y continuó con su desparpajo habitual—: Las tijeras. La lana se ahueca y es más fácil esquilarlas —añadió simulando cortar con dos de sus dedos—. Me gusta —prosiguió, con idea de seguir explicándole el proceso—. He venido varias veces...

—¿Y quién ha tenido tiempo para contarte todo eso?

En esa ocasión, Liboria bajó la mirada y no contestó, sabedora de que su señora no aceptaría con agrado que le revelara que Paolo había estado explicándole todo aquello y mucho más, con una locuacidad y una simpatía que no brillaban en sus conversaciones.

Entraron en una amplia explanada que se abría entre las construcciones adonde llevaban a los animales, les ataban las patas y cerca de una cincuentena de hombres a juicio de Marina, entre los que reconoció a la práctica totalidad, sino a todos los soldados de un castillo evidentemente desprotegido, hincaban esas tijeras antes imaginarias e iban cortando la lana a flor de piel.

Pastores que cuidaban de las ovejas fuera y en el redil. Hombres que entraban los animales, otros que los sacaban tras perder el vellón. Los esquiladores. Quienes curaban las heridas. Aquellos que clasificaban el producto. Los que recibían los vellones y separaban la lana de las partes bajas y la de las patas para luego hacer un nudo con el resto. Los velloneros que los transportaban al almacén donde otros los apilaban muy apretados. Las mujeres y los niños que, cargados con cestos, recorrían constantemente el lugar recogiendo los flecos que caían de los vellones. Los que traían agua o vino o comida. Las que horneaban y llevaban pan. Hasta vagabundos que mendigaban algo que llevarse a la boca y a los que siempre les caía un platillo de vientre, cabeza o asadura. Centenares de personas dirigidas por Giacomo, algún pastor viejo… y Paolo, que iba de aquí para allá entre el polvo y las hebras de lana que enturbiaban el aire, hablando, señalando, dando órdenes o explicaciones entre gritos y risas, o bien regañinas, conminando a todos al trabajo.

Marina, pasmada, no pudo apartar la mirada de aquel tímido panadero que le presentaba una torta los domingos convertido ahora en un jefe autoritario y resolutivo. Supuso que él se daría cuenta del intenso asedio visual al que lo sometía, parecía natural que se percatase; además, ella y Liboria estaban allí, a la vista, dos piezas sueltas que no encajaban en el engranaje productivo y en las que Paolo no reparó por más que en algún momento hasta pasara cerca de ambas, tal era su concentración y entrega al esquileo.

—¿Y por qué conmigo no eres así? —masculló Marina, ajena a la presencia de Liboria, que frunció los labios, si bien más todavía cuando vio cómo una mujer de las que recogían los restos de lana perdidos palmeaba el culo a Paolo mientras pasaba por su lado y soltaba una risotada.

La muchacha contuvo la respiración confiando en que Marina no se hubiera apercibido, pero bufó el aire retenido al advertir que no había sido así.

—¡Guarra! —la oyó maldecir—. ¡Vámonos, Liboria!


Paolo se le escapaba. ¿Cuándo tuvo esa sensación? El día en que él le dijo que se iba de viaje a Florencia.

—Con Giacomo —añadió como excusa suficiente.

—¿A qué?

—A comerciar.

¿Cuándo asumió que le importaba? El día en que la soledad nubló un sol brillante, el milagro de una naturaleza exuberante se escondió a su mirada y solo quedó la estridencia de millares de balidos que se burlaban de ella y pugnaban por desequilibrarla. Gaspar le proporcionaba comida y techo, y hasta ropa nueva, como si fuera una criada pero sin obligaciones. No poseía nada. Tampoco tenía a nadie. Las noticias que le llegaban con regularidad de su familia y que deberían haber calmado su desaliento no conseguían más que sumirla en la nostalgia. ¡Nápoles! ¡Cuán lejos quedaba! En poco tiempo cumpliría un año encerrada entre aquellas montañas a modo de inmensa prisión. ¿Su compañía? Liboria, una desheredada que se entregaba a ella, pero tan simple que solo perseguía alcanzar la felicidad a través de las sobras que le dispensaba Iolanda. Y Simonetta, porque sus hijos, toscos al modo del entorno, le devolvieron el inicial rechazo con el que Marina se presentó ante ellos. Con los hombres de viaje, la esposa del castellano cambió su actitud y se comportó de manera cruelmente sincera.

—Deberías encontrar a un hombre —la exhortó más que aconsejó.

Desde hacía tiempo, Giacomo y su esposa habían dejado de tratarla de vos y la tuteaban. Marina se sorprendió y se dolió de aquella acritud, por lo que dudó esa vez si revivir a la baronesa en su respuesta y replicar que ni ella lo necesitaba ni Simonetta era quién para advertírselo. Sin embargo, aquellas montañas, las carestías y la desesperanza habían, si no suavizado su carácter, sí contenido su espontaneidad.

—¿Aquí, en Accumoli? —ironizó.

—¿Dónde si no?

La contestación escondía mil afirmaciones implícitas: «No eres nada», «No eres nadie», «Eres una mujer malograda, estropeada...». ¿Sabía Simonetta de su vida? ¿Sabía de su violación? Sí. Sus ojos se lo confirmaron. Una sodomita. También estaba al tanto de ello. Una mujer que si regresaba a Nápoles sería recluida de inmediato en un convento. La insolencia que poco a poco iba fluyendo desde la castellana confirmaron a Marina cuanto de malo podía sospechar de ella.

—No puedes pretender envejecer aquí, en este lugar —apuntó Simonetta como si conociese lo que discurría por la mente de la otra—. Al final se sabrá. Tú quizá puedas esconderte, pero Paolo no. Es un joven bien dispuesto. Prosperará, viajará, probablemente ganará dinero y eso le traerá enemigos, siempre pasa, y lo señalarán, y contarán su historia... y la tuya, y el duque se enterará y después te encontrará —sentenció.

Marina negó con la cabeza ante la amenaza, pero sin excesiva convicción.

—No... —titubeó.

—Sí. Lo sabes. —Simonetta forzó una risita sardónica—. ¿Qué somos las mujeres? Piensas como si todavía fueras baronesa, pero perdiste tu calidad... La perdiste —insistió ante el intento de discutir por parte de Marina—. Y las mujeres no somos nada sin ellos. O esposas o monjas o putas. No tenemos más opciones. Elige.

Días más tarde, cuando Giacomo regresara de Florencia, su esposa trataría de describirle el rictus de desconsuelo que asoló el rostro de Marina tras su diatriba.

—¿Era eso lo que querías? —terminó preguntándole.

No. Él no lo deseaba, admitió Giacomo con un gesto de resignación. La joven no era mala persona, ingenua sí, desde luego, resultado de una vida regalada, pero no pretendía el mal de nadie, algo extraño. Sin embargo, esas habían sido las recientes instrucciones de Gaspar. «Desampardla —les ordenaba—. Que interiorice su dramática situación. Que se sienta una mujer sola, indefensa, vulnerable, y busque el amparo espiritual y hasta físico del panadero».

En un primer momento, Gaspar, excitado al recuerdo de las caderas y las firmes nalgas de la joven transportándolo a un éxtasis asombroso, se regodeó en la posibilidad de acudir al castillo y volver a disfrutar de la hija de Arnau. Con el tiempo, no obstante, la distancia y la incomodidad del viaje, sus muchas obligaciones y la pereza enfriaron su ánimo. Además, si lo hacía, se descubriría: en aquel lugar dejado de la mano de Dios no podría utilizar ardid alguno. ¿Y qué haría con la chica? Tendría que librarse de ella, pero siempre pendiente del riesgo de que, un día u otro, se conociera la verdad. En ese caso, la ira del padre se desataría de forma incontrolable, sustentada en una razón que ni el rey podría obviar y que los miembros del tribunal de San Lorenzo valorarían en una causa que permanecía paralizada, al parecer debido a la intervención de un juez de la Vicaria, según le habían revelado en confianza. Gaspar no se quejó; no le disgustaba la dilación de un procedimiento en el que sabía que Arnau se sentía perdedor. Era otra forma de tortura, una posibilidad de maltratar a su enemigo que se le presentó de forma totalmente casual y que vino a ratificar la fortuna de la que creía gozar, porque si bien consideraba que la primera denuncia de Arnau, acusándolo de haber violado a su hija, era insostenible, siempre flotaba en el ambiente la posibilidad de que algo se complicase, o de que, aun sin torcerse, aquel soldado loco que encontraba en el honor y la palabra las excusas a cualquier disparate lo atacara, le originase graves perjuicios o, incluso, lo matara.

Pero Arnau cometió un error imperdonable al cobijar en su palacio al viejo criado de los franceses, quien aprovechó la oportunidad de conseguir su deseada tumba traicionando a sus señores y vendiendo a Gaspar, cuya contienda con Arnau se desarrollaba a la vista de toda Nápoles, los secretos de las apasionadas escenas de sexo entre Marina y Emilia, a cuya visión, escondido, notó una nostálgica punzada de su ardor juvenil. Con esa delación, Baltassare consiguió su funeral y Gaspar obtuvo los argumentos suficientes para hundir públicamente a su odiado hermanastro.

En el momento en el que renunció a sus fantasías con Marina, el conde de Accumoli concluyó que tampoco podía mantenerla de por vida en el castillo. Alguien tenía que hacerse cargo de ella, y el más indicado, sin duda, era ese panadero con el que la joven, según le contaba Gaetano, mantenía una relación excelente. De esa forma conseguiría librarse de la chica y devolvérsela al padre atada y entregada carnalmente a un hombre de condición humilde, algo que enervaría y que humillaría todavía más al duque de Lagonegro y a su amante.

Así, de conformidad con las nuevas instrucciones del conde, el jefe de aquella mísera guarnición se permitió agarrar el culo a Marina a su paso camino del patio del castillo. Varios de los soldados rieron a la vista del traspiés que dio la joven, sorprendida ante el apretón, y continuaron haciéndolo, con descaro, cuando ella se enfrentó al cabo.

—¡Qué te has creído! —gritó mientras se sobreponía al tropezón ayudada por Liboria, que había logrado sujetarla de un brazo. Zafándose de aquel auxilio, se irguió y recompuso una presencia escarnecida—. ¡Y vosotros, ¿de qué reís?! —recriminó a los soldados.

El cabo no contestó; le dio la espalda y continuó con sus quehaceres. El resto de los hombres fueron acallando unas carcajadas que transformaron en sonrisas, pícaras algunas, lascivas otras, todas insolentes.

—¡Os denunciaré al castellano! —los amenazó Marina sin lograr que renunciaran a su indolencia.

—Controlad a vuestra criada —le advirtió uno de ellos ante una Liboria airada que hurgaba ya entre los pliegues de su capa en busca del cuchillo.

El primero no había finalizado su advertencia cuando otro de los soldados avanzó unos pasos hacia ambas al tiempo que rugía y las amenazaba con las manos a modo de garras y mostraba los dientes, la cara contraída, como si se tratase de un animal.

Las dos jóvenes saltaron hacia atrás.

Las carcajadas estallaron de nuevo.

—Les llamaré la atención... —prometió Giacomo esa misma noche cuando, al regreso de Paolo, Marina le contó lo sucedido y acudieron a quejarse al castellano.

—¿Solo eso? —exclamó Marina—. ¿Les llamaréis la atención? ¿No les impondréis un castigo ejemplar?

El castellano simuló pensar una contestación que, sin embargo, había preparado ya:

—Debemos tener presente que esos hombres llevan aquí mucho tiempo de guardia, que en estos parajes no hay muchas mujeres disponibles y que sus necesidades los acucian.

—¡Tienen que reprimirlas! —volvió a interrumpirlo Marina.

—¿Reprimirlas...? —quiso terciar Simonetta, quien, sin embargo, se vio acallada por su esposo.

—Deberían —afirmó este—, estoy contigo, pero ven a una mujer joven y atractiva y soltera, sin un hombre que procure por ella y la defienda, y pierden el respeto. Ten en cuenta que lo pierden incluso ¡con quien creen que es mi sobrina!

Esa condición supuso un inconveniente para el cabo de la guarnición.

—Es vuestra sobrina —se extrañó este después de que Giacomo le instara a sobrepasarse con ella.

—Ya, ya —contestó el castellano—, pero no te pido que la fuerces, solo que la asustes, que se sienta insegura...

El cabo se comprometió, pero no pudo hacerlo en nombre de sus soldados.

—Sabéis que un hombre encelado... —le advirtió—. ¿Cómo voy a dominarlos si soy yo el primero que...?

—¡Pues tienes que hacerlo! —le ordenó el castellano.

Ese mismo argumento utilizó ante la insistencia de la joven, que discutía con Simonetta ante un Paolo superado, convertido en simple espectador.

—Lo siento, Marina —pretendió poner fin a la contienda entre su mujer y su supuesta sobrina—. Intentaré ser contundente con el cabo y con el resto de los soldados, pero siempre debo sopesar la posibilidad de que se rebelen; no sería la primera guarnición que lo hiciera. Les importa poco. Son hombres de fortuna que sin duda, y en los tiempos que corren y en tierras de frontera, encontrarían acomodo unas millas más allá, donde son tan necesarios como aquí. Nadie les preguntaría. Nadie los perseguiría... Eso si no se quedasen directamente en esta fortaleza y el conde, en lugar de sustituirlos a ellos, lo hiciera con nosotros. Si lo desean, nos someterían sin necesidad siquiera de utilizar sus armas.

Marina rememoró las veces que había temido que cualquiera de aquellos hombres se sobrepasara, un peligro que la acechaba con insistencia desde que Paolo empezara a viajar y la abandonara en aquel castillo.

—¿Crees que serían capaces? —le preguntó esa noche a Paolo, interrumpiendo unas clases cada vez más fructíferas para un hombre que empezaba a dominar la lectura, pero sobre todo la escritura, dibujando los caracteres de forma grácil con unas manos de dedos largos y hábiles con los que Marina soñaba en ocasiones, aunque nunca recordara qué hacían con ella. Él, concentrado, emitió un gruñido a modo de pregunta—. Los soldados —aclaró ella, para luego insistir—: ¿Te parece que serían capaces de rebelarse y tomar el castillo?

Paolo dejó su tarea y se enfrentó a Marina con seriedad.

—Desgraciadamente, esos bellacos son capaces de cualquier cosa —afirmó más por apoyar a su maestro que por convicción—, aunque tienes a Liboria con su cuchillo para defenderte —bromeó después para restarle importancia.

Y le sonrió.

Liboria había saltado hacia atrás igual que ella ante el soldado que se abalanzó hacia ambas de forma salvaje. Quizá la muchacha no fuera tan feroz como Marina suponía.

—¿Tú me defenderías?

Paolo dejó de escribir y alzó la cabeza. Una vez más, Marina se fijó en sus dedos, y un impulso la llevó a cogerlos y posarlos sobre la palma de su otra mano extendida a modo de bandeja. Demasiado delicados para pelearse con un soldado rudo.

—No... —quiso rectificar.

—Claro que lo haría —susurró él con una intimidad que estremeció a la joven.

Marina deseó besar las yemas de aquellos dedos.

—Escribe, escribe —lo instó en su lugar, turbada.

Paolo continuaba yendo con Giacomo de un lado a otro del reino. Tal como desaparecían las mulas por el sendero que descendía al valle, el entorno del castillo se enrarecía con un pesado hedor a lujuria que impedía respirar a Marina y que la obligaba a buscar compulsivamente bocanadas de aire fresco. Aunque los soldados no la tocaban, se sabía desnuda en sus mentes calenturientas.

Buscó apoyo en Liboria, siempre dispuesta, pero para su contrariedad, una mañana, cuando la muchacha debía regresar a su alcoba con leña para la chimenea, apareció acompañada de uno de los soldados. Si bien Marina le negó la entrada, no pudo impedir empero el detallado examen que el hombre hizo de su entorno íntimo desde el vano de una puerta que no le permitió cerrar.

La curiosidad del guardia concedió a las dos mujeres la posibilidad de cuchichear entre ellas mientras ordenaban los troncos. Se llevaban a Liboria con el esposo de Iolanda, el pastor, que necesitaba más ayuda para trashumar el gran rebaño de Gaspar a los pastos de invierno ahora que se acortaban los días. ¿Por qué? Liboria no lo sabía. Ella no entendía de ganado. ¿Negarse? Tal como lo intentó, la condujeron a patadas y empujones hasta el portón del castillo para echarla. Al final cedió, ¿adónde iba a ir si no?

—Volveré —le prometió la joven, el labio inferior y el mentón temblorosos, los ojos húmedos.

Marina habló con la cocinera, que no supo darle razón. Luego lo hizo con Simonetta.

—No la mandéis con las ovejas —le rogó—. La necesito conmigo.

—¿Te ha pasado algo? ¿Han vuelto a sobrepasarse contigo los hombres? —se interesó la castellana.

—No...

—¿Entonces...?

¿Debía reconocerle que tenía miedo?

—Quiero tenerla a mi lado —casi exigió—. Os lo pido por favor —rectificó su tono—, le he cogido apego.

Simonetta se irguió y suspiró antes de contestar.

—En verdad te estamos haciendo ese favor —la sorprendió—. Escucha —le pidió antes de que interviniese—: el conde de Accumoli se ha enfurecido al enterarse de la existencia de esa desdichada y de que la alimentábamos sin contraprestación alguna. Cuando tú y Paolo llegasteis aquí, Giacomo os dijo que comería de vuestra comida y que dormiría con vosotros, y con el tiempo eso fue quedando en el olvido, y la cocinera se aprovechó para descargar tareas que le son propias y la situación se consolidó. Mi esposo ha tenido que soportar la reprimenda del conde por esos gastos que no quiere afrontar en favor de una persona que no trabaja...

—Puede hacerlo —la interrumpió Marina sin pensar.

—Eso es precisamente lo que ha decidido Giacomo.

Marina titubeó.

—Me refería a que trabajara aquí, en el castillo.

—El castillo estaba bien atendido antes de que llegarais, y sigue estándolo ahora; Iolanda y las demás criadas son suficientes. El conde no aceptará más dispendios por ese concepto. Aquí, esa chica sobra. Además, reconozcamos que no es la más indicada para servir ni limpiar. El cuidado de los animales parece más adecuado a sus circunstancias. Si se esfuerza, estará bien con las ovejas.

—Pero...

—Marina..., Paolo ha explicado a Giacomo el motivo por el que esa pordiosera llegó hasta aquí. Es de agradecer que os ayudara. Sin embargo, no es más que una desahuciada que, de no ser por la generosidad de mi esposo, habría vuelto a la mendicidad y a la ratería, aunque te aseguro que en las montañas es mucho más difícil sobrevivir que en una gran ciudad, donde es posible confundirse entre el gentío después de hurtar comida y dineros. Aquí los lugareños están al tanto de sus propiedades, tienen muy pocas, y no acostumbran a mostrar compasión con los ladrones. La orden del conde de Accumoli era que echásemos a Liboria sin consideraciones. En lugar de ello, Giacomo le ha concedido la oportunidad de aprender con las ovejas. Deberías alegrarte.

Le fue imposible animarse con el destino adjudicado a Liboria. Añoraba su compañía en el momento en que oscurecía y los ruidos, que durante el día pasaban desapercibidos, cobraban maldad y se convertían en perversos heraldos de mil desgracias en la noche. Marina atrancaba la puerta y la comprobaba, una, dos veces..., avivaba el fuego y trataba de concentrarse en la lectura de una copia de las *Crónicas de L'Aquila*. Sin embargo, si le agradó sobremanera cuando lo descubrió en la biblioteca de Giacomo, aquel manuscrito se confabulaba ahora con sus miedos y permitía que las letras desfilaran ante sus ojos al ritmo de las pisadas de los soldados que discurrían por delante de su puerta o por debajo de la torre. No era usual aquel trajín. Marina temblaba y se encogía en el sillón. ¿Y si asaltaban la alcoba? Nadie acudiría en su ayuda. Simonetta y sus antipáticos hijos se aislaban en la inexpugnable torre del homenaje. Iolanda y las otras criadas lo hacían en grandes habitaciones compartidas junto a las cocinas; además, eran mujeres duras, fuertes, agresivas. Ella, sin embargo, era presa fácil, joven y atractiva, sin duda codiciada por unos hombres groseros y bastos. Volverían a violarla, quizá varios…

Al compás de visiones terroríficas, algunas reales, que saltaban de sus recuerdos de forma dolorosa, otras imaginarias, aunque tan pavorosas como las primeras, su estómago pugnaba por reventar a base de calambres y retortijones. Los pinchazos se ensañaban con su pecho, y Marina jadeaba en busca del aire que le faltaba. El llanto la consolaba y se refugiaba en el lecho en busca de un sueño que cada noche le costaba más conciliar. Allí se ovillaba bajo las mantas a la espera de que amaneciese, atenta a los ruidos, a las pisadas y a las risotadas de los hombres que tanto insultaban al silencio como la atemorizaban.

La falta de descanso reparador, el cansancio y la angustia permanente ya trasladada a los días atacaron su cuerpo: adelgazó y su rostro mostró ojeras y fatiga. La soledad que la abatía jornada tras jornada la llevó a encerrarse en su alcoba, con lo que entró en una espiral peligrosa. Barajó posibilidades. Regresar a Nápoles, la única que se le ocurrió, buscar la protección de su madre y rendirse a Arnau… Pero se sentía exánime, vacía. ¿Estaría mejor en el convento de las egipciacas que en Accumoli? Unas lágrimas cansinas enturbiaron sus pensamientos y le impidieron siquiera comparar. Pasaba horas acodada en el alféizar de la ventana de su torre, desde la que dominaba el valle, esperando… ¡precisamente aquello! La recua de mulas de regreso al castillo.

Bajó la escalera cuidando de no tropezar, y poco le importó la presencia del guardia en la puerta, ni lo que mirara o pensase o deseara. Aguardó con impaciencia a que las mulas, de una lentitud exasperante, llegaran hasta ella, y un impulso irrefrenable la llevó a abalanzarse sobre Paolo.

—¡Gracias a Dios que habéis vuelto! ¡He rezado por el buen fin de vuestra empresa! ¿Estáis bien…? ¿Tú estás bien? —inquirió con la voz tomada, pugnando por no llorar delante de él, por no derrumbarse—. ¿Cómo ha ido todo?

—Bien, muy bien —contestó Paolo, sorprendido por tan inesperada y efusiva bienvenida.

Marina casi se abrazó a la pierna que colgaba de la mula, él sentado atrás, sobre la grupa, y de tal guisa lo acompañó hasta el patio. Desde aquel momento hasta que emprendió un nuevo viaje, buscó la seguridad en un Paolo cuya sola presencia ahuyentaba sus miedos. Recuperó el sueño ante la certeza de que, si gritaba en la noche, él la oiría y acudiría en su ayuda. Cuando se encontraban, procuraba no apabullarlo. Dejó de provocar la conversación y esta solo surgía de manera natural, y, por encima de todo, se obligó a respetar sus muchos silencios, lo que los condujo a una relación tranquila y sosegada en la que Marina se encontró tremendamente cómoda. No mandaba, no decidía, no se erguía por encima de él, no peleaba; una actitud que aplacó aquel espíritu de la nobleza enraizado en el poder y el conflicto en el que la habían educado.

Perseveraron en la instrucción de Paolo, y en la calma de la noche, él escribiendo, ella leyendo, el rasgueo sobre el pergamino se convirtió para Marina en una especie de música a cuyo son veía danzar los dedos de él. El silencio se convirtió en el mayor aliado de los sentidos, y todo lo que hasta entonces se estrellaba contra palabras o recriminaciones exacerbó ahora una sensibilidad latente. En la quietud, Marina escuchó la respiración de Paolo y acompasó la propia al ritmo que él marcaba. Se extrañó de que el olor a los animales sobre los que dormía ya no le molestara. Se había acostumbrado al campo y a unos impactos olfativos de tal intensidad que aquel que quedaba impregnado en Paolo más parecía el sutil aroma que lo ataba a ese lugar; un signo de pertenencia en lugar de un estigma. Lo miraba de reojo mientras simulaba leer, él empeñado en la escritura, aunque la práctica ya no le exigía apoyar su esfuerzo en la punta de esa lengua que aparecía sobre su labio superior. Sonrió al recuerdo. Pero, por encima de todo, el silencio, la quietud y la tranquilidad convirtieron cada roce en un acontecimiento con identidad propia, embriagador. Marina sentía el calor de Paolo y buscaba acercarse a él, tocarlo, notar su vida.

Al cabo de un mes, cuando las noches ya eran largas y frías, Paolo volvió a partir de viaje con el castellano. En el lecho, acurrucada, Marina luchó con otros miedos que no tenían que ver con aquel castillo y, por primera vez desde que la fortuna le diera la espalda y un ser infame la violase, permitió que su deseo flirtease con el sabor de la boca de un hombre.

Marina tuvo que abandonar su alcoba. Ciertamente, tras la del castellano, la suya era la más amplia y acogedora del castillo de Accumoli. Con la ayuda de Iolanda y una criada, recogió sus escasas pertenencias, ordenó la estancia y se mudó a la torre del homenaje.

—¿Compartir lecho con vuestra hija? —había preguntado ofendida a Simonetta, encargada de trasladarle las órdenes de su esposo. Nunca había dormido con terceras personas, excluyendo la noche en que lo hizo con Emilia y alguna otra con su madre o con sus hermanos, de niños, más como un juego cariñoso.

—Si no te conviene —replicó la otra—, puedes hacerlo en las cocinas, con las criadas... o en la zona de Paolo y los hombres. O donde quieras.

Calló y entregó su alcázar a los criados de Vincenzo Piccolo, un acaudalado comerciante de L'Aquila, la más importante de las ciudades de los Abruzos, que controlaba una buena parte del mercado del azafrán con el que se elaboraba el tinte amarillo para las prendas y que, debido a unos peajes históricamente favorables, constituía, con la lana, una de las riquezas de la zona.

Piccolo se hallaba de paso y había hecho noche en Accumoli para reunirse con Giacomo y tratar de unos negocios que Marina consideró que debían de ser muy importantes no solo por haber tenido que ceder su alcoba al mercader, sino por el empeño que ponía Simonetta para que, dentro de la sobriedad de aquel castillo, estuviera todo impecable y al gusto del ilustre invitado.

—Ve a ver cómo anda Iolanda —le pidió la castellana a una Marina que ya había bajado en varias ocasiones a la cocina para salir de ella perseguida por los gritos de una mujer cansada de presiones.

—He ido hace poco rato —se excusó la joven—, todo anda bien...

—¡Te he dicho...!

—Si vuelvo a molestar a Iolanda, será cuando se tuerza la comida —sentenció Marina.

Las dos mujeres continuaron montando la mesa en silencio. No disponían de copas ni cubiertos de oro o plata, pero a base de flores y buenas jarras de vino consiguieron una magnífica apariencia, que se coronó con un exquisito pan blanco recién horneado y los platos de Iolanda. Como entrante, había preparado caldo lardero de puerco salvaje con gruesas tajadas de cerdo cocidas en vino con hierbas y especias.

Giacomo y Paolo, Vincenzo, el mercader aquilano, un hombre robusto y escandaloso, y Luigi, su factor, mayor que su señor aunque de similar carácter, se sentaron sonrientes a la mesa con Simonetta y Marina mezcladas entre ellos. Los negocios parecían haber fructificado, y los hombres se congratulaban y felicitaban brindando con un magnífico vino griego cultivado y elaborado en las cercanías de Nápoles, un caldo con el que el castellano quiso agasajar a sus invitados en lugar de ofrecerles el tinto latino o cualquier otro de los Abruzos adquirido en Leonessa, que eran los que consumían de manera habitual en el castillo.

Tras el caldo lardero, comieron esturión adobado con vinagre blanco, sal, orégano y ajo, asado a la parrilla, y para terminar degustaron un cabrito, asado también, relleno con un picado del cocido encebollado de su hígado, pulmones y demás asaduras mezcladas con queso, perejil, huevos, salsas y azafrán, que se sirvió entero, aunque sin cabeza ni patas.

Antes de que las criadas les llevaran los postres, los cuatro hombres, alegres y exaltados, cercana la embriaguez, gritaban y reían golpeando la mesa, el vozarrón del mercader de L'Aquila por encima de las demás mientras contaba anécdotas, rememoraba negocios, criticaba a compañeros y alardeaba de hazañas imaginarias.

—Y tú —se dirigió el aquilano a Marina en un momento determinado—, ¿qué haces perdiendo la juventud en un lugar como este? Tu tío me ha comentado que no estás casada…

—¡Cuánta belleza desperdiciada! —terció Luigi, su factor.

—¿Qué queréis decir? —inquirió Marina.

—¡Que deberías estar casada y con hijos! —contestó Vincenzo.

—¡Cuidando de tu hombre! —añadió el otro.

—Yo... —Marina paseó la mirada por los comensales.

No le prestaban la menor atención. Acogían sus propias palabras con risas y comentarios entre ellos:

—Claro, sería lo natural.

—Es joven, pero si se demora, llegará tarde...

Incluso Paolo sonreía con aspecto bobo, aturdido por aquel vino blanco y dulce que ella había decidido restringir tan pronto como se dio cuenta de sus efectos.

—Yo también tengo un sobrino que está tardando demasiado en unirse a una mujer —anunció el mercader de azafrán golpeando la mesa y dirigiéndose a Giacomo como si acabara de recordar la existencia de ese joven—. Podríamos llegar a un buen acuerdo matrimonial y establecer lucrativos lazos familiares...

—Pero yo no quiero casarme con vuestro sobrino.

La negativa de Marina acalló los comentarios. Simonetta, enfrente de ella, enarcó las cejas y abrió los ojos con desmesura. Paolo continuó con su sonrisa estúpida y los otros se irguieron en sus sillas.

—Nadie ha pedido tu opinión, muchacha —le espetó el mercader.

—Mi opinión es la única que cuenta —se revolvió Marina de manera inconsciente, más afectada por el vino de lo que pensaba.

—¡Tu opinión! —gritó el otro—. La opinión de las mujeres no cuenta para nada. Harás lo que se te diga. A falta de padres, obedecerás a tu tío como es tu obligación. Y si decide casarte, como todo tutor debe hacer con una doncella a su cargo, cumplirás.

—¡Ja! —se burló ella alzando ambas manos al cielo.

El aquilano enrojeció de ira, ofendido, y se levantó bruscamente de su silla.

—¿Acaso no te parece suficiente mi sobrino? ¿A ti, una mujer confinada en un castillo de frontera...?

—No pienso...

—¡Me obedecerás! —bramó Giacomo en ese preciso instante.

Marina se volvió hacia el castellano. ¿Hablaba en serio o estaba tan borracho que ya no distinguía la realidad?

—Pero si no soy vuestra…

Su confesión se vio interrumpida por el impacto del pedazo de pan que le lanzó Simonetta desde el otro lado de la mesa y que la golpeó por encima del pecho.

—¡Calla! —la instó—. ¡Harás lo que se te ordene!

Marina buscó el apoyo de Paolo, ya borrada de su rostro la sonrisa tonta, pero este parecía incapaz de intervenir en aquella barahúnda. Giacomo se disculpaba con Vincenzo, insistiendo en que volviera a tomar asiento; Luigi señalaba con el índice a Marina como si la acusara de algún delito cometido contra su señor, y Simonetta la traspasaba con la mirada, advirtiéndole con rabia contenida de lo que le sucedería si se perdía el negocio del azafrán.

—Discúlpate con Vicenzo, Marina —le dijo Giacomo en el momento en el que logró que su invitado volviera a tomar asiento.

La joven frunció los labios, más para impedir el llanto que para mostrar su intención de no someterse a la humillación.

—¡Discúlpate! —le gritó Simonetta.

El silencio volvió a tensar el ambiente.

—¡Jamás! —lo rompió Marina.

—Os ruego disculpas en su nombre, Vincenzo —se oyó de boca de Paolo—. Ella no…

—¡No intervengas! —lo interrumpió con desprecio el mercader—. ¿Quién eres tú para mediar? ¿Acaso un aprendiz puede siquiera tomar la palabra cuando hablan sus maestros? ¡Tiene que ser ella quien se excuse! —exigió señalando a Marina.

Ella no se dio cuenta. Tenía la mirada puesta en Paolo. «Por fin reaccionas», le agradeció sin palabras.

—¿Todos vuestros empleados y familiares son tan groseros? —añadió Vincenzo dirigiéndose ahora a Giacomo—. Porque, si es así, no me interesa comerciar con vosotros.

—No, no, no —saltó el castellano temiendo perder el negocio—. Mantente en silencio —ordenó a Paolo.

—Pero… —intentó argumentar este.

Una sucesión de exclamaciones llovió sobre el joven:

—¡Cállate!

—¡No insistas!
—¡No es tu problema!
—¡Eres un aprendiz!
—Discúlpate —insistió Giacomo a Marina.
—Lo lamento —se oyó decir a sí misma, aunque con la mirada fija en Paolo, hundido en su silla.
—De acuerdo —dijo el castellano para poner fin al incidente. Pero su invitado no estaba dispuesto a olvidar.
—Con ese carácter es normal que no haya conseguido esposo —bufó—, aunque siempre es un aliciente domar al gusto de uno a fieras como esta. Ya te meteré en vereda en L'Aquila cuando formes parte de mi familia —la amenazó.

A partir de ese momento, el frío del salón del castillo acometió el cuerpo de Marina llevándola incluso a un tembleque que procuró disimular mientras escuchaba cabizbaja la retahíla de bondades y virtudes del sobrino del aquilano y de sus allegados, de su casa y de su negocio, y hasta de él mismo en un alarde de vanidad. De cuando en cuando levantaba la vista hacia Paolo, que permanecía con la copa de vino griego como adherida a su mano, y, dejando de lado el sabroso postre de manzana preparado por Iolanda y que los demás ensalzaban, lo imitó y bebió de un solo trago lo que no se había atrevido a sorber a lo largo de la cena.


Un par de mercaderes avaros la humillaron. Simonetta se atrevió a lanzarle un pedazo de pan como si fuera una simple criada. Todos le recordaron que no era más que una mujer sometida a la voluntad de aquel a quien, aun de forma simulada, aceptaba públicamente como tío carnal.

El aquilano no cejó, y al poco de que Marina recuperara su alcoba, envió a un casamentero para tratar con Giacomo de los esponsales de sus respectivos sobrinos. Al tiempo que aquel se interesaba por los dineros con los que el castellano dotaría a su pariente, este llamó a Marina y, desprevenida ella, la exhibió en el salón ante el heraldo de Vincenzo. El casamentero, tras aprobar su aspecto a la exclamación de «¡Bellísima!», pasó a preguntar por su salud como si tratara de la venta de un caballo o de uno de los perros de caza de Arnau.

—¡Claro que estoy sana! —se adelantó ella a la contestación de Giacomo.

El hombre sonrió paciente ante su arrebato.

—Ya me advirtió Vincenzo acerca de tu carácter. No le será tan fácil domarte como cree —añadió con la boca fruncida, al recordar sin duda algún comentario del mercader al respecto.

Marina enrojeció de ira ante el trato denigrante.

—Puedes irte —la instó Giacomo a la vista de su estado.

—¡Nadie me va a domar!

—Puedes irte —repitió el castellano.

El casamentero, experto en aquellas lides, volvió a mostrar una irritante sonrisa bondadosa.

—Espera —dijo a Marina, y antes de que esta abandonara la estancia, le entregó un pequeño retrato simple, a pincel, de su pretendiente—. Este será tu esposo —anunció como si lo diera por hecho.

—Nunca —se opuso ella al tiempo que adoptaba una postura pretendidamente serena.

—Se trata de un hombre bien parecido —insistió el casamentero. Marina no miró el retrato—. Sano como tú. Sabe leer… Tengo entendido que eso te gusta. Y tiene posibles.

—¿Y por qué no está casado ya? Con tantas cualidades no deberían faltarle mujeres —afirmó Marina con cinismo, devolviéndole el retrato con brusquedad para, acto seguido, abandonar la estancia.

Esa noche, más que otras, buscó la compañía y la complicidad de Paolo.

—No quiero casarme con ese… —gimoteó, para después afirmar con contundencia—: ¡ese bufón! Porque eso es lo que debe de ser, un…

—Yo tampoco quiero que te cases.

La aserción sorprendió a los dos, a uno por haberla verbalizado, a la otra por inesperada. Paolo nunca se había planteado que Marina pudiera desaparecer de su vida. Hacía dos años que huyeron juntos en una especie de compromiso implícito de unir sus destinos, y así parecía ser... hasta que el empeño de Giacomo y Simonetta por casarla ponía en riesgo ese compañerismo. Y, por primera vez desde que Marina acudiera a la panadería guiada por Liboria el día que escapó del palacio de Arnau, Paolo temía perderla, una fatalidad que lo atormentaba y lo angustiaba, además de ocupar, machaconamente, todos sus pensamientos.

—Yo...

—No tienes...

Atropellaron sus palabras.

—Di tú —le concedió Marina.

—Que no tienes por qué obedecer a Giacomo. No es tu tío.

—Ya. —La joven dejó escapar una risa desganada—. Pero si no lo hago... —Aunque ambos sopesaron las consecuencias, fue Marina quien las expuso—: En tal caso, me echarían. No tendría adónde ir y...

Se le quebró la voz. O regresaba a su casa y se sometía a Arnau... y a su madre, puesto que no debía olvidar que Sofia también apostaba por su ingreso en un convento, o se convertía en una vagabunda sin recursos, una menesterosa al albur de que cualquier bellaco la forzara y la prostituyera.

—Me iría contigo —afirmó Paolo interrumpiendo sus congojas.

—No. Aquí te aprecian. Estás aprendiendo, y prosperarás, eso aseguran. No, no me gustaría que me siguieses. Deberías renunciar a cuanto aspiras, y no pienso arruinar otra vez tu vida.

—Tú jamás arruinarás mi vida —confesó él.

Se miraron. Se dijeron con los ojos lo que no se atrevían a expresar con palabras. Ella se levantó de la silla, se acercó a él y se cogieron las manos, y Marina le besó con dulzura en los labios. Ya solo faltaba el compromiso, y surgió con facilidad:

—Yo, Marina di Forti, te quiero por esposo.

—Yo... —Paolo dudó. Marina le apretó las manos, animándolo—. Yo, Paolo Crivino —se decidió—, te quiero por esposa.

Acababan de casarse.

Para su sorpresa, Giacomo no se enfadó cuando se atrevieron a confesárselo. Estaban casados, sí, reconoció el castellano, felicitándolos; habían consentido y formalizado su compromiso con el apretón de sus manos y el beso.

—¿Habéis consumado? —inquirió sin vergüenza alguna.

Fueron ellos quienes se abochornaron. «No», tardaron en reconocer moviendo de lado a lado la cabeza. Sabían que estaba ahí, que tenían que hacerlo, pero en los dos días que les costó acudir a Giacomo rehuyeron cualquier conversación al respecto.

—Todavía no —pronunció al final Paolo—. Primero queríamos comunicaros...

—Conteneos —les instó entonces el castellano—. Sé que el ardor juvenil es incontrolable. —Sonrió y les guiñó un ojo—. No obstante, tal como lo habéis celebrado, vuestro compromiso solo se consideraría una unión clandestina repudiada por la Iglesia y las autoridades, lo que no haría más que originaros problemas. Debéis casaros públicamente, que todos lo vean y lo sepan, desde los soldados, esos que te molestan —incidió dirigiéndose a Marina—, hasta los pastores. Que nadie dude de vuestro estado. Y entonces podréis consumar el matrimonio sin tener que dar explicaciones como ahora.

—Pero mi padre..., Arnau, mi tutor, nunca consentirá un matrimonio público.

Giacomo sonrió.

—Ese es solo un pequeño detalle que un día u otro se arreglará.

—¿Y Vincenzo? —inquirió Paolo.

—¿Ese engreído mercader de azafrán? Le vendrá bien la lección. Si no cumple con sus obligaciones mercantiles, Gaspar tendrá la excusa para declararle la guerra, arruinarlo y quedarse con su mercado, algo que lleva tiempo deseando y que no ha llevado a cabo por prestigio, para que en estas tierras no se haga causa general contra él, tratándose de uno de esos catalanes avariciosos. Pero si tiene argumentos y motivos para convencer, o por lo menos fundamentar su actitud frente al resto de los mercaderes de la región, lo aprovechará.

—Entonces —se soliviantó Marina— ¿me habéis utilizado en beneficio de Gaspar?

—No. Difícilmente podía hacerlo sin saber que preferías casarte con Paolo...

—Pero ¿me habríais casado con ese fatuo?

—¿Y con qué autoridad podría haberlo hecho? —quiso librarse el castellano.

Marina reflexionó unos instantes antes de replicar:

—¡Eso es indiferente! Que me casase con Paolo o no carece de trascendencia para vuestros objetivos. Sabíais que en caso alguno lo haría con el aquilano, y eso ya os resultaba útil.

Cierto. Gaspar se lo ordenó en esos términos el día en que lo animó a invitar a Vincenzo al castillo. «Siempre ganaremos —le escribió—. El aquilano buscará una alianza con nosotros, y nada mejor que un matrimonio con tu sobrina, aunque tenga que inventar la existencia de un pariente soltero. La "baronesa", por su parte, no se prestará a emparentar con una familia de mercaderes de azafrán de L'Aquila, el asunto estallará y tendremos la excusa que buscamos».

—¿Y cómo podía saber yo —retomó la conversación Giacomo— que no deseabas casarte con el sobrino del mercader? Piensa que, como aseguró el casamentero, no es mal partido, muchas mujeres lo hubieran aceptado sin reparos.

Marina no encontró replica a tal argumento. Y calló mientras el castellano se planteaba cómo era posible que, rechazando a persona de posibles y de buena familia, de posición en la tierra, la «baronesa» se hubiera desposado con Paolo, un simple panadero en proceso de aprendizaje del comercio. «Lo presiento —escribió asimismo Gaspar—. La joven no consentirá casarse con nadie de inferior calidad a la que ella disfrutó, pero el panadero es diferente. Es suyo. Y si se ve acorralada, como debes conseguir, se refugiará en lo que conoce, en lo que ya le pertenece». Su señor había vuelto a acertar como hacía con los negocios, concluyó Giacomo. «Y el día en que se casen —añadía Gaspar—, que lo hagan en público, ante la Iglesia».

Con la llegada de la primavera y el regreso de la cabaña de ovejas, a las puertas de la parroquia de Accumoli, frente a centenares de lugareños que los habían acompañado hasta allí en una procesión festiva y que ahora los rodeaban para dar fe de que aquel matrimonio se contraía públicamente, Marina y Paolo repitieron sus votos y manifestaron su consentimiento *in facie ecclesiae*, esto es, ante la Iglesia. Giacomo y Simonetta se hallaban a su lado, todos vestidos con ropa nueva confeccionada con lana de la tierra, tan sencilla como práctica, incluida Liboria, a la que obligaron a arrinconar su capa. Los vítores de la gente afianzaron en Marina los sentimientos vividos durante el tiempo de espera. Paolo le ofrecía un nuevo mundo, de respeto, de dulzura, de comprensión y de compañía. Alentaba la esperanza y enardecía la ilusión por un futuro olvidado desde que huyó de Nápoles..., ¡no!, desde mucho antes, desde que un desalmado asaltó su casa y la violó. Tras ello, su existencia se convirtió en un doloroso transitar por los insultos, las humillaciones, los deseos y las órdenes de los demás. El panadero, aquel que le llevaba tortas los domingos, el joven tímido de manos gráciles siempre manchado de harina, se erigía en su salvador. ¿Lo amaba? Si tocar la felicidad significaba amar, sí. Y en eso pensó cuando ante todas aquellas personas humildes, como lo era ella misma, le cogió las manos y lo besó. Él le puso un anillo de plata en el dedo. Después entraron en el sencillo templo con el párroco, quien había anunciado previamente su matrimonio a los feligreses durante las misas dominicales por si alguien objetaba impedimento alguno, y este los bendijo.

Restaba una condición importante, la *transductio ad maritum*, la entrega de la novia por parte de su padre al esposo en señal de pertenencia a esa nueva familia. Fue Giacomo quien la entregó.

Marina no tenía padre, aseguraron al párroco cuando este se interesó por su obligado consentimiento, circunstancia que era cierta, y el tutor ya no ejercía, lo que tampoco dejaba de ser verdad. Una generosa donación a la Iglesia contribuyó a que el religioso obviara cualquier cautela al respecto.

Salvo ese requisito, que un día u otro se arreglaría, como anunciara Giacomo, el resto del proceso se ajustó al difícil encaje de las confusas normas civiles y eclesiásticas por las que se regían los enlaces. Incluso Gaspar dotó a Marina, un negocio que se formalizó entre los novios poco antes de la boda ante notario, siendo ese el único documento que acreditaba su enlace. El conde de Accumoli también financió el banquete en el que se invitó a los vecinos del pueblo, y en el que los novios bailaron, celebraron y festejaron una fortuna que deseaban con todas sus fuerzas.

Solo les quedaba consumar el matrimonio para que fuera considerado perfecto.

TERCERA PARTE

# Deseo y amor

# 13

*Foiano, julio de 1452*

Las tropas napolitanas llevaban más de una semana asediando una ciudad que costaba rendir. Ante la tenacidad de sus habitantes, Ferrante, duque de Calabria, ordenó construir tres torres de madera de altura superior a la de las murallas para que sus arqueros hostigasen a los aliados de los florentinos, a la par que la artillería pugnaba por horadar las defensas.

La precaria paz con Florencia firmada por Alfonso tras aquella derrota que vistió de victoria ante sus súbditos se quebró a los dos años escasos, y en el mes de junio el rey volvía a declarar la guerra a Cosimo de Medici. Con todo, en este segundo embate el poderoso ejército napolitano, compuesto por más de seis mil jinetes y dos mil hombres a pie seguidos por miles de auxiliares, iba encabezado por el heredero del reino. El rey, cansado de batallas y totalmente hechizado y rendido a los encantos y la voluntad de la joven Lucrezia d'Alagno, enriquecida ella y su familia, y que ya se presentaba en la corte como la compañera del monarca a la espera de que el Papa anulara el matrimonio de Alfonso con María de Castilla, decidió encomendar la jefatura del ejército a su hijo Ferrante, que a la sazón contaba veintinueve años. Para ello lo rodeó de los mejores generales de los que disponía: Federico de Montefeltro, duque de Urbino; Averso y Napoleone, de los Orsini; Antonio Caldora; Lionello Accrocciamuro; Orso Orsini, y Arnau Estanyol, al que personalmente le confió la protección de su hijo en una audiencia privada en los jardines de Torre Annunziata, donde pasaba las tardes con su idolatrada Lucrezia.

—Olvida rencillas y sírvele con lealtad y valentía como lo hiciste conmigo —le pidió el monarca mientras paseaban entre flores y árboles.

—Sabed que no sostengo rencilla alguna con mi señor el duque de Calabria —afirmó Arnau—. Mi vida está en sus manos igual que lo está en las vuestras, majestad. Lucharé por Ferrante y lo defenderé hasta mi último aliento.

El rey lo tomó del brazo apoyándose en él en un gesto de confianza y amistad, y hablaron de la situación y de la razón de aquella nueva guerra. Si en la anterior los napolitanos lucharon contra una alianza urdida entre Florencia y Venecia, ahora, solo dos años después, la Serenísima mudó su lealtad y propuso a Alfonso una alianza para derrotar a milaneses y florentinos. Sforza aumentaba su poder e influencia emulando a Visconti, y Venecia no estaba dispuesta a permitirlo; si unos atacaban a los milaneses en el norte y otros a los florentinos en el centro en forma tal que ninguno de sus enemigos pudiera apoyar al otro, Nápoles y Venecia controlarían Italia entera.

La coalición ofrecía a Alfonso la posibilidad de resarcirse de la humillante derrota sufrida dos años antes, por lo que no dudó en afrontar aquella nueva aventura que financió a costa de Nicolás, el pontífice al que controlaba contra la promesa de ayuda militar, y lo hizo en perjuicio del clero español, porque si allí las Cortes lo presionaban negándole ayuda para sus empresas napolitanas, el Papa le concedió cerca de doscientos mil florines con cargo a los ingresos de las provincias españolas.

Directa o indirectamente, los catalanes pagaban de nuevo las correrías de su rey en un país lejano del que no obtenían beneficios, llegó a pensar Arnau con una sonrisa en los labios en el momento en el que el monarca le recordaba su viaje a la «caza de dinero» mientras se desarrollaba la primera guerra contra Florencia.

—Realizaste una gran labor para la corona en Cataluña —reconoció Alfonso—, pero no te imaginas las veces que me arrepentí de haber prescindido de tu ayuda y consejo. Quizá… quizá las cosas habrían sido diferentes de haber contado con buenos consejeros. En esta ocasión tenemos que vencer y derrotar a Florencia, Arnau. ¡Te lo exijo!

Arnau se hinchió de orgullo y, sin alzar la voz, citó el lema de su rey:

—Seguidores vencen.

En silencio, con la mano de Alfonso quemando sobre el antebrazo de su general, pasearon un rato más hasta que aquel lo rompió:

—¿Qué ha sido de tu pupila, la hija del malogrado di Forti?

—Huyó...

—Eso me dijeron.

—No he sabido más de ella.

—Quizá fuéramos excesivamente duros con la hija de quien tan bien nos sirvió —apuntó Alfonso.

Esa posibilidad llegó a convertirse en una tortura recurrente para Arnau, algo en lo que no podía dejar de pensar, como le sucedía ahora, acampado en las cercanías de Foiano mientras los soldados napolitanos, subidos en las torres de madera, intercambiaban flechazos con los defensores.

Desde el interior de su austera tienda se oían los gritos e insultos de unos y otros, en una rutina absurda que parecía prescindir de los hombres que, de cuando en cuando, caían heridos o sin vida.

—¿Cuánto creéis que se prolongará este asedio, padre? —inquirió Martí, una vez más paseando arriba abajo la carpa, inquieto, aburrido, necesitado de acción.

Arnau apartó a Marina de su mente y se fijó en su hijo: dieciséis años, parecido a él, fuerte, combativo, noble, aunque más astuto como consecuencia del influjo italiano en su educación. Tras la exhibición de Martí en los recientes festejos napolitanos por la boda de Federico, emperador del Sacro Imperio Romano Germánico, en los que destacó a caballo tanto como con la lanza y la espada, siendo aplaudido y vitoreado por el numeroso público, ya fuera gente noble o del común, que presenciaba los torneos, Arnau no dudó en llevarlo consigo a su bautizo bélico. Pero aquella guerra que Alfonso planteaba triunfal se estancaba en objetivos nimios.

—¡Qué importa cuánto dure! —se quejó entonces el padre—. Nos alcanzará el invierno y no habremos avanzado en dirección a Florencia.

Eso mismo llegó a exponer Arnau en el Consejo ante Ferrante.

—Debemos continuar por el valle de Arezzo. ¡Ahí nos espera el enemigo todavía indefenso! —afirmó encendido.

Algunos generales lo apoyaron; otros, temerosos de acabar con los víveres, aconsejaron desviarse hacia la ciudad de Foiano, un enclave menor, sin trascendencia estratégica. Arnau defendió su opinión en un tono más enérgico de lo que hubiera sido conveniente. El duque de Calabria terminó decantándose en favor de los prudentes, y allí estaban, tratando de someter a unos ciudadanos atrincherados tras sus murallas.

La oposición de Arnau a los planes de Ferrante no habría tenido mayores consecuencias de no haber sido por la carta que este recibió de su padre en la que lo instaba a apresurarse hacia Florencia. «No os durmáis en el camino —le advertía el rey—, porque es notorio que avanzáis despacio y la vergüenza recae sobre nosotros».

Instalado en Nápoles, Alfonso recibía noticias a través de correos que galopaban diariamente hasta la capital y a los que utilizaba en el tornaviaje para dar instrucciones a su hijo. La seria y hasta humillante advertencia por parte del padre ofendió al heredero al trono de Nápoles, que volcó su irritación y desconfianza sobre un Arnau al que no apreciaba y al que, desde ese momento, destinó a la vigilancia de los forrajeros y a las razias que estos sufrían.

Cinco semanas les costó rendir Foiano, y ya iniciado el mes de septiembre el ejército continuó hacia Florencia por el valle del Chianti. En el camino se toparon con una nueva fortificación defensiva florentina, en Castellina, en lo alto de un monte y de difícil asedio mientras no les llegasen los cañones de bronce que el duque ordenó transportar desde Castiglione.

Durante todo ese tiempo, Arnau y Martí, al frente de un centenar de jinetes, se dedicaron a proteger a los forrajeros del ejército ya que los florentinos los atacaban con frecuencia para impedir el suministro de alimento a los caballos. Luego, mientras Ferrante esperaba sus cañones, recorrieron los alrededores de Castellina y tomaron seis castillos de menor importancia, asaltaron enclaves cercanos a Florencia y hasta acometieron una incursión acercándose temerariamente a la ciudad, donde los agricultores y los ganaderos se consideraban a salvo y circulaban sin mayores precauciones. En una acción relámpago, atacaron y apresaron a cerca de trescientas personas e hicieron un botín de tres mil cabezas de ganado ovino y bovino con las que consiguieron regresar al real donde se hallaba acampado el grueso del ejército.

En esa ocasión, viendo a Martí algo más curtido en las correrías bélicas, Arnau lo dejó ir por delante, consciente, no obstante, de que sus hombres vigilaban con atención al vástago de su general. Al grito de «¡Seguidores vencen!» y «¡Aragón, Aragón!», Martí cargó la espada en ristre, desarbolando violentamente a los miembros de las patrullas con las que se cruzaron. Con su armadura brillando al sol otoñal de la Toscana, Arnau lo contempló pelear con los enemigos y batirse con la energía y la elegancia de un caballero. Se le erizó el vello... y se le encogió el estómago al ver cómo lo atacaban varios florentinos. Espoleó a su montura, pero antes de que esta saltara, sus hombres ya rodeaban al joven y lo defendían de la embestida. Martí se quitó el yelmo y sonrió a los jinetes napolitanos al término de la reyerta: algunos enemigos habían caído y otros se habían dado a la fuga, mientras, desde la distancia, su padre asentía complacido. No percibió soberbia ni arrogancia en la actitud de quien podría reclamar respeto por su condición, sino compañerismo y gratitud, las virtudes idóneas para afrontar el combate.

De regreso al real, mientras los caballeros jugaban a ser pastores arreando a vacas y ovejas, y con las pesadas armaduras ya en manos de los pajes de armas, Arnau continuó cabalgando en una soledad que sus hombres, conocedores de su carácter, respetaron. Su vida cambiaba demasiado rápido y, sobre todo, de forma convulsa. Ahí estaba Martí, con seguridad un noble capaz de defender a su rey con las armas, pero el joven era catalán, heredero natural de las tierras y los honores allí asentados; su sino estaba en Cataluña. El día en que Alfonso faltara, los reinos se dividirían. Nápoles quedaría en manos de Ferrante, un bastardo, si bien su padre se había ocupado de que el Papa legitimara la sucesión y los barones napolitanos la juraran. Juan de Navarra, por su parte, sucedería a su hermano Alfonso, como legítimo heredero, en los demás reinos.

Ese día, si no antes, Martí regresaría a Barcelona. Incluso en ese preciso momento, mientras cabalgaba entre miles de cabezas de ganado, eso acongojaba a Arnau.

En Italia, tenía puestas sus esperanzas en Filippo y Lorenzo; ellos lo sucederían en sus posesiones en ese país, pero todo parecía torcerse. Había propuesto a Filippo, de catorce años, que los acompañase a la guerra como paje de armas, tanto para que no sintiera envidia de su hermano mayor como para que empezara a experimentar aquello para lo que lo instruían en Castelnuovo.

En el exterior del castillo, de paseo por los muelles, Filippo se negó en redondo.

—El maestro Guillem Sagrera se propone iniciar la obra de una gran sala en Castelnuovo —explicó el joven como excusa a una negativa que comprendió que había dolido a su padre.

Arnau agitó la cabeza y manoteó al aire con fuerza, incapaz de asimilar la postura de su hijo.

—¡Será una guerra heroica! —exclamó calificándola por encima de «violenta» o «sangrienta».

—Será una construcción épica —replicó Filippo al tiempo que señalaba el castillo—. Sagrera pretende levantar una sala cuadrada de veintiséis metros de lado por veintiocho de alto. ¡Veintiocho! —recalcó con entusiasmo ante el estupor del padre—. Planea construir una bóveda de crucería estrellada sobre esa planta cuadrada...

—Hijo...

—El proyecto es muy catalán, y ya ha habido algunas quejas y varios comentarios insidiosos —continuó el joven con cierto pesar—. Pero, a fin de cuentas, yo tengo una mitad catalana, ¿no?

—Sí... —titubeó Arnau—. En cualquier caso, ¡el rey requiere nuestra contribución en la guerra! —repuso.

—Padre ——contestó Filippo, irguiéndose—, el rey también desea que se colabore en la construcción de su sala.

—Es más importante la guerra —arguyó Arnau.

—Lo lamento, señor, pero opino que para su majestad es más importante la obra que lo engrandecerá por la eternidad como amante del arte y la belleza. La grandiosidad de esa sala pervivirá en este reino más allá de cualquier guerra, y su esplendor es clara muestra al universo de la magnificencia de nuestro monarca.

Aquel muchacho de catorce años se dirigía a él con una autoridad y una suficiencia tales, que por un momento Arnau se sintió desarmado.

—Acudir con tu padre y tu hermano a la guerra no atenta contra esa... preocupación por la imagen y la herencia cultural de Alfonso —logró argumentar—. Puedes hacer ambas cosas.

—Si así fuera, ¿por qué no va el rey a la guerra con vos en lugar de permanecer aquí con su maestro de obras?

¿Qué contestar? ¿Que Alfonso estaba hechizado por una joven? ¿Que su rey estaba cansado de esas mismas guerras a las que él invitaba a su hijo?

—¡Necesitamos vencer a los enemigos del reino, derrotar a los florentinos! ——exclamó, intentando así excitar el patriotismo en Filippo.

—Cierto —concedió este—. Que el ejército lo consiga en el campo de batalla. Está en vuestra mano, y a nadie se le esconde vuestra valía y la del duque de Calabria. Lo conseguiréis, padre, estoy seguro. Pero aquí, en este castillo, mediante la construcción de esta sala también se lucha contra los florentinos porque nuestra cúpula competirá directamente con la más grande de Italia, la de Santa Maria del Fiore en Florencia, de Brunelleschi, un genio, un iluminado que cambió antiguos conceptos y transformó la arquitectura. Nosotros introduciremos en Italia un concepto mediterráneo y moderno de la construcción, algo nunca visto en estos reinos. No solo hay que vencer en el campo de batalla, padre, también hay que lograrlo en el arte, la literatura, la cultura y la belleza, eso es lo que desea nuestro rey: la grandeza en las artes... Y esa es mi guerra.

Arnau sonrió con tristeza al ver a sus hombres cubiertos por el polvo que levantaba el ganado que arreaban, a modo de cabreros cansados, ya aburridos de ir de aquí para allá. ¿Qué diría Filippo si los viera en ese momento? Había tratado de ello con Martí en la intimidad de la noche, alrededor de un fuego.

—Es un buen caballero ——repuso este, corrigiendo la pésima

impresión que destilaba el tono de Arnau—. Se esfuerza en aprender todas las artes bélicas que corresponden. Domina con cierta soltura la equitación y las armas, pero le interesa más el estudio, las letras, y ahora le ha dado por la arquitectura. —El joven sonrió con cariño—. Se trata de un nuevo concepto de la caballería, padre —advirtió, y a Arnau esas palabras le recordaron las de su otro hijo al respecto de los nuevos conceptos de la arquitectura de aquel florentino que había construido la cúpula de Santa Maria y cuyo nombre jamás conseguiría repetir.

Arnau asintió a las sinceras palabras de Martí eludiendo la confrontación dialéctica. Temía ser tildado de ignorante, de simple soldado, de catalán bruto y sanguinario, siquiera de manera silenciosa porque su hijo nunca se lo recriminaría. Sin embargo, lo hizo a la vez que lamentaba esos nuevos conceptos sobre la caballería que, sin duda, eran los que provocaban que Ferrante, aunque educado en la corte valenciana y seguidor desde temprana edad de las costumbres napolitanas, eludiera el enfrentamiento directo con un enemigo al que su tardanza había permitido reaccionar concediéndole la oportunidad de contratar al condotiero Sigismondo Malatesta. Llamado *il lupo di Rimini*, amigo y pariente de Sforza y cuya sola presencia atemorizaba hasta al duque de Urbino, Malatesta consiguió levar un ejército de trece mil hombres en un lapso de tiempo sorprendente.

Quizá la sala de Castelnuovo lograse competir con la cúpula de esa iglesia florentina, pensó entonces, porque difícilmente sus tropas lo harían contra aquel ejército, y en tal caso, él tendría que felicitar a su hijo, ese que había optado por aplicarse en la cultura en lugar de en la guerra.

Los malos presagios de Arnau se vieron confirmados por el empeño de Ferrante en tomar una fortaleza inicua pero que se le resistía con la tenacidad de quien lucha por su tierra. La férrea resistencia de los defensores de Castellina obtuvo el socorro que anhelaban en forma de una nieve que cubrió caminos y campos, de un frío que entumecía músculos y mentes, y de una niebla y una ventisca constantes, cargadas de agujas de hielo que asaetaban el rostro e impedían ver más allá de algunos pasos.

—¿Cuánto tiempo más insistiremos en tomar esta plaza? —inquirió Martí con el desánimo en el tono.

Arnau y su hijo, junto con otros caballeros, llevaban a sus caballos de la mano para no cargarlos y que se hundieran todavía más en la nieve. Les costaba avanzar, a hombres y bestias, pero tenían que hacerlo en busca ya no de forraje, que no lo había, sino de árboles a los que les quedasen algunas hojas con las que alimentar a unos animales ya famélicos.

—¡El que desee el príncipe! —contestó el padre con brusquedad. No iba a consentir que ninguno de sus hombres, Martí incluido, cuestionara al heredero del reino.

El joven asumió la lección y continuó tirando de su caballo, que se hundía en la nieve hasta los corvejones. Arnau golpeó en la grupa al suyo. Se llamaba Cazador, un *corsiere* negro napolitano, fuerte, de cuello poderoso y remos firmes criado en Campania y que vino a sustituir a un Peregrino ya viejo, al que retiró en unos extensos campos en Lagonegro aprovechando una de las visitas que esporádicamente realizaba a sus posesiones en el sur de Italia.

A su pesar, Ferrante se vio obligado a ceder ante el estado de necesidad de su ejército, y a principios de noviembre renunció a Castellina y se dirigió a la costa en busca de un clima más templado. Arnau evitó cabalgar junto a aquel hombre caprichoso, cruel y siempre resentido por su condición bastarda, un sentimiento que se veía acrecido ante los escasos éxitos de aquella campaña bélica y por la presencia de unos nobles que, con su solo silencio, parecían recriminarle unos orígenes de los que nadie se acordaría si lo acompañasen los triunfos.

Desde aquella carta en la que Alfonso recriminara a Ferrante la lentitud que Arnau había advertido previamente, el duque de Calabria responsabilizó al de Lagonegro de todos sus males, incluido el de actuar como espía a las órdenes de su padre, el rey. Arnau dejó de intervenir y opinar, aunque no de acudir, a los consejos de los generales, pero lo hacía movido tan solo por el juramento prestado a Alfonso, algo que quizá no quería entender Ferrante.

—Y vos, duque, ¿qué opináis? —lo interrogó con malicia después de que los demás aprobaran continuar con el asedio a Castellina pese a hallarse a las puertas del invierno.

Arnau escuchó el silencio que se hizo en la tienda de campaña del heredero del reino de Nápoles a la espera de su contestación.

—Que por más que nieve o hiele, os seguiré con mis hombres.

—Eso nos consta —lo interrumpió el duque de Calabria—. Lo que preguntamos es vuestra opinión.

Ferrante quería continuar con el asedio. No deseaba aplazar la guerra hasta el año siguiente ofreciendo al pueblo y al rey éxitos tan nimios como los obtenidos. Arnau dudó si complacer su ánimo.

—Creo que deberíais interrumpir la batalla e hibernar en lugar seguro —afirmó en cambio.

—¿Me tratas de cobarde!

—¡Jamás! Apelo a vuestra sabiduría. ¡Escuchad! —Alzó la voz aun cuando el duque de Calabria hizo ademán de intervenir—. En condiciones adversas: oscuridad, nieve, hielo, lluvia..., hasta el más débil de vuestros enemigos tendría la posibilidad de hacerse poderoso porque vuestros planes pueden fracasar a causa de inclemencias que no controláis.

—Me extraña tanta prudencia en quien alardea de batallador. ¿No estaréis del lado de los florentinos?

El duque de Calabria se espantó al ver cómo Arnau se abalanzaba hacia él apartando a manotazos a los torpes soldados que intentaban detenerlo.

—¡Estanyol!

—¡Duque!

Los atropellados gritos de sus iguales cesaron en el momento en que Arnau se arrodilló frente a Ferrante con la cabeza gacha en señal de sumisión, ofreciendo la nuca.

—Matadme aquí mismo —se le oyó decir— si consideráis que soy un traidor.

Ferrante se retiró en silencio, la ira rasgaba el ambiente. Otros también salieron. Fue el duque de Urbino quien se acercó a Arnau y, tomándolo de un brazo, lo obligó a levantarse.

Se refugiaron en el puerto de Vada, recién tomado por la armada napolitana a los florentinos por expresas instrucciones de Alfonso ante las necesidades de su hijo. A partir de ese momento, la mayor parte del ejército se descompuso puesto que Ferrante cedió ante los nobles y les permitió pasar el invierno en sus tierras hasta que se reanudase la guerra con la llegada de la primavera.

La entrada de Arnau en el patio del palacio de Nápoles solo originó el correteo de los criados y un estruendo que chocaba con la tristeza ya adherida a sus muros. Nadie sonrió ante su llegada. Nadie acudió a abrazarlo. El día era desapacible, con un sol escondido tras nubarrones y un frío contra el que Arnau trató de pelear instalándose en el gran salón frente a la chimenea.

—Vino y queso —pidió con la mirada puesta en un hogar lánguido—. ¡Avivad el fuego! —ordenó entonces. La servidumbre se apresuró a cumplir—. ¿Dónde está la señora Sofia? —preguntó dirigiéndose directamente a Claudio, que se hallaba parado en un rincón, siempre atento a sus deseos.

La mujer que accedió al salón poco tenía que ver con aquella que, siempre vestida de negro y llorosa, arrastraba su tristeza y su dolor por los pasillos del palacio tras la huida de Marina y la marcha de Filippo y Lorenzo. Todavía no llegaba a compararse con la Sofia que llenaba cualquier espacio con su belleza y personalidad, pero la mejora era notoria en su presencia y condiciones físicas, que no en el trato, porque permaneció de pie como una criada más, mostrando la indiferencia que había venido a caracterizar sus relaciones.

—Siéntate —la invitó Arnau.

Lo hizo, erguida, tensa, y esperó a que él continuara. Se hallaba incómoda ante Arnau porque se sabía en falso, igual que cuando le ocultó la acusación de sodomía que pesaba sobre Marina. Ahora le ocultaba lo poco, pero esperanzador, que sabía de una hija que él daba por perdida o muerta. No tenía intención de revelarle que, muy de cuando en cuando, Orsolina hacía por toparse con ella en la iglesia o en cualquier lugar de Nápoles, y le sonreía y afirmaba con la cabeza. Durante un tiempo Sofia la acosó sin importarle quién pudiera estar observándolas. «Está bien», le concedió en una ocasión. «Sí», confirmó en otra en la que Sofia hizo ademán de arrodillarse y lanzarse a besar sus pies en un callejón al tiempo que se interesaba por la felicidad de Marina. «¿Es feliz mi hija, es feliz mi niña?», inquiría con angustia, sin importarle lo impropio de que una dama noble se postrara así ante una simple panadera. «Contéstame, te lo ruego por Dios, por Nuestra Señora la Virgen». Aquellas dos revelaciones fueron lo máximo que consiguió de una obstinada mujer; sin embargo, le bastaron para ser capaz de conciliar el sueño y librarse de la culpa que la atenazaba desde que urdiera el fracasado plan para ingresar a Marina en Santa Chiara.

Bebía de la fuente de esa sonrisa con la que la panadera la consolaba esporádicamente, porque llegó a acudir a su obrador para suplicarle noticias. Esperó hasta comprobar que se hallaba sola y entró. Orsolina ni siquiera le permitió hablar y se abalanzó hacia ella.

—¡Tu hija me robó a mi Paolo! —le recriminó enfurecida entre empujones e insultos—. ¿Quién eres tú para presentarte aquí? ¿Vienes a espiar? ¿Te manda el duque? ¡Fuera! Tu esposo... ¡El duque —se corrigió— prometió matar a mi hijo! ¿Recuerdas! Tú presenciaste la amenaza. ¿Acaso pretendes que te revele algo que lo ponga en riesgo?

La madre que había en aquella panadera, la misma que la había entendido cuando estuvo encarcelada en el palacio Estanyol, a pesar de la violenta sentencia de muerte que Arnau dictó contra Paolo, volvió a compadecerse de ella, y al cabo de un tiempo empezó a sonreírle de nuevo a su paso. Sofia se lo agradeció con otra sonrisa que jamás llegaría a transmitir el inmenso agradecimiento que sentía cuando la mujer le ofrecía noticias de su hija, y se juró guardarle el secreto. Si Arnau se enteraba, podría torturarla hasta sonsacarle el lugar en el que se encontraba Marina, porque el día que la encerró en las mazmorras de palacio estaba afectado por el reciente fallecimiento de Mercè. Estaba segura de que aquella madre valiente, Orsolina, aguantaría el dolor... O quizá no. Pero en ese último caso, ¿qué obtendrían? Recuperar a Marina para forzarla a ingresar en un convento para prostitutas arrepentidas y que Arnau cumpliese su palabra, ¡siempre cumplía su palabra!, y matase a Paolo. No. Si en algún momento Arnau llegó a sospechar que Orsolina conocía el paradero de su hija, el transcurso del tiempo lo convenció de su pérdida y debilitó la ira; mejor no excitarla, concluyó Sofia.

Desde la huida de la joven, Sofia había pensado mucho en su propia actitud. Sí, la violación cuya noticia corrió de boca en boca condenaba a Marina a los votos religiosos, ese era el destino de toda mujer ultrajada, pero la sodomía de una niña impúber e ingenua, ávida de experiencias, de la que la acusó mosén Lluís era insultante e hipócrita en un reino en el que imperaban la lujuria y el hedonismo. Debería haber peleado por su hija, y también por Filippo y Lorenzo, para que no abandonaran el hogar a edades tan tempranas y asumieran, si era menester, el escarnio de sus iguales. ¿Acaso vivir en Castelnuovo los eximía de críticas? Pero no hizo ni una cosa ni la otra, y se encontró sola junto a un soldado tan noble como arisco, duro en el trato, cuyas relaciones se enquistaron entre el dolor, las culpas, las acusaciones nunca expresadas, los recelos y, sobre todo, el silencio apabullante de un palacio que, día tras día, les recordaba sus errores.

—¿Alguna noticia en mi ausencia? —retomó la conversación Arnau.

La pregunta llevó a Sofia de regreso a la realidad para toparse con la mirada de Arnau puesta en ella, penetrante, igual que si acechase a su próxima presa en una cacería.

—Ninguna —contestó ella, con la imagen de una Marina recluida con las arrepentidas y de un Paolo ajusticiado acuciando sus miedos.

—Marina, nuestra hija, quizá… —empezó a decir Arnau con la vista fija en las llamas.

—No quiero saber de ella —lo interrumpió Sofia con determinación—. Olvidémosla, Arnau —se atrevió a proponer, aunque con la voz quebrada. Se negaba a revivir el interés por Marina. No deseaba que Arnau volviera a empeñarse en encontrarla—. Nos abandonó. Nos avergonzó. ¡Huyó!

Arnau dudó un instante, y asintió con tristeza y resignación. «Quizá fuéramos excesivamente duros», quería reconocer y compartir con Sofia. Las palabras del rey Alfonso lo habían acompañado en la guerra y lograron inquietar su descanso. Solo deseaba consultarlo con la madre, preguntarle si participaba de esa opinión, si realmente se habían equivocado.

—¿Estás segura? —insistió.

—¿Qué quieres decir? —se extrañó Sofia.

—El rey... —empezó a explicar, pero no pudo continuar.

—¡Estoy segura! —volvió a interrumpirlo ella con brusquedad. Aquel monarca frívolo y voluptuoso en sus amoríos, que tanto se encaprichaba de un paje como de una jovencita, debería haber entendido a su hija y ayudarla, perdonarla igual que había perdonado a tantos napolitanos, en lugar de permitir que el arzobispo, enemigo declarado de Arnau, se ensañase con la joven y ordenase su ingreso con las putas de la ciudad—. ¿Deseas algo más de mí? —inquirió de forma abrupta con la intención de poner fin a la conversación.

«Que todo vuelva a la normalidad», estuvo tentado de contestarle Arnau. Que Marina apareciese sana y salva. Que no la hubieran forzado. Que Filippo y Lorenzo corrieran, gritaran y se pelearan de nuevo en la casa. Que ella se entregase a él con la misma pasión con la que se le entregó tiempo después de que muriera Giovanni, en lugar de ofrecerse como una víctima pasiva como hizo la última vez, antes de que él partiese a la guerra, dejando ese decepcionante recuerdo en su mente; que le sonriera y no frunciera el ceño al verlo, que lo acogiese con cariño y ternura a la vuelta de sus campañas como tantas veces hiciera en el pasado. Regresaba de una de ellas, aciaga, resultado de la cobardía de un príncipe que ya buscaba excusas y lo culpaba a él de su fracaso, y se encontraba con una mujer que irradiaba frialdad.

—Nada —afirmó, sin embargo, para despedir a Sofia.

No esperaba nada, como tampoco lo esperaba de aquel país. También acababa de despedirse de Martí en Castelnuovo, donde ya se afrontaban las obras de esa magna estancia de la que le hablara Filippo. Piedras, montantes, maderas, carros y mulas, aparatos de construcción y muchos albañiles moviéndose de un lado a otro por el gran patio interior del castillo. Recordó las palabras de su hijo: «¿Por qué no va el rey a la guerra con vos en lugar de permanecer aquí con su maestro de obras?». Ellos volvían derrotados cuando, paradójicamente, en Nápoles se vivía la ilusión de aquel proyecto que competiría con Florencia. Localizó a Filippo junto a un grupo de hombres que discutían y gesticulaban, señalando aquí y allá, mostrándose pergaminos unos a otros. Su hijo seguía con la mirada cualquier indicación, escuchaba atento e incluso corrió en busca de un madero que transportó hasta ellos. Sonreía como lo hacía su madre cuando, tiempo atrás, anunciaba que se iba de fiesta.

¿Qué de bueno le ofrecía aquel país? Nada. Tristeza, problemas, acusaciones, envidias, reyertas y sinsabores. No entendía que un joven apto y fuerte como Filippo prefiriera llevar maderos a quien sin duda sería ese maestro de obras del que tanto se hablaba, Guillem Sagrera, en lugar de acudir con su padre y su hermano a servir al rey en la guerra. ¿Acaso existía mayor honor que combatir por Nápoles! No entendía a los italianos. No participaba de sus sutilezas ni diplomacias, y tampoco gustaba de su desmedido interés por el conocimiento, las artes y la diversión. ¿De qué le había servido todo ello a Ferrante en esa última guerra?

—Hijo —murmuró mirando hacia donde estaba Filippo—, un reino no se defiende ni se sostiene con la construcción de una cúpula, por grande que sea.

—¿Decíais algo, padre? —se interesó Martí, a su lado.

—Nada, nada —le restó importancia Arnau, dando su acostumbrado manotazo al aire—. Solo que te ejercites a conciencia para continuar la guerra en primavera.

El joven se comprometió con pasión, recordó Arnau frente al fuego. ¿Por qué no regresar con él a Barcelona, como hacían muchos otros catalanes? Allí los esperaban su esposa y su hija. A través de una carta que le llegó mientras asediaban Castellina, Elisenda solicitaba su permiso para comprometer a Blanca en matrimonio y fijar una dote sustanciosa y acorde a su condición. La reina María, contaba, le había encontrado un excelente partido, unos años mayor que la joven, aunque la boda, de momento, tendría que esperar. Se trataba de un joven de abolengo aragonés heredero de un rico condado. ¿Por qué no disfrutar de todo ello, de esa alegría, de esa ilusión, en vez de permanecer en un país hostil junto a una mujer insensible, una hija desgraciada cuya muerte no podía confirmar pero que sospechaba y unos hijos que no compartían sus principios? ¿Qué lo ataba a aquel lugar? Arnau lo sabía: solo su rey.

Ese rey fue el que procuró a Arnau la distracción que lo alejó de Nápoles y de una Sofia que lo rehuía. Durante los días que vivió en el palacio hasta que Alfonso lo reclamó para una nueva partida de caza, no llegó a acercarse a la mujer; ella no le daba pie. No trataban de su situación; Arnau nunca había hablado de amor. Se casó con Elisenda por orden de la reina María y se unió a Sofia por el juramento prestado a su amigo Giovanni. Ni siquiera pidió permiso a la mujer. Cierto que al principio solo se encargó de protegerlas, a ella y a la pequeña Marina, y la pasión llegó con el tiempo, sin palabras. ¿Qué tenía que hablar ahora con ella? No sabía; un guerrero catalán no mostraba sus sentimientos, el romanticismo quedaba para los italianos. Estaba seguro de que, si se lo exigía, Sofia se entregaría a él e incluso, vista esa apreciable recuperación del ánimo de la que hacía gala, hasta con un entusiasmo ausente en sus relaciones anteriores a la guerra, pero no quiso repetir un error del que se arrepintió en las largas noches transcurridas en tierras florentinas durante la campaña. Sofia había llegado a él, libre, sin compromiso ni presión alguna, como un soldado de fortuna que lo hizo feliz, por lo que podía liberarse a voluntad; él continuaría protegiéndola tal como juró a su esposo.

Partieron de caza a la Apulia, a las cercanías de Foggia, en los extensos bosques de la Incoronata donde Federico II ya había construido refugios. El rey y su cortejo afrontaron un viaje que se alargó más de las cuatro jornadas que acostumbraba debido a las intensas lluvias que los acompañaron y que empantanaban unos caminos en mal estado. En Foggia, Alfonso marcó un ritmo frenético: cada día se levantaba antes del alba y se entregaba a su actividad favorita, que solo daba por finalizada al anochecer. A diferencia de otras ocasiones, como cuando invitaba a la corte a las cacerías en el Astroni, esa vez todo aquel que no participara de manera activa en la partida tenía vetado alojarse en Foggia, por lo que los embajadores y los funcionarios se hacinaban en poblaciones cercanas como Lucera a la espera de que Alfonso tuviera a bien recibirlos en algún momento.

Durante las más de dos semanas que estuvieron fuera de Nápoles, Arnau sustituyó sus problemas domésticos por los que le planteó Ferrante, que criticaba abiertamente sus decisiones, ya fueran de la guerra, ya de la caza, y lo excluía con desdén del círculo que a todas horas lo rodeaba en un ensañamiento que Arnau deploraba. Le había sido leal.

—Os lo juro, majestad —llegó a asegurar al padre el día en que no pudo reprimir su contrariedad.

Alfonso parecía más pendiente de los perros y del rastro que olisqueaban inquietos que de su general, por lo que Arnau no confió en obtener respuesta hasta que se vio sorprendido unos segundos antes de que aquel espolease a su caballo.

—Si tienes que jurar tu fidelidad, duque —contestó el rey, levantando la voz mientras retenía a su corcel—, será que no la has acreditado lo suficiente en el campo de batalla.

Arnau tuvo que esforzarse por seguir la estela de Alfonso, a galope tendido ya tras una jauría rabiosa por alcanzar la presa, y a punto estuvo de tener un percance, distraído, herido en su estima por las duras palabras de su rey.

Pese al desprecio, se volcó en la satisfacción del duque de Calabria. En la caza, se apartó para cederle las mejores piezas, permitiendo que se luciera en la lucha contra los jabalíes. Mientras el resto disfrutaba o simplemente descansaba de unas jornadas agotadoras, Arnau examinaba los caballos de Ferrante y aplicaba todo su saber y buen hacer con sus perros. Llegó incluso a desprenderse de un magnífico alano de gran valor y regalárselo ante las heridas que incapacitaban a uno de los suyos. «Se os agradece», se limitó a decirle el heredero.

—Insiste —le recomendaría más tarde Alfonso—. Tarde o temprano será tu rey, y deseo que confíe en ti. Quiero que estés a su lado en los momentos en los que el reino requiera de tu experiencia y arrojo.

—Lo haré, señor, pero ¿no podríais hablar vos con él?

—Tienes que convencerlo tú, Arnau. Si impongo tu presencia, el duque lo asumirá hasta que yo falte, momento en el que prescindirá de ti aunque solo sea para demostrar su soberanía. Nadie reina después de muerto, ni siquiera yo.

Italia lo absorbía como si fuera una mujer caprichosa, pensaba Arnau ya de regreso a Nápoles en la Navidad de ese año de 1452. El rey le exigía lealtad y fidelidad a Ferrante mientras él se entregaba al placer y se refugiaba en brazos de Lucrezia, una mujer cada vez más rica y poderosa y que ejercía una influencia sobre Alfonso que preocupaba en la corte, pues el número de quienes acudían a ella para la obtención de mercedes reales crecía. Con todo, ese placer se presumía únicamente espiritual, puesto que en público se sostenía y hasta se cantaban alabanzas a la virginidad de la joven. Y así, en las tertulias, en presencia del rey, de aquel que los mantenía en la corte, los poetas no tenían el menor reparo en declamar ante la corte versos en los que la castidad de Lucrezia era ensalzada.

Arnau, como tantos otros, consideraban una ofensa al rey el que aquella joven ambiciosa asegurara que solo perdería su virtud si era violentada y que, antes de que ello sucediera, se quitaría la vida.

¿Dónde quedaba la hombría de Alfonso tras esas declaraciones?, se preguntaba Arnau a la vista del silencio de su rey ante unos rumores que quizá hasta eran objeto de cotilleo y de burla en ese mismo momento, en las conversaciones que se desarrollaban a su alrededor, la mayoría en napolitano, la lengua de los muchos invitados de Sofia a la celebración del nacimiento de Nuestro Señor, una fiesta planeada por ella como el inicio de su reconciliación con el mundo.

—Tenemos dos hijos varones —arguyó ante Arnau al explicarle su proyecto—, y tú, un tercero. Los tres merecen alcanzar un lugar de predominio en la corte, y nuestra obligación es luchar por ello. No podemos permanecer alejados de nuestros iguales.

—Lucho en la guerra junto a ellos, aunque no con todos los que deberían estar.

—Tú sigue con tus guerras...

—¡Son las de Nápoles! —la interrumpió Arnau, ofendido.

—No lo dudo, pero yo no soy soldado. Son tus guerras —reiteró ella con sosiego—. Yo tengo otras aquí. Las de los matrimonios, las de los enlaces que encumbren y enriquezcan a tus hijos. Las de las envidias que los perjudican. Las de las maledicencias que socavan su prestigio. Llevo algún tiempo sin ocuparme de esos enemigos. Apartemos nuestras rencillas, Arnau. Son nuestros hijos, y Martí es tu legítimo heredero —subrayó con su tono esa circunstancia—. Deben ser los mejores, en la guerra y en la paz. —Arnau dudaba, y Sofía intuyó la razón—. Olvidémosla. Dejemos atrás a Marina. Ella tomó una decisión, no puede convertirse en una rémora para esta familia.

Ese día Arnau se movía entre hombres y mujeres vestidos con lujo, enjoyados y perfumados. Muchos departiendo con afectación en aquellos salones que se habían adornado según las instrucciones de Sofía: flores de invierno, tapices, cuadros, mesas con manteles bordados, y vajilla, cubertería y copas de plata. Entre todo ello, músicos, danzarines, lectores y cómicos. La comida, abundante en la variedad y en los muchos platos que se sirvieron, estuvo a la altura de las pretensiones de la anfitriona.

Arnau se hallaba con Martí, siempre a su lado, mientras Sofía flotaba por el entorno recuperada la divinidad, y Filippo dialogaba con seriedad y empaque en uno u otro de los corrillos. Su hermano menor, Lorenzo, perdido en algún lugar de palacio, conversaba amigablemente con los invitados. Arnau presentaba a su hijo catalán con orgullo. Pese a su juventud, explicaba, ya había luchado por Nápoles junto a Ferrante, y ahora recibía las felicitaciones con que hombres y mujeres, estas con mayor énfasis y curiosidad, premiaban al joven. Poco tardó Arnau en verse solo: Martí fue retenido por un par de muchachas que tiraron de él hasta un rincón para que les relatara sus aventuras. «Puede que Sofía tenga razón», se vio obligado a admitir Arnau al contemplar la desenvoltura con la que se movían sus hijos en un ambiente del que él abominaba.

Quiso acercarse a escuchar a Filippo, pero un roce en su hombro lo detuvo. Se volvió.

—Duque —lo llamaron. Conocía a aquel hombre: Giulio Granucci, conde de Trimonte, con el que compartía escaño en el *seggio* Capuano.

—Conde... —contestó Arnau.

Granucci era un napolitano de edad similar a la de Arnau, culto y bien parecido, con gran reputación entre los suyos.

—Una fiesta excepcional —lo felicitó—. Nos ha halagado vuestra invitación. Hacía tiempo que no gozábamos de vuestra compañía. Esperamos que pronto regreséis al *seggio*.

—El rey me reclama con demasiada frecuencia —quiso excusarse Arnau. Luego dudó. En otras circunstancias quizá se habría manifestado con arrogancia. ¿Cómo pretendían que estuviera en la ciudad ocupando su escaño cuando llevaba meses en la guerra contra Florencia? Ahora, no obstante, cambió de idea, siquiera fuera solo por sus hijos—: Os aseguro que haré lo posible por cumplir con mi compromiso para con el *seggio* —añadió.

Sin embargo, no fueron ninguno de sus hijos los beneficiarios del acercamiento.

—Sabéis que soy diputado por nuestro *seggio* en el tribunal de San Lorenzo —dijo Granucci, haciendo referencia a aquel organismo compuesto por seis elegidos, uno por cada uno de los *seggi* de la ciudad, salvo el de Montagna, que elegía dos, aunque solo contaba con un voto—. Quiero advertiros de que Destorrent ha reanudado el asunto relativo a vuestro desafío. —Arnau frunció el ceño—. Tened cuidado. He percibido en él una confianza y una seguridad que me sorprenden.

Habían pasado más de dos años desde que Arnau desafiara a Destorrent. Ya entonces, su amigo Luigi Scarano, el juez de la Vicaria, le había aconsejado renunciar a ese desafío para no perjudicar más aún a Marina, algo que Arnau no estaba dispuesto a consentir. Había pedido a Scarano que hiciera lo posible para retrasarlo. La guerra y los buenos oficios del juez habían pospuesto algo que, para él, era inevitable.

Arnau no podría acudir al tribunal de San Lorenzo, ubicado en el convento de franciscanos junto a la iglesia de San Lorenzo Maggiore, hasta finales de marzo de 1453. Desde la Navidad, Alfonso reclamó su presencia para nuevas partidas de caza en una temporada, la invernal, en la que disfrutaba de su gran afición. Ferrante, por su parte, aprovechó la buena disposición del duque de Lagonegro y le exigió que continuara prestándole servicios militares en una guerra que, si bien permanecía suspendida, se mantenía viva a través de ocasionales incursiones de castigo por parte de uno y otro bando.

En Foiano, uno de los escasos enclaves conquistados por el duque de Calabria durante la campaña del año anterior, habían quedado cien caballeros para defender el castillo y hostigar al enemigo. A mediados de febrero, Arnau, acompañado por un exultante Martí, se unió a ellos al mando de los hombres que pagaba y que conformaban la hueste que aportaba al ejército napolitano. Filippo volvió a negarse a ir con él y continuó tan volcado en progresar en sus conocimientos como consagrado a las obras de la gran sala de Castelnuovo. Su guerra seguía siendo otra, pacífica, culta y cómoda, mientras su padre y su hermanastro penetraban en unas tierras asoladas por un tiempo inclemente, tanto que los caminos y los campos no eran sino pantanos difíciles de cruzar.

Libre de la presión ejercida por Ferrante, Arnau asumió el mando de las tropas acuarteladas en Foiano y, en cuanto se hizo una idea de la situación, ordenó reunir cuanto cañizo pudiera encontrarse en la zona y mandó esparcirlo por los pantanos que impedían la movilidad de los caballeros. Las cañas, amontonadas formando un camino, permitieron el paso de los caballos, que ya no se hundían en el limo, con lo que sorprendieron a unos confiados florentinos a los que atacaron y pusieron en fuga.

Como sucedió en la anterior campaña, Martí cabalgó por delante de su padre, henchido de orgullo por una estrategia que les procuró un importante botín en ganado y provisiones de los campesinos que huyeron tras quienes tenían que defenderlos.

En marzo, Ferrante se estableció en Castiglione para esperar el regreso de los nobles con sus huestes, incrementar las tropas del ejército napolitano y reiniciar la guerra. Arnau se unió al príncipe, dejó a sus hombres y a Martí, que prefirió quedarse allí, inmerso en la tensión y la violencia del ambiente militar, a desplazarse a Nápoles, donde el tribunal de San Lorenzo reclamaba la presencia del duque de Lagonegro.

Claudio alcanzó a coger las riendas de Cazador algo después de que Arnau hubiera desmontado de un salto el *corsiere* napolitano. De negro estricto, sin más adorno que el que le confería su espada y una fina capa de seda ribeteada en marta cibelina, cruzó el portal gótico de la iglesia de San Lorenzo Maggiore para, sin detenerse en el templo, girar a la derecha y acceder al claustro. Lo recorrió erguido, con paso firme, por delante de su mayordomo y de Claudio, que ya los había alcanzado después de entregar el caballo a otro criado. También lo acompañaba Pere de Mora, el abogado catalán que le había recomendado el juez Scarano, tras el que, a su vez, corrían varios secretarios.

Superado el claustro del convento, accedió a la sala capitular, una estancia que, si no era inmensa, sí arquitectónicamente magnífica: de estructura gótica con seis bóvedas sostenidas por dos columnas de granito y decorada con pinturas al fresco de escenas religiosas franciscanas siguiendo el estilo naturalista de Giotto que buceaba en la profundidad, la frescura y la emotividad.

Allí lo esperaban ya los miembros del tribunal sentados en un estrado tras una mesa larga. A sus lados, por debajo, los escribanos, secretarios, porteros de maza, alguaciles y demás personal; en los lados, algunos miembros de los *seggi* que habían acudido a presenciar el juicio y varios frailes. Arnau y su abogado se acercaron al tribunal y saludaron con una inclinación de cabeza. En el momento en que se volvieron para ocupar sus sitios, Arnau se enfrentó a Gaspar, ya sentado en el lado opuesto al suyo. Destorrent, lujosamente vestido como si acudiera a una fiesta, le sostuvo la mirada con frialdad y resolución.

El presidente, el elegido por el *seggio* de Montagna, el barrio en el que se emplazaba el convento, dio comienzo al acto y ordenó la lectura de la reclamación de Gaspar instando la intervención del tribunal. Pere de Mora, según lo hablado el día anterior, se opuso a la jurisdicción de los miembros de los *seggi* alegando que aquel era un conflicto entre dos nobles que debía resolverse conforme a las reglas de la caballería.

—Nadie dice que eso no suceda, mosén de Mora —respondió el representante de Montagna tras el alegato—. Este tribunal solo actuará como juez de ese duelo. Bien sabéis que las leyes de la caballería que invocáis exigen el nombramiento de un juez que lo dirija, algo que todavía no se ha formalizado en este caso. Este tribunal y los *seggi* que lo componen tienen competencias para controlar los conflictos que suceden en sus barrios y en la ciudad, así como para mediar en las disputas entre los nobles. Si los contendientes aceptan el desafío y el tribunal considera que no existe impedimento para que se realice, que se trata de un duelo de honor en el que no concurre ánimo de venganza o cualquier otro vicio que lo desvirtúe, vuestro representado podrá batirse con su enemigo, aunque nunca a ultranza, como pretende en sus cartas de desafío —indicó el juez, agitando una de aquellas cartas—. Como a buen seguro no ignoráis, el rey prohíbe los enfrentamientos a muerte.

—¿Estáis de acuerdo en ello, duque? —preguntó a Arnau otro de los nobles del tribunal.

Arnau no contestó, en cumplimiento de la palabra dada a su abogado, que había insistido en que guardase silencio. Fue este, por lo tanto, quien asintió en su nombre.

—El duque de Lagonegro se someterá a los mandamientos de su rey.

—¿Os ratificáis ante este tribunal en vuestro desafío a Gaspar Destorrent, conde de Accumoli? —inquirió el presidente del tribunal.

—Nos ratificamos.

En ese momento uno de los secretarios empezó a leer las cartas de batalla cruzadas entre los hermanastros, y Arnau perdió el hilo del proceso. La silla que ocupaba era incómoda, propia de los frailes y de su supuesta pobreza. Paseó la mirada sin mayor interés por los frescos de los paños entre las nervaduras de las bóvedas y por los de las paredes. Luego miró al público, la mayoría pendiente de los abogados y de cuanto se decía; al final volvió la cabeza y la dirigió directamente hacia Gaspar, que permanecía hierático, atento al juicio. «Sabes que te estoy mirando», quiso transmitirle Arnau. Podía levantarse, desenvainar su espada y cortarle la cabeza de un tajo. ¿Quién se lo iba a impedir? Ninguno de los hombres allí presentes era enemigo suficiente. Se sintió retado por aquella actitud esquiva. «¡Mírame, perro cabrón!».

—Conde de Accumoli —se decía en ese momento en la sala—, ¿aceptáis el desafío?

—No.

Arnau escuchó la negativa por más que Gaspar no hubiera abierto la boca. Tornó al juicio: ¿para qué entonces la intervención del tribunal? ¿Se burlaba de él? Volvió a mirar a Gaspar y creyó percibir el esbozo de una mueca en la comisura de sus labios. Así era: ¡se burlaba!

—¡Este malnacido violó a mi hija! —gritó al tiempo que se levantaba y lo señalaba.

—Guardad las formas, duque —le exigió el presidente entre los murmullos del público.

—Este canalla... —quiso continuar Arnau, todavía señalando a Gaspar, que sonrió como hiciera desde el balcón de su palacio el día en que aquel lo asaltó. Le transmitía que sí, que había sido él. Confirmaba lo que para él era una certeza.

Arnau hizo ademán de dirigirse hacia Gaspar, pero unas manos lo retuvieron: las de su abogado, Pere de Mora.

—Sentaos —le rogó—. Nada ganaréis soliviantando al tribunal.

—Puedo matarlo —susurró él.

—No os lo aconsejo, duque.

Se dejó acompañar a la silla, en la que tomó asiento al mismo tiempo que lo hacían sus acompañantes, que habían saltado con él. Pere de Mora volvió a centrarse en su defensa.

—Si el requerido no acepta el desafío —alegó el abogado—, las leyes de la caballería lo obliga a reconocer y pagar por su culpa. Este tribunal...

Por rico que fuera, volvió a perderse Arnau en sus cavilaciones, Gaspar no tenía dinero para compensar el daño hecho a Marina, a su madre, a sus hermanos, a él mismo. La vida de todos ellos se había derrumbado al mismo tiempo que desaparecían la sonrisa y la vitalidad de la joven. Arnau recordó mil momentos. Quizá habían sido duros, como apuntó el rey. Lo que era seguro es que nunca llegó a disfrutar por completo del amor de su hija, siempre pendiente de la guerra, siempre brusco en su trato. Gaspar le había robado la posibilidad de rectificar. Lo mataría, se juró; aquella era la única satisfacción que repararía el daño originado a su familia. «Hija —se dirigió a ella—, dondequiera que estés, has de saber que vengaré tu afrenta...».

El revuelo entre el público lo despertó de su ensoñación y lo devolvió a la sala en cuyo centro permanecía parado Pere de Mora, con las manos extendidas y la actitud confusa, pidiendo unas explicaciones que el abogado de Gaspar no tuvo impedimento en ofrecer:

—Sí, como he dicho, Marina di Forti acudió al conde de Accumoli en solicitud de ayuda ante la actitud violenta y malévola de su tutor, Arnau Estanyol. Ahora vive feliz en el castillo de Gaspar Destorrent, donde ha contraído matrimonio con un panadero y ha tenido un hijo. —Arnau negaba con la cabeza sin dar crédito a cuanto escuchaba—. ¿Qué mujer forzada —preguntó el abogado a voz en grito, dirigiéndose al tribunal, al público y, por último, a Arnau— buscaría ayuda en su violador y viviría en su casa, a su costa y bajo su protección durante años? La violación de Marina di Forti fue una desgracia ya juzgada por los tribunales del rey. Aclarado ello, ¡Arnau Estanyol —añadió señalándolo— fue el único que realmente maltrató a su pupila!

El público estalló en comentarios. El tribunal estaba tan impactado como los demás; sus miembros cuchicheaban entre ellos. Por su parte, Arnau rugió y echó mano de la espada.

—¡Hijo de puta! ¡Te mataré! —amenazó a Gaspar.

Varios hombres aparecieron de entre el público y rodearon al mercader para defenderlo. La única persona que reaccionó fue el alguacil del tribunal, que ordenó a los porteros de maza que impidiesen el ataque de Arnau. El caos y la acumulación de gente, frailes incluidos, en aquel espacio reducido fueron tales que Arnau se vio imposibilitado de atacar so pena de herir a algún inocente. Rindió la espada y comprobó que Gaspar había desaparecido.

Poco a poco la sala capitular recuperó la normalidad, ahora con todos los presentes pendientes de Arnau.

—¿Tenéis algo que decir, duque? —lo interrogó el presidente del tribunal.

Arnau vaciló.

—El desafiado ha desaparecido —respondió Pere de Mora en su lugar—. Sin el conde de Accumoli no puede continuar el juicio.

—Después de escuchar lo que acaba de exponer —se extrañó otro de los miembros del tribunal—, ¿de verdad pretendéis mantener el desafío?

Arnau intervino antes de que lo hiciera su abogado.

—Lo sostengo —afirmó con contundencia—. Gaspar Destorrent miente. Será Dios, a través de la espada, quien haga justicia.

—Tu hija vive —soltó a Sofía nada más encontrarse con ella en el palacio.

La mujer palideció. Tembló. Titubeó.

—¿Có... cómo? —balbuceó—. ¿No estabas en San Lorenzo?

—Te digo que Marina vive.

Arnau escrutaba hasta el más nimio de los gestos de Sofía.

—¡Dios sea alabado! —se recompuso ella de la supuesta sorpresa adoptando el papel de ignorante—. ¡Ha escuchado nuestras súplicas! ¿Y cómo es eso? ¿Cómo lo sabes? ¿Está bien? ¿Dónde se encuentra?

Arnau se vio asediado por una mujer que no tuvo reparo alguno en abalanzarse sobre él al ritmo de sus preguntas.

—¡Se ha casado con el maldito panadero y vive con él en tierras de Gaspar! ¡Y tienen un hijo!

Ante tal revelación, la mujer no tuvo que disimular. No sabía del matrimonio ni de la maternidad de Marina. Su ofuscación fue sincera.

—¿Casada? —murmuró—. ¿Con el panadero? ¿Y tienen un hijo?
—Eso afirma Gaspar.
—Y... ¿qué vas a hacer?
—Matarlos a los dos y rescatar a Marina.
—¿Vas a matar al niño!
—¡A Gaspar y al panadero! —aclaró Arnau golpeando el aire.

Al tiempo que Sofía buscaba apoyo en la pared para trastabillar hasta dejarse caer en un sillón, aturdida, preocupada, «¿Marina casada con Paolo? ¡Y tiene un hijo!», Arnau daba orden de preparar el viaje a Castiglione con la intención de ponerse al mando de sus hombres, dirigirse luego a Accumoli y atacar el castillo. Esperó, sin embargo, a que regresase Claudio, al que había mandado traer a su presencia a la panadera. No lo hizo.

—Orsolina ha desaparecido —anunció el criado.

Gaspar la habría advertido, pensó Arnau.

—Ya aparecerá —sentenció.

Forzó a Cazador sin ningún tipo de consideración, dejó atrás a sus sirvientes y galopó con frenesí hasta Castiglione, donde se iban reuniendo las tropas de Ferrante. Ya en el real, el cansancio sometido a la excitación y la ira, preguntó por sus hombres. Le indicaron un corro numeroso en el que encontró a Martí jugando y apostando a los dados como uno más de los soldados entre los que se mezclaba. Por un momento, a la vista del joven en cuclillas, sonriente, vivaz, en camisa, sucio y con el cabello enmarañado, Arnau olvidó la razón de sus urgencias y se dejó llevar por la nostalgia. ¡A su hijo le quedaba toda una vida por delante! Un viaje lleno de experiencias y victorias. El espacio que le hicieron algunos soldados al reconocerlo y separarse de él con respeto lo devolvió a Marina y Accumoli.

—¡Reúne a los hombres y prepara la partida! —ordenó a Martí en cuanto este alzó la cabeza hacia él.

El joven se levantó de un salto mientras Arnau le daba la espalda y se dirigía hacia la tienda del duque de Calabria, en la que ondeaban los estandartes reales. Solicitó audiencia y le permitieron entrar al instante. El lujo del interior, con muebles, platería y tapices, contrastaba con la miseria y la suciedad de la soldadesca a la que acababa de dejar atrás. Encontró a Ferrante en un sitial, con varios nobles y condotieros a su lado, aunque no todos los que cabría esperar. Lo había percibido en su recorrido por el campamento: todavía faltaba gran parte del ejército. Esa situación de precariedad lo desanimó en el momento de tomar la palabra, en pie ante su señor, después de saludarlo y de que este le permitiera hablar.

¡Se trataba de Marina!, se exhortó, sin embargo.

—Lo siento, señor, pero debo partir con mis hombres —afirmó. La expresión de contrariedad del príncipe lo obligó a explicarse—: He sabido que mi hija, a la que daba por perdida, está refugiada en el castillo del conde de Accumoli.

—¿Y? —preguntaron desde el entorno de Ferrante sin que Arnau, con la mirada fija en él, pudiera reconocer quién lo hizo.

—Debo rescatarla.

En esa ocasión fue el canciller el que se adelantó un paso y le contestó:

—Al duque de Calabria no se le muestra pena por una decisión, sino que se le solicita permiso para adoptarla —le dijo con acritud.

Arnau se dio cuenta de su error. Bajó la cabeza y se excusó.

—Os ruego permiso —solicitó después— para acudir con mis hombres hasta Accumoli y rescatar a mi hija. En cuanto lo haya logrado, regresaré con el ejército.

Ferrante lo traspasaba con los ojos entornados, como si pretendiera indagar en su interior. El canciller habló por él:

—¿Acaso se encuentra en peligro vuestra hija?

—Cualquier persona que esté bajo la potestad de Gaspar Destorrent está en peligro.

Ferrante soltó una risa sarcástica. El canciller continuó:

—Sabemos que habéis vuelto de Nápoles, donde fuisteis con licencia del duque para comparecer ante el tribunal de San Lorenzo precisamente por este asunto, el desafío que lanzasteis al conde de Accumoli a causa de vuestra hija. ¿Qué es lo que ha sucedido allí para que pretendáis eludir vuestras responsabilidades para con el duque y el reino?

Arnau presintió que lo sabían, si no todos, la mayoría de ellos. Vislumbró rictus de seriedad forzada, de sonrisas contenidas. Se había precipitado, como siempre. Gaspar habría hecho correr la noticia en esa camarilla incluso antes de desvelarla en San Lorenzo. ¿Debía humillarse contando que su hija estaba refugiada con aquel a quien acusaba de haberla violado y que se había casado con un panadero?

—Señor —se dirigió a Ferrante con seriedad—, he solicitado vuestro beneplácito para dirigirme a Accumoli, arrasar a ese renegado que tanto daño causa a vuestras empresas y prestigio, y volver con vos. Llevo toda mi vida luchando por la casa de Aragón. ¡Jamás he eludido mis responsabilidades! —Elevó la voz dirigiéndose directamente al canciller antes de hacerlo de nuevo hacia el heredero—. He dado mucho más, con mayor lealtad y sobre todo eficacia que aquellos otros que ya deberían estar aquí, a vuestro lado, pero que no han comparecido —añadió consciente de que ello mortificaría al príncipe, lo que efectivamente se mostró en una instantánea contracción de sus rasgos—. Espero vuestra respuesta —exigió a sabiendas de cuál sería.

—¡No! —La rotunda negativa del duque de Calabria confirmó las sospechas de Arnau—. Vuestro lugar y el de vuestros hombres está aquí, con el ejército. Esa, la de defender Nápoles y aportar vuestra persona y vuestro patrimonio, es la obligación que asumisteis como barón del reino cuando aceptasteis los honores que os concedió mi bienamado padre, el rey Alfonso. Faltar a ese compromiso sería un acto de traición del que responderíais con vuestra vida... y la de quienes os auxiliaran, así como el destierro y la desgracia de todos los vuestros. Yo mismo os he visto ejecutar a desertores en el campo de batalla. Lo sabéis: ¡no existe causa por encima de los intereses de Nápoles!

La ira y la osadía con las que Arnau se desenvolvió en el combate superaron cualquier predicamento que sus hombres, sus iguales o el propio duque de Calabria pudieran tener de él. El joven Martí, que hasta entonces había llegado a considerarse valeroso, alardeando de ello en el real, se amedrentó al tener que sostener el galope desenfrenado tras los alaridos de su padre. Arnau no descansaba: durante el día luchaba contra los florentinos y durante la noche, contra sí mismo. Con mayor ímpetu con el que lo hacía él en la batalla, los recuerdos de Marina lo golpeaban con una violencia inmisericorde. Se incorporaba sudoroso en su catre en el momento en que la sonrisa de aquella niña desvalida tras la muerte de su padre se convertía en una mueca de burla, de terror o de desamparo. «Quizá hemos sido demasiado duros...». La frase lo perseguía, lo acechaba para saltar sobre él tan pronto como se relajaba; vivía en una constante recriminación, con la culpa azotando su estima. Marina desposada con un panadero. ¡Y le había dado un hijo! Noche tras noche, terminaba planteándose qué pensaría de él Giovanni di Forti desde el cielo de los guerreros. Había incumplido su juramento, y la palabra de un caballero, de un amigo, de un soldado, a otro agonizante constituía el bien más preciado, era sagrada.

Llegó a sopesar la posibilidad de desobedecer al duque de Calabria, abandonar el real y asaltar Accumoli, pero la amenaza de Ferrante fue tajante: «Tú y los tuyos». Estaba inerme; no podía arriesgar el futuro y hasta la vida de sus hijos ante la crueldad de un príncipe ofendido, por lo que continuó batallando al tiempo que trataba de dejar tras de sí los reproches que desde el más allá le efectuaba su amigo Giovanni. Llegaron a herirlo en dos ocasiones, unas lesiones a las que no solo no concedió importancia por más que unos y otros le aconsejaran que se cuidara y descansase, sino que aceptó como una especie de redención; debía sufrir por sus errores.

—Lucha como si deseara morir —lamentó uno de sus capitanes.

Algunos compañeros de armas de los que todavía lo apreciaban intentaron convencerlo de que podría acudir en rescate de Marina una vez ganada la guerra, y de que, si ella no había sufrido daño hasta entonces, ¿por qué iba a padecerlo por atrasar su rescate un verano más?

—¡Porque puede volver a quedar encinta de ese panadero! —gritó él—. ¿No os parece suficiente ignominia? Porque ahora mismo la está poseyendo —añadió, mostrando las manos crispadas, los dedos como garras que arañasen la piel de su niña.

Nadie se atrevió a discutir tal argumento, aunque sí lo hicieron con relación a su temeridad.

—Pero si morís, nadie la salvará —le advirtió uno de sus allegados.

—Debéis ser más prudente, conde —le recomendó un barón catalán.

—¿Prudente en el campo de batalla? —se quejó él, enojado, como si le propusieran una felonía.

—Arnau —trató de tranquilizarlo el primero, conocedor del carácter de su amigo—, bien sabéis que no vamos a ganar esta guerra. Todos somos conscientes de ello. Nadie os pide que seáis desleal, simplemente que no arriesguéis vuestra vida por una empresa condenada al fracaso.

Arnau interrogó con la mirada a sus compañeros y encontró resignación en unos hombres valientes y leales al rey. Suspiró y recapacitó. No les faltaba razón. Ferrante no había conseguido reunir tropas suficientes en torno a su figura. Carecía del carisma de su padre. Después de la generosidad a costa del clero español que el Papa demostrara el año anterior, en esa campaña el pontífice decidió no aportar financiación, por lo que los recursos eran escasos. La falta de dinero y los insignificantes resultados conseguidos hasta ese momento por un Ferrante que actuó de forma timorata, cuando no acobardada, favorecieron que muchos de aquellos que obtuvieron permiso para abandonar el ejército durante el invierno alegaran mil excusas para no acudir de nuevo ese año.

Aprovechando la debilidad de su enemigo, los florentinos se rearmaron, contrataron mercenarios y buenos condotieros, y atacaron Foiano. Ferrante trató de aguantar, pero la escasez de tropas lo llevó a refugiarse en Pitigliano, en la frontera con los Estados Pontificios, adonde llegó con su ejército desvalido después de acamparlo en terrenos pantanosos. El entorno infecto volvió a originar una grave epidemia de tifus entre soldados y barones, que llegó a afectar hasta al conde de Urbino. Arnau evitó cualquier crítica. Todo ello sucedía a principios de junio de 1453, momento en el que el príncipe debería haber atacado Florencia en lugar de buscar refugio muy lejos de esa ciudad.

Los venecianos, aliados de Nápoles, que sostenían su compromiso contra Milán en el norte, se indignaron ante la falta de eficacia de Ferrante y exigieron a Alfonso que abandonara el retiro dorado en brazos de su amante, asumiera el mando del ejército y acudiera a la guerra contra Florencia.

Así las cosas, a finales de aquel mes, Arnau celebró el anuncio de Alfonso de que se proponía acudir en ayuda de su hijo e invadir la Toscana al mando de tres mil pelotones de lanceros. En septiembre, el rey avanzó desde Capua, progreso que se truncó antes incluso de llegar a la frontera a causa de una llaga que sufrió en la pierna izquierda, infección que lo obligó a recluirse, febril, en Fontana Liri, donde permaneció diez días en grave riesgo de muerte.

Era octubre de 1453, y ahí murió la empresa bélica napolitana. Arnau, junto a Ferrante y muchos otros barones, acudió al pie del lecho del enfermo. No fue hasta que el rey sanó que se afrontó la problemática de la situación en la que se encontraba sumido el reino.

Venecia acababa de perder su guerra contra Milán. Sforza había conquistado la ciudad de Ghedi. El pueblo veneciano se rebelaba ante los costes y las penurias de una contienda infructuosa, y la Serenísima República entró en conversaciones de paz con los milaneses. Florencia, por su parte, se rearmaba alentada por la noticia de la enfermedad de Alfonso, y Renato de Anjou, invitado y azuzado por los Medici, reclamaba de nuevo el reino de Nápoles. Pero si todo ello era importante, la circunstancia que más pesó en los italianos fue la caída de Constantinopla en manos de los turcos. Ante la catástrofe que significaba la conquista por parte de los otomanos de la que había sido la capital del Imperio Romano de Oriente, los gobernantes italianos comprendieron la esterilidad de las luchas intestinas. Milán y Venecia firmaron la paz en Lodi; el papa Nicolás declaró una cruzada contra los turcos a la que nadie estaba dispuesto a acudir; los florentinos mandaron a Renato de Anjou de vuelta a Francia; Nápoles perdió los pocos territorios toscanos conquistados en la guerra, y Alfonso, inicialmente excluido de la paz italiana, se sumó a ella a cambio de que le devolviesen los puertos de mar.

Alfonso ordenaría el regreso a Nápoles de un ejército desmembrado y acuartelado, sin función alguna, en junio de 1454, y como era costumbre, escondió la derrota y organizó a su hijo Ferrante una recepción con los honores y las celebraciones dignas de un príncipe victorioso.

Sin embargo, tan pronto como el rey superó la infección en su pierna y se constató la inutilidad de mantener la confrontación con Florencia, Arnau obtuvo licencia de Alfonso para abandonar el real y, ya iniciado el invierno de 1454, enfiló con los suyos el camino de Accumoli.

# 14

*Accumoli, 1452*
*Dos años antes*

Las noches continuaban siendo frescas en la primavera de las montañas, por lo que encontraron un fuego vivo en la habitación de la torre del castillo. Se plantaron frente a él, luego se sonrieron al sonido de la música y el jolgorio que se colaba por la ventana procedente de una fiesta que no tenía visos de decaer. Habían bailado y reído. Habían cantado y se habían besado. Habían bebido y, mezclados entre las gentes de Accumoli, compartiendo su alegría y su entusiasmo, rompieron casi todas las barreras que se interponían entre ellos.

Solo restaba una por superar, pensó Marina mientras soltaba la mano de Paolo y le acariciaba la mejilla. La angustia por la necesidad de consumar el matrimonio la perseguía desde el día que lo contrajeron en secreto, algo que esa mañana acababan de formalizar públicamente a las puertas de la iglesia frente a centenares de testigos. En el momento en el que el párroco certificó la unión, Marina padeció un espasmo que, por fortuna, logró disimular como un arrebato de emoción. Sin embargo, el recuerdo del turco forzándola sobre la cama de su madre, jadeando, quebrándola por dentro y arañándole los pechos la hundió en la desesperación y la llevó a desatender las palabras de unos y otros.

¿Y si el asco por el contacto carnal con los hombres revivía en ella y no era capaz de entregarse por completo a Paolo?, temía una y otra vez. Las caricias y los besos que ambos se habían prodigado hasta ese momento la complacían, y consiguieron que su entrepierna se humedeciese como le sucedía con Emilia. No obstante, permitir que Paolo la penetrase como hiciera aquel canalla la atemorizaba. Los animales fornicaban de manera salvaje, lo había visto; los hombres también, lo recordaba de las escenas de amor que ella y Emilia espiaron en la estancia donde se acumulaban los muebles franceses. ¿Qué sucedería cuando Paolo actuase con igual brutalidad?

Sin embargo, ahora, al acariciar su mejilla al calor del hogar, sintió un escalofrío placentero. Sus recelos habían ido disminuyendo durante el día al compás de la música, al de los gritos y los abrazos, y los bailes, las risas y las bromas procaces, pero sobre todo del vino que escondía las penas y envalentonaba el espíritu.

Marina besó a Paolo y se dirigió al lecho. Se quitó la ropa y se metió entre las sábanas vestida solo con la camisa.

—Ven —instó con una espléndida sonrisa en sus labios a un Paolo paralizado.

Él la imitó, se acercó, se desprendió de su ropa menos de la camisa y se metió en la cama. Quietos, mirándose, sus respiraciones agitadas chocaban con el rostro del otro. Marina entendió que aquel joven que siempre la había considerado inalcanzable probablemente no tomase la iniciativa, aunque tampoco deseaba hacerlo ella. Paolo era el hombre. Su hombre. Se sentía protegida y querida a su lado, y no estaba dispuesta a caer en el mismo error que caracterizaba sus relaciones desde que apareciera por palacio con una torta. Tenía que incitarlo, que excitarlo.

—Te amo, panadero —susurró.

—Y yo a ti.

Ella se le arrimó todavía más.

—Cuando eras niño te apartabas de mí —le dijo recordando cómo se desplazaba en el banco del jardín si ella se acercaba.

—Sentía... respeto. Eras la baronesa.

—Ahora soy tu esposa. —Marina esperó en tensión—. Ya no soy noble, solo soy tuya —insistió—. Y soy feliz.

Paolo respondió y la rodeó con uno de sus brazos. Ella suspiró y se aproximó a él hasta que se tocaron. Se besaron durante un largo rato, sus dedos deslizándose sobre la camisa del otro. No dolía, pensaba Marina con un regocijo que la animaba a explorar el cuerpo de Paolo, que se atrevió a tocar sus pechos y unos pezones que pugnaban por reventar. Marina acarició su miembro erecto y no lo dudó: empujó a Paolo sobre ella y lo dirigió a un interior empapado, hinchado y abierto, anhelante, que, tras retraerse a causa de un calambre, terminó acogiendo el pene casi con dulzura. Con esa suavidad hicieron el amor; él cuidándola, como si no quisiera dañarla; ella, olvidada la violencia del pasado, encontrando el gozo en un esposo que alcanzó el éxtasis con vergüenza mientras contenía jadeos y gruñidos para que no descollaran sobre los suspiros de placer de Marina.

La guerra contra Florencia que Alfonso declaró dos meses después de la boda de Paolo y Marina convulsionó Accumoli y los Abruzos enteros. Allí no se pelearía, aunque muchos hombres partirían con sus señores al ejército, pero el conflicto acarrearía otras importantes consecuencias para la región fronteriza.

Hasta que Alfonso se empeñó en vencer a la Signoria, las confrontaciones armadas no necesariamente conllevaban la interrupción de las relaciones mercantiles entre los contendientes. El comercio y los mercaderes eran respetados incluso cuando sus países de origen combatían entre sí. Eso sucedía, por ejemplo, entre Cataluña y su acérrimo enemigo, Génova, siempre en guerra. Tal era el espíritu liberal del comercio que hasta se constituyó un sistema de compensación y aseguramiento de los bienes e intereses recíprocos que se ponía en funcionamiento tan pronto se reanudaba una contienda bélica.

Sin embargo, y por primera vez en la historia de los reinos de Aragón y de Nápoles y con ocasión de los enfrentamientos con Florencia de 1447, Alfonso decidió interrumpir cualquier tipo de relación comercial con el enemigo, expulsó a los mercaderes florentinos de todos sus territorios y prohibió que ninguno de sus súbditos tuviera dinero en bancos de aquella república. Las letras de cambio de cualquier operación efectuada con mercaderes o compañías de esa nacionalidad, operasen desde la propia Florencia, Brujas, Venecia, Aviñón o desde dondequiera que fuese, se devolvieron y se protestaron notarialmente por «orden del señor rey». El comercio se paralizó, las deudas se incrementaron en uno y otro lado y los mercados buscaron alternativas para sus productos. El fin de la primera guerra, en 1450, significó la normalización de la situación y la reanudación del comercio, pero incluso antes de que Alfonso declarara la segunda ofensiva, los florentinos se vieron sorprendidos por nuevas pragmáticas más prohibitivas que proteccionistas, puesto que el tratado de paz de 1450 establecía la libertad de comercio entre ambos reinos; ni siquiera el Papa, siempre bajo el control del rey napolitano, entendió su postura.

En 1452, sin embargo, y mientras la diplomacia florentina discutía y trataba de encauzar las alteradas relaciones comerciales, la sorpresiva declaración de una nueva guerra volvió a paralizar cualquier actividad con los enemigos: se denegaron todos los salvoconductos y se prohibió bajo severas penas la intermediación de terceros que pudieran soslayar las órdenes reales.

Desde que contrajeran matrimonio, hacía casi un año, Paolo y Marina comían en la torre del homenaje junto a Giacomo y Simonetta a modo de una familia. Ese día habían recibido la noticia de la nueva guerra contra Florencia y los hombres hablaban del futuro. Marina permaneció atenta a la conversación, convencida de que la contienda les traería problemas en un momento poco indicado para ello: estaba embarazada. Paolo lo sabía, pero callaban en espera de que transcurriera más tiempo y su estado de gravidez se consolidara. Preocupada por la suerte que podría depararles la nueva contienda en una situación personal tan delicada, se sorprendió ante la risotada de su esposo a comentarios del castellano.

—¡Por los beneficios que conseguiremos! —gritó Paolo después al tiempo que alzaba la copa de vino invitando a los demás a brindar.

Marina levantó la suya cuando los otros tres ya las sostenían en el aire y las entrechocaban.

—No entiendo —intervino—. ¿No os preocupa la guerra?

—¡Ni mucho menos! —rio Giacomo.

—No habrá mejor oportunidad para los mercaderes osados —apuntó Paolo.

—Contrabando —terminó explicándole Simonetta—. Vivimos en la frontera. Un par de pasos —continuó, y señaló con el pulgar a su espalda, hacia las montañas— y estamos en los Estados Pontificios, fuera de la jurisdicción de Nápoles.

—Este es, querida, el mejor momento para comerciar con Florencia —agregó Paolo—. Los precios se dispararán por la carestía. La lana multiplicará por mil su valor —exageró.

Paolo y Marina no habían llegado a experimentar las consecuencias de la anterior prohibición. Ciertamente arribaron a Accumoli a finales de 1449, antes de que se firmase la paz de 1450 y se levantasen las restricciones, pero durante esos pocos meses de intervalo el panadero nada sabía de las empresas de Gaspar en aquellas tierras, ni estaba capacitado para entenderlas, ni mucho menos gozaba de la confianza para compartir el secreto del contrabando.

Sin embargo, cuando se promulgaron las pragmáticas de Alfonso en 1451, ya se movía con seguridad entre los pastores y el resto de los mercaderes de la mano de Giacomo, su mentor. Marina lo escuchó hablar con pasión de las rutas de montaña por las que podía efectuarse el contrabando, de las aduanas, de los pasos, de los puentes, del control que ejercía el tribunal de la Sommaria a través del capitán y maestro de los pasos y quedó hechizada ante la autoridad con la que se pronunciaba su hombre, Giacomo asintiendo, Simonetta atenta como ella.

—Conozco a los vigilantes de esta zona —decía ahora—, tanto a los que van a caballo como a los que lo hacen a pie. Son accesibles. He hablado bastante con ellos a la hora de transportar mercaderías a través de las montañas. Hemos comido juntos; el vino, el pan y el cordero a mi costa..., a nuestra costa —se corrigió con celeridad al tiempo que el castellano agitaba la cabeza regañándolo—. Se puede comprar su silencio, hasta su ayuda, con muy poco dinero —aseveró—. Se trata de gente sencilla, con salarios muy escasos y cansada de vivir entre estos picos, siempre atentos, siempre vigilantes. La hija de uno de ellos trabaja de criada aquí mismo, en este castillo.

—¿Quién es? —quiso saber Simonetta.

—Aquella que te traje el año pasado, me pidió el favor su padre... ¿Cómo se llamaba?

Marina podía contestar que Chelidonia, pero no lo hizo. En ese momento comparaba la desenvoltura y elocuencia de Paolo en ese entorno, con Giacomo y Simonetta, con el apocamiento que todavía mostraba con ella, como si se tratase de un trauma que no pudiera superar, más todavía desde que supo de su embarazo. Desde su matrimonio habían practicado con cierta frecuencia aquel sexo delicado y tierno que tanto bien hacía a Marina, pero nunca con la asiduidad que parecía razonable a juicio de todos los que le sonreían con picardía. Hasta Liboria, más lanzada, se atrevió a comentárselo un día que Marina se quejó de cansancio.

—No es de extrañar —rio ella, guiñándole un ojo—. Cada noche debe de ser una fiesta continua.

¿Cada noche? ¿Una fiesta?... Marina escondió su rostro a la joven. ¡En absoluto! Paolo alcanzaba la erección cuando ella le acariciaba el miembro, la montaba y eyaculaba tras algunos empujones que ella había llegado a rogar en silencio que se convirtieran en verdaderos embates furiosos. Porque cuando él terminaba, ella necesitaba más, mucho más, y sabía, por Emilia, por sus toqueteos solitarios en las noches, por los jadeos apremiantes de las mujeres en el almacén de los franceses, que su propio placer quedaba relegado. En ocasiones tuvo la tentación de procurarse ella misma la satisfacción que no alcanzaba con él, pero se contuvo; eran muchos los problemas que le habían originado esas prácticas onanistas. La persecución egoísta del gozo la había desterrado hasta ese castillo, humillada y desposeída de sus títulos. Allí la vida, quizá el Señor, decidió concederle una nueva oportunidad de ser feliz junto a Paolo. Perseguir un placer pecaminoso era un insulto hacia Él.

Porque en todo lo demás su esposo la transportaba al paraíso. La trataba con delicadeza. La colmaba de atenciones. Gastaba el dinero que ya le pagaban Giacomo o Gaspar en comprarle ropa, adornos y dulces. Jamás regresaba de viaje sin un obsequio, hasta el punto de que Simonetta no dudó en mostrarle su envidia.

—Deberíais ahorrar para tiempos peores —le soltó un día que

la vio engalanada con unos pendientes nuevos en los que destacaban unas pequeñas bolas de coral rojo.

Marina era feliz incluso en aquel castillo perdido entre las montañas en la frontera del reino. Añoraba a Paolo cuando viajaba. Temblaba al roce de sus dedos, aquellos que tanto había admirado en sus clases de escritura. Disfrutaba del tono de su voz, que se volvía melodioso tan pronto como se dirigía a ella. Y lo escuchaba sin intervenir, cuidando de no erigirse sobre él como la noble napolitana que siempre se comportaba con soberbia. Paolo la amaba, se lo decía: «Te amo». Y Marina se derretía como una niña cándida y le contestaba que ella también, pero ¡con toda el alma! Por nada del mundo, mucho menos por su propio placer, iba a arriesgar tal fortuna.

Con veinticinco años, Paolo Crivino se convirtió en uno de los mayores contrabandistas de los Abruzos. El río Tronto, que marcaba el linde entre el reino de Nápoles y los Estados Pontificios y que corría al pie del castillo de Accumoli, no suponía el menor impedimento para el paso de interminables reatas de mulas cargadas con una lana que, como predijeran en aquella comida, había aumentado su precio de forma exponencial. Traficaba también con el azafrán de L'Aquila, la magnífica seda de Sulmona y con cualquier otro producto que pudiera llegar hasta la frontera de forma subrepticia sin originar sospechas.

El rey y sus oficiales controlaban los capitales puertos de mar a través de los que se desarrollaba gran parte del comercio con el resto de Italia, Florencia incluida hasta entonces. A ellos se unía la armada napolitana que navegaba permanentemente las aguas, tanto con objetivos bélicos como para impedir que las naves que pudieran zarpar de manera clandestina de los innumerables puertos de los barones napolitanos superaran el bloqueo comercial que Alfonso había impuesto.

Pero en los Apeninos no había armada y mucho menos un ejército que, para disgusto del rey, erraba por la Toscana a las órdenes de un pusilánime duque de Calabria. Paolo no solo se convirtió en el mayor contrabandista, sino que monopolizó el comercio ilegal en el entorno de Accumoli.

Fue Liboria, voluntariamente alejada de un matrimonio que requería de intimidad, la que le advirtió:

—He oído de un cargamento de lana que pretende cruzar por las montañas.

Paolo examinó a la chica de arriba abajo. Gozaba de buena presencia y una sonrisa indescifrable con la que se enfrentaba a cualquier situación. Era una superviviente, y Paolo la respetaba por ello. No le preguntó cómo sabía de esa partida; con toda probabilidad, se habría enterado a través de algún pastor al que conocía de la trashumancia del ganado. Simplemente la creyó.

—¿Y qué pretendes que haga? —inquirió en su lugar.

—Tú controlas las aduanas. No deberías permitir que otros se aprovechen.

—No creo que los vigilantes los dejen pasar gratis.

Liboria asintió mordiéndose el labio inferior.

—Ya —afirmó al cabo—. Y tú tampoco deberías permitirlo.

Los vigilantes de los pasos detuvieron aquel cargamento y quedó consignado a favor del rey en las dependencias de su capitán. Los contrabandistas abandonaron la carga y lograron huir, adujeron los guardias. Seguían las instrucciones de Paolo, que solo pretendía dar una lección, en ningún caso crearse enemistades como las que, con seguridad, nacerían a consecuencia de las penas de cárcel que se habrían impuesto a los contrabandistas.

A partir de ahí, Liboria creó una red de informadores compuesta por pastores, mujeres y hasta niños que la advertían de cualquier movimiento sospechoso en la zona. Así, pronto fue público que cruzar por aquellos pasos requería del pago y el permiso de un Paolo que cada vez movía más dinero para comprar mercancías, costear arrieros y mulas —el único medio de transporte a través de los angostos senderos de las montañas—, sobornar guardias y funcionarios más y más ambiciosos a medida que pasaba el tiempo y tener satisfechos a los informadores de la red de Liboria. El inmenso mercado florentino cubría con creces esos gastos.

Transcurrieron los meses con Paolo volcado en su trabajo y,

cuando recalaba en Accumoli, en una Marina esplendorosa tanto a causa del embarazo que le avivó la expresión, la sonrisa y rellenó su cuerpo, como por el amor que recibía de su esposo. El sexo, no obstante, había quedado atrás.

—No quiero dañar al niño —alegaba él ante cualquier acercamiento por parte de Marina.

—No pasa nada. He preguntado...

—¿Cómo no va a pasar nada! Ahí dentro llevas una criatura frágil e indefensa ——aducía él mientras señalaba su vientre.

La falta de sexo la compensó Paolo con ternura y atención hasta que a finales de enero de 1453, en un momento en que las nieves invernales dificultaban el paso de las recuas de mulas y en que su esposo limitaba las ausencias a rápidos viajes a caballo de uno o dos días por la zona con el objetivo de negociar y preparar las mercaderías con las que traficaría tan pronto como las condiciones meteorológicas se lo permitieran, Marina dio a luz a un niño.

Con el fuego chisporroteando con viveza y la luz invernal entrando por la ventana, ya en la alcoba de la torre, Paolo no se atrevió a coger a la criatura cuando se la ofreció la comadrona. Rectificó y la quiso, pero ya estaba en brazos de Liboria. Se acercó a la joven y rozó el rostro de su hijo con la yema de sus dedos al mismo tiempo que cuchicheaba unas palabras sin atreverse a alzar la voz en presencia de algo tan delicado. Pese al cansancio por el esfuerzo de un parto que había durado varias horas, incorporada en el lecho, apoyada en almohadas, Marina sonrió al ver correr una lágrima por la mejilla de su esposo, enternecido, emocionado, casi tembloroso.

—¿Cómo lo llamaréis? —preguntó Simonetta sin mostrar más que un interés superfluo por conocer al recién nacido.

—Rocco —pronunció la madre con rotundidad.

—Buen nombre —aprobó Giacomo.

—Lo celebraremos en cuanto te encuentres dispuesta. Ahora descansa —le aconsejó la esposa del castellano antes de abandonar la estancia.

—Felicidades —repuso Giacomo, y siguió los pasos de Simonetta.

—Gracias —dijeron al unísono los tres que hacía más de tres años huyeran de Nápoles, Liboria con el niño en brazos, considerándose parte de la familia—. ¡Uy! Perdón —pidió contrita la muchacha al comprender que quizá se había excedido.

Paolo rio. Marina dio un manotazo al aire... y su esposo se asustó al ver aquel gesto que tanto le recordaba a Arnau, aunque instantes después, ya recuperado de la impresión, se dirigió a Liboria.

—De no ser por ti..., quizá ahora no estuviésemos aquí, celebrando el nacimiento de este niño —reconoció—. Cuida de él igual que lo hiciste de nosotros.

—Os lo juro —se comprometió ella con esa sonrisa tan difícil de interpretar.

—Yo cuidaré de vosotras y de Rocco —dijo Paolo a viva voz, ebrio de alegría, entusiasmado con su paternidad y con que madre e hijo estuvieran sanos.

En cuanto las condiciones permitieron el tránsito por los escabrosos caminos de montaña, mucho antes incluso de que las cumbres dejaran de estar nevadas, Paolo se lanzó a transportar la lana del esquileo de finales de verano que todavía tenía almacenada, tras las labores de lavado, secado y ensacado, hasta las cercanías de Asís, donde la recogería el comprador. Generalmente no acompañaba a las expediciones; se limitaba a comprobar que cruzaban la frontera napolitana sin incidencias. En ocasiones las seguía una parte del camino; en otras, las más, dejaba que continuasen y él se dedicaba a agasajar a los guardias de los pasos. Dinero, regalos, alguna pieza de tela para sus esposas y vino y comida con los que celebrar la guerra y su fortuna. Luego regresaba al castillo, desde aquel año siempre anhelante por abrazar a Marina y a Rocco.

Sin embargo, en esa ocasión cabalgó pacientemente junto a la larga recua de mulas. Transportaban la lana del propio rey Alfonso, que podía declarar la guerra a Florencia y prohibir el comercio con la república, pero jamás iba a prescindir de los pingües beneficios que le reportaría el aumento de precios que su propia medida había originado. Él no lo pidió. En cambio, fue el maestro racional quien se acercó un día a Gaspar y le insinuó en un susurro el malestar del monarca por el escaso rendimiento de su cabaña de ovejas.

—Nuestro rey —contestó Gaspar, simulando aflicción— no solo nos lleva a la victoria sobre el enemigo, sino que sacrifica su patrimonio como cualquier napolitano. Despreocupadle. Utilizaré mis recursos para obtener el mayor beneficio...

—Sin vulnerar la ley —lo interrumpió el alto funcionario.

—¡Por supuesto! —se mostró ofendido el otro.

Y tras aquella farsa, Paolo, abrigado, encogido en la montura debido al frío que pugnaba por no remitir, cabalgaba junto a una recua de cuarenta animales, muy superior a las usuales, que transportaba seis toneladas de lana lavada, aunque de menor calidad que la esquilada al inicio de la primavera.

El viaje se le hizo tedioso. Todo lo que le impedía estar con su mujer y su hijo se había convertido en empresa irritante que lo entristecía más y más a medida que aumentaba la distancia que lo separaba de Accumoli, y ello pese a que la gratificación prometida por Giacomo para aquella entrega fuera suculenta. Desde que organizara la red de Liboria y se hiciera con la lealtad de los guardias de los pasos, el castellano había ido premiándolo con mayores primas y comisiones por cada operación.

«Cuídalo. Sé generoso —escribió Gaspar a su factor en los Abruzos—. Que no le tiente la posibilidad de venderse a otro».

«Lo gratificaré como ordenáis. Con todo, no os preocupéis por esa posibilidad —le contestó el castellano a vuelta de correo—, porque antes de que él nos traicionara, yo lo arrojaría de lo alto de la torre del homenaje».

Gaspar no albergó duda de que, llegado el caso, Giacomo cumpliría con su amenaza, pero no le interesaba un Paolo reventado en el patio de armas del castillo. El joven le era muy rentable, una persona avispada y dispuesta, mucho más de lo que había sido el castellano durante la anterior contienda con Florencia, dos años antes, en la que el rey también había prohibido el comercio. Entonces se hicieron algunas operaciones de contrabando de mucho riesgo, se quejaban desde Accumoli para no repetirlas; sin embargo, ahora la frontera se cruzaba con mayor frecuencia casi de lo que se hacía en épocas de paz. Gaspar albergaba grandes expectativas para aquel joven que mostraba tanta iniciativa y osadía. Además, Gaetano Gaetani intercedía por él con una insistencia que llevó a su señor a sospechar.

—¿A qué tanto interés por ese panadero? —inquirió Gaspar después de que su factor le diera cuenta de la última y exitosa operación de contrabando—. ¡Ah! —Levantó repentinamente la vista del libro de comercio, la expresión ya pícara, acusadora—. ¡La panadera! ¡La madre!

—Señor, yo...

—¡Te follas a la madre!

—Señor...

—Ya decía yo..., pero nunca llegué a pensar que fuera por eso. ¡Eres un hombre casado, Gaetano! —le recriminó con solemnidad. El otro no supo qué contestar y bajó la mirada—. ¡Te felicito! —lo sorprendió entonces—. Es una mujer...

El resto de la frase lo completó con gestos obscenos, las manos abiertas en el aire, temblorosas, los ojos abiertos, incrédulos ante su propia representación mental: la munificencia de las carnes de Orsolina. Tras una risa, prometió un trato especial a Paolo para contentar a su factor y a la madre. Pero Paolo no necesitaba la recomendación de Gaetano; Gaspar ya había tomado una decisión.

Poco sabía Paolo de aquellas conversaciones al descender al valle en el que se encontraba la ciudad de Asís, donde naciera san Francisco, el santo que predicaba a los pájaros, también fundador de la orden de aquellos minoritas que habían invadido Italia entera y machacaban a los humildes y a los pecadores, ¿quién no lo era?, con sus amenazas y diatribas. Uno de ellos fue el causante de la desventura de Marina, que no de la suya, se veía obligado a reconocer Paolo en cada ocasión en que repasaba lo sucedido aquellos días. Jamás podría haber optado a una mujer como ella si esta no hubiera caído en desgracia.

Los miembros de la caravana se pusieron en tensión en cuanto salieron a campo abierto. No pretendían siquiera acercarse a la ciudad que se hallaba bajo el control del duque de Urbino, uno de los generales de Ferrante. El campo de batalla florentino quedaba muy lejos, por lo que los soldados del duque, también. En cualquier caso, Paolo dio orden de desplazarse por los caminos más escondidos y mandó a los hombres que los acompañaban como defensa, pastores duros criados en las montañas, que se adelantaran y los flanqueasen atentos a la más mínima señal de peligro.

Acamparon entremetidos en una arboleda a la caída del sol, procurando pasar lo más inadvertidos posible para una horda como aquella. Quizá se había excedido, temió Paolo a la vista de hombres, mulas y perros buscando acomodo. Podía haber dividido la empresa en varias —de hecho, todavía quedaba mucha lana del rey Alfonso por colocar en el mercado—, pero el empeño en aquella primera incursión tras el invierno tal vez lo había cegado. Era mucho el riesgo asumido: seis toneladas de lana. Tanto se le cerró el estómago al especular con algún incidente que fue incapaz de llevarse a la boca el pedazo de queso que sostenía entre el pulgar y la navaja con la que acababa de cortarlo.

Y como si la noche quisiera castigar su osadía, en ese mismo momento los perros de los pastores empezaron a moverse inquietos. Algunos ladraron. Sus dueños los acallaron, pero no consiguieron que dejaran de gemir, tercos ellos por advertir del peligro que los acechaba. Los hombres se pusieron en guardia. Algunos apagaron los fuegos a patadas. No eran soldados, pero sí individuos acostumbrados a afrontar todo tipo de agresiones y a defender sus escasas posesiones de ladrones y bandoleros con la violencia que fuera menester, arriesgando su vida por defender lo poco que esta les concedía. Paolo los había visto pelear y confiaba en su agresividad, aunque ahora dudó.

—¿No serán los florentinos? —le preguntó el jefe de los arrieros.

—No. La fecha era mañana —contestó él.

—¡Ah del campo!

Paolo se extrañó. Algunos otros, también. Los bandoleros no acostumbraban a anunciarse. La silueta de un hombre a caballo se perfiló a la tenue luz de una luna huidiza. Lo seguían otros a pie.

—Quizá se hayan adelantado —apuntó el arriero.
—Quizá —deseó Paolo.
—Soy Michele Giochi —se presentó desde la distancia el jinete—, mercader florentino, y busco a Paolo Crivino.

Paolo expulsó el aire que mantenía retenido e hizo ademán de abandonar el refugio de los árboles.

—No te fíes —le aconsejó el arriero, advertencia a la que se sumaron un par de pastores.

—Puede ser una treta —afirmó uno de ellos.

Paolo tenía constancia de que el comprador era de la familia de los Giochi, una de las más importantes compañías que pertenecían al Arte de la Lana, el gremio encargado del control laboral, administrativo y hasta judicial de todas las personas que trabajaban en el proceso de fabricación de los tejidos, aunque cualquiera podría haber sabido de esa operación y hacerse pasar por un miembro de los Giochi.

En ese dilema se encontraba Paolo cuando el jinete desmontó de un salto, entregó las riendas de su caballo a un tercero y se dirigió, solo, hacia la arboleda.

—Entiendo que puedas sospechar de nosotros y temer una celada —fue diciendo Michele a medida que se acercaba en un toscano perfectamente inteligible, pese a algunos giros propios, para los napolitanos—, pero, al contrario que tú, yo no tengo razón para dudar de que una partida de hombres escondidos junto a unas mulas cuyos rebuznos se oyen desde la distancia sea la que dirige el Paolo Crivino con el que debo encontrarme.

La argumentación le pareció tan lógica y sincera a Paolo que cuando el florentino llegó a la linde de donde pretendían esconderse, aquel ya lo esperaba con la mano extendida.

—Paolo —se presentó en ese instante.

El recién llegado debía de tener una edad similar a la suya, quizá un par de años más que él, pero sin duda menos de treinta. Fuera de la espesura de un bosque que convertía la oscuridad en negrura viscosa, la luz de la luna, aún escasa, permitió a Paolo descubrir en Michele unos rasgos atractivos, un porte aristocrático que expelía seguridad y confianza, y una sonrisa que destacó en la penumbra. El joven vestía ropa de viaje, sin sedas ni adornos, pero de calidad.

Paolo se vio envuelto en aquella sonrisa cautivadora que trató de devolver al mismo tiempo que sentía la necesidad de hablarle:

—¿Un camino duro?

—Estoy convencido de que no tanto como el tuyo —contestó el florentino, haciendo un gesto a los suyos para que se acercasen—. Lo duro debe de ser superar esas montañas —continuó mientras volvían a esconderse entre los árboles.

Los hombres del florentino se mezclaron con los de Paolo. No eran muchos. El trato era que los arrieros continuarían hasta Florencia, por lo que no eran más de media docena de mercenarios que tenían que acompañarlos en el camino. Paolo mostró a Michele algunas de las sacas de lana. La oscuridad impedía una revisión a fondo de la mercancía; aun así, el comprador apreció la lana al tacto. Luego se sentaron alrededor de un fuego que uno de los pastores trataba de reavivar. Paolo le ofreció cuanto tenían: pan, queso, carne en salazón y vino, y el otro correspondió con las viandas que al instante le acercó el hombre que se ocupaba de su caballo, sin duda un criado.

—Está bien, Antonino —le agradeció Michele—, desensilla el caballo y ocúpate...

El silbido de una saeta silenció las órdenes del joven florentino. Durante un instante el mundo pareció detenerse en la arboleda. Paolo y Michele, sentados en el suelo, vieron cómo la flecha se clavaba en el pecho de Antonino. El hombre se desplomó y, antes de que llegara a caer sobre la propia hoguera, un sinfín de flechas asolaron el lugar, algunas muy cerca de donde estaban, quizá dirigidas a ellos. Entre los ladridos de los perros y los rebuznos de dolor de alguna que otra mula herida, los hombres, napolitanos y florentinos, gritaron: unos al ser alcanzados, otros mientras huían o buscaban refugio sin lograr determinar de dónde provenía el ataque.

Paolo y Michele tardaron poco en reaccionar. Los dos inspeccionaron el lugar, ahora sumido en la semioscuridad, puesto que el cadáver de Antonino ahogaba el fuego. Fue el florentino quien tiró de Paolo hacia los troncos gruesos de dos árboles que crecían casi unidos. Ambos jadeando, se parapetaron tras ellos desconocedores del emplazamiento de los bandoleros y de la posibilidad de que les ofrecieran un blanco fácil. Volvieron a oír gritos, ahora ya cercanos. Superada la sorpresa, con los hombres guarecidos, las saetas ya no eran útiles, y una partida de maleantes corría hacia el lugar, las espadas enarboladas, golpeando el aire, aullando, buscando enemigos a los que abatir. Los pastores y los arrieros extrajeron sus cuchillos y empuñaron las recias mazas que llevaban, dispuestos a enfrentarse a los asaltantes.

—¡Venid, hijos de puta! —escucharon Paolo y Michele que los retaban.

—¡No os escondáis, perros!

Los florentinos, armados con espadas, se sumaron a la defensa.

—Deberíamos ayudarlos —propuso Paolo.

Se hallaban los dos arrimados, hombro con hombro, sentados con la espalda firme contra los troncos.

—No —se opuso Michele.

Los gritos de los hombres, ensordecedores, se mezclaban con el entrechocar del acero. Paolo temblaba. Su compañero, también. El sudor frío los empapaba a ambos.

—Vámonos —lo instó el florentino, haciendo ademán de escapar reptando—. ¿Quieres que te maten? —apremió a Paolo a que lo siguiera, al comprobar que permanecía paralizado.

Se volvió y tironeó de él con fuerza hasta que respondió. Avanzaron arrastrándose en el sentido opuesto a donde sus hombres se batían. Los alaridos de dolor los traspasaban, y Paolo creyó reconocer la voz de alguno de los pastores. Recorrida una escasa distancia, se levantaron y corrieron encogidos. Tropezaron, cayeron, se golpearon con piedras y se arañaron con las matas, perseguidos solo por un griterío que, aunque fue aminorando, al menos en su imaginación despavorida, marcó el inicio de una carrera ciega campo a través.

El miedo los llevó muy lejos, donde no se oían gritos de dolor ni de ira. La luna quiso observarlos y se coló entre las nubes para verlos doblados sobre sí, las manos apoyadas en las rodillas. Escupían, tosían, boqueaban compulsivamente en una búsqueda desesperada de aire.

—Somos unos cobardes —acertó a decir Paolo una vez recuperado algo de resuello.

—Sí —contestó el florentino al tiempo que se erguía y estiraba e inhalaba aire con fuerza.

Paolo volvió la cabeza, todavía encogido, todavía exhausto, y vislumbró a su compañero. Michele consiguió respirar con cierta cadencia. Intentó examinar los alrededores, pero negó ligeramente con la cabeza. Soltó un inapreciable chasquido de decepción y se arregló la ropa. Paolo lo sintió crecerse a su lado; habían huido juntos, almas gemelas, espíritus amedrentados, pero ahora el florentino se distanciaba y, con pasmosa naturalidad, volvía a asumir su condición de principal, como si una fuerza mágica lo llamara a mostrarse magnífico.

—Sí —repitió a sabiendas de que su anterior confesión había sido parca—. Somos unos cobardes, pero más vale ser un cobarde vivo que un valiente muerto, ¿no te parece?

Paolo volvió a toser. Michele quiso tranquilizarlo y le agarró el cuello por la nuca.

—Respira —lo instó apretando y soltando, como si pretendiera marcarle el ritmo. Paolo se puso en tensión al contacto—. Tranquilo —lo confortó el otro sin dejar de masajearle el cuello—. Hasta que no amanezca y sepamos dónde estamos y qué nos rodea, no podremos tomar ninguna decisión. Por el momento, solo nos queda descansar.

Con la atención en esa mano, extrañado, sorprendido, paralizado, Paolo no se dio cuenta de que, efectivamente, acompasaba su respiración a la cadencia que le marcaba Michele. En cuanto se apercibió de ello, relajó los hombros.

—Así, muy bien —escuchó que lo felicitaba el florentino.

Podía erguirse, pero ni siquiera lo intentó, y se deleitó en esa respiración tranquila, con las manos apoyadas en las rodillas. Al cabo dejó de torturarse por la celada sufrida y la cuantiosa pérdida. Solo existían él y la mano cuyos dedos se deslizaban entre su cabello y acariciaban la base de su cráneo. Un hormigueo de placer corrió por su cuero cabelludo y descendió por su espalda. Gimió.

—Busquemos un lugar en el que recogernos —propuso Michele en un susurro.

¿Recogerse?, se planteó Paolo. No fue más allá. Michele lo cogió de la mano y tiró suavemente de él hacia lo que parecía un grupo de árboles. El roce de los dedos del florentino, el calor que transmitió a los suyos, lo decidió a apretárselos, persiguiendo súbitamente una sensación más intensa, buscando arder, quemarse.

¿Qué le sucedía? Se dejó tumbar con docilidad bajo un árbol. Los dos apretados, el tórax de Michele contra su espalda, y su cuello convertido ahora en la membrana que recibía el anhelo de este en forma de suspiros y besos. El florentino lo acarició por encima de la ropa, también por debajo, insistiendo con manos, dedos y uñas expertas. Paolo vivía un torbellino de sensaciones nunca antes exploradas. La imagen de Marina asomó en el momento en que Michele agarraba su pene, pero un escalofrío de placer la expulsó de su mente. No quería pensar, solo dejarse llevar por el gozo de las caricias… El placer inusitado del que disfrutaba alejó de él cualquier pensamiento. Jamás lo habría imaginado, y ahora no deseaba más que dejarse llevar. Un pellizco lo llevó a encogerse y toparse con el miembro erecto del florentino contra sus nalgas. Michele apretó, se frotó contra él y lo masturbó mientras le mordía, y Paolo alcanzó un éxtasis insospechado.

Luego se durmió entre sus brazos.

Marina achacaba a la pérdida de la lana del rey la actitud de su esposo. Parecía trastornado; tanto perdía la mirada en la lejanía, ensimismado, como se volcaba en ella, pero con turbación, cuando no ansiedad. En el lecho se comportaba con torpeza. Se desvivía por satisfacerla, mucho más que antes de su embarazo, un empeño que en ocasiones fracasaba; entonces ella se esforzaba por procurarle placer. Paolo le juraba amor con urgencia, como si creyera que alguien iba a secuestrarla y quitársela. Marina lo abrazaba y lo acunaba, pugnando por liberarlo de las angustias que lo afligían.

—Debes olvidar el asalto —lo animaba sin cesar—. No fue culpa tuya. Paolo había tardado varios días en regresar a Accumoli, y lo hizo en un estado deplorable cuando ya se sabía del robo de la lana y Marina vivía desesperada ante su ausencia. La mayoría de los arrieros y los pastores murieron en la reyerta, contaron los sobrevivientes; ¿la mercancía?, robada.

—¿Y Paolo? —preguntó ella, interrumpiendo el interrogatorio que llevaba a cabo Giacomo—. ¿Y mi esposo?

—No lo sabemos —contestó uno—. Desapareció. No lo vimos. Tampoco al florentino. No había luz y no se veía bien, y la confusión era tremenda. Quizá… quizá los detuvieron y se los llevaron. Sus cuerpos no estaban entre los muertos, eso seguro.

Marina rezó lo que no rezaba desde que se arrodillaba con Cosima a expiar sus pecados y cumplir la penitencia impuesta por aquel fraile despreciable. Dios le sonrió y a los tres días apareció Paolo.

—Hirieron al mercader florentino y lo ayudé a escapar —contó conforme al relato que habían urdido entre ellos—. Una parte de esos malnacidos nos persiguieron pensando que Michele llevaba encima el oro destinado a pagar la lana. Como no se pueden girar letras con Florencia, debieron de deducir que el pago sería en efectivo. Los hijos de puta no solo querían la mercancía, también el precio. Tuvimos que escondernos en un descampado hasta que pasó el peligro y luego esperar a que Michele estuviera en condiciones de regresar a su hogar.

Lo del oro era cierto; Michele lo portaba. Sin embargo, nadie los persiguió, que supieran. Lo de que se escondieron también concordaba, pero no en un descampado. Lo hicieron en el pajar de una familia de campesinos. Un ducado de oro y la promesa de otro a su partida compraron su comida, su silencio y hasta su lecho, al que, no obstante, renunciaron. Entre el heno y la paja, una mula y algunas gallinas, florentino y napolitano vivieron dos días de pasión y de romance. Michele era extremadamente elegante, cortés y educado, y con aquella corrección le preguntó si deseaba ir más lejos en su relación física. No era imprescindible, le aseguró. Pero Paolo no podía ni deseaba oponerse al mínimo capricho de aquel joven por el que estaba hechizado. Junto a él perdía la noción del tiempo y se olvidaba de lo que había sido su vida hasta entonces.

—Lo que tú desees —se prestó.

Michele lo trató con una dulzura que Paolo no recordaba haber recibido de nadie. Desnudo, tumbado boca abajo, lo lavó con agua. Acarició sus partes más íntimas. Un nuevo placer ignoto. No hablaban, solo se dedicaban frases cortas: «Ahí, ahí», «¿Te gusta?». Michele excitó su ano con los dedos. Lo lavaba y volvía a deslizar sus dedos por el perineo hasta llegar a los testículos. Paolo suspiraba, Michele se demoraba en sus caricias, lo besaba y le lamía el cuello, la espalda, las piernas, forzando la resistencia de su esfínter un poco más cada vez. Paolo eyaculó boca abajo, sin esfuerzo, sin moverse. El florentino abrió sus piernas cuanto pudo, cascó un huevo de las gallinas que corrían por allí y lubricó a su amante con la clara viscosa. Cascó otro e hizo lo propio con su miembro erecto, acomodó a Paolo a cuatro patas y lo penetró con facilidad, lentamente, casi sin ímpetu. Paolo notó el pene de su amigo llenando su interior, despejando definitivamente dudas y miedos, saciando ansias cohibidas. Michele aumentó el ritmo de sus embates y Paolo creyó enloquecer hasta que un nuevo orgasmo reventó sus sentidos.

—No te preocupes por las pérdidas sufridas por tu señor —le reiteró una vez más Michele, montado en la mula del campesino, al que prometió que le sería devuelta y con la que pretendía llegar a Asís, donde dispondría lo necesario para su regreso a Florencia.

Paolo, por su parte, afrontó el regreso andando, seguro de que no tardaría en cruzarse con algún arriero, pastor o vigilante que lo ayudase, sin dejar de pensar en el apasionado beso con el que se habían despedido.

Transcurrieron más de tres meses desde la aciaga empresa, a lo largo de los cuales Marina presenció cómo Paolo la dejaba en el castillo para volver al contrabando con mayor frecuencia y empeño, que no entrega, porque lo veía acudir a desgana, con indiferencia, probablemente obligado por la presión de Giacomo.

—Tienes que rendir mucho más para compensar la inmensa pérdida originada —le exigía el castellano en las ocasiones en las que el otro mostraba cansancio o indiferencia—. El conde ha tenido que cubrir el precio con el rey.

Poco podía ella tranquilizar a su esposo en un asunto que creía que era el que lo llevaba a su extraño actuar, el que le originaba aquel estado de ausencia e inapetencia cuando Giacomo lo machacaba haciéndolo responsable del quebranto.

—¡Deja de culparte! —estalló Marina un día que Paolo ni siquiera prestó atención al pequeño Rocco.

—¿Cómo quieres que no lo haga? —replicó él, excusando su comportamiento en aquel incidente, consciente, sin embargo, de que las causas de su indiferencia radicaban en Michele y en esos momentos en los que disfrutó con intensidad de una vida alternativa, tanto que llegó a plantearse si no sería más que un sueño—. Hasta Giacomo me recuerda día tras día que yo fui el culpable —añadió.

—¿Por qué? ¿Qué culpa puedes tener tú de que una partida de bandoleros os atacase más allá de estas tierras?

Lo ignoraba, aunque profundizaba en ello constantemente. Incluso lo había comentado con el castellano: ¿cómo sabía aquella gente que iban a transportar esa gran cantidad de lana?

—¡Eran muchos! —sostuvo ante Giacomo—. No era una partida corriente. Y nos atacaron por la noche, no en el camino, como acostumbran a sorprender a los arrieros. Nos esperaban, y bien dispuestos. La mayoría de los ladrones utilizan cuchillos y mazas, no son expertos en ballestas ni en espadas. Y estos lo eran, todos. ¿Qué pueden hacer unos desgraciados con esa ingente cantidad de lana? ¿Cómo van a colocarla sin levantar sospechas?

—Cualquiera de todos los colaboradores que tienes puede haberte traicionado —insistió Giacomo—. Hasta esa..., ¿cómo se llama! Esa pordiosera que vino con vosotros...

—¿Liboria?

—¡Esa!

—Imposible.

—Podría ser hasta el florentino. No hay que fiarse de esa gente; en realidad, son nuestros enemigos. En todo caso, deberías haber tenido más cuidado con aquellos de los que te rodeas. La precipitación y la soberbia llevan a estos errores. Te lo advertí.

Y Marina, que deseaba con toda el alma disfrutar de la felicidad de una vida próspera, de un hijo sano y de un esposo que la quería, presenciaba cómo su hombre trabajaba a destajo para reparar aquel daño y cómo después, en familia, se hundía en un abismo del que intentaba asomar de forma intempestiva, en ocasiones absurda, forzada. Notó que decaía el ánimo de Paolo por satisfacerla, por contentarla, y, en su lugar, lo escuchó llorar por las noches. Al principio decidió no acercarse por temor a que se avergonzase; al cabo de unos días, no obstante, abandonó toda precaución y lo abrazó, lo besó y hasta se unió a él en un llanto torturado que superaba su entendimiento.

Paolo estaba contrabandeando, ya a finales de verano, cuando un heraldo se presentó en el castillo y anunció la pronta llegada del conde de Accumoli. El castillo, el pueblo entero se conmocionó. Giacomo y Simonetta abandonaron sus estancias para que las ocupase Gaspar. Ellos se trasladaron a la de Paolo y Marina, a quienes les adecentaron otras en la tercera torre, siquiera para que Gaspar no pensara que los maltrataban. Contrataron personal en el pueblo, y a quien no consentía lo forzaban a acudir a prestar servicios a su señor. Limpiaron. Remendaron tapices, mantelería y ropa de cama. Alzaron el estandarte del noble. Acopiaron leña y comida, mucha y variada, y vino, del mejor. La tropa se lavó y procuró recuperar cierta dignidad en su porte, en sus armas y uniformes.

Marina no fue ajena a la excitación que asaltó a los habitantes del castillo. Llevaba años viviendo allí, disfrutando de la hospitalidad de Gaspar Destorrent, y lo cierto era que no conocía a su anfitrión. Nunca lo había visto, cuando menos conscientemente; quizá hubieran coincidido en algún lugar en Nápoles, en misa en San Lorenzo, pero si así había sido, no lo recordaba.

Tras recibir aviso de Giacomo, Paolo regresó al castillo el día antes de que la comitiva superara la serpenteante cuesta que ascendía hasta la fortaleza desde la que se dominaba el valle del Tronto. Salieron a recibir al conde de Accumoli el castellano y su esposa, Paolo y la suya y el cabo. La escasa guarnición formaba en el patio de armas con pretendida marcialidad. La servidumbre, en número muy superior al usual, se hallaba detrás, junto a la puerta de las cocinas. Gaspar montaba un palafrén, no tenía problema en que lo vieran a lomos de caballos mansos. Lo seguían algunos criados, un par de esclavos moros y una recua de mulas cargadas de mercaderías protegidas por varios hombres.

Uno de los esclavos se arrodilló a los pies de la montura del conde para que este desmontara con comodidad. El moro, recio, ni siquiera dobló el espinazo al recibir sobre él el peso de un hombre delgado que, ya en pie, escrutó cuanto lo rodeaba, personas y piedras por igual, con la misma intensidad. Marina no lo recordaba, seguro, porque resultaba difícil olvidar unos rasgos autoritarios e inquisitivos como los que se marcaban a fuego en aquel rostro espigado.

Y también crueles, lamentó al ver cómo se dirigía hacia donde estaban. ¿La miraba a ella? Pugnó por no mostrar temor; apretó los dientes y las piernas para impedir que sus rodillas terminaran deshaciéndose y la fallasen. Giacomo los mantenía acobardados desde que se supo de la visita del conde.

—No os perdonará la pérdida de la lana del rey —les advirtió en una comida—. Hace años que Gaspar Destorrent no pone los pies en el castillo. Lo sabéis. Habéis vivido aquí. El que venga ahora repentinamente no augura nada bueno. Ha perdido mucho dinero, mucho, mucho, mucho. No dejará las cosas así.

—Pero ¿vos sabéis algo? —saltó Marina ante la pasividad que mostraba Paolo, casi entregado ya a la futura ira del conde—. ¿Acaso os ha adelantado sus intenciones por carta? Mantenéis correspondencia regularmente.

—Nuestras comunicaciones son privadas, Marina. Y no me incumbe a mí adelantar las intenciones y los propósitos de mi señor —la interrumpió el castellano de forma abrupta, dejando entrever, no obstante, con su silencio la certeza de aquellas afirmaciones.

Ya ante Gaspar, Marina dobló una rodilla, bajándola hacia el suelo en una genuflexión como la que dispensaría al propio rey de Nápoles. Destorrent la obligó a levantarse con premura, como si no fuera merecedor de tal reverencia cuando la realidad era que Paolo y ella, también el pequeño Rocco, ahora en brazos de Liboria, dependían de su voluntad. Tan pronto como soltó su mano, fue capitalizado por Giacomo, que lo acompañó a la torre del homenaje entre adulaciones. Era la hora de cenar; la mesa estaba puesta y la cocina, atenta. Marina exhaló todo el aire retenido en sus pulmones y se volvió hacia Paolo, que continuaba con su actitud de indiferencia ante cuanto lo rodeaba. ¿No le importaba la decisión que pudieran tomar respecto a ellos? ¡Se estaba jugando el futuro de su hijo! Si Gaspar decidía echarlos, denunciarlos incluso por el contrabando, algo de lo que también les había advertido Giacomo, podrían hasta encarcelarlo.

—¡Es él quien se lucra del fraude! —lo defendió Marina una vez más.

—Un noble napolitano consejero del rey e íntimo del duque de Calabria… ¿contrabandista? ¿Quién lo va a probar? ¡Yo no! ¿Acusar al conde! ¿Por proteger a tu esposo? ¡No! ¡Jamás! —se negó rotundamente ante la expresiva mirada que le dirigió Marina.

Giacomo había abandonado a Paolo a su suerte. La vida de Marina, sus expectativas, el porvenir de Rocco y de los otros hijos que anhelaba, la felicidad junto al hombre al que amaba, la tranquilidad, siquiera en esas tierras inhóspitas, alejadas de la Nápoles tan culta y suntuosa como desalmada, todas esas ilusiones…, todo podía derrumbarse tras la decisión que tomara el conde de Accumoli.

Empujó suavemente a Paolo tras Gaspar y los castellanos. Su hombre no la ayudaba en esa lucha, y ella se veía incapaz de desentrañar las causas del desánimo y la melancolía que lo afligían, porque aquel simple robo, por considerables que fueran sus pérdidas, no parecía suficiente para haber derrotado al espíritu vivaz y entusiasta del que Paolo había hecho gala a medida que se internaba en el mundo del comercio.

No lo entendía, y con esas dudas se encontró ante la mesa lujosamente puesta para atender al verdadero señor del castillo, que, sin embargo, se excusó reclamando un momento para descansar del viaje y refrescarse. Mientras Gaspar se encerraba en las habitaciones de Giacomo y Simonetta acompañado de un criado, quien debía de ser su secretario por los libros que portaba, con los dos esclavos moros montando guardia en la puerta, el resto de los comensales permanecieron en el comedor, sin sentarse a la mesa como muestra de respeto, sin beber, sin hablar, en un silencio cargado de miedos y reproches mutuos.

Gaspar los hizo esperar tanto que los nervios se hallaban a flor de piel cuando decidió salir, cubierto por una sencilla túnica negra, y se sentó a la cabecera de la mesa. Los dos moros estaban ahora a su espalda, junto a la pared. Marina también tomó asiento, mareada y débil tras la espera, afectada por la tensión y el pánico que se habían ido acrecentando ante las solas miradas de Giacomo.

—Cuéntame cómo están las cosas por aquí —pidió Gaspar a su factor al tiempo que rechazaba el exquisito guiso de pescado cocinado por Iolanda y él mismo se servía una prudente cantidad de hortalizas.

La conversación versó sobre negocios. Simonetta, ante una señal de su esposo, se excusó y bajó a las cocinas para detener el desfile de platos refinados con los que pretendían complacer al conde y limitarlos a lo más sencillo. Marina, sin embargo, podría haber prescindido incluso de aquellas viandas simples, porque, más allá de llevarse a la boca algunos pequeños pedazos por cortesía, no se veía con ánimo de ingerir nada; el estómago se le había cerrado.

El conde atendió al informe del castellano sin dejar de observar a los presentes. Marina creyó percibir una sonrisa casi inapreciable cuando la miraba a ella, pero esa sensación, en parte tranquilizadora, se esfumó al constatar que las explicaciones de Giacomo se agotaban sin que se hubiera puesto sobre la mesa el suceso de la lana del rey. ¡Todos, hasta los esclavos moros arrimados a la pared, parecían esperarlo! Y llegó con una mueca de satisfacción en el rostro de Giacomo al plantearlo:

—Por desgracia, no todos los negocios han sido fructíferos. La venta de la lana del rey fracasó...

Paolo comía maquinalmente. En ese momento, Marina sintió la necesidad de golpearlo, de insultarlo, de gritarle que se defendiera, pero en su lugar se centró en la expresión de Gaspar al escuchar el relato de su hombre de confianza: hierática.

—Y eso fue lo que sucedió —terminó de contar el traidor.

Yo ya advertí a Paolo del riesgo que conllevaba pasar esa cantidad de lana. Han sido unos perjuicios inmensos.

¡No era cierto que hubiera advertido de nada!

—No... —quiso replicar Marina, pero un gesto de Gaspar, pausado, complaciente, la detuvo.

—No todos los beneficios son materiales —recriminó este a Giacomo. Marina se irguió y percibió que, a su lado, Paolo parecía reaccionar. El castellano frunció el cejo, aunque no lo suficiente para soportar la siguiente corrección—: Si considerabas que era arriesgado, deberías haberlo impedido.

—Mi señor...

Calló a otro gesto, este imperativo, del conde.

—Lo cierto es que si no se hubiera tratado de esa cantidad de lana, una compañía florentina del prestigio y el tamaño de los de la familia Giochi no se habría interesado por su compra. Estos mercaderes, dueños de un banco, de barcos y de negocios de todo tipo, no están por minucias, trabajan con grandes partidas. Y su interés quedó patente en que no mandaron a cualquier factor a cerrar la operación, sino que enviaron a uno de los herederos del imperio Giochi: Michele. Lo conociste —añadió dirigiéndose directamente a Paolo, que asintió con una vehemencia inesperada. Marina notó un cosquilleo en el estómago: se abría, despertaba. «¡Continúa!», estuvo a punto de gritar a Gaspar en el momento en el que este hizo una pausa para buscar algo entre los pliegues de su túnica—. He recibido una carta del paterfamilias de los Giochi —añadió después, mostrando un pergamino—. Me agradecen..., te agradecen —volvió a dirigirse a Paolo— tu valentía y tu entrega por defender a Michele Giochi. Sin tu intervención, dicen —y agitó el pergamino—, si no hubieras peleado por él como lo hiciste, sin duda el joven Michele habría muerto a manos de aquellos bandidos.

Paolo escuchaba desconcertado. ¿Por qué Michele se había inventado esa historia de una pelea que nunca existió? El entusiasmo de Gaspar, que se levantó y alzó su copa con solemnidad, le impidió continuar analizándolo.

—¡Señores!... —gritó el mercader—. No hemos perdido dinero, hemos ganado la fidelidad y el agradecimiento de unos socios que nos proporcionarán grandes beneficios en el momento en el que esta guerra termine, que será pronto. Entonces te esperan en Florencia, muchacho —felicitó a Paolo, que ya había decidido no renegar de la iniciativa de Michele—. De la mano de esos mercaderes, tocaremos el cielo.

Y bebió. Y Marina también lo hizo. De un solo trago dio cuenta de la copa de vino griego que hasta entonces mantenía intacta y cuyo contenido burbujeó alegre en aquel estómago vacío. Pidió otra y brindó con un Paolo sonriente que hasta había recuperado el color en su rostro. Luego lo besó. Evitó posar los ojos en Giacomo, pero sí que se permitió dedicar una mirada a Simonetta, que no pudo sostenérsela y terminó rindiéndola sobre un plato rebosante de pescado. Al final se volvió hacia Gaspar, al que encontró atento a ella. El conde inclinó la cabeza, alzó la copa de vino exclusivamente hacia Marina y brindaron los dos.

Al poco rato, Gaspar se retiró con su secretario y los moros alegando que tenía mucho trabajo esa noche. Giacomo y Simonetta aprovecharon para escabullirse. Paolo y Marina permanecieron sentados a la mesa, él bebiendo sin freno, balbuceando palabras al cielo en brindis incomprensibles, mientras Marina decidía poner fin a su celebración. Acusaba los efectos de las primeras copas y, aun mareada, no deseaba perder por completo el control sobre su esposo, en esos momentos alegre, feliz, desatado, libre de las responsabilidades de aquella empresa aciaga que tanto lo había alterado. La situación se hizo incómoda tras varios brindis, con los criados pegados a las paredes y los dos esclavos moros guardando la entrada de la alcoba de Gaspar, todos observándolos.

—Retirémonos —instó ella entonces a un Paolo totalmente borracho.

—No...

Fue incapaz de articular una palabra más. Tenía la voz pastosa, los ojos vidriosos, la mente obnubilada.

—Vamos, cariño —insistió Marina al tiempo que lo obligaba a levantarse.

El otro cedió y se dejó llevar después de un corto forcejeo, y

Marina lo sostuvo con dificultad hasta llegar a las estancias que les habían adjudicado. Liboria dormía allí, en un catre con Rocco, dándole calor. Depositó a Paolo a modo de un saco, un peso muerto que hizo crujir el otro catre en el que debía acomodarse el matrimonio, objetivo difícil dado su tamaño. Poco importaba. Su esposo balbuceó una retahíla de palabras incongruentes y, al poco, cayó en un sueño que parecía profundo y reparador, por la expresión placentera que mostró su rostro y hasta su cuerpo, totalmente relajado, libre de los espasmos que lo atacaban durante las noches y que tanto sobresaltaban y preocupaban a Marina.

Permaneció un buen rato contemplando a Paolo, sentada al borde de la cama. Le acarició el cabello con ternura, se levantó y se mareó; en la tranquilidad de la estancia, el vino reclamaba sus efectos. Se mantuvo firme en pie hasta recuperar la consciencia y se acercó adonde dormían Liboria y Rocco. Lloró. Era un llanto irracional. «¡Todo se ha solucionado!», se repetía entre sollozos. El conde no los culpaba; al contrario, prometía riquezas y felicidad. Paolo volvería a ser el de antes y se amarían. Extraño hombre, aquel Gaspar. Austero, comedido, atento, a ratos cordial incluso. En todas las ocasiones en las que cruzaron su atención la trató con respeto. Nada tenía que ver con el canalla contra el que despotricaba Arnau. Probablemente su madre tenía razón y la inquina de este hacia su hermanastro se asentaba en un odio enquistado, un sentimiento que obcecaba el espíritu terco del guerrero y que lo llevaba a ver culpa donde no la había, incapaz de rectificar.

Se acercó a la ventana y miró hacia la torre del homenaje: la luz iluminaba las estancias de Gaspar. El mercader trabajaba. Una idea cruzó su mente y el vino azuzó su osadía. ¿Por qué no? Recorrió la pasarela que unía ambas torres con un solo propósito: aclarar con aquel hombre educado las razones de la aversión con Arnau. Quizá él no compartía ese odio. No la habría tratado así de detestar tanto a su padre, ni la habría mantenido durante años, ni la habría dotado cuando contrajo matrimonio...

El comedor estaba vacío y en penumbra; los hachones, apagados. Vislumbró la mesa sin recoger, tal como estaba cuando Paolo y ella se retiraron. Un rayo de luz se colaba por la puerta entreabierta de la estancia que ocupaba Gaspar. Los esclavos moros ya no montaban guardia… ¿Para qué iban a hacerlo? Estarían dentro. Se oían voces, y Marina dudó. La oscuridad, el ambiente, las sombras de las sillas, de la mesa, de todo cuanto hacía un momento refulgía como si tuviera vida le encogieron el estómago y la desanimaron. La prudencia la impelía a dar la vuelta, pero la curiosidad venció a la sensatez. Echaría un vistazo y, si lo consideraba apropiado, llamaría y mantendría esa conversación con Gaspar; en caso contrario, nada le impedía regresar a sus habitaciones con discreción. Se acercó a la puerta con sigilo, y a punto estuvo de caer sobre ella y abrirla de un empujón a la vista del interior. Se recuperó.

El corazón golpeaba su pecho como si quisiera traspasarlo, la cabeza le había estallado y cualquier efluvio de vino había desaparecido con el impacto: a cuatro patas sobre la cama, desnuda, con las piernas abiertas, cada una sostenida por uno de los moros, se retorcía una joven del pueblo. No tendría ni catorce años y suplicaba y lloraba. A los pies de la cama, Gaspar, sin la túnica, con el calzón a la altura de los tobillos, parecía jactarse de su pene erecto. Marina se quedó paralizada, como lo estuvo el día en que la violaron exactamente igual que a esa desgraciada: en aquel caso, un solo hombre forzándola a mantenerse como una perra, separándole las piernas mientras otro la montaba de pie, inclinado sobre ella desde el extremo final de la cama. Se le desgarró el alma ante el alarido de la niña cuando Gaspar se volcó sobre su presa y la penetró con fuerza, su rostro contraído en una expresión de tensión y violencia. Era Marina, estaba allí, ¡era ella! Sus dientes estuvieron a punto de quebrarse por la presión con que los apretó al ver a aquel hombre clavar sus uñas en los pechos vírgenes, blancos, todavía nacientes de la chiquilla. Aterrada, no podía separar la mirada de la escena. Revivía su propia violación al compás de la sucesión de gritos extraños que surgían de Gaspar, inhumanos, más propios de los chillidos agresivos de las ratas o de los graznidos de los cuervos. Volver a escuchar ese lenguaje, el de la violación y la perversión que jamás olvidaría porque lo llevaba grabado a fuego en sus sentidos, le golpeaba con fuerza unos recuerdos que permanecían ahí, larvados, pero siempre presentes. Aquellos chillidos la rasgaban ahora por dentro igual que hicieran en su día. Tembló agarrada al marco de la puerta para no desplomarse. Sin ninguna duda, eran los mismos gritos, ¡lo sentía!, era su cuerpo, su instinto, sus heridas nunca cicatrizadas las que soportaban tal certeza. Luego, la realidad le mostró a Gaspar con los gestos contraídos, eyaculando, emitiendo aquellos sonidos salvajes, insultando al mundo.

Marina se separó de la puerta y cruzó el comedor tambaleándose. ¡Había sido él! ¡Fue Gaspar quien la violó! Y, despavorida, se apresuró a regresar a su dormitorio.

No volvió a ver al conde de Accumoli. Los días que este permaneció en el castillo, ella no abandonó su habitación excusándose en una indisposición. Y no mentía. Hasta le subió la fiebre, tales fueron la confusión, el disgusto, la angustia, la decepción y la ira que le producían la sola cercanía de Gaspar. Lo primero que pensó, una vez a solas en sus aposentos, fue que Arnau tenía razón. Su acusación no procedía de un odio atávico entre familias, era algo cierto. Y, apesadumbrada, pensaba en ese padre que había querido encerrarla en un convento, como mandaban la costumbre e incluso el rey, pero que a la vez había hecho todo lo posible por vengarla. Mientras Paolo despachaba con Gaspar y su secretario, Liboria y Iolanda cuidaban de Marina con paños fríos, pócimas elaboradas por los pastores y las viejas de Accumoli, y caldos reconstituyentes que poco alivio obraban en una enferma sometida a padecer las alabanzas que cada día, en cada ocasión en que acudía a verla y comprobar su estado, su esposo promulgaba del conde.

Paolo se refería a Gaspar lo mismo que a un rey, a un dios de cuyas fuentes bebiera. Hablaba de él con pasión, con respeto reverencial.

—Con la ayuda de los Giochi, el conde está persiguiendo el destino de la lana del rey para descubrir a los ladrones.

«El único ladrón es él —replicó Marina en su interior—. Me robó la virtud. Me robó la juventud».

Dinero. Proyectos. Negocios. Paolo viajaría a Florencia. Lo decía como enajenado, con la mente allí, soñando. Por lo demás, la martirizaba con mil halagos hacia Gaspar.

—Siente tu enfermedad.

«Un canalla es incapaz de sentir».

—Con Gaspar y los florentinos nos haremos ricos.

«Quizá mejor vivir en la miseria».

—La vida nos sonríe, Marina.

«Y también chilla. Chilla como una rata encelada».

—Le gustaría despedirse de ti.

Marina sufrió una arcada y se vio obligada a contestar:

—No, Paolo, cariño. Ruégale disculpas, ya ves que no estoy en condiciones de recibir visitas. ¿Qué impresión se llevaría de mí?

Tuvo tiempo para pensarlo detenidamente, para sopesar ventajas e inconvenientes, y tomó una decisión: evitaría revelar a su esposo que Gaspar era su violador. No imaginaba qué postura adoptaría Paolo ante esa noticia. Si la creía, todas esas maravillosas expectativas se desplomarían... ¿Acaso sería capaz de continuar con él a sabiendas de su fechoría? Eso lo corroería. Lo más probable es que se negase a creerla, que discutiese sus certezas. Estaba bebida. Sí, lo estaba. No podría negarlo. ¿Y qué de extraño había en que un hombre gritase de forma ridícula al montar a una mujer?... ¡Una niña!, lo corregiría ella. ¿Cómo lo sabía!, saltaría él. ¿Cómo estaba tan segura de su edad? Se hallaba lejos y la mujer estaba tumbada. Espiaba a través de la rendija de una puerta. Y borracha. Seguro que se equivocaba. Gaspar no era capaz de semejante maldad. Discutirían y se pelearían. Incluso si la creyera, si, en un acto sublime de amor, tomase partido por ella y rechazase al otro canalla, las consecuencias serían terribles para ellos. ¿Qué harían? ¿De qué vivirían? El mercader era poderoso y, con toda seguridad, vengativo. No consentiría la intervención de Paolo en los negocios; el gremio de los mercaderes napolitanos nunca le permitiría ejercer esa profesión. Solo le quedaba una opción, por Paolo, por Rocco, por ella misma: callar.

Así, desde la partida de Gaspar, que Marina observó a escondidas apostada tras la ventana como el mejor remedio para sus males, los papeles mudaron.

Paolo revivió. En el castillo quedó el secretario, con potestad sobre las tierras y control sobre el dinero y las mercancías, mando directo en los soldados e instrucciones de sustituir a Giacomo. Paolo se vio libre para decidir y aprovechar las oportunidades que le ofrecía una guerra que, en opinión de Gaspar, sería breve, y se lanzó al contrabando.

Marina, por el contrario, se retrajo. El recuerdo de su violación, el conocimiento de que fue Destorrent quien la forzó hicieron que se sintiera sucia otra vez, como después del terrible suceso. Llevaba años aceptando el favor y las mercedes de quien le arruinó la vida. Años de engaño y de mentira que tiñeron sus recuerdos, incluso los buenos, y no encontraba consuelo alguno, porque el que le procuraba Paolo le parecía falso, ingenuo, fruto de la ignorancia. Su decisión, sin duda correcta desde la perspectiva de los beneficios y la proyección comercial de su esposo, empezó sin embargo a pasarle factura el mismo día en que la adoptó. No podía exigir a Paolo que dejase de mentar al mercader. Gaspar por aquí, Gaspar por allá. Y cada vez que ese nombre sonaba en su entorno era como si le clavasen un alfiler candente.

Dejaron de quererse y acariciarse. Ella no lo deseaba y, para su sorpresa, Paolo no insistió; le mostraba cariño, amor, respeto, dedicación, pero no la tocaba. Marina pensó que, simplemente, respetaba su distanciamiento, y no le molestó. Quizá todo se arreglase algún día, aquel en que terminase la guerra y se restablecieran las relaciones con Florencia y abandonasen aquellas tierras de frontera, porque ese, le había adelantado Paolo, era el objetivo: regresar a Nápoles y una vez allí, en la capital del reino, donde se movía el dinero, aprovechar todo el potencial que aportarían los Giochi. Otro problema para Marina: regresar a la ciudad en la que la esperaba Arnau, a quien no sabría cómo mirar a la cara.

—Gaspar nos protegerá —trató de animarla Paolo con seguridad—. Es un personaje importante en la corte y el reino, tanto como pueda serlo Arnau, quizá hasta más que él. Y tú eres ahora una mujer casada y con un hijo. Entiendo que nadie puede pensar en enclaustrarte en un convento.

Retornar a la ciudad en la que la esperaba Arnau bajo la protección de quien la había violado... era una locura. E imitando a quien le hiciera de padre, superándolo incluso, espantaba con manotazos al aire cualquier pensamiento al respecto.

La enfermedad de Alfonso cuando acudía en ayuda de su hijo, en octubre de 1453, y la retirada de las tropas de Ferrante anunciaron el fin de la contienda con Florencia. Paolo dio un último empuje a sus correrías y en el invierno de 1454, cuando Rocco cumplía un año, la situación en las tierras de frontera caía en el encierro y la melancolía que traían el frío y la oscuridad prematura, hasta que una compañía de guerra se acercó al pie de la montaña en la que se erigía el castillo.

Paolo, Leonardo —que así se llamaba el secretario—, Giacomo, las mujeres, el cabo y varios soldados observaron desde el adarve de la muralla, tras las almenas, el movimiento de una tropa compuesta por unos diez caballeros, otros tantos lanceros a pie y los pajes y auxiliares.

—¡Atrancad las puertas! —ordenó al instante Leonardo.

—¿Cómo sabéis quiénes son? ¿Y si fueran amigos? —se quejó el cabo ante las instrucciones.

—Es Arnau Estanyol con sus hombres —le aclaró el secretario. No necesitaba reconocerlo; el mensajero a caballo enviado por Gaspar tan pronto como supo que Arnau y los suyos abandonaban el ejército napolitano e intuyó adónde se dirigían superó en velocidad la marcha de los lanceros y demás personal a pie, y le anticipó la llegada del general—. Atrancad las puertas —repitió—, y dispón a tus hombres a una vigilancia estricta y constante; que nadie entre ni salga del castillo sin mi consentimiento. Cabo —lo llamó cuando este ya se retiraba a cumplir las órdenes—, tómate mi advertencia muy en serio. No se trata de una partida de bandoleros, de pastores enfurecidos o de desertores borrachos y avariciosos. El duque de Lagonegro es el general más eficaz... y cruel del ejército napolitano. No perdona. Nos matará a todos si cometemos un solo error.

El militar frunció el ceño ante esa seria advertencia y repensó las órdenes.

—¿Por qué querría atacarnos ese general? —inquirió entonces—. Somos napolitanos; no somos sus enemigos.

—Obedece —le exigió el secretario.

—Nos traicionarán —avisó Giacomo tras un largo silencio en lo alto de las murallas, el viento gélido que soplaba desde las montañas nevadas azotando el rostro de todos ellos—. Son una partida de cobardes. Rendirán la fortaleza al duque.

—Vos sabéis bien de traiciones y cobardías —le escupió el secretario para desconcierto del resto—, pero en este caso os equivocáis. No lo harán.

Gaspar debía llegar a Accumoli en breve. Reclutaba un pequeño ejército con el que enfrentarse y derrotar definitivamente a Arnau, pero corrían unas fechas en las que muchos soldados todavía estaban retenidos en tierras toscanas, y otros ya habían regresado a sus pueblos con sus familias o tenían necesidad de hacerlo tras una larga y decepcionante campaña. Los hombres de Arnau, por el contrario, le eran fieles en cualquier época y ante cualquier trance. Con todo, Leonardo estaba convencido de que Gaspar lo conseguiría. El odio hacia su hermanastro lo llevaría a utilizar los recursos que fueran menester para llevar aquella tropa. Tenía a Arnau donde quería: atacando su castillo, sus propiedades. Nadie podría acusarlo de que se defendiera.

Así se lo aseguró el secretario al atemorizado cabo.

—¡Solo somos seis hombres de guarnición! —se quejó el oficial.

—Únicamente tenemos que resistir tras los muros de la fortaleza. Es sencillo.

Arnau no disponía de artillería ni de máquinas de asalto, argumentó para convencerlo. Debería construir escalas, y Gaspar no tardaría..., además de que los compensaría con mayor generosidad de la que lo haría el duque de Lagonegro. La muestra de esa gratitud en forma de unas monedas de oro que deslizó en las manos del cabo acalló sus protestas, aunque no lo convenció.

—¿Por qué nos ataca este general? —insistió el cabo.

—Problemas entre hermanos —respondió Leonardo, y dio por concluida la conversación.

Al amanecer del día siguiente, Arnau, junto a Martí y varios caballeros, se acercó a las murallas del castillo. En el adarve lo esperaban Leonardo, Giacomo y el cabo.

—¡Soy Arnau Estanyol, duque de Lagonegro, conde de Navarcles y de Castellví de Rosanes, general del rey Alfonso! —se presentó a gritos, a una distancia prudencial que evitara un ataque con flechas—. Tenéis secuestrada a mi pupila, Marina di Forti. Entregádmela y nada os sucederá. Si no lo hacéis, moriréis todos.

—¿Su pupila? —se extrañó el cabo—. ¿No era vuestra sobrina? —preguntó a Giacomo en susurros.

—¡No hemos secuestrado a ninguna mujer! —contestaba en ese momento Leonardo.

—¿Estamos asediados por el general del ejército napolitano a causa de Marina? —se quejó el cabo ante el castellano—. Nos lo habíais ocultado.

—¡Cállate!

—¡Mientes! —acusaba mientras tanto Arnau a Leonardo.

El resto de los soldados llevaban la vista desde las terrazas que, unas sobre otras, se abrían entre las chozas, frente al castillo, hasta el adarve en el que discutían cabo y castellano.

—No miento —contestó Leonardo—. Vuestra pupila está aquí por voluntad propia.

—Las únicas voluntades que cuentan son la mía y la del rey Alfonso. Os requiero por última vez: entregadme a Marina di Forti y al panadero que se la llevó de Nápoles.

—No.

—¡Estáis advertidos! ¡Os arrasaré! Desde este mismo momento os considero mis enemigos. ¿Asumís esa responsabilidad?

—Entregádselos —lo instó el cabo, acobardado ante el tono y las amenazas de quien era temido hasta en aquellas tierras. Arnau había luchado en los Abruzos junto al rey Alfonso—. ¡Haced lo que os dice!

—Cobarde —lo insultó el secretario.

—¿Cómo os atrevéis?

El soldado hizo ademán de abalanzarse sobre él, pero Giacomo lo agarró del brazo y forcejearon.

—¡Enemigos, pues! —continuaba Leonardo con Arnau, ajeno a la disputa.

—Si no entregáis la fortaleza, si la tomo por la fuerza, no tendré compasión, moriréis todos.

—Nos veremos en el infierno, duque.

—Sea —sentenció este.

En ese momento, Arnau y sus acompañantes volvieron grupas al castillo, una retirada que fue acogida con algún que otro resoplido por parte de soldados y personal. Unos suspiros de tranquilidad que, sin embargo, se vieron eclipsados por los silbidos de varias saetas cruzando el aire hacia el adarve. Cayeron dos soldados. Los del castillo habían estado pendientes de Arnau —de su porte, su armadura brillante, su caballo, protegido también, sus acompañantes ataviados de la misma guisa, e incluso de la discusión entre el cabo y el castellano— y no se habían percatado de que varios expertos ballesteros se posicionaban subrepticiamente cerca del castillo, a cubierto. Tan pronto su general dio por concluidas las negociaciones, dispararon sus ballestas y, antes de que los asediados reaccionaran al ataque, se retiraron con tranquilidad, tras los caballos.

Uno de los soldados falleció en el acto, el cuello atravesado; el otro quedó malherido. Aquella fulgurante ofensiva que reducía la guarnición a cuatro hombres de armas supuso un tremendo desengaño para los ocupantes del castillo.

Marina, sin embargo, se asustó al sentir cierta satisfacción por la osadía de Arnau. Leonardo y los demás lo trataban con desprecio, como un fracasado que encontraría en las tropas de Gaspar su merecido castigo, y eso, siquiera en lo más profundo, la molestaba: ella había crecido bajo el aura guerrera de su padre.

Hasta Paolo se había permitido opinar ante la evidente inferioridad de las tropas de Arnau frente a las que se esperaba que comandara su hermanastro.

—No entiendo cómo puede cometer este error —había apuntado antes del ataque—. ¿Acaso piensa que Gaspar no va a reaccionar? Lo destruirá.

—La ira es capaz de cegar al general más prestigioso, y Arnau Estanyol es ahora un hombre furibundo —especuló Giacomo.

—¡El conde de Accumoli los barrerá! —fanfarroneó el cabo a gritos, en el patio de armas, frente a sus cinco hombres, que en ese momento acogieron con insultos y chanzas su arenga.

Ahora faltaban dos.

Marina no participó a los demás sus dudas acerca de que Arnau pudiera perder la objetividad a causa de la ira. En casa sí, en la corte, pero no en la guerra ni contra Gaspar. Estaba convencida de que sabía bien lo que hacía y de que era totalmente consciente de que su hermanastro se presentaría allí al mando de un ejército muy superior. Entonces temió por su padre, un sentimiento que estaba ahí a pesar de todo y que se hacía más fuerte ahora que sabía que, pese a las decisiones que tomó sobre ella, siempre había buscado protegerla y, sobre todo, vengarla.

Arnau había llegado a desaparecer de las preocupaciones de Marina a lo largo de los años vividos en aquellas sierras. Arrinconó su imagen y su recuerdo, y ahora le dolían los insultos hacia él. Se recalcó que quiso enclaustrarla en un convento para furcias arrepentidas... y terminó excusándolo. Arnau era así, se dijo, y no solo él: todo su entorno estaba de acuerdo. Su propio error con las lecturas inadecuadas y después con Emilia, las habladurías, el destino de una mujer mancillada, el honor, el rey..., todo lo había llevado a imponer lo que se esperaba de un padre, a actuar sin miramientos, como en el ejército.

La consideración hacia Gaspar siguió el camino opuesto: del agradecimiento a quien los ayudara al odio hacia quien la violó. Y por en medio de todo y todos ellos, Paolo, fascinado con Gaspar y con aquellos florentinos, a quien Arnau había jurado matar, como les advirtió Orsolina a través de la correspondencia con Nápoles. ¿Sería capaz de cumplir tal amenaza? Marina no sabía qué contestarse. A juicio de su padre, Paolo la había raptado. Arnau jamás consideraría que ella hubiera tomado la decisión de huir por sí sola, porque para él las mujeres se limitaban a obedecer. No lograba imaginarlo matando a su esposo con sus propias manos, pero tampoco podía descartarlo.

La llegada de Arnau supuso para Marina un torbellino de sensaciones contradictorias. En los últimos tiempos, a pesar de que Paolo se esforzaba por complacerla, lo notaba distraído, forzado, falto de naturalidad. Con todo, ella trataba de agradecerle su afecto, pero mantener el secreto acerca de la vileza y perversidad de aquel Gaspar a quien Paolo tanto admiraba socavaba su ánimo. Se sintió culpable: quizá era su propia renacida actitud de repulsa ante el contacto con un hombre la que produjera en su esposo ese rechazo. Y a todo eso se sumaba ahora la segura confrontación armada entre su padre y Gaspar, una batalla a muerte, como acababa de comprobar con el soldado atravesado por la saeta. Si vencía el primero, su matrimonio y Paolo peligraban; si se imponía el segundo, estaría condenada a convivir con un malnacido como aquel mercader despiadado.

Pensando en eso, Marina llegó a una conclusión: Arnau tomaría el castillo esa misma noche. Lo había dejado bien claro. Su padre no amenazaba en vano. ¿Qué defensa podía esperarse de cuatro soldados asustados, tres mercaderes, dos mujeres y unas cuantas criadas? Gaspar y su ejército no llegarían a tiempo, lo presentía, y Arnau nunca se lo permitiría. Así era: el duque de Lagonegro había dividido sus fuerzas y mandado parte de sus hombres a dificultar la marcha de un pequeño ejército que se movía bajo la lluvia, con frío, por terrenos inundados hasta formar verdaderas ciénagas, y por caminos embarrados que se convertían en lodazales insalvables en los que los soldados se hundían a medida que discurrían por ellos. No les fue difícil a los soldados de Arnau, pocos, rápidos y bien dispuestos, acosar a una columna incapaz de maniobrar en el barro.

Mientras tanto, al caer la noche, el resto de los efectivos del duque se convirtieron en sombras que correteron y rodearon la fortaleza. Por cada extremo sonaba el entrechocar de garfios contra las murallas, el instrumento más simple para asaltar una fortaleza. Los soldados del castillo se desplazaban de un lado a otro del adarve intentando descolgar o cortar las sogas por las que pretendían trepar los atacantes, pero eran solo cuatro. Los tres mercaderes, las mujeres y Rocco se hallaban refugiados en la torre del homenaje. Media docena de los habitantes de las chozas del lugar permanecían apelotonados y aterrorizados en una esquina del patio de armas, aunque la mayoría de ellos habían abandonado el castillo al comprender que el ataque de Arnau no tenía nada que ver con tomar un territorio; solo quería a esa mujer, la que hasta entonces conocían como la sobrina del castellano. Iolanda había preparado aceite hirviendo, pero con solo cuatro soldados era imposible transportar los cubos. Si unos acudían a un lienzo, los garfios sonaban en otro, y si no en otro. Aunque lo intentaron, trastabillaron y hasta se quemaron. Si se asomaban entre las almenas, les llovían las saetas, igual que sucedía cuando trataban de iluminar la muralla; los ballesteros esperaban el menor movimiento para disparar. Sin embargo, ellos no podían defender las murallas y atacar a los asaltantes al mismo tiempo. Cayó herido otro defensor. Al grito agónico que cortó la noche cuando se desplomó desde el adarve hasta el patio de armas siguieron unos instantes de silencio. Un garfio volvió a volar por encima de las murallas y se agarró a un saliente de la almena. Nadie acudió al lugar. Otro garfio superó un segundo lienzo.

—¡Retiraos! —se oyó ordenar al cabo—. ¡A la torre del homenaje!

En el interior de la atalaya, los mercaderes se interrogaban unos a otros con la mirada. El terror se apreciaba en sus rostros, en sus manos crispadas, en los temblores que no conseguían dominar.

—¿Será capaz de matarnos? —preguntó Giacomo a Marina con voz chillona.

—A tu mujer, no —contestó ella, tuteándolo por primera vez.

Oyeron retumbar las puertas de la torre al cerrarse de golpe clausurando el edificio a modo de ciudadela. Los dos soldados quedaron abajo, apilando muebles y madera contra ellas. El cabo ascendió.

—Es cuestión de tiempo —sentenció.

> Pondré fin a mi vida antes de que consigáis apresarme, a mí o a mi esposo, y la culpa caerá sobre vuestra conciencia por la eternidad y en el más allá tendréis que dar cuenta de ello a mi padre. Sabéis que lo haré.

Ese fue el primer párrafo que escribió Marina a vuelapluma durante el resto de la noche que Arnau les dejó para sopesar su rendición. Las pocas horas que faltaban para la salida del sol transcurrieron en un silencio solo quebrado por susurros, así como por los sollozos de Simonetta y sus hijos. Cuando, al amanecer, los hombres de Arnau empezaron a golpear la recia puerta de entrada y los instaron a gritos a entregarse, amenazándolos con una muerte cruel y dolorosa si no lo hacían, Marina había terminado la carta.

Tenía que salvar a Paolo y a Rocco y a Liboria... y a los demás.

—¿Quién irá a entregársela al duque? —preguntó alzando el pergamino en el aire.

Descartó ir ella, hacerlo sería absurdo. A Paolo quizá lo mataran antes de que Arnau llegara a leerla. Leonardo y Giacomo se negaron.

—Ya no podemos pedir clemencia —se excusó el castellano—. Es la ley de la guerra. Hemos defendido la fortaleza y el duque la ha tomado por la fuerza.

El cabo dio un paso atrás.

—¿Y si simplemente los entregamos como os pedí que hicierais? —propuso—. Igual nos dejaría en paz.

Los demás lo pensaron. Simonetta llegó a asentir.

—Necios —los insultó Marina—. Sigue siendo mi padre. Os aseguro que pondría fin a vuestras vidas con su propia espada de forma dolorosa e inclemente. Le diré que me violasteis, que me ofendisteis, que me tratasteis como a una criada... A ti, Simonetta, te mataría yo misma, te lo juro.

Las amenazas hicieron mella en ellos, Marina lo percibió, pero ninguno se ofreció.

—Dádmela.

Liboria cambió al niño por la carta. Descendió los escalones tarareando, quizá por miedo, quizá por burla o por satisfacción, y pidió a los soldados que le franquearan el paso.

—Haced lo que os dice —les ordenó el cabo desde lo alto de la escalera.

Abrieron lo justo para que la joven pudiera escurrirse por la rendija y volvieron a cerrar con urgencia. Liboria vestía una camisa larga de lana sin teñir y presentaba un aspecto desaliñado tras todos aquellos episodios. Miró a los hombres de Arnau con su característica sonrisa indescifrable, que en esa ocasión ensanchó antes de hablar:

—¿Dónde está el general, el padre de mi señora Marina?

Arnau esperó quieto a que sus hombres hicieran sitio a Liboria.

—Traigo una carta de vuestra hija —añadió la joven, que se acercó y le tendió el pergamino.

Arnau rugió al leer la amenaza de suicidio. Arrugó la misiva y alzó la vista hacia la ventana de la torre donde se hallaba una Marina que lo retaba con su actitud: altiva, decidida, impasible. Un escalofrío recorrió la espalda del duque de Lagonegro al solo pensamiento de su niña cayendo desde aquella altura y estrellándose contra el suelo. Él mismo se clavaría su espada en el vientre si eso llegase a suceder. No podía consentirlo, ni siquiera imaginarlo. ¡Era su hija! Negó con la cabeza, estiró el pergamino y trató de alisarlo para continuar con su lectura. Marina establecía condiciones para no quitarse la vida. Ella y su esposo Paolo se entregarían al rey, a nadie más, y se someterían a la decisión de Alfonso. Si Arnau estaba conforme, debía jurar ahí mismo, al pie de la torre, a viva voz y ante sus hombres, que respetaría la vida y la integridad de ambos, así como la de su hijo Rocco, y que los acompañaría hasta Nápoles en paz y con cortesía. A la llegada, los llevaría directamente a Castelnuovo y los entregaría al rey sanos y salvos.

Nadie más debía morir. Pondría en libertad al resto.

Si no aceptaba, ella saltaría. Lo haría, había asegurado a Paolo después de permitirle leer la carta a la luz de una candela durante la madrugada. Su esposo se opuso; jamás permitiría que saltase, aseguró a su vez. Porfiaron en sus posturas, en susurros, por no molestar a quienes dormitaban y no desvelar sus planes.

—No te preocupes. Cederá —auguró Marina.

—¿Y si no es así?

Ella dejó transcurrir unos instantes en los que unas lágrimas brillaron en sus ojos.

—Entonces, permite que me tire. No podría vivir sin ti.

Paolo entendió. En caso de que Arnau no aceptase, sin duda lo primero que haría sería matarlo. Y, como acababa de decirle, ella no quería vivir sin él. Sin embargo, tendría que hacerlo, pensó, porque nunca le permitiría dar ese paso por mucho que ella se empeñase. Por lo tanto, no insistió en el tema. Se besaron como hacía tiempo que no lo hacían: con ternura, con suavidad, dejando que el solo roce de sus labios, sin pasión, sin urgencias, sin necesidades, los uniera.

Arnau alzó la vista hacia la ventana. Marina, asomada, le pidió una respuesta con la mirada. El padre creyó percibir una súplica en sus ojos, y carraspeó.

—¡Te lo juro! —gritó, rompiendo el nudo que se le había formado en la garganta. Ella se relajó, pero esperó—. Juro por Dios llevarte a ti… y a los tuyos —se negó a reconocer expresamente al panadero como su esposo— sanos y salvos hasta Nápoles, y allí entregaros al rey y aceptar su decisión.

Marina continuó sin moverse de la ventana.

—Juro que nadie sufrirá daño alguno —terminó Arnau, aceptando así todas las condiciones impuestas por su hija.

## 15

*Castelnuovo, Nápoles,*
*primavera de 1454*

Como la mayoría de los viernes, el rey Alfonso celebraba audiencia pública en Castelnuovo, un acto en el que oía las quejas y las solicitudes de sus súbditos, que resolvía allí mismo de viva voz o trasladaba a los correspondientes tribunales. Se trataba de impartir aquella justicia real dirigida a pobres y menesterosos ajenos a la corte, la gente sencilla que no podía pagar tasas de funcionarios y jueces u honorarios de abogados.

Arnau y los demás fueron los últimos en acceder a la gran y solemne sala de audiencias, el rey aposentado en su trono con expresión cansada tras la jornada, sus consejeros en pie por debajo de él, a un lado los expertos religiosos, doctores en leyes, y al otro los laicos.

Durante algo más de tres meses, la familia de Marina había vivido en el castillo. Paolo propuso aceptar la hospitalidad que les brindó Gaspar a su regreso de Accumoli tras la humillante, infructuosa y costosísima persecución de su hermanastro, pero el canciller le hizo saber su oposición: se encontraban bajo la protección del rey y así permanecerían hasta que se decidieran las cuestiones sometidas a su arbitrio.

—¿Estamos presos? —inquirió Marina.

—No parece que viváis en una prisión —contestó el funcionario, señalando la magnificencia del lugar—, pero no se os ocurra salir. El duque de Lagonegro os acusa de delitos muy graves y no quiere que volváis a escapar.

Aquellos delitos fueron los que leyó el vicecanciller ante el tribunal, los interesados y sus familiares: Arnau, Sofia, Marina, Paolo y Orsolina. También se hallaban presentes los hermanastros de Marina, Filippo y Lorenzo, y hasta Martí, además de algunos cortesanos, nobles como Arnau y otros curiosos. Gaspar Destorrent excusó su presencia ante Paolo: no convenía exacerbar los ánimos, le dijo. Liboria había conseguido colarse de la mano de Filippo y lo contemplaba todo discretamente desde un rincón. Desde allí percibió la tensión que flotaba entre los allegados de Marina y Paolo.

—El duque de Lagonegro suplica que se le restituya la autoridad sobre su pupila, Marina di Forti, que deberá ingresar en un convento...

Arnau, con la vista fija en Alfonso, pudo percibir, sin embargo, la inquietud con la que Sofia, a su lado, y Marina, más allá, acogían esa primera pretensión que resonó en la sala como un insulto para madre e hija. Esa había sido su alegación en los últimos meses, que aquel era el destino para una mujer forzada, ante una Sofia que lo acosaba para que olvidara a Marina y le permitiera vivir en paz. «¿Con un panadero! —gritaba entonces Arnau—. ¡Mujer! Os he atendido y cuidado, me he entregado a vosotros por el juramento que hice a quien fue tu esposo. ¿Crees que voy a faltar a mi palabra? ¿Crees que Giovanni aceptaría que su hija se entregara a un hombre de tal ralea?».

Aquel era el dilema que acuciaba a Arnau en cuanto su mente dejaba de preocuparse por las obligaciones que le correspondían como montero mayor, miembro del *seggio* Capuano o general y familiar del rey. La cercanía de Marina durante su viaje de regreso desde Accumoli, por más que ambos se hubieran mantenido en un silencio pertinaz, su simple presencia, verla moverse por el campamento que levantaban en las noches o en los pueblos en los que buscaban albergue u oír el llanto incontrolable del niño llegaron a despertar un destello de aquel amor aturdido por los escándalos: la violación, la torpeza con la criada, la acusación de sodomía, el desafío a Gaspar... Hacía años de esos sucesos; incluso la llegó a dar por muerta.

Durante la segunda campaña contra los florentinos, esa en la que Ferrante no le permitió acudir a Accumoli, la posibilidad de haber actuado duramente con Marina, tal como apuntó el rey, había perturbado su sueño muchas noches. En ocasiones aplacó su angustia prometiéndose comprensión y cariño para con ella cuando la encontrase, pero después aparecía su compañero de armas, Giovanni di Forti, y le recordaba el juramento. No. No podía consentirlo, incluso a costa de esos sentimientos de ternura tan incipientes como impropios en un soldado.

—Está hecho.Ya no tiene solución —insistía Sofia, excusando el matrimonio—. ¡Ha parido un hijo de ese panadero!

—Si los hechos consumados nos impidieran restaurar el orden y perseguir la justicia, nunca habríamos conquistado este reino para mayor gloria de Alfonso, de Aragón y de Dios. Pertenecía a los franceses. María Magdalena —continuó con otro ejemplo— fue una pecadora que acabó presenciando la crucifixión y resurrección de Cristo…

—¿Y qué sucederá con esa criatura? —lo interrumpió Sofia.

El vicecanciller respondía a esa precisa cuestión ahora en la sala de audiencias:

—Suplica también que se le conceda la tutela del hijo de Marina di Forti, llamado Rocco, y la rehabilitación en ese descendiente del noble Giovanni di Forti, en el título de barón de Castelpetroso con todos los honores, tierras y beneficios que conlleva.

—¡No! —gritó Marina, tambaleándose.

La tensión que flotaba en la sala pareció estallar con aquel grito desgarrador.

—¡Silencio! —ordenó el canciller—. O te expulsaré y el juicio continuará sin tu intervención.

El máximo responsable de la justicia en el reino hizo un gesto a su subordinado para que continuara.

—Solicita de los jueces de la curia aquí presentes —prosiguió este— la anulación del matrimonio de su pupila con Paolo Crivino, esponsales a los que el duque de Lagonegro, en su condición de tutor de la mencionada, nunca prestó su consentimiento.Y, por último, reclama la pena de muerte para el tal Paolo Crivino como raptor y estuprador de una joven sometida a tutela.

—¿Qué tienes que decir en tu defensa? —interrogó el canciller a Marina tras unos instantes de silencio.

—No soy noble —aseveró con rotundidad la mujer en el inicio de un discurso elaborado que acució el interés de Alfonso, quien frunció el ceño y se inclinó un ápice para escuchar mejor. Marina empezó a articular su defensa desde el mismo momento en el que montó en una mula en Accumoli y se sumó a la compañía de guerra de su padre. Mil veces había sopesado cada palabra. Paolo no era ducho en discursos, pero, ya en Nápoles, encontró un gran aliado en Filippo, ese hermano que se había decantado por la cultura, las artes y el saber, tolerante por ello, propenso a entender y excusar las reacciones humanas como las de Marina basadas en los sentimientos y los miedos. Por el contrario, Lorenzo, al que de niño Marina adoraba y lanzaba por los aires entre carcajadas, la rehuía ahora avergonzado por su trayectoria. Tras aquella primera contundente afirmación, Marina continuó:

—Vuestra majestad, en una decisión sin duda acertada por provenir de tan magna persona, me despojó de mi condición. Soy, pues, una mujer humilde, del pueblo, mi señor; no me juzguéis como la baronesa que fui. Dejé de ser pupila del duque de Lagonegro en el preciso momento en el que vuestra majestad me privó de mi condición, ahí se extinguió el juramento que se le hizo a mi padre en el campo de batalla. Arnau —añadió volviendo la cabeza para dirigirse a él, la mirada fría pero la voz temblorosa—, incumplisteis vuestra palabra de honor el día en que me convertí en una mujer vulgar, y aquel que quebranta un juramento pierde la autoridad.

Hizo una pausa para respirar mientras algunos de los consejeros asentían levemente. Arnau hizo ademán de intervenir, pero el canciller lo detuvo con un gesto.

—Tendréis oportunidad de hablar, duque —le recordó—. Continúa —exhortó a la otra.

—Por desgracia, son muchas las mujeres humildes que pierden su virtud a manos de desalmados, con violencia o mediante engaños y falsas promesas; Dios Nuestro Señor los castigará. Pero ninguna de ellas ingresa en un convento como pueden hacerlo las nobles deshonradas. También cometí un error, majestad —reconoció dirigiéndose de nuevo directamente a Alfonso—, y lo confesé ante los hombres de la Iglesia —en esta ocasión paseó la mirada por los frailes y sacerdotes doctores en leyes que aconsejaban al rey—, y me arrepentí, y cumplí la penitencia que se me impuso. ¡Y Dios sabe que lo he penado mucho más todavía! Perdí a mi familia… —Hizo una pausa para que su dolor calase—. A mi madre, a mis hermanos… y también a mi padre —añadió mirando a Arnau—. No os guardo rencor, padre, creéis cumplir con vuestro deber, como siempre, tenaz hasta el final. También perdí a mis amistades, y tuve que abandonar esta maravillosa ciudad y refugiarme en las montañas. Podréis decir que era noble cuando sucedió todo, pero yo reitero ante vos algo que ya sabéis: soy una simple mujer despojada de cualquier título. ¿Qué sentido tiene tratarme ahora como alguien que ya no soy?

»La Iglesia perdonó mis errores de juventud. ¿A qué encerrarme en un convento para arrepentidas con las mujeres públicas? ¿Acaso se las obliga a ellas? Tras la conquista de este reino, vuestra majestad perdonó incluso a aquellos que lucharon contra vos y pretendieron vuestra muerte. Suplico una migaja de esa magnificencia para una mujer que, en sus pequeñas responsabilidades diarias, siempre ha sido fiel y leal al rey de Nápoles y Aragón.

»De la Iglesia imploro el mismo perdón. Sería pecar de soberbia por mi parte tratar de exponer ante doctores como vuestras mercedes las enseñanzas de Nuestro Señor Jesucristo; solo soy una pecadora. Me limito, pues, a apelar a ella y a vuestra clemencia.

»En cuanto a mi esposo, Paolo, ni me raptó ni me forzó. Es un buen hombre que guio al ejército de su majestad por los acueductos para tomar Nápoles. Hui con él voluntariamente, como persona llana, libre, y no me puso una mano encima hasta que contrajimos matrimonio ante la Iglesia. Un matrimonio público como exige la ley, y consumado, para el que no necesitaba el consentimiento del tutor de una baronesa. Esa baronesa ya no existía. Mi esposo, Paolo, fue la única persona que me entendió y me apoyó a costa de arriesgar su propia vida.

La sala de audiencias permanecía hechizada ante aquella mujer sincera y resuelta. Superados la ansiedad y el nerviosismo, Marina creció en presencia. La belleza de su rostro, natural, limpia de afeites y adornos, sustentaba sus peticiones revistiéndolas de credibilidad. La maternidad y la vida en las montañas habían forjado un cuerpo exuberante similar al de su madre, que tanto envidiara de niña, aunque, al contrario que Sofia y en contra de los consejos de esta, vestía con sencillez, escondiendo tras ropas de lana sencillas de color apagado lo que era imposible hurtar a la imaginación de todo hombre.

Marina se sintió segura; Arnau, vencido. El duque conocía bien al rey y podía intuir el sentido de sus decisiones a través de su actitud, su respiración, sus ademanes y su simple postura. Había presenciado numerosos juicios como aquel en tiendas de campaña, en castillos y fortalezas repartidos por todos los rincones del reino, y hasta en el propio campo de batalla.

Marina había convencido al monarca. Incluso al propio Arnau, se vio obligado a reconocer. Percibió dolor en su hija. Y no solo eso. También resentimiento. Tristeza. Nunca llegó a hablar con ella de todos aquellos problemas. Él tomaba las decisiones correctas, las que correspondían; eran indiscutibles. Juró a Giovanni cuidar de ella... ¿Qué habría decidido su amigo de haber vivido tal situación?, se preguntó.

—Por lo que respecta a mi hijo —continuaba ahora Marina—, no necesita tutela alguna, tiene a sus padres. Rocco no es el hijo de ninguna baronesa...

—¡Pero sí el nieto de un barón napolitano! —se oyó exclamar Arnau a sí mismo. Una reacción inconsciente, intempestiva que nadie osó interrumpir en esa ocasión—. Ese niño lleva la sangre de Giovanni di Forti, señor de Castelpetroso, valiente guerrero que dio la vida por Nápoles y su rey, y falleció con la tranquilidad de que su estirpe continuaría su obra y su linaje perviviría en el tiempo. Yo lo juré. Vos lo sabéis, majestad. —Ahora era él quien se sentía fuerte. Se dirigió directamente a Marina tal como había hecho ella—: Hija, no comparto tus decisiones, tu fuga, tu relación con ese... —manoteó al aire sin saber cómo nombrarlo— panadero —optó al cabo—. Y mucho menos tu matrimonio. Eras una noble que debía asumir la merced que Dios y el rey te habían concedido; los sacrificios son inherentes a nuestra condición. Me consta que hasta el rey, grande donde los haya, los afronta y se somete a los deberes que Dios y la historia le han impuesto. —Alfonso asintió reconociendo la verdad de tales palabras—. Tras tu discurso, entiendo que has renunciado a pertenecer al estamento nobiliario. Respetaré tu decisión y estoy convencido de que todos los aquí presentes lo harán, pero eso no te faculta para renunciar a los derechos que corresponden al nieto de Giovanni di Forti. Tu locura no puede arrastrar contigo a la descendencia masculina directa de tu padre. Se lo juré. ¡Y no lo consentiré!

—¡No puedes quitármelo! —gritó Marina, su serenidad enterrada—. ¡No es natural! ¡Es mi hijo! No es conforme a las leyes de Dios.

—Yo... —Paolo trató de intervenir cuando Arnau retomó el discurso y lo hizo con una calma que pocos esperaban del soldado.

—Marina, reitero que los nobles tenemos obligaciones muy diferentes a las de ese pueblo llano al que dices pertenecer. Los religiosos —Arnau los señaló con la mano extendida— tienen como misión acercar el pueblo a Dios, intermediar con la divinidad. La nuestra, la de los nobles, es defender a esa gente. De ahí la diferencia de ambos estamentos con el de los menesterosos; nosotros somos notables, superiores, y esa preeminencia nos impone unos deberes que asumimos incluso contra la naturaleza. Yo mismo fui apartado de mi madre y de mi abuelo para ser educado por la reina María, y mi madre nunca se quejó por ello. Entendió que mi lugar era con los míos, con los nobles de los que descendía mi padre. Nunca pretendió que, por su extracción popular, pudiera exigir tutelarme en virtud de las leyes de la naturaleza. No te equivoques, Marina, eso sí que fue un verdadero acto de amor, lo contrario no habría sido más que egoísmo.

—¿Y para qué quieres a ese niño? —masculló Sofia, a su lado.

—Para educarlo conforme al linaje al que pertenece —contestó Arnau en voz alta, dirigiéndose a todos—. Mi... pupila ha renunciado a su condición de principal que bien podría haber mantenido incluso en el convento. Majestad, el linaje de Giovanni di Forti, a quien visteis morir defendiendo este reino, debe pervivir en el tiempo, esa es la razón de nuestra existencia, y eso solo puede conseguirse a través de ese niño. Un panadero y una mujer como su madre, después de lo que hemos oído aquí —agregó mascando las palabras—, no están capacitados para educarlo en los principios y valores que sustentan nuestra supremacía. Un panadero no le va a enseñar de caballos, de armas ni de guerra. No lo instruirá en la caza ni le proporcionará la cultura y la sabiduría en las artes que vuestra majestad pretende de sus nobles. No se moverá en la corte ni se relacionará con los suyos. Mi juramento es sagrado y, si en algo fallé con la hija, debo rectificarlo con el nieto. Por eso quiero a ese niño —añadió en dirección a Sofia tras unos instantes de silencio.

Entonces fue Marina quien presintió el destino de Rocco en la expresión de Alfonso. Arnau había convencido al rey.

—Os lo suplico, majestad —pidió hincándose de rodillas—. No me quitéis a mi hijo.

—Mujer —sentenció el propio Alfonso—, ese niño es nieto de Giovanni di Forti, quien entregó la vida luchando por mí y junto a mí. Este reino..., vosotros —concretó dirigiéndose directamente a Paolo y a Marina— necesitáis caballeros de la valentía y lealtad del padre cuya estirpe y nobleza has repudiado...

—Pero fue vuestra majestad quien... —lo interrumpió Marina, postrada ante él.

—¡Silencio! —ordenó el canciller.

—... quien revocó tu título —terminó Alfonso la queja de Marina—. Sí. Y lo merecías. Tu hijo no es Rocco Crivino, sino Rocco di Forti, barón de Castelpetroso, a quien desde hoy restituyo en todos su títulos, honores y propiedades y que, a partir de este momento, quedará bajo la tutela de Arnau Estanyol, duque de Lagonegro, quien también desde este momento se obliga a educarlo y cuidarlo en la fe a Dios y la obediencia a la Iglesia, en la fidelidad y lealtad absoluta a su rey y en la defensa del reino de Nápoles. Preparad la pragmática —ordenó al canciller.

»En cuanto al resto de las peticiones que se han sometido a mi consideración, y tras la renuncia de esta mujer a su condición de noble, no cabe hablar de tutela, secuestro o matrimonio nulo. —El rey buscó la conformidad en los doctores en leyes de la Iglesia ubicados a su costado, que asintieron—. Si la mujer, libre y soltera, no sufrió violencia sobre su cuerpo o su mente para huir con ese hombre, no cabe pena alguna. No hubo rapto, y si el matrimonio es válido y eficaz, tampoco estupro. Tanto el panadero como ella, pues, quedarán en libertad.

Parecía que Alfonso había puesto fin a la audiencia cuando, repentinamente, retomó la palabra:

—Y si esta mujer no es noble, dispongo también —añadió dirigiéndose a Arnau con severidad— el cese de todas las rencillas, los desafíos y las querellas entre Arnau Estanyol y su hermanastro Gaspar Destorrent. Mis barones no deben perder tiempo y energías en venganzas personales cuando el reino y su rey requieren de su entrega absoluta. ¡Así lo ordeno!

Arnau se sometió con una inclinación de la cabeza.

Marina, hundida, no tuvo fuerzas ni para asentir. En ese momento, el rencor hacia quien había considerado su padre, mitigado en los últimos tiempos, renació en ella de nuevo. Y con más fuerza que nunca.

# 16

*Sarno, Nápoles,
7 de julio de 1460*

El rey Ferrante accedió al castillo de Castelnuovo galopando sobre el caballo de uno de sus pajes, puesto que al suyo lo habían herido en la incursión al pueblo de Sarno. Lo acompañaban muy pocos caballeros y escasas huestes de soldados. La entrada de un monarca derrotado junto a los restos de su corte y su ejército no hizo honor al arco triunfal mandado erigir por el padre, el rey Alfonso, en conmemoración de su triunfo sobre los franceses y a la conquista de Nápoles, bajo el cual discurrieron. El monumento, construido en mármol blanco y superpuesto a su portal como un elemento independiente, contrastaba con la piedra oscura utilizada en el castillo, igual que entonces discrepó el aspecto desastrado de Ferrante y los suyos con la multitud de escenas triunfales y victoriosas allí esculpidas.

—¡Cerrad las puertas! —ordenó uno de los caballeros.

La derrota del ejército real a manos de los angevinos, aliados con varios barones napolitanos traidores a su rey, había sido rotunda: miles de bajas entre muertos y prisioneros, incluidos grandes capitanes, nobles y consejeros reales. Al amanecer, cuando los napolitanos atacaron las posiciones francesas, la victoria se decantaba por ellos, pero en lugar de terminar con la resistencia, los soldados de Ferrante se dedicaron al saqueo del campamento enemigo, lo que concedió margen de acción a Juan de Anjou, hijo de Renato, que se enfrentó al resto del ejército acantonándose en las callejuelas del pueblo de Sarno, donde Ferrante y sus hombres a caballo se vieron imposibilitados para maniobrar y fueron masacrados.

La suerte cambió y los angevinos terminaron saqueando el real napolitano mientras Ferrante y los suyos se desbandaban. Los franceses acababan de dar un paso, definitivo a juicio de muchos, en su objetivo de recuperar el reino de Nápoles, conquistado por los aragoneses en 1443.

Alfonso de Aragón había muerto dos años antes aconsejando a su heredero, en contra de los principios que habían inspirado su reinado, que alejara de la corte a catalanes y aragoneses y se rodeara de italianos, bajara los impuestos y mantuviera buenas relaciones con los príncipes de Italia, sobre todo con los papas. Ferrante no siguió las recomendaciones de su padre, y no había transcurrido un mes desde la muerte de este que ya Calixto III dictaba una bula por la que se oponía a su sucesión y reivindicaba el reino de Nápoles para el patrimonio de la Iglesia al que, según él, pertenecía. Una decisión que publicó en las puertas de todas las iglesias de la cristiandad bajo pena de excomunión para quienes la dificultaran o incumplieran.

La disposición del pontífice azuzó la ambición de los barones napolitanos encabezados por Giovanni Antonio Orsini, príncipe de Taranto, el hombre más poderoso del reino, propietario de muchas más tierras que la propia corona, y que calificaba a Ferrante de hombre cruel, vengativo e hipócrita.

Alfonso, que dispuso en su testamento su entierro en el monasterio catalán de Poblet, la tierra a la que decidiera no regresar en vida, era consciente, sin embargo, de las dificultades con las que se toparía su heredero. Él consiguió dominar y controlar a todos aquellos barones resentidos y ambiciosos porque tras el reino de Nápoles se hallaban los recursos y el poderío de los de Aragón y Valencia, Mallorca, Sicilia, Cerdeña y el principado de Cataluña.

Alfonso dominaba un verdadero imperio que se dividió a su muerte. Su hermano Juan heredó todos los territorios que traían causa de los Trastámara. Su hijo bastardo, Ferrante, heredó exclusivamente el reino de Nápoles, fruto de la conquista personal del aragonés. Esa debilidad en el hijo alentó la traición de la mayoría de quienes juraran fidelidad al padre y, en su lecho de muerte y a instancias de este, incluso al hijo.

La fortuna quiso que el papa Calixto III falleciera un mes después de proclamar la bula por la que reclamaba el reino para san Pedro. El nuevo pontífice, Pío II, coronó a Ferrante a cambio de unas concesiones y contribuciones económicas desorbitadas, la devolución de ciudades como Benevento y Terracina, y el compromiso de la cruzada contra el turco. Igual sucedió con los barones, que asediaron económicamente al rey hasta que les concedió ingentes beneficios. Por su parte, Orsini, príncipe de Taranto, consiguió que Ferrante perdonara y devolviera títulos y tierras a quienes fueran los dos mayores enemigos de su padre: Antonio Centelles y Giosia Acquaviva, quienes, en cuanto recuperaron su poder, alzaron en armas a Calabria al mismo tiempo que los campesinos y los pastores de todo el reino se negaban a pagar impuestos y asediaban a los recaudadores reales.

Barones y pueblo llano se rebelaron contra el dominio, la prepotencia y la gran avaricia catalana, acusación de la que no se libró Ferrante, que tampoco supo prescindir del apoyo de los catalanes como le aconsejara su padre, aunque este nunca renunció a su presencia masiva en la corte, en su Consejo y en los cargos más representativos del reino. En la propia capital creció el recelo de la población hacia ellos; las desconfianzas y los prejuicios hasta entonces larvados se manifestaron en las calles. Tanta era la inquina que muchos agricultores y ciudadanos amenizaron de forma insolente la retirada de Ferrante tras su derrota en la batalla del Sarno con canciones burlescas que predecían su ruina.

La ambición de unos y la debilidad y los errores del otro propiciaron que los barones ofrecieran el reino de Nápoles a los Anjou, a Renato y, en consecuencia, a su heredero, Juan, que todavía se consideraba y titulaba duque de Calabria, a la sazón en Génova, que aceptó e inició una campaña bélica para recuperar el reino que antaño perteneciera a su familia.


Arnau ordenó a sus hombres que levantaran el campamento y se dispusieran a regresar a Nápoles a marchas forzadas. Asumida la corona, Ferrante no tuvo la menor consideración con él: lo destituyó de su oficio de montero mayor, le negó la condición de familiar del rey, le retiró los beneficios económicos de los que disfrutaba y lo relegó a luchar en Calabria contra Antonio Centelles, un enemigo al que, junto a Alfonso, ya venciera hacía años en esa misma tierra.

La manifiesta inquina del nuevo rey hacia quien había sido el gran general del ejército aragonés alimentó las constantes presiones que recibió Arnau antes incluso de ser extrañado a Calabria por parte de los barones napolitanos, muchos de ellos compañeros en el *seggio* Capuano, para que traicionase a Ferrante y se uniera a los rebeldes.

—Juré lealtad al rey Ferrante en el lecho de muerte de Alfonso —contestaba a los enviados de unos y otros—. Reiteré mi juramento en la coronación del rey en Barletta —insistía—. Soy noble catalán. No apoyaré una revuelta contra mi rey. ¡Jamás incumpliré mi palabra!

—Tú y tu sagrada palabra —se burlaba después Sofia.

—¡Calla! —le exigía Arnau, aunque sin demasiada convicción.

—Mira adónde nos ha llevado tu exacerbado sentido del honor —abundaba ella, no obstante—. Tu familia está destrozada. Tu hija te odia tras robarle a su pequeño… ¿Y para qué? Tu conmovedor discurso sobre la nobleza ha quedado en que Rocco sea educado y cuidado por preceptores y criadas y por una abuela que no es más que la amante de un catalán.

—Igual que me sucedió a mí. Igual que ha sucedido con nuestros hijos Filippo y Lorenzo. La educación de un noble no se basa en el cariño. El día en que me necesite podrá contar conmigo.

—Como tus otros hijos. Ellos se han apartado de ti, y tus aspiraciones se han visto truncadas por el capricho y la mezquindad de aquel al que, sin embargo, profesas una lealtad ciega. —Sofia evitó mencionar al rey por no airar todavía más a Arnau—. Ya no eres nadie…

—¡Mujer!

Pero Arnau se veía incapaz de refutar los argumentos de Sofia en cuanto plasmaban una dramática situación familiar, por lo que sus réplicas morían en eso: advertencias fútiles.

—Los barones napolitanos manejan sus intereses con inteligencia —continuaba ella, indiferente a las reacciones de Arnau—. Hoy están con este; mañana, con el otro. Ellos cambian y van y vuelven. Y eso también lo hace ese rey al que tanto adoras: se pelea con sus barones, los castiga, los perdona y vuelve a combatirlos. Los catalanes lucharon contra Sforza cuando pretendía Milán, ahora son sus aliados más fieles; mañana, ¿quién sabe?

—Los catalanes se mantienen leales a Ferrante.

—Porque la mayoría no tienen otra opción: si permitiesen la victoria de franceses y napolitanos, perderían sus tierras y hasta sus vidas. Tú tienes otras alternativas. Ferrante te desprecia. Perteneces a un *seggio*, eres de los pocos, por no decir el único, que lo ha conseguido; tienes título napolitano, hijos napolitanos y vives con una mujer noble napolitana. Podrías hacerlo, pero tu obstinación y tu intransigencia te han arrastrado a la soledad y a la ruina.

—Hablas de nobles que van y vienen de uno a otro bando, que cambian de lealtad y de señor según conviene a sus intereses, y propones que me una a ellos. ¿Qué garantía tendría de que, tras la victoria, no me traicionasen a mí también? Es su carácter, su forma de actuar... y me atrevería a afirmar que hasta su diversión. Piensa que no han pasado veinte años desde que conquistamos Nápoles. Renato de Anjou todavía vive. Francesco Domenni, el que fuera dueño de este palacio, probablemente también, y si no él, sus herederos. ¿Crees que alguno de ellos perdonaría al general que los venció y en ocasiones los humilló? ¿Alguno de tus nobles napolitanos me defendería entonces? Eres una ingenua. Dedícate a las intrigas cortesanas y deja la guerra para los soldados, Sofía —la amonestó.

Pero si su fidelidad al hijo de su amado rey se afianzaba sólidamente en sus incuestionables principios, por más que aquel menospreciase su valía, lo cierto era que su situación personal se hundió en una sima tan pronto como suscribió la extensa pragmática por la que Alfonso le concedía la tutela de Rocco. Sofía lo culpó de ensañarse con Marina y, si la situación con ella ya era tensa tras todos los acontecimientos que culminaron con la fuga de su hija, entonces se convirtió en insoportable. La mujer se alejó definitivamente de él. Dormían en alcobas separadas, se veían poco y se hablaban menos, y toda la pasión con la que Arnau recordaba sus anteriores relaciones se transformó en un rencor reprimido, en esa ira profunda e impenetrable que conocía del enemigo inerme, aquel que había sido hecho prisionero en la batalla.

Si algún día llegó a pensar en que la llegada del niño, con sus risas y sus llantos, reavivaría aquellos grandes espacios ahora siniestros, se equivocaba; la educación de Rocco se desarrollaba en el silencio y la intimidad, lejos de él.

Al contrario que su madre, Marina, la niña a la que adoraba, sí que le mostró su odio y hasta su desprecio, porque Arnau la veía cuando coincidían en alguna de las ocasiones en que acudía a palacio a visitar a su hijo.

—Se lo educará como a un noble tal como tú y tu rey habéis impuesto —le espetó Sofia el día en que presenció cómo se cruzaban ambos: la hija erguida, con paso y movimientos secos, el ceño fruncido, amenazante casi; él, sorprendido por su presencia—. Tu reina María, la que dices que te educó en Barcelona, jamás te impidió que vieras a tu madre. Juro por Dios y la Santísima Virgen que no conseguirás que esta madre deje de ver a su hijo. Antes tendrás que matarme.

—¿Matarte? Me sería suficiente con echarte de esta casa —replicó Arnau y, aunque no tuvo valor para oponerse a que Marina visitara a la criatura, sí que matizó esa autorización implícita—: Pero si algún día me cruzo con el canalla del padre, a ese sí que lo mataré.

Con el tiempo, la madre, la hija ocasionalmente y hasta el nieto se apropiaron del espíritu del palacio. Arnau se sentía como un extraño en su casa y llegó a creer que incluso las criadas lo censuraban.

—¿Qué miras! —gritó a una de ellas que había cesado en la limpieza y se volvió al oír que se acercaba.

La joven se encogió y balbuceó mil disculpas, ninguna inteligible, al tiempo que se volcaba en una baldosa ya brillante.

El resto de su familia también lo fue abandonando por unas u otras causas. Martí tuvo que regresar a Barcelona para ocuparse de los intereses de los Estanyol, una responsabilidad que, con la ayuda de buenos secretarios, había asumido Elisenda al modo en que la reina María administraba el principado. Pero María, harta de esperar el regreso del rey Alfonso, decidió renunciar a su cargo de lugarteniente general de Cataluña y regresó a Castilla para reclamar y defender sus propios intereses económicos tras la caída en desgracia y ejecución del todopoderoso condestable Álvaro de Luna, enemigo de la casa de Aragón. Elisenda, dama de compañía de la reina, siguió a su señora. Por su parte, Blanca vivía en Aragón tras contraer el matrimonio para el que Arnau la dotó con generosidad.

Con Martí se carteaba regularmente. Él le escribía de la tensa situación de Cataluña y, sobre todo, de Barcelona, donde la crisis y las rencillas por el poder municipal entre patricios y artesanos unidos respectivamente en dos facciones diferenciadas, la Biga y la Busca, estaban causando estragos en la economía y hasta en el orden social, y Arnau trataba de aconsejarle desde la distancia, siempre recalcándole la prudencia que debía tener por llamarse Estanyol, y recordándole la lealtad debida: al rey Alfonso primero y a su hermano Juan después. De cuando en cuando le llegaba alguna carta de Elisenda que leía con nostalgia y contestaba con una seriedad de la que se arrepentía una vez cursada. De su hija Blanca nada sabía.

En ocasiones se planteó regresar a su tierra. Instalarse en Barcelona, recuperar a Elisenda, ayudar a Martí y retomar el contacto con Blanca, ofrecerle ese cariño que nunca le había brindado. Se mecía en sueños fantásticos hasta que la realidad se imponía: Barcelona no lo quería, se lo demostró en su último viaje a la caza de dinero para el rey. Elisenda nunca abandonaría a la reina María, como él jamás lo hizo con Alfonso y ni siquiera con Ferrante. Con Martí reñiría en la administración de unos bienes destinados a ser suyos; se trataba de un joven excepcional, un guerrero valiente, noble, pero la influencia italiana lo definía con unos rasgos que, con seguridad, chocarían con la visión del padre si sus opiniones diferían en algún asunto. Y Blanca... Blanca no era más que una desconocida.

En cuanto a sus hijos napolitanos, Filippo se había convertido en un hombre de letras. Su inteligencia e interés por la cultura, su curiosidad por la construcción y las artes lo llevaron a ser uno de los estudiantes escogidos para el colegio que Alfonso había establecido en la magnífica biblioteca de Castelnuovo bajo el control de su capellán real y los diversos bibliotecarios encargados del gran número de volúmenes que la conformaban. Allí, el joven perfeccionó su latín y profundizó en la gramática, la retórica y la dialéctica junto a otros becados que bien podían ser de extracción humilde, pero a los que el rey atraía al conocimiento. Filippo no llegó a perdonarle el daño que ocasionó a Marina el día en que le robó a Rocco. El joven adoraba a su hermana, que lo había cuidado y querido, y no dudó en tomar partido por ella antes de marchar a la Universidad de Bolonia, donde el rey Alfonso le pagó la continuación de sus estudios. Allí, muy lejos de su hogar, continuaba estudiando leyes el día en que Arnau llegó a la ciudad tras saber de la derrota del Sarno y fue recibido por Ferrante en la gran sala de Castelnuovo, la obra maestra cuya cúpula Filippo llamaba a competir con la de Santa Maria del Fiore.

Y así era. Arnau no conocía la de la catedral de Florencia, una ciudad que debieron conquistar, si bien no lograron acercarse a ella tras ser derrotados en dos guerras. Fuera como fuese, tenía que ser imponente para que su hijo la hubiera comparado con la que cubría aquella inmensa estancia. Brunelleschi, ese era el constructor de la obra de sus enemigos. Arnau nunca tuvo interés por retener aquel nombre hasta que la soledad lo llevó a añorar a su hijo y a enorgullecerse de su firme anhelo por convertir Nápoles en la capital de la cultura y el arte por delante de repúblicas como Florencia, porque ellos, los militares, habían fracasado en igual propósito desde sus objetivos bélicos. Preguntó el nombre del maestro y lo anotó, y a base de leerlo lo memorizó: Brunelleschi. A veces, sin razón alguna, lo pronunciaba y recordaba a aquel hijo capaz de mostrar la personalidad suficiente para oponerse a los deseos del padre, y con ello ganarse su respeto, que no su aprobación.

Quedaba Lorenzo, de veinte años, buen soldado, valiente y diestro según le habían contado, al servicio de Ferrante. Su segundo hijo napolitano, que años atrás se había avergonzado de la situación de su hermana, también tomó finalmente partido por Marina con mayor virulencia si cabía que la mostrada por Filippo; por algo era el menor, el niño que recibió las mayores atenciones y el cariño desmedido de su hermana mayor.

Arnau llegó a Castelnuovo y lo primero que hizo, antes incluso de presentarse ante el rey, fue interesarse por la suerte corrida por Lorenzo en aquella terrible derrota del ejército napolitano.

—Vuestro hijo está sano y salvo —lo tranquilizó uno de los capitanes que lo atendieron a su llegada—. ¿Deseáis que lo avise, duque?

Negó mientras respiraba hondo, serenándose, y pidió audiencia. Se la concedieron y accedió a la gran sala del castillo, donde se celebraba sesión del Consejo Real, precedido por dos maceros que lo anunciaron como si se tratase de un embajador. Ferrante y los suyos se hallaban en el interior sentados en semicírculo: el rey, el canciller y el arzobispo presidiendo, el resto a sus lados. La majestuosidad y el boato de la estancia golpeaban los sentidos. Se trataba de un espacio de planta cuadrada de veintiséis metros de lado cubierta por una bóveda a una altura de veintiocho, todo nítido, abierto, espacioso, sin una columna que limitase la visión. Se había construido en parte con piedra de Pozzuoli, pero en gran medida con bloques expresamente traídos desde las canteras de Mallorca, donde se cortaban y se tallaban según las previsiones del maestro Sagrera. La cúpula octogonal, con un óculo en su centro y las armas de Aragón en las claves, se había solucionado mediante crucería que componía una inmensa estrella de ocho largas puntas que parecían querer tocar al observador. Arnau no pudo dejar de contemplar tal maravilla antes de pasear la mirada por las tapicerías que adornaban las paredes y las ventanas decoradas con vidrieras en las que se veían ángeles, hasta bajarla al suelo de brillantes azulejos de Manises grabados con los diversos emblemas y señas de Alfonso.

La emoción ante tal obra asaltó sus sentidos, por lo que en el momento en que enfrentó la mirada a la de su rey se sentía poderoso, como si la herencia de Alfonso plasmada en esa empresa reavivase su espíritu. Eso era lo que, en cierta ocasión, Filippo le dijo que también quería Alfonso: la grandeza en las artes.

—¿Qué deseáis, duque? —lo interrogó el canciller ante el embeleso de Arnau. Él venía de la guerra, del campo de batalla, de la sangre y el dolor, y ahora, sucio incluso tras galopar hasta Nápoles, se topaba con la sublime herencia de su amado rey Alfonso—. Contestad —insistió el alto funcionario.

—Vengo a ofrecerme al rey Ferrante.

Arnau permanecía en pie, en el centro de la sala.

—Ya estabais a su servicio en Calabria —indicó el canciller.

—Cierto, pero esa región no supone problema alguno. Está controlada. Lo importante es esta ciudad. Si cae Nápoles, poco importará lo que suceda en el sur.

—¿Ahora definís vos la estrategia de la guerra?

Arnau percibió la animadversión de aquella corte. Su mirada se cruzó con la de Gaspar, siempre presente con los poderosos, siempre maquinando negocios, política, lo que fuera que pudiera beneficiarlo. Tras la sentencia de Alfonso, se había visto obligado a poner fin a toda contienda pública con su hermanastro, una decisión que, sin embargo, no le impedía fruncir el ceño y traspasarlo con la mirada. Lo insultó en silencio y lo retó a la espera de que perdiera unos nervios que, no obstante, el otro sabía controlar. Luego siguió reparando en la presencia de algunos de los otros consejeros, nobles o religiosos, hasta detenerse en Ferrante. No estaba dispuesto a humillarse ante la intimidación de todos aquellos cobardes que habían llevado a la derrota al ejército de Nápoles.

—No, canciller —contestó con autoridad pese a continuar mirando al rey—. La estrategia de esta guerra ya la han marcado los franceses y los traidores napolitanos.

El funcionario hizo ademán de intervenir, pero Ferrante lo acalló con un gesto de su mano dando a Arnau la oportunidad de continuar.

—Aunque, por lo que he podido saber en mi viaje hasta aquí, esa estrategia es errónea. El príncipe de Taranto ha convencido al francés para conquistar el reino antes de atacar Nápoles, y se equivoca. Eso nos concede un respiro y la posibilidad de rehacernos, acudir a nuestros aliados y presentar batalla. No han entendido que esta ciudad es la clave; si cae Nápoles, cae el reino.

—¿Por qué crees que nuestros aliados nos ayudarían? —preguntó directamente el rey.

—A ninguno de ellos le interesa la presencia de los franceses en Italia. Los temen. Se trata de una nación muy poderosa con grandes ambiciones. Ya controlan Génova. Si nos derrotasen después, sin duda atacarían a los demás: al Papa, Sforza, Medici...

—¿Acaso nosotros no les provocamos ese mismo temor?

—Vuestro padre, a quien Dios tenga en su gloria, firmó el tratado de Lodi pactado entre todos los estados italianos y constituyó la Liga Itálica bajo los auspicios de la Iglesia. Ninguno de esos príncipes duda de vuestro compromiso con la paz en Italia.

Ferrante asentía a las palabras de Arnau, pero de repente, como si hubiera recuperado la consciencia, varió el tono al del rencor.

—Y qué pretendes, ¿recuperar tu mando en el ejército?

—No, majestad. Me pongo a vuestras órdenes y a las del general que designéis. Os ofrezco mis hombres, mi espada y mi vida sin condición alguna. Sé que bajo vuestro mando venceremos. ¡Somos catalanes! —Arnau sentía lo que decía, lo conseguirían incluso con Ferrante dirigiendo las tropas. En una actitud impropia del guerrero, recorrió el entorno lentamente con la mano extendida—. Vuestro padre construyó esta maravilla para mayor gloria de Nápoles —aseveró—. Los italianos no la entienden, la menosprecian y se burlan diciendo que es cosa de catalanes. ¡Esta es la herencia de Aragón! ¡Mostrémosles, una vez más, quiénes somos!

Como muchos de ellos, Arnau había notado el cambio en la actitud de aquellas gentes hacia los catalanes. Los eludían, los miraban con recelo, los insultaban, les escupían y ya se habían producido ataques a sus intereses. Los miembros del Consejo se sintieron reconfortados y alentados por el empuje de Arnau Estanyol porque, por más que hubiera perdido el aprecio de Ferrante, seguía siendo el gran general de Alfonso, un rey que jamás renunció a sus orígenes. Incluso en esa gran sala pretendió dejar su sello erigiéndola de acuerdo con el espíritu del gótico tardío hispánico. En lugar de seguir el camino marcado por el maestro Brunelleschi, que reinterpretaba la arquitectura antigua, en la gran sala de Castelnuovo se prescindía de la tradición italiana y se perseguía ensalzar la figura del conquistador de Nápoles y la del trono que se ubicaba allí, el sitial erigido para que se sentase el hombre llamado a encontrar el santo grial, el *siti perillós* mágicamente iluminado por la luz que penetraba a través del óculo de la cúpula y que Dios utilizaba para señalar a su elegido.

—¡Sea! —aceptó el rey a Arnau.

Marina vestía un lujoso traje de seda verde entallado y se adornaba con numerosas joyas, incluso ahora, cuando deambulaba distraída por el interior del palacio que Paolo había adquirido en un callejón que desembocaba en la vía de los Armieri, cerca de la plaza de la Selleria, en cuyos alrededores se estaba asentando gran parte de la aristocracia burguesa y profesional napolitana.

En la segunda mitad del siglo se unieron dos factores que dieron especial preponderancia a la zona entre la Selleria y el mar. Por una parte, la nobleza tradicional que todavía no estaba instalada en la zona alta de la ciudad emigró allí; por otra, la reordenación de la urbe emprendida por el rey Alfonso, que se inició con el derribo de varias casas para ampliar calles y espacios, edificaciones entre las que se encontraba la del *seggio* del *Popolo*, el único compuesto por ciudadanos llanos. El rey, en lugar de trasladar el *seggio* a otro emplazamiento, lo disolvió, con lo que la administración de la ciudad quedó en manos exclusivamente de la nobleza.

Coincidió, además, para deleite de las malas lenguas, que lindando con el *seggio* del *Popolo* se hallaba una propiedad inmobiliaria de la familia de Lucrezia d'Alagno, la virginal amante del rey Alfonso, que se vio favorecida con la reordenación y el saneamiento de la zona. Así, fueron muchos los mercaderes, comerciantes y profesionales que se mudaron al territorio comprendido entre la Selleria y el *porto mandrachio*, destinado a varar las pequeñas embarcaciones de pesca.

Marina paseaba recolocando los muchos objetos que decoraban los salones de su casa. Al día siguiente, quizá ese mismo incluso, lo haría de nuevo y repondría aquel elefante con pedrería incrustada a la posición de la que acababa de moverlo. Se desplazaba con aflicción. Paolo estaba de viaje en Florencia, en uno de los muchos que efectuaba a aquella ciudad a la que nunca la había llevado, pero de la que regresaba feliz, con un traje diferente en cada ocasión y con mayor afectación en cada una de ellas. No obstante, también volvía cargado de regalos, joyas y telas con los que, Marina había terminado por entender, pretendía sustituir el amor que le profesara en sus primeros tiempos. Notaba que su esposo adoptaba maneras cada vez más sofisticadas. En alguna de sus estancias en Nápoles, Filippo le había comentado que aquella república de gentes ricas, cultas, mecenas del arte y la arquitectura, siempre en busca de la belleza y el placer, era capaz de cambiar el carácter de quienes cruzaban sus murallas.

Uno de esos días que él regresó y pretendió contentarla con un delicadísimo corte de brocado, los hilos de oro dibujando flores maravillosas, se lo recriminó:

—No quiero tanto obsequio. Te quiero a ti, a mi panadero, a mi Paolo.

—Yo también a ti —le escuchó contestar, esforzándose por parecer convincente.

Lo veía titubear, como si intentara recuperar la relación que los uniera en Accumoli, pero seguía comportándose con torpeza y escasa naturalidad. Ella lo rozaba, y Paolo se separaba instintivamente, de nuevo como hacía en el banco de piedra cuando no eran más que dos niños, una reacción que Marina creía superada. Entonces parecía recordar que ya no lo eran, que eran un matrimonio adulto, rectificaba y se acercaba a ella, forzado. Le aseguraba que la amaba como antes, pero los besos se fueron extinguiendo a medida que se les secó el deseo y el contacto se convirtió en una fricción áspera.

Ella vivía inmersa en la duda y en la culpa. «¿Por qué se aleja de mí?», se preguntaba una y otra vez. Presenció cómo se marchitaba su amor mientras Paolo la evitaba y se encerraba en su escritorio, del que en ocasiones no salía ni para comer.

—Tengo mucho trabajo —se excusaba.

Paolo ni siquiera hablaba de su hijo Rocco, como si el pequeño hubiera desaparecido de su vida.

—Arnau está de caza con el rey y tardará en regresar. No se enterará si mi madre lleva a pasear al niño y se reúne contigo para que lo veas —le propuso Marina en los primeros tiempos, casi eufórica por poder ofrecer esa posibilidad a un padre que tenía prohibido acceder al palacio.

La respuesta de Paolo no fue la que imaginaba:

—¿Ver a mi hijo a escondidas! ¿Y aumentar mi dolor cuando vuelvan a quitármelo?

De nada sirvió que arguyera que ella también tenía limitadas las visitas, que sufría, mucho, un dolor que él no era capaz de imaginar: el de una madre obligada a separarse de su hijo. Insistió en que debían mantener el vínculo con Rocco puesto que algún día cambiarían las cosas y entonces podrían...

—¡Eso te lo aseguro! —replicó él con furia, interrumpiendo su discurso—. Algún día tu padre se arrodillará pidiendo perdón por el daño que me..., ¡que nos ha hecho!

El ánimo de venganza se convirtió en el principal objetivo en la vida de Paolo, y para conseguirla, para poder enfrentarse a un principal como el duque de Lagonegro, debía prosperar y medrar en la sociedad hasta alcanzar una posición de dominio. Se estableció en Nápoles como comerciante y, con el apoyo de Gaspar Destorrent, consiguió los permisos necesarios. Con los ya considerables beneficios de la licencia real de venta de grano que Orsolina había invertido a través de Gaetano y que había ido ahorrando moneda a moneda para él, logró la financiación inicial y la posibilidad de instalarse en un local modesto pero idóneo. Tras la experiencia adquirida en el contrabando a través de las montañas, dedujo que la forma más rápida de obtener pingües beneficios era toda aquella que sorteaba tanto la legalidad como las formalidades y los impuestos a los que se sometían sus competidores. Así, asumió cuantas operaciones de riesgo le propuso Gaspar, que encontró en aquel hombre la osadía y el hambre necesarios para afrontar todo tipo de negocios turbios. Y, por último y ya restablecidas las relaciones comerciales entre Nápoles y Florencia, con la ayuda de los Giochi, las compañías y el banco de los que eran propietarios, agradecidos los florentinos a quien supuestamente había salvado la vida de Michele, obtuvo tanto el prestigio como el apoyo financiero necesarios para moverse como un mercader serio y reputado.

Solo le faltaba acceder a la corte y al rey, al mundo de las grandes finanzas, de los cuantiosos préstamos y subvenciones que se pagaban con favores, monopolios, licencias y rentas reales, un mundo en el que Gaspar prometía introducirlo, pero al que Paolo no había llegado a entrar. Con independencia de la apatía con la que su mentor cumplía sus compromisos, lo cierto era que en los pocos años que mediaban entre su triste regreso de Accumoli y la derrota del Sarno, Paolo había comprado el palacio cercano a la Selleria, en cuyas plantas nobles se respiraba una riqueza que se asentaba en la multitud de mercancías almacenadas en los bajos. El joven panadero que huyera de Nápoles se había convertido en uno de los comerciantes con mayor proyección del reino.

Esos mismos años, Marina los había vivido presa de una angustia que la hundía en la desesperación, cuando no en el terror. Todos los hombres que giraban alrededor de ella la maltrataban y la herían. El asomo de cariño que llegó a profesar a su padre, en Accumoli y durante el viaje de regreso a Nápoles, se esfumó como consecuencia del juicio en el que la privaron de Rocco, un hijo al que adoraba pero que con, siete años ya, apuntaba el carácter caprichoso y egoísta de los llamados a regir el mundo, y que no dudaba en mostrarse soberbio con una madre fugaz que carecía de autoridad sobre él. «Tú eras igual», le recriminó sin embargo Sofía el día en que su hija le señaló tal actitud. Sin embargo, Marina no se recordaba así.

Además de Rocco, su vida giraba en torno a Paolo y Arnau, ambos enfrentados; enemigos que se habían jurado la destrucción mutua: uno de forma pública, violenta, como correspondía a un soldado; el otro subrepticiamente, en silencio, a la manera en que los comerciantes ladinos gobernaban sus asuntos. Su padre no la perdonaba; su esposo la halagaba con joyas, que no con cariño. Con Arnau no hablaba; con Paolo, tampoco. Las relaciones conyugales eran inexistentes, y hacía tiempo que dormían en estancias separadas. «No deseo molestarte con mis horarios impredecibles», dijo él, zanjando toda disputa al respecto. Y aquella impropia tensión originada por los naturalmente destinados a quererla, contentarla y esperanzarla se veía agravada por el recuerdo de los gritos salvajes, de rata encelada, que la perseguían en su propia casa, con frecuencia deshonrada por la presencia de un Gaspar Destorrent que acudía a despachar con Paolo, o tan solo a comer o charlar cuando se cansaba de la compañía de su esposa y sus hijas.

Marina temblaba en su presencia. La comida se le revolvía en el estómago hasta originarle retortijones si compartía mesa con el canalla que la violó y que, a falta de afecto por parte de su esposo, la agasajaba con una cortesía extrema que se le adhería a la piel de manera asquerosamente pegajosa. Gaspar la adulaba con descaro y, en alguna ocasión en la que se encontraron a solas, llegó a acercarse a ella y la cortejó. En la primera de aquellas situaciones la tomó del brazo, y Marina no fue capaz de oponerse; deseaba hacerlo, necesitaba hacerlo, pero la repugnancia la turbó hasta paralizarla.

—Paolo trabaja demasiado, pero este es el momento de su vida en el que debe entregarse en cuerpo y alma al negocio —susurró a su oído con un hálito caliente, malsano—. Yo puedo satisfacer tus necesidades —le propuso apretándole el brazo—. Tu esposo no tendría que enterarse. Quedaría entre nosotros. Te sorprendería, Marina, soy un buen amante.

La sola posibilidad la llevó a reaccionar y se zafó del asedio.

—¡Jamás! —masculló con rabia.

Aun así, la negativa no hizo más que excitar el deseo de Gaspar, que no perdía oportunidad de recrearse en ella con la lujuria en su mirada y en su actitud. El mercader decidió no acercarse a Marina en su viaje a Accumoli, y no se arrepentía; habría cometido un error que, con seguridad, le habría privado de la colaboración comercial con Paolo que tantos beneficios le estaba reportando. Allí, en Accumoli, en aquel castillo lúgubre y solitario, no debía atacar a Marina; un solo grito, una pelea habrían alarmado a todos y destapado su vileza. Pero ahora, en Nápoles, con el esposo torturado y perdido en sus luchas internas a consecuencia de sus preferencias por las relaciones carnales con hombres, tal como le habían informado sus confidentes florentinos, Marina se le aparecía como una diosa necesitada de amor, de placer. Una mujer bella y exuberante que había venido a sustituir en las fantasías de Gaspar a la madre, ya decadente, alcanzada una edad en la que la coquetería y la sensualidad con las que todavía pretendía presentarse rayaban en lo ridículo.

—Ese hombre me repele, me provoca arcadas —terminó reconociendo Marina a su madre mientras Rocco se entretenía hostigando a una criada.

No tenía a quién acudir. La única persona de su confianza era Liboria, pero la muchacha, probablemente con más de veinticinco años ya aunque ni ella misma conocía su edad exacta, había encontrado un amor que la mantenía distraída y siempre fuera de casa cuando no la reclamaba Paolo. Además, Marina tampoco deseaba turbarla con problemas como aquel.

—Gaspar Destorrent es una mala persona, hija, cuídate mucho de él —le advirtió Sofia.

Era innecesario que se lo recordaran.

—No sé qué hacer —se quejó.

—¡Tú, nada! —le espetó la madre—. Nada que no sea mantenerte alejada de ese miserable. Es tu esposo quien tiene que intervenir. ¡Es él quien tiene que defenderte! ¿Acaso no se da cuenta de lo que sucede? ¿No se lo has contado?

—¿Cómo voy a contar a Paolo que su mentor me pretende?

¿Y cómo revelar que había sido Gaspar quien la había violado?, pensó al mismo tiempo que Sofia se encogía de hombros y mostraba las palmas de las manos en señal de incomprensión.

Pero tenía que hacerlo. Tenía que hablar con su esposo. Dios sabía que lo había intentado desde que Arnau se hiciera con la tutela de Rocco. Al final, la reclusión a la que se había sometido Paolo la llevó a sentirse culpable. Él lo había sido todo para Marina. Fue quien la protegió y la salvó de un destino infame en un convento. Fue quien la cuidó y se entregó siempre con amor y ternura, hasta que el robo de la lana del rey y la revelación de que fue Gaspar quien la violó, originó en uno u otra actitudes que hicieron derivar su matrimonio en una relación respetuosa. Luego Arnau, avalado por el rey Alfonso, les quitó a Rocco. ¡Aquella tenía que ser la causa de la tristeza de su esposo! ¿Y qué había hecho ella frente a su padre que no fuera obedecer y conformarse con unas visitas esporádicas y cada vez más decepcionantes?

La situación degeneró a tal punto que Marina cejó en su intento por recuperar el amor de su esposo. No era un problema de trabajo, de agobio o de exceso de preocupaciones: Paolo la rechazaba por haberle fallado en la vida. Sí, podrían ser ricos y hasta alcanzar cotas de dominio social insospechadas, pero entendía que aquel hombre que tanto había hecho por ella hubiera mudado el amor, si no en odio —o al menos eso quería pensar Marina—, sí en absoluta indiferencia.

Finalmente, sí que buscó su ayuda ante el asedio al que la sometía Gaspar.

—¿Cómo te atreves a insultar de esa manera a nuestro benefactor!

Marina se sintió desamparada, aunque no a causa de la respuesta de su esposo, que podía prever, sino ante la frialdad con la que ella misma acogió el desplante. ¡Estaba vacía! Las noches en vela, la ira que la corroía ante la presencia de aquel malnacido, ¡el miedo a que volviera a hacerle daño!

—Estás confundida —prosiguió Paolo en defensa del mercader—. Gaspar es noble. Es feliz con su esposa y sus hijas. ¿Por qué debería acosar a las de sus amigos? Te recuerdo que fue él quien nos escondió de la cólera de tu padre. ¡Arnau me habría matado! Y a ti te habría internado en un convento. ¿Te acuerdas? Gaspar nos mantuvo. Nos dio de comer y... y nos permitió comerciar. ¿Qué sería ahora de nosotros sin su ayuda?

Marina oía sin escuchar. Sabía todo eso. Lo que desconocía cuando aceptó la oferta de aquel canalla era que había sido precisamente él quien la desgració. ¡Una burla! ¡Un insulto!

—No creo que Gaspar se haya propasado contigo —negó Paolo, gesticulando con exageración—. Has malinterpretado el aprecio que te profesa.

Esa conversación supuso un punto de inflexión en las relaciones entre Marina y un Gaspar que se volvió más agresivo, como si Paolo le hubiera revelado los temores de su esposa y él se sintiera fuerte. Un día soleado, nítido, de esos en los que hasta los gritos de los vendedores y los funcionarios en las calles aledañas se hacían agradables, dando vida a las piedras de calzadas y edificios, Paolo volvió a viajar a Florencia y, como acostumbraba en tales ocasiones, se mostró exultante al montar a caballo.

A la cabeza de la recua de mulas cargadas de mercancías de gran valor, se despidió con inusitada alegría de cuantos quedaban en Nápoles, entre ellos Gaspar, con intereses propios en la expedición. Destorrent le devolvió el saludo con una sonrisa en la boca que borró cuando todavía no había terminado de salir la última mula de palacio. De inmediato se dirigió a Marina.

—Te dije que no era necesario que Paolo se enterase —le recriminó—. Has sido una necia.

La mujer alcanzó entonces la certeza de que cuanto hablaba con su esposo era conocido por aquel malvado, algo que presumía pero que no se habría atrevido a sostener con relación a conversaciones tan íntimas como esa en la que denunció a Paolo el acoso del mercader. Se sintió sola, tremendamente indefensa. Paolo confiaba sus secretos al canalla que la había violado. Y ella no podía contarle toda la verdad. No contestó y se encaminó al interior del palacio.

—¿Adónde vais! —chilló Marina, volviéndose al percatarse de que Gaspar la seguía.

—Tenemos que hablar.

—¡No tenemos nada de lo que tratar!

Continuó cruzando el patio del palacio, erguida, con paso firme. El otro no se dio por enterado y la alcanzó en el instante en que llegaba a la escalera de acceso a la planta noble. Allí, antes de que apoyase el pie en el primero de los peldaños, la agarró del brazo, la giró con violencia y la encaró, su rostro sobre el de ella, rozándolo.

—Te conviene hablar conmigo —la amenazó, escupiéndole saliva—, pero si no quieres hacerlo, tendrás que escucharme.

—¡Dejadme! —le exigió Marina al tiempo que peleaba por soltarse.

Gaspar la zarandeó sin contemplaciones.

—Te he ofrecido mi compañía y mis atenciones. Deberías sentirte halagada por ello.

—¡Tengo a mi esposo!

—¡Tu esposo no es más que un sodomita!

Aquellas palabras fueron como una bofetada que dejó aturdida a Marina. Tardó unos instantes en reaccionar.

—¿Qué...?

—Que es un invertido, un afeminado, un vicioso. ¡Un sodomita que escapa a Florencia para dar por culo a niños con su amigo Michele!

Cada insulto a Paolo era un golpe más fuerte en el rostro de Marina, en su amor propio. Palideció. La invadió un sudor frío que empapó su espalda, sus manos, todo su cuerpo.

—¿Qué crees que hace con ese florentino? —continuó castigándola el mercader, el cinismo plasmado en sus rasgos—. Allí es público. ¿Por qué crees que los Giochi sienten tanto cariño hacia tu esposo? ¿Por su linaje? ¿Por su educación? ¿Por su buen hacer? No. Se lo tienen porque pone el culo...

Una violenta arcada anunció un vómito abundante que surgió de Marina como un chorro imparable. El contenido de su estómago llovió sobre el rostro y las lujosas vestiduras de Gaspar Destorrent, que soltó a su presa para intentar limpiarse a manotazos, hasta que cejó en su empeño y agitó las palmas en el aire pretendiendo desprender los restos de comida y bilis que las impregnaban.

—¡Puta! —gritó a Marina confundido, asqueado ante sus manos y vestiduras manchadas.

Ella, encogida por el dolor, logró superar un primer escalón, y luego un segundo... Y subió corriendo los restantes para huir de aquel malnacido.

Liboria le confirmó la acusación de Gaspar.

—Entonces ¿lo sabías? —le preguntó Marina después de que la otra desviara la mirada, frunciese los labios escondiendo su sonrisa perenne y terminara encogiéndose de hombros para asentir en silencio tras agotar los recursos gestuales.

—Lo intuía, señora —contestó Liboria con formalidad—. Se rumoreaba en la casa, y entre el servicio y los arrieros que lo acompañan en sus viajes a Florencia. Al final me lo confirmó Roberto, aquel criado que teníais... Bueno yo creo que él también...

Marina la interrumpió con un golpe al aire.

¡Cuán estúpida había sido! Cargaba con la culpa de la desgracia de Paolo y excusaba su actitud pasiva. Y sin embargo... ¿Desde cuándo era un pervertido? ¿Lo era ya cuando la acariciaba y hacían el amor? Imaginárselo con otro hombre le produjo una nueva arcada que pugnó por rajarle el estómago, vacío como estaba tras la vomitona sobre Gaspar. ¡Qué asco! Agitó la cabeza con vigor, como si con ello fueran a desaparecer sus inquietudes. ¡No podía ser! Paolo siempre había sido apocado, tímido... Pero ¿sodomita? Volvió a negar, incrédula, aunque de repente fue atando cabos. ¡Claro, por eso la rehuía! Marina levantaba admiración por dondequiera que fuese. Los hombres la piropeaban y ella, con sus treinta años, se sabía bella, deseada, y se recreaba en la voluptuosidad heredada de su madre y los incitaba con unas maneras que rayaban en una lujuria de la que se arrepentía tan pronto regresaba al lado de Paolo. Pero era una mujer y le gustaba sentirse como tal, más cuando en su hogar no la valoraban, y el simple hecho de que el vendedor ambulante de verduras le regalara una cebolla por la calle mientras enunciaba un anhelo tan imposible como obsequioso, «¡Daría cuanto poseo por comer un pedazo que hayan tocado tus labios!», le originaba un sutil escalofrío.

No era razonable que un hombre como Paolo no hubiera buscado su cuerpo durante seis años, ni siquiera para satisfacer sus instintos más primarios. Marina había llegado a conformarse con aquella pasividad y hasta dejó de pensar en ello, pero ahora lo entendía. Enojado o no, Paolo podía haberla tomado incluso con violencia, sin afecto, sin pretensión por complacerla, y así descargar toda la aversión que le producía Arnau o el hecho de verse privado de Rocco, incluso ella misma, y quien fuera que lo entristeciera. Podía haberle pegado, haberla maltratado, pero ningún hombre que se preciara de su virilidad prescindiría de la posibilidad de poseerla, de montarla, queriéndola o insultándola.

Comprendió que llevaba años arrastrándose, que los muchos problemas vividos habían llegado a anular su personalidad y que su vida se había convertido en un discurrir por las experiencias de otros. Debía recuperar la iniciativa, se dijo, mostrar el carácter del que había hecho gala como baronesa. Y lo primero que debía afrontar, decidió, era la situación en la que quedaba frente a Gaspar.

Ya no cabían la hipocresía o el disimulo. Destorrent le había descubierto el vicio nefando de su esposo, y a partir de esa revelación el canalla no se detendría hasta conseguir cuanto pretendiese de ella. Sin duda jugaría esa baza, la del escarnio, la de la humillación, y Marina lo consideraba capaz de renunciar incluso a sus negocios con los florentinos por poseerla. Él era rico y podía permitírselo.

Enojada, se volvió con violencia y volcó una pequeña mesa sobre la que descansaban algunos objetos de decoración que se estrellaron contra el suelo. ¡No importaba!, se dijo pateando los restos. Más se quebró en la joven a la que aquel hijo de puta violó hacía ya años. Arnau tenía razón: Gaspar Destorrent era una persona indigna, y ella tenía que darle su merecido antes de que la destrozase otra vez. La alivió el hecho de no haberle echado en cara que sabía de la autoría de su violación. Esa revelación sí que habría supuesto un enfrentamiento a muerte con Arnau.

Ahora tenía que pensar en cómo vengarse de Gaspar, ella, una simple mujer sin recursos y sin poder alguno. Pero contaba, se recordó, con una insospechada aliada que no se separó de su lado desde que le confió el último incidente con el mercader y el acoso al que la había sometido: Liboria.

—Debo destrozar a ese rastrero —le confesó Marina, las dos sentadas en el jardín tarsero de la casa, no tan grande como el del palacio de Arnau, más clásico, aunque también cercado por muros que encerraban aquellos espacios de frescor.

La característica sonrisa indefinible asomó a los labios de Liboria.

—Aquí me tenéis.
—¿Y tu hombre?
—Esperará.

La seguridad de aquella mujer que, años atrás, ambas muy jóvenes entonces, la acompañó a la panadería de Orsolina cuando, tras escapar del palacio de Arnau, deambulaba sin rumbo por las calles de Nápoles, la animó y sosegó sobremanera. Liboria continuaba siendo una persona animosa, decidida, astuta, y mantenía el empeño de la niña que, pese a la oposición de los arrieros, persiguió a la caravana hasta Accumoli. También conocía los entresijos de los negocios de Paolo. Como consecuencia de la ayuda que le prestó en el contrabando en la frontera, organizando a pastores y arrieros, controlando mercaderías y partidas de hombres, Paolo tenía plena confianza en Liboria y la utilizaba si necesitaba encargar alguna gestión delicada. Le pagaba bien por esos trabajos, además de proporcionarle una habitación para ella sola junto a las de la servidumbre, un personal sobre el que Liboria reinaba.

—Cuando Paolo regrese de Florencia no podremos mantener un contacto tan estrecho —advirtió la mujer a Marina—. Vuestro esposo ha cambiado mucho y se ha vuelto cuidadoso. Desconfiaría de nosotras si de repente nos viera charlar más de la cuenta.

—Ha cambiado mucho, desde luego —afirmó Marina con una mueca de tristeza.

—Hay muchos hombres que caen en esas prácticas —apuntó Liboria—. Nápoles no es diferente, cada vez hay más viciosos aquí, aunque, claro..., eso de ir en tantas ocasiones a Florencia... ¡Por algo llaman a esas cosas el «vicio florentino»!

Marina la instó a que continuara.

—Veréis, señora —obedeció ella—, al parecer..., os hablo de lo que se cuenta en las tabernas y en la calle... —quiso precisar ante la insistencia de Marina—, aquí encarcelan a los sodomitas. Los condenan a penas graves. Los humillan en público, los torturan y después pasan años en prisión. Pensad que, cuando necesitaba remeros para las galeras, aquí, en Nápoles, el rey Alfonso dictó una ley por la que perdonaba los delitos de los presos que quisieran engancharse a remar, pero excluía a los herejes, a los traidores y, con ellos, a los sodomitas. En Venecia los mutilan y los queman, igual que en Génova y en Verona los descuartizan y cuelgan sus miembros a las puertas de la ciudad. Pero en Florencia las cosas son distintas.

—¿Cómo sabes tanto de todo esto? —quiso saber Marina.

—Cuando... Pues eso —dudó, ocultando su sonrisa en unos

labios prietos antes de proseguir—, cuando descubrí lo que le sucedía a vuestro esposo, empecé a preguntar. A la gente le gusta mucho hablar de todo esto.

—¿Qué ocurre en Florencia?

—Pues que allí a los sodomitas solo los multan. Y, con el tiempo, han ido reduciendo el importe de las sanciones porque dicen que los humildes no pueden pagarlas. —Las dos mujeres permanecieron unos instantes diciéndose en silencio lo que terminó manifestando la joven—: Los ricos pueden pagar, claro, y lo hacen con discreción. A los pobres se los humilla, se los pone en la picota, se los flagela o se los exhibe desnudos ante el pueblo, pero los castigos no pasan de ahí, salvo que haya habido violación o fuerza, sobre todo si es sobre niños pequeños. Dicen que la ciudad se ha convertido en el paraíso de los sodomitas. Aunque ya lo era, ahora lo es mucho más. Pero si las relaciones son consentidas…

Liboria terminó abriendo las palmas de sus manos en un gesto de trivialidad. Ojalá alguien hubiera mostrado la misma actitud benevolente cuando le recriminaron sus relaciones con Emilia, se lamentó Marina. En todo caso, tampoco la confortaba la tolerancia de los florentinos, una complacencia que había alejado de ella a Paolo.

—Todo eso no me consuela —reconoció pesarosa ante Liboria—. Mi esposo me evita, no me desea…

Calló, sorprendida ante aquel arrebato de sinceridad para con Liboria. Habían vivido experiencias y penurias juntas, pero nunca llegó a considerarla una confidente, una amiga. La joven sospechó lo que corría por la mente de su señora y se adelantó:

—No os preocupéis. Nadie lo sabrá por mí. Además…, si me permitís… —Dudó si continuar hasta que la otra le indicó que lo hiciera—. Bueno, pues que vuestro esposo también podría mantener relaciones con vos.

—¿Qué pretendes decir? —preguntó Marina con cierto sobresalto.

—Señora, que no pasa nada porque Paolo conozca a hombres. Por lo visto, la mayoría de los sodomitas florentinos terminan casándose y teniendo hijos y viviendo con normalidad. Dicen que se casan muy tarde, cumplidos los treinta, y que hasta esa edad..., pues eso, que se divierten entre ellos, pero que después lo olvidan... o comparten el sexo con hombres y mujeres indistintamente. En Florencia no se ven pecaminosas ni delictivas las relaciones entre los hombres. Aquí, en Nápoles, hay mucha gente que está bien casada y que de vez en cuando...

—¿Tan habitual es?

—Sí, señora. Algunos hombres disfrutan entre ellos; siempre lo han hecho. Es la Iglesia la que emponzoña algo que siempre ha sido natural. En Grecia, en Roma...

Marina no escuchó aquel sorprendente discurso de boca de una joven a la que años atrás acogió a su lado por simple terquedad. Liboria, entonces una chica de la calle, analfabeta y miserable, había crecido como persona, sin duda. Paolo le dio la oportunidad, y ella supo aprovecharla. Y tenía razón, era la Iglesia la que asustaba y amenazaba a los creyentes con penas y cárcel en la tierra y con fuego infernal en el más allá en caso de que se desviasen un ápice de los estrictos preceptos morales con los que oprimían su libertad y castraban sus pasiones. La propia Marina sufrió esa opresión, esa obstinación por el castigo de una relación inocente que, en realidad, era similar a lo que practicaba Paolo. ¿Acaso no se complació ella en el cuerpo de otra mujer?

Por unos instantes paladeó la posibilidad de recomponer sus relaciones con Paolo si hacía caso omiso y permitía esa dualidad que Liboria sostenía que era normal entre los hombres que practicaban la sodomía, y que no afectaba a sus relaciones con las mujeres. Debía profundizar en ello, se dijo, porque, si fuera posible, abrazaría esa solución.

—¿Qué pensáis? —osó interrogarla Liboria, una vez acabadas sus explicaciones sobre las culturas antiguas.

Marina negó con la cabeza y resopló.

—Lo aprecias, ¿verdad? —necesitó preguntarle.

—Sí, señora. Vuestro esposo me ha ayudado mucho. ¡Vos también! —se apresuró a añadir—. Pero si dispongo de dinero y de techo es gracias a él. A veces no entiendo por qué sigue confiando en mí.

—Yo tampoco —bromeó Marina.

Ambas rieron. Marina se levantó del banco del jardín arrastrando con ello a Liboria, que la imitó y la siguió entre flores y frutales.

—Ese cariño hacia Paolo... —empezó a plantearle— ¿supondría algún impedimento para que me ayudases a vengarme de Gaspar? Sabes que mi esposo tiene una adoración enfermiza por ese malnacido que no para de acosarme.

—Al contrario —afirmó Liboria—. Quiero que ese malnacido —la joven enfatizó el insulto al repetirlo— se aparte de Paolo. Vuestro esposo podría ser un gran comerciante sin necesidad de contar con el apoyo de Gaspar ni meterse en negocios turbios en beneficio del otro. Un día descubrirán los chanchullos de Paolo y lo detendrán. Lo encarcelarán y lo perderá todo, pero Gaspar saldrá indemne porque no consta en ninguna parte. Bien se preocupa el conde de no dejar rastro de su intervención.

—¿Tan arriesgadas son las empresas de Paolo?

—Sí, señora. Si el rey, el racional o alguno de los muchos jueces llegara a enterarse...

Tras la derrota del Sarno fueron muchos los barones napolitanos que dieron la espalda a su rey y se unieron a los franceses y al príncipe de Taranto. El resentimiento contra los catalanes en un momento en el que parecía que Ferrante perdería Nápoles fomentó las deserciones, pero al tiempo que se sucedían las felonías, Roma y Milán acudieron en socorro del monarca tal como había predicho Arnau. Ni el Papa ni Sforza estaban dispuestos a admitir la presencia francesa en Italia. A esos refuerzos se sumaron las tropas del albanés Scanderbeg, aliado y vasallo de Alfonso, pero no los propios catalanes debido al recelo de Ferrante acerca de las posibles pretensiones de su tío Juan sobre el reino que conquistara su hermano con los dineros de sus súbditos españoles; una inversión que la mayoría de ellos consideraban estéril tras la entrega de Nápoles como reino independiente a un bastardo.

Ferrante y sus aliados presentaron batalla a los franceses y a los traidores napolitanos, entre aquellos Arnau, que se entregó con furor a la batalla, si bien en este caso con mayor ahínco de lo que acostumbraba, porque si en otras ocasiones su arrojo pudiera haberse visto coartado siquiera de manera inconsciente por los seres queridos que quedaban tras él, ahora corría Terra di Lavoro, las cercanías de Nápoles, causando estragos en los enemigos sin reparar en riesgos, cansancio o condiciones adversas.

Su fama de general temerario aumentó a la par que lo hacía su soledad y su melancolía. Mientras sus iguales aprovechaban la menor ocasión para regresar a sus hogares y descansar, Arnau no sentía inquietud alguna por volver a Nápoles; nadie lo esperaba ni lo quería allí, como si se tratase de un apestado entre los suyos. Su hijo Lorenzo, guerrero como él y en el que creyó que podría encontrar la complicidad que le faltaba en su palacio, le negó también el apoyo.

—Lucharé con la hueste del rey —se opuso a la invitación del padre de que concurriera bajo el estandarte de la familia, igual que lo hiciera Martí.

—Lo que sucedió con tu hermana no debería afectar a nuestras relaciones —le recriminó Arnau—. Actué como...

—Actuasteis con esa intransigencia que os ciega y que no hace más que dañar a quienes os rodean —lo interrumpió el joven.

—¡Los juramentos deben cumplirse! —estalló Arnau ante lo que consideró una insolencia.

—Padre —replicó el otro sin amilanarse, haciendo gala del carácter de los Estanyol, rasgo que, como el lunar que tenía junto a la ceja derecha, testimoniaba su linaje—, los juramentos pueden ser anulados por vuestro confesor. No seríais el primero. Hasta el rey Alfonso acudía a ese ardid para liberarse de sus compromisos, y probablemente vuestro amigo di Forti habría preferido un mejor destino para su hija que el que le habéis proporcionado.

—Ella se lo buscó.

—Marina no buscó nada. Era una niña. ¡Las mujeres carecen de voluntad! —sentenció Lorenzo—. Deberíais saberlo.

Los cuarenta y tres años que acababa de cumplir pesaron en Arnau a la hora de rebatir a su hijo. «Si es que hubiera podido hacerlo», se planteaba por las noches en su tienda de campaña, atormentado igual que en la guerra contra Florencia cuando la revelación del rey reconociendo la dureza con la que se trató a la joven. Quizá Lorenzo tenía razón: había vuelto a pecar de severidad, y ahora lo pagaba con el desprecio y la animadversión de cuantos lo rodeaban. La inteligencia debería haber guiado sus pasos: primero, la muerte del panadero, para luego prescindir de los deseos del rey y obligar a Marina y al niño a regresar al palacio, con Sofia. Con el tiempo, la situación se habría calmado. Bulas eclesiásticas, el perdón real y la comprensión de nobles y cortesanos; todo eso podía conseguirse con dinero, súplicas y la diplomacia que tanto dominaba Sofia con sus iguales. En su lugar, ese tiempo que debería haberse empleado en sosegar las tensiones se malbarató y enquistó los rencores. Arnau no mató al panadero. Se lo juró a Marina en Accumoli, negaba arrepentido por la renuncia cada vez que analizaba la situación, pero ¿habría sido capaz su hija de arrojarse desde aquella ventana?, se cuestionaba una y otra vez.

Ni siquiera el nieto de su amigo Giovanni di Forte venía a sosegar el espíritu torturado de Arnau. El niño había evolucionado de gracioso, como todos los críos, a impertinente. Al duque de Lagonegro y conde de Navarcles no le molestaba que el pequeño se mostrase vanidoso y arrogante, incluso a tan corta edad; era el destino de los nobles. Ni siquiera se planteó exigirle la comprensión de los menesterosos que su abuelo Hugo sí requirió de él. Rocco nunca tendría que acudir a vendimiar con campesinos y gente humilde, Arnau impediría que se acercase a la panadería de la familia de su padre o a los negocios de este, por lo que el chico siempre ostentaría una posición superior, la que le proporcionaba el linaje de los di Forti.

Todo eso lo entendía y lo asumía, pero lo que nunca aceptó, ni siquiera en un niño de siete años, fue el desprecio hacia los catalanes que no supo esconder ante su tutor.

—Son unos avaros prepotentes. —Así los tildó Rocco en presencia de Arnau, con jactancia—. Expulsaremos a todos ellos del reino de Nápoles —añadió orgulloso, sin duda repitiendo las soflamas y hasta los insultos que le predicaban.

¿Acaso su abuela materna no le había advertido de la condición de Arnau? Quiso corregirlo, incluso reprenderlo, pero se topó con la sonrisa cínica de Sofia. Y, para sorpresa de esta, cejó en su empeño. ¿Qué importaba? Todo eran problemas y desaires y, sin duda, el crío crecería como un verdadero noble napolitano, de esos que rechazaban a los catalanes. Que siguiera su camino, pues.

Fue ese mismo niño, ya con ocho años, el que, a modo de señor del lugar, salió al patio un claro día de mediados de abril de 1461 ante el escándalo que originaron varias caballerías que accedieron al palacio. Sin embargo, la altanería con la que Rocco se ufanaba recibiendo a los visitantes se derrumbó en cuanto vio que unos soldados enfilaban hacia la escalera cargando con una parihuela en la que portaban a un Arnau inconsciente y ensangrentado.

Claudio y un cirujano dirigían a los hombres, que discurrieron presurosos al lado de aquel niño que, pálido, no podía apartar los ojos del cuerpo inerme de su tutor. Ninguno de ellos le prestó la menor atención.

—¡Arriba! —ordenó con firmeza Claudio.

La guerra se desarrollaba favorablemente para los intereses de Ferrante, hasta el punto de que solo un año después algunos de los barones napolitanos que lo traicionaron tras la derrota del Sarno repudiaban ahora a los franceses y negociaban una nueva alianza con el rey de Nápoles, el que los acogía con tanta clemencia como necesidad.

Mucha de aquella deriva propicia se sustentaba en la actividad de Arnau Estanyol, a quien Ferrante tuvo que reconocer su valía y restituirlo en el mando con el que ya lo distinguiera su padre, el rey Alfonso. El reconocimiento militar no hizo más que alentar la agresividad de un hombre que quiso encontrar en ese premio el aliciente llamado a ocultar la aflicción que le originaba su situación personal. Cuarenta y tres años. Cansancio. Amargura. Obediencia ciega. Audacia sin reservas. Obsesión por la victoria. Y el odio hacia aquel soldado implacable con el que sus más valientes enemigos deseaban batirse para jactarse de haber conseguido la gloria de tal triunfo. Todo ello lo convirtió en el objetivo principal de cualquier batalla en la que se encontrara, hasta que cayó en una escaramuza contra las tropas que defendían Castel Volturno, cercano a Nápoles, asediado por el ejército pontificio y la artillería de Ferrante.

Los franceses atacaron a Arnau y los suyos. Lo prudente habría sido retroceder en busca de los muchos refuerzos que podrían encontrar en el real, pero el general catalán se puso a la cabeza y ordenó presentar batalla. Sus hombres lograron rescatarlo malherido de aquel encuentro cruento a campo abierto en el que se vio acorralado por varios enemigos a la vez. No existía en la tierra soldado que hubiera podido salir victorioso de un lance como aquel. Antes de cerrar los ojos y caer en la inconsciencia, seguro en el campamento, Arnau tuvo tiempo para avergonzarse de haber infravalorado el valor y la lealtad de los suyos, algunos de los cuales llegaron a perder la vida por salvar la de su general. Y es que, aun maltrecho, el duque les recriminaba que abandonasen la batalla. «¡Volved! —gritaba mientras unos lo arrastraban lejos del lugar y otros defendían la retirada—. ¡Luchad!».

—Gracias —rectificó después en un murmullo, ya tendido en las parihuelas y prestos a regresar con urgencia a Nápoles. Los hombres que lo rodeaban asintieron en silencio, varios con la garganta agarrotada ante el estado de su cabecilla—. Claudio —llamó a su criado—, cuida y atiende a las familias de los caídos, que no les falte de nada —le ordenó antes de desfallecer.

Sofía dispuso lo necesario en el dormitorio de Arnau para que lo acomodaran en su lecho. El cirujano pidió agua, vendas, ropa limpia.

—¡Ya! —exigió, y ordenó acto seguido que lo desnudaran.

—¿Cómo está? —le preguntó Sofía mientras el galeno rebuscaba pócimas y medicamentos en un cofre que le acercaron sus ayudantes.

—Mal —contestó el hombre—. Pese a la armadura, ha sufrido tres heridas de consideración de espada o de lanza, no lo sé. —Resopló—. A primera vista, creo que cualquiera de ellas podría ser mortal. También tiene bastantes contusiones; probablemente alguna fractura, casi seguro. ¡Empezamos! —ordenó a sus ayudantes, sorteando a la mujer y acercándose al herido presto a iniciar las curas.

Sofia lo conocía: Pompeo Rossini, un buen cirujano en el que Arnau depositaba toda su confianza y al que sus hombres corrieron a avisar tan pronto como se apercibieron de la gravedad de las heridas de su general.

—Pero... —pretendió insistir ella, aunque calló ante un gesto imperativo de Rossini. Ella permaneció quieta, a espaldas del cirujano, sus ayudantes y los criados que rodeaban el lecho, impidiéndole la visión de la mayor parte del cuerpo de Arnau.

—Hemos envejecido —susurró Sofia.

Estaba sentada junto al lecho de Arnau, su mano aferrada a la de él, como si con ello lo anclara a la tierra. Lo cuidaba con sentimientos encontrados en los que no quiso profundizar. Arnau ni siquiera sabía que la mano que pretendía retenerlo era la de la mujer con la que apenas cruzaba palabra, como si todo hubiera quedado atrás.

Transcurridos unos días desde su crítico traslado desde Castel Volturno, Arnau luchaba por sobrevivir. La fiebre apareció y perló su rostro de sudor. Permanecía en estado de semiinconsciencia, deliraba, los vendajes se empapaban de sangre y el dolor no remitía pese a los remedios del cirujano, que acudía a diario y en varias ocasiones.

Pompeo sufría por su paciente. Negaba, resoplaba, trabajaba con ahínco y hasta rezaba por él.

—No lo sé. No lo sé —rehuía contestar certezas a Sofia—. Es un hombre muy fuerte. ¡Es el general! —argumentaba, aunque más para sí, como si quisiera convencerse, que para tranquilizar a la mujer.

«Vivirá», aseguraban la mayoría de los muchos que desfilaron por el palacio. Hasta Ferrante mostró a través de un heraldo sus buenos deseos.

Y mientras tanto, Sofia permanecía a la cabecera de la cama, pendiente del hombre con el que había compartido la mayor parte de su vida. Inerme y febril, reclamaba afecto; el aura de soldado valiente y estricto que siempre lo acompañaba ya no alumbraba su figura. Ahora dependía de ella; de ella, de Pompeo y de Isabella, una joven angelical de unos veinte años que el cirujano había destinado al cuidado exclusivo de Arnau.

—Sabe tratar y cuidar de los enfermos —argumentó Pompeo luego de que Sofia mostrara cierto recelo ante la juventud y hasta la aparente inocencia y fragilidad de la muchacha que, cuando no estaba refrescando la frente o el cuerpo de Arnau con paños húmedos, limpiándolo con ternura o cambiando algún apósito, se retiraba a un rincón de la alcoba desde el que permanecía en silencio, pendiente del menor movimiento o queja del herido—. Es una pariente —explicó el médico, sin dar más detalles— a la que apadriné cuando quedó huérfana y que hace tiempo me ayuda y acompaña. Confio plenamente en ella; en caso contrario, jamás os la habría recomendado. Nunca pondría en riesgo el bienestar del duque. Isabella le hará mucho bien... y también a vos, que podréis contar con una inestimable ayuda. Hacedme caso.

Sofia comprobó lo acertado de las alabanzas del cirujano: la muchacha impugnaba su apariencia delicada con una eficacia que, efectivamente, le permitió tomar descansos, dormir lo que no había logrado los primeros días y ocuparse también de las necesidades domésticas. Rocco, sin embargo, complicó aún más sus difíciles cuidados porque escondió tras arrebatos de violencia la impresión que le supuso recibir en aquel estado a Arnau y percibir la fragilidad de su tutor en los momentos en los que asomaba la cabeza a la alcoba, algo que el niño nunca habría llegado a sospechar. La vulnerabilidad de su tutor le causó una ansiedad que era incapaz de comprender: los nobles, los generales, los poderosos como Arnau también caían, y lo hacían como cualquier otro, con debilidad y dolor. Un impacto de una crudeza para la que no estaba preparado.

Pero si la actitud inmoderada de Rocco originó quejas de sus preceptores, lamentos de los que Sofia se libró con aspavientos alegando que no era el momento oportuno para ello, que la situación requería un esfuerzo por parte de todos, la frecuente presencia en el palacio de una Marina permanentemente alicaída le supuso un nuevo problema que no pudo esquivar.

—No le des más importancia —trató de animarla un día ante el estado de tristeza en el que la encontró—. Son cosas de niños —arguyó para evitar otro encontronazo de Marina con Rocco—. Ya crecerá y cambiará de actitud. Tu hijo...

—No se trata de mi hijo —la interrumpió ella—, sino de su padre.

Marina suspiró. Un panadero era siempre un panadero, pensó Sofia, recordando los prejuicios de Arnau.

—¿Qué ha sucedido? —preguntó con el corazón encogido.

—Paolo siente inclinación por los hombres —le soltó Marina de sopetón, apartando toda reserva—. Hace tiempo que no mantiene relaciones conmigo.

—No le des más importancia —repitió.

—Y Gaspar me persigue —continuó Marina como si no hubiera escuchado a su madre—. ¿Qué? —reaccionó—. ¿Que no le dé importancia!

—Sí, hija, no le des tanta importancia, hay muchos hombres que combinan el placer con su mujer con otros..., bueno..., con otras diversiones.

—¡Madre!

—Siempre ha sido así, que no te extrañe. Por eso me quejaba tanto cuando aquel desalmado de mosén Lluís se ensañaba contigo por ese pecado. ¡Hay muchos! En Florencia, en Nápoles... En toda Italia. ¿Qué importa?

—Bueno... —dudó Marina, sorprendida de que su madre opinara como Liboria.

—¿Dónde se dice que un hombre tan solo puede estar con mujeres? Sobre todo si da, no si recibe. Si es el que da, es igual que si lo hiciera con una mujer. Todo el mundo lo admite.

—La Iglesia lo dice. Y muchas leyes.

—Esas leyes vienen impuestas por la Iglesia, y la Iglesia no es que penalice la sodomía, es que rechaza toda relación sexual, el menor contacto que no esté destinado a la procreación. ¡La Iglesia prohíbe el placer! Eso sí, ellos, curas y obispos y frailes, lo disfrutan más que sus fieles, pero no soportan que nosotras podamos encontrar solaz en un hombre o en otra mujer, y lo mismo exigen de los hombres. La naturaleza no nos ha impuesto esas limitaciones. Los hombres pueden ser femeninos. Desde hace mucho tiempo, por la Candelaria, los *femminielli* de Nápoles acuden en romería a la Virgen negra del santuario de Montevergine. Viven en nuestros barrios y son respetados. Se trata de hombres afeminados a los que se considera magos. Pueden serlo. Nadie los discute ni los menosprecia por ello; los quieren y los respetan. ¡No es necesario que todos los hombres sean brutos y bravos como tu padre!

Las dos callaron unos instantes ante la referencia a Arnau.

—¿Cómo está? —inquirió Marina al cabo.

—No lo sé. Rezo por que lo supere.

La hija se mantuvo en silencio. Desde que hirieran a su padre la duda la asaltaba de forma recurrente: si Arnau moría, heredaría Filippo, quien probablemente se convertiría en tutor de Rocco. O no, quizá entonces el rey Ferrante se lo devolviese a Paolo, ahora convertido en un mercader de renombre. No quiso imaginar a aquel diablo bregando con Paolo. En cuanto a Filippo, estaba casi segura de que lo trataría bien. Pero cuando llevaba un buen rato especulando caía en la cuenta de que todo eso venía condicionado a la muerte de Arnau, y algo que se revolvía en su interior y le causaba desazón la obligaba a abandonar las conjeturas.

Lo cierto era que no se atrevía a entrar en el dormitorio de Arnau. La asustaba reconocerlo frágil y actuaba como lo hacía su hijo: se asomaba y aguantaba hasta que el olor a enfermo, a pus y sudor infecto le revolvía el estómago y la obligaba a escapar de allí. Apretó los labios e inspiró hondo por la nariz.

—Lo superará —afirmó entonces Sofia, consciente del dilema de su hija.

—Entonces... —retomó la conversación Marina— ¿qué hago con Paolo?

—Recupéralo. Incítalo. Proporciónale tanto placer que olvide a los hombres.

Marina asintió pensativa.

—¿Y con Gaspar? —añadió después.

—¿Qué pasa con ese canalla? —se extrañó la madre, que, a su vez, no debía de haber escuchado su primera intervención.

—Me persigue. Me acosa...

Dudó si contarle de la violación y, al final, decidió no hacerlo; se trataba de una circunstancia que tenía que afrontar ella sola.

—Te lo he dicho varias veces: cuídate de esa alimaña, hija. Evítalo cuanto puedas.

Como había conspirado con Liboria hacía ya un año, antes de que Arnau cayera herido, Marina estaba dispuesta a hacer mucho más que evitar a Gaspar Destorrent. Sin embargo, el tiempo corría, y la venganza que le prometió la joven no se concretaba. Un año entero a lo largo del cual tuvo que esconderse del mercader obseso y lascivo. Inventó mil excusas para su ausencia en comidas y cenas, en reuniones. Pero Gaspar no cejaba en su empeño, hasta el punto de que cuando Paolo salía de viaje, a Florencia o a donde fuere, Marina buscaba refugio junto a su madre. Llegó a pensar incluso en acuchillarlo...

—Ni se os ocurra —le advirtió Liboria.

—Pero entonces ¿qué...? —se quejó ella.

—Llegará la oportunidad, señora. Estoy segura.

Confiaba en Liboria, convertida en los ojos y los oídos y hasta en la boca de Paolo en Nápoles, en el puerto, en las tabernas, en los comercios y en las calles. Igual que en Accumoli, Liboria había creado una red de informantes que le comunicaban cualquier situación que pudiera resultar anómala; la carestía de un determinado producto, por ejemplo. «Parece que falta coral rojo», advirtió un día a Paolo. Uno de sus hombres oyó la queja de un artesano del coral en una taberna. Paolo sabía qué hacer a partir de esas informaciones.

Un barco que se retrasaba más de lo esperado; en condiciones normales, debería haber arribado hacía semanas. Eso se rumoreaba en el puerto. Quizá había naufragado o lo habían asaltado los corsarios. ¿Adónde viajaba? ¿Qué se vendía allí? Unos escasos días de antelación en la información podían suponer mucho dinero.

O hasta una criada maltratada por su señor, mercader de aceite.

—¿Acostumbra a pegarte? —preguntó Liboria a la joven con la mejilla y el ojo amoratados.

—No. No es así —respondió ella—. Esto es solo en los últimos días. Está muy...

«Muy nervioso», trasladó después a Paolo. ¿Por qué estaba nervioso un mercader de aceite? El mercado del reino era tremendamente complejo. Peajes e impuestos, tanto reales como propios de los muchos barones en sus territorios. Pillaje. Una red importante de pequeños puertos en territorios señoriales ajenos al control real desde los que se promovía el contrabando y el fraude fiscal. Tal vez se trataba de un problema doméstico, pero ¿y si anunciaba escasez de aceite? O incluso a la inversa: quizá hubiera un excedente y aquel hombre nervioso padeciera por haber almacenado gran cantidad adquirido a un precio elevado; esa debilidad también podía ser interesante. «Entérate de sus reservas de aceite», exigió Paolo a Liboria. Con todo, unas veces se acertaba y otras no, pero ella acudía a él con la información conveniente para que decidiera antes que su competencia.

También podía ser al revés: Paolo y Liboria creaban la necesidad, aunque solo en casos excepcionales. Era fácil. Un rumor extendido con insistencia aquí y allá terminaba convirtiéndose en verdad, por más que alguien lo negase, quizá incluso con mayor énfasis en ese caso. Paolo adquirió a bajo precio sobre el propio barco una importante partida de cera proveniente de Sicilia. Retrasó la entrega en el puerto de Nápoles mientras Liboria hacía correr la voz de que las abejas de Sicilia padecían una enfermedad grave.

—¿Qué enfermedad? —preguntó alguien que ni siquiera era comerciante.

—Yo qué sé —contestó ella con desinterés—. A mí me lo han contado. Algo parecido a la peste que sufrimos nosotros el siglo pasado, pero en abejas.

Hubo muchos que escucharon el comentario.

Paolo también compró cera en la propia Nápoles, mucha, y la tensión sobre el producto aumentó. Todavía podía adquirirse cera en la capital, sí, pero la gente empezó a dudar de que se repusiera.

Liboria y los suyos continuaron hablando de la peste de las

abejas, y un par de avispados marineros recién llegados de la isla, y a los que ni siquiera conocían, bebieron gratis a costa de asustar a los parroquianos que los escuchaban con los tremendos estragos que originaba la enfermedad sobre los insectos y las colmenas. Cuanto más exageraban, más interés mostraban los otros y más corría el vino.

Paolo esperó unos días más, los estrictamente necesarios para que la noticia no llegara hasta Sicilia y fueran los propios apicultores quienes aprovecharan su estratagema, y un sábado utilizó a los secuaces de los que siempre disponía Gaspar para que robasen las velas de varias iglesias. Tanto dio que los sacerdotes lo denunciaran; si les habían robado los cirios, por algo sería…, reflexionaba la gente. Las misas mayores de aquel domingo sin las decenas o hasta centenares de velas que iluminaban los muchos altares de los templos cristianos fueron para los feligreses verdaderas señales de la ira divina.

Dios, que les había enviado la peste negra hacía un siglo, los castigaba ahora a través de las abejas. Así, a la semana siguiente, Paolo multiplicó hasta por diez el precio usual de una cera que sus conciudadanos le quitaron de las manos en cuanto descargó el barco siciliano, a la que añadió la que él mismo había acaparado en Nápoles.

Ahí era donde se movía Liboria.

—Ha llegado la hora, señora —comunicó a Marina un día de otoño de aquel año de 1461.

—¿Qué… qué quieres decir?

—Gaspar.

—¿Cómo?

—Eso dejádmelo a mí. Vos tenéis que envenenar a vuestro esposo.

—¡Envenenarlo! No quiero causar daño a Paolo.

—No. No es veneno mortal, aunque algo de dolor sí que le provocaréis, pero será pasajero. Lo aguantará. —Liboria le entregó un pequeño frasco que contenía un líquido turbio—. El sabor y el olor se confunden fácilmente con los de las especias que se acostumbran a usar como condimento. Deberéis verterlo en la cena de vuestro esposo esta noche, sin falta; está todo calculado.

No es necesario que lo tome entero, con una pequeña cantidad bastará.

—Es imposible —se quejó Marina—. El cocinero prepara la comida que sirven los criados. ¿Cómo me las ingeniaré sin que se dé cuenta?

—Podéis vertérselo en el vino; en una copa se diluye el contenido con facilidad. Si llegara a percibir el sabor, pensaría que está algo especiado. Vos no debéis probarlo.

—¿Qué efectos tiene?

—La hechicera me ha dicho que causa dolores de estómago, vómitos y diarrea durante varios días. ¿Dudáis? —inquirió ante la consternación de Marina.

—No. No, no, no. Solo que no estaba preparada para algo así. Y cuando Paolo haya tomado esto, ¿qué sucederá?

—No podrá acudir al lugar en el que está previsto el desembarco de armas para el ejército del francés.

—¡El francés! —llegó casi a gritar Marina, las manos crispadas—. Paolo es napolitano; depende de Ferrante…

—Y Gaspar, más todavía. Ocupa puestos de relevancia y confianza en el entorno del rey. —Liboria dejó transcurrir unos segundos antes de continuar—: Ello no implica, sin embargo, que intenten ganar buenos dineros negociando con el enemigo, vendiendo armas al de Anjou.

—Pero… ¡eso es traición!

—Sí.

—¿Y qué importancia tiene que Paolo esté enfermo? Si detuviesen a Gaspar, también lo detendrían a él.

—No. Hay que confiar en que no sea así. Se trata de fletes que se llevan en el más absoluto secreto, por eso es imprescindible que vuestro esposo no esté en el desembarco. Nadie deja constancia de esas empresas. Las financia la familia de Destorrent en Barcelona. Fletan un barco que carga las armas y solo las entregarán a quien les pague y les presente la carta partida por abc.

—¿Qué es?…

—Es una forma de tener la seguridad de que las personas que poseen su media carta son las indicadas —se le adelantó Liboria.

Se hallaban en la alcoba de Marina y la joven no encontró pergaminos sueltos, aunque sí un paño de hilo que decoraba una mesita.

—Suficiente —dijo—. Pensad que esto es un pergamino —explicó alisando la tela sobre la mesa. En esos largos años de trapicheo, Liboria había ido aprendiendo los rudimentos de la lectura y la escritura, en ocasiones tan necesarios para sus cometidos—. En la mitad de arriba escribís el negocio que queréis hacer: «Yo, Paolo Crivino, me comprometo a pagar...», lo que sea. En la mitad de abajo, dejando un espacio entre ambas partes, se escribe exactamente lo mismo. —Marina observaba cómo Liboria simulaba escribir sobre el tapiz—. Cuando ya tenemos los dos textos escritos, en esta zona que separa las mitades escribimos en grande y con colores y letras complicadas como las de los libros de las iglesias, las letras A, B y C. ¿Las veis? —Marina sonrió en el momento en el que la otra le mostró orgullosa el paño—. Vale, pues ahora partimos el pergamino justo por el centro y entregamos una parte a cada uno de los mercaderes. —Marina entendió el proceso—. Las letras A, B y C quedan partidas. Cuando estos dos mercaderes se encuentren, juntarán sus mitades. Los textos deberán coincidir puesto que ya eran los mismos, y las letras A, B y C deberán quedar perfectamente ensambladas.

—Entonces, como Paolo estará enfermo, Gaspar acudirá con su media carta al desembarco de las armas —apuntó Marina.

—Exacto.

—¿Y por qué no iba Gaspar a entregar su media carta a alguien para que fuera en su nombre?

—Porque con la media carta también hay que llevar el oro para pagar. Aquí no hay letras de cambio ni compromisos de pago. Nadie quiere dejar el menor rastro; solo sirve el oro, y Gaspar no lo confiaría a nadie que no fuera vuestro esposo. Si Paolo no puede ir porque ha enfermado repentinamente, será él quien acuda, seguro, por más que le irrite.

—Y allí estarán...

—... las tropas del rey, ante quien lo habremos denunciado.

—Sea como sea, también estarán los franceses encargados de recoger las armas.

—Habrá algunos, pero no será una gran compañía. El desembarco es complicado. Es imposible hacerlo en puertos grandes porque la armada napolitana los vigila. Buscarán algún abrigo natural y discreto. No pueden alardear acumulando soldados, los descubrirían. En estos momentos la guerra se está desarrollando en la zona del Sannio. Ferrante está acampado en Gesualdo, y se prevé que las armas se desembarquen en algún lugar entre Nápoles y Gaeta. Cabe pensar que se hará de noche, en ese refugio y asumiendo muchos riesgos; aun así, es la zona indicada para transportar a tiempo esos suministros hasta el frente, y se supone que el grueso de las tropas está en campaña. El transporte hasta el campo de batalla también es arriesgado, por lo que no me extrañaría que lo hicieran por partes, en diferentes jornadas.

—¿Cómo sabes cuándo va a arribar el barco?

—Viene desde Francia con escala en Génova... Contamos con un margen de dos o tres días a partir de mañana. No más. Sin duda se tratará de una galera de gran capacidad que no podrá acercarse hasta la costa por riesgo de encallar. ¿Conocéis a un tal Bernardo?

—No... —dudó Marina.

—Es el lugarteniente de Gaspar para los negocios ilegales. No acostumbra a exhibirse en público porque Destorrent no quiere que lo relacionen con él, aunque lo utiliza para cualquier cometido perverso. Yo misma he visto a Bernardo contratando las naves que facilitarán el desembarco de las armas desde la galera hasta la costa. Son los que utilizan para el contrabando de todo lo demás. Será en unos días, señora, tres, cuatro a lo sumo.

Marina agitó con suavidad el frasco; la herramienta con la que iniciaría su venganza contra el hombre que destrozó su juventud. Los chillidos de aquella rata repugnante la perseguían y torturaban desde Accumoli y, salvo un tiempo en que vivió engañada, vistas las inclinaciones de Paolo, su vida solo había ido a peor desde que se cruzara con Gaspar Destorrent. La desgracia de su familia ya era suficiente para, además, tener que soportar el hecho de sentirse indefensa, empequeñecida y humillada cada vez que ese perturbado la desnudaba con la mirada y se sentía asquerosamente acariciada.

¡Porque Gaspar la conocía desnuda! Esa realidad martilleaba su espíritu cuando acudió a comprobar los preparativos de la cena. Las dudas que la habían asaltado mientras recibía instrucciones de Liboria cedían terreno ahora a la ira. ¡Porque Gaspar sabía lo que era poseerla! El cocinero había preparado las consabidas verduras napolitanas de primero y perdices de segundo. Marina no encontró una sopera en la que verter el contenido del frasco. Hizo caso omiso a las preguntas que le dirigió el hombre y siguió inspeccionando. ¡Porque Gaspar podía fantasear con el roce de su piel, con el contacto con sus nalgas y sus pechos! Sintió un escalofrío que recorrió su espalda al notar, una vez más, las uñas de aquel malnacido clavadas en sus senos.

—No me encuentro muy bien del vientre —alegó.

—¿Queréis que os prepare algo especial?

—¿Con qué piensas acompañar las perdices?

—Salsa bruna —contestó el cocinero, y señaló una olla en la que hervían los higadillos machacados de las perdices, con pan, la yema de varios huevos, vinagre, vino tinto, miel y todo tipo de especias.

Marina se acercó al fuego y se asomó al puchero para oler el aroma que escapaba de este.

—Bien —dijo al cocinero, dándole la espalda—. Alcánzame un cucharón —le pidió.

¡Porque Gaspar merecía morir por traidor!

No lo pensó. Ajena por completo a lo que hiciera su empleado, Marina se arriesgó, destapó el frasco que ocultaba en el interior de una manga de mucho vuelo y lo vació sobre la salsa, sin dejar de olerla, la cabeza casi metida en ella. Cuando el cocinero le entregó el cucharón, removió el guiso, tomó un poco y simuló probarlo, siempre de espaldas a él.

—Esta salsa me ha despertado el apetito. No creo que me siente mal.

Mintió, porque esa noche, después de que sirvieran las perdices salseadas a Paolo, ella aceptó el plato que le ofrecieron. Y comió. Si Paolo caía enfermo, nadie tenía que sospechar de su esposa. Debía ser algo general: las perdices, la salsa, algún alimento en mal estado, dirían, y Marina estaba segura de que gran parte de la servidumbre, si no toda, también enfermaría.

La situación con la que se encontró Gaspar al día siguiente, cuando se presentó en el palacio de Paolo para organizar la recepción de las armas, era caótica. Lo recibieron los empleados que trabajaban en el almacén y que no habitaban en palacio: el factor de Paolo, escribanos y mozos, algunos en estado de excitación.

—¿Qué sucede? —preguntó a Luzio Negri, el hombre de confianza del mercader.

—Maese Paolo y la señora han comido algo rancio.

—Ah —contestó con gesto de futilidad.

—Disculpad que os contradiga, conde, pero parece importante. Están todos bastante enfermos.

—¿Quiénes son todos? —empezó a preocuparse Gaspar.

—Los señores... y la mayoría de los criados.

—Un hartazgo de comida. ¡No será para tanto!

Sí lo era. Paolo no podía levantarse del lecho y le costaba moverse y reaccionar. El médico al que habían avisado tras constatar las fiebres, los vómitos y la diarrea ordenó reposo y dieta absoluta y recetó una pócima. Gaspar resopló y agitó el aire frente a su rostro tras entrar en la habitación hedionda, cargada de aire caliente, espeso y viciado.

—¿Cómo te encuentras? —preguntó estúpidamente. La palidez del rostro del enfermo rompía la penumbra en la que permanecía la estancia.

—Muy mal —logró responder Paolo con voz quebrada.

Gaspar no perdió un instante.

—Recupérate —lo animó aunque de forma seca, enojado por tener que ocuparse él mismo del asunto.

Tras abandonar la estancia, se interesó por Marina:

—¿Dices que la señora también está indispuesta?

—Sí —contestó Luzio. En la puerta de la habitación de Marina montaba guardia una criada—. No quiere que la molesten —advirtió.

—¿Quién se atreve a sostener que voy a molestarla?

Gaspar apartó a la mujer y entornó la puerta para ser golpeado por un efluvio similar al de la habitación de Paolo. Cerró. No deseaba desfigurar la imagen de Marina en su fantasía.

—¿Y los criados también están enfermos?

—Hasta el cocinero.

—¿Los atiende el médico?

—Sí.

—¡Nos vamos! —gritó al llegar al patio, donde esperaba una nutrida partida de secuaces contratados para acompañar a Paolo con la mitad de la carta partida por abc y un cofre repleto de oro.

Liboria sonrió al verlos abandonar el palacio. Le dolía, que no preocupaba, el estado de Marina, pero tuvo que reconocer que su decisión había borrado toda sombra de sospecha o recelo por parte de Gaspar o de quienquiera que pudiera plantearse esa repentina afección. Los siguió. Sin embargo, mientras ellos desviaron su trayecto hacia el palacio del conde, sin duda para preparar el viaje, ella continuó en dirección a Castelnuovo, donde permanecían acantonadas varias compañías que protegían la ciudad.

Uno de los capitanes, Jacopo Guarniere, un hombre de rasgos pétreos, bien plantado, colaboraba de manera activa en las intrigas que Liboria organizaba en la ciudad para los negocios de Paolo. Obtenía buenos dineros por su participación, si bien nunca los consideraba suficientes a la espera de añadir a ellos el del favor de la joven. Reacia a concedérselo, Liboria flirteaba con él bailando peligrosamente sobre unos linderos que, sin duda, excitaban la lujuria del soldado y, con ella, su agresividad.

—¿Cómo sé que es cierto lo que me cuentas? —Liboria ya se lo había adelantado hacía algunos días para que estuviera preparado, pero el otro dudó—. Si movilizo una compañía en plena guerra —continuó, sin embargo— y después resulta que no hay ningún desembarco, me degradarán y me colgarán de los pies.

—Puede ser —contestó la joven, acercándose de forma insinuante—, pero ¿y si es al revés? En ese caso, el propio rey te premiaría...

—Me estás proponiendo que detenga a un conde.

—A un traidor —sentenció ella—. Además, es un simple conde catalán que no proviene de ningún linaje; solo son mercaderes, y el rey requisaría su fortuna y sus bienes como corresponde con el delito de traición. ¡Y dicen que es inmensa! No. Nadie lo ayudaría. Los deudores de Destorrent pasarían a serlo de Ferrante, y tú recibirías la gratitud del rey.

Liboria rozaba ya al capitán.

—¿Y la tuya? ¿Tu gratitud? ¿La tendría también?

La joven era consciente de que llegaría esa demanda; notaba la respiración acelerada de Jacopo. Se separó de él con resolución, la misma con la que se le enfrentó con un mohín gracioso.

—Si el rey te premiase y te nombrara barón... —lo tentó.

—Y si no fuera así, ¿me dejarías?

—Si no fuera así, estoy segura de que poco importaría mi opinión, ¿no es cierto?

Lo dijo de forma casi inconsciente, por lo que, mientras el capitán sopesaba sus palabras, ella hizo lo propio con el trascendental compromiso que estaba asumiendo y las consecuencias que podían derivarse de ello. Si el asunto salía bien, no tendría problema con el capitán Guarniere: encontraría placer en muchas otras mujeres bien dispuestas ante su éxito y fortuna. Pero si no era así, si por alguna razón Gaspar no acudía, o el barco naufragaba o era capturado, o surgía cualquier otro imprevisto, Guarniere se ensañaría con ella considerándola culpable de toda su desgracia. Si los soldados lograban detener el contrabando de armas, el capitán debía alegar que había conocido la noticia a través de un marinero que le habló del embarque de aquella mercancía en Marsella, y él había investigado entre los sirvientes y empleados de Destorrent; en eso habían quedado para evitar la implicación de Paolo, Marina o la propia Liboria. Con Gaspar en la cárcel, se admitiría esa versión y a nadie interesaría conocer la verdad.

Pero ¿qué sucedería si el plan fracasaba? ¿Alegaría Jacopo Guarniere lo del marinero y los criados, o preferiría involucrar a Paolo y a ella con la garantía de veracidad que concedía a la denuncia la implicación de otro mercader de prestigio, ciudadano napolitano? Todo se sabría, y la ira de Gaspar poco tendría que ver con la de un militar desahuciado. Liboria notó el sudor frío en sus manos. Tarde comprendió que el convencimiento de que el contrabando se iba a producir unido a la posibilidad de dañar a Gaspar habían anulado su capacidad crítica y la llevaron a despreciar los verdaderos riesgos, esos que, no obstante, medía con precisión cuando de hacer correr un rumor se trataba. En este caso, un simple golpe de mar, una ola que desestabilizara la carga en el interior de la nave podría dar al traste con todas sus expectativas. Si lo denunciaban, Paolo negaría su intervención, Gaspar le creería o no, pero eso concentraría la atención en Marina y Liboria. Se dijo que tendría que haber advertido a la señora de esa posibilidad para que fuera ella quien decidiera su suerte, en lugar de lanzarse de una manera que ahora juzgaba totalmente temeraria e irreflexiva.

—De acuerdo —escuchó, sin embargo, de boca del capitán.

Al sudor frío se le añadió entonces una arremetida de angustia que se le agarró al estómago y a punto estuvo de doblarla en una arcada.

Hachas, espadas, lanzas, ballestas, saetas a centenares, cotas de malla y celadas, varias bombardas ligeras y espingardas, pólvora, balas de hierro, todo ese material se trasladó la noche del tercer día, como predijo Liboria, desde la galera hasta un par de naves de poca capacidad, sin puente, que fueron haciendo viajes hasta descargar la mercancía en una cala resguardada al norte de Gaeta. Allí se movían sin cesar los secuaces de Gaspar y los soldados franceses que cargaban el material en varios carros de bueyes, insuficientes, como ella misma suponía, para asumir la totalidad del cargamento. Destorrent y quien debía de ser el mercader que las vendía controlaban las maniobras y, de cuando en cuando, azuzaban y urgían a sus subordinados.

Mientras espiaba aquel trasiego, el capitán Guarniere se supo rico. Paladeó la victoria, el reconocimiento del rey, la envidia de sus iguales, todo en la certeza de que aniquilarían sin mayor problema a aquellos hombres.

El refugio costero que habían escogido para el desembarco

jugaba a su favor. La necesidad de esconder las operaciones los había llevado a elegir una cala que, sí, permanecía oculta a las miradas curiosas, pero que se hundía entre dos acantilados en los que no había resultado difícil anular a los vigías y sustituirlos por soldados después de observarlos un buen rato para desvelar su rudimentario sistema de señales. El ataque desde lo alto de aquellas cimas sería devastador. La huida solo podía ser por mar o a través del único camino que partía de la ratonera en la que se habían introducido, y allí se toparían con el grueso de los soldados de Nápoles, que tenían instrucciones de asaltar la ensenada a sangre y fuego, respetando, eso sí, la vida del conde de Accumoli, a quien tenían que detener sin daño.

Por esa razón, para impedir que Gaspar Destorrent pudiera escapar abordando uno de los dos barcos que iban y venían desde la galera, Jacopo Guarniere esperó hasta que ambos navíos coincidieran a la mayor distancia posible de la cala, y en ese momento, irguiéndose en lo alto del acantilado, ya sin precaución alguna, dio la orden de atacar.

Una lluvia de saetas silbó en la noche y cayó sobre los traficantes. Jacopo observó a los hombres correr en busca de refugio bajo los carros o entre las piedras. Desprevenidos, fueron muchos los que cayeron. Con la vista en Gaspar y el mercader, sorprendidos, titubeantes, el capitán napolitano dio orden de lanzar una nueva andanada de flechas. Como preveía Jacopo, Gaspar y su acompañante se acercaron a la orilla y hasta se introdujeron en el agua, pero los barcos distaban mucho. Varios ballesteros asaetearon sobre el mar, lejos de los mercaderes, aunque lo suficientemente cerca para obligarlos a recular y buscar refugio entre las rocas. Una nueva salva de flechas mantuvo quietos a los de la cala, y Jacopo ordenó el asalto de la infantería y algunos hombres a caballo.

A los ballesteros emplazados en las quebradas los dispuso lo más cerca del despeñadero.

—Si alguno de esos barcos trata de acercarse —los instruyó—, lo destruís a flechazos incendiarios. Como uno de ellos llegue a la costa, os quemaré a vosotros. ¡Mostrádselo!

El capitán descendió hasta la cala al mismo tiempo que varias flechas llameantes cruzaban el cielo para caer sobre el mar en clara advertencia a los ocupantes de los navíos.

Abajo se encontró con una situación totalmente controlada. Ni los pocos soldados franceses que quedaban, simples tropas auxiliares a las que se mandó a esa misión, ni los hombres de Gaspar opusieron la menor resistencia ante la superioridad de los napolitanos. Y se rindieron.

Uno de los barcos se arriesgó a acercarse, y tal fue el número de flechas incendiarias que le cayeron por delante que cejó en el empeño y puso rumbo a Nápoles, travesía a la que no tardó en sumarse la otra nave. La galera levó anclas y se perdió en la noche.

—¡Destorrent! —gritó el capitán Guarniere.

Iluminado por el titilar de los hachones, Gaspar surgió de entre las rocas, sus ropas mojadas y hasta desgarradas.

—Gaspar Destorrent, ¡os detengo por el delito de traición en nombre de Ferrante, rey de...!

—¡Soy el conde de Accumoli! —replicó el mercader, haciendo un esfuerzo por recomponer su figura a la vez que exageraba su soberbia—. Te exijo el respeto que merezco. No tienes ninguna autoridad para detenerme. Solo puede hacerlo el alguacil de la corte.

—Estamos en guerra, señor —contestó Jacopo.

—¿Y cuándo no lo ha estado Nápoles?

—Eso se lo explicaréis al rey.

La mayoría de los soldados se dedicaban a desarmar a los contrabandistas y atarlos en una línea de reos. Gaspar escrutó al militar, por delante de algunos soldados que lo secundaban, y lo evaluó como solía hacer con cualquier comerciante: parecía honesto.

—Podría hacerte rico —le propuso pese a esa percepción.

Gaspar se volvió hacia el mercader que había desembarcado de la galera, asustado tras él, y le indicó que abriera el cofre. Un montón de monedas de oro destellaron en la noche. Jacopo no fue capaz de esconder el sobresalto, tampoco quienes lo acompañaban; unos con los ojos abiertos cuanto daban sus órbitas, otros tratando de asomarse tras su capitán, alguno silbando, alguno gesticulando. El alboroto llamó la atención de parte del resto de las fuerzas, y varios soldados se aproximaron.

Gaspar había mudado su expresión y ahora sonreía.

—¡Os puedo hacer ricos a todos! —ofreció.

Jacopo olió la avaricia de los soldados; ni siquiera él era capaz de apartar la mirada de aquel tesoro. No vivirían. Si se perdía la disciplina, los hombres se pelearían, se matarían entre sí por obtener la mayor parte del botín. Uno de ellos empujó a otro sin ninguna contemplación para poder acercarse al cofre, el otro respondió apartándolo con violencia; de ahí a que desenvainasen sus armas y se retasen mediaba un soplo, una palabra inoportuna. Y además se sabría. Era imposible mantener tal secreto. El capitán se sentía tentado, ¡era mucha riqueza!, pero aceptarla conllevaba el extrañamiento de su tierra y la traición a los suyos. Además, ¿qué pensaría Liboria? Desenvainó la espada y apretó la punta contra el cuello de Gaspar.

—Vos no ofrecéis nada —lo corrigió—. Si quisiéramos este oro, lo cogeríamos, y vos seríais hombre muerto. ¿Para qué os necesitamos?

—¡Hagámoslo! —se oyó por detrás.

—¡Matémoslo!

—El oro... ¡Cogedlo!

Jacopo pensaba cómo solventar una situación que se tensaba más y más a cada instante que pasaba.

—¡Necios! —gritó a sus hombres sin dejar de presionar el cuello de Gaspar con la punta de la espada—. ¿Creéis que nadie conoce esta misión? Saben de ella el canciller, el racional y el general, y hasta se ha mandado mensaje al rey. ¿Acaso suponéis que saldríamos bien parados de semejante desafuero? ¡Todos tenéis familia en Nápoles! —Con la vista fija en Gaspar, Jacopo percibió cómo se quebraba el empuje de ese primer conato de rebelión. Ese era el momento indicado y sabía que iba a ser duro—. Cabo —llamó a su segundo, que se puso a su altura—. Ata a estos malnacidos. —Entonces se volvió hacia el resto de sus hombres, el arma todavía empuñada, y les preguntó—: ¿Quién de vosotros va a traicionar al rey Ferrante?

Los destellos de las monedas seguían llamando la atención de los hombres.

—Saldríamos de la miseria, capitán —escuchó de uno de ellos.

—¿Y si vence el francés? —especuló otro.

Iba a suceder, Jacopo lo sabía. Incluso sabía de quién provendría la iniciativa. Y acertó.

—¡Apartad! —le exigió Mauro, un soldado tan malcarado como resentido con la vida misma.

—No te acerques —lo instó el capitán mientras se mantenía atento a los compañeros que se sumaban a las pretensiones del tal Mauro.

Guarniere le permitió desenvainar, incluso dejó que descargara el primer golpe, que esquivó girando sobre sí, la espada aferrada con ambas manos y extendida a media altura, hasta que la hundió de costado en la espalda de Mauro. El crujir de la columna vertebral del hombre resonó en aquella angosta cala.

—¿Alguien más tiene algo que decir? —retó a quienes se habían acercado.

La duda, el miedo, esa familia a la que se había referido su capitán, ¡el honor!, la visión de Mauro todavía convulsionando acobardaron a la tropa, momento que Jacopo aprovechó para empezar a dar órdenes a gritos.

—¡Subid las armas a los carros! ¡Atad a los prisioneros!

Empujó a dos de ellos, todavía reacios.

—¡Obedeced, soldados!

El cabo se le sumó:

—¡Vigilad! ¡Apresuraos!

Aquellos hombres necesitaban obedecer. Tenían que dejar de pensar en el oro.

Y de tal guisa, a voces, cruzaron las puertas de Nápoles: los carros cargados de armas, aunque muchas todavía permanecían en la cala a la espera de otro viaje. Los soldados desfilaron a sus lados y los prisioneros detrás, encabezados por Gaspar Destorrent, con las manos atadas mediante una cuerda larga a la parte trasera del último carro. Tras el duro viaje marchando sin descanso, el conde de Accumoli, sucio y desastrado, caminaba tambaleante, trastabillando, con la mirada clavada en el suelo y, si se retrasaba, la cuerda se tensaba obligándolo a mantener el ritmo so pena de ser arrastrado por tierra.

El capitán Guarniere había solicitado refuerzos y avisado de su llegada mediante un heraldo a caballo al que, además, proporcionó instrucciones especiales. Las gentes de Nápoles los esperaban.Vitorearon a los militares e insultaron, escupieron y lanzaron mierda y basura a los franceses.

Tan pronto como Liboria recibió noticias de Jacopo, hizo correr la voz y mucha de aquella gente se ensañó con un Gaspar Destorrent incapaz de esquivar la avalancha de escupitajos, heces y residuos podridos que cayó sobre él.

—¡Traidor! —retumbaba a su paso.

«Renegado», «villano», «pérfido», «catalán»... Muchos fueron los insultos de unos ciudadanos que ya estaban al tanto del delito del conde de Accumoli. Una de esas personas, empero, utilizó otra injuria: «¡Violador!».

—¡Perro violador! ¡Miserable! —continuó gritando Marina, las manos golpeando el aire en un gesto propio de los Estanyol, el rostro crispado, el gesto altivo, jadeando revancha, los ojos encendidos por la venganza, pugnando por superar a la gente y abalanzarse sobre Gaspar, pero contenida por Liboria, que la agarraba para impedir que lo consiguiera y se introdujera en la comitiva.

Cuando las espaldas de los presos se perdieron en la distancia, llegaron la flojera, las lágrimas y los abrazos.

# 17

*Nápoles, diciembre de 1461*

Habían transcurrido ocho meses desde la aciaga batalla de Castel Volturno en la que Arnau fue abatido por los franceses, y Nápoles preparaba el retorno de su monarca para festejar la Navidad tras suspender la contienda debido a las inclemencias meteorológicas y acantonar el ejército en los alrededores de Montefusco.

Arnau esperaba con ansiedad el regreso del rey. Su estancia en Nápoles implicaría el inicio del juicio contra Gaspar, que permanecía encarcelado en Castelnuovo. Tras la detención de su hermanastro se multiplicaron las visitas que Arnau recibía de sus compañeros, todos contentos por su evolución personal y los avances de la contienda armada, deseosos de compartirlos con él.

Fueron unos días, unas noticias y unas conversaciones que animaron al convaleciente, salvo por dos circunstancias. Una que Arnau no reveló, aunque muchos percibieron, que consistía en la rabia que sentía por no haber sido él quien hubiera descubierto la infamia de Gaspar. «Siempre fue un perro traidor —comentó a sus conocidos—. Se lo advertí a Alfonso. Destorrent solo es fiel y leal al dinero». La segunda, públicamente conocida, no era otra que la angustia con la que vivía, siempre atormentado pensando que se le escapaba la guerra, pero su condición física distaba una inmensidad de sus anhelos bélicos. Intentaba preparar su vuelta tan pronto como Isabella se distraía con alguna de las muchas ocupaciones de las que se había hecho cargo en el palacio y hasta para con la familia. Entonces buscaba la ayuda de Claudio, que se la prestaba a riesgo de la reprimenda que sabía que le caería por parte de la joven, y vestía su armadura de guerra con la que era incapaz de moverse con un simple atisbo de agilidad, o enarbolaba la espada, que terminaba rindiendo sin fuerza tras un par de golpes flojos a un enemigo imaginario.

Hasta había intentado montar a caballo, aunque no en Cazador, su *corsiere* negro napolitano que, desgraciadamente, capturaron los franceses, sino en uno de los mansos palafrenes de sus cuadras. Los calambres en las piernas y en los brazos, y también en las cicatrices de su abdomen, fueron de tal potencia que desmontó dejándose caer a los brazos de Claudio igual que un niño asustado.

—¡Os habéis subido a un caballo! —le recriminaría más tarde Isabella.

—No, no es cierto —contestó Arnau, listando mentalmente a los criados y mozos que podían haberlo delatado.

—No me mintáis.

—Señora, el duque de Lagonegro no miente —replicó él, lo que hizo que Isabella refunfuñara y negase con la cabeza.

Así había sido… hasta entonces. Arnau nunca había necesitado mentir; no era honroso para un caballero. Siempre había defendido sus actos aunque estuvieran equivocados, pero había algo en esa joven… ¡No quería defraudarla!

—Mentís muy mal, duque —le espetó ella—. Y en cuanto a ti —añadió señalando a Claudio, que ya esperaba la reprimenda con el ceño fruncido—, nos las tendremos. No tientes a la fortuna: tu señor vive de milagro.

Eso sostenía Pompeo Rossini, su amigo cirujano, que continuaba visitándolo con frecuencia.

—Y si no fuera por los cuidados de Isabella… —acostumbraba a puntualizar el galeno, causando el sofoco en la joven, cuya piel blanca se sonrojaba con una facilidad pasmosa hasta destacar sus pómulos con un brillo tan atractivo como gracioso.

Arnau había permanecido casi dos meses en cama en lucha con las calenturas y con las cicatrices que no cerraban y se infectaban de nuevo. Repuntaba la fiebre y volvía a caer en el delirio.

Siempre adormilado, drogado, su cuerpo se consumía al ritmo en que utilizaba su vigor para batallar con la enfermedad. Así, el día en que lo instaron a levantarse del lecho, ni sus piernas ni su equilibrio resistieron un solo paso.

Y a las heridas abiertas que Pompeo había podido abordar e Isabella curar se sumaban un par de fracturas mal soldadas y secuelas internas que escapaban al control y los conocimientos del cirujano, lo que le originaba dolores permanentes y calambres inhabilitantes. Inmerso en un círculo vicioso, Arnau no conseguía reponer la musculatura perdida: pretendía ejercitarse y recuperar su fortaleza, pero como no podía hacerlo en aquello que le interesaba, desistía.

—¡Y no pretende que pasee por los jardines como una vieja! —se quejó a Claudio tras recibir esa recomendación de mesura por parte de Isabella.

Sin embargo, el soldado no fue capaz de lamentarse ante la muchacha e, igual que con muchos otros, soportó y hasta asintió a su consejo con paciencia. No discutiría con Isabella. Durante días, meses, en momentos críticos, la joven lo curó, lo atendió, lo limpió, le obligó a comer, a sorber esas cucharadas de caldo de granadas con huevo y azúcar para tratar la fiebre que deslizaba pacientemente entre sus labios. Isabella lo manejó como si se tratase de un niño frágil e indefenso. Lo animó. Lo consoló en el dolor y lloró las lágrimas que Arnau se empeñaba en reprimir.

Siempre con dulzura y cariño.

La salud de Arnau mejoró y el peligro de muerte menguó. Entonces la muchacha se impuso y tiró de él hacia la vida, con energía, sin dudas. Y de la misma forma que invadió el corazón de Arnau, lo hizo con Rocco y hasta con Sofia. Al primero logró domeñarlo de forma sorprendente a criterio de los preceptores y los criados que sufrían sus enfados y rabietas. Ninguno de los dos reveló, en un secreto que pactaron implícitamente, la sonora bofetada que le propinó Isabella el día en que Rocco se atrevió a insultarla como acostumbraba a hacer con el resto del servicio de palacio. El crío la miró sin saber cómo reaccionar, confundido, el mentón tembloroso y, antes de que estallase en llanto o en gritos, la joven lo atrajo hacia sí, lo abrazó y lo meció, apoyando la cabeza entre sus pechos. El niño malcarado, antipático y consentido cayó rendido ante la que se alzó sobre él como una diosa.

Con Sofía fue muy diferente.

—Vuestra mujer no está bien, señor duque —le anunció Isabella un día.

—¿Qué le sucede?

—Está permanentemente cansada. Todavía es joven...

—Tiene siete años más que yo —la corrigió él.

Isabella sabía los que contaba Arnau: cuarenta y cuatro; Pompeo se lo había indicado como referencia para el tratamiento. Sofía, pues, superaba los cincuenta. Muchos llegaban a esa edad, y a los sesenta y hasta los setenta, e incluso los había mayores, pero cualquier dolencia a los cincuenta conllevaba un peligro que muchos cirujanos y médicos achacaban ya a la vejez.

Y Sofía padecía alguna de esas enfermedades.

—Come muy poco —relató Isabella a Pompeo el día en que, después de tratar a Arnau, decidieron examinar a la mujer, que se dejó, desamparada.

—¿Cómo es la orina? —preguntó el cirujano tras explorarla y fijarse en la ictericia que empezaba a teñir sus ojos.

—Oscura —contestó Isabella, que desde hacía algún tiempo la controlaba.

Una afección en el hígado. Aquel fue el diagnóstico que emitió Pompeo ya fuera de la alcoba de Sofía. Caldos y hortalizas. Pocas grasas. Infusiones de anémona hepática más las pócimas que él les iría proporcionando, reposo y esperar.

—¿Esperar a qué? —inquirió Arnau, apostado a la salida.

El cirujano palmeó el antebrazo del duque, pero no contestó.

La Navidad, a través de un juicio sumario, trajo la sentencia de muerte y la requisa de todos los bienes de Gaspar Destorrent, aunque también la benevolencia del rey, que conmutó la pena capital por la de cárcel a perpetuidad en honor del Hijo de Dios cuyo nacimiento y llegada al mundo celebraban en esas fechas.

Eso fue lo que pregonaron los heraldos reales ante el portal del palacio que había sido de Gaspar y por el resto de las plazas y calles de Nápoles.

Con sentimientos encontrados derivados del final de la lucha contra su hermanastro y el terrible castigo recibido para una persona tan avara, aunque para su desazón no por su mano, Arnau llegó a escuchar uno de esos pregones. Fue ante la entrada del *seggio* Capuano, cercano a su casa y lujosamente renovado con anterioridad a la muerte de Alfonso, adonde escapaba acompañado por Claudio para defender la causa de Ferrante frente a los pretenciosos nobles napolitanos que criticaban a los catalanes sin miramiento alguno.

Arnau, que en esa tesitura de defensa de su tierra exhibía sin pudor su título de conde de Navarcles, se sentaba en su escaño a escuchar unas discusiones que, en su presencia, evitaban cualquier referencia al apoyo a los franceses y se ceñían a los problemas domésticos de la capital.

Hasta que no pudiera montar a caballo y empuñar una espada para regresar al campo de batalla, decidió que esa era la mejor manera de colaborar con la causa de su rey, máxime cuando una de las funciones de los *seggi* era la de la defensa de la ciudad.

—Sabed —anunció Arnau después de pedir la palabra, procurando que su voz surgiera firme de unos pulmones todavía afectados, ante la expectación de los ocupantes de casi todos los escaños repartidos en cuadro por la sala— que nuestros ejércitos continúan victoriosos recuperando tierras y adeptos.

Esperó un momento hasta recobrar el resuello y, también, para comprobar el efecto que originaba su exposición en la mayoría de los asistentes, puesto que había una minoría silenciosa afecta a Ferrante.

—Hace pocos días —continuó—, el bravo condotiero Orso Orsini abandonó a los franceses, a cuyas expensas luchaba, para jurar lealtad a Ferrante y someterle los lugares que controla: Nola..., Atripalda..., Monteforte..., Somma... —Arnau había ido intercalando unos instantes de silencio entre ciudad y ciudad, golpeándolos con su mención— y el castillo de Arpaia —terminó al tiempo que recorría con la mirada la sala—. ¡Celebrémoslo! —gritó, y se levantó de su asiento, obligando al resto a imitarlo—. ¡Larga vida al rey Ferrante!

—¡Larga vida el rey Ferrante! —resonó en la estancia, aunque no con todo el vigor y entusiasmo que Arnau habría deseado.

Sin embargo, la influencia que ejercía en el *seggio* y hasta en la iglesia, donde obligaba a rezar y rogar por el rey, no la tenía en su casa: la joven Isabella se la había robado.

—Deberíais celebrar la presencia de vuestra hija —le sugirió poco antes de la Navidad.

Arnau se vio interpelado por los ojos verdosos de la joven, claros y despiertos, y por su sonrisa franca y sincera. ¿Quién le había dicho nunca lo que debería hacer o dejar de hacer en su casa? En último caso, se lo rogaban. Pero Isabella decidía, y él no tenía valor para oponerse y llevar un solo asomo de tristeza a aquel rostro sonriente y cálido, generoso, que en tantas ocasiones había acudido en su consuelo alzándose sobre su lecho tan pronto como él se quejaba o reclamaba ayuda.

—Vuestra mujer la necesita. Está enferma, señor duque.

A Isabella no le costó convencer a Marina, que incrementó sus visitas y estancias en el palacio ante la luctuosa noticia acerca del estado de salud de su madre, aunque para ello tuviera que dejar solo a Paolo, que seguía sin ser bienvenido en presencia de Arnau, en una fecha tan señalada. Y no fue solo ella. Esa Navidad, Isabella también trajo de la mano a Lorenzo, que había regresado con el rey a invernar en Nápoles y a quien, a su vez, hizo mandar recado a Filippo, si bien este no tuvo tiempo de llegar a la celebración desde Bolonia.

Con todo, la mesa preparada con la mejor vajilla y cubertería, los candelabros de plata arañando destellos de las joyas y la seda de trajes y vestidos de las mujeres, Isabella ataviada con uno granate que Marina le prestó para la ocasión y que la joven solo tuvo que entallar, arrancaron la sonrisa de una Sofía que se presentó ante todos ellos como la mujer sensual y exuberante que antaño causaba estragos en las fiestas y reuniones cortesanas.

Aunque ya no lo era, Arnau se acercó a ella con el porte marcial que le permitían sus muchas lesiones, se cuadró como lo hacía con su rey Alfonso y esperó a que la propia Sofia le ofreciese la mano para tomarla y acompañarla. El rito emocionó hasta a los criados que esperaban junto a las paredes. Marina e Isabella se secaron los ojos con sendos pañuelos, Lorenzo se movió inquieto sobre los pies y Rocco no pudo apartar la mirada de aquellos escasos pasos que convirtieron el recorrido hasta la mesa en un solemne desfile.

Arnau se había comprometido frente a Isabella. «Juré cuidar de Sofia y, además, es la madre de mis hijos», arguyó cuando la joven le rogó su atención hacia la mujer, aunque en cuanto la vio aparecer en el comedor comprendió que no habría sido necesario acudir, una vez más, a la palabra dada a su amigo Giovanni di Forti. La mirada de Sofia, apagada, sin atisbo del garbo, la sensualidad y la distinción propias de la mujer que había sido, le originó un profundo sentimiento de compasión que trató de reprimir.

—Condesa —la premió con ese título siempre negado en el momento en que le acercaba la silla para que se sentase.

Sofia se esforzó por aparecer como la anfitriona que acostumbraba a ser: atenta, complaciente, buena conversadora, alegre... Arnau la observó mientras ella se recreaba en aquella mesa a la que, salvo Filippo, se sentaban sus seres queridos. Poco podía haber previsto que un día volvieran a reunirse en una celebración, pero la tenacidad de Isabella, hacia la que ahora desvió la mirada para encontrarla sonriente, disfrutando de la conversación entre madre e hijos, que reían y se atropellaban narrando y recordando anécdotas, había sido fundamental.

—Está enferma —le había recordado a Arnau a la hora de proponerle el encuentro.

—Ni Marina ni Lorenzo aceptarán —pronosticó él.

Se equivocó. Los hijos obviaron sus propios compromisos, prescindieron de cualquier reparo y arrinconaron enemistades para acompañar a su madre. Lorenzo lo hizo altivo, seco, a modo de capitán del ejército; Marina, retraída en su presencia, reprimiendo los insultos y mil reproches que Arnau percibía que bullían en su interior.

—¿Recuerdas, Arnau?

Sofía lo pilló despistado y él trató de hallar la respuesta en las miradas que lo interrogaban.

—Perdón, no prestaba atención —se vio obligado a reconocer.

—Recordábamos...

Sofía rememoró la ocasión en que Filippo y Lorenzo, siendo niños, robaron dos cachorros de las perreras del padre y los escondieron en un cobertizo del jardín, donde se empeñaron en enseñarles a cazar los pajarillos de una de las fuentes.

—¡Hasta que uno de ellos se cayó al agua y por poco se ahoga! —rio Lorenzo.

—Ya, ya —asintió Arnau, sonriendo.

—Mentiroso —le recriminó Sofía. El otro se irguió en la silla, sorprendido—. Nunca te enteraste —le reveló ella con semblante cariñoso—. Marina encubrió a sus hermanos.

—¿Y tú cómo lo sabías? —inquirió Arnau.

—Porque yo la encubrí a ella.

Desde la cabecera de la mesa, Arnau golpeó el aire con fuerza y los otros rieron, Marina incluida. Comieron en abundancia: hígado de cabrito cortado a rodajas y sofrito en cebolla con migas de pan tostado remojado en vinagre, y también capón envuelto en tocino, asado con yemas de huevos con perejil y azúcar, todo él adornado con piñones y almendras. A Sofía le prepararon manjar blanco a base de caldo de gallina, con sus pechugas asadas sobre brasas, y leche de almendras, que ingirió obligada por su hija. Bebieron buen vino griego; Sofía, también. Charlaron, bromearon, rieron y en ocasiones alguno tuvo que romper el silencio en el que de repente se veía envuelta la estancia entera. Con el correr de la noche, Sofía mostró cansancio y malestar, se despidió y se retiró a su alcoba. La acompañó Marina, tras hacer un gesto a Isabella para que la dejara gozar de intimidad, un favor del que no dispuso con Rocco. Hacía rato, libre de control, el niño había caído aturdido por un consumo excesivo de vino y los criados tuvieron que retirarlo.

Aunque, antes de que eso sucediera, Marina tampoco había conseguido acercarse a su hijo: Rocco estaba absorto en los comentarios de su tío Lorenzo durante la cena, mostrando una admiración desmedida por el joven soldado y, cuando no era así, prendado por el encanto de Isabella.

La joven había llegado a disculparse durante los días anteriores, cuando Marina acudía a visitar a Sofia y también lo intentaba con un Rocco que, sin embargo, la desdeñaba para después, como si quisiera dar una lección a su madre, deshacerse en atenciones con Isabella.

—No sé qué decir —se lamentó la muchacha—. No quería sustituir... No entiendo...

—No es culpa tuya —la interrumpió Marina esforzándose por aparentar tolerancia, porque la duda y los celos corroían su visión.

Con Sofia enferma y Arnau convaleciente y ajeno a los problemas domésticos, la educación de Rocco en manos de sus preceptores, el control del niño recayó de forma natural en Isabella. Y no era necesario, pensaba Marina, que aquella joven la suplantara como madre; podía obtener los mismos resultados, mejores incluso, mostrándose autoritaria, severa, crítica. Isabella y ella no tenían que competir. Quizá entonces Rocco buscara en su verdadera madre el cariño que no debía encontrar en aquella advenediza.

Con Marina atendiendo a Sofia, Lorenzo solo aguantó un par de copas de vino más y, para decepción de Arnau, que esperaba que le contase de la guerra, se excusó en la necesidad de asistir a una fiesta de su compañía.

—Dicen que igual acude Ferrante —alegó en el momento de despedirse de su padre—. Para animar a sus hombres —razonó como si pretendiera justificarlo.

—Sé que eres un buen caballero. Honras a esta familia. Ve a celebrar tus victorias —lo animó él.

Lorenzo hizo ademán de marchar, pero rectificó y se volvió para mirar a Arnau.

—Gracias, padre. Las mujeres necesitaban esto.

En esta ocasión, Arnau se limitó a asentir mientras su hijo se dirigía con resolución hacia la salida. Después se dejó caer con un suspiro en la silla para darse cuenta de que en aquella gran mesa desordenada, algunas velas prontas a consumirse, solo quedaban él e Isabella, que se distraía jugueteando con unas migas de pan caídas en el mantel.

¿Era posible que esa joven lo hubiera transformado?, se preguntó observando el perfil delicado de la mujer, delineado por el resplandor titilante de un hachón de la pared. Le pareció tremendamente bella, virginal, y como si se lo hubiera expresado de palabra, Isabella volvió la cabeza hacia él.

No sonrió. Tampoco se trataba de la mirada tierna y complaciente con la que Arnau se topaba al despertar de la fiebre, y no alcanzó a interpretarla, aunque se sintió empequeñecer ante la intensidad que, por un instante, pudo hasta palpar entre ellos al tiempo que un cosquilleo le sacudía tenuemente los hombros.

—¿Deseáis más vino, señor?

Arnau titubeó y tardó un instante en atender al inoportuno criado que mantenía la jarra a su vista.

—Sí... ¡Sí! ¡Escancia!

Tras la detención de Gaspar y los consejos que le proporcionasen su madre y Liboria, que insistió en sucesivas conversaciones: «Conquistadlo de nuevo, señora. ¡Vos podéis!», Marina decidió afrontar la condición de su esposo bajo la perspectiva de la normalidad y, por lo tanto, restar importancia a las relaciones que pudiera mantener con otros hombres. «Sé lo que haces en Florencia... ¿Por qué no intentamos recomponer nuestro matrimonio? Juro no recriminarte tus... ¿devaneos?». ¿Cómo nombrarlos? Dudaba qué decirle. ¿Cómo proponer a un hombre un dilema como aquel? Aunque la verdadera incertidumbre, la que la angustiaba, era su propio deseo. Y la evitaba en cuanto asomaba a su mente. Aun cuando Paolo accediera, no creía que pudiera entregarse a él. Probablemente estaría obsesionada y hasta asqueada pensando en los hombres que lo habían acariciado.

—¿Acaso has pensado alguna vez en las furcias sucias y sarnosas con las que se acuestan ellos? —quiso acallar tales dudas su madre, enferma pero convertida ya en su firme aliada—. Eres una mujer bella, capaz de satisfacer a cualquier hombre. Esfuérzate.

Cierra los ojos, aprieta los dientes y hazlo. Es tu esposo. No permitas que te desampare, niña mía. Ya te han quitado a un hijo cuyo cariño te costará recuperar —auguró, con el carácter de Rocco aguijoneando su sentimiento de culpa por no haber sabido educarlo, si no en el amor, sí al menos en el respeto hacia Marina—. Conserva a tu esposo como sea. Las mujeres abandonadas se convierten en unas desdichadas en este mundo de hombres soberbios, presuntuosos y violentos por más que sepan declamar en latín. Lo estás viviendo.

El esfuerzo que le exigía su madre quedó relegado ante el alud de problemas que cayó sobre Paolo tras la detención y requisa de los bienes de Gaspar Destorrent. El hecho lo mantuvo distraído de cualquier cuestión que no fuera la de capear llantos, desgracias y requerimientos. Con todo, Marina quiso intentarlo.

—Deberíamos hablar, Paolo —le propuso tras acceder a su escritorio después de vencer la parálisis que durante unos instantes le impidió siquiera golpear la puerta para anunciar su entrada—. Fuimos...

—Si es un problema más, te ruego que lo aplaces —la interrumpió él, levantando la mirada de los libros de cuentas en los que trabajaba—. No estoy en disposición de asumir más desgracias.

«Felices». Esa era la palabra que había decidido utilizar Marina como introducción: «Fuimos felices». Luego pretendía llevar la conversación a su terreno.

—No es ninguna desgracia —aseguró entonces.

Se había acercado hasta la mesa, pero Paolo no la invitó a tomar asiento.

—Me alegro. Dejémoslo para más tarde, hablemos de ello en la comida... o en la cena. ¡Sabes que mi madre ha perdido todo su dinero! ¡Y también la concesión de comerciar grano libre de impuestos que nos hizo Alfonso!

Marina terminó sentada en la silla frente a su esposo. Primero se apoyó en ella y luego se dejó resbalar sobre el asiento, aturdida; no llegó a prever que su venganza afectase a Orsolina. Aquella mujer los ayudó a huir y se mantuvo en silencio pese a la presión de Arnau. Era una buena persona con la que mantenía amistad;

hasta Sofia la apreciaba y la recibía a escondidas en el palacio para que viera a Rocco, su único nieto. Paolo se sorprendió al percatarse de que Marina se hallaba aposentada al otro lado de la mesa, por lo que decidió continuar:

—Al parecer, Gaspar cedió la licencia a unos mercaderes de Lecce a cambio de un censo anual. Mi madre no aparece por ninguna parte, por lo que ese censo ahora pertenece al rey.

—¿Y qué se puede hacer?

Paolo resopló y negó con la cabeza.

—También ha perdido todos los ahorros que iba invirtiendo a través de Gaetano Gaetani en algunos de los negocios de Gaspar. Tiene documentos, pero los dineros están confundidos con los de Gaspar que ha requisado el rey.

—¡Virgen santa! —exclamó Marina—. Hay que reclamar, ir a juicio…

—No es posible. —Al ver que Marina torcía el gesto, Paolo volvió a negar, en esa ocasión con la resignación en el rostro. Tuvo que tomar aire a modo de impulso para afrontar la revelación que se proponía hacer, consciente del cariño que su esposa profesaba a Orsolina—: Mi madre ha resultado ser socia de un traidor, y lo ha sido durante casi veinte años, desde que Gaetano nos asaltara el día del triunfo del rey Alfonso para negociar la licencia de grano. No me extrañaría que, si planteásemos un juicio al rey, la acusasen de traidora a ella también.

Marina soltó un grito que sofocó llevándose la mano a la boca.

—¿Podrían hacerlo? —inquirió al cabo—. ¿Y tú? —añadió sin darle tiempo a responder—. Tú también eras socio de Gaspar. ¿Podrían denunciarte por traidor?

—Lo intentarán, Marina —reconoció Paolo—. Mi patrimonio es muy atractivo para Ferrante. Nápoles está en guerra y necesita dinero.

Achacó a la angustia por aquellas noticias la repentina lividez que asaltó el rostro de Marina. En ningún momento imaginó que se debiera a la responsabilidad que ahora asumía. ¡Cómo no había previsto esas consecuencias!, se recriminaba ella en esos momentos.

—Pero ¿estás en esos libros? —insistió Marina.

—Claro, como en los de muchos otros mercaderes, aunque de forma diferente a la situación de mi madre, una panadera que gozaba de un trato especial por parte de Gaetano. Yo soy un comerciante con licencia para ejercer como tal. Es normal que tuviera relaciones con Gaspar. Ahí contaré con la protección del gremio de comerciantes, que se opondrá a que los jueces lleguen a extender esas responsabilidades; la confianza en el comercio se resentiría, y eso no favorece al reino. Además, en muchos de esos negocios están implicados los Giochi. Son importantes. No se atreverán.

—¡Tú ibas a ser quien recibiera las armas! De no ser... de no ser por la providencia que nos postró a todos en el lecho, tú serías el traidor. ¿Podrían saber que eras tú el que iba a encontrarse con los franceses?

—Si Gaspar no me denuncia... —comenzó a decir, y Marina esperó—. No. No podrían saberlo —afirmó. Ella volvió a esperar, exigiendo a su esposo con mirada atormentada que pusiera fin a una argumentación iniciada con la incertidumbre de la delación—. No creo que lo haga —prosiguió él para tranquilizarla—. Le soy más útil fuera de la cárcel que dentro. Por cierto, nuestra indisposición fue el resultado de una providencia muy oportuna —agregó con cierto recelo—. Cuando menos, eso es lo que pensará Gaspar.

—Por eso se llama «providencia», esposo mío. Dios cuida de nosotros en los momentos en los que lo necesitamos; si nos hubiera traído la enfermedad otro día cualquiera, no habría pasado de ser una fatalidad.

Paolo asintió con la boca fruncida, sopesando esas palabras sabias, y Marina se resignó a que aquel «esposo mío» fuera todo el acercamiento que procuraría ese día con él.

Marina no gozó de situaciones más oportunas a sus propósitos; Paolo vivía superado por los acontecimientos. Orsolina, que ya sufría los achaques de la edad y los derivados de una vida de trabajo agotador en la panadería, se hundió ante la pérdida de unos recursos que confiaba que le facilitasen una vejez más confortable y relajada. De hecho, ya había empezado a hablar con Angelo para que se hiciese cargo del negocio.

—No os faltará de nada, madre —le prometía Paolo una y otra vez en las muchas que la mujer acudía a él para llorar sus penas.

—Haced caso a vuestro hijo, Orsolina. Es un hombre muy generoso —trataba de consolarla Marina, no solo por el aprecio que sentía por su suegra, sino también porque percibió gratitud por parte de Paolo ante su apoyo y comprensión en el caos en el que los había sumido la detención de Gaspar.

Porque, pese a la convicción de su esposo, el racional exigió comprobar los libros de cuentas de este para investigar su posible complicidad en la traición. Igual que hacían con los derechos y las propiedades de Gaspar que inventariaban para el patrimonio real, un ejército de expertos abogados y contables se lanzó sobre el negocio de Paolo. El asunto se encargó al *consilium pecuniae*, un tribunal exclusivamente financiero creado por Alfonso en su desmedida necesidad de proveerse de los fondos que no obtenía de sus feudatarios. Ese *consilium* tenía la potestad de investigar y sancionar casi en única instancia las defraudaciones, la corrupción, la usurpación y los fraudes fiscales de los ciudadanos. Paolo ya había tenido contacto con algunos de aquellos funcionarios intransigentes cuando trabajaba para Gaspar, porque fueron los encargados de controlar el cumplimiento del embargo comercial con Florencia durante las dos guerras. El *consilium*, que actuaba de oficio, sin necesidad de denuncia previa, sancionaba cualquier contravención de la que pudiera obtener el menor rédito. Impulsó en Nápoles la misma iniciativa que Alfonso encargara a Arnau en Cataluña y revisó títulos y propiedades, anulando aquellos y requisando estas. Acusó a pueblos enteros de actividades ilícitas de las que solo se libraban pagando elevadas multas. Los barones y los grandes comerciantes se quejaron de la persecución a la que eran sometidos, pero los reyes aragoneses, tan comprensivos y benevolentes en el amor y en la guerra, nunca lo fueron en los dineros, por lo que las protestas se rechazaron.

Paolo y sus factores iban y venían del edificio de la Magna Curia de los racionales en el que se ubicaba el tribunal.

—Tú eres capaz de convencerlos y de vencerlos —lo animó Marina en una de esas ocasiones en las que su esposo regresó disgustado de un nuevo encuentro con aquellos ávidos funcionarios.

—Me costará mucho dinero —se lamentó él.

—¿Pueden relacionarte con la traición de Gaspar?

—No. Pero se inventarán lo que sea para imponerme una multa.

—¡Magnífica noticia! —se alegró Marina, lo que causó estupor en su esposo—. Querido... —Aprovechó para tomarle una mano y apretarla entre las suyas—. Recuperarás el dinero. ¡Y multiplicado por mil! No me cabe ninguna duda. Lo importante es que no te encarcelen, que no te hagan daño. No lo soportaría.

Se dio cuenta de que lo estaba diciendo de corazón, de que no era una farsa, de que verdaderamente le dolerían las penas de Paolo, y le sonrió, aumentando la presión sobre su mano.

Orsolina, por una parte, y el racional y su tribunal de inquisidores fiscales, por otra. Si aquello no era suficiente, un día se presentó en el palacio, cargada con las escasas pertenencias que le habían permitido mantener los codiciosos funcionarios reales, ninguna de ellas suntuaria, la esposa del conde de Accumoli.

—La han echado de su casa —comunicó Paolo cuando el portero les anunció la inesperada visita—. Ninguno de los esposos de sus dos hijas ha consentido en acogerla en su hogar; nadie quiere verse relacionado con Gaspar Destorrent.

—Me haré cargo de ella —se comprometió Marina.

Se llamaba Roberta. Marina la conocía de las ocasiones en las que habían coincidido. Una mujer mayor que ella, avasallada por el carácter autoritario de su esposo y llamada a envejecer en soledad en cuanto sus hijas escaparon de la dominación paterna y abandonaron la familia.

El matrimonio acudió a recibirla y lo hizo circunspecto, los tres compungidos. Cruzaron unas pocas palabras que pretendieron ser de consuelo y esperanza, por un lado, y de gratitud, por el otro. El rostro de Roberta, de por sí triste, mostraba ahora los estragos del dolor y el llanto.

—Venid conmigo —terminó indicándole Marina, un ofrecimiento que acompañó con un gesto tan cordial y delicado como el de apoyar la mano en su espalda, a la altura de la cintura—. Os mostraré vuestras estancias. Dejadlas —le advirtió cuando la otra hizo ademán de coger sus cosas—, ya se ocuparán de ellas.

—Gracias, Marina —la premió Paolo cuando discurría junto a él.

Orsolina, Roberta y sobre todo Sofia, que cada día acusaba más la enfermedad, sacudieron una vida que hasta entonces se mostraba a Marina decepcionante. Escuchar quejas y lamentos de unas o percibir el esfuerzo de su madre por sobreponerse a la desgracia no la satisfacían. Aun así, la mantenían ocupada, distraída, y ciertamente todo ello la acercaba a Paolo, incluso a Arnau, aunque no a su hijo, Rocco. Recorría Nápoles de arriba abajo, del palacio de Paolo al de Arnau y vuelta. En la parte alta de la ciudad, Isabella, en un derroche de virtudes, continuaba sembrando felicidad entre Arnau y los suyos.

Más de una vez, Marina se topó con su padre haciendo compañía a Sofia, atendiéndola con paciencia y una ternura torpe, una actitud que jamás había presenciado antes en él. Nunca se atrevería a poner en duda el cariño, si no amor, que pudiera sentir Arnau hacia su madre, pero el soldado siempre había preferido la caza y la batalla a la compañía y la conversación.

—Siéntate con nosotros —la invitó su madre en cuanto la vio aparecer en el salón que se abría al jardín, los dos aposentados frente a una gran chimenea, iluminados por el resplandor de las llamas.

Marina dudó.

—Yo me retiro rápido —quiso convencerla Arnau—. Tu madre disfrutará más de tu presencia...

—¿Y por qué no de la de ambos? —los retó Sofia—. Como antes de que la desgracia se cebase en esta casa.

Arnau golpeó el aire.

—Las treguas —contestó con sus usuales símiles bélicos— nunca cierran heridas ni apagan odios que permanecen reprimidos a la espera de la chispa que los excite de nuevo, y...

—Arnau —lo interrumpió Sofia con voz cansada—, no compares enemigos a muerte con un padre y una hija. El amor, el que os tuvisteis, ¡el que os tenéis todavía!… —se esforzó por exclamar—, es superior a todo eso, capaz de vencer cualquier reticencia.

Marina escuchaba y contemplaba sin dar crédito al derrotero que tomaba la conversación, pero un repentino ataque de tos que impidió el discurso de su madre la llevó a acercarse a ella. En el camino chocó con Arnau, que se había levantado del sillón con idéntica pretensión. Los dos balbucearon excusas. Arnau se sentó y Marina, con el roce de su padre ardiendo en su brazo, tranquilizó a Sofia con unos golpecitos en la espalda y una copa de agua.

—Esto es lo que me pasa cuando pretendo vuestra reconciliación —dijo ella, forzando una sonrisa después de un par de sorbos.

Sin embargo, hablar le produjo otro acceso de tos.

—No os esforcéis, madre.

Sofia volvió a beber.

—Nunca será suficiente el empeño —insistió.

Más tos. Arnau aprovechó y se levantó.

—No quiero ser el responsable de que te ahogues —arguyó.

Sofia frunció los labios con manifiesta tristeza, logrando que el otro se estremeciera ante la delgadez de aquel rostro otrora vivaz. Desvió la mirada hacia su hija, a la que encontró firme, erguida. Ni la una era la mujer que lo apasionó ni la otra la niña caprichosa e impulsiva que apadrinó. Él tampoco era el mismo, comprendió al instante, y se sintió derrotado, como si la sima en la que se había hundido cuando la fiebre lo atenazaba en el lecho pretendiera tragarlo de nuevo.

—He cometido demasiados errores —reconoció entonces. La confesión, irreflexiva, totalmente espontánea, lo liberó sin embargo. Por una vez, desde hacía mucho tiempo, miró de frente a su hija, que lo recibió con las cejas alzadas y los ojos muy abiertos. Arnau soltó una risotada y golpeó al aire—. Sé cuándo me han vencido —retomó su retórica militar—. Sé cuándo debo rendirme y rogar clemencia. Lo siento —se lamentó con voz firme—, os pido perdón, a las dos, por el daño que os haya podido hacer.

Y se retiró.

—Entiéndelo, hija, no puedo morir sin veros bien avenidos. Es mi último deseo, debes cumplirlo.

—Madre, no habléis así.

—No te engañes, moriré pronto —se adelantó Sofía.

Las dos quedaron en silencio, Sofía con la mirada totalmente perdida en el fuego, Marina aturdida tanto por el abandono de su madre a un destino funesto como por la explosión de sensibilidad que había brotado de su padre. Deseaba abrazarlo, pensó, besarlo como cuando era niña. Sentirse protegida. ¡Necesitaba aquella sensación de poder y tranquilidad que le transmitía Arnau! Aunque si bien concebía que ellos dos pudieran arreglar sus diferencias, era consciente de que el caballero honorable jamás aceptaría a Paolo. No quebrantaría aquel juramento sagrado que hizo en el campo de batalla a su amigo y compañero. ¡Un panadero! Y si además añadía la sodomía... Un escalofrío corrió el cuerpo de Marina.

—¿Tienes frío? —se extrañó su madre.

—Tengo miedo —contestó ella.

Sofía asintió, como si lo entendiese, frunció de nuevo los labios y volvió a buscar refugio en las llamas hasta que, al cabo de un rato, cerró los ojos y cayó en un sopor inquieto, importunada por leves sacudidas y un respirar ronco y pesado que de cuando en cuando cesaba para regresar a la vida con un hipido. La hija la contempló durante largo rato: se le iba. Se moría. Las lágrimas corrieron por sus mejillas y tuvo que levantarse ante la posibilidad de que sus sollozos la despertaran. Buscó qué hacer. Podía regresar a su casa, aunque allí el ambiente no era mejor. Indicó a la criada que vigilaba desde una esquina que estuviera atenta a su señora y abandonó el salón en busca de Rocco. Lo encontró en su alcoba estudiando con uno de sus preceptores. Marina se secó las lágrimas, se alisó el vestido con las manos e interrumpió la clase. Se sentó a la mesa que había dejado libre el maestro al verla entrar.

Trabajaban el latín.

—¿Te gusta, Rocco? —preguntó ella.

El niño, de nueve años, se encogió de hombros al tiempo que soltaba un refunfuño.

—El latín, hijo, te permitirá acceder a los clásicos y escuchar las lecturas en la corte y participar con tus iguales en las discusiones.

Rocco mantenía la atención fija en su tablilla de escritura. Marina bajó la cabeza para contactar visualmente con él, pero el crío desvió la mirada y escapó del asedio.

—Debes esforzarte por aprender la lengua de nuestros ancestros —decidió continuar la madre. Como toda respuesta, el niño empujó con rabia la tablilla por encima de la mesa—. Hijo... —quiso llamarle ella la atención.

—¡No soy vuestro hijo!

Marina lo agarró de la mano, pero Rocco luchó por zafarse y lo soltó.

—Claro que eres mi hijo.

—Entonces ¿qué hago aquí? ¿Y mi padre? ¿Por qué no vivo con vosotros?

En ocasiones, Rocco la había menospreciado, pero nunca con unos argumentos para los que Marina no estaba preparada, por más que muchas veces hubiera pensado en ello. Sabía que llegarían a medida que el niño creciera y se hiciera preguntas.

—No me contestáis —insistió Rocco—, ¿veis cómo no soy vuestro hijo?

—El rey Alfonso ordenó que vivieras con tu abuelo.

—No es mi abuelo. Es mi tutor.

—El rey Alfonso ordenó que vivieras con tu tutor.

—¿Por qué?

—Porque eres noble. Eres el barón de...

—¿Por qué?

—Porque tu abuelo de verdad era el barón de Castelpetroso y el rey decidió concederte ese honor.

—¿Y mi padre?

—No es noble.

—¿Por qué? ¿Qué es?

—Es un gran mercader. Y es muy rico.

La educación en la caballería y en la nobleza, aquella que Arnau había reclamado para Rocco, daba sus frutos, pues el niño torció el gesto al oír la palabra «mercader».

—¿Y vos?
—Yo tampoco soy noble.
—¿Por qué?
—Porque el rey decidió que lo fueras tú.
—Eso significa que no sois mi madre.
—Sí que...
—¡Sí que lo es! —El grito resonó desde la puerta de la alcoba. Isabella se acercó iracunda a la mesa—. Te lo he dicho muchas veces —recriminó al niño—. Ella es tu madre, una mujer que se ha sacrificado por ti y a la que debes el mayor respeto.

Rocco había vuelto a bajar la mirada y aguantaba la regañina con la respiración acelerada y las manos escondidas.

—¡Discúlpate con ella! —le exigió Isabella.

Para contrariedad de Marina, el niño obedeció y le pidió perdón, aunque sin mirarla. Su padre nunca aceptaría a su esposo, su madre se moría un piso más abajo, en el salón, frente a la chimenea, y su hijo la despreciaba para obedecer a una... ¿qué era Isabella? Pugnó por evitar que las lágrimas volvieran a surgir y abandonó de forma apresurada la estancia.

—Lo siento.

Isabella corría tras Marina. Eran muchas las ocasiones en que aquella joven candorosa se había disculpado por acaparar el cariño y, sobre todo, la admiración de Rocco. Por más que le doliera, había tratado de restar importancia a los caprichos de su hijo, pero ese día Rocco había llegado a despreciar a su padre y negar su maternidad.

—¡No lo sientas! —le gritó tras detenerse y volverse hacia ella.
—Yo...
—Me habéis robado al niño. Primero Arnau. ¡Y luego tú!

La acusó ya con la voz tomada.

—No es mi intención, señora... —trató de excusarse Isabella.
—¡Pero es la realidad! —gritó Marina entre un llanto rabioso.

Sofía todavía dormitaba frente al fuego. No se despertó. Marina llamó a la criada que la acompañaba y regresó a su palacio, donde la asaltó Roberta, que tan pronto como se acomodó allí, mudó la gratitud por las quejas, tranquilas y sosegadas, sí, pero críticas: de su alcoba, de la ropa que le habían proporcionado, de la comida, del servicio, del frío y del ruido.

—¡Basta! —Marina negó con la cabeza—. Hablad con el mayordomo para cuanto necesitéis.

—Ya lo he hecho.

—Pues él manda en la casa y sigue las instrucciones de mi esposo. Insistid.

Iba a encerrarse en su habitación cuando se presentó Liboria.

—Entra, por la Santísima Virgen —le rogó en cuanto abrió la puerta para que pasara—, necesito la compañía de una amiga.

La otra dudó.

—No sé si es buen momento —adujo.

Marina la empujó al interior.

—Por lo menos eres la única persona que se plantea si es o no es buen momento; eso significa que te interesas por mí. Y es todo lo que necesito.

Marina se dejó caer en uno de los sillones de su alcoba. Liboria permaneció de pie y no se anduvo con rodeos. Paolo le había exigido que se las ingeniase para visitar a Gaspar en la cárcel de Castelnuovo.

Evitó mencionar el acoso al que la sometió un engreído Jacopo Guarniere, reclamándole que cumpliera la promesa que le efectuara cuando la denuncia del conde.

—Necio —ladró Marina, tratando de no concederle importancia; estaba segura de que Paolo visitaría a su mentor—. Lo acusarán de traidor —especuló.

—Gaspar Destorrent no tiene dinero ni para pagar su manutención. El señor se ha comprometido a hacerlo.

¿Cómo! ¿Atender a los gastos de ese malnacido! ¿Y qué hay de todos sus familiares ricos de Barcelona?

—Parece ser que lo han abandonado…

Así era: su tío, Narcís Destorrent, había fallecido hacía algún tiempo y lo heredó su primogénito, que no albergaba el menor aprecio por su primo, al que consideraba un ladrón que no les rendía cuentas y se aprovechaba de ellos. Una inquina que se multiplicó con el fracaso de la operación de contrabando de armas para los franceses. Los Destorrent de Barcelona perdieron mucho dinero en ese negocio. Tras ello, la única persona con la que podía contar Gaspar Destorrent era con Paolo. El rey esperaba que los catalanes salieran en defensa de su pariente y que lo rescataran pagando una multa cuantiosa. Se decía incluso que Ferrante estalló en insultos al enterarse de su desamparo.

«¡Pagar la comida y los demás gastos penitenciarios de Gaspar!», pensó Marina, horrorizada. Aquel perro la había violado y les trajo toda la desgracia que ahora padecían. Arnau, Paolo, Rocco… Sofia incluso. Su madre era una mujer fuerte, muy fuerte, optimista, luchadora; pero sin duda la desesperación la enfermó. Marina enrojeció de ira. ¡Mantener a Gaspar Destorrent! Ese apestado tenía que ser devorado por las ratas hasta morir en la cárcel.

—¡Paolo! —aulló, y corrió afuera—. ¿No estarás dispuesto a ayudar a Gaspar! —soltó a su esposo, al que localizó en el almacén tras buscarlo por el resto del palacio.

Paolo dio un paso atrás ante la mujer que lo avasallaba con el cuerpo, con las palabras que escupía a su rostro.

—Sí —titubeó ante la ira de Marina—. Él siempre…

—Siempre ¿qué! —lo interrumpió la mujer.

—Siempre nos ayudó —le contestó Paolo, tratando de controlar la situación.

«¿Ayudar? —pensó Marina—. Me forzó. Me destrozó. Me persiguió por el palacio…». Pero Paolo no sabía de su violación, ella no quiso contárselo. ¡No quiso que nadie lo supiera! Pero sucedió: su nombre ya estuvo en boca de toda Nápoles y sufrió las calumnias de maledicentes. Ella había sido la culpable, así lo sostuvo mosén Lluís, y probablemente gran parte de sus iguales: era una mujer, las mujeres eran malignas, la encarnación del diablo. Bajo supuesto alguno permitiría que aquel conflicto reviviese. «¡Fue Gaspar quien la violó!», correría de nuevo de boca en boca. «¡Arnau tenía razón!», se diría. Y la gente volvería a hablar de ella y a calumniarla. Además, si se sabía de la violación, seguro que habría quien pensaría que fue ella quien delató a Gaspar. Quizá incluso Paolo especularía con esa posibilidad. Ella soportaba a Roberta y ahora su esposo también iba a mantener a Gaspar. Marina rugió.

Apretó los puños y golpeó al aire, con fuerza, con mucha fuerza. Paolo reculó todavía más.

—Ese hombre..., ese perro sarnoso que en tu opinión nos ha ayudado... —¡No podía decir que la había violado! Y no se lo pensó—: No hace más que difamarte acusándote de sodomita —masculló arrastrando las palabras.

Paolo se irguió y balbuceó una negativa.

—Lo debe de saber toda Nápoles. ¡Roberta!, seguro. Y tu madre... Si lo sabe Gaetano, ella también. A mí me lo reveló simplemente para aprovecharse, para que me entregase a él. Traicionó a su amigo, a su socio, y descubrió su secreto para engañarlo con su esposa. ¡Esa es la persona que dices que nos ha ayudado! Es un miserable que se ríe de ti y te denigra.

Paolo permanecía petrificado. Trató de hablar, pero no pudo articular palabra que se entendiese. Marina se acercó a él y estiró un brazo, aunque evitó tocarlo.

—Eres mi esposo y estaré siempre a tu lado —le ofreció sin prestar atención a las excusas ininteligibles que continuaban saliendo de boca de Paolo de forma confusa—, pero si sigues con Gaspar, te destrozará. ¡No es tu amigo! Sabes que en Florencia quizá no sea delito, pero aquí ese vicio se paga con el escarnio público y la cárcel..., hasta con la muerte. Y, como siempre has sostenido, en los negocios se crean muchos enemigos.

»Escucha, Paolo —continuó—, el nuestro no es un caso único. Son muchas las parejas que viven así. Yo podría entenderlo..., aceptarlo...

Apoyó la mano sobre el brazo de su marido en una muestra de cariño, de acercamiento físico, pero él permaneció rígido, inmóvil, incrédulo ante la revelación de su secreto.

## 18

Sofia se fue apagando hasta que la enfermedad la postró en el lecho, con la piel y los ojos amarillentos. Se veía consumida y con el vientre hinchado de forma grotesca. Arnau permaneció a su lado desde que la abandonaron fuerzas y ánimos y se rindió al destino.

Juntos esperaron a una muerte que jugueteaba con el tiempo y el dolor de forma macabra, recreándose en la agonía. Arnau no contó los días que dedicó a acompañar a la mujer que lo había hecho feliz durante muchos años, la que le dio tres hijos, dos propios y una tercera que quiso acoger como tal.

Los tres acudieron a auxiliar a su madre en casi todas las jornadas. Los tres aguantaron el silencio y el hedor a moribunda durante ratos, a veces largos, pero al final los dos varones terminaban saliendo de la estancia, en ocasiones con rapidez, como si huyeran de la adversidad, en otras con la lentitud que imponía la tristeza que caía a peso sobre sus hombros.

Filippo, doctor en leyes, no escondía su sensibilidad y permitía que las lágrimas corriesen por sus mejillas.

—Deberíais dejaros llevar, padre, llorar, sacarlo todo —le recomendó en susurros, ambos apartados del costado de la cama, el hijo agarrado a su brazo.

Arnau lo pensó. Muchas veces se le había agarrotado la garganta mientras, los dos solos, hablaba con ella y le cogía la mano o le acariciaba la mejilla reseca. «¿Te acuerdas de aquella vez, Sofía?»... Y no podía seguir. Y carraspeaba mientras creía percibir una sonrisa en los labios cuarteados de ella.

—Tienes razón, hijo —reconoció.

—¿Entonces...?

—Es que no sé dónde están mis lágrimas.

Lorenzo, el menor, sin duda el más cercano a su madre, escondió su pena y su dolor tras la coraza de dureza y frialdad que se suponía que correspondía a un soldado. Arnau lo respaldó, y padre e hijo afrontaron con fingida dignidad el trance que padecía aquella maravillosa mujer.

Rocco, como ya hiciera durante la curación de su tutor, se asomaba a la estancia y huía con tanta rapidez que Arnau ni siquiera llegaba a percatarse.

Pero los peores momentos los pasó este cuando Marina se presentaba varias veces al día y alargaba sus visitas. La hija rezaba, clamaba en murmullos, lloraba acallando los sollozos igual que reprimía la desesperación, se acercaba a la madre y la tocaba, con esperanza, con aversión, aunque nada de ello aumentaba el dolor de Arnau más que su simple presencia, sus movimientos, su belleza y esa vitalidad que rezumaba, incluso desconsolada como estaba, porque entonces, de manera dolorosamente viva, asaltaba los recuerdos de Arnau la Sofia que enardecía Nápoles, tan exuberante y femenina como la hija que ahora la lloraba. Su mente, incontrolable, la comparaba con el despojo tendido en el lecho, y todos esos maravillosos recuerdos reventaban con violencia en su cabeza, y él tenía que buscar apoyo o asiento para no desplomarse ante el mareo que le originaba aquel estrago en la naturaleza.

Padre e hija compartían la tristeza y el dolor por la segura muerte de Sofia, pero poco más, porque lo hacían separados. En ocasiones Arnau aprovechaba y abandonaba la estancia de su mujer para descansar o para airearse y andar, quizá coger un espada y voltearla con empeño por encima de su cabeza una y otra vez. Porque luego llegaba la noche, larga, y era él quien velaba a Sofia. No permitió que Isabella afrontase esa responsabilidad. La joven continuaba cuidando de la enferma, pero tan pronto terminaba de limpiarla y atenderla, se retiraba.

—¿Y qué puede suceder por la noche? —Arnau se encogió de hombros para cerrar cualquier discusión con ella.

Los dos callaron lo que sucedería una noche u otra; aun así, Isabella consintió.

Con todo, Arnau no siempre dejó a Marina a solas con su madre y hasta intentó acercarse. Después de las inéditas excusas que él ofreció en la celebración de la pasada Navidad, la mujer no había cambiado de actitud hacia aquel a quien había llamado padre.

—Nunca aceptaréis a mi esposo —le recriminó el día en que Arnau quiso insistir.

Él no lo negó.

—Podríamos... —pretendió proponer en su lugar.

—¿Qué? —lo interrumpió Marina con voz cansina—. ¿Dejar de lado a mi familia? Ya conseguisteis quitarme a mi hijo, ¿lo habéis olvidado? Y habéis creado un monstruo.

No le permitió hablar más, pero en la alcoba de su madre, entre sus muebles y objetos otrora brillantes, alegres incluso, ahora oscuros y tétricos, no pudo impedir afrontar la conversación.

Nunca la habían tenido.

—Ella lo desea —le recordó Arnau, haciendo un gesto hacia Sofía—. Me dijo que te lo había pedido, que su última voluntad era que nos reconciliásemos.

—Jurasteis que mataríais a Paolo —lo atacó ella sin más preámbulo—. ¿Qué reconciliación puede haber, pues? El rey Alfonso nos declaró libres, pero no habéis dejado de amenazar con matarlo.

—No lo haré... si no te hace daño.

¿Ser un sodomita implicaba causarle daño? Marina intuyó que, a ojos de Arnau, probablemente sí.

—¿Os sentaríais a la mesa con él? —insistió por forzar la animadversión que sabía que profesaba Arnau contra Paolo y terminar así con la discusión.

—¿Es necesario? —trató de zafarse él, sin embargo—. Podemos vernos y relacionarnos con independencia de tu esposo.

—Quizá por primera vez desde el matrimonio, reconoció la condición de Paolo—. Las puertas de este palacio siempre han estado abiertas para ti.

—Porque mi madre y mi hijo están dentro —se enojó ella—. De no ser así...

—Fuiste tú la que huiste.

—¡Fuisteis vos quien pretendió encerrarme con las prostitutas arrepentidas!

—Yo no. El rey.

—No peleasteis lo bastante por mí.

Arnau se sintió agredido con la afirmación, pero tuvo que reconocer que algo de cierto había en ella.

—Probablemente, no lo hice. Confié en que tu madre resolviera tu ingreso en las clarisas, pero... todo se torció.

Arnau no quiso profundizar, y Marina lo agradeció.

—Sí —convino—, todo se torció.

—Pero...

—Padre... —quiso poner ella fin a la conversación.

—Hija... Hagámoslo por Sofia.

Por un instante, Marina se vio tentada de decirle que sí, que quería recuperar su cariño, que necesitaba su presencia, que precisaba librarse de las mil rémoras que se habían ido fraguando sobre unos errores de juventud. No obstante, la realidad cercenó ese deseo siquiera incipiente, porque Paolo odiaba a Arnau mucho más de lo que este pudiera hacerlo en sentido inverso.

Y ella creía haber dado un importantísimo paso para rehacer su vida matrimonial y poder sentirse, si no mujer deseada, sí útil, apreciada. La confesión espontánea de que Gaspar le había revelado su condición no supuso que Paolo recuperase el interés por ella y que la tratara con mayor atención, pero Marina sí que percibió que había sido liberadora, que él vio cómo las cadenas que lo ataban a la mentira permanente se rompían y le permitían recuperar algo de la honestidad que siempre lo había caracterizado en sus relaciones. Ya no tenía que engañar a la persona que admiró en su juventud, con la que huyó, con la que se comprometió y a la que todavía quería.

Y ante tal contraposición, Arnau o Paolo, Marina, sin dudar, optó por su esposo, y ni siquiera podía conceder la posibilidad de rectificar a su padre, porque aunque Arnau admitiera sentarse a la mesa con Paolo, este nunca consentiría en ello.

—No, lo siento, padre —se opuso con rotundidad.

La negativa reverberó en aquella estancia en la que el aire infecto podía palparse, y flotó en ella para desesperación de Arnau durante sus vigilias, hasta que en una de ellas, noche cerrada, silencio estremecedor, sombras vivas, Sofia tuvo la fuerza de voluntad suficiente para llamar su atención alzando una mano.

Arnau corrió y la tomó entre las suyas. Y lloró esas lágrimas que no sabía dónde se escondían mientras el último hálito de vida que todavía habitaba en aquella mujer escapaba en silencio, junto a él, sin ruido alguno, a su lado, sin alharacas.

Luego del revés sufrido en Castel Volturno, Arnau aportó pocos servicios personales al ejército napolitano. Su contribución económica, sin embargo, se sostuvo a través de hombres de a pie y caballeros a los que continuó pagando, si bien integrados en las filas al mando de Ferrante y sus capitanes.

Después de la muerte de Sofia y el rechazo de Marina, a la que, una vez enterrada la madre, no volvió a ver más que de lejos, huyendo a escondidas de él después de alguna más que segura decepcionante visita a un Rocco que ya solo tenía ojos y respeto para con Isabella, el duque de Lagonegro se empeñó en recuperar el vigor que le permitiera regresar al campo de batalla. Lo sublevaba la obligada pasividad cuando el reino estaba en peligro y sus iguales cosechaban victorias y reconocimientos. Trabajó duro y forzaba su naturaleza hasta tal punto que, día tras día, Isabella corría a atenderlo al caer la noche, aunque solo fuera para instarlo a comer y reponerse y comprobar que no había reventado ningún órgano interno, que no se le habían abierto las cicatrices o que no sangraba. Hacía tiempo que la joven, pese a no cejar en su empeño, se había convencido de la inutilidad de cualquier consejo que predicase una recuperación prudente y gradual, incluso razonable, dado que jamás recobraría su estado físico previo. Eso le aseguró a Isabella su padrino, Pompeo Rossini.

—Advertídselo vos —instó ella al cirujano.

—Hija, ¿quieres que me insulte o que me agreda? —se excusó Pompeo con un aspaviento—. Hay hombres a los que no se los puede contrariar.

Pero esa advertencia no le atañía a Isabella, que se sentía cómoda y segura con Arnau, consciente de la confianza y la gratitud que él le tenía, por lo que no dudaba en insistir tantas veces como acudía a atenderlo.

—No podéis violentar vuestro cuerpo con esos esfuerzos a los que lo sometéis —le recriminó.

—Mi cuerpo no tiene sentido ni valor alguno si no es capaz de soportar esos esfuerzos que dices —contestó Arnau—, todavía livianos respecto a los que exige el combate con el enemigo.

Ante esa respuesta o alguna similar en otra ocasión, Isabella se planteaba si proclamar que nunca lo lograría; que, entre otras secuelas, nunca recuperaría la movilidad total en su hombro derecho, malparado en Castel Volturno, probablemente quebrado y mal curado, por lo que no podría vencer a ese futuro enemigo igual que no lo conseguía frente a los hombres con los que entrenaba en el patio del palacio. Ella lo observaba desde una ventana, desde el propio patio incluso, donde se acumulaban soldados y criados, aunque escondía la mirada con el estómago revuelto de repente tan pronto como Arnau se quejaba a gritos al cielo si era desarmado o supuestamente herido, y pateaba y golpeaba al aire con el rostro crispado por el dolor.

—¿No habéis luchado ya bastante en vuestra vida? —le planteaba ella en lugar de exponerle esa verdad que destruiría su espíritu—. Nápoles tiene que estaros agradecida.

—¿Sugieres que me retire?

—¡Hasta vuestro amado rey Alfonso lo hizo! Dejó de guerrear. ¿Acaso sois vos más hombre que él, mejor soldado?

—¿Cómo te atreves!

Isabella se atrevía. Tras la muerte de Sofia, poco sentido tenía su permanencia en el palacio de un Arnau que ni siquiera atendía a sus consejos, pero el duque insistió alegando que Rocco la necesitaba. Alguien tenía que vigilar a aquella criatura caprichosa de nueve años, e Isabella había demostrado con creces ser la única que podía controlarlo. Entregarse a la educación de un niño malcriado no era su objetivo en la vida; además, percibía y sufría la hostilidad por parte de la madre, que no aceptaba una relación que, por otra parte, Arnau veía con tan buenos ojos.

—Marina no aprueba el trato que tengo con su hijo.

—Su hijo no es otro que el barón de Castelpetroso, nieto de Giovanni di Forti. Marina renunció y se casó con un panadero, con lo que perdió toda facultad para decidir sobre la educación y la vida de un noble.

—Pero es su madre…

—Una madre que no va a intervenir en la vida de su hijo —reiteró Arnau, interrumpiendo un discurso puramente emotivo—. Si tú decides no quedarte, deberé buscar a otra persona. Pero esa tercera nunca será su madre, te lo aseguro, por lo menos hasta que el barón decida por sí mismo.

Los argumentos de Arnau preocuparon a Isabella. Era consciente de que Rocco sufriría si ella desaparecía de su vida; le costaría encontrar amistad y cariño en un desconocido. Ese padecimiento podía hallar razón si, a través de él, madre e hijo se avenían y se reencontraban, pero si no iba a originar esas consecuencias, aquella separación se apareció a Isabella como un daño superfluo al niño. Se sintió culpable por esa posibilidad, pese a lo cual habló con Pompeo, quien le ocultó que Arnau lo había presionado ya y le comunicó que no tenía trabajo que proporcionarle.

—Siempre hay heridos y enfermos —se sorprendió ella.

—Pero no todos pueden pagarte —puntualizó el cirujano.

Y tras todo ello, Arnau hizo a Isabella una magnífica oferta económica a la que añadió buenas condiciones, tales como una alcoba en la zona noble, comida, la que deseara, libertad, la que considerase, y paños para confeccionarse vestidos. Y la joven aceptó, aunque con dudas y recelos. Ahora, pues, no se veía constreñida, y sí, se atrevía a discutir con Arnau y a manifestarle lo que pensaba. Si el duque prescindía de sus servicios, ya vería qué hacer. Pompeo nunca la dejaría en la calle.

—Los monarcas tienen muchos más deberes que el de acudir

a la guerra —replicó Arnau ese día, obviando la posición de Isabella—. Mi único cometido en esta vida, por el contrario, es el de servir a mi rey en el campo de batalla.

Pero ella no estaba dispuesta a ceder y dejó que surgiera la mujer napolitana agraviada por la dominación catalana:

—Vuestro rey no dejó la guerra para gobernar al pueblo, sino para entregarse a los placeres del amor que le ofrecía la D'Alagno.

Arnau resopló. Negó violentamente con la cabeza y fue a golpear el aire, pero decidió no hacerlo ante la mirada inquisitiva de la joven, que lo desafiaba con sus ojos verdosos.

—¡No consiento que se mancille el recuerdo de Alfonso! —aceptó el reto, reprimiendo empero su furor.

Isabella dejó transcurrir unos instantes, los ojos fijos en el duque.

—Deberíais renunciar a la guerra y entregaros al placer —le recomendó casi en un susurro. Arnau abrió la boca para replicar, pero la sonrisa que apareció en el rostro de la muchacha lo desarmó y lo dejó sin enemigo—. Hacedme caso —insistió, sabiéndose ganadora.

Sin embargo la guerra, obstinada, perseguía a Arnau Estanyol, duque de Lagonegro, que no solo mantuvo su intención de reincorporarse a la defensa de Nápoles, sino que en aquel año de 1462 recibía carta de su hijo Martí en la que le comunicaba que Cataluña se había alzado en armas contra Juan II, heredero de Alfonso en los territorios de la corona de Aragón.

Arnau leía la extensa relación escrita por su hijo y recordaba el informe que hizo trece años antes en la Glorieta de Castelnuovo ante el rey Alfonso y los miembros de un Consejo que escucharon con indolencia y suspicacia.

Ahora todo lo que auguró Arnau se cumplía: Barcelona se había dividido en dos bandos que luchaban abiertamente por el control de sus instituciones. De un lado, la Biga, compuesta por todos aquellos «ciudadanos honrados», conservadores y reaccionarios que la habían regido durante más de dos siglos y que terminaron renunciando al comercio para convertirse en rentistas y miembros de la baja nobleza y del clero, pero sin abandonar el control de la ciudad. Del otro lado y frente a ellos, la Busca: mercaderes en activo, artesanos, menestrales y trabajadores cualificados que dependían de la prosperidad y de la creación de una riqueza que el inmovilismo de los principales impedía.

Si eso sucedía en la ciudad, en el campo se habían agravado las tensiones que Arnau dejó atrás, inconclusas, para regresar a Nápoles con urgencia cuando la violación de Marina, hasta el punto de que los payeses de remensa, los siervos de la gleba, se habían organizado y se enfrentaban a los señores feudales mediante un ejército casi regular dirigido por un modesto propietario de tierras al que recurrió la reina para defender Gerona.

Oligarcas contra artesanos en la capital del principado; enfrentamientos que terminaron en la injusta y cruel ejecución de varios miembros que se oponían a la aristocracia burguesa. Nobles contra campesinos en el resto de un territorio en el que los primeros se movían con impunidad desde tiempos atávicos.

Juan II había seguido la política de su hermano y, tras chocar una y otra vez con las exigencias de los catalanes amparadas en sus famosos derechos adquiridos, apoyaba casi sin reservas a los humildes en la ciudad y a los agricultores en el campo.

Ante esa postura, Cataluña apostó por el heredero de Juan: Carlos, príncipe de Viana y enfrentado con su padre. Sin embargo, la inesperada muerte del joven desencadenó la guerra abierta, una contienda en la que los reinos de Aragón y Valencia negaron apoyo a Juan II y este se vio obligado a acudir al rey francés, Luis XI, que sí lo socorrió bajo condiciones leoninas.

Martí Estanyol y su padre, el conde de Navarcles, al que todavía odiaban muchos catalanes a los que requisó tierras y títulos en una caza de dinero organizada por el rey Alfonso, fueron declarados enemigos del principado, y se requisaron sus bienes.

En su misiva, Martí escribía:

> Tengo el honor de servir con el ejército del rey, y os mando esta carta desde Gerona, ciudad a la que hemos acudido en socorro de la reina Juana Enríquez y de su hijo Fernando, de diez años,

ahora el heredero, cuya protección y educación militar me han sido personalmente encomendadas por su majestad, servicio que me honra y llena de orgullo. Pero si me siento satisfecho en la seguridad de que la victoria del rey Juan reparará cualquier agravio por parte de los catalanes levantiscos, no puedo decir lo mismo de vuestra esposa, Elisenda, mi madre, que por su matrimonio y estrecha relación con la reina María también ha sido declarada enemiga del principado catalán. Las autoridades de la ciudad han requisado vuestro palacio de la calle Marquet, y me consta que mi madre ha hallado refugio en casa de su primo, el barón de Marganell, aunque más en calidad de cautiva que de huésped. Como bien sabéis, la condesa de Navarcles regresó a Barcelona tras la muerte de la reina María, acaecida poco después que la de su esposo, el rey Alfonso, hace ahora casi cuatro años. La melancolía que la asaltó tras la defunción de quien fuera su amada señora ya resultó evidente mientras conviví con ella en la Ciudad Condal, pero ahora, privada de sus bienes y su posición, y sobre todo de su libertad, temo que su salud se resienta. Clamo por ella, incluso ante los enemigos del rey, pero lamento deciros que mis recursos, despojado de nuestras tierras, son escasos y no van más allá que los del salario por la espada y el caballo de un capitán, por lo que no me hallo en condiciones de procurar por el bienestar o incluso la libertad de mi madre, vuestra esposa, algo que me corroe y desespera. Bien sabéis que los favores cuestan dinero. Os mantendré informado en la medida en la que la contienda me lo permita. Se despide...

Le aparejaron un palafrén, y Arnau estalló con el caballerizo que lo llevó al patio de la mano.

—¿Crees que el conde de Navarcles va a recorrer Nápoles montado en el manso de una doncella? ¡Tráeme un caballo!

Isabella lo observó desde la ventana de la habitación de Rocco, con el crío a su lado. Arnau vestía de negro, sobrio, sin adornos, como acostumbraba, y permitió que Claudio lo ayudara a montar en un caballo de guerra al que espoleó nada más calzar los estribos.

—¿Por qué lo castiga? —inquirió Rocco.

—Para someterlo —suspiró Isabella antes de darse cuenta del error cometido al ofrecerle tal explicación.

—¡Oh! —exclamó el niño.

Luego calló ante la reacción violenta del animal y, ensimismado, contempló el espectáculo: coces, bocados, manotazos y empinadas que su jinete celebraba y excitaba todavía más. Al lado de Rocco, Isabella prescindió del caballo para fijarse en los rictus que crispaban el rostro de Arnau e hizo suyo el dolor que, sin duda, le originaba cada uno de los bruscos movimientos de aquel diablo.

Esa mañana, acompañado de su secretario, Juan Sánchez, el hijo de aquel Francisco que falleció trabajando y manteniéndose fiel a Arnau, acudió al establecimiento del florentino Benedetto Rossellini. De los más de treinta bancos que operaban en Nápoles, Juan Sánchez había elegido el de Rossellini luego de que su señor le vedara acudir a alguno de los bancos catalanes.

—Desconocemos sus lealtades —le explicó Arnau en apoyo de su decisión. También excluyó a los napolitanos—. Hoy por hoy, los catalanes no gozamos de excesivas simpatías entre los naturales del reino.

—A los banqueros no les importan las condiciones de sus clientes —pretendió discutir el joven secretario—. Son comerciantes que solo persiguen beneficios...

—No te equivoques, Juan. Los banqueros son los verdaderos avaros de los que tanto se habla en este país, los primeros interesados en conocer y aprovecharse de manera miserable de las condiciones, las necesidades y los apremios de sus clientes.

En el banco del florentino, ante notario, Arnau cedió parcialmente la explotación de los derechos fiscales del ducado de Lagonegro, los correspondientes al puerto, a la pesca y a las mercancías que transitaban por él, los derivados de los derechos sobre las transacciones de los mercados de diversas poblaciones de su feudo y a los que se cobraban por los peajes y a la exportación, todo para responder de un considerable préstamo que ordenó fuera entregado en Cataluña a su hijo Martí Estanyol. Arnau acreditó ante el notario la vigencia de todos esos derechos feudales con los títulos que el rey Alfonso le había concedido debidamente sellados, y firmó sin dudar. Juan Sánchez había calculado las cesiones, y él confiaba en el joven secretario. Debería controlar los gastos, le advirtió este con aprensión ante la exigencia de sobriedad y mesura a un principal como Arnau Estanyol, porque ahora tenía que cumplir con dos reyes: Ferrante en Nápoles y Juan en Cataluña. Y los ingresos de Cataluña se habían volatilizado por la guerra. Había que atender los gastos del palacio, y los del ducado, y los de la educación de Rocco...

—Tu oficio consiste en que no falte nunca nada —interrumpió Arnau con un golpe al aire la extensa relación de obligaciones y compromisos que el secretario pretendía enumerarle.

Por eso, si Arnau firmó con autoridad, aquel cuantioso préstamo que haría peligrar cualquier economía atemorizó a Juan Sánchez. El secretario trató de esconder el sudor que le empapó las palmas de las manos cuando su señor le entregó la carta escrita esa noche a su hijo Martí y que debía remitir. En ella lo instaba a conseguir por el medio que fuera la libertad de su esposa, Elisenda, así como a procurarse los caballos, las armas y los hombres que exigía el prestigio del pendón del condado de Navarcles bajo el que combatía en defensa del rey Juan. «¡Que nadie te menosprecie!», lo animaba en la misiva.

Ese mismo día, corriendo ya el mes de septiembre de 1462, el duque de Lagonegro partió de Nápoles acompañado de sus criados y un par de soldados en dirección a Ascoli Satriano, ciudad que acababa de rendirse a Ferrante.

—¡Soy la hija de Arnau Estanyol, duque de Lagonegro!

El grito resonó en la pequeña estancia del cuerpo de guardia de Castelnuovo. Jacopo Guarniere, el capitán, se levantó de un salto, sofocado, con el cabello revuelto y la casaca desabrochada. En el catre quedó Liboria, con los pechos al aire y las faldas por encima de las caderas. Marina se percató de algunos rasguños y de la ropa rasgada, hasta que cruzó su mirada con la de ella y la supo avergonzada por verse en tal tesitura. En cualquier caso, había llegado a tiempo antes de que aquel soldado la violara. Sabían que eso podía suceder.

—¿Qué significa esto! —exigió del capitán—. Esta joven trabaja para mí.

El hombre balbuceó. Marina se esforzó por aparentar la autoridad con la que actuaba cuando todavía era la baronesa de Castelpetroso. Le había salido bien para arribar hasta aquel lugar:

—¿Dónde está vuestro capitán?

—¿Quién...?

—Soy la hija de Arnau Estanyol, el duque de Lagonegro...

—¿Qué deseáis?

—... y conde de Navarcles. ¡General del rey de Nápoles!

Los soldados le habían ido cediendo el paso y guiándola, infundidos por el miedo reverencial que todavía originaba el nombre de su padre en todos ellos.

—El capitán ha dado orden de que no se le moleste —le advirtieron a la puerta de la habitación.

—¡Abre!

Ahora debía ejercer esa misma superioridad sobre Jacopo Guarniere, que pugnaba por arreglarse, un momento de turbación que Marina consideró idóneo.

—¡Tápate! —ordenó a Liboria, simulando enojo—. Y en cuanto a ti, ¿no tienes una labor que hacer? ¡Va a fugarse un preso, un traidor al que tú mismo detuviste! —Lo apremiaba con gestos que no lograban más que exasperarlo y entorpecer sus esfuerzos por componerse—. ¿No piensas impedirlo?

Es probable que el capitán Guarniere hubiera oído algo de la historia de Marina, la real o la deformada por las habladurías. Los años borraban recuerdos, y aquel hombre no estaba en condiciones de saber si padre e hija se habían reconciliado o no. Con todo, lo que nunca olvidaría un capitán de la guardia de Castelnuovo era el odio a muerte entre los hermanastros Arnau Estanyol y Gaspar Destorrent, principales del reino.

Guarniere pensó unos instantes. Sabía que Liboria trabajaba para Paolo, pues él mismo cobraba por participar en los engaños y las estrategias del comerciante. La presencia de Marina, la esposa de Paolo, confirmaba esa relación. Además, esa mujer era la hija de Arnau Estanyol, y así se había anunciado ella. Corrían todo tipo de historias, pero ¿qué le importaban a él los rumores sobre las pugnas internas de las familias ricas de Nápoles? La delación de

Liboria acerca de que esa noche Gaspar Destorrent escaparía de la cárcel de Castelnuovo por mar, concluyó el capitán, no podía ser resultado más que de la venganza de su enemigo acérrimo: el duque de Lagonegro.

—Entonces... —empezó a decir.

Marina no quería concederle oportunidad ni de respirar.

—¿Vas a ayudar a huir a un felón? —lo acusó—. ¡Guardia! —gritó acto seguido, haciendo ademán de salir de la estancia.

—No, no, no... —Guarniere se abalanzó hacia Marina, aunque se contuvo y no llegó a tocarla siquiera—. No escapará. ¡Os lo juro!

—Que así sea, porque, de lo contrario, te aseguro que el rey sabrá de tu traición.

El hombre salió dando gritos a sus subordinados:

—¡A las mazmorras! ¡Ya!


—¿Qué hacíais en el castillo? —fue lo primero que preguntó Liboria a su señora antes de percatarse de su exceso de confianza y rectificar—: Perdón, señora... Es que no era eso lo que habíamos hablado. Vos no podéis ser vista...

—Sé lo que hablamos, pero no estaba tranquila pensando que ese rufián de Guarniere pudiera aprovecharse de ti.

—Ya —aceptó Liboria—. ¿Y cómo habéis sabido que me estaba forzando?

—Demasiada calma —explicó ella—. Escucha ahora —la instó, señalando primero el puerto, tomado por los soldados para encontrar el barco en el que pretendía huir Gaspar, y después el propio castillo, del que ya habían salido pero del que, en la noche, surgía el escándalo y el griterío de la tropa—. Esto es lo que tiene que suceder cuando la guardia sabe que un preso pretende huir.

—Os habéis arriesgado demasiado —lamentó Liboria.

Marina tomó del brazo a la joven, un gesto de aprecio que sorprendió a esta, que se mantuvo quieta, como si moverse un ápice pudiera quebrantar la merced con que la premiaba.

—Tú eres quien se ha arriesgado por mí —le reconoció Marina.

—Señora —musitó Liboria—, ¿hemos actuado correctamente?

Ya era tarde para planteárselo, pensó Marina, pero tras conseguir la detención de Gaspar por traidor, no podía permitir que huyese de la cárcel. Y Paolo, presionado por Gaspar, Roberta y hasta Bernardo, el lugarteniente que llegó a acudir en un par de ocasiones a reunirse con su esposo, había pagado una importante cantidad de dinero para sobornar a los carceleros y organizar la fuga por mar. Ella había vuelto a contrariar en secreto sus deseos y en esa ocasión hasta se vio forzada a convencer a Liboria, siempre dispuesta a ayudarla, pero también fiel y agradecida a Paolo:

—Destorrent ya está arruinado, señora. Ha perdido todo lo que tenía. Esa es la mayor adversidad que podía sucederle a ese avaro.

—También perdió la libertad —afirmó Marina con empeño—. ¡No puede recuperarla! Se aprovecharía de Paolo —auguró para terminar de persuadir a la joven—, lo dominaría. Sabes que mi esposo siente devoción por Gaspar. Debe transcurrir tiempo para que lo olvide.

Lo consiguió, aunque tampoco podía asegurar que Liboria hubiera acudido decidida, máxime cuando le confesó los problemas que preveía tener con el capitán, pero que, sin embargo, decidió afrontar el encargo con aquella sempiterna sonrisa indescifrable que había torturado a Marina hasta obligarla a presentarse en Castelnuovo. Ahora la joven probablemente esperaba que ella la tranquilizara afirmando que habían actuado correctamente. Si supiera de su violación, entendería el empeño.

Se hallaban frente a la puerta de la entrada principal de Castelnuovo, allí donde se erigía el arco triunfal de Alfonso. En la noche, al resplandor de los hachones y de la luna, el mármol blanco contrastaba de forma un tanto fantasmagórica con el oscuro de la piedra en la que se habían construido las dos torres que enmarcaban aquel monumento llamado a recordar por la eternidad las gestas del conquistador de Nápoles. Liboria todavía permanecía quieta, deleitándose en el calor que la mano de su señora le transmitía en el antebrazo.

—¿Tú crees que el rey Alfonso habría conquistado Nápoles de haberse preguntado por la corrección de sus actos?
—Los reyes son poderosos. Nosotras... Yo no soy nada.
—Lo he pasado muy mal en mi vida —reconoció Marina con la mirada fija en la mole de mármol blanco que se alzaba sobre ellas—. Tú mucho peor, me consta —añadió al tiempo que apretaba con cariño el antebrazo de Liboria—. Pero por dos veces hemos demostrado nuestro poder a esa alimaña. —Sin volverse hacia ella, creyó percibir un gesto de asentimiento por parte de Liboria—. Filippo dice —prosiguió, recordando lo que le había contado su hermano— que este, el arco que estamos viendo, es el máximo exponente de la arquitectura renacentista en toda Italia.
»Pese a ser catalán, Alfonso fue capaz de sorprender a los italianos con la construcción de este castillo —explicó—. Lo tomó destruido casi por completo tras la guerra y lo reconstruyó tratando de contentar a todos sus súbditos. El interior, con la magnífica sala, es gótico..., "gótico catalán", lo critican los de aquí. Pero el exterior, este arco, es clásico, plenamente renacentista, y sigue los criterios de Donatello, contrarios a la sobriedad y hasta modestia de su paisano Brunelleschi. Donatello, sus discípulos y sus seguidores, que son los que han trabajado en esta obra, persiguen la Antigüedad, con personajes heroicos y motivos y decoraciones exuberantes.
—¿Qué queréis decirme? —repuso Liboria.
—Alfonso era un hombre que asistía a tres misas diarias, pero regía su vida por sus intereses y anhelos de grandeza. En este arco no encontrarás ningún motivo religioso, es decididamente clásico, con los emperadores de origen ibérico Adriano y Trajano como referentes, aquellos a los que se iguala el rey aragonés en este triunfo. Lo que quiero es plantear qué es lo correcto: ¿las tres misas diarias de Alfonso y su fervor religioso, o la comparación con un emperador romano que ni siquiera era cristiano? Resulta contradictorio. Estoy convencida de que hemos hecho bien —sentenció.

—Podríamos intentar concebir otro hijo.

Paolo dio un respingo en su asiento. Acababan de cenar y la conversación había girado tercamente alrededor de Gaspar y de su huida frustrada.

—En el castillo se rumorea que ha sido gente de Arnau quien lo ha delatado —insistió su esposo.

Marina frunció los labios y se encogió de hombros.

—Hace tiempo que no sé de mi padre. Creo que se ha incorporado al ejército del rey Juan, pero si lo deseas, pregunto a Filippo. Él sí que está en Nápoles.

Paolo negó para continuar quejándose del elevado coste que habían afrontado como consecuencia del fiasco de la venta de armas: una cuantiosa multa al *consilium pecuniae* para que dejaran de investigarlo; los costes de Gaspar en la cárcel, cada vez más elevados, los de su esposa Roberta también, y ahora la pérdida del dinero pagado como soborno para la huida.

—Sí —reconoció Marina—, pero hay que tener en cuenta que has contratado a Gaetano, buen conocedor de los negocios de Gaspar, que tú te quedarás.

Paolo asintió. Había dudado si contratarlo, implicaba un nexo importante con Gaspar, pero Orsolina había insistido hasta conseguirlo.

—Tu padre tampoco vive una época de prosperidad.

—¿Qué quieres decir?

—Sé que se ha endeudado con los Rossellini. —Marina esperó a que continuara—. Las cosas no le van bien en Cataluña y aquí tiene que seguir aportando hombres y armas a Ferrante.

—No le hagas daño, por favor —se oyó rogar ella.

—¿Qué razón tendría para no vengarme?

Marina había renunciado a reconciliarse con su padre y cumplir aquella última voluntad de su madre por Paolo, pero no deseaba que Arnau saliera perjudicado.

—La razón es que eres una buena persona. No eres ruin ni vengativo —alegó ella.

—Como te he dicho, ahora no tengo tesorería —alegó Paolo—, pero si dispusiese de dinero...

—Tampoco lo harías —auguró la mujer—. Paolo, no vivamos sumidos en el rencor —propuso—. Disfrutemos de cuanto has conseguido.

Entonces fue cuando le propuso tener otro hijo. Lo había pensado en más de una ocasión, si bien en todas lo rechazó al sentir que suponía una traición a Rocco. ¡Jamás renunciaría al fruto de su vientre! Rocco estaba equivocado, cegado por la educación que le ofrecía Arnau. Pelearía por él y procuraría su amistad y cariño, aunque la maltratase o la vilipendiase. Pero la relación y las expectativas de Paolo eran totalmente opuestas, nacidas del odio hacia Arnau que derivaba a su hijo, al que había repudiado de hecho. Marina siempre tenía presente la mueca de Rocco al saber que su padre era un mercader, por rico que fuera. ¿Cómo reaccionaría el día que se enterase, que lo haría, que había sido panadero y que su abuela Orsolina todavía regentaba ese establecimiento? Poco a poco, Marina fue asumiendo que la propuesta de engendrar otro hijo para un mercader rico que desearía continuidad en sus negocios era un buen procedimiento a fin de lograr ese acercamiento que tanto le costaba.

—Todavía podría ser madre. Tengo treinta años —manifestó quitándose un par de ellos, visto el gesto de contrariedad de su esposo ante la propuesta—, y tú estás fuerte y sano. Necesitas un heredero, yo necesito un hijo y tu madre necesita un nieto. Rocco es solo un barón altivo e insoportable incluso a su corta edad —lo insultó con dolor—. ¡Deberíamos intentarlo! ¿Qué será de toda la riqueza que estás creando?

La estancia quedó en silencio y, por primera vez desde hacía tiempo, su esposo le dedicó una sonrisa.

—Estás loca —le dijo—. Sabes de mis… inclinaciones y lo que…

—Lo único que sé es que eres capaz de engendrar vida. Ya lo fuiste una vez. Todo lo demás me da igual.

—Pero entonces yo no había conocido otra cosa. No sabía…

Paolo calló. No deseaba hablar de ello ni siquiera en la intimidad de su hogar.

—Es posible. Aun así, lo he recordado en muchas ocasiones y

no creo que te sintieras excesivamente atraído por mí —confesó ella con sinceridad—. ¡Tampoco tendría que ser tan repugnante! —protestó.

Paolo recapacitó sobre las palabras de su mujer.

—Me han dicho —se atrevió a continuar Marina— que son muchos los hombres que compaginan ambas vidas.

Él la hizo callar alzando una mano.

Esa noche su esposo no la visitó. Ni la siguiente ni la otra. Al cabo de unos días, no obstante, Marina oyó unos tímidos y hasta indecisos golpes en la puerta de su alcoba. Estaba preparada, aseada y perfumada como si fuera a acudir a una fiesta; lo había estado a diario desde el momento en que propuso a Paolo buscar otro hijo. Apagó las dos velas aromáticas que alumbraban la estancia y lo recibió en la oscuridad, en silencio, tomándolo de la mano con delicadeza.

Desde que Gaspar la castigara contándole de la perversión de su esposo, Marina sintió la necesidad de conocer en qué consistía, qué hacía Paolo. La imaginación no fue suficiente para hacerse una idea de lo que leyó en los escasos libros que logró reunir y en los versos que trataban de la sodomía. Sofia le había permitido llevarse algunos de la biblioteca del francés el día en que hablaron de su situación matrimonial excusándose en que su padre no los echaría en falta.

Sí, era evidente lo que sucedía entre dos hombres, pocas oportunidades más concedía la fisiología, pero le faltaba esa representación gráfica. No quiso comentarlo con Liboria. Por más que la apreciara, no deseaba concederle acceso a ese ámbito de privacidad, y tras varios intentos infructuosos en algunas librerías donde ni siquiera se atrevió a preguntar por lo que realmente la había llevado hasta allí, decidió que si alguien pudiera poseer algo al respecto no sería otro que aquel entregado a esas prácticas: Paolo. Así pues, durante uno de sus viajes, inspeccionó su alcoba y encontró una caja de madera en cuya tapa labrada se veían dos hombres fornicando. No le fue suficiente, y rebuscó hasta topar con varios azulejos pequeños, vidriados, en los que aparecían primorosamente dibujadas diversas escenas de sexo entre hombres, entre hombres y mujeres, y entre mujeres, visión esta última que le trajo gratos recuerdos en los que, por un instante, se recreó y hasta se humedeció.

Algo que no le sucedió la noche en que tiró de Paolo al interior de su alcoba, porque la tensión la distraía de cualquier deseo sexual y su entrepierna permanecía seca y áspera. Notó flojedad en sus rodillas. No habló. Él lo intentó, y ella lo acalló poniendo dos dedos sobre sus labios. Marina no se quitó aquella camisa que le llegaba un poco por encima de las rodillas, no quiso acariciarlo ni besarlo ni acostarlo. En pie los dos, lo desnudó con manos temblorosas. Le dejó la camisa puesta y se arrodilló frente a él, igual que en uno de los azulejos. Lamió su miembro mientras acariciaba su ano con los dedos, donde introdujo uno de ellos. Paolo respondió y gimió, luego le sujetó la cabeza y la apretó contra un sexo ya erecto. Tenía que ser similar, había especulado Marina. Se levantó y se inclinó sobre la cama, el pene de su esposo agarrado, y en esa posición se lo introdujo en la vulva, sorprendentemente receptiva. Paolo empujó y Marina se retorció estirando los brazos hacia atrás a fin de rozar su ano y sus testículos, con los que jugueteó cada vez con mayor ímpetu al percibir que el miembro de Paolo se mantenía firme dentro de ella. Él alcanzó el éxtasis y sus jadeos, reprimidos, como si no quisiera reconocer el placer, se mezclaron en la mente de Marina con los consejos de su madre: «Recupéralo. Incítalo. Proporciónale tanto placer que olvide a los hombres».

No le permitió descansar. Tras el orgasmo, siempre a oscuras, lo tumbó en la cama, boca abajo, le abrió las piernas y lo lamió y besó y chupó y mordisqueó y penetró con los dedos hasta que él volvió a eyacular, en esa ocasión sin contener gemidos, sin reparos, sin restricciones.

Marina acudió a desayunar exultante. Hacía mucho, casi antes del amanecer, que Paolo ya trabajaba en el almacén y subía y bajaba, dando órdenes a unos y a otros. Allí se encontró a Roberta, que, sentada a aquella mesa, dejaba transcurrir las horas de forma indolente, lacia, todavía más abatida tras el frustrado intento de fuga de su esposo, al que habían detenido mientras corría hacia un postigo que daba al puerto cuando ya rozaba la libertad. La alegría que rezumaba Marina excitó la ira de la mujer, que se dirigió a ella mascullando las palabras:

—Dicen que fue vuestro padre quien descubrió la fuga de Gaspar. ¡Yo lo maldigo!

Marina evitó sonreír. El único que no debía enterarse de eso era, precisamente, Arnau, aunque… ¿le importaría que lo relacionaran con esa denuncia? Las reacciones de su padre eran imprevisibles. «¿Delatar, yo! —exclamaría—. ¡Jamás! ¡El conde de Navarcles habría acudido en persona a detener a ese traidor!». Al albur de tales pensamientos, no pudo evitar que se le dibujase la sonrisa que acababa de reprimir.

—¿Os burláis! —se enojó todavía más la esposa de Gaspar.

—Recordad que estáis invitada en mi casa. Vuestro esposo es un traidor al reino. Está donde corresponde a los felones: en la cárcel.

—Donde debería estar el vuestro también. Tan traidor es el uno como el otro. Aquella repentina indisposición siempre me ha parecido sospechosa.

Marina se sintió agredida y percibió el peligro que representaba esa mujer, más con la sangre bullendo de rabia, por lo que decidió no persistir en la conversación.

—No sé a qué os referís, pero os repito que estáis hospedada en esta casa y que vuestro esposo come en la cárcel gracias al mío. Tenedlo en cuenta en el momento de acusarnos de algo.

—Lo sabéis perfectamente…

Marina se levantó de la mesa y dejó a Roberta con la palabra en la boca. Atendió a sus ocupaciones domésticas y olvidó la discusión. Luego fue en busca de Luzio Negri, el factor de Paolo, quien le comunicó que su señor estaba fuera, con Gaetano, negociando un flete en el puerto. Lo esperó en el jardín, mientras las flores y los trinos de los pájaros, y los gritos que provenían de las calles adyacentes, de la gente, de los vendedores y hasta de un fraile que predicaba a los ciudadanos y los amenazaba con la ira divina y el fuego eterno, se mezclasen con la esperanza que había renacido en ella. De manera tajante, Marina alejaba de sí el más insignificante sentimiento de culpa, a tal punto que llegó a golpear al aire como hacía Arnau cuando el reproche la acosaba. No había hecho nada malo, se inculcaba.

—¡Que venga mosén Lluís a amonestarme! —gritó en el jardín—. ¡Aquí lo espero!

Luzio le mandó recado con uno de los aprendices al regreso de Paolo y ella se apresuró a ir a su encuentro.

—Tengo mucho trabajo —trató de excusarse él, la timidez y la vergüenza en sus movimientos, en su actitud esquiva. Sin embargo, Marina permaneció a su lado hasta obligarlo a sonreír. Al final, Paolo cabeceó dándose por vencido—. Que sea un niño —consiguió arrancarle ella con su insistencia después de intentar sonsacarle durante un buen rato si prefería varón o hembra.

La cortesía y el aprecio regresaron al palacio. Al cabo de unos días, Paolo anunció con evidentes escrúpulos un nuevo viaje a Florencia.

—Que te sea provechoso —le recomendó Marina, utilizando conscientemente término tan ambiguo—. Yo te esperaré aquí —le prometió, y se acercó a él para besarlo con ternura en la mejilla.

# 19

*Ischia, golfo de Nápoles,
julio de 1465*

El 7 de ese mes de julio, en una batalla naval frente a las costas de la isla de Ischia, Ferrante derrotaba a la armada francesa y truncaba definitivamente las aspiraciones de los Anjou sobre el reino de Nápoles. Atrás quedaba una guerra de cuatro años en la que el rey había sido traicionado por muchos de los barones napolitanos que le juraron lealtad el día de su coronación. El favorable desarrollo de la contienda avivó la crueldad innata de Ferrante y le concedió la oportunidad de vengarse de ellos. El príncipe de Taranto, aquel que fue su acérrimo enemigo, apareció muerto en su castillo de Altamura a finales de 1463. Lo encontraron estrangulado con un mantel, y las sospechas recayeron en un Ferrante que nunca negó su implicación.

El asesinato del líder de los barones oriundos y las pocas expectativas de victoria condujeron a los demás a suplicar el perdón real, pero Ferrante ya no los necesitaba como sí había sucedido en lo álgido de la guerra. Poco más tarde, el príncipe de Rossano, Marino Marzano, fue hecho preso y encarcelado en Castelnuovo, donde acabó sus días. El condotiero Antonio Caldora, privado de todos sus bienes, terminó falleciendo en la más absoluta miseria. Jacopo Piccinino, yerno del duque de Milán, aliado de Ferrante, fue llamado con engaño a Nápoles para ser premiado con el principado de Sulmona y, una vez allí, lo condujeron a la cárcel de Castelnuovo, donde fallecería. Similar destino corrió Antonio Centelles, que había sido rehabilitado en sus honores durante la guerra, pero fue encarcelado y ejecutado una vez finalizada esta.

En cuanto a Arnau, se unió al rey en el año de 1462 en su campamento junto al río Ofanto, con el ejército presto a tomar Leonessa di Melfi.

—¡Que Dios nos acompañe en la victoria! —saludó Lorenzo, entrando en la tienda de campaña de su padre al amanecer del día en que se proponían atacar.

—¡Así sea! —contestó Arnau, a medio vestir su armadura—. Bienvenido.

—Padre, me gustaría hablar con vos.

Arnau le hizo un gesto de asentimiento mientras Claudio y un par de pajes pugnaban por atar los correajes de las diversas piezas de su armadura.

—En privado —concretó Lorenzo. Arnau se extrañó—. Os lo ruego —insistió el hijo.

Claudio y los pajes abandonaron la tienda de campaña a un gesto de su señor, y el propio Arnau continuó tratando de unir la hombrera de su brazo izquierdo.

Su vieja armadura milanesa había quedado maltrecha tras la derrota que sufrió en Volturno. Entonces, y pese a que se sostenía que las defensas italianas eran las mejores del mundo, encargó a su hijo Martí una nueva de las fabricadas en Barcelona. «No de hierro, sino de acero pulido», le indicó con insistencia en una carta al tiempo que lo instaba a cerciorarse de que contaba con el marchamo de su artífice en el peto. Además, puntualizó, debía ser de las «dobladas», esto es, que estuviera reforzada con piezas destinadas a disminuir los daños de los golpes de los enemigos; la lección de Volturno había sido suficiente. Martí cumplió y, antes del inicio de la guerra en Cataluña, expidió a su padre aquel magnífico arnés blanco con todas sus defensas, algunas ya unidas al peto y al espaldar que portaba Arnau a la entrada de su hijo, como el faldaje y la hombrera, el guardabrazo y el codal del brazo derecho. Entre las piernas asomaba el extremo de la falda de malla que vestía bajo la armadura para proteger aquellas partes del cuerpo que quedaban expuestas por la articulación entre las piezas que era necesaria para los movimientos del caballero.

—¿Vas a ser tú quien me vista? —ironizó Arnau, todavía empeñado en la hombrera de su brazo izquierdo.

—En todo caso, seré quien os desvista, padre.

La hombrera cayó a tierra. Ninguno de los dos le prestó atención, sus miradas enfrentadas. Arnau respiró hondo antes de replicar:

—No te consiento...

—No estáis en condiciones.

—¡No es asunto tuyo!

—Sí lo es, se lo prometí a mi madre antes de morir.

—Tampoco era asunto de... —Arnau calló antes de mancillar el recuerdo de Sofia—. ¿Qué le prometiste?

—Que no os permitiría entrar en combate si no estabais lo bastante bien para hacerlo.

—Eso lo decidiré yo, y si no, el rey.

El hijo soltó una carcajada.

—Vos renunciaríais a una pierna por capitanear a vuestros hombres. Y en cuanto al rey... —añadió el joven, mudando el semblante—. No concedáis a Ferrante la oportunidad de librarse del duque de Lagonegro. Sería capaz de mandaros encabezar el ataque.

—Y yo lo haría.

—Estoy seguro. Como lo estoy de que moriríais.

—¿Y qué mejor muerte?

—¡Padre! No necesitáis estar siempre comprometido con la muerte en defensa de vuestro honor y del reino. ¡Vivid! Habéis luchado más que cualquier soldado de Nápoles.

—Me queda mucho que entregar por este reino, y tú no lo vas a impedir.

—Sí que lo haré.

—¿Cómo! ¿Alzarías la espada contra tu propio padre?

Lorenzo negó con la cabeza.

—Nunca —confesó.

—Entonces...

Lo empujó. El hijo simplemente lo empujó apoyándole una mano sobre el peto, y Arnau, pillado por sorpresa, no fue capaz de controlar el excesivo peso de la armadura de acero pulido reforzada que lo cubría, aunque fuera de manera incompleta. Dio un paso atrás; se desequilibró, trastabilló y terminó derribando una mesa con una jarra de agua antes de caer a tierra desmadejado. Los criados se asomaron.

—¡Fuera! —gritó Lorenzo. Luego ofreció el antebrazo a su padre, que dudó, pero al que terminó asiéndose para levantarse—. Padre —se dirigió a él con respeto y cariño—, permitid que sea vuestro hijo quien porte el pendón de Lagonegro. Defenderé vuestro honor. ¡Soy Lorenzo Estanyol!

Ante tal proclamación, sentida, rebosante de orgullo, Arnau se perdió durante un instante en el lunar que adornaba la ceja derecha de su hijo. Le habían contado que esa marca de nacimiento desencadenó la ira de un noble despiadado, la desgracia de una joven madre y la fuga a la ciudad de Barcelona de un payés de remensa con una criatura recién nacida. ¿Había llegado a transmitir esa historia a sus descendientes? La simple caída en la tienda desató una oleada de dolorosos calambres en su vientre que, aunque pugnó por reprimir apretando los dientes, estaban ahí: eran reales y tan punzantes que por un momento dudó en doblarse sobre sí en busca de alivio. ¿Y si le acometían en un momento álgido de la batalla? Respiró hondo en busca de aire.

—Esta armadura me costó sus buenos dineros —se quejó.

Desde entonces, Arnau Estanyol siguió al ejército junto con los consejeros reales, religiosos y hombres doctos, embajadores y hasta alguna que otra mujer, siempre pendientes estas del caballero que, con una brillante armadura de acero pulido catalana, encabezaba la partida de guerra que el duque de Lagonegro y conde de Navarcles aportaba al ejército de Nápoles.

Arnau acompañó a Ferrante en su campaña de 1462 en Capitanata, en la de 1463 en tierras del ducado de Sessa y en la de 1464 contra el príncipe de Taranto, tras cuya derrota se puso fin a la guerra terrestre con el definitivo control de los Abruzos. Durante esos tres años financió a sus hombres sin reparar en gastos, aunque con serios problemas de los que se despreocupaba y descargaba en hombros de Juan Sánchez, participó en el Consejo Real, opinó, planeó y se ocupó de mil labores, principalmente de la intendencia, que asumió con verdadera entrega. Quizá no supiera de las necesidades de su propia casa, pero en cuanto se refería a la guerra y de todo cuanto atañía a la tropa, a su alimentación, vestimenta y armamento, Arnau era un verdadero maestro. Amén de la experiencia en la organización y el control de las cacerías reales como montero mayor, una de sus mayores preocupaciones durante las muchas campañas militares en las que había participado fue la situación de unos soldados que no rendirían ni lucharían con coraje si no estaban atendidos y con el hambre saciada. De eso no tenía duda alguna.

Sin embargo, a medida que transcurrían los días, añoraba Nápoles, su palacio, la seguridad y el sosiego de su hogar. Nunca en sus casi cincuenta años de vida le había sucedido, pero ahora lo asaltaba la nostalgia y sentía la necesidad de regresar, de dejar atrás los campamentos, las incomodidades y las inclemencias, los heridos, la sangre, los gritos de dolor y la muerte. Y, sobre todo, la tensión y el desasosiego que le producía la suerte de su hijo Lorenzo siempre que partía a la batalla. Cada vez soportaba menos la angustia que lo mantenía paralizado hasta el regreso, sano y salvo, del caballero de la armadura catalana. Pero, incluso entonces, ni siquiera podía mostrar contento; simplemente, se derrumbaba como una muralla bombardeada sin compasión.

Quizá fuese más duro vivir la guerra como espectador que como actor, pensaba, cuando la violencia y el combate impedían toda emoción. Se enfrentaba a un mundo nuevo en el que jamás había sabido moverse, y a las punzadas de dolor por una naturaleza maltrecha que a todas horas le recordaban su debilidad se sumaban las de unas sensaciones que en otros tiempos alejaba de sí a base de manotazos al aire, insultos y espadazos. Ahora, como el enemigo que alcanza el momento de la venganza, los sentimientos acechaban cada vivencia.

Y eso mismo le sucedía en Nápoles, donde encontraba solaz en su lecho y en las atenciones y comidas que los criados le servían. Con sorpresa, fue capaz de sustituir la caza, inepto ya para galopar esquivando árboles tras una presa, por el placer de pasear por los jardines del palacio como pudieran hacerlo Sofía y Marina mientras él las juzgaba con lástima, compadeciendo la ociosidad y la simpleza de las mujeres. Acudió al *seggio* y escuchó con atención a los viejos barones al tiempo que suavizaba el tono de sus intervenciones, reflexionaba, reprimía arrebatos y sopesaba los argumentos discutidos.

Los barones napolitanos lo escuchaban a su vez, algunos criados le sonreían y aquel alano feroz destinado a perseguir cerdos salvajes lo seguía ahora paciente y se tumbaba a sus pies con un suspiro. Y entre todo ello se hallaba Isabella: encumbrada, tan solo por ausencia de otras, a la regencia de la casa. ¡El mundo entero parecía girar alrededor de ella! Hablaba con serenidad, sus sonrisas permanecían en el ambiente, mezcladas con el aire y la luz, encantando estancias antes lúgubres. Se movía por el palacio dejando a su paso un rastro de juventud que él palpaba, y que lo animaba y lo llenaba de vida. Isabella había traído la alegría y la ilusión a un hogar sumido en las tristezas y las desgracias desde que alguien —Gaspar sin duda, en la firme opinión de Arnau— asaltara el edificio y violara a Marina.

Arnau e Isabella charlaban animadamente en las comidas y las cenas, que compartían en los periodos en los que él se hallaba en Nápoles como consecuencia de las treguas por el clima o por cualquier otra causa. En ocasiones ella lo acompañaba por el jardín, o bien reclamaba su consejo en cuestiones domésticas o que afectaran a la educación de Rocco. El mal carácter del hijo de Marina se acentuaba, algo que, sin embargo, Arnau, al que el muchacho respetaba y hasta temía, no veía con malos ojos.

—Es el temperamento de un barón, el que lo distinguirá frente a sus iguales —sostenía ante Isabella—. Tiene que ser duro e inflexible, y eso, para bien o para mal, genera otros defectos. Pero solo así podrá moverse en la corte y mandar a sus hombres a la batalla y a la muerte. No es sencillo asumir esa responsabilidad y hacerse obedecer. ¿Y cómo van las relaciones con su madre? —acostumbraba a añadir después de una pausa.

—Marina insiste —contestaba Isabella sin esconder su pena—. No deja de venir varias veces a la semana, en ocasiones día tras día, obstinada, ajena al desaliento, para ver a un Rocco que la rechaza y la rechaza, con encono incluso. No sé qué hacer —desesperaba la joven—. Aprovecha la mínima oportunidad para ponerme en un compromiso y enfrentarme a ella. Me siento agredida por uno y otra, que no soporta que su hijo muestre más... aprecio —dudó antes de elegir el término— por mí. ¡Y la entiendo!

Y, con un Arnau receptivo, profundizaban en la situación.

—Debo serte sincero —reconoció este—. Desearía que Marina recuperase el amor que corresponde a una madre, quizá... quizá no fuésemos justos con ella, solo era una joven ofuscada. Pero seamos realistas: Rocco nunca aceptará por madre a una mujer que fue violada, a la que se acusó de sodomía, que huyó de su familia y de un rey que la castigó con la pérdida de sus honores. Y que, para colmo, se casó con un panadero.

—¿Y si no se enterase?

Arnau sonrió ante la muestra de ingenuidad espontánea por parte de Isabella.

—El primer día que Rocco pise Castelnuovo para educarse con los suyos, alguien lo reprobará. Y no te quepa duda de que lo hará con saña.

—Pues intentemos que eso no suceda.

—Tiene que afrontarlo, Isabella. Ya debería haber sido enviado allí a que prosiga con su educación; mis otros hijos lo hicieron a edades más tempranas. Lo he estado demorando demasiado. Así que, seamos sinceros, Rocco terminará repudiando a sus padres naturales. Lo hará público y retará a duelo a quien lo insulte. Llegará ese momento; está escrito. Si Marina consiguiese hoy ganarse su cariño, el día de mañana sufriría todavía más.

—Pero ¿por qué tengo que ser yo la adversaria de una madre lacerada? —se lamentó Isabella.

Se hallaban en el jardín, los dos sentados en un banco de piedra que ignoraban que años atrás fuera el cimiento de la aproximación entre una joven baronesa y un panadero. Arnau tomó la mano de Isabella, turbado por la pena que afligía a la joven y que esta no dudó en mostrar mediante unas lágrimas que surcaron sus mejillas.

—Porque apareciste en esta casa como un ángel que me devolvió la vida, continuaste consolando a Sofía y te quedaba Rocco —le anunció con voz titubeante, inseguro ante declaraciones tan emotivas, incómodo hasta con su propio cuerpo.

Isabella apoyó la cabeza en el hombro de Arnau y lloró mientras este dudaba si pasar el brazo libre por encima de los de ella. No se atrevió, y así se mantuvieron unos instantes, hasta que la joven se recompuso y se levantó escondiendo un rostro que sabía congestionado.

—¿Un ángel? —se mofó forzando la risa—. ¡Si supierais las veces que estuve tentada de ahogaros en vuestro lecho!...

La broma fue acogida con una carcajada por parte de Arnau, que la imitó y se levantó también.

—¡Lo sabía! —exclamó al tiempo que la señalaba acusadoramente—. ¡Tú eras el demonio que rondaba mis pesadillas!

El contacto y el recuerdo de Isabella acompañaron a Arnau durante las campañas bélicas que llevaron a la victoria de Ferrante sobre los franceses. Anhelaba estar a su lado, verla, olerla, quizá tocarla, tener oportunidad de sujetar su mano otra vez. En sus sucesivas estancias en Nápoles disfrutó de su presencia, de su vivacidad, de su juventud y de esa belleza que ella paseaba por el palacio sin arrogancia alguna, aunque también sin humildad, con naturalidad..., con cierta inocencia. La miraba... y su cuerpo se estremecía. La deseaba. Alguna noche lo tentaron las fantasías, pero las alejó como si recrearse en ella fuera un insulto. Incluso sacó a colación a la joven hablando con Pompeo, pero con tal torpeza que el cirujano advirtió sus intenciones.

—No sé si me complace del todo vuestro interés —afirmó. Luego se enfrentó a Arnau con gravedad—: Duque, os he salvado la vida y os he curado en muchas ocasiones, os ruego como merced hacia quien ha sido vuestro más fiel servidor que no hagáis el menor daño a mi ahijada. No lo merece.

Arnau no tenía intención de agredirla u ofenderla, pero tampoco sabía cómo acercarse a aquella joven que no fuera a través de conversaciones banales, las consabidas sobre Rocco y Marina, o los nuevos problemas de dinero añadidos que Juan Sánchez le planteaba nada más arribar a la ciudad y que ella, dueña de la casa, compartía.

Nunca había cortejado a una mujer. Sofia y Elisenda le vinieron impuestas, y todas las demás se entregaron a él por satisfacerlo. Nunca las violentó, nunca forzó su voluntad; no lo necesitaba. Obediencia o admiración, tales eran los motivos que llevaban a una mujer a someterse a sus deseos, y el duque de Lagonegro jamás se detuvo a pensarlo. Pero Isabella ni estaba dispuesta a obedecerlo ni mucho menos a admirarlo. Era de las pocas personas que sabía de su fragilidad.

Ansioso por atraerla, decidió mostrarse soberbio y alardear de sus triunfos y heroicidades.

—Y los dos franceses hincaron la rodilla en tierra y se rindieron a vos —lo interrumpió Isabella, finalizando un relato ya sabido. Arnau calló y se irguió en la silla ofendido, pero ella le sonrió con dulzura antes de centrarse de nuevo en el bordado en el que trabajaba—. Ya me lo contasteis —añadió, si bien evitó decir que varias veces—, y tanto llegó a impactarme vuestra hazaña que no he dejado de imaginar ese final, con vos alzándoos sobre los enemigos de Nápoles —concluyó ya sin mirarlo, empeñada en su labor, pero desarmándolo por completo.

Si Arnau no sabía cortejar a una mujer, tampoco estaba acostumbrado a la ironía y a la broma en sus relaciones. La verdad, la sinceridad, por dura que fuera, se alzaba como la directriz de un caballero. Pero Isabella bromeaba con él, y mientras bordaba sí que imaginaba a aquel hombre, todo un soldado, convencido de que efectivamente ella había soñado con él alzándose sobre los franceses. Y se le escapaba una mueca de satisfacción que Arnau no era capaz de percibir. Y lo engañaba. Y jugaba con él. Se recreaba en las armas de mujer con las que lo provocaba: cierta coquetería sin explotar la sensualidad o el erotismo, algo que tampoco dominaba. Siempre con una sonrisa, eso sí, cuando se producía algún roce, con la alegría propia de la juventud. Entonces comprobaba cómo el gran duque de Lagonegro, el héroe de los ejércitos de Alfonso, caía una y otra vez, ingenuo, en sus artimañas y argucias por inocentes que fueran, lo que originaba en ella una inmensa ternura y un cariño inconmensurable hacia aquel héroe inculto en el arte del galanteo.

Isabella esperaba con ansia la llegada de Arnau de la guerra. Sin él, el palacio se le caía encima. Rocco la perseguía con mayores exigencias a medida que crecía y se hacía hombre. Los encuentros con Marina eran siempre tensos. Y, a falta del duque, la mayor parte del personal se mostraba receloso con ella: la envidiaban por su relación íntima con el señor y no dudaban en mostrarse ariscos en el trato, cuando no lujuriosos.

En esos periodos de soledad, la única persona en la que Isabella encontraba algo de apoyo era Filippo, que habitaba en el palacio intermitentemente siempre que no estuviera viajando como embajador a las órdenes de Ferrante, lo que sucedía con frecuencia. El hijo mayor de Arnau se había convertido en un verdadero humanista: doctor en leyes, culto, erudito, escritor, versado en música, literatura, poesía y cualquier otra expresión artística.

En algunos momentos Isabella temió que Filippo, soltero y solo tres años mayor, pudiera tener alguna pretensión romántica o de otro tipo con ella. El hombre era atractivo y cortés. Como primogénito de Arnau, alcanzaría la nobleza, lo cual lo convertía sin duda en un buen partido, pero no despertaba otro interés en Isabella que el de una agradable compañía y una mejor conversación.

Fue precisamente a Filippo al que acudió Arnau en solicitud de ayuda, arrepentido de su rechazo y hasta repulsa hacia la poesía, el canto y las demás artes que servían a sus iguales para promover los afectos de una dama que él no dominaba.

—¡Veo que os tiene robado el corazón! —rio el hijo tras escuchar la titubeante petición de Arnau—. No os equivocáis, padre. Es una buena mujer.

—¿Qué hago entonces? —se confió Arnau.

«Tenéis que representar el papel de un amante y vuestras palabras han de quemar con el mismo fuego que os devora. Así os serán lícitos todos los argumentos para persuadirla de vuestra pasión y os creerá sin dificultad» —recitó Filippo con gestos grandilocuentes—. «Esforzaos en apoderaros de su albedrío con discretas lisonjas, como el arroyo filtra sus claras ondas en las riberas que los dominan. Dirigid sin vacilación vuestras alabanzas a la belleza de su rostro, a la profusión de sus cabellos, a sus finos dedos y a su pie pequeño. La mujer más casta se deleita cuando oye el elogio de su hermosura, y aun las vírgenes inocentes dedican largas horas a realzar sus encantos». —Arnau respondió al dedo de su hijo que lo señalaba abriendo los brazos en un gesto de incomprensión—. ¡Ovidio! —profirió Filippo, ofendido ante la ignorancia—. El *Arte de amar*, una obra maestra en las astucias para seducir a una mujer.

Arnau negó con la cabeza.

—«¡Arrebatad presuroso de sus manos el vaso que rozó con sus labios y bebed por el mismo lado que ella bebió!» —exclamó un Filippo enardecido, declamando al clásico de forma apasionada, volcado en sus citas más que en ayudar a su padre a conquistar a Isabella—. «¡Coged cualquier manjar que hayan tocado sus dedos y aprovechad la ocasión para que vuestra mano tropiece con la suya!».

Se hallaba pronto a cumplir los cincuenta y su cuerpo estaba tan castigado que ni siquiera podía encabezar a sus hombres en la batalla. En ese momento Sofia asaltó sus recuerdos y la vio entre ellos dos, acogiendo las palabras y los gestos de Filippo con contento, haciendo gala de la sensualidad con que alborotó Nápoles mientras se dirigía a él de manera reprobadora. ¿Cuántas veces le advirtió ella de que su rudeza y su indolencia hacia la vida cortesana le acarrearían problemas? Y llegado a esa edad, con sus virtudes ya rancias y sus hazañas antiguas, Arnau no alcanzaba a excitar el deseo de una joven inexperta.

Ausiàs March, propuso Filippo para convencer a su padre antes de que se diera por vencido. Sabía que su padre conocería, si no la obra, sí la existencia de aquel gran poeta valenciano, halconero mayor del rey Alfonso, caballero de linaje que, al igual que Arnau, había defendido con orgullo sus causas retando a duelo a quien pretendiera perjudicarlo.

Y así, en las largas noches que transcurrían en los diversos campamentos de Ferrante, Arnau leía a escondidas y con dificultades el libro de los *Cantos de amor* de March tratando de memorizar el poema señalado por Filippo: «Igual que un rey señor de tres ciudades». La elección fue sencilla para el hijo: un rey guerrero que perdía sus ciudades vencido por el amor hasta que su alma terminaba esclavizada por este… Nada más oportuno y coincidente con la situación del duque de Lagonegro en su tránsito de militar acabado a amador.

Arnau memorizó aquel poema y lo repitió una y otra vez, con Isabella siempre presente en sus pensamientos.

—«La derrota jamás gusta al vencido» —declamaba con nostalgia—, «pero a mí sí: quiero que Amor me venza y que me atrape en su invisible lazo: bien parecen sus golpes en mi escudo».

Noche tras noche, Isabella fue creciendo en el interior de Arnau hasta invadir su pensamiento más fútil. Su olor, su tacto... La tienda de campaña se llenaba de su fragancia y sus risas, y su ausencia dolía a aquel soldado que por primera vez en su vida se refugiaba en la poesía: «... que el Amor causa grandes sufrimientos —trataba de entender—, y por Amor se pierde hasta el sentido».

¿En verdad había amado alguna vez?, se interrogaba con el corazón encogido. Aprendió aquel canto y se deleitó en muchos otros, hasta que un día, ya vencido el francés, se encontró con Isabella en el palacio, a solas, ellos dos y el amor, y tras Arnau, empujándolo, dándole valor, todo el padecimiento que lo había acongojado.

—Escucha —le rogó.

Y, puesto en pie, le recitó el poema con una voz que fue ganando firmeza conforme iba transmitiéndole que era ella la que le había robado sus ciudades, la que había vencido al rey para convertirlo en un humilde amador.

Isabella lloró al son de aquellas palabras tiernas. Sentada, con las manos en el regazo, los dedos entrelazados con fuerza, permitió que las lágrimas corrieran libres por su rostro en prueba de entrega.

—Te amo —declaró Arnau para poner término a su recitado.

Isabella se levantó.

—Vos... —Los sollozos trabaron su voz—. Tú me perteneces, Arnau Estanyol —afirmó tras tomar aire, tuteándolo y obviando su tratamiento noble por primera vez—. Te vi morir mil veces y otras tantas recé y te atendí y lloré y grité y hasta te golpeé con furia en el pecho, sobre el corazón —exclamó haciendo el gesto—, todo para que regresaras a mi lado cuando te perdías en la oscuridad y tu aliento era ronco y disminuía. ¡Eres mío!

Arnau avanzó un paso, las manos extendidas, temblorosas, pero ella rechazó su acercamiento y enfrentó su mirada.

—Pero estás casado, Arnau Estanyol —le recordó.

Su esposa vivía, ciertamente. Arnau tenía que morderse la lengua para no estallar en maldiciones ante esa realidad. Elisenda no lo merecía. Martí hizo buen uso de parte de los dineros que él le remitió, y el mismo pariente que había acogido a Elisenda en su casa en condición de cautiva, como enemiga declarada de Cataluña, la embarcó en un laúd que comerciaba de cabotaje por la costa catalana y la desembarcó en Tarragona, a la sazón la capital realista del principado.

La guerra continuaba más crispada si cabía. El viejo hermano de Alfonso, Juan II de Navarra, casi ciego, sorprendió a los catalanes con un vigor y una energía imprevistos.

Cataluña clamaba por la independencia de Aragón y, muerto el hijo de Juan II, el príncipe Carlos de Viana, a quien habían ofrecido la corona del hasta entonces principado, los consejeros de la ciudad se afanaron en busca de sustituto. Acudieron, pues, a uno de los enemigos del reino, el rey Enrique IV de Castilla, quien, tras aceptarlo, renunció al nombramiento después del asedio a Barcelona por parte de la alianza de realistas y franceses y la presión que estos últimos ejercieron sobre él. De nuevo huérfana de príncipe, Cataluña se concedió al condestable Pedro de Portugal, descendiente del conde de Urgel, a quien medio siglo antes se le había negado la corona de Aragón, a la que muchos consideraban que tenía pleno derecho. Este último monarca murió un año después, en 1466. Los catalanes, pertinaces en obtener la independencia, jugaron entonces una carta arriesgada y entregaron la corona de Aragón, atribuyéndose tan desmedida facultad, al francés Renato de Anjou, aquel al que Alfonso había conquistado el reino de Nápoles y que mandó a Cataluña un reducido ejército comandado por Bofillo del Giudice, un noble napolitano de los que traicionaron primero a Alfonso y luego a Ferrante.

Arnau Estanyol, que por entonces recibía cartas de su hijo

Martí con más frecuencia, sintió la necesidad de regresar a su patria para luchar contra los catalanes traidores a su rey natural. Sin embargo, dos circunstancias le impidieron hacerlo. La primera, que carecía de dinero. Martí había vuelto a pedirle ayuda, una vez agotados los fondos que le remitió al principio de la guerra. Contra el consejo de su secretario, que le advirtió del peligro de ruina, Arnau empeñó todavía más los recursos de sus derechos y tierras italianas para socorrer a su hijo, a su esposa y al rey Juan.

Aunque no solo era Arnau quien tenía problemas económicos. Salvo Luis XI de Francia, que no los quería gastar y que ahora se encontraba en una posición tremendamente compleja —era, por una parte, aliado de Juan de Aragón, pero, por otra, familiar de los Anjou, a quienes apoyaba en sus pretensiones sobre Cataluña—, el resto de los contendientes carecían de recursos en aquella guerra fratricida. Juan no tenía dinero. Renato de Anjou, tampoco. Barcelona sufría una crisis que había llevado a la quiebra a la *Taula de canvi* municipal, el banco de la propia ciudad, y unos y otros esperaban que el contrario financiase la guerra. Los barceloneses la reclamaban de los Anjou, confiados en que era la contraprestación lógica por regalarles un reino, pero los franceses esperaban que fueran los catalanes quienes pagasen dado que habían pedido su ayuda.

Y mientras los rebeldes discutían, con Juan de Anjou abiertamente enfrentado a los consejeros barceloneses por el dinero, hasta el punto de ordenar la ejecución del funcionario de finanzas y exigir el pago a los principales, Juan II, ya ciego por completo, pobre de solemnidad, según los testigos, jugaba bien sus cartas, prescindía de Luis XI y se aliaba con los duques de Borgoña y Bretaña, buscaba ayuda en el Papa y en su sobrino Ferrante. Tras sufrir una tremenda derrota en Viladamat, en la que apresaron a la mayoría de sus capitanes, lo cual elevó a Martí hasta los más altos cargos de un ejército ahora dirigido por su pupilo Fernando, el rey de Aragón se recuperaba y ganaba terreno a sus enemigos.

La segunda circunstancia que impedía que Arnau regresase a Cataluña radicaba en sus propias condiciones físicas. No tendría el menor sentido acudir a una guerra en la que no podría luchar. Temblaba con solo pensar en regresar a su tierra en tales condiciones. En Nápoles, sin embargo, allí donde había caído herido, aceptaban esas limitaciones; al fin y al cabo, las padecía por su entrega al reino.

Isabella no permaneció en el palacio. Esa misma noche en la que él le declaró su amor, y tras pedir refugio a Pompeo Rossini, se despidió de Arnau. Lo hizo rápido, con urgencia, manteniéndose a unos pasos de él. Evitó su mirada, y pugnó por controlar el agobio y la incomodidad que mostraban unas manos con las que no sabía qué hacer.

—Tengo que irme —le dijo tras carraspear.

Dentro de las consecuencias barajadas por Arnau tras el fracaso de su declaración de amor, una de ellas era la que ahora se le anunciaba, la más temida.

—¿Adónde vas a ir, Isabella? Si quieres, puedes permanecer aquí. Yo...

Ella negó con la cabeza, triste. Arnau, sin romper la distancia que la joven le marcaba, frunció la boca. Viva Elisenda, la separación se alzaba como la única posibilidad, porque Arnau respetaba... y entendía la posición de Isabella: no deseaba convertirse en su concubina. Él sentía por ella un amor que lo consumía, y no soportaría su presencia, su contacto y su aroma sabiendo de su inaccesibilidad. Así las cosas, había tomado la decisión de ser él quien abandonase Nápoles; necesitaba huir.

—Pienso volver al ejército, Isabella.

Ella forzó una sonrisa que se quedó en una mueca y negó con la cabeza.

—Debo irme, Arnau —insistió.

El silencio que se hizo entre ellos fue levantando una barrera contra la que se estrelló cuanto sentían, y ambos percibieron cómo la resignación los alejaba. Antes de que ello se consumara, Isabella sí sonrió, con franqueza, antes de dar media vuelta y marcharse.

Abandonado por la mujer que le había abierto la puerta a un hasta entonces desconocido amor, dolorosamente herido, como auguraba el poeta, por ese sentimiento tan placentero como desgarrador, sin ingresos provenientes de sus tierras y sus feudatarios, Arnau mandó a Rocco a Castelnuovo para que, bajo la tutela de

Lorenzo y los demás preceptores reales, continuara con su educación militar.

—¿Por qué habéis echado a Isabella! —se atrevió a gritarle el joven después de que ella se despidiera y evitara ofrecerle mayores explicaciones.

Arnau lo miró de arriba abajo sin esconder cierto desdén, el mismo con que contestaría a un igual que le alzase la voz.

—Ella lo ha decidido.

—¡Habéis sido vos! —lo acusó Rocco, enrabietado, el rostro encendido.

—No. No la he echado —contestó Arnau, esa vez con impaciencia—, pero a ti sí. Irás a Castelnuovo para aprender a ser un soldado útil al reino. Luego te harás cargo de tu baronía y vivirás de ella —sentenció.

Conservó a su lado a Claudio, pero despidió a casi todos los criados y los sirvientes, regaló los perros a Ferrante, prescindió de mulas, salvo las precisas para transportar sus pertrechos, y de caballos, excepto el que montaba, y ordenó el cierre de la mayor parte del palacio, menos unas estancias para su propio uso así como el de Filippo, si su hijo así lo deseaba. A este último le dejó una escueta y triste carta de explicación junto al maldito ejemplar de los *Cantos de amor* de Ausiàs March, y él también abandonó aquella residencia sombría, acosado por unos escalofríos que lo persiguieron hasta que no se hubo alejado una buena distancia.

Entró a formar parte de un ejército que Ferrante había renovado. Tras la guerra contra los angevinos que acababa de ganar, el rey había comprendido que la actuación de todos aquellos barones volubles, que tanto traicionaban como juraban lealtad para, acto seguido, volver a cambiar de opinión, no radicaba en los beneficios que esperaban obtener de uno u otro monarca. Ferrante llegó a la conclusión de que a esa gran cantidad de nobles arrogantes les importaba muy poco si era él el rey o lo era el de Anjou: lo único que pretendían era socavar el poder de aquel que finalmente accediera al trono. Esa constituía su única pretensión y, por lo tanto, les era indiferente militar en un bando u otro.

Ferrante quería prescindir de los ejércitos mercenarios de los nobles, de los condotieros que en ocasiones contaban con mayores recursos que el mismísimo rey, y mantener un ejército poderoso controlado directamente por él. En esa nueva estructura centralizada cuadraba la presencia del duque de Lagonegro, en nombre propio, por lo que su petición fue aceptada por el Consejo del soberano, que lo destinó a la intendencia y le señaló una asignación de la que debería vivir. Seguir al ejército, continuar adscrito a él en la forma que fuese, era lo que deseaba Arnau. No podía hacer otra cosa. ¡No sabía hacer otra cosa! Y jamás se refugiaría en las tierras de su feudo para envejecer en algún castillo inhóspito como un miserable, obligado a pedir limosna a los banqueros y los mercaderes con los que se había endeudado para pagar dos guerras y servir a dos reyes.

«¿Cómo pretenden que viváis con esta miseria?», se quejó Claudio, sin embargo, cuando Arnau le entregó los dineros para que los administrase. ¿Qué importaba el dinero?, pensó él.

Respiró el ambiente: la peste que emanaban soldados y caballerías, el polvo que levantaban, los gritos e insultos, las risotadas zafias, la suciedad que acompañaba al ejército napolitano comandado por Roberto Orsini en defensa de la Triple Liga, la nueva alianza constituida entre Nápoles, Milán y una Florencia que venía a sustituir a los Estados Pontificios, que quedaban fuera de aquella que se constituyó para defender Nápoles de los franceses. La inesperada muerte en 1466 de Francesco Sforza, el duque de Milán, que excitó las pretensiones venecianas sobre el ducado, puso de nuevo en marcha al ejército para defender las aspiraciones del heredero al trono, su hijo Galeazzo.

Ese mismo año, Ferrante depositaba el corazón de su padre en el arco de triunfo de Castelnuovo, un solemne acto con el que daba la monumental obra por concluida. Revivir a su gran rey Alfonso acicateó a Arnau, que acompañó al ejército real con el recuerdo de la única mujer a la que creía haber amado atormentándolo día y noche, persiguiéndolo hasta cuando mantenía relaciones con alguna de las muchas que se entregaban a los vencedores. Entonces Isabella, la piel que no llegó a acariciar, el olor de la entrega carnal que solo creyó percibir en sus fantasías, el sexo que estalló una y otra vez siempre en soledad, ensombrecía cualquier otra pasión. La belleza de otra que no fuera ella se desfiguraba. El placer dolía, el sudor hedía, y Arnau se culpaba por estar traicionando lo que fuera una ilusión. No existía mujer que pudiera sustituir a Isabella.

En las escasas ocasiones en las que regresó a Nápoles se interesó por su paradero. No tuvo noticias, como si su amada se hubiera desvanecido, hasta que cinco años después, entre campaña y campaña, insistió a Pompeo Rossini y este consideró oportuno facilitarle información sobre su ahijada ya que, a su entender, no habría vuelta atrás. Una vez más, el cirujano le contestó que la olvidara y, acto seguido, le confesó que su pupila se había casado. «Un buen hombre, con posibles —quiso tranquilizarlo—. Isabella tiene una hija y disfruta de su familia. Permitidle ser feliz», terminó suplicando ante el obstinado empeño de Arnau. Nunca le originaría siquiera un contratiempo, el mínimo trastorno, se prometió a menudo él después de eso. Pero el recuerdo de Isabella no desaparecía y sus ojos verdosos relucían hasta en el antro más lúgubre donde el duque de Lagonegro buscara consuelo.

Al final, quebró su propia promesa.

Isabella vivía en Gaeta y, efectivamente, se había casado con un cirujano conocido de Pompeo al que Arnau odió nada más saber de él. En su imaginación lo caracterizó de viejo, feo e irascible. No era así. Se trataba de un hombre corriente, algo más joven que Pompeo, aunque también entrado en años, y, al contrario que este, altivo y arrogante en su manera y tratos. Arnau pudo comprobarlo en cuanto dio con él. No le fue difícil. Había vivido muchos años en Gaeta y le sobraban conocidos, que en su mayoría se mostraron sorprendidos ante la maravillosa mujer con la que aquel galeno viudo y huraño había conseguido desposarse.

Arnau se alojó en la casa de Filippo Chiara, un apuesto barón catalán que tradujo sus nombres para abrazar con pasión las costumbres, la elegancia y la cortesía italianas tan pronto como pisó aquel suelo, antes incluso de que lo hiciera Arnau. Las conquistas de Filippo no eran bélicas sino amorosas, incluso una vez que se halló ya bien casado, una forma de vida que el entonces joven

Arnau, guerrero aguerrido, rechazaba visceralmente. Y a eso estaba dispuesto el día en que lo conoció durante una velada musical y literaria de las que el rey Alfonso organizaba hasta en plena guerra contra los franceses.

Aquel día, Arnau estaba cansado de música, lecturas de clásicos y conversaciones cultas y profundas que nada le importaban cuando se vio absorbido por el grupo en el que se hallaba Filippo, quien se dirigió a él con educación:

—Vos debéis de ser el famoso capitán de Alfonso, creo...

—No me interesa la opinión de un cortesano como vos —lo interrumpió él con un despectivo manotazo al aire—, un barón que no conoce el sufrimiento ni el dolor del campo de batalla.

—¡Oh! —replicó el otro, y detuvo a un Arnau que se volvió hacia él tras hacer ademán de marchar—. ¡Claro que conozco el sufrimiento de la guerra! —afirmó contundente.

—Explicaos.

El barón se encogió de hombros ante la expectación de cuantos formaban parte del grupo.

—Lo veo. No hacéis más que contármelo vosotros —aseveró—. Lo conozco perfectamente.

Un par de nobles al servicio del rey se movieron inquietos temiendo la reacción de un Arnau aturdido ante el descaro de la respuesta. Sin embargo, el embrujo de aquel hombre que no había empuñado una espada en su vida y que lo interrogaba con simpatía, casi con inocencia, lo llevó a sonreír primero y a soltar una carcajada después.

Filippo fue una excepción entre sus amistades, y su casa, ubicada intramuros, en las cercanías del imponente castillo que dominaba el mar desde lo alto del peñón en el que se enclavaba la ciudad, se convirtió en el refugio al que acudía si necesitaba distracción. Luego, con el traslado de la corte a Nápoles, ambos se distanciaron, y ahora le rogaba discreción a la hora de confesarle su amor por la joven y las circunstancias que la habían llevado a Gaeta. Filippo le contó de Isabella, no sin cierta nostalgia a causa de su provecta edad.

—Si tuviera diez años menos... —se quejó.

—Abrevia —le exigió el otro.
Se decía que otro cirujano había concertado el matrimonio de aquella joven, a la que dotó, si no cuantiosamente, al menos en cantidad suficiente para que el viudo admitiera la entrada de esa tempestad de alegría en su casa. Arnau asintió con Pompeo en mente; no se lo recriminó. Isabella, continuó Filippo sin dejar de adornar su discurso con constantes referencias a su belleza, había concebido una niña que no satisfizo las aspiraciones de su esposo. «¡Imbécil!», lo insultó. Porque incluso sin progenie de su primer matrimonio, aquel engreído le exigía un varón que continuase su estirpe. Por lo demás, ella lo ayudaba con los enfermos, que elogiaban su buen hacer y su trato bondadoso, virtudes con las que compensaba la hosquedad del marido. Bien lo sabía Arnau, que sintió punzadas en cada una de las cicatrices que habían curado aquellas manos angelicales ahora consagradas a otros.
—¿Crees que es feliz, Filippo? —se oyó preguntar.
Su amigo se extrañó:
—¿Feliz? ¿Qué importancia podría tener eso? No lo sé, Arnau. Es una mujer. La esposa de un personaje respetado en esta ciudad. Sí, supongo que sí, que esa condición le debería procurar cierta felicidad.
Arnau la vio en la catedral de San Erasmo, una iglesia empequeñecida por la torre del campanario que, incluso a nivel del mar, se alzaba majestuosa y elegante como si pretendiera competir con el propio castillo. Domingo, misa mayor. Arnau habría accedido al templo con dignidad y señorío y se habría emplazado en las primeras filas, con Claudio portando su silla. En esa ocasión, sin embargo, lo hizo con discreción, mezclado entre el común y vestido con ropas oscuras y simples, sin adornos, aunque de hecho y en cuestiones de atuendo ya no usaba las sedas y las hopalandas que Sofía le exigía lucir para distinguirse igual que hacían los demás cortesanos. Desde la desgracia de Marina y la progresiva decadencia de su madre, Arnau había recuperado sin oposición alguna el negro estricto con el que se sentía cómodo y al que acostumbraban a recurrir los caballeros catalanes.
Creyó verla, quizá solo percibirla, sentirla, y se desplazó a co-

dazos y empujones entre el gentío que se hacinaba en San Erasmo hasta un lugar desde el que pudiera contemplarla. Su visión lo estremeció: destacaba entre los fieles. De su mano iba una niña. A su lado estaba aquel que se la había robado, hierático, como si con esa actitud imperiosa proclamase la propiedad de la mujer que lo acompañaba. Los tres vestían con telas suntuosas de colores, con cierto lujo, el que correspondía a un cirujano que se encontraba junto a los demás miembros de su estamento: notarios, escribanos, doctores, hombres de letras, mercaderes..., todos por detrás de los nobles.

Arnau quiso encontrar en Isabella un rastro de tristeza que lo convenciese de su arrepentimiento. No estaba con él; lo había rechazado para casarse con un hombre que, con toda seguridad, ni siquiera la amaba. Pero no apreció en su semblante el menor síntoma de desconsuelo. Permanecía erguida, imitando a su marido, con el mentón alzado, atenta a la ceremonia que se desarrollaba en el altar mayor.

La vio atender con cariño a su hija, de unos tres años, le calculó, y agacharse para escucharla. Apretó los puños cuando vio que su esposo la reprendía con displicencia. Ella obedeció y se aplicó a las lecturas en latín recitadas desde el altar, ajena a los temblores de ira que acometieron a Arnau al descubrir miradas de terceros que desnudaban a Isabella delatando, sin disimulo alguno, envidia malsana. Los celos lo paralizaron hasta causarle calambres. Los sintió del cirujano, al que habría dado un espadazo en el cuello hasta separarle la cabeza del torso. Los sintió incluso de todos aquellos que podían disfrutar día tras día de la visión de Isabella, de su contemplación, de respirar el aire que ella exhalaba.

Contrariado, pugnando por expulsar cualquier sentimiento que lo afectase, de vaciarse de emociones como cuando atacaba al enemigo, desvió la mirada hacia el altar mayor, pero ni siquiera aquel Cristo crucificado al que se encomendaba antes de entrar en batalla, aquel a quien confiaba su vida, quiso atender sus ruegos y oraciones. Isabella no era suya. Llegaba tarde, porque Arnau quería decirle que Elisenda había fallecido ese año de 1470, según le comunicó Martí, y que por tanto ya era libre: podían unirse y disfrutar del amor. Confiaba encontrar a una Isabella desesperada a la que rescataría de un matrimonio forzado, y quizá fuera así y aquella mujer que llegó a cambiar su vida hasta llevarlo a memorizar un poema fuera infeliz realmente, pero si esa posibilidad no dejaba de ser una especulación, no lo era el halo de serenidad y voluntad que emanaba de ella. Arnau supo que Isabella jamás quebrantaría el compromiso adquirido, que nunca perjudicaría a su hija. Lo clamaba al universo entero con su porte íntegro, firme, desafiante incluso. Al instante le vino a la mente su propia trayectoria familiar: Elisenda y Sofía. Con ambas dispuso de todos los recursos para hacerlas felices, y no lo consiguió con ninguna. ¿Por qué iba a ser diferente con aquella joven? Se empequeñeció entre el gentío, el propio templo, el espíritu piadoso, las amonestaciones desde el púlpito. «¡Ingenuo!», se maldijo.

No esperó al final del oficio y abandonó la catedral. Tampoco esperó a su viejo amigo Filippo, su anfitrión en Gaeta. Dejó recado a los criados y retomó el camino hacia Nápoles con la mente agarrotada en Isabella. Espoleó a su caballo y le exigió esfuerzos inútiles. Claudio quedó muy atrás. Él se detuvo en una hostería y buscó consuelo en el vino. Lo tentaron varias mujeres, se dejó embaucar por una de ellas y la belleza mudó en miseria y sordidez. La vieja que lo ganó se burló de él tras varios intentos fallidos y lo abandonó, ebrio y entristecido, en la estancia a la que lo había llevado.

## CUARTA PARTE

# Guerra y soledad

# 20

*Nápoles,*
*septiembre de 1476*

La niña se asustó. Corrió a esconderse detrás del pedestal que iniciaba la balaustrada de la escalera que accedía a la planta noble y asomó la cabeza entre las piernas de mármol de la antigua diosa romana erigida sobre la columna, desde donde continuó observando la airada discusión. Septiembre pugnaba por extender el verano y Nápoles brillaba a la luz del sol. A diferencia de lo que sucedía con los demás, con los muchos que peregrinaban en busca de limosna o comida, aquel viejo pordiosero no se resignó a las instrucciones que recibió del portero, que los despedía de malos modos y los encaminaba hacia un postigo trasero donde algún criado les entregaría las sobras que, como buenos cristianos, los señores siempre prevenían. Este, por el contrario, exigía acceder al patio del palacio cada vez con menor ímpetu, sus palabras ininteligibles por los accesos de tos y la respiración entrecortada, como si se apagase, tal era su deterioro físico.

Aurelia, esa niña rubia como el oro, de largos cabellos en tirabuzón y de solo once años, tembló al ver cómo el mendigo hacía un último esfuerzo y empujaba, aunque sin excesiva fuerza, a su querido Pietro, el amable portero que la cuidaba y vigilaba y hasta jugaba con ella en cuantas ocasiones le permitían corretear libre por el patio.

—¡Detente! —resonó en el momento en el que Pietro se disponía a golpear al intruso.

Aurelia volvió la cabeza hacia una de las ventanas. Roberta gesticulaba excitada desde allí, asomándose peligrosamente como si se dispusiera a saltar al vacío. No le gustaba aquella mujer antipática y sombría. La niña iba a interesarse por la reacción de Pietro, pero la aparición de una nueva figura en otra ventana, esta más grande, señorial, con preciosos arcos, se lo impidió. Aun desde la distancia a la que se encontraba, Aurelia fue capaz de reconocer la lividez que repentinamente asaltó el rostro de su madre.

—¡Gaspar! ¿Eres tú? —gritó Roberta—. ¡Sí, es Gaspar! ¡Esposo! ¡Gaspar, Dios sea loado!...

Los alaridos de la mujer fueron disminuyendo a medida que descendía al patio, desde donde renacieron y resonaron de nuevo una vez que hubo accedido. Roberta estaba desaforada. Aquella mujer fúnebre corría y gritaba. ¿Qué sucede?, quiso preguntar Aurelia a su madre como si esta pudiera responderle desde la distancia.

Pero la descubrió temblando.

El griterío atrajo a los empleados del almacén y a la servidumbre, incluso al propio Paolo.

—¿Tú lo sabías? —le preguntó Marina con voz aguda, temerosa, al encontrarse con él cuando bajaba al patio.

—Sí —tuvo que admitir el comerciante.

No había querido preocuparla antes de tiempo, le confesó cuando ella lo detuvo a mitad de la escalera en espera de una explicación. Ferrante, viudo desde hacía unos años, acababa de contraer matrimonio con su prima Juana de Aragón, hija del viejo rey Juan II, que se negaba a morir, y en un alarde de gracia y magnificencia indultó a los muchos presos que abarrotaban las cárceles reales.

—¿También a los traidores? —se extrañó Marina.

—Cuentan que Ferrante se sorprendió al saber que Gaspar todavía estaba vivo.

«Debemos de haber sido muy generosos y clementes para que un preso aguante tantos años con vida en nuestras cárceles», explicó Paolo que había exclamado el rey. Le contestaron que, como había ordenado, Gaspar había sido objeto de una vigilancia estricta tras su primer intento de fuga.

—En aquellas fechas, el rey amenazó con una muerte tan dolorosa como vergonzante para el carcelero al que se le escapase Destorrent —añadió Paolo para que Marina comprendiese la situación—. Aunque, sorprendido porque todavía viviese —continuó exponiendo— mandó a los carceleros que fueran menos benevolentes, y cuando insistieron en si liberaban o no al preso, reclamó información sobre su estado de salud, sonrió al conocer de sus muchas dolencias y sufrimientos, y consintió diciendo: «Ese renegado nos ha dado una lección acerca de nuestro trato bondadoso para con los enemigos de Nápoles. ¡No debe repetirse! Los delincuentes tienen que padecer las penurias necesarias para que supliquen la muerte. Liberémoslo, pues. Que nadie dude de nuestra grandeza».

Cuando Marina y Paolo llegaron al patio, Pietro permanecía unos pasos apartado de Roberta, que abrazaba y palpaba a Gaspar como si pretendiera convencerse de que aquel engendro andrajoso, sucio y maloliente era ciertamente su esposo. Paolo se acercó a la pareja. Marina, sin embargo, se apresuró a coger a su hija de la mano y fueron escaleras arriba sin contestar a las muchas preguntas que se atropellaban en la boca de Aurelia.

Marina creía haber hallado la felicidad en una existencia que llegó a considerar fracasada. Se esforzó por respetar las tendencias sexuales de Paolo hasta asumirlas como naturales, un verdadero punto de inflexión en la forma de mirar y entender a su esposo, que por su parte se vació de culpas y pecados y agradeció su comprensión. Hacía años ya que su socio, amigo y amante Michele Giochi había contraído matrimonio con una joven noble. El florentino dejó a los hombres y se distanció de Paolo, aunque solo en sus relaciones físicas, no en la amistad ni en los negocios, en los que progresaron. Era así: el placer no distinguía entre sexos; hombres y mujeres no eran excluyentes.

Esas actitudes y concepciones limaron asperezas, dudas y recelos entre Marina y Paolo, y la convivencia se meció en la educación y la cortesía. ¿Amor? Quizá, aunque ninguno se atrevía a indagar en esa sima misteriosa. Ternura y cariño, sin duda, consolidados con el nacimiento de Aurelia, un embarazo que Marina alcanzó insistiendo en intimar con su esposo. Ahora era extraordinario que volviera a estallar la pasión entre ambos, pero no era inusual que él la buscase, se acostase a su lado y se arrimase para absorber su calor y recrearse en su compañía. Y hablaban y se acariciaban. Y se besaban con ternura. Y se quedaban dormidos.

Marina y Aurelia vivían en la riqueza, cuidadas, obsequiadas y regaladas sin límite por un Paolo que día a día incrementaba su cuantiosa fortuna y que gustaba de presumir de la belleza de sus dos mujeres. Nápoles entera volvía la cabeza para envidiar las sedas y las joyas al paso de madre e hija, mientras Paolo, prohombre de la ciudad, mercader respetado, se movía con discreción cuando de satisfacer sus deseos se trataba.

Marina mantenía buena relación con sus hermanos. Con el mayor, Filippo, se veía cuando este recalaba en la ciudad entre sus muchos viajes como embajador de Ferrante. Con el pequeño, Lorenzo, la relación era más fluida, aunque el matrimonio de él con la hija bastarda de un príncipe napolitano que le procuró dinero y nobleza separara los ámbitos en los que se movían. Con Arnau, en cambio, no mantenía relación alguna. Y le dolía, porque sentía que podía recuperar a quien había sido su padre, pero el rencor de Paolo hacia este no había mermado ni con la llegada de Aurelia. Marina sabía de Arnau por Lorenzo, que le contaba de él, de su empeño en las nuevas técnicas y los nuevos armamentos en los que ya era reconocido como experto, y esas referencias la acercaban a él, por lo que no renunciaba a poder abrazarlo de nuevo algún día.

Sin embargo, la llama de la esperanza que todavía ardía con relación a su padre se había apagado con respecto a Rocco. Para el año de 1476, el barón de Castelpetroso, joven engreído y soberbio donde los hubiera, había repudiado pública y repetidamente a sus progenitores —el uno panadero, la otra sodomita— tal como predijera Arnau. Lo hizo ya de niño cuando sus compañeros intentaron humillarlo con esas insidias, y lo repitió a lo largo de su juventud, llegando a retar a muerte a quien osase recordárselo. Rocco di Forti, como se llamaba, no admitía la menor mirada aviesa a su paso. Paolo, por su parte, había dejado de hablar de su hijo y se retiraba cuando Lorenzo, invitado a su mesa, lo hacía incluso contra la voluntad de su anfitrión y contaba de sus vivencias en el ejército real, donde coincidían.

—¡Es mi sobrino! Y su madre tiene derecho a saber de él —llegó a recriminar a su cuñado cuando este le pidió que callase.

—Una madre…, unos padres a los que desprecia —lamentó Paolo.

—Unos padres que lo llevaron a ser como es —replicó su cuñado con crudeza.

—Lorenzo… —quiso intervenir Marina, pero se vio agresivamente interrumpida por su esposo.

—¡Fue tu padre quien nos lo robó!

—Fue mi padre quien le devolvió el honor y sus títulos.

—¿Honor? ¿Títulos? —Paolo soltó una risa sardónica—. ¿Acaso eso es más importante que el amor paternal?

—¡Nápoles! —contestó con firmeza Lorenzo—. Nápoles y sus barones. Nápoles y su ejército. El servicio de armas al rey. ¡La gloria! ¡La supremacía! La victoria sobre los enemigos. ¡La grandeza del reino! ¿Qué importancia puede tener el amor ante ello?

Tanto Marina como Paolo hicieron amago de intervenir, pero el militar los detuvo con el manotazo al aire típico de su padre.

—Y cuando todo eso sucede, cuando lo soldados vencen y sustentan y afianzan la prosperidad —continuó al tiempo que señalaba con el dedo directamente a Paolo—, los mercaderes como tú se enriquecen.

—Nosotros pagamos las guerras —reclamó este.

—No te equivoques, cuñado: el rey permite que las pagues. Nadie es nada sin su favor. Y, en última instancia, ganas mucho dinero financiándolas.

—Hasta que lo derroten.

—Reza para que eso no suceda, pero piensa que mientras tú estés arrodillado suplicando a Dios en uno de los fastuosos templos de esta ciudad, tu hijo Rocco, entre otros muchos, estará arriesgando su vida en el campo de batalla con ese mismo objetivo. Y si Ferrante fuera vencido, probablemente lo sería a costa de la muerte de tu hijo y de muchos más como él, mientras tú y los tuyos os arrastraréis, os arrodillaréis y os humillaréis ante el nuevo príncipe hasta conseguir las mismas mercedes y prebendas de las que disfrutabais.

Pese a tales defensas, Rocco era un tema prohibido en el matrimonio de Marina, que sentía que su hijo pertenecía a una vida anterior, aquella en la que la inculparon, la persiguieron y la humillaron hasta que huyó con el apoyo de un Paolo entregado a ella. Fue una vida marcada por la violación a manos de Gaspar. Creía haberla superado, luchaba por olvidarla, y en ese empeño por dejar atrás años de dolor se incluía ese hijo que nunca la había amado como madre. Y ahora todo parecía derrumbarse ante la aparición de aquel espantajo cadavérico y mugriento en las entrañas de su hogar.

Porque Gaspar no se iba del palacio.

—¡Échalo! —llegó a exigir Marina a su esposo—. Ha transcurrido tiempo más que suficiente.

Roberta se lo suplicó el mismo día en que Gaspar apareció: que permitieran que se recuperase allí, que comiese y lo atendiese un médico. Lloró, rogó, recordó una vez más los muchos favores que los Destorrent les habían hecho: Accumoli, el contrabando, los negocios, la dote cuando se casaron. Y hasta llegó a hacer amago de arrodillarse ante Paolo y besar sus zapatos. Aquella mujer triste a la que Paolo llevaba cerca de quince años alimentando, vistiendo y cobijando precisamente como compensación por todos esos favores que ahora pretendían cobrarle otra vez conmovió al mercader, que terminó concediéndoles dos semanas que luego prolongó por otras tantas ante nuevos ruegos y súplicas.

Marina, pese a todo, asumió esos plazos con cierta tranquilidad.

—De momento no me molesta porque no sale de su habitación —explicó a Liboria ante la inquietud que esta mostró.

La que ya era verdadera amiga de Marina había acudido rauda tan pronto como tuvo noticia de la libertad de Gaspar. No eran usuales esos encuentros. Liboria había contraído matrimonio con un *pipernieri* de Soccavo que aprovechó la gratitud y ayuda de Paolo hacia la mujer que tanto y tan bien le había servido. Aquel tallador de piperno, la roca volcánica oscura napolitana, hizo feliz y llenó de hijos a su esposa. «Se lo merece», se alegraba Marina cada vez que pensaba en ella y rememoraba esa misteriosa y perenne sonrisa a la que ahora encontraba sentido. Aun así, la familia, el cuidado de todos aquellos niños, la lejanía, la colaboración con su esposo y las mil obligaciones que pesaban sobre Liboria la habían alejado de su amiga.

—¡Incluso parece que ha perdido el juicio! —continuó relatando Marina—. Paolo ha intentado hablar con él en un par de ocasiones y no ha conseguido arrancarle nada que tenga sentido.

Sin embargo, Gaspar salió de su habitación vestido con una simple túnica negra a modo de un fraile, igual que la que vestía en Accumoli la noche en que Marina oyó los repugnantes gritos de rata que la trasladaron en el tiempo y la confundieron con la niña que entonces estaba siendo forzada. De tal guisa, de la mano de su esposa, Gaspar renqueó por los jardines y se desplazó por el palacio obligando a Marina a ser ella quien se recluyera en su alcoba, acompañada de Aurelia, incapaz la pequeña de entender el trastorno y la agitación originados en su madre por la llegada de ese hombre. Con todo, Marina no atendió a razones y la mantuvo junto a sí para que ni siquiera se cruzara con aquel depravado. Salían cuando les aseguraban que Gaspar y Roberta se habían retirado y vivían siempre pendientes, tanto ellas como los criados, de si alguno de los dos volvía a aparecer.

—¡Échalo! —exigió a Paolo, una vez más, una tarde tras el transcurso de otro mes.

—Ya he vuelto a pedirles que se vayan —se quejó su esposo—. A él y a ella.

—¿Y qué han dicho?

—No contestan.

—¿No? Y ahora ¿qué piensas hacer?

—Insistir. El rey le habrá concedido el perdón, pero, pese a ello, no es conveniente tenerlo en esta casa. Es un gasto y mancilla mi prestigio comercial. Gaspar nunca dejará de ser un traidor a Nápoles. Físicamente parece que ya está recuperado..., cuando menos todo lo que pueda mejorar un hombre en sus condiciones. Eso sostiene el médico. Pero en cuanto a la cabeza... La verdad es que no rige. Me mira sin decir nada, solo me traspasa con esos ojos acuosos y demoníacos que se le han quedado. —Paolo se estremeció y agitó cabeza y hombros ante la gélida sensación que le provocaba la presencia de aquel monstruo—. Quince años en las mazmorras de Castelnuovo destrozan la naturaleza más fuerte.

—¡Pues que se vaya al infierno con su diablo! ¡Que se marche! Si está loco, poco le importará estar en un palacio o en una pocilga. ¡No te fíes de ese canalla! Nos hará daño. ¡No puede acercarse a nuestra hija! —llegó a chillar—. ¡Échalo ya! —le exigió.

Paolo pensó, vaciló y tartamudeó su respuesta:

—Sí... Lo haré... Quizá con algo más de tiempo...

—¡Ahora! Si no lo haces tú, me ocuparé yo. —Marina se dirigió airada hacia la puerta del escritorio—. ¡Voy a echarlos de esta casa! —anunció encolerizada, agitando ambos brazos como si no pudiera controlarlos.

Tras unos instantes de duda, Paolo se apresuró a ir detrás de su esposa, que recorría el palacio con determinación, lanzando amenazas paso sí, paso no.

—¡Qué se habrán creído esos malnacidos! ¡Ahora mismo se irán como que me llamo Marina! ¡Canalla!

Paolo llegó a tiempo de impedir que su mujer abriera la puerta de la estancia de los Destorrent.

—Hay que darles una salida —le susurró con la mano sobre la puerta.

—¿Qué dices?

—No tienen dinero. No tienen recursos. Hay que ofrecerles una salida digna; en caso contrario, se negarán a irse.

—Tú eres el comerciante —cedió Marina tras pensarlo con rapidez.

Entraron los dos después de llamar a la puerta. Primero lo hizo Paolo, que ya conocía la estancia; luego Marina, que se detuvo al golpe del olor rancio y asfixiante que imperaba en el interior. Encontraron a Roberta sentada con un libro en las manos y a Gaspar mirando por la ventana. La mujer levantó la vista, su esposo continuó dándoles la espalda. Paolo ignoró al hombre. La mirada de Marina, sin embargo, quedó paralizada en la serpiente mortífera que se adivinaba bajo la túnica negra que había adoptado por atavío.

—Os costearé algún lugar en el que podáis vivir —ofreció Paolo a Roberta.

—No tienes dinero suficiente.

Paolo respingó ante la inesperada intervención de Gaspar. Marina no se sorprendió, como si siempre lo hubiera esperado. Paolo creyó ver que Roberta torcía el gesto en lo que para ella era lo más parecido a una sonrisa y se dio la vuelta al mismo tiempo que la mujer retomaba la lectura sin inmutarse. Los ojos acuosos y nublados de Gaspar lo atravesaban ahora desde la ventana, y la mirada diabólica rasgó su cuerpo atacándolo con escalofríos.

—¿Qué pretendéis decir? —acertó, sin embargo, a preguntar—. Seré generoso.

Paolo calló al ver que Gaspar dirigía su atención hacia Marina. El inmenso odio con el que ella contestó a su interés pudo palparse en ese ambiente rancio y hasta logró turbar a un Gaspar que pugnó por recomponerse antes de volver a dirigirse a Paolo:

—Que, por rico que seas, no tienes recursos para reparar mi ruina y compensar los quince años de cárcel que he pasado por tu culpa —afirmó.

Ninguno de los dos recordaba aquella voz gutural como la propia de Gaspar.

—Canalla —replicó Marina, originando una sonrisa de satisfacción tanto en Gaspar como en Roberta.

—¡No tengo nada que compensaros! —exclamó Paolo.

—Tú me delataste —afirmó Destorrent sin siquiera levantar la voz—, y eres tan traidor al rey como yo.

—¡No es cierto! —se defendió Paolo.

Marina sintió que le fallaban las rodillas. ¿Qué sabría aquel miserable?

—¡Fuera de esta casa! —gritó.

Gaspar, todavía enmarcado por la luz rojiza del atardecer que se colaba por la ventana, ni siquiera reaccionó.

—Es ridículo —repuso Paolo insistiendo en mantener una discusión que Marina habría preferido que zanjase—. Si creíais que había sido yo, ¿por qué no me denunciasteis entonces?

—¡Necio! Hasta las ratas que correteaban a mi alrededor en la celda me decían que fuiste tú quien me traicionó, pero ¿de qué me habría servido que también entrases en la cárcel y perdieras todo el dinero que hoy voy a necesitar? Me eras útil fuera, para hacerte cargo de mi esposa, para sobornar a los carceleros, para correr con mis gastos...

—¡Quince años! —exclamó Paolo, realmente desconcertado—. ¿Habéis sido capaz de vivir con ese rencor durante quince años pensando que os había delatado!

—¡Ese rencor...! —Ahora sí que Gaspar alzó la voz y acusó con un dedo retorcido por la artritis a Paolo—. ¡Ese rencor es lo que me ha mantenido con vida en el infierno!

—¡Ladrón! —lo acusó Marina—. ¡No veréis un mísero *tornese* del dinero de mi esposo!

—Querrás decir, de este sodomita —se mofó el otro con afectación.

Marina tardó unos instantes en reaccionar:

—¡Mi esposo no es ningún sodomita! Cumple con sus obligaciones conyugales.

—Si no os vais ahora mismo —terció Paolo—, acudiré al capitán de la ciudad para que os expulse de mi casa.

—Yo no lo haría, micer Paolo.

La advertencia provino de su espalda. Pese a los años transcurridos, la voz era reconocible: Bernardo, el lugarteniente de Gaspar, se apoyaba con indolencia contra el marco de la puerta desde donde saludó a Paolo con familiaridad alzando una mano que agitó burlonamente en el aire. Fueron muchas las ocasiones en las que Paolo se había visto obligado a soportar a aquel bandido en los negocios turbios que le encargaba Gaspar; luego, tras la detención de este, de la que Bernardo se libró por pura casualidad puesto que a última hora no pudo acudir a la entrega de las armas, prescindió de unos servicios que el otro insistió en ofrecerle hasta que se cansó y lo perdió de vista.

Ahora lo tenía ahí, amenazador tras esas primeras burlas, y a su espalda, dos secuaces peor encarados todavía. Paolo, irritado, se volvió hacia Gaspar.

—Habéis estado engañándonos desde que llegasteis —lo acusó al comprender que su locura había sido un ardid para ganar tiempo hasta reunir a los forajidos que ahora los coaccionaban desde la puerta—. ¿Qué es lo que queréis?

Gaspar no se movió. Roberta hacía rato que había levantado la vista del libro y presenciaba la escena sin esconder su satisfacción.

—¡Ingrata! —le recriminó Marina ante esa actitud—. Durante todos estos años, habéis vivido en esta casa tratada como una huésped.

—¿Y qué menos! —la interrumpió Gaspar—. Era vuestra obligación. Y ahora, Paolo, más te vale obedecerme o revelaré al mundo que eras mi socio y, por lo tanto, tan culpable de traición como yo. Me preguntabas qué es lo que quiero... —continuó, y abrió las manos como si este debiera saberlo—. Pues cenar.

Bernardo soltó una carcajada.

—Vuestra comida ya debe de estar preparada —dijo Marina, y aprovechó el momento para escapar de aquella conspiración. Deseaba irse de allí. Bajar al jardín y respirar el aire frío de la noche napolitana, expulsar de su mente la imagen del hombre que la forzó y que ahora los chantajeaba—. Los criados no tardarán en traérosla —añadió, volviéndose con precipitación hacia la puerta.

—No —oyó decir a Roberta—. A partir de hoy, utilizaremos el salón principal para todas nuestras comidas, el que por calidad corresponde a Gaspar Destorrent. —La mujer observó el efecto de sus exigencias en una Marina que trató de zafarse de su escrutinio para encontrar en el rostro de Bernardo, serio, inquisidor, la certeza de que así sucedería—. Os esperamos a cenar con nosotros —la invitó cuando la otra ya le daba la espalda.

Marina no contestó, y trató de sortear a los dos bandoleros que ocupaban el pasillo, uno de los cuales jugueteó con ella interponiéndose repetidamente en su camino: a un lado..., al otro...

—¡Paolo! —gritó pidiendo su protección, pero en el momento en que buscó a su esposo presenció cómo Bernardo impedía que la siguiera y cómo lo empujaba de nuevo adentro de la habitación para cerrar la puerta tras de sí—. ¿Qué es esto?

Un grito resonó en el interior, pero ella no supo reconocer si procedía o no de su esposo.

—¿Os quedáis conmigo? —inquirió sarcástico el hombre que impedía su paso y que llevó una mano sucia y fuerte a su antebrazo, todo él lascivia.

Los gritos aumentaron tras la puerta y algún mueble se estrelló con estrépito contra el suelo.

—¡Dejadme! —alcanzó a quejarse Marina, pero la presión de la mano en su brazo la llevó a chillar trastornada y a tirar con violencia para zafarse del hombre, que volvió a burlarse de ella y la zarandeó un instante antes de permitirle huir.

Marina no pensó en nada y corrió por el pasillo, tropezando, buscando apoyo en las paredes mientras las carcajadas y obscenidades de aquellos dos bellacos acallaban los gritos que surgían de la habitación de Gaspar.

# 21

Tras la desgarradora decepción vivida por empeñarse en un sueño al que no estaba llamado, Arnau continuó buscando consuelo y distracción en el ejército, como había decidido el día en que Isabella escapó del palacio de Nápoles.

Al principio de la década de los setenta, el territorio italiano permanecía en relativa paz, algo que no sucedía en sus fronteras marítimas orientales, todas bajo la constante amenaza del sultán turco Mehmed II, el Conquistador de Constantinopla.

Ferrante abrazó la causa contra el turco, se alió con Venecia, que veía en peligro su supremacía marina en la zona, y con el apoyo del Papa y del sultán persa, enemigo de los otomanos, armó galeras para combatir a los musulmanes.

El duque de Lagonegro, huérfano de conflictos bélicos en tierra, solicitó embarcar en ellas.

—Este hombre no tiene límite —comentó el racional al estudiar su petición—. En un barco, la mayor parte de la intendencia ya está dispuesta en el momento de zarpar. ¿Qué función podría tener a bordo de uno de ellos?

—Señálale la que sea —exigió uno de los consejeros—. Por volver a guerrear, Arnau Estanyol sería capaz de sentarse a remar en calidad de galeote. Mantengámoslo lejos de Nápoles.

El racional torció el gesto.

—¿Artillería? —propuso con reticencia.

—¡Eso! Que dispare la bombarda —se oyó decir a uno de los consejeros—. Y a ver si le revienta.

—¡Que lo hundan de una vez! —apuntó otro.

—¡Virgen santa! —se espantó el racional—. En ambos casos significaría la pérdida de un navío.

—Cierto... —rectificó uno de los que le habían deseado aquel mal a Arnau—. Con que caiga al mar él solo y se pierda en las profundidades será suficiente.

Las carcajadas que siguieron supusieron la concesión de la licencia real para que Arnau se sumase a la armada napolitana en condición de artillero.

La incorporación de las armas de fuego a las contiendas, su uso, fabricación y suministro estaban abriendo un mundo ignoto en los campos de batalla. Cañones y bombardas demostraban su eficacia ante unas fortificaciones verticales, antiguas, pensadas y diseñadas para resistir asedios, pero no bombardeos; algo que los defensores de esos nuevos medios calificaban como el inicio de una revolución en el arte de la guerra.

En tierra, las fortalezas empezaban ya a modificarse y las construcciones adoptaban formas angulosas para resistir el ataque de la artillería. En el mar, sin embargo, las galeras de guerra resultaban más difíciles de adaptar a los nuevos tiempos: una bombarda situada en la proa, fija, que solo disparaba hacia delante, y quizá algunas espingardas emplazadas en las bordas. Los arsenales trabajaban a destajo para que los navíos cumplieran los requisitos que los cañones exigían.

A Arnau no le satisfizo el cargo que le asignaron ya que esperaba alguno relacionado con los doscientos soldados de infantería que llevaba cada una de las diecisiete naves napolitanas destinados a incursiones terrestres contra el enemigo. No obstante, aceptó el de artillero. Necesitaba salir de Nápoles y, además, en aquellos barcos no había mujeres. Pensó que le sería más fácil dejar atrás su mal de amores entre una dotación de quinientos hombres, los galeotes, una chusma compuesta principalmente por delincuentes extraídos de las cárceles y destinados a los remos, y por lobos de mar, en un ambiente sucio y rudo.

No creía en la artillería, por más que cada día mostrase su eficacia. Hacía veinte años que los turcos habían conquistado Constantinopla haciendo uso de varios cañones, entre ellos la Gran Bombarda, un monstruo de nueve metros de longitud que disparaba balas de granito de casi setecientos kilos. Mehmed II sometió a la triple muralla de la capital del imperio que a lo largo del tiempo había resistido asedios de numerosos enemigos a un constante bombardeo que terminó por destruir unas defensas que, por más poderosas que hubieran sido antaño, no resistieron ese ataque.

La caída de Constantinopla significó la consagración del poder de la artillería en la guerra, pero eso, para Arnau y otros muchos, nostálgicos todos de la caballería, implicaba dejar atrás las espadas, las leyes de la guerra y del honor, pues ¿qué honra cabía en lanzar una bala contra las murallas? ¿Dónde quedarían la lucha noble y el cuerpo a cuerpo? Los avances tecnológicos ponían en peligro su forma de vida, amén de que, al decir de otros tantos, eran contrarios a las corrientes renacentistas que pretendían el regreso a los clásicos: la pólvora y los cañones, por más que Petrarca adjudicara erróneamente su invención a Arquímedes, eran ingenios modernos que nada tenían que ver con el regreso a la Antigüedad, tan pretendido en el resto de las facetas de aquella culta civilización.

Aun así, el duque de Lagonegro embarcó en la Santa Agnese, donde se puso al mando de un único marinero, Luca, que hacía las veces de artillero de la bombarda que amenazaba desde la proa de la galera. Aunque no llegaron a entrar en combate abierto con la flota turca, sí que mantuvieron algunas escaramuzas en alta mar o atacaron posiciones enemigas en la costa, a las que bombardeaban antes de que la infantería desembarcase.

Arnau no podía acompañarla, se sabía inútil y la desesperación lo asaltaba en el momento de oír los gritos de batalla de aquellos valientes soldados cuya pelea contemplaba desde el mar. Con los puños y los dientes apretados, daba órdenes hasta que le vencía la pasión y las vociferaba en vano desde la distancia: «¡Vigilad el flanco derecho!», «¡Atentos!», «¡Ahí!», «¡Bravo!», «¡Aragón!», «¡Aragón!». Galeotes y demás gente de mar, incluso de las naves que los flanqueaban, miraban hacia donde él señalaba y muchos se sumaban a sus instrucciones. Si vencían, se felicitaban todos, Arnau incluido, como si hubieran sido ellos quienes los habían guiado hasta la victoria.

Arnau recibía a los soldados y sus capitanes como héroes; conocía la dureza de la batalla. Visitaba a los heridos, los animaba y trataba de consolar sus penas. La convivencia con aquella gente en un espacio tan limitado como el de un navío rápido, atestado de hombres, armamento, víveres y enseres, fue forjando una relación íntima, perturbadora e inquietante por sus muchos problemas que ocupó todos sus pensamientos. Olvidó a Isabella, Nápoles, la corte, Lagonegro, Cataluña, las querellas y los dineros... En su lugar, se desvelaba pensando en el soldado herido cuyos gemidos le encogían el estómago, y en la bombarda y en la pólvora, y en la comida que escaseaba y en la próxima aguada, y en los marineros, y en ese galeote que había caído rendido por el tremendo esfuerzo de una boga rápida... En el mar, infinito, insondable, tan impetuoso como placentero, aquellos eran sus iguales, concluyó. Los viejos sabían de Arnau y uno de ellos lo trató de general. Otro le pidió que explicara sus historias, y él se abrió a ellos. Les habló de la conquista, ya que una gran mayoría ni siquiera habían nacido cuando Alfonso y el propio Arnau entraron triunfantes en Nápoles. Lo escuchaban atentos, ensimismados, en las noches plácidas, aquellas en las que el mar les concedía un respiro.

La confianza y hasta la amistad que trabó con las gentes de la galera azuzaron a Arnau a superar sus recelos hacia la artillería. Necesitaba colaborar en la lucha, dejar de ser un simple espectador, un general en la retaguardia que observaba los manejos de Luca con la bombarda, y convertirse en uno más de esos hombres que peleaban con bravura contra el enemigo. Sin poder descender a tierra, preso en aquel navío de quilla baja, estrecho y alargado, donde cada palmo de cubierta estaba ocupado por algo o alguien, la única posibilidad de aportar su esfuerzo se ceñía a aquel cañón. Se fijó en las muchas y complejas maniobras que realizaba el artillero para cargar, apuntar y disparar el arma. Luca le dijo que había aprendido algo, pero que su labor la fiaba principalmente a la experiencia y el instinto, y de instinto sabía mucho Arnau.

Navegaban por el Egeo, en las cercanías de Nauplia, cuando les advirtieron de la presencia de una partida de turcos. La flota viró hacia la costa para enfrentarse a ellos y la Santa Agnese se puso en posición para disparar. Arnau ayudó a Luca a cebar la pólvora en la recámara y comprimirla bien mediante un disco de madera que quedaba fijo dentro, presionando la carga. Luego introdujeron la bala de hierro por la boca del cañón junto a paños de cera fundida que hacían que esta encajase perfectamente y no hubiera espacios libres entre ella y el interior de la caña de la bombarda. Cebaron con pólvora de ignición rápida el oído, la mecha a la que aplicarían el fuego que haría explosionar el cañón, pero cuando el artillero iba a acercar el hierro incandescente, Arnau le ordenó que se detuviera. Algunas galeras de la flota ya habían disparado, aunque con poco acierto. A pesar de que era difícil hacer blanco, Arnau lo veía con claridad, como si se tratara de un tiro con ballesta. Levantó el brazo e hizo señas al piloto para que acercase un poco más la galera. El cómitre dio orden a los remeros. Arnau siguió con la mano en el aire, el índice arriba, extendido, y lo giró repetidamente hacia estribor. Le obedecieron. La galera viró.

—¡Ahora! —gritó.

El artillero prendió la mecha y los dos corrieron a separarse del cañón por si reventaba. Al instante, la bombarda estalló y retrocedió con fuerza al disparar una bala que cayó al mar antes de alcanzar a un grupo de jinetes turcos que los retaban con insolencia y que se rieron y burlaron de ellos.

Arnau renegó a gritos y golpeó repetidamente al aire con rabia. Estaba convencido de que aquella era la trayectoria correcta.

—General —llamó su atención Luca mientras, ayudado por otros hombres, tiraba de unas cuerdas para recolocar la bombarda en la proa de la nave—, hay que repetir.

¡Repetir! Arnau dio un último manotazo y se sumó a los esfuerzos para llevar el cañón a la posición que ocupaba antes del retroceso. Lo volvieron a cargar para efectuar otro disparo antes de que las naves tocaran tierra y los hombres de guerra desembarcasen, momento en el que ya no podrían intervenir en la batalla.

Repetir. Era eso: aprender y repetir. Así pues, Arnau se volcó en ello. Preguntó a los artilleros de las demás galeras, escuchó y observó. La mayor parte de aquellos hombres eran marineros reconvertidos en artilleros, personas que no sabían leer ni escribir, que habían recibido una instrucción somera y que, como Luca, se empleaban a fondo basándose en la experiencia adquirida. Arnau quería ir más allá, y se enteró de la existencia de un tratado traducido del alemán, el *Libro de los fuegos*, que se consideraba la biblia de los artilleros.

Encargó su adquisición a Filippo, seguro de que si había alguien capaz de encontrar un ejemplar de aquella obra sería su hijo, y mandó a Claudio con todo el dinero del que disponía para que pudiera comprárselo. Una vez lo tuvo en sus manos, lo estudió. Un verdadero manual de artillería.

Durante los meses en los que la flota hibernaba, Arnau se dirigió a Guglielmo di Monaco, un relojero francés que ya había sido llamado a Castelnuovo por el rey Alfonso como artillero, por lo que el duque lo conocía bien pese a que entonces no concedía excesiva importancia a la guerra con cañones; con todo, el fervor y la devoción que ambos habían compartido hacia su rey, que empezaba a ser apodado el Magnánimo, habían creado un fuerte vínculo entre ellos. En la época en la que el duque de Lagonegro comenzó a interesarse por la artillería, di Monaco estaba trabajando en el gran reloj y la campana de Castelnuovo, así como en las maravillosas puertas de bronce del castillo en las que se relataba la victoria de Ferrante sobre los angevinos tras la muerte de su padre.

Di Monaco, por entonces maestro y conservador general de la artillería real, atendió solícito a Arnau y le explicó y enseñó cuanto pudo de aquel arte. Lo dirigió a alquimistas expertos en pólvora con los que aprendió sus secretos, el más importante de los cuales era no comprar el salitre previamente confeccionado, en especial si los mercaderes que lo vendían eran venecianos, porque lo adulteraban. El *Libro de los fuegos* coincidía en esos recelos y, si bien ofrecía mecanismos para comprobar si el salitre era bueno, insistía en que era muy difícil comprarlo limpio y purificado si procedía de Venecia.

Pasó días y hasta noches enteras en el taller de Guglielmo di Monaco, donde se fabricaban bombardas en cuya decoración participaban grandes artistas, igual que había hecho Pisanello en las de Alfonso V con sus emblemas. Habló con los artesanos de los problemas de fabricación y resistencia, y terminó implicándose en el desarrollo de una ciencia y unas técnicas que empezaban a alcanzar una trascendencia bélica y que, efectivamente, sustentarían el devenir de la guerra moderna.

En el año de 1472, cuando la flota napolitana volvió a hacerse a la mar para combatir al turco, la Santa Agnese incorporaba dos espingardas por banda resultado de la insistencia de Arnau, quien, además, había sido ascendido a artillero mayor de la flota por orden de di Monaco.

Arnau dispuso ejercicios durante aquellos momentos en los que el enemigo no los molestaba. Limitó las prácticas con fuego real por no menguar el contado arsenal de cada navío, pero sí que ejercitó a los artilleros y, sobre todo, a la marinería, que puso a su servicio para las labores de carga y recuperación de las bombardas con rapidez una vez que habían retrocedido. También instruyó a los artilleros en el uso y cuidado de la pólvora y estableció procedimientos de control, y compartió con ellos los estudios teóricos y los cálculos sobre los tiros, principalmente el tiro por elevación, el ideal para batir en tierra, frente al usual tiro paralelo o de punto en blanco, utilizado para atacar a los navíos enemigos.

La instrucción y el entrenamiento dieron sus frutos, y la flota napolitana destacó por encima de la veneciana y persa en efectividad, orden y celeridad en las siguientes confrontaciones con los turcos, lo que llevó al almirante de la armada a llamar a Arnau a la nave capitana.

—Os felicito, duque —celebró con él, ambos sentados en el castillo de popa, pues era una de las escasas naves que contaba con esa comodidad.

Arnau conocía al almirante, un noble bastante más joven que él, pero capaz y preparado, sobre todo en la batalla naval.

—Mis hombres han trabajado duro. Es mérito de ellos —respondió.

Charlaron largo y tendido sobre la artillería, tanto la utilizada en el mar, donde la construcción de barcos necesitaba adaptarse con urgencia a las necesidades que exigía su uso, como en tierra. Arnau le propuso después unos ejercicios estratégicos que había diseñado para entrenar conjuntamente a la flota.

—Os faltarán cinco galeras —lo interrumpió el almirante después de escucharlo. Arnau enarcó las cejas—. Sí, ponen rumbo a Barcelona. —Ahora el duque de Lagonegro se irguió en su silla, atento—. En este momento, Barcelona está sitiada por las tropas del rey Juan, y Ferrante se ha comprometido a ayudarlo por mar para bloquear la ciudad y evitar que los franceses puedan suministrar víveres, armas u hombres.

Arnau no pudo esconder el temblor que le produjo el escalofrío que le recorrió la espalda. El otro se apercibió.

—¿Os gustaría ir en esa flota? —inquirió—. Quizá el rey lo permita, pero personalmente me dolería perder a un general como vos. Aunque entiendo que se trata de vuestro reino...

—Mi reino es el de Nápoles —lo corrigió Arnau—. Y mis hombres no son otros que estos que confían en mí y obedecen mis órdenes.

¿Era cierta esa afirmación?, se preguntó Arnau de regreso a la Santa Agnese. Casi con toda seguridad. Hacía dos años, cuando recibió la carta de su hijo Martí en la que le comunicaba la triste muerte de Elisenda, sintió que uno de los lazos más poderosos que lo unía a sus raíces catalanas, su esposa, se rompía y lo dejaba huérfano de recuerdos, de vivencias y de vínculos con una tierra que había abandonado hacía ya más de treinta años y a la que solo había regresado de forma esporádica para castigarla con dureza en favor del proyecto napolitano.

Le quedaba Martí, ciertamente. ¿Qué edad contaba a la muerte de su madre? ¿Treinta? ¿Más? ¿Treinta y tres? ¿Treinta y cuatro? Un hombre hecho y derecho que había sido beneficiado por el rey Juan con títulos y el matrimonio con una joven noble, familiar del propio soberano, que le aportó mayor honor y riquezas.

A la muerte de Elisenda, Martí llevaba ya ocho años guerreando y defendiendo con valentía y entrega la causa de Juan II, mientras que él, Arnau Estanyol, conde de Navarcles y Castellví de Rosanes, permanecía agazapado, herido, quizá hasta atemorizado por primera vez en su vida tras la derrota que sufrió en Castel Volturno. Recordó haber desechado cualquier posibilidad de acudir a defender su tierra. Quizá por vergüenza, o más bien por miedo a que lo vieran impedido, a que lo tachasen de inútil; a que sus enemigos se burlasen de su estado.

Arnau no lo pensó en exceso. A vuelta de ese mismo correo que le notificaba la pérdida de su esposa, cedió sus títulos, tierras y honores en Cataluña a su hijo Martí, el hombre que los defendía y que arriesgaba su vida por ellos. Consideró que no era digno de mantenerlos en su poder, aunque ¿tenían algún valor? Barcelona estaba en manos de los rebeldes. Su palacio lo ocuparía algún mercader renegado y traidor a su rey natural, quizá un Destorrent; sospechaba que algún miembro de esa detestable familia habría buscado la forma de vengarse de él escupiendo en su hogar. Navarcles, Castellví de Rosanes no eran más que tierras en liza. No tenía derecho a ellas porque no las defendía, y en verdad sintió un verdadero alivio tras firmar el documento de cesión en el notario: la estirpe continuaba, esa era su verdadera satisfacción, y los condados permanecían en manos del Estanyol que luchaba por ellos.

Aunque tampoco estaba entonces tan claro, a la fecha de la muerte de Elisenda, que Martí pudiera recuperarlos. En esos días el rey francés Luis XI decidió dar un último empuje a la guerra en Cataluña y mandó potentes ejércitos que pronto consiguieron la capitulación de Gerona. Juan II, tan viejo y arruinado como terco y voluntarioso, se sometió a la provecta edad de setenta años a la intervención quirúrgica de uno de sus ojos. Un médico judío de Lérida, Cresques Abiabar, lo operó del ojo derecho y le restituyó la visión. El judío no deseaba tentar más a la suerte, pero el monarca lo obligó a operarlo también del izquierdo, con el que obtuvo el mismo éxito. La leyenda del rey aragonés aumentó, y Juan partió a impedir que el francés continuara conquistando plazas fuertes y ciudades catalanas.

De todo ello tuvo conocimiento Arnau por conducto de su hijo Martí, el resto se lo contó el almirante después de que él proclamase su fidelidad a Nápoles.

—Ese viejo aragonés en verdad es afortunado —sostuvo el hombre, si bien le explicó acto seguido, en contra de esa afirmación, que las tropas francesas habían arrasado y tomado todo el norte de Cataluña.

Arnau sintió una punzada de inquietud por la suerte de Martí. A la posible muerte de su hijo en unos combates que imaginó tremendamente desiguales entre las tropas de un rey viejo y arruinado y las de otro impetuoso y al mando de una gran potencia como Francia, se sumó la congoja de que Martí pudiera ser apresado. Los Anjou no serían benevolentes con un Estanyol, el hijo de un general que los había vencido y hasta humillado en Nápoles.

—¿Por qué sostenéis entonces que el rey Juan es afortunado cuando las tropas francesas lo están aplastando?

Porque si bien Juan no había conseguido detenerlos en esa campaña, explicó el almirante, la ventura quiso que, en la siguiente, la de 1471, Luis XI decidiera destinar todos sus recursos y atención hacia otro objetivo, Inglaterra, donde disputas internas le ofrecieron la posibilidad de devolver aquella corona a los Lancaster, con lo que esperaba paralizar las amenazas de los ingleses sobre su propio reino. Esa empresa le era mucho más interesante y rentable que la de desangrarse económicamente por entregar el trono de Cataluña a Renato de Anjou.

Pero la fortuna, caprichosa, no se limitó a distraer la atención de Luis XI hacia Inglaterra, sino que también provocó la muerte de Juan de Anjou en Barcelona. Renato, el rey elegido por los catalanes, perdía a su hijo y lugarteniente.

Todas esas adversidades para los rebeldes catalanes no tranquilizaron a Arnau, que de repente, tras años de contienda, temió por la vida y el destino de su hijo.

—Vos tenéis contacto directo con el rey y la corte —le había dicho al almirante—, os ruego que os intereséis por la suerte de mi hijo Martí.

El hombre prometió hacerlo. Luego continuó explicándole los

avatares de la guerra catalana: como sucedía en la mayoría de ellas —Nápoles y sus barones eran buen ejemplo de ello—, los enemigos mostraban un repentino arrepentimiento, traicionaban a los suyos y se ofrecían al bando contrario ante la falta de dineros para los soldados del ejército francés, que se desbandaban y abandonaban las filas.

Juan II los admitió en las suyas, los premió con honores, volvió a tomar la iniciativa y, con la subvención económica de unas cortes optimistas ante la nueva coyuntura bélica, inició una contraofensiva, empezó a recuperar territorio y puso sitio a la capital, donde se refugiaban los políticos sediciosos que habían jugado con un reino.

—Habéis hecho bien en no querer ir a Barcelona —confesó el almirante a Arnau.

—Ya os he dicho que...

El otro lo acalló con una mano.

—Mirad, duque, vos sois un gran soldado, lo sé y os respeto por ello. Las galeras que parten hacia Barcelona no van a luchar, se limitarán a vigilar que no se rompa el bloqueo y lo más que harán, desde el punto de vista bélico, será perseguir a algún que otro corsario que pretenda obtener grandes beneficios por suministrar la comida que falta en la ciudad. El rey Juan no quiere entrar a saco en la capital, algo que podría hacer sin riesgo alguno. Barcelona está indefensa, sin tropas en su interior, los alimentos escasean y el pueblo sufre esas carencias, pero su majestad prefiere mantener el cerco con un puñado de hombres y cuatro galeras y dedicarse a recuperar el resto del territorio, objetivo que está consiguiendo sin mayor oposición, y esperar a que los barceloneses se rindan. No desea más sangre. Lo cierto es que no veo a un general como vos embarcado en calidad de simple vigilante, sin otra misión que contemplar el mar a la espera de un corsario atrevido; el turco, hoy, aquí, sí que es un peligro manifiesto, contra el reino de Nápoles, contra la cristiandad entera.

Tan cierto era aquello que una de las pocas medidas que tomaron las autoridades de Barcelona fue la de juzgar en ausencia a los traidores que se habían pasado a las filas realistas y a colgar sus muñecos en la plaza de Sant Jaume, una ejecución simbólica que no calmó ni el hambre ni el miedo de los ciudadanos.

El 15 de octubre de 1472, el mismo día que Arnau bombardeaba unas galeras turcas que pugnaban por escapar de su acoso, los consejeros de Barcelona firmaban la rendición en el monasterio de Pedralbes. Juan II fue increíblemente clemente y magnánimo con los rebeldes, buscando la reconciliación, asegurándose su lealtad y gratitud. Perdonó a sus súbditos y amnistió todos los delitos desde el levantamiento, devolvió honores y territorios, reconoció y juró los *usatges* y las constituciones de Barcelona, así como los demás privilegios y libertades del principado que tanto irritaban a su hermano Alfonso, y no tomó medida represiva alguna ni siquiera contra los franceses que todavía permanecían en territorio catalán, a los que concedió franqueza para regresar a su reino con sus posesiones.

Los únicos perjudicados por ese alarde de generosidad del vencedor fueron los payeses de remensa, los mismos que habían luchado desde el principio junto al rey Juan, defendido su causa, arriesgado y perdido la vida en las filas del ejército de campesinos liderado por Francesc de Verntallat, encumbrado a capitán real. Nada se contempló sobre sus reivindicaciones en la capitulación de Pedralbes. Tras una guerra que había arruinado al principado, el rey necesitaba el empuje de los nobles y terratenientes, el cultivo de los campos y el urgente suministro de alimentos, por lo que los malos usos continuaron vigentes en una especie de limbo jurídico en el que se pretendía la vigencia de las disposiciones de Alfonso V. Verntallat fue premiado con títulos, rentas e inmuebles, pero los payeses se vieron obligados a continuar con su lucha, ahora en contra incluso de aquel rey que, inicialmente, los había defendido y animado a rebelarse contra sus señores.

Arnau se indignó al conocer la noticia. Él, que en su día había considerado como enemigos a los principales barceloneses, no pudo evitar escribir una misiva a su hijo Martí donde, en muy duros términos, expresaba su desagrado ante el final de ese conflicto. En términos más educados, pero igualmente tajantes, se dirigió también por carta a los reyes. Enterarse de que uno de los

Destorrent había sido premiado por sus majestades solo sirvió para aumentar su irritación y para que tomara la decisión de no volver nunca a Barcelona, ni tampoco a España. Su vida, su rey, sus batallas estaban en Nápoles, y a ello se dedicó durante los siguientes años.

*Nápoles, 1476*

Arnau había llegado a su casa, en Nápoles, un lugar al que aborrecía regresar porque le recordaba todo cuanto había perdido en los últimos años. El fiel Claudio era el único que salía a su encuentro y lo recibía, sin hacer el menor comentario sobre el aspecto agotado que presentaba después de cada una de esas incursiones bélicas.

Entre la relación de sucesos acaecidos en la ciudad durante su ausencia que Claudio le proporcionaba en sus visitas, el criado incluía referencias a Marina, pero evitaba profundizar, consciente de que la sola mención de Paolo enervaba y airaba a su señor. Arnau atendía a las noticias acerca de Marina con indiferencia, hasta el día que el criado se vio obligado a revelarle la puesta en libertad de Gaspar. Si no lo hacía él, pensó, sin duda el duque se enteraría por algún otro medio y se lo recriminaría, y con mayor virulencia si, además, conocía por terceros que su acérrimo enemigo se hospedaba en casa de su hija.

Hacía mucho tiempo que Arnau no tenía noticias de su hermanastro. Las últimas eran las de su encarcelamiento por traición y la requisa de sus bienes hacía quince años, el repudio por parte de su familia y la consecuente imposibilidad de comprar su libertad. Siguió el suceso, ampliamente comentado en el real instalado en la guerra contra los franceses y recordó la posterior irritación de Ferrante ante la evaporación de unos dineros que debían llegar de Barcelona y que ya había gastado.

En muchas ocasiones había pensado en él; Gaspar siempre estaría presente en sus pesadillas. Y se interesó por su suerte. «En la cárcel», le contestaron. «¡Que se pudra!», se felicitó. Un año, dos, cinco, diez... Dejó de preguntar... hasta ese día.

—¿Qué pasa con Gaspar! —bramó ante Claudio.

El criado le explicó.

—Dicen que es un despojo humano, señor —quiso calmar unos ánimos que había ido percibiendo cómo se encolerizaban, más tras revelar que Gaspar se alojaba en casa de Marina—. Está arruinado, nadie lo acoge y, después de tantos años en la cárcel, parece que solo le queda esperar la muerte.

—En casa de mi hija —murmuró Arnau en tono impasible.

Claudio suspiró. No debería opinar, pero ya era viejo. Además, ¿qué castigo podía imponerle su señor?, pensó al sopesar la tentación de hablarle con sinceridad. No. No lo reprendería por hacerlo.

—En casa de su socio… —se atrevió a corregirlo— y amigo —añadió acto seguido—. El panadero —continuó, utilizando el término despectivo con el que Arnau se refería a Paolo— siempre ha dependido de Gaspar. Él le enseñó, lo enriqueció y lo encumbró. Parece… —Claudio iba a decir «caritativo», pero optó por algo más frívolo— normal que ahora, en la desgracia de su mentor, lo acoja. No debéis preocuparos, Marina no sufrirá daño alguno.

Entre ellos flotó la desagradable realidad de que Marina también se vio beneficiada por Gaspar, que la joven huyó de su mano y se refugió en sus tierras. Arnau inspiró con gravedad. Había jurado matar a ese canalla. Sin embargo, un caballero catalán ni se vengaba ni peleaba con un impedido, con alguien incapaz de defenderse, concluyó luego de exigir de Claudio que le ratificara la precaria condición física de su hermanastro. Además, añadió para sí, Alfonso se lo había prohibido, y someterse a las órdenes de su soberano, aunque estuviera muerto, recordar aquel vínculo que tanto había influido en su vida y en su carácter, le insufló ánimo.

## 22

En Nápoles, la presión y las amenazas sobre Paolo y Marina fueron crueles y constantes desde el primer instante, como si Gaspar, mucho más recuperado de lo que sospechaba Claudio, pretendiera impedirles siquiera respirar o detenerse a pensar qué les estaba sucediendo.

Los secuaces de Bernardo se multiplicaron: siete u ocho de ellos se paseaban a sus anchas por el palacio, las cocinas, las cuadras, los almacenes o las zonas nobles. Entraban sin avisar en el escritorio de Paolo, en la alcoba de Marina o en la de Aurelia de forma totalmente sorpresiva y a cualquier hora del día o la noche.

—¿Qué te has creído! —recriminó Marina a uno en la primera ocasión en que aquello sucedió—. ¡Esta es mi habitación!

El hombre la apartó sin contemplaciones de un manotazo. Escudriñó la estancia. Toqueteó sus prendas como si calibrase su calidad. Miró objetos y libros. Se sentó en la cama para probar la calidad del colchón, que aprobó de forma cínica con un asentimiento de la cabeza y los labios fruncidos. Luego salió.

—Acostúmbrate —advirtió Gaspar a Marina cuando esta se atrevió a quejarse durante la cena—. En esta casa se ha terminado la intimidad.

—No tenéis derecho a eso.

—Esta situación no puede alargarse —agregó Paolo.

—Esta situación se alargará lo que yo desee —replicó el otro, con Roberta comiendo como si no le interesase la conversación—. No cometáis ninguna necedad porque lo pagaréis caro. Tenéis una hija preciosa y deseable.

Marina no pudo reprimir el temblor de su mandíbula al oír como surgían esas palabras de boca del canalla que la había violado.

—¿Cuántos años tiene? ¿Diez? —continuó Gaspar.

—Once —apuntó Roberta sin mirar a nadie.

—Once —repitió el otro como deleitándose—. Cualquiera de mis hombres disfrutaría con ella.

Paolo se levantó airado.

—¡No os atreveréis!

—¡Perro! —chilló Marina.

Gaspar aguantó hierático sus protestas hasta que ambos se retiraron enfurecidos. Esa noche no encontraron a Aurelia.

—Está durmiendo con mi esposa —les comunicó cuando se arrastraron hasta él dispuestos a pedir perdón—. Creo que es la persona adecuada para vigilar que no le pase nada. No os preocupéis, nadie en esta casa desobedecerá las órdenes de Roberta.

Marina y Paolo no dejaban de sopesar y comentar las posibilidades. ¿Denunciarlo? ¿Pedir ayuda al alguacil? Gaspar ya les había advertido que si acudían al capitán, mientras iban y venían y discutían con la guardia en el patio, alguno de ellos caería o sufriría algún daño, o desaparecería, quizá Paolo, o Marina…, o la niña.

Porque la noche en que Bernardo se presentó y Gaspar descubrió su juego, cuando se encerraron en la habitación de Roberta y Marina oyó golpes procedentes del interior, Paolo fue forzado a suscribir un documento en el que autorizaba a Gaspar Destorrent, su esposa y sus empleados a vivir en su palacio y a su costa, «en pago de los muchos servicios prestados de antiguo», decía el papel. Ningún alguacil lo expulsaría de esa casa.

—No he sido capaz de oponerme —confesó Paolo con voz ronca—. Tenía miedo de que os hicieran daño, a ti y a la niña. Me amenazaron con ello.

—No te atormentes —quiso tranquilizarlo Marina—. Ese documento no puede tener valor, te han obligado por la fuerza, con golpes y coacciones.

—Ya, pero eso lo tendría que decidir un juez. Tiempo, dinero... Y mientras tanto él y sus hombres continuarían aquí, conviviendo con nosotros. ¡Nos machacaría! Y ya perdí un hijo —lamentó con una congoja que emocionó a Marina.

—Huyamos. Y después decidiremos —quiso animarlo ella.

Gaspar lo tenía previsto. Sabía que optarían por escapar del palacio; Paolo era propietario de más viviendas en Nápoles y hasta de una espléndida villa de verano cerca de Sorrento. Era lo lógico, lo previsible. En cuanto Roberta devolvió a Aurelia un par de días después, los tres intentaron fugarse utilizando el postigo trasero que se abría desde las cocinas. Se toparon con dos hombres que quebraron con carcajadas el silencio en el que pretendían moverse.

«Aguantemos», se decían el uno al otro, convencidos de que la situación era absurda, insostenible e incómoda también para Gaspar y Roberta. Podían obtener dinero de Paolo, suficiente como para vivir lejos de esa tensión.

—Tarde o temprano se irán —trataba de convencerla Paolo.

Pero el control aumentó. Roberta empezó a vestir las ropas de Marina y a exhibir sus joyas. Un espantajo, una vieja esquelética que se movía con torpeza incapaz de llenar lo que la dueña, voluptuosa, lucía con elegancia. ¿Por qué lo hacía? ¿Qué pretendía?

—Humillarte —opinó Paolo—, simplemente eso. Se trata de tu ropa, de tus posesiones íntimas, las de la mujer que eres. A través del desprecio pretenden erosionar nuestra dignidad y nuestro decoro para así someternos. No debes permitir que te afecte, querida. Sé fuerte. ¡Aguantemos!

Gran parte del personal de servicio, el de confianza, fue sustituido por orden de Gaspar y confirmación forzada de Paolo antes de que pudieran sospechar qué sucedía. En cuanto a los demás, el propio Gaspar los convenció: él era el socio de Paolo, su gran amigo. ¿Acaso no había vivido Roberta durante años en aquella casa? No mentía cuando dijo que los robos estaban a la orden del día en Nápoles; de ahí los vigilantes, argumentó. Los gratificó con generosidad y se ganó, si no su lealtad, sí cierta confianza. La criada personal de Marina desapareció de la noche a la mañana y en su lugar se presentó otra vieja malcarada que diariamente reportaba a Roberta. Marina recordó entonces a Cosima, la mujer que vigilaba sus rezos y sus ejercicios de contrición a instancias del malvado mosén Lluís, y se hundió en una intimidación permanente similar a la que sufrió entonces. Hasta los preceptores de Aurelia fueron reemplazados.

Marina y su hija dormían separadas, con criadas que se turnaban y se acomodaban en el suelo, en el pasillo, al pie de sus puertas, mientras, de cuando en cuando, algún hombre hacía la ronda. Al menos la niña ya pasaba las noches con Roberta, pensaba Marina, aliviada. No soportaba la idea de que esa mujer estuviera cerca de su hija, y, al parecer, la esposa de Gaspar también se había cansado de la cría. Ahora apenas la miraba.

Aparecieron un par de esclavos, moros, tan grandes y fuertes como los que acompañaron a Gaspar al castillo de Accumoli hacía más de veinte años.

Una noche, mientras se preparaban para cenar, ya forzados a sostener aquella parodia de cortesía, Marina comprobó que había un servicio de más en la mesa. No preguntó.

—Esperamos a un invitado —explicó Gaspar tras apercibirse de su inspección.

Paolo empalideció y hasta titubeó ante la aparición del comensal que faltaba: un joven ataviado con sedas de colores que se movía con afectación, imberbe, con el rostro embadurnado de afeites y la voz aguda, cantarina, en todo momento acompañada de gestos amplios y vaporosos de manos y brazos.

—¡Bienvenido! —lo recibió Gaspar, y se levantó de la mesa para abrazarlo.

El contraste de la túnica negra que había asumido como vestimenta ordinaria con los dorados y rojos del joven arañó la vista de Marina. El recién llegado se llamaba Tommaso y, sin duda, concluyó ella por la reacción de Paolo y el mero interés de Gaspar en traerlo a la casa, era el amante de su esposo. Ella nunca había conocido a uno de ellos, ni siquiera al famoso Michele Giochi. La discreción con que Paolo procuraba llevar sus relaciones, algo que Marina le agradecía, no había logrado evitar que Gaspar diera con el joven y lo sobornara para que accediera a aquella visita que no pretendía más que ofenderlos, humillarlos y terminar sometiéndolos, lo mismo que buscaba Roberta alardeando del traje que portaba esa noche.

Mientras Paolo permanecía paralizado, Marina apretó puños y dientes, y se levantó de la mesa dispuesta a impedir la mortificación que perseguía Gaspar. Este sonrió al verla sofocada y airada, presta a abofetear al recién llegado.

—Sois Tommaso, ¿verdad? —inquirió con amabilidad para sorpresa de Gaspar.

Lo tomó del brazo, lo sentó y le sirvió vino. Luego volcó su atención en él y, salvo esporádicas intervenciones por parte de un Gaspar incapaz de esconder una mueca de asombro ante la desconcertante actitud de Marina, no le permitió descanso alguno. ¿Era napolitano? ¿Dónde vivía? ¿Su familia? ¿En qué trabajaba? ¿Él y Paolo eran amigos? ¿De qué conocía a Gaspar? Desde que había llegado, Tommaso se conducía con fluidez y descaro, como pudiera corresponder a un joven que encontraba su sustento en una vida de seducción, persuasión, incitación, engaño... Marina tuvo que esforzarse por seguir el ritmo del parloteo de un joven cada vez más desinhibido, por el vino, por la confianza, por la audiencia que no acostumbraba a tener, y en cada ocasión en la que este intentaba establecer una conversación con un Paolo que simplemente respondía con monosílabos y gruñidos, ella intervenía.

—Señora, dejadme hablar con mi amigo Paolo, que hace tiempo que no lo veo —acabó suplicándole Tommaso, angustiado, las dos manos trágicamente extendidas hacia él.

«¡En esta casa, Paolo es mío!», estuvo a punto de contestarle ella, pero la sonrisa malévola que ya apuntaba en los labios de Gaspar le aconsejó no hacerlo.

—Ya habláis con él —contestó en su lugar.

—Nooo.

—Síií.

Marina se permitió empujarlo de un hombro con supuesto cariño. El otro respondió como un niño, y se enzarzaron en una pelea que logró desviar la atención del joven hacia su esposo.

Fue una noche aterradora que terminó con Paolo llamando a la puerta de la alcoba de su esposa.

Sustentado en la comprensión y el amor de Marina y de esa hija que llegó para iluminar una vida vacía e injusta, Paolo había conseguido equilibrar sus sentimientos con sus pasiones. Marina se atrevía a sostener que la frecuencia de las relaciones sexuales de su marido había disminuido sensiblemente en igual medida que las que de manera esporádica mantenían entre ellos. En esas fechas su esposo rondaba los cincuenta años y se veía atrapado por los negocios. Antes de que Gaspar regresase para torturarlos, Marina había tenido la oportunidad de disfrutar del sosiego y la tranquilidad con los que Paolo afrontaba su existencia. Habían alcanzado una convivencia amable y cariñosa. Exceptuando a aquel hijo ingrato que les robó Arnau, el universo les sonreía, y Paolo descansaba su espíritu en la satisfacción y el orgullo por su familia, su éxito en los negocios, su fortuna, su adorada hija Aurelia… y su esposa, también su esposa. Se lo había reconocido y agradecido en numerosas ocasiones: «Sin ti no lo habría conseguido», «Gracias, querida. Tu tolerancia ha sido imprescindible en mi vida», «Con Aurelia me proporcionaste la felicidad que no encontraré en lugar alguno». Sí, probablemente todavía buscara algo de esa felicidad fuera del palacio, en algún callejón de la ciudad, pero en lo más profundo de su corazón Marina estaba convencida de que eran escasas las ocasiones y totalmente efímero el placer que debía obtener ese hombre ahora calmado y parsimonioso.

Sin embargo, Gaspar había logrado profanar un lugar hasta ese momento sagrado. La sodomía, práctica que pretendía alejar de su familia, había invadido su entorno más cercano y hasta pendía de su cabeza y amenazaba su propia libertad.

Esa noche, después de la cena, Marina lo recibió en el centro de la estancia sin saber cómo reaccionar ante su presencia; temió que se le hubieran agotado las palabras. ¿Estaría agradecido? ¿Irritado? ¿Molesto? ¿Avergonzado?… Estaba muy cansada y lo esperó con los brazos caídos a los costados como muestra de su fatiga.

Temía que volviera al estado de introspección, culpa, silencio y miedo al que tuvo que enfrentarse ella después de que Paolo conociese al florentino.

Sin llegar hasta su esposa, Paolo estalló en disculpas: «Lo siento». «No quería». «Nunca debería haber sucedido». «Gaspar...». «¡Canalla!». «No...».

—No pasa nada —quiso tranquilizarlo ella.

—Te he avergonzado. Te he humillado en tu hogar, en tu mesa. Te he... Lamento que te hayas visto obligada a soportar esto.

—Jamás logrará que me avergüence de ti —repuso Marina con convicción, sobreponiéndose a cualquier duda—. Eres un buen esposo, un buen padre... Y estaré siempre contigo, a tu lado. No te juzgué antes y no lo haré ahora. Te amo —le susurró, yendo hacia él—. Aguantemos —repitió lo que se había convertido en una consigna para ambos—. Tarde o temprano se irán.

Y se fundieron en un profundo abrazo.

Gaspar continuó presionando e involucrando a Paolo en sus manejos ilícitos. Lo obligó a revender mercadería robada, a disimular en su contabilidad importantes partidas de productos entrados de contrabando que no habían pagado impuestos. Lo mismo sucedió con aquellos otros géneros de comercio restringido sobre los que el rey había creado un monopolio y cuyo tráfico exclusivo había vendido o cedido a banqueros o mercaderes acaudalados. Paolo blanqueó el dinero que Gaspar obtenía de sus actividades ilegales y, sin desearlo, obligado por las amenazas de dañar a su querida hija o a su esposa, o a él mismo, se convirtió en una pieza más de la maquinaria delictiva organizada por Destorrent.

—No tiene interés en ganar dinero —apuntó un día en una conversación con su esposa.

Marina mostró sorpresa:

—¡Cómo! ¡Pero si no hace más que aprovecharse de ti!

—Sí, sí, sí —reconoció Paolo—. No quiero decir eso. Lo que pretendo explicarte es que ha perdido la avaricia. Claro que quiere dinero, ¡pero no para sí! Ya lo ves, Gaspar es como un ermitaño, todo el día vestido de penitente, con la misma túnica negra manchada y maloliente. Roberta continúa utilizando tus vestidos y tus joyas. Él no le ha regalado nada. El dinero, todo el que obtiene, lo utiliza para comprar voluntades; no desea ser rico, solo poderoso. Se está convirtiendo en un personaje muy peligroso —musitó con consternación.

Así era. Gaspar ampliaba su red de secuaces e informadores. Pagaba bien, muy bien. En todos los *seggi* de Nápoles contaba con hombres dispuestos a obedecer ciegamente sus órdenes. Escondido tras Bernardo o los lugartenientes que este designaba, admitía todo tipo de encargos perversos por siniestros que fueran, desde secuestrar doncellas hasta asesinar a un enemigo, pasando por la empresa trivial de destrozar un comercio a instancias de un competidor vecino.

Nápoles se prestaba a ese tipo de actividades criminales. Si bien los alguaciles y el capitán de la ciudad tenían jurisdicción criminal, la división de la capital en *seggi*, dominados respectivamente por determinados grupos de nobles, a menudo enfrentados entre sí o con los de otros barrios, promovía unas reyertas que quedaban impunes y en las que se empleaba a facinerosos como los que trabajaban para Gaspar Destorrent. Existían más bandas de criminales como la suya, quizá hasta más violentas, pero sus jefes eran malhechores ruines y mezquinos. Ninguno de ellos gozaba de la visión de conjunto y de la capacidad de estrategia que los negocios habían proporcionado al que fuera conde de Accumoli.

Sobornó a alguaciles, vigilantes, aduaneros, jueces y todo tipo de funcionarios a los que pagaba regularmente y tenía a su disposición, todos agradecidos. Controlaba las detenciones, la entrada de mercancías en el puerto, los juicios y hasta los trámites para sellar los documentos oficiales, en algunos casos eternos, en otros, aquellos en los que mediaba, céleres.

Sin embargo, como Paolo afirmara, no acumulaba el dinero, sino que lo repartía y lo invertía en comprar personas, su nuevo activo. «A un juez de la Sommaria no tengo que consignarlo en un libro de comercio como estaría obligado a hacer con una partida de grano. Y es mucho más rentable», le oyó ironizar en cierta ocasión.

Con el tiempo, Gaspar no solo admitió encargos, sino que aprendió a jugar con las vidas y los intereses de los demás. Si alguien le solicitaba arrasar la casa de un noble que lo había humillado manteniendo relaciones adúlteras con su esposa, pero coincidía que con aquel noble él ya mantenía una relación previa, entonces vendía su intervención en almoneda, al mejor postor, igual que hacía cuando comerciaba con paños catalanes.

Durante mucho tiempo disfrutó de los espacios del palacio de Paolo y Marina, del jardín, donde pasaba largos ratos pensando, quizá jugando con el destino de algún desgraciado ignorante de que en ese momento una mente maléfica estaba decidiendo su futuro. El entorno de sus anfitriones concedía tranquilidad. Allí no se organizaban fiestas ni recepciones, ni se leía a los clásicos ni se escuchaba música. Paolo era un mercader de éxito; sin embargo, sus inclinaciones sexuales y aquellos orígenes humildes que lo perseguían, más desde que su hijo Rocco los airease para repudiarlo públicamente, lo hacían un hombre retraído, poco dado a esos encuentros y de escasas relaciones sociales.

Marina respetaba la actitud de su esposo y no promovía acto alguno que pudiera turbarle. Se consideraba relativamente tranquila en cuanto a sus propias amistades, poco menos que inexistentes debido a la vida complicada que había llevado. En cuanto a sus familiares, su madre y su suegra, Orsolina, habían muerto. Su hijo la rechazaba; su padre, aun en la discordia, se mantenía perdido en la guerra o en el más nimio de los conflictos; y sus hermanos, a los que adoraba, permanecían alejados de Nápoles por sus múltiples obligaciones y los contactos que mantenía con ellos eran esporádicos.

Con todo, un día Liboria se presentó en el palacio aprovechando un viaje a la ciudad de los escasísimos que le permitían sus muchas obligaciones familiares y laborales. Hacía tiempo que no pisaba Nápoles, desde su anterior visita a Marina. Vivía alejada de la ciudad, pero ese día acudió con su perenne sonrisa por delante, ilusionada por encontrarse de nuevo con ella, quizá con Paolo también, si estaba, si tenía tiempo para recibirla. Sin embargo, se topó con un portero malcarado que le impidió el paso de manera brusca y ruda. Liboria desconfió al instante. Convertida en una matrona que había sacrificado el atractivo juvenil a la familia y el trabajo duro, mantenía intacto, no obstante, aquel instinto de supervivencia que la llevó a perseguir una reata de mulas hasta Accumoli, y que ahora le advertía de una situación anómala. Insistió con el portero, quien la hizo esperar mucho rato. Vio circular gente, comerciantes y empleados de Paolo, pero también hombres bastos y groseros. Al final la autorizaron a entrar, y el camino hasta la alcoba de Marina, en un ambiente siniestro en el que se palpaba la fatalidad, confirmó sus primeras impresiones.

Por más que se alegrase de verla, su señora, y también amiga, había perdido la vitalidad. Charlaron de la familia, de trabajo, de su suerte, de trivialidades, Marina siempre escrupulosa con las palabras, distante. Hasta que Liboria se cansó de lo que consideró una farsa y acometió la situación con crudeza.

—¿Qué significan todos esos forajidos armados que se mueven por el palacio? —inquirió. No dio tiempo a responder a su amiga—. Y los criados…; más bien parecen carceleros, todos lúgubres, serios, arrastrándose por los pasillos.

Marina tardó en contestar. Lo pensó. Dudó. Le dolía engañarla.

—Son… son malas épocas —trató de excusar la situación—. Hemos sufrido algunos robos y ha sido necesario contratar guardias.

—Gaspar sigue instalado aquí, ¿cierto? —sospechó Liboria con la agudeza que la caracterizaba. En su visita anterior, cuando acudió tras enterarse de la puesta en libertad del traidor, Marina afirmó que estaba enfermo, que no se preocupase, que se iría pronto, pero era evidente que eso no había sucedido—. ¿Pretendéis que crea que este ambiente no guarda ninguna relación con el hecho de que ese malnacido continúe viviendo en vuestro palacio?

Marina titubeó de nuevo, sin saber muy bien qué responder. Arguyó que Gaspar seguía enfermo, que su estancia allí era, en realidad, fruto de la compasión de ella y Paolo. Pero sus excusas no sonaron creíbles para una mujer tan astuta como la que tenía delante.

Liboria se marchó del palacio sin haber podido hablar con Paolo y convencida de que allí ocurría algo extraño que Marina no quería contarle. Decidió apostarse junto al postigo de la cocina, a la espera de que algún criado la cruzara; sabía, por experiencia propia, que el tránsito a través de esa salida era constante. No tuvo que aguardar demasiado. Una joven apareció cargada con ropa sucia; las instalaciones del palacio no debían de dar abasto con tanto personal.

No había pensado qué decirle. Lo había pospuesto hasta ver quién surgía por la puerta.

—Mucha ropa cargas —le soltó al tiempo que se acercaba a ella—. ¿Quieres que te ayude?

—¿Por qué lo harías? —se extrañó la otra.

—Hace muchos años trabajé para micer Paolo, aquí mismo. Me casé y me fui; sin embargo, las cosas no me han ido bien. Mi esposo me ha abandonado y tengo hijos pequeños que alimentar. —Andaban juntas las dos, la criada reacia a aceptar su ayuda, en silencio, a la espera de que Liboria continuase—. Pretendía pedir trabajo, recuperar mi puesto para poder alimentar a mis hijos... Y el portero ni siquiera me ha dejado pasar.

La criada torció el gesto.

—Vistes con sencillez —le dijo entonces—, pero tus ropas son de buena calidad. No encaja con esa necesidad que afirmas tener.

—Es todo lo que me queda. Deseaba causar buena impresión.

—Escucha... —La criada ansiaba quitársela de encima—. No puedo ayudarte.

—Dime cómo podría conseguir...

—No. Déjame.

—Por lo que más quieras, ayúdame —le suplicó Liboria al tiempo que se interponía en su camino, obligándola a detenerse. No tenía sentido tal obstinación. Se trataba, simplemente, de un consejo que no iba a comprometerla—. Tengo que hablar con el señor Paolo...

La joven se acomodó el cesto de ropa sobre la otra cadera. Debía pesar. Liboria no se movió. ¡Que sufriese el peso! Así cedería.

—Mi señor no tiene nada que opinar —afirmó tajante al cabo, intentando sortearla. Liboria no se lo permitió, e iba ya a increparla, a forzar su explicación, cuando esta se la proporcionó como si con ello fuera a dejarla continuar, y en verdad lo consiguió—: Todo lo que atañe al palacio, hasta los criados que entran a servir, lo controla micer Gaspar.

Y se fue, dejando tras de sí a una Liboria paralizada, pasmada ante la revelación: ¡Gaspar! ¿No estaba enfermo? ¿Cómo, entonces, podía controlar nada!

Se dirigió a la casa de Arnau y allí tan solo encontró a Claudio, avejentado, siempre esperando el regreso de un señor que únicamente vivía para el ejército y la artillería. Liboria era consciente de las desavenencias de Marina con su padre, aunque de la misma manera sabía que la sola mención de Gaspar en aquel lugar removería odios y alentaría reacciones. Antes había llegado a pensar en Rocco, pero lo descartó; nunca se prestaría a ayudar. Lo cierto era que ignoraba la existencia de cualquier otra persona a la que acudir en solicitud de socorro. Por eso, al final, se presentó en el antiguo palacio del *vico* Domenni.

Claudio la escuchó, quizá porque en aquel edificio cerrado las revelaciones de la mujer le procuraban distracción. Arnau no iba por allí desde hacía tiempo, le dijo. Estaba lejos, añadió sin poder concretar el lugar, dejando que su mirada vagase nostálgica hasta algún punto remoto. Pero podía encontrar a Filippo, exclamó de repente, como si lo hubiera recordado. El hijo de Arnau, doctor en leyes y embajador del rey Ferrante, se hallaba de paso en Nápoles a la espera de otra misión del monarca.

Liboria se sentó a esperar en uno de los poyos del patio, preocupada por que esa noche quizá no pudiera regresar a su casa.

Filippo y Lorenzo, los dos hermanos menores de Marina, a los que esta había atendido, con los que había jugado y capitaneado en mil empresas fantásticas, se personaron en el palacio de Paolo. Conocían las actividades de Gaspar, Nápoles entera sabía de ellas, pero nunca habrían imaginado que las desarrollaba desde el hogar de su hermana. Se recriminaron y lamentaron su desidia por mantener el contacto con ella. Filippo no hacía más que viajar durante largas temporadas, y Lorenzo vivía en sus tierras de Penne, cerca de Pescara, en el Adriático, lejos de Nápoles, a cuya baronía había accedido por matrimonio.

En esa ocasión, sin embargo, el hermano mayor retrasó su partida a tierras lejanas y el menor galopó a vuelta de correo junto a una docena de soldados bien armados con los que se presentó en el palacio de su hermana, sin armadura, pero ataviado y pertrechado para la batalla. Filippo, por su parte, vestía de negro, su rango principal manifiesto en un cinturón y un collar que resaltaba sobre su pecho, ambos de oro y piedras preciosas incrustadas.

Barrieron al portero, que osó intentar detenerlos. Lorenzo desenvainó su espada y, junto a Filippo, afrontó el camino hacia la escalera que ascendía al piso noble. Varios de los soldados se enfrentaron a los secuaces que les iban saliendo al paso, hombres rudos, toscos y violentos todos, pero poco expertos en el uso de las espadas con que los recién llegados los amedrentaron. Como si se tratase de la toma de un castillo enemigo, el cabo de la tropa fue haciendo prisioneros y asegurando el entorno, hasta que los dos hermanos se presentaron en el salón principal.

—¡Traednos a Gaspar Destorrent! —exigió con voz firme el diplomático a los criados que se apelotonaban curiosos en aquella estancia.

Más secuaces fueron anulados y desarmados. Entonces apareció Paolo, lívido, que se acercó a ellos.

—¿Qué hacéis? —les susurró asustado.

—Cumplir con nuestro deber y honor —contestó Lorenzo—. Aquí, a nuestro lado —le indicó—, ponte aquí —tuvo que insistir golpeándose el costado.

Luego llegó una mujer a la que no conocían ataviada con un vestido que le venía grande. La seguían más criados y algunos empleados del almacén. Tras ellos iba Marina y una preciosa niña rubia de su mano.

Marina se acercó llorando y temblando de forma incontrolada por la emoción ante la imponente presencia de sus hermanos, esos dos hombres que se apartaron el uno del otro para acogerla entre ambos. Marina respiró fuerza, poder, valor, y recordó a Arnau; algo similar sentía cuando se encontraba a su lado, protegida, y alejó de sí cualquier consecuencia de aquella intrusión sorpresiva.

Y mientras Marina trataba de controlar sus emociones, con Aurelia agarrada de los hombros, compareció Gaspar, con su túnica negra ya acartonada. Iba acompañado por el cabo, y los seguían los dos esclavos moros, desarmados y vigilados por los soldados de Lorenzo. Ninguno de los hermanos lo había visto desde que saliera de la cárcel, y no pudieron apartar la mirada de aquel espectro artrítico y consumido que cruzó la estancia.

Si alguien pensaba que el delincuente iba a amenazar y enfrentarse a los Estanyol, se equivocaba.

—¿Debo entender que mi presencia aquí ha tocado a su fin? —planteó Gaspar con sarcasmo.

—Vuestra presencia aquí nunca debería haber principiado —replicó Lorenzo con acritud.

—No os equivoquéis, barón de Penne... —Lorenzo se sorprendió por cómo lo había llamado; Gaspar sabía de todo y de todos, hasta de aquellos que vivían lejos, aunque quizá el hecho de que se llamaran Estanyol pudiera haber excitado su curiosidad—. Estoy en esta casa con consentimiento de su dueño —añadió a la vez que mostraba el contrato firmado por Paolo.

Lorenzo hizo un gesto a uno de sus hombres, que cogió el documento y se lo llevó. Lo leyó. Ni siquiera se lo pasó a su hermano, lo rompió en pedazos. Gaspar ni se inmutó, como si lo previera.

—Os quiero fuera de aquí hoy mismo. Vos y todos los vuestros.

Marina casi se desmayó de alivio al oír la contestación de aquel malvado:

—Así será —se comprometió Gaspar.

¡No podía ser tan sencillo! ¡Cuánto tiempo perdido! ¡Cuántos sufrimientos inútiles! «¡Aguantemos!», se habían animado Paolo y ella durante mucho tiempo, y ahora... ¡ni siquiera había hecho falta un espadazo, una amenaza, un grito! Sin embargo, las conclusiones de Marina eran erróneas y sus planteamientos, simplistas. Pese a las comodidades, Gaspar empezaba a estar cansado de compartir espacio con Paolo, Marina y esa niña que tildaba de mimada y consentida. No los podía echar de su propia casa; el mercader le servía, aunque le sería igual de útil si se alojaba en otro lugar. Podía incluso hasta prescindir de él, o denunciarlo y dejarlo caer. Paolo estaba en sus manos, ya no podía desvincularse de sus negocios sucios. En cuanto a Marina, sí, continuaba siendo atractiva, sensual y esplendorosa, y cada día le recordaba más a su madre, Sofia, la mujer que nunca le concedió su favor. Roberta estaba más avejentada y reseca que él, un saco de huesos, colgajos y pellejos que abatía hasta la libido más predispuesta. Él nunca se lo recriminó, la quería. Ella tampoco lo buscó. En ocasiones, Gaspar fantaseaba con Marina, con que se le entregase con docilidad, a pesar de que era consciente de que ella moriría antes que someterse. Podía violarla de nuevo, al cabo de tantos años... Esa posibilidad lo excitaba, pero necesitaría ayuda y temía no poder cumplir con hombría delante de alguno de sus hombres, con lo cual perdería predicamento y autoridad, y eso lo hundiría de forma trágica. Tenían que temerlo y respetarlo pese a la debilidad de su cuerpo. En muchas ocasiones ni siquiera conseguía masturbarse, aunque se deleitase con la imagen de una Marina tumbada en la cama, agarrada, violentada, gritando, ofreciéndole el culo... ¡Qué daño le había hecho la cárcel! Los dolores y los achaques lo perseguían y su cuerpo no respondía. Con el tiempo, Gaspar se alejó de la lujuria y por cada día que le daba la espalda, Afrodita y la lujuria lo castigaban y lo abandonaban a él por una semana.

A esa falta de relación carnal con su esposa se añadía el hecho de que Roberta estaba cada día más irritante. Insistía en vestir las ropas de Marina, pero lo que antes Gaspar había contemplado con complacencia y hasta diversión, por lo que significaba de humillación a la señora de la casa, ahora lo enervaba por ridículo e inútil. Sin embargo, su mujer exigía cada día más y pretendía estar siempre por encima de sus forzados anfitriones a modo de una pugna grotesca por ocupar un lugar de preeminencia, empeño que a Gaspar le parecía fútil. Él bebía del dominio sobre la vida y las haciendas de los demás; la jerarquía en el ámbito doméstico, que era lo que preocupaba a Roberta, se le presentaba como un ejercicio estéril. Con todo, ella era la única persona con la que se atrevía a mostrar algún tipo de emoción. No deseaba molestarla, estaba convencido de que el día en que faltara y él no pudiera rozarle la mano o darle un beso en la mejilla, mutaría definitivamente en una bestia salvaje, una alimaña que ni él mismo podría controlar, y eso le daba cierto miedo. No podía perder el control sobre sí por más que lo tuviera sobre los demás. Aquello fue lo que lo decidió a aprovechar la llegada de aquellos hombres envalentonados y tomar una decisión que llevaba tiempo evaluando.

Marina percibió cómo la amenaza del menor de sus hermanos se estrellaba inofensiva contra un Gaspar que, al contrario que Roberta, airada ante la aparente rendición de su esposo, permanecía hierático frente a todos ellos.

Y esa superioridad espiritual la hizo padecer todavía más.

—Os advierto que si molestáis a alguno de nuestros familiares —le espetó Lorenzo—, iré a por vos y os mataré.

«Tu padre, mil veces más hombre que tú, nunca lo consiguió», contestó él en silencio mediante el simple esbozo de una sonrisa que aterrorizó a Marina.

—No debéis temer por ello —vocalizó en su lugar.

Esa noche, encabezados por Gaspar y Roberta, se fueron todos. La mujer se llevó consigo gran parte de las joyas de Marina, pero no sus vestidos. Ella, Paolo y sus hermanos celebraron la libertad. Disfrutaron unos días de la fraternidad que hasta entonces habían mantenido arrinconada y, cuando tocó marchar, Lorenzo dejó una guardia de cinco de sus hombres apostada en el palacio.

—Deberías contratar a una partida de soldados para que os defiendan —aconsejó a su cuñado.

# 23

*Certaldo, Toscana,
1479*

Nápoles volvía a estar en guerra con Florencia, en este caso tras la llamada «conspiración de los Pazzi», familia noble que, aliada con el papa Sixto IV y su sobrino —muchos sostenían que su hijo— Girolamo Riario, señor de Imola y Forlì por concesión papal desde hacía años y que pretendía ampliar sus posesiones a costa de los florentinos, había pretendido asesinar a Lorenzo de Medici y hacerse con el control de la república. La conjura fracasó. En la catedral de Santa Maria del Fiore, donde se había planeado el asesinato, murió Giuliano, el hermano menor de Lorenzo, mientras que este último solo resultó herido.

Los Medici respondieron con violencia y ejecutaron a gran parte de la familia de los Pazzi —algunos de ellos, importantes cargos eclesiásticos— y encarcelaron de por vida a otros. Confiscaron sus posesiones y el Papa, aliado de los Pazzi, hizo lo propio con las de los florentinos en Roma, el banco de los Medici fue requisado y las finanzas de la Santa Sede, que hasta entonces habían estado bajo su control, se cedieron a los Pazzi. Los Medici fueron excomulgados y la ciudad amenazada con un interdicto.

En julio de 1478, las tropas pontificias aliadas con las napolitanas y las de la república de Siena entraban en la Toscana. Desde la paz de Lodi, hacía más de veinte años, la Signoria carecía de tropas estables y confiaba su defensa a sus aliados y a las tropas mercenarias. Con los primeros, Milán, Venecia, Ferrara, incluso Francia, con Luis XI, y otra vez el de Anjou con el incentivo de recuperar Nápoles, obtuvo poco éxito; todos tenían sus propios problemas; en cuanto a los segundos, los recursos escaseaban.

Los napolitanos avanzaban y conquistaban tierras toscanas: Casole, Certaldo, Castelfiorentino, Barberino... Allí, en la cuna de Boccaccio, estaba Arnau Estanyol, ya como capitán artillero al mando de una veintena de espingarderos, más de la mitad alemanes, el resto italianos, todos ellos fuertes, hombres capaces de manejar las pesadas espingardas y soportar su retroceso, unas armas de mayor calibre que las escopetas y menor que las bombardas, aunque mucho más versátiles puesto que se transportaban más fácilmente.

Con esos pequeños cañones móviles, Arnau había ordenado disparar contra las murallas de los lugares que asediaba el ejército. No las derribaban ni las dañaban como pudieran hacerlo los grandes cañones, pero sí obtenían su objetivo: impedir que los asediados, bajo un constante bombardeo, se parapetasen tras las almenas y otras defensas, lo que permitía acercarse a los suyos para escalar y tomar la fortaleza.

También eran tremendamente útiles ante las cargas enemigas. Arnau recordaba esas confrontaciones bélicas cuando la artillería se limitaba a las bombardas en los asedios y algunos escopeteros que tardaban una eternidad en cargar sus armas de corto alcance y menor efectividad. Él había dirigido y soportado aquellos embates con Peregrino caracoleando nervioso, con la espada desenvainada, alzada al cielo, presta a dar la orden de lanzarse a galope tendido... ¡Él siempre el primero, encabezando el ataque!

Ahora, cuando su espada descendía, lo hacía para iniciar el bombardeo. En el mar llegó a aprender a reemplazar el entusiasmo y la pasión ciega con que afrontaba tales situaciones por la expectación de los hombres que confiaban en que aquella lluvia de proyectiles sobre los enemigos que se abalanzaban hacia sus posiciones los desbaratase y les hiciera más fácil el combate.

—¡Fuego! —ordenaba bajando su espada.

Veinte espingardas atronaban el campo de batalla disparando a un tiempo.

Era consciente de que la infantería y hasta la caballería esperaban en tensión, muchos atemorizados. Lo sabía, tanto como que sus vidas podían depender del acierto de sus espingarderos.

—¡Cargad! ¡Rápido! ¡Fuego!

Muchos lo miraban a él en lugar de hacerlo al enemigo. Arnau, por su parte, mantenía la atención en la hueste que se acercaba, en los que caían por sus disparos, en la distancia a la que se encontraban para corregir constantemente los ángulos de tiro. Su experiencia en la batalla le indicaba con rapidez quiénes eran los enemigos más peligrosos. Distinguía entre lanceros, caballeros, mercenarios... Reconocía con pasmosa facilidad a los soldados extranjeros que formaban con el enemigo: alemanes como los que estaban bajo sus órdenes, bretones, albaneses, corsos, turcos incluso. De todos ellos, los albaneses y los corsos eran los más peligrosos, combatientes expertos y osados, y en ellos centraba el bombardeo.

—¡Fuego!

Y los hombres se lo reconocían y lo respetaban.

*Nápoles, 1479*

Uno de los criados que acompañaron a Paolo a Castelnuovo, sin duda impresionado por la solemnidad del acto, había hablado con Marina y había descrito al embajador florentino como un hombre serio y altivo vestido con una larga túnica negra bordada en oro y sus enseñas distintivas. Ahora, con una copa de vino en la mano, mientras despartía amablemente con su esposo en el salón de su casa, ese hombre irradiaba prestigio ataviado de seda azul refulgente, bordados en oro y perlas, jubón hasta las rodillas con el braguetero tan de moda entonces a la vista, calzones cortos, medias de seda blancas y zapatos de punta cuadrada.

Marina llegó a dudar de su propio aspecto ante el lujo y la ostentación de la vestimenta del florentino. La vuelta a la cultura clásica, ese renacer en ella que se pretendía, por más que los moralistas y la Iglesia, incluso las autoridades con sus leyes suntuarias, continuaran empeñándose en lo contrario, había traído la libertad en la ostentación. Ser rico ya no era pecado ni originaba vergüenza, no constituía lacra alguna, y los principales deseaban disfrutar de su posición y consolidar esa identidad social que los diferenciaba del resto de los ciudadanos.

Los Crivino pertenecían por derecho a ese estrato, el de los adinerados, por lo que Marina había preparado a conciencia la recepción del embajador. A diferencia de Paolo, que continuaba vistiendo con la sobriedad del color negro, gastó un dineral en sastres y modistas para que le confeccionaran un vestido de brocado rojo entretejido con hilos de oro y plata formando dibujos indescifrables pero que podían delinearse mediante un tacto muy sensual. El traje, de mucho vuelo en la falda, se le ajustaba al pecho, lo alzaba y lo resaltaba, mostrando un escote generoso.

—Estáis magnífica —la halagó el florentino cuando ella se acercó.

—Ciertamente, querida —se sumó Paolo al elogio.

Marina inclinó la cabeza escondiendo la tremenda lucha interna que libraba por acoger de manera amistosa a aquel personaje de sonrisa seductora o permitir que la ira reventase en su interior. Paolo ya la había advertido de la identidad del embajador. Habían sido muchos los años durante los que Michele Giochi aniquiló sus ilusiones y turbó sus sueños. Luego aceptó las inclinaciones de Paolo y, para cumplir con esa decisión, alejó la imagen del florentino de ese entorno opresivo del que ella misma se había rodeado. Su esposo había dejado de viajar a Florencia con la asiduidad de sus primeros tiempos y luego casi definitivamente, y confesó a Marina que Michele se había casado y había abandonado la sodomía, a modo de un capricho de juventud. De ese modo, cuando los posibles amantes de su marido se colaban en sus pensamientos, algo que sucedía a su pesar, ella los apartaba con firmeza, como si perteneciesen a una etapa ya superada.

Nunca había llegado a conocer al que había sido su rival por el amor de Paolo, por lo que desde que este le avisara de su próxima presencia en Nápoles, en calidad de embajador de la Signoria de Florencia, aquel viejo adversario se instaló de nuevo como la más acuciante de sus inquietudes.

Y ahora, tras veinticinco años, ese hombre sereno y seguro de sí mismo la interrogaba con una mirada franca, sin la menor doblez, a la espera de su decisión, porque Marina intuyó que el florentino era perfectamente consciente de las dudas que atenazaban sus pensamientos. Miró a Paolo, que frunció los labios. «Sí —entendió Marina que le decía con ese gesto—, este es Michele».

No pudo evitar agitar la cabeza para despejar todo recelo y ofreció su mano al embajador con una sonrisa tan franca como lo había sido la mirada de él.

En la comida solo estuvieron ellos tres, y degustaron platos abundantes y exquisitos: tellinas en cazuela con hierbas; ostras fritas con aceite y pimienta; congrio blanco asado con perejil, cebollas y ajos; salmón cocido con jengibre, azafrán y zumo de naranja; capones emborrazados con gruesas lonchas de tocino; cortes de vaca y cabrito; pan blanco y hortalizas acompañándolo todo; dulces y frutas de postre, y una selección de vinos que soltaron las lenguas de aquellos dos hombres que recordaron anécdotas inocentes, graciosas, y rieron, Marina con ellos, entusiasmada por formar parte activa de una relación que hasta entonces solo había consentido.

La noche se les echó encima, y cuando la alegría mudaba en nostalgia, Michele pidió a su anfitrión que despidiera a los criados.

—Necesitamos estar a solas —confesó al matrimonio—. ¿Son de confianza? ¿Nos espiarán?

Eran de absoluta confianza, confirmaron sin dudar. Tras la marcha de Gaspar del palacio, Paolo y Marina se volcaron por recuperar a los criados fieles de los que el matrimonio Destorrent había prescindido. Como les aconsejó Lorenzo, contrataron abundante personal de vigilancia. Además, Marina empeñó parte de su tiempo diario en controlar hasta el último y más insignificante de los detalles que afectaban a su hogar, al personal y, por ello, a su familia y a su vida, siempre tratando de suprimir cualquier influencia que pudiera pervivir de la época de Gaspar.

Sus hombres ya no pisaban con regularidad el palacio, y él mucho menos, aunque sí frecuentaba, por el contrario, el gran almacén que Paolo mantenía en el puerto. Su negocio había crecido tanto que le era imposible mover las mercaderías en los bajos de su hogar, que reservó para las más delicadas y preciosas, igual que en su día hiciera Gaspar. Pero la aparente liberación no era tal. Destorrent todavía mantenía estrechas relaciones comerciales con Paolo, que este se veía obligado a asumir presionado por el chantaje de la denuncia al que aquel lo sometía permanentemente. Debía acudir a la nueva casa de Gaspar, sencilla, de dos plantas y con un huerto, tan pronto como aparecía alguno de sus secuaces y lo requería. «Tiene que demostrar que continúa mandando sobre mí», quiso restarle importancia frente a su esposa.

Con igual objetivo, en ocasiones los esbirros de Gaspar entraban a saco en el palacio de Paolo y Marina. Los guardias contratados no eran suficientes para hacer frente a la partida que los asaltaba, y los indeseables se dedicaban a pasear amenazadores y escandalosos por el edificio, aunque sin robar, sin golpear, sin destruir más que algunos pocos objetos, solo para reclamar la autoridad de Gaspar, a modo de un señor feudal que exigiera vasallaje.

Por eso Marina estaba convencida de la fidelidad de sus criados; nadie que no gozase de tal virtud sería capaz de aguantar las presiones del mercader catalán.

—Si tenéis que tratar de negocios, me retiraré —se ofreció a Paolo y Michele justo cuando el último criado desaparecía.

—No, no —se opuso el florentino—. Lo que deseo proponer debe contar con vuestra aprobación y compromiso personal. No quisiera que mi interés..., el de mi país —se corrigió— pudiera volver a crear una brecha entre vosotros.

Marina asintió y mostró curiosidad, algo que en Paolo se convirtió en verdadera expectación: no alcanzaba a imaginar qué podía desear Michele que la afectara a ella. Llevaban años asociados, mucho tiempo en el que habían trabajado y colaborado en múltiples operaciones con el banco de los Giochi de Nápoles, y nunca había sido necesaria la aquiescencia de su esposa.

Michele respiró hondo antes de continuar:

—Queremos que trabajéis para la república de Florencia.

Marina ni siquiera movió una ceja; Paolo ladeó la cabeza.

—¿En qué? —terminó preguntando ante el silencio que prolongó su invitado.

—Información. Necesitamos información. Se trataría de…
—¿Espiar? —se le adelantó Paolo.
—¿Espiar! —se asustó Marina.
—Yo no lo llamaría «espiar». —Michele dejó transcurrir unos instantes y resopló, con Marina prendada de un rostro que ya mostraba en algunas arrugas o en otras carencias el paso de los años, pero que se conservaba tremendamente atractivo—. ¡Sí! —rectificó—. Espiar, aunque no tanto vosotros como Destorrent…
—¿Gaspar! —inquirió Paolo.
—¡No! —exclamó su esposa—. Quiero decir… —pretendió aclarar, pero Michele no se lo permitió.
—Me hago cargo de vuestros reparos, Marina —afirmó el florentino. Los esposos lo miraron con incredulidad, sin comprender cómo sabía lo que había sucedido en esa casa—. Conozco a la perfección la situación con Destorrent, la que vos habéis vivido y la que Paolo continúa soportando…
—Pero…
—En detalle —recalcó el otro—. Domenico —señaló acto seguido, como si ello fuera explicación suficiente.
Y así era. Paolo entendió: se trataba del factor del banco de los Giochi en Nápoles. Sin embargo, él siempre había tenido buen cuidado de no contarle nada al respecto.
—Necesito saber todo acerca de mis socios —confesó el florentino, interrumpiendo los pensamientos de su anfitrión—. A pesar de que somos excelentes amigos, Paolo, los negocios requieren plena confianza, y los rumores apuntaban a que te sucedía algo extraño. Domenico tiene una buena red de informadores en Nápoles.
—Pero hemos continuado trabajando sin problemas.
—Sí, y tampoco los tendrás en el futuro. Nos conviene tu relación con Destorrent, no debes prescindir de ella… por el momento. Ese depravado ha creado una organización delictiva que nos puede ser muy útil. Está en condiciones de obtener mucha información… De hecho, creemos que ya dispone de ella.
Marina no daba crédito a lo que escuchaba.
—¿Y por qué no…? ¿Por qué no habláis vosotros directamente con Gaspar? —inquirió.

—Soy el embajador de Florencia. Lorenzo de Medici tiene previsto acudir a Nápoles para negociar la paz con el rey Ferrante y poner fin a esta guerra tan ruinosa como absurda, entablada por el capricho y la avaricia de Girolamo Riario, el sobrino del Papa. Esa es la visita que estoy preparando como su representante. Sería inapropiado que mantuviera contacto con un delincuente como ese hombre. Nos tacharían de farsantes, y daría al traste con cualquier negociación. Sin embargo, nadie va a desconfiar de que me reúna o cruce correspondencia con mi socio y amigo Paolo Crivino. Por eso es necesario que intermediéis; cuanto menos sepa Gaspar de mí, mejor.

—Se lo imaginará —replicó Paolo—. Es un canalla cruel y salvaje, aunque tremendamente perspicaz.

—Cuento con ello, pero me importa muy poco lo que se imagine mientras nadie pueda acusarme de haberme reunido con él.

—Nos matará —sentenció Marina con voz temblorosa.

Los dos amigos intercambiaron una mirada. Marina era consciente de que su esposo jamás negaría nada a Michele, no solo por la relación que mantuvieron, sino también por el inmenso agradecimiento que profesaba a los Giochi. Lo habían sostenido y ayudado, eran unos magníficos socios comerciales, los mejores con los que un mercader podía contar. Un acuerdo como ese enervaría a Gaspar, que sería capaz de emplear toda la violencia a su alcance para que Paolo le desvelara quién estaba detrás de todo ello, por más que ya lo sospechara. Necesitaría confirmarlo. Gaspar perseguía precisamente eso: el conocimiento, las confidencias, el poder de coaccionar a las personas a través de sus secretos. Paolo quiso tranquilizar a su mujer, pero Michele se le adelantó:

—Hoy sí que os encontráis sometidos al capricho de ese depravado. —Dejó transcurrir un instante para que Marina lo pensara—. ¿Me equivoco? —le preguntó al cabo. Ella se vio obligada a reconocerlo y asintió—. ¡Bah! Estamos hablando de un simple criminal —afirmó con repugnancia—. Yo os ofrezco la protección de la Signoria de Florencia, la república más importante de Italia. Estaremos detrás de vosotros, amparándoos, auxiliándoos. Destorrent podrá tener todos los secuaces que quiera, pero una simple recomendación de Lorenzo de Medici, un sutil movimiento de su mano, y morirían él y cuantos hombres le fueran leales... Aunque conociendo a esa carroña, no me cabe duda de que huirían como ratas.

Marina trató de analizar la oferta, pero le fue imposible. El vino bebido durante la cena la había alegrado y desinhibido; durante buena parte de la noche se dejó llevar por ese estado de arrobamiento, de la agradable embriaguez, y disfrutó de la conversación, las bromas, las risas y el afecto con el que ambos hombres se trataban pese al tiempo que hacía que no se veían. Un verdadero ambiente de compañerismo y familiaridad que la entusiasmó ya que era difícil encontrarse con un Paolo contento, locuaz, chistoso y hasta divertido. Ahora, sin embargo, con la seriedad imperando en la mesa, el vino le regurgitaba en la boca y le provocaba una acidez insoportable. Lo que hacía poco era contento mudó en mareo, y las palabras parecían desviarse de su entendimiento, como si la propia Marina las rechazase.

—No me encuentro bien —se disculpó. Ambos hombres se levantaron solícitos—. No os preocupéis, puedo ir sola —los calmó.

Paolo y Michele. Michele y Paolo. Los dos se despidieron de Marina con cariño, y un silencio cómplice se hizo a su espalda y la acompañó hasta la alcoba. Trató de escuchar antes de abrir la puerta; nada. Una vez dentro, recordó una situación similar: el castillo de Accumoli, cuando regresó al salón y se topó con Gaspar violando a aquella criatura. No estaba dispuesta a caer en el mismo error. Mejor no saber, se convenció, aunque sintió celos de aquel caballero florentino apuesto y galante.

—Michele, Michele —musitó—. No soy capaz de odiarte.
—Y terminó riendo antes de caer a peso sobre el lecho.


Paolo trasladó a Gaspar varios de los nombres que Michele le había proporcionado, todos ellos generales del ejército, nobles y funcionarios de alto nivel.

—También hay que averiguar —añadió— la actividad de los

arsenales, los barcos que están en construcción y aquellos que se prevén. Y las forjas. Bombardas y demás piezas de artillería.

—¿Eso es todo? —se burló Destorrent.

Se hallaban los dos en la pequeña y sobria habitación que hacía de salón y comedor en la nueva casa de Gaspar, sentados en dos sillas enfrentadas sin mesa de por medio, en un ambiente sórdido y con escaso mobiliario. El bandido seguía ataviado con su túnica negra.

—¡No! —saltó Paolo como si lo hubiera recordado de repente—. Además, hay que enterarse de los próximos viajes proyectados a Constantinopla de frailes trinitarios o mercedarios a redimir cautivos.

—Ya —continuó sarcástico Gaspar—. Quizá tu amigo florentino quiera saber también los nombres de las furcias que se las chupan a los frailes.

No había tardado en deducir que los Giochi estaban detrás de esa propuesta de espionaje. Sabía de la llegada del embajador florentino a Nápoles puesto que su recepción había sido pública y celebrada, así como de las visitas que este había realizado al palacio de su socio. De ahí a atar cabos mediaba un suspiro. Por su parte, Paolo y Michele contaban con ello, como también estaban convencidos de que Gaspar Destorrent pretendería forzar la situación, negarse para poder obtener una posición ventajista y mayores beneficios el día que aceptase; se trataba de la negociación de dos expertos mercaderes, pero, en esa ocasión, sobre cuestiones tan delicadas como el espionaje.

—Di a los Giochi que no me interesa, que ya he estado muchos años en la cárcel por traidor. Sería un estúpido si volviera a arriesgarme.

—¿Acaso no asumís riesgos en vuestras actividades actuales?

Gaspar soltó una risotada.

—No molesto al rey ni a su hijo Alfonso, el duque de Calabria, como tampoco a los suyos, Paolo, ni ataco los intereses de Nápoles; esa es la diferencia. A pocos les importan las rencillas de las gentes.

Y zanjó el asunto. Paolo y Marina, ella mucho más que él, habían temido que se ensañase y tomara represalias, pero quizá la curiosidad, quizá la sorpresa lo indujeron a no hacerlo. Con lo que no contó Gaspar era con que, si bien no molestaba ni a Ferrante ni a Alfonso, sí lo hacía a los Medici y a los intereses de Florencia, y eso, como había augurado Michele, acarreaba consecuencias.

Al día siguiente de la reunión, tres de los esbirros de Gaspar desaparecieron y Bernardo no supo dar razón de ellos ni del encargo que deberían haber ejecutado; se habían esfumado, nadie tenía noticias de su paradero. Durante esa misma semana, un funcionario nuevo que supuestamente ignoraba el soborno de su antecesor por parte de Gaspar exigió el pago del *ancoraggio*, el impuesto que gravaba echar el ancla en el puerto de Nápoles, a una gran nave cargada con queso de Sicilia, cuero y pieles, cerámica y vino del sur de Italia y que gozaba de la protección de Destorrent.

Gaspar empezó a sospechar, hasta alcanzar la certeza luego de que uno de los alguaciles que trabajaban para él se presentara en su casa.

—Hablan mal de vos, señor —terminó exponiéndole—. Corren insidias…

—¡Por supuesto! ¿Cómo pretendes que hablen de mí! —escupió Destorrent desde su silla, el alguacil de pie, flanqueado por Bernardo y dos hombres más.

—Esa es la cuestión, señor: hasta ahora nadie se atrevía a hablar de vos, ni en buenos, ni, por supuesto, en malos términos. Esto no es una señal favorable… Algo está sucediendo.

No debía enfrentarse a los florentinos, por lo menos de momento; con el tiempo, ya decidiría.

No tardó más de quince días en comprenderlo y, personalmente, como deferencia hacia unos hombres con los que nunca se encontraría, acudió al palacio de Paolo dispuesto a proporcionarle información confidencial sobre varios de los personajes por los que este último había mostrado interés en su visita. Los conocía. Había trabajado para ellos… o en su contra.

—¿Y de todo lo demás? —lo presionó Paolo.

—Los míos están en ello.

—¿Cuál será vuestro precio?

—Exclusivamente los gastos en los que incurra… y la amistad de los florentinos.

La propuesta no sorprendió a Paolo. Gaspar seguía sin pretender dinero salvo en la medida en la que tenía que pagar a los suyos. Esos eran los gastos que quería se le reintegraran. Prefería cobrarse los beneficios en influencia, en poder. Con todo, Paolo no quiso comprometerse. La estrategia de Michele había dado sus frutos: Gaspar había flaqueado, cedido, y era él quien se sentía poderoso.

—La amistad y la gratitud, que no otra cosa pretendéis de esas personas, son sentimientos y, como tales, no se pueden reclamar ni exigir. En cualquier caso, lo propondré —le trasladó al tiempo que le señalaba la puerta de su escritorio.

Paolo se sorprendió a sí mismo por la amabilidad con que acababa de pronunciarse tras un encuentro que se había desarrollado en un ambiente distendido. Quiso rectificar, y se despidió con frialdad de aquel villano que no hacía mucho los mantenía sometidos en esa casa, por lo que no le ofreció la mano y se limitó a sostenerle la puerta para que saliera mientras, fuera, uno de los criados lo aguardaba, dispuesto a acompañarlo.

—Espero noticias —precisó Paolo en su lugar.

—Las tendrás —prometió Gaspar sin darse por ofendido, con la sonrisa en el rostro mientras se despedía de él.

De no ser por la intervención del criado, que se interpuso, Gaspar habría chocado con Marina y Aurelia, ambas ataviadas para salir a pasear. La madre se detuvo en seco y frunció el ceño, los ojos entornados, irradiando odio; la hija, una joven de catorce años, no supo cómo reaccionar. Gaspar se adelantó.

—Siempre bella, Marina —trató de halagarla—. Eres igual que tu madre cuando era una joven que iluminaba Nápoles y destrozaba corazones. Y tú también me recuerdas a tu abuela Sofía… —añadió dirigiéndose a Aurelia y alargando una mano con la que pretendía sostenerle el mentón.

—¡No os acerquéis a ella! —masculló Marina, y se lo impidió con un manotazo—. Os mataré como lo hagáis.

Una vez más, de las innumerables que la habían asaltado a lo largo de su vida, Marina revivió el dolor y el ultraje de su violación, ahora con la sangre golpeándola en las sienes tras horrorizarse ante la visión de la misma mano que tiempo atrás se agarró a sus pechos, en esos momentos ya descarnada y de dedos retorcidos, intentando tocar el rostro de su hija.

Gaspar, por su parte, supo esconder toda reacción ante la amenaza que acababa de lanzarle.

—No puedo imaginar muerte más dulce que la que llegara de tu mano por respirar el mismo aire que esta diosa —contestó con las palmas hacia el cielo por delante de Aurelia, como si ello fuera indiscutible.

Marina vio alejarse a lo largo del pasillo a la renqueante y cadavérica figura negra. Por un momento, aquella contestación la engañó como si le presentara una nueva realidad: un Gaspar cortés y adulador, y su propia desdicha juvenil ya olvidada, enterrada en el silencio. Nadie sabía que él la había violado. Nunca llegó a encontrar el momento de confesarse a su marido; nunca quiso ahondar en el dolor y en la vergüenza que ello seguía provocándole. Tomó de la mano a su hija y la apretó con fuerza, prometiéndose no perdonar jamás, no olvidar el terrible daño que aquel depravado le había originado a ella y a cuantos la rodeaban.

A mediados de diciembre de 1479, Lorenzo de Medici desembarcaba en Nápoles, donde permanecería hasta finales de febrero del año siguiente, cuando firmó con Ferrante el tratado de paz que ponía fin a la guerra.

—Supongo que ahora los florentinos nos liberarán de este compromiso tan peligroso —comentó Marina a su esposo. Sin embargo, la esperanza que iluminaba su rostro desapareció ante la mueca con la que Paolo recibió el comentario—. ¿No? —inquirió.

—No lo creo.

—Pero...

—Los florentinos siempre han jugado a dos bandas... —Paolo se detuvo, y su mujer lo instó a continuar gesticulando con las manos—. Lo que sé, lo sé por Michele..., y es secreto.

Marina soltó una carcajada sarcástica antes de revolverse:

—Llevamos meses espiando los secretos de los nuestros, de los napolitanos: sus fuerzas, la artillería, la pólvora, los barcos, ¡todo! Corremos el riesgo de que nos descubran, nos detengan y nos condenen a... —No quiso ni verbalizarlo, y golpeó el aire como hacía su padre, con rabia—. ¿Y ahora me sales con que no puedes contarme lo de los florentinos? Te recuerdo que tu amigo Michele requirió mi compromiso personal.

El mercader asintió pensativo. Era cierto. Desde hacía meses, el propio Paolo comunicaba a Michele a través de su establecimiento bancario en Nápoles, disimulado en cartas comerciales encriptadas, el resultado de todas las informaciones que le iba trasladando Gaspar, y a este, el entramado de hombres con el que contaba. No había movimiento de barcos, mercaderías, soldados o armas que no se consignase detalladamente. Hicieron correr los bulos y las mentiras que los florentinos consideraban oportuno. Paolo conocía el procedimiento; lo había utilizado con Liboria y en ocasiones continuaba apoyándose en esas tretas. Algunas de las noticias falsas calaban entre la gente y las autoridades, otras no, pero lo que siempre conseguían era un estado de desconfianza permanente en la administración del rey, que al final nunca sabía si las confidencias que le llegaban de sus espías eran fidedignas y creíbles o no.

El trabajo era considerable, y Michele, tal como prometió, procuró que el banco florentino apoyara cualquier actividad comercial de Paolo. Gaspar, por su parte, creó una sucursal del crimen en Florencia y la Toscana, activa siempre que no atacara a protegidos de los Giochi y, por supuesto, de los Medici, allegados y amigos y demás priores de la Signoria.

Pero si esa labor ocupaba muchas horas a Paolo, que asumía personalmente el encriptado de las comunicaciones, otras tantas le supusieron haber de cumplir con una parte del encargo que ni siquiera Marina conocía: ganarse la confianza de los hombres con los que Alfonso, duque de Calabria, compartía lecho.

—No pretendemos que mantengas relaciones con ellos —quiso disculparse Michele, abochornado tras oírse él mismo.

Paolo sonrió con cierta nostalgia.

—Puede que esos hombres se presten a entregarse al heredero

del trono, pero no creo que esté en su mente, mucho menos en su deseo, el contacto carnal con un simple mercader que camina ya hacia la vejez.

—No eres...

Paolo alzó una mano con vigor e impidió lo que previó halagos falsos por parte de Michele.

—Conozco a esos hombres —aclaró—. En ocasiones hemos compartido... fiestas... con jóvenes y... Bien, no hace falta que te cuente, aunque nunca estaba Alfonso, que yo supiera. Recuperaré esos contactos, pero el duque de Calabria es muy peligroso.

Tras abandonar a su esposa, María, el rey Alfonso V había caído prendado de su joven paje Gabriele Correale. Luego tuvo una relación pura y virginal con la d'Alagno a decir de esta, y si bien se le atribuían algunos bastardos que nunca reconoció, sus amoríos parecían haberse desarrollado en la caballerosidad, el romanticismo y, sobre todo, el honor del llamado a encontrar el santo grial. A su hijo Ferrante se le conocían bastantes relaciones extramatrimoniales y, por lo tanto, hijos ilegítimos a los que beneficiaba con generosidad, pero no se murmuraba sobre posibles relaciones nefandas.

Alfonso, duque de Calabria, era radicalmente opuesto a su padre y a su abuelo. Cruel y perverso en extremo, trasladaba su actitud violenta, caprichosa y soberbia tanto en la vida como en el ejercicio de su cargo a las relaciones sexuales que mantenía de manera indistinta con hombres y mujeres, a quienes no concedía oportunidad de oponerse a su voluntad. Había forzado a numerosas jóvenes, e incluso a las esposas de los propios barones. Se encaprichó de una Caracciolo, de nombre Ceccarella, que se negó a satisfacer su deseo. Alfonso la secuestró, y en su propio palacio la violó y ultrajó durante los días que su esposo y su padre tardaron en acudir al rey para que pusiera fin a la barbarie de su hijo. Ceccarella murió a causa de las lesiones a poco de retirarse a un convento. Alfonso, desencantado como un niño al que le quitan su diversión, cegado por la ira, hizo matar al padre, librándose el esposo de igual suerte porque huyó raudo y tomó los hábitos en un monasterio recóndito.

Ese era el heredero al trono de Nápoles y lugarteniente de Ferrante al que Michele pedía que espiase a través de sus amoríos. Paolo tembló ante la posibilidad de que el duque de Calabria lo descubriera, porque para cumplir con su amigo acudió a Tommaso, lo sedujo con un par de regalos y lo conminó a introducirlo en alguna reunión en la que pudiera coincidir con uno de los amantes de Alfonso. Lo consiguió y, en calidad de un viejo sodomita, melancólico e inofensivo, aunque rico, muy rico, que era tal como se presentaba, trabó amistad con alguno de ellos. Las confidencias caían con el vino, entre las risas por liberarse de unas manos jóvenes, expertas y ávidas. A diferencia de la que obtenía en los mercados y los puertos, en aquel entorno de despreocupación y hedonismo Paolo tuvo acceso a información íntima y privada de personajes que podían influir en el destino del reino. Bien utilizados, esos datos valían más que cualesquiera otros. Reprimió un escalofrío de miedo conforme recordaba.

—¿Te encuentras bien? —inquirió Marina, trayéndolo a la realidad, a la discusión acerca de la razón por la que Michele no los liberaría de su compromiso de espiar para él.

—Florencia siempre ha sido aliada de los turcos —afirmó él con rotundidad.

—Eso ni es nuevo ni es un secreto —se quejó su mujer—. Todo el mundo sabe que Florencia siempre se ha entendido con esos infieles. No tienen fronteras con ellos como sí las tenemos nosotros o los venecianos, bien que marinas, ni compiten comercialmente. Me lo has explicado mil veces.

—Cierto, pero ahora la relación se ha incrementado. Florencia ha estado a punto de perder la guerra y Lorenzo, el poder. La Signoria no tenía dinero para continuar luchando, sus aliados le fallaban y sus ciudadanos están…, estaban a punto de rebelarse. Con este tratado de paz se quedarán tranquilos y recibirán a su príncipe como un salvador. El perjudicado es el papa Sixto y sus parientes, que están más que irritados con este vuelco de la situación. Pero bueno —añadió sonriente mientras se encogía de hombros—, así es Italia.

—No me aclaras nada —volvió a protestar Marina.

—Los turcos atacarán e invadirán el reino de Nápoles —sentenció él.

Marina dio un respingo.

—¿Cómo estás tan seguro? —inquirió con un repentino pánico en sus rasgos.

Porque los turcos se lo habían revelado a los venecianos, explicó Paolo. En agosto, un embajador de la Gran Puerta se presentó en Venecia para proponer al dux una alianza militar con el objetivo de atacar el sur de Nápoles, territorio que siempre había estado en el punto de mira de la república, que así vería asegurada su potencia naval. La Serenísima, que mantenía un tratado de paz leonino y humillante que había tenido que suplicar a los turcos, y que consiguió firmar en enero tras muchos años de guerra infructuosa contra los otomanos, esquivó la propuesta militar, se declaró neutral y retiró su flota, pero tampoco advirtió del peligro a los napolitanos.

Algo similar sucedió con Florencia. La Gran Puerta se acercó a la Signoria, la república amiga, tan pronto como comprobó que Lorenzo de Medici tenía problemas con el Papa, sus familiares, y los napolitanos. Al regreso del Magnífico con la paz firmada, Mehmed II ya había entregado al asesino de su hermano Giuliano, refugiado en Constantinopla desde hacía más de un año.

—Si los venecianos estaban al tanto de ello —comentó Paolo—, ¿cómo no lo iba a saber su mejor aliado, Florencia? Michele asegura que los turcos nos invadirán. Hasta ahora han conquistado gran parte de las costas del Adriático oriental, Albania y su ciudad de Vlöre entre ellas, reducto de la flota turca, a un tiro de piedra de la península. También han tomado islas del Egeo como Negroponte, conquistada a los venecianos. Han ido haciéndose con territorios que les permitirán establecerse en el sur de Italia, desde donde controlarán el tráfico por mar hacia Oriente y se convertirán en los dueños del Mediterráneo.

—Entonces hemos espiado para los musulmanes, los infieles.

—Lo hemos hecho para los florentinos —afirmó Paolo—, para Lorenzo de Medici, aunque ese príncipe cristiano está acuñando medallas que alaban la grandeza del turco, el enemigo de nuestra civilización. —Rebuscó en su bolsa, sacó una y la entregó a su esposa, que leyó la inscripción—. Tú sabes latín —observó él—. Michele me lo tradujo como...

—Mehmed domina Asia, Trebisonda y la Gran Grecia —se le adelantó ella—, y ahora viene a por Italia... Pero si Florencia ya ha conseguido la paz con Nápoles, ¿a qué seguir ayudando al turco?

—Casi todos los estados italianos temen a Ferrante. El rey Alfonso ya estuvo a punto de conseguirlo, y son muchos los gobernantes, de Florencia, Milán, Venecia, Ferrara, Siena, el propio Papa, que tiemblan ante la posibilidad de que el hijo continúe ganando influencia en la península y llegue a convertirse en soberano de Italia.

—¿Y prefieren a un musulmán cruel y sanguinario?

—Calculan que ese musulmán se establecería lejos de sus territorios, en el sur de la península, sin amenazar directamente sus intereses. Sí, parece que sí, que de momento prefieren pensar que la invasión de Mehmed debilitaría sobremanera la fuerza y el poder de Nápoles sin afectarlos a ellos en exceso.

—Pero si el grito de guerra de esos herejes es el de «¡Roma, Roma!» —exclamó Marina—. ¡Roma...! ¡Están locos! ¿En verdad se consideran a salvo?

—Mehmed pretende conquistar todo el imperio que dio origen a Bizancio —reconoció Paolo—. Roma es su sueño... No —rectificó—, no es su sueño, es su convicción: el sultán se considera heredero del Imperio romano, merecedor de la misma grandeza que los césares.

—Y nosotros le ayudamos a conseguirlo —lamentó ella.

En el verano de ese año de 1480 estalló una de aquellas periódicas epidemias de peste que asolaban Europa tras la terrible plaga de 1348. En ese caso se trató de un virulento brote en las orillas enfrentadas del Adriático, las de Albania y las de Italia. El peligro de una invasión turca, siempre presente en el ánimo de Ferrante por más que sus aliados no le hubieran desvelado la firme decisión de la Gran Puerta de atacar su reino, se disipó ante el avance de una plaga que en Vlöre llegó a causar la muerte de tres de cada cuatro personas que se infectaban.

Gedik Ahmed, bajá de Vlöre, simuló la retirada de efectivos otomanos de la ciudad infectada. Paolo recibió instrucciones urgentes de Florencia para apoyar el ardid, y Gaspar y los suyos hicieron correr el rumor en el puerto de Nápoles, hasta conseguir que todo ciudadano sostuviera con tenacidad que no había nave que arribara de Oriente cuya tripulación no declarara que, efectivamente, los turcos se habían replegado ante la tremenda mortalidad de aquel nuevo brote de peste.

—Esto que estamos haciendo... —se atrevió a apuntar Marina.

—Solo puede significar que el ataque de los turcos está próximo —contestó Paolo.

—Pero no es correcto.

—¿Y qué lo es? —se revolvió su esposo, alzando la voz—. ¿Que los reyes y los príncipes hagan oídos sordos al peligro de invasión, algo que nadie ignora? ¿Sabes cuánta gente humilde y pacífica pagará con su vida por esa negligencia?

—Y nosotros seremos tan culpables como ellos.

—¡No! No asumamos la responsabilidad que solo corresponde a los grandes. Nosotros nos limitamos a vivir y a defender a los nuestros.

Ferrante pudo caer en la argucia del otomano, creer esos rumores —por otra parte avalados por misivas de embajadores de unas y otras repúblicas—, o quizá, en un ejercicio que nunca conocerían ni Marina ni Paolo, liberarlos de culpa alguna por considerar que el ejército turco, en aquel momento empeñado en la conquista de Rodas, no tenía capacidad militar suficiente para atacar a su reino y decidiera no dar importancia a los planes de Mehmed II. Pero lo cierto es que, con excepción de una compañía de cuatrocientos hombres que envió a solicitud de la ciudad de Brindisi, el grueso del ejército napolitano al mando de su hijo Alfonso continuó en la Toscana, muy lejos del sur de la península, ocupando Siena en contra del tratado de paz firmado con Lorenzo de Medici; unos y otros, como siempre, empeñados en las intrigantes rencillas del centro de Italia.

Así las cosas, el 28 de julio de 1480, un enjambre de más de cien naves turcas se posicionó ante las costas de los lagos Alimini, cerca de Otranto, una de las ciudades más meridionales de la península italiana, donde, sin oposición alguna, desembarcaron miles de soldados, jenízaros, jinetes árabes, caballería pesada, siete inmensas bombardas y decenas de piezas de artillería de menor calibre.

Menos de dos semanas después, el 11 de agosto, exclusivamente defendida por los señores feudales de la zona, caía Otranto tras verse sometida a intensos y feroces bombardeos. El capitán se había opuesto a la rendición confiando en la ayuda de Ferrante y los demás estados italianos defensores de la cristiandad. Sin embargo, la defensa a ultranza de la ciudad y la beligerancia de los napolitanos, que llegaron a disparar una bombarda durante la tregua pactada para negociar una posible rendición, acto innoble donde los hubiera a juicio de los turcos, que consideraban sagrada la diplomacia, estimularon a Gedik Ahmed a entrar a saco y mostrar su crueldad con la población. Miles de jóvenes fueron esclavizados, y las muchachas más bellas terminaron en los serrallos de Constantinopla. Se masacró a los recién nacidos. Las mujeres fueron violadas por un sinfín de soldados. Se ejecutó a los religiosos y los judíos. La sanguinaria represión culminó con la fría y sistemática matanza de más de ochocientos hombres, decapitados a golpes de cimitarra, uno tras otro, delante de la tienda de campaña del bajá Gedik entre gritos, llantos y ríos de sangre en un ritual macabro destinado a aterrorizar a las naciones cristianas. Y hasta tal punto fue así, que aquel papa inicialmente indolente ante el ataque musulmán sopesó trasladar, una vez más, la Santa Sede a Aviñón.

Gedik castigó de forma cruel y ejemplar la resistencia de un pueblo ante el asedio otomano. Deseaba asustar a los cristianos, objetivo que consiguió con creces. Con independencia de las creencias de los vencedores, la matanza de Otranto no se sustentó en diferencias religiosas; no se instó a nadie a apostatar de la cristiandad, a ninguno de aquellos centenares de hombres se le ofreció conservar la vida si se convertía, si abrazaba el culto a Alá y a su profeta Mahoma. No; todos ellos fueron metódicamente decapitados como consecuencia de la desidia de los príncipes de los pueblos italianos que deberían haber acudido en su defensa.

Arnau, hundido hasta las rodillas, sus ropas rezumando barro, trataba de empujar el carro igual que lo hacían el resto de los soldados. Consciente de que su aportación física era nula, percibía sin embargo que el hecho de que el duque de Lagonegro, general del ejército napolitano que lo fue en su día, hoy jefe artillero, se metiera en el lodo con ellos los animaba a esforzarse por liberar el transporte del cenagal en que se había atascado.

A pesar de sus sesenta y tres años, conservaba las fuerzas y, sobre todo, el ánimo necesarios para dirigir a sus hombres. Lo que todos ignoraban era que la dureza de la contienda, el esfuerzo físico agotador, más aún en un hombre de su edad, le servían para borrar de su mente todos los malos recuerdos. Por las noches caía tan exhausto que el semblante de Isabella, que nunca olvidaba, se esfumaba vencido por un sueño abrumador. Sí se permitía, por el contrario, pensar en sus hijos, incluso en Marina... ¿Estaría el malnacido de Gaspar aún acogido en su casa? Claudio le había dicho que era un «despojo humano», y él deseaba con todas sus fuerzas que su hermanastro sufriera el mayor tiempo posible, tal como se merecía. Quizá había muerto ya. Se prometió interesarse en su próxima visita a Nápoles, aunque lo cierto era que escapaba de allí a la menor oportunidad; se sentía mejor junto a los soldados. Incluso en un momento como ese en que las tropas se retiraban.

Tras la toma de Otranto, el duque de Calabria había abandonado apresuradamente sus posiciones en la Toscana y corrido en defensa del reino; tanto, que su padre, Ferrante, ni siquiera lo dejó entrar a pernoctar en Nápoles de camino al sur de la península.

En Otranto se encontraron con que los turcos recibían constantes y abundantes refuerzos por mar: hombres, caballos, armas, provisiones..., mientras que los napolitanos seguían sin contar con la ayuda de ninguno de los príncipes italianos. No así del cielo, puesto que este los ayudó en forma de tempestades y constantes aguaceros que cayeron sobre la península de Salento. Las adversas condiciones meteorológicas no solo interrumpieron unas hostilidades iniciadas con una derrota ante la manifiesta superioridad de los otomanos, sino que también permitieron que las tropas recogieran agua dado que aquellos habían envenenado los pozos de los alrededores de Otranto.

Llegó octubre, y el frío se cernió sobre el ejército napolitano. El campamento establecido en San Francesco aparecía inundado. La ropa de los hombres se mantenía permanentemente empapada y las tiendas de campaña, estropeadas y agujereadas por el azote de una lluvia pertinaz, ya no protegían de las inclemencias. Faltó la comida en una tierra devastada, sus campos asolados por un enemigo que recibía las provisiones por mar desde Albania sin que la flota napolitana pudiera impedirlo, atascada como estaba en el puerto de Brindisi a causa de los vientos desfavorables. En esas pésimas condiciones, la peste atacó con mayor virulencia, sin distinción de clase o rango.

El duque de Calabria ordenó a sus tropas acuartelarse en los lugares de Roca y Castro, en la Apulia, despoblados tras las correrías de los turcos por la zona.

Tres mil infantes y dos mil hombres a caballo, insuficientes para combatir al enemigo turco, se replegaban con urgencia en busca de cuarteles en los que pudieran secarse y reponerse. Entre ellos se encontraban Arnau y sus artilleros. Iban al frente de una línea de carros cargados de bombardas, espingardas, balas de hierro o de piedra y pólvora en ingentes cantidades, un peso excesivo que hacía que los transportes se atascaran en el lodo e inmovilizaran a los bueyes que tiraban de ellos.

—¡Descargad esos barriles! —ordenaba Arnau, tratando de hacerse oír entre el aguacero y el escándalo de hombres y animales.

Eran, en ese caso, decenas de barriles de pólvora. Los carros nunca saldrían del lodazal sin liberarlos de aquella carga. Cada disparo de bombarda requería, según su calibre, de dos a diez kilos de explosivos. El peligro radicaba en que la pólvora se mojase y se estropease, por lo que Arnau pugnaba por cubrir los recipientes con los restos de las tiendas de campaña y cualquier otro elemento que ayudase a protegerlos del agua.

Calado, embarrado, Arnau iba y venía de los barriles y los cañones, amontonados en la orilla de un camino impracticable, a los carros. Y cuando uno quedaba desatascado, lo cargaba de nuevo y exhortaba a los conductores a buscar suelos más firmes.

—¡Todo está igual! —se quejaban estos.

—¿Queréis quedaros atrás? —gritaba para estimularlos mientras el resto de las tropas, también los civiles y los mercaderes que los seguían, los superaban.

Los carreteros arreaban entonces a los bueyes y mostraban más atención, aunque poco más adelante Arnau volvía a toparse con algunos de esos mismos carros hundidos en el barro hasta los ejes de las ruedas.

Desesperaba. Juraba e insultaba al cielo. Golpeaba al aire y a la lluvia que continuaba martirizándolos. Se estaban rezagando. Los soldados desfilaban presurosos a su lado sin prestar atención a los ruegos de los artilleros ni a las órdenes que trataba de imponerles su capitán, un personaje grotesco por sucio y empapado, el barro deslizándose por su rostro congestionado.

Muchos se rieron y se burlaron.

—¡Hijos de puta! —estallaba Arnau sin dejar de ayudar a los suyos, cargando, descargando, empujando.

En aquella retirada desordenada, bajo el aguacero, enfermos y resentidos por las victorias turcas, la autoridad no existía. El duque de Calabria galopaba hacia Nápoles, se murmuraba entre la tropa. Y mientras los hombres renegaban de su suerte y los dejaban atrás, Arnau seguía con sus diatribas:

—¡Necios! Clamaréis al cielo cuando os falte la artillería.

—No te equivoques, viejo —le contestó un ballestero que en ese momento avanzaba a su altura . El duque no reclamará al cielo, te culpará a ti.

Arnau quiso replicar, pero se quedó sin palabras. Tenía razón. El ballestero torció el semblante en una mueca cínica.

—¡Continúa empujando el carro! —lo machacó otro ballestero del mismo grupo, una partida de cerca de una veintena que marchaban juntos.

—¡Y vigila tu culo! —se burló un tercero—. Porque el duque

te lo va a reventar cuando se entere de que la pólvora está en mal estado.

Las carcajadas resonaron por encima de la lluvia. Arnau estaba confundido. Pese a la idiosincrasia de cada cual, conocía bien el carácter y la forma de reaccionar de los soldados; llevaba toda la vida tratándolos. Sin embargo, aquellos ballesteros... Percibió algo extraño en su actitud, en su manera de conducirse. Los observó con atención mientras lo superaban. Disponían de buenas armas y mejor equipamiento, por mojado que estuviera. El calzado era robusto, de calidad, y las prendas, también. No parecían soldados regulares del rey. Sin duda se trataba de mercenarios, una tropa bien pagada por algún noble o principal.

Los hombres avanzaban junto a los artilleros sin ofrecerles ayuda, alguno todavía burlándose. Arnau, escarnecido, pugnaba por no desenvainar una espada que continuaba manejando con torpeza aunque todavía con la pericia suficiente para atravesar a un par de aquellos insolentes deslenguados. Aun así, se esforzó por olvidarlos y se centró en empujar uno de los carros.

—¡Todos juntos! —arengó a sus hombres, empeñado en tirar de uno de los bueyes como si pretendiera sacarlo del barro sin ayuda.

Por delante de él, los ballesteros que se le habían encarado hablaban entre ellos, seguros de que nadie podía oírlos en aquel desorden.

—Quizá no sea necesario ni sabotear las bombardas —apuntó el cabecilla—. En una de estas se quedarán sin pólvora para disparar.

Los hombres que encabezaban la partida anduvieron unos pasos asediados por el aguacero que les caía encima.

—Nos pagan por sabotear al ejército de Alfonso —reflexionó el primero—, aunque me indicaron que nos cebásemos especialmente en Arnau Estanyol, que serían muy generosos si conseguíamos su ruina y su descrédito.

—¿Quiénes?

—Sé quién me lo dijo a mí...

—¿Quién?

—No puedo revelarlo. Pero es público y notorio que el que

costea esta compañía de ballesteros es un rico mercader de Nápoles, Paolo Crivino, que está casado con la pupila de Estanyol. Todo eso es sabido en Nápoles, no revelo nada nuevo, como tampoco que padre e hija no acabaron bien.

—Nada más despiadado que una pelea entre familiares —sentenció otro de aquellos hombres.

—Entonces ¿será esa mujer y su esposo quienes pagarían para que hundamos al artillero?

—Es de suponer, aunque no lo puedo asegurar. En fin, mientras a nosotros nos paguen...

En ese preciso momento, Arnau Estanyol conseguía desatascar un carro más.

—¡Adelante! —gritó exultante.

La situación de los napolitanos mudó en dramática. Ningún país italiano acudió con tropas en su ayuda. Sixto IV, el mismo Papa que había prometido a Ferrante cuatro mil soldados de élite bajo el experto mando de Montefeltro, ordenó a su caudillo que no acudiese a Otranto y que permaneciera atento en Ancona por si los otomanos decidían invadir los Estados Pontificios.

Ferrante levó ciudadanos, elevó los impuestos sobre el pan, requisó todos los objetos preciosos de las iglesias, empeñó su corona y hasta los libros más importantes de su biblioteca para obtener fondos con los que afrontar la guerra.

Venecia continuaba firme en su posición neutral, y Florencia y Milán no se implicaban. En cuanto al sobrino del Papa, Girolamo Riario, señor de Imola y Forlì, se atrevió a proponer a los venecianos atacar Nápoles junto a las tropas papales y aprovechar la penuria para conquistar el reino de Ferrante. Los venecianos se opusieron, pero esa muestra de benevolencia no impidió que, en pleno invierno, los turcos asolaran la península de Salento con razias constantes, saquearan ciudades y esclavizaran a miles de italianos que enviaban a los mercados de Oriente para su venta.

En una de esas incursiones, un día de febrero de 1481 frío y desapacible, los turcos se permitieron engañar a las tropas napolitanas, a las que brindaron la posibilidad de liberar con facilidad una línea de esclavos poco custodiada que se arrastraba lenta y amargamente hacia Otranto. Los soldados cristianos, afligidos por el cariz de los acontecimientos bélicos y diplomáticos, se envalentonaron y juraron venganza. La trampa en la que cayeron conllevó la muerte de mil quinientos de ellos, muchos masacrados tras rendirse en Minervino, lugar en el que buscaron refugio; los turcos solo sufrieron unas veinte bajas.

Arnau, custodio celoso de unas piezas de artillería que no se utilizaban porque ni se combatía a campo abierto ni se asediaba ciudad alguna, veía con desesperación cómo, entre muertes y deserciones, que Gedik Ahmed incitaba a razón de unos espléndidos quince ducados por soldado cristiano, el ejército napolitano se desintegraba.

Más allá del campo de batalla, en los salones del Papa y de los príncipes italianos, Venecia volvía a oponerse a una coalición, en este caso europea, ante la oferta de ayuda por parte de Francia y España siempre que los italianos se sumaran a ella. La imposibilidad de aunar en una alianza militar a los enemigos naturales de los turcos llevó a Ferrante a chantajear a los estados italianos y principalmente al Papa, defensor de la cristiandad. Si no lo socorrían, afirmó el monarca, no podría recuperar Otranto ni impedir la llegada masiva de tropas de Oriente, por lo que se aliaría con Mehmed II y le franquearía el acceso a la península, cuya conquista total constituía el objetivo ya declarado del todopoderoso sultán.

Tras la matanza de Minervino, Arnau fue convocado a Brindisi, en cuyo puerto permanecía fondeada la flota de Ferrante. Sorprendentemente, con el ejército napolitano herido de muerte por causa de aquella masacre, Gedik Ahmed decidió cruzar el Adriático y regresar a Constantinopla. Todos los espías confirmaron una noticia que el turco tampoco escondió; los preparativos de su partida en el puerto de Otranto eran notorios para cualquier espectador.

Arnau Estanyol, junto a sus espingarderos y ayudantes, embarcó como artillero en una de las galeras de la armada que el 25 de febrero zarpó del puerto de Brindisi rumbo a Vlöre para interceptar la flota de Gedik. Los cómitres forzaron la boga para arribar a la bahía albanesa al atardecer y allí anclaron, ocultos entre las rocas. Su intención era avizorar, a la mañana del día siguiente, la llegada de la flota turca, compuesta por treinta y dos barcos; ocho galeras que navegaban por delante, y, tras ellas, varias *palandarie*, en las que generalmente se transportaba la caballería, sobrecargadas en este caso de hombres, esclavos y el botín obtenido por los otomanos.

Arnau, escondido con los oteadores en lo alto de la roca tras la que se ocultaba su nave, apreció la tremenda superioridad de los napolitanos: diecinueve galeras contra ocho, más del doble, porque el resto de la flota turca no contaba, impedida para cualquier batalla por el tipo de embarcación y el exceso de carga que transportaba.

—Los tenemos —masculló dirigiéndose a Luca, por más que este no pudiera oírlo ya que se hallaba situado abajo, en la barca, de pie en la proa, con la bombarda preparada.

Por un momento Arnau observó al artillero, dispuesto al combate, y sonrió. Le había tomado cariño en la Santa Agnese y desde entonces lo acompañaba, en ocasiones como su subalterno, en otras como su compañero. Luego recorrió con la mirada el resto de las galeras a cubierto de la vista del enemigo tras las muchas rocas de aquella bahía, y percibió la tensión de tripulaciones y remeros, todos prestos a atacar, conscientes de la proximidad de la batalla con la flota turca en cuya capitana, sentado en una silla de oro que refulgía de manera extraña, casi divina, viajaba Gedik Ahmed Bajá.

—Acabaremos con todos ellos —susurró ilusionado—. Los infieles nunca más osarán poner uno de sus sucios pies en el reino de Nápoles.

Pero la flota turca se deslizaba frente a ellos sin que los almirantes y demás nobles al mando de la napolitana dieran la orden de atacar.

—Los hombres están cansados del esfuerzo de ayer —discutían entre ellos.

—No aguantarán un abordaje —sostuvo otro.

—Cierto. No pelearán con la energía suficiente.

La sola presencia de Gedik, majestuoso en su trono de oro, atemorizaba a los cristianos. Aun así, la escuadra tampoco podía regresar a Brindisi sin haber planteado batalla, de modo que los generales resolvieron:

—¡Que las galeras ataquen a los navíos de carga!

Arnau descendió de la roca a tiempo para abordar la nave antes de que esta abandonara su refugio y los remeros bogaran con toda su fuerza hacia el enemigo.

Gedik, consciente de la supremacía de la armada enemiga tras un simple vistazo, escapó abandonando un botín que cayó en manos de los cristianos. La batalla fue desigual. Arnau y Luca bombardearon sin oposición las casi indefensas naves enemigas, pesadas, sobrecargadas, incapaces siquiera de maniobrar con agilidad, al mismo tiempo que contemplaban decepcionados cómo huían todas las galeras de guerra otomanas.

—¡Persigue al turco, por Jesucristo! —había exigido Arnau del capitán de la galera, pero este obedeció a sus mandos y mantuvo el rumbo hacia las naves de carga.

Tal como puso pie en el muelle de Brindisi, Arnau olvidó su condición de simple jefe artillero y, movido por un arrebato de ira, se desenvolvió como el capitán general de los victoriosos ejércitos aragoneses del rey Alfonso que había sido. Se abrió paso a empujones en los muelles en busca de los almirantes e insultó al cielo, a los marineros y a cuantos se cruzaron con él. Preguntó a gritos por los mandos, y algunos soldados contestaron a su requerimiento y le señalaron una de las grandes naves de apoyo que navegaba arriba y abajo de la costa de Brindisi con los estandartes desplegados ondeando al viento, disparando pólvora, y la marinería en cubierta saludando, alegre.

—¿Qué mierda de victoria celebráis! —gritó como si pudieran oírlo desde el barco—. ¡Habéis dejado escapar al turco! ¡Cobardes!

—Se ha conseguido la destrucción de la flota otomana —intervino alguien a su lado.

—Solo la de los barcos auxiliares —replicó Arnau con sequedad—. Las galeras han escapado.

—Pero hemos liberado a los presos y recuperado el botín.

—Decenas de kilos de plata robada de Lecce —intervino un tercero.

—Lo único que valía era la captura de Gedik Ahmed Bajá.

—¿Y nuestros compañeros que iban a la esclavitud?

—No lo entendéis —les recriminó Arnau—. Si hubiéramos capturado a Gedik y vencido a las galeras de guerra, el resto de la flota se habría entregado. Ahora el turco volverá a Nápoles —advirtió—, con mayores fuerzas, y buscará venganza, y su respuesta será tanto o más cruel y sanguinaria que la que nos ha mostrado hasta ahora. ¿Ya no recordáis a los ochocientos decapitados de Otranto! —clamó, y un par de hombres dieron un paso atrás, como si los hubiera golpeado—. ¡A las mujeres violadas! Cuando tengáis que enfrentaros al bajá de nuevo —añadió, señalándolos sucesivamente—, todos os arrepentiréis de no haberlo matado hoy.

Muchos de los hombres que ya habían llegado con las galeras y las fustas se acercaron curiosos. Tras su admonición, que nadie se atrevió a discutir, se apartaron de un Arnau que se movía inquieto, mascullaba para sí, golpeaba al aire y profería insultos:

—¡Necios!

La gente esperaba, igual que él, a que la nave capitana arribara. Alguien habló de Arnau Estanyol, y la historia de aquel personaje capaz de enfrentarse públicamente a los almirantes corrió de boca en boca y excitó las expectativas.

—¡Cobardes! —aulló Arnau en cuanto se aproximó la capitana y consideró que los de a bordo le oirían.

Aguardó todavía más, hasta que la nave se acercó al pantalán, los nobles vestidos de gala en la borda, con la atención dividida entre las operaciones de atraque y las invectivas de aquel personaje plantado en el muelle.

—¡Habéis dejado escapar al turco! —repitió Arnau cuando ya podía ver los rostros, algunos crispados, de los capitanes de la flota y los muchos principales que los acompañaban—. ¡Las almas de miles de soldados napolitanos se revuelven en sus tumbas ante tal vileza! —gritó—. ¡Nuestros muertos esperaban venganza! —Esa afirmación levantó el aplauso de muchos soldados—. ¡Habéis renunciado al honor por la plata!

Uno de los nobles de la nave capitana se apoyó en la borda y lo señaló.

—¡Detenedlo! —exigió a los alguaciles que se hallaban en el muelle.

—¡Habéis traicionado a la cristiandad! —lo acusó Arnau antes de que un par de oficiales lo agarraran de los brazos—. ¡Soy el duque de Lagonegro! —se revolvió—. Solo puedo ser detenido por orden del rey. —Al oírlo, los soldados aflojaron la presión—. ¡Vos no podéis mandar mi detención! —recriminó al del barco, a quien rodeaban y apoyaban sus iguales con actitud arrogante—. Desembarcad y lo discutiremos —lo retó desenvainando la espada sin oposición alguna por parte de los oficiales, amedrentados ante el desafío entre aquellos hombres de calidad.

De repente, Arnau se encontró con el arma en la mano y buscó la sensación de poder que siempre acompañaba los retos y las bravatas, pero nada notó. En su lugar, lo asaltaron los recuerdos de innumerables entrenamientos contra enemigos imaginarios y la frustración en la que caía ante el dolor y la grosería de sus maneras. Ahora todo volvía a ser real y estaba señalando con la punta de su arma a un cobarde. ¿Acaso tenía miedo?, se preguntó.

—¡Luchad! —acertó a desafiar al noble, tratando de alejar de sí aquella sensación.

Acercaban la pasarela para el desembarco cuando otro oficial, de mayor rango, se acercó a Arnau.

—Alfonso, duque de Calabria —le dijo al oído—, os ordena que envainéis la espada y evitéis disputas vergonzantes y deshonrosas ante los hombres. No debéis ultrajar a los generales que mañana llevarán a esos soldados a la muerte. ¡Obedeced! —le exigió ante la tardanza en hacerlo.

Con cierto alivio, Arnau se plegó a las exigencias del heredero. Envainó su espada, y vio cómo otro oficial indicaba a los almirantes y demás nobles que eludieran los altercados, señalándoles el muelle por el que debían marchar. Contrito, comparó esa retirada con la de Gedik Ahmed en el mar. En ambos casos se había producido ante sus ojos, él indefenso. Y todo el vigor que acababa de arder en su sangre se diluyó en un instante.

—Esos generales han humillado a sus hombres, a todos los soldados napolitanos —dijo—. La victoria que hemos obtenido sobre unos enemigos casi inermes nunca esconderá la infamia de esta batalla —sentenció.

No tuvo oportunidad de ver cómo el oficial asentía a su espalda, pero sí se enteró después del estallido de ira del duque de Calabria al saber que su armada había permitido la huida de Gedik Ahmed.

Sin embargo, el enfado del heredero no fue suficiente. Los príncipes italianos criticaron con saña a Ferrante y a Alfonso por la cobardía que destilaban sus decisiones, y aprovecharon el suceso para menoscabar su prestigio y poner en duda su capacidad en la gobernanza del mayor reino de Italia. Cualquier excusa era buena en el intrigante entorno italiano con el fin de huir de compromisos y cruzadas religiosas, y, de paso, mostrar al turco su amistad. Siempre sin decantarse expresamente a su favor, moviéndose en la ambigüedad.

## 24

*Otranto,
julio de 1481*

Arnau llevaba un par de meses bombardeando la ciudad de Otranto. Tras la huida de Gedik Ahmed, los napolitanos se establecieron en las cercanías de la ciudad y emplazaron la artillería en el monte de San Francisco, en el de Santo Domingo y en un altozano entre ambos, todos dominando el lugar, pero por cada disparo de bombarda que efectuaban los cristianos, los musulmanes replicaban con cuatro.

La situación se había enquistado: los unos no lograban romper el asedio y los otros lo soportaban bien provistos de alimentos y municiones. Lo único que conseguía traspasar los estrictos límites del campo de batalla y vagar a sus anchas era la peste, que había rebrotado con fuerza y se había expandido con el sol y las temperaturas de un verano tórrido.

Arnau y los cinco soldados que atendían la bombarda, escondida tras un montículo y separada de las demás para impedir un impacto conjunto, tomaban todas las precauciones necesarias para evitar el contagio. Sin embargo, esas cautelas eran mucho más difíciles de adoptar por parte de los asediados, a los que catapultaban cadáveres de animales infectados para propagar una enfermedad que se estaba cebando especialmente en los otomanos.

—Ahora también les hemos mandado unas cuantas putas vestidas con ropas contagiadas —oyó Arnau que comentaba con sorna uno de los artilleros en un descanso a la espera de que les abasteciesen de pólvora.

—Las putas son más baratas que estos cañones —apuntó otro.

—Y más efectivas —rio Luca, aunque calló al instante ante el semblante adusto de Arnau, ellos sentados en tierra, su capitán en un tocón.

Arnau no intervino. Sí, les enviaban prostitutas infectadas y les lanzaban cadáveres pútridos y descompuestos, y los bombardeaban constantemente también. Y no servía para nada. Desde su atalaya, se había convertido en un espectador tan privilegiado como pasivo; la guerra se desarrollaba a sus pies. Presenciaba las constantes escaramuzas entre ambos bandos, sus embates, sus peleas y persecuciones. Llegaba a oír los gritos y alaridos de unos y otros, y hasta creía percibir los estertores de los que agonizaban abatidos en el campo. Entre el permanente olor a pólvora era capaz de distinguir el de la sangre, los excrementos y la putrefacción de cuerpos y miembros amputados; tanto lo habían acompañado a lo largo de su vida que los identificaba, aunque no pudiera definirlos. ¿A qué olía el dolor de un soldado herido? Suspiró. Estaba cansado, decepcionado y abatido. La guerra no prosperaba pese a que Gedik Ahmed no había regresado a Otranto, ni lo haría. Mehmed II, el gran sultán de Constantinopla, el Conquistador, había fallecido repentinamente poco después de la vergonzosa actitud de la armada napolitana que facilitó la huida de su general, dejando un vacío de poder que propició la lucha por el trono entre dos de sus hijos: Bayezid y Jem. Los hermanos se enfrentaron y venció Bayezid, cuyo ejército capitaneaba el propio Gedik Ahmed. Pero el nuevo sultán, pese a los ruegos de su bajá, arrinconó toda ambición sobre Italia para destinar sus esfuerzos, recursos y soldados a asegurar su posición en un inmenso imperio sometido a guerras internas y todo tipo de conjuras.

La situación política entonces infundió ánimos a un duque de Calabria que afrontó personalmente campañas suicidas que llevaron a la muerte a muchos de sus hombres. Arnau contemplaba con verdadera tristeza la actitud alocada de un príncipe humillado que pretendía destacar entre los grandes generales italianos a costa incluso de arriesgar a su ejército.

Todo en los generales y nobles era ambición, ansias de distinción, de destacar sobre los demás con independencia de consideraciones tácticas o de cualquier estrategia bélica. «¡Si el rey Alfonso levantara la cabeza!...», se lamentaba Arnau una y otra vez. Porque hasta él se vio involucrado en esas intrigas y luchas por el poder y el favor de los grandes. Fue unas semanas después de su reyerta en el puerto de Brindisi con los almirantes cobardes. El duque de Calabria no tomó medida disciplinaria alguna contra él, y lo destinaron con una bombarda al monte de San Francisco. Allí dormitaba en una choza que sus hombres habían levantado con ramas y él había ocupado como campamento cuando Luca lo avisó de que tenía visita.

—¿Quién? —se interesó.

—Barones.

El barón de Penne y el de Castelpetroso. Arnau los recibió sin la menor ceremonia, vestido con su jubón y sus calzas negras, ahora ajadas y sucias por la pólvora, el humo y la tierra; solo su espada al cinto relucía. Con todo, aunque lo hubiera deseado, algo que tampoco se planteó, no podría haberse engalanado ante sus familiares puesto que carecía de muda en condiciones.

Lorenzo y Rocco, pie a tierra, aprovecharon la espera para examinar la bombarda, curiosear entre las balas de piedra y de hierro, trastear con la pólvora y el aceite para enfriar la caña y la recámara..., moviéndose por la zona mientras sus hombres, también desmontados, permanecían algo alejados del lugar. Arnau se había encontrado con ellos en varias ocasiones. Eran buenos capitanes, le constaba, y cada uno aportaba hombres a un ejército que todavía no alcanzaba la autonomía que Ferrante pretendía.

Salvo por esos encuentros casuales en las batallas y alguno todavía menos frecuente con Lorenzo en Nápoles, donde era difícil que coincidieran —Rocco, si es que pisaba la capital, no le avisaba—, Arnau no mantenía contacto con ellos, ambos ocupados en sus tierras, en sus familias, en las guerras y en sus intereses.

Los saludos e intercambios de noticias fueron los propios de tres militares en campaña: distantes, algo hoscos y breves, como si pretendiesen ocultar a los hombres que se mantenían apartados de ellos cualquier posible muestra de emoción.

—¿A qué se debe que os hayáis perdido por este cerro? —inquirió el padre y tutor, respectivamente, de uno y otro.

Percibió la duda en Lorenzo.

—Queríamos hablar con vos —propuso el hijo con cautela.

—Venimos a exigiros que rectifiquéis ante los nobles a los que ofendisteis en Brindisi —se lanzó Rocco, con esa arrogancia que tanto llegó a defender el propio Arnau como necesaria en un noble. El hijo de Marina esperó la reacción violenta de su tutor, pero ante el silencio con el que Arnau acogió su petición, continuó—: Si en algún momento la relación familiar con vos, el gran general del rey Alfonso, fue un privilegio para nosotros, hoy se ha convertido en una lacra. Os habéis peleado con la mayoría de los barones de Italia. Los insultáis y humilláis. ¡Todos están irritados con vos! Y eso nos perjudica.

Arnau inspiró hondo y los repasó con la mirada. Se parecían a él cuando mandaba sus tropas. Uno rozaba la treintena; el otro pasaba de los cuarenta años. Esa soberbia, la misma que la suya, sí lo decepcionó; le habría gustado que su visita obedeciera a otros motivos. Por un instante le agradó pensar que quizá lo necesitaran, que recurrían al soldado experto, que pretendían su consejo, su ayuda, o que tal vez, conocedores de su destierro al mando de una bombarda en una loma alejada del campo de batalla, hubieran acudido a verlo como compañeros de armas, a animarlo, a interesarse por su suerte. No, no era eso. Su relación los perjudicaba, lo culpaban.

—¿Y qué pretendéis? —inquirió.

—Que os disculpéis con ellos, con el duque de Calabria... ¡y hasta con el rey, si fuera menester!

Rocco había elevado la voz. Su tío le pidió mesura con un gesto, y Arnau se sintió más molesto por esta última reacción que por el desplante de un barón arrogante. Él no necesitaba que nadie lo defendiera como si fuera un anciano incapaz. Arqueó las cejas y soltó una risa falsa, plena de hastío.

—¿En verdad pensáis que voy a disculparme con...?

—¡Debéis hacerlo! —lo interrumpió su pupilo.

—Convendría, padre —quiso quitar hierro Lorenzo—. Son nuestros iguales. Debemos convivir con ellos, aliarnos y defendernos recíprocamente, casar a nuestros hijos con sus hijas, compartir consejos y asuntos en la corte...

—¿Disculparme yo con esos cobardes? —insistió Arnau, haciendo caso omiso a los argumentos de su hijo.

—No son cobardes —sostuvo Rocco, en este caso con delicadeza, como si estuviera explicándoselo a un niño.

Arnau prefería la soberbia.

—¡Necio! —lo insultó—. ¡Jamás me disculparé! Si hubieran atacado a la flota turca, hoy esa ciudad ya sería nuestra —añadió señalando hacia Otranto—, y vivirían todos los valientes soldados que han caído bajo el mando de generales y almirantes ineptos.

Acto seguido, dio un manotazo al aire que a punto estuvo de golpear el pecho de Rocco.

—¡Viejo loco! —replicó este.

—Contente —le rogó Lorenzo antes de dirigirse a su padre—: Necesitamos recuperar la dignidad vilipendiada de los Estanyol. Los miembros de la corte comentan...

—Un padre —lo interrumpió Arnau— puede ceder sus títulos, sus tierras y sus riquezas, pero no la grandeza, ni la hombría ni la valentía. Si tanto deseáis destacar entre los principales, ¡ahí tenéis Otranto! Atacadla. Tomadla. El día en que alcancéis la gloria en el campo de batalla correrán a ofreceros a sus hijas y os respetarán en la corte y en los consejos. Pero no esperéis que este viejo... —arrastró la palabra mientras traspasaba con la mirada a Rocco— se arrodille ante un hatajo de cobardes. ¡Idos! —les exigió al tiempo que señalaba el camino, con los hombres de uno y otro, así como sus artilleros, pendientes sin disimulo de la discusión.

Lorenzo dudó, quiso decir algo. Sin embargo, calló, negó con la cabeza y se volvió, dando la espalda a su padre. Rocco tardó un instante más, el rostro encendido. Arnau lo retó con su sola actitud: el cuerpo tenso, la respiración contenida, los rasgos contraídos, los ojos fijos en los de su pupilo.

Cuando los vio montar y arrear a sus caballos, se desinfló. Se trataba de su hijo y el de su... hija. Y él estaba extraviado en lo alto de una loma con cinco soldados y una bombarda. Suspiró, se irguió y recuperó la presencia delante de sus hombres. Le habría gustado abrazar a Lorenzo y a Rocco, reír con ellos... Pero Arnau Estanyol, aun herido y apartado del combate, jamás se arrodillaría ante nadie.

Los turcos acuartelados en Otranto resistían con la vana esperanza de que Gedik Ahmed regresase con tropas. Bloqueados por mar, se negaban a creer en el fallecimiento de Mehmed, muerte que, por otra parte, animó al Papa a cumplir su promesa con Ferrante, al que, un año después de la invasión otomana, había mandado veinticinco galeras y cerca de cuatro mil soldados.

Tras bombardear con insistencia la ciudad, Arnau dio orden de parar cuando Alfonso se plantó al frente del ejército reforzado con las tropas pontificias ante sus murallas, uno de cuyos lienzos se había derrumbado por efecto de las minas colocadas por los ingenieros en túneles pacientemente excavados hasta ellas. Entre los miles de hombres prestos a atacar, Arnau presintió que se hallaban Lorenzo y Rocco, y les deseó la fortuna que no habían obtenido de él.

Parado en lo alto de la loma, los gritos de los miles de hombres atacando enardecidos en la ofensiva final se mezclaron en la cabeza de Arnau con el recuerdo de Isabella. Rocco la había traído de regreso hasta aquel lugar perdido en el sur de Italia.

«¡Incluso me robaste el cariño de Isabella!», llegó a recriminarle el hijo de Marina en cierta ocasión. ¡Ojalá hubiera sido verdad! El dolor por la pérdida de la joven, una desdicha que luchaba por arrinconar en su memoria, no siempre con éxito, oprimió a Arnau ahora con una violencia similar a aquella con la que los napolitanos asaltaban las murallas de la ciudad.

—Algo no va bien —comentó sin embargo Luca, a su lado.

Nada iba bien, estuvo a punto de contestar Arnau. Sus hijos, su familia, su amor, su prestigio, su fuerza... En los últimos años se había ido distanciando de aquellos seres a los que quería, quizá porque esa era la única salida que había encontrado, la única solución para el desamor que se había apoderado de él. Pero ahora, envejecido y maltrecho por la guerra, tenía la sensación de que en su vida ya solo quedaba espacio para la decadencia. Con todo, regresó a la realidad de la batalla que se desarrollaba por debajo de ellos. Cierto. Aquel ejército tan poderoso como imprudente que se había atrevido a cantar victoria al asaltar una ciudad que creían rendida, desamparada, hambrienta y enferma no avanzaba a través del lienzo de muralla derribado, donde se amontonaban hombres y caballos en una confusión impropia de un enfrentamiento ordenado.

—No consiguen acceder al interior de la ciudad —murmuró Arnau—. Algún obstáculo se lo impide.

—¿Y nadie lo había previsto? —inquirió otro de los artilleros.

—Al parecer, no... —empezó a contestar Arnau con la mirada fija en Otranto.

—Nunca se puede prever todo.

El comentario llegó desde su espalda. Arnau fue a volverse cuando tres certeros flechazos abatieron a otros tantos artilleros, que cayeron desplomados casi a sus pies.

—Ni se te ocurra revolverte, viejo —le advirtió uno de los atacantes ante el intento de Arnau de desenvainar una espada que no portaba al cinto, olvidada en el chamizo porque no la necesitaba en aquel promontorio alejado del combate.

Pese a su vulnerabilidad, desarmado, el duque de Lagonegro hizo ademán de abalanzarse sobre el atacante, pero se topó con una ballesta tensada que apuntaba directamente a su cuello, a menos de un paso, tan cercana que la saeta casi le rozaba la garganta.

—Yo que tú no lo haría, viejo —insistió el asaltante, y de inmediato Arnau reconoció en él al ballestero que se había burlado de ellos un año antes en los caminos embarrados que conducían a la Apulia.

—Tú...

Calló al ver cómo los hombres que los habían sorprendido acababan de manera fría y brutal, a espadazos, con la vida de los dos artilleros que quedaban. La sangre estalló en sus venas para desaparecer después, de repente, mareándolo, haciéndole tambalear ante la mirada... tierna, angustiada, suplicante de un Luca que se derrumbó con la vista puesta en él.

—Acaba conmigo de una vez —retó Arnau al mercenario.

El otro sonrió con dientes negros. Y todo fue muy rápido. Decapitaron a los artilleros como si se tratase de una incursión enemiga. Fueron en busca de la espada de Arnau y con ella ejecutaron a un prisionero turco al que arrastraban, pantalones abombados de color verde, cinturón ancho y gorro circular en pico. El hombre suplicaba clemencia en árabe, las manos extendidas hacia el cielo, hasta que cayó desplomado entre estertores, con el arma clavada en su vientre. Y mientras todo ello sucedía, otros dos hombres martilleaban con fuerza clavos y hierros en el oído de la bombarda en el que se vertía la pólvora de ignición. Se trataba de una de las maneras más usuales de sabotear los cañones: clavándolos, introduciendo hierro a presión en aquel conducto que quedaría ciego y requeriría de una reparación en ocasiones imposible.

Arnau sintió una pena estúpida por el arma. Se trataba solo de un cañón, mientras que a su alrededor yacían seis cadáveres, cinco de ellos decapitados. Trató de recomponerse. Él sería el siguiente. Finalizó el martilleo sobre la bombarda, ya inútil. No se veía capaz de pelear y se rindió a la muerte. Un final deshonroso, a manos de un felón que lo había sorprendido por la espalda. Lo descabezarían también a él. Nunca había imaginado que su final sería tan poco honorable, una pésima manera de reunirse en el cielo con su rey y con todos los valientes que habían entregado la vida a sus órdenes.

—Perro bastardo —masculló hacia el ballestero, y alzó la barbilla ofreciéndole el cuello.

El otro volvió a reír.

—¡Imbécil! Tú sobrevivirás. —Al oírlo, Arnau entornó los ojos, desconfiado, extrañado—. Tú sufrirás la humillación y el desdén de todos los nobles de este reino por tu negligencia y tu cobardía. Te odian, ¿lo sabes? Se cebarán en ti. —La sumisión mudó en ira y Arnau tembló—. Para ti será peor que la muerte.

En prueba de lo que decía, el ballestero apartó su arma del cuello de Arnau y se retrasó unos pasos.

—¡Traidores! —gritó entonces el duque de Lagonegro—. ¡Os buscaré y acabaré con todos vosotros!

—¿También con tu hija Marina? —lo interrumpió con sarcasmo el jefe de aquella partida.

Arnau no supo qué responder. Desde que los habían sorprendido a traición, las tragedias se habían desarrollado vertiginosamente. Las muertes, las decapitaciones, Luca, la bombarda... Luca, su última súplica. Se permitió mirar su cabeza y sintió una arcada. Y ahora su hija. ¿A qué venía mencionar a Marina?

—Nos paga ella —afirmó el ballestero, imaginando los interrogantes que corrían por la mente de Arnau—. Ella y su esposo, Paolo, un buen hombre. Creo que lo conoces, ¿no? Ellos nos han pagado por sabotear cuanto hemos podido, por espiar para los turcos, por engañar a los napolitanos... Tú vives gracias a su favor, el de la señora Marina, que ha exigido que no te causemos daño —mintió el hombre, escondiendo la intervención directa de Gaspar Destorrent en relación con el destino de Arnau, pues prefería la humillación de su hermanastro antes que una muerte liberadora; quería hacerlo sufrir, verlo arrastrarse—. ¿Denunciarás a tu propia hija? ¿La perseguirás? —añadió mordaz el ballestero—. ¡Nos vamos! —ordenó después a sus secuaces.

Arnau se revolvió con torpeza, el cuerpo roto, el espíritu hundido, y se lanzó sobre aquel mercenario, que, previendo esa reacción, lo recibió volteando la ballesta a modo de maza para golpearlo en la cabeza. Luego abandonó con sus esbirros el cerro de San Francisco. Dejaban atrás seis cadáveres, una bombarda clavada y a su capitán tirado inconsciente en el suelo.

—Una partida de turcos. —Arnau había repetido varias veces esa mentira ante el consejo reunido en una de las tiendas del real—. Logré acabar con un infiel antes de que me golpearan en la cabeza.

—¿Y por qué no os mataron a vos? —inquirió uno de los consejeros.

—Sí, ¿por qué no os decapitaron como a los demás? —se interesó otro.

Arnau se encogió de hombros. La misma tarde del ataque lo habían encontrado todavía inconsciente los soldados de intendencia que los surtían de pólvora y balas y que repetían esa ruta con regularidad varias veces al día. A la mañana siguiente, aún aturdido, la cabeza pronta a estallarle y sin tiempo para recuperarse, lo sometieron al interrogatorio que en ese momento trataba de sortear porque no había tenido capacidad de urdir excusas creíbles. Lo único que decidió a lo largo de una noche inquieta, ruidosa, sin descanso en el real, con las tropas yendo y viniendo, los gritos y las órdenes quebrando la oscuridad, era que no involucraría a Marina; no podía seguir fallando a los suyos, no podía seguir enfrentándose a los de su sangre. Se negaba a asumir las afirmaciones del ballestero acerca de la intervención de su hija y el panadero; por el contrario, lo que sí era cierto e indiscutible era que Nápoles, en manos de nobles ineptos, insidiosos y vengativos, no merecía tamaños sacrificios personales.

—Lo ignoro —contestó—. Quizá alguien los descubrió y no tuvieron tiempo de hacerlo.

—¡Se tarda poco en cortar una cabeza!

La observación vino de uno de los almirantes de Brindisi. Arnau lo reconoció, tan soberbio y arrogante como cuando dejó escapar a Gedik Ahmed.

—Tenéis razón —lo sorprendió—. Mi cabeza debería estar allí, con las de mis soldados. Un general no tiene derecho a salir indemne de una batalla cuando sus hombres mueren.

La puya acertó, el hombre enrojeció de ira... o de vergüenza y se apartó de los demás. Los consejeros iban y venían, entraban y salían de la tienda de campaña. Tanto eran seis, siete u ocho, como mermaban hasta cuatro, incluso tres, todos más preocupados por lo que sucedía fuera de allí. Cuchicheaban entre ellos, gesticulaban y hacían aspavientos. Sus rostros y maneras indicaban preocupación, temor incluso. Lo que Arnau había presentido esa noche se confirmaba ahora: la ofensiva final había fracasado.

—¿Cuántos eran?

Ya se lo habían preguntado; estaban distraídos. Arnau se permitió no contestar y ninguno reparó en ello. Estuvo a punto de preguntar a su vez: «¿Cuán importante ha sido el desastre? ¿Cuántos muertos ha habido?», con la preocupación puesta en Lorenzo... y en Rocco.

—¿Estáis seguro de que eran turcos? —interrumpió sus cuitas otro de los presentes.

También le habían interrogado al respecto, varias veces. Asintió con la cabeza una más.

—Está bien —concluyó con ademanes urgentes el general que dirigía el consejo—. Por la negligencia con la que habéis actuado y que vos mismo habéis reconocido al sostener que vuestra cabeza debería estar allí, con las de vuestros hombres, quedáis degradado y destituido de todo cargo en el ejército. No devengaréis salario alguno. Recoged vuestras pertenencias, si es que tenéis alguna —apreció señalando con desdén su aspecto sucio y desmadejado—, y abandonad cuanto antes el real.

Sí que tenía pertenencias. Su espada y su caballo. El arma estaba en poder de los de intendencia que lo habían encontrado. El animal se encontraba en las caballerizas. Entre el ir y venir de los soldados, muchos heridos, ensangrentados, tullidos, dio con el arma y con un animal que en nada se parecía al que había dejado, pero no discutió. Envainó la espada y montó ayudado por un mozo. Luego recorrió el inmenso real a caballo, estremecido y alarmado por el estado de castigo de la tropa. Preguntó una y otra vez por la tiendas del barón de Castelpetroso y el de Penne hasta que le indicaron la ubicación. Se plantó ante aquella en la que ondeaba el pendón nobiliario en ambos casos. No desmontó. Esperó a que algún soldado avisase a su capitán. Vio a los dos y tuvo que reconocer que se sintió tranquilo, aunque Rocco presentaba una herida en el brazo izquierdo.

—Ya no seré más molestia para ti —dijo primero a uno para repetirlo con el otro—. Sé valiente y confía en Dios.

No les permitió hablar y, momentos después, enfiló el camino de vuelta a Nápoles.

La derrota de la alianza de napolitanos y pontificios había salvado a Arnau de mayores pesquisas y condenas por parte de unos consejeros sin duda hostiles hacia él, pero más preocupados por la ira del duque de Calabria. Más de mil cristianos habían dejado la vida en un foso inmenso, ancho y profundo que los turcos habían construido tras la muralla volada por los ingenieros. A medida que los asaltantes superaban el lienzo derribado, hombres y caballos, en un enfrentamiento salvaje con unos otomanos dispuestos a morir antes que ser capturados, se precipitaban en aquel agujero donde la lucha era feroz e inhumana. Nadie escapaba de una sima diabólica en la que se segaban vidas y miembros. El duque de Calabria se vio forzado a ordenar la retirada, y los turcos que quedaban en Otranto, también mermados, celebraron la victoria y los despidieron con burlas, las mismas que Alfonso recibiría del resto de los príncipes italianos ante aquel descalabro. El asedio, rutinario y triste, se reinició, y Arnau, con la mirada al frente, fija en el norte, oyó cómo se reanudaban a su espalda los monótonos bombardeos entre ambos bandos.

Se trataba de un viaje largo. Arnau sopesó incluso desviarse hacia Lagonegro, pero eso conllevaría un retraso importante. Se proponía cruzar la península de Salento hasta Taranto, y luego Venosa y Gravina siguiendo la antigua vía Appia en dirección a Benevento y Capua, antes de las cuales debería desviarse hacia Nápoles puesto que la calzada romana nunca llegó a discurrir por la capital.

—¿Y qué me importa el tiempo? —confesó a su caballo. No sabía su nombre, si es que lo tenía—. En Nápoles —continuó hablándole al animal—, no tengo nada que hacer. Nada… salvo encararme con Marina y el panadero… y con Gaspar, si es que ese perro todavía vive.

Lo cierto era que no le apetecía ir a Lagonegro. Desconocía cuál era la situación exacta de su feudo, sus rentas, el estado de todos aquellos cuantiosos préstamos pedidos contra ellas, y los problemas de las gentes. Entre su hijo Filippo cuando estaba en Italia —¿quién mejor que su heredero, el futuro duque?— y Juan Sánchez, el administrador, controlaban en su nombre todo ello, incluida la justicia. Confiaba plenamente en ambos; se trataba de buenas personas. Y cada vez que recalaba en Nápoles, Claudio le entregaba un montón de correspondencia y escritos a los que tampoco prestaba excesiva atención. Quizá debería ocuparse más de todo eso ahora.

—No iremos a Lagonegro —decidió. El caballo se movía a un paso lento y cansino, hasta incómodo, bajo el sol de aquel agosto caluroso que hacía sudar al jinete—. Tú no aguantarías una embestida en la guerra, aunque confío que galopes lo suficiente para evitar malos encuentros con bandoleros y salteadores de caminos. Esta ruta está plagada de ellos.

Sin embargo, pensó, lo más probable era que la mayoría de ellos estuvieran rondando al ejército y a la ingente masa humana que lo acompañaba: mujeres, familiares, prostitutas, mercaderes, curanderos, frailes y todo tipo de vagos y especuladores. Allí, en extensos campamentos anejos, era donde se reunían el vicio y la lacra, donde prosperaba la delincuencia.

Llegaría sin incidentes a Nápoles, confió, pero una vez allí, ¿podría soslayar un encuentro con Marina de la misma manera que hacía con sus tierras? Jamás habría permitido un acto de traición, asesinato y sabotaje como el que habían llevado a cabo aquellos miserables ballesteros supuestamente contratados por el esposo de su hija, porque poco podía tener que ver ella con la leva de unos pérfidos mercenarios. ¡No era cosa de mujeres! Aunque la única explicación a que él siguiera con vida debía encontrarse, ciertamente, en lo que le explicó aquel que los capitaneaba: el favor de la señora Marina. ¿Por qué, si no, no lo mataron? Habría sido fácil y más seguro para ellos, puesto que, en condiciones normales, Arnau los habría denunciado y acosado personalmente. Nunca habría consentido la deshonra que suponía la ejecución de sus hombres, la pérdida de una bombarda, y todo ello inerme, sin presentar batalla, sin pelear por la vida de los suyos.

Sin embargo, había renunciado a los principios rectores de su vida como soldado, al honor, la valentía, la lealtad y la honestidad, a todos aquellos de los que había hecho gala en su trayectoria militar. Mintió al consejo. Escondió la verdad y la existencia de un grupo de traidores en las filas del ejército que, sin duda, continuarían saboteando y originando muertes. Al mismo tiempo que finalizaba la vida de un suplicante, Luca puso fin a la suya como soldado. Y todo por Marina. Tuvo que erguirse en la montura para sobreponerse al latigazo de nostalgia que lo asaltó al recuerdo de una niña en ocasiones tierna y cariñosa, en otras voluntariosa y altiva. Se le agarrotó la garganta y carraspeó.

—¡Viejo! —se insultó en el silencio de las inabarcables tierras que constituían el granero de Italia y que se abrían a ambos lados de una calzada tremendamente deteriorada. La mayoría de los campos estaban abandonados, yermos.

Superó el golpe de emoción causado por Marina y se sumió en un extraño estado de placidez solo quebrado por el movimiento arrítmico del caballo; por un instante temió que estuviera cojo, pero no le concedió importancia. Ya andaría, se despreocupó. Lo único que acuciaba su mente en ese instante era que no le importaba haber renegado de su condición de soldado valiente y honorable. ¡No se sentía mal! Ni culpable. Ni insultado. Se había redimido de obligaciones y responsabilidades, de culpas y urgencias, de violencia y sangre.

Desmontó de aquel caballo cojo y continuó el camino a pie. Por delante del rucio sin nombre, tirando de las riendas, respiró hondo: un aire nuevo, templado, que entraba fácil en los pulmones, vivificándolo. Tardó mucho más de lo previsto en lo que supuso un viaje iniciático hacia lo que sin duda sería una nueva vida. Primero lo presintió, y después de cada pueblo en el que se detenía fue ganando convicción, por más que Marina todavía no encajara en un futuro enigmático. A veces, cuando las emociones ganaban, la recuperaba como a una hija; otras, compartiendo la hambruna originada por la guerra y el dolor de las gentes, se le aparecía como una traidora a Nápoles. Algunas veces la veía como su salvadora; en otras, como aquella que financiaba a los mercenarios que habían acabado con sus hombres, y retrasaba hasta su llegada a la capital una decisión ineludible.

En la primera ocasión que tuvo, ordenó quitar las herraduras a Renco, que así había decidido llamar al caballo en honor a los cojos de las caderas. Tras un par de días de descanso, volvió a mandar herrarlo. Bajo su atenta vigilancia, le limpiaron las ranillas, le quitaron piedras escondidas que presionaban y le igualaron los cascos, y el animal consiguió recuperar unos andares que, aun cuando distaran mucho de la agilidad o la potencia de un caballo de guerra, lograron cierta cadencia en el paso que Arnau agradeció a lo largo de un triste recorrido por pueblos y campos devastados. Los ejércitos habían discurrido por ellos y saqueado en nombre de unas necesidades tan imperiosas como las que tenían las personas a las que robaban su pan; la peste aportó su dosis de muerte y adversidad, y los oficiales reales que levaban hombres para la guerra vaciaron los campos de la mano de obra más vigorosa y capaz.

Tardó más de un mes en un viaje que tiempo atrás le habría llevado pocos días, al galope, exigiendo a sus hombres, sin descansar, sin detenerse más de lo imprescindible. Ahora lo había hecho compartiendo camino, víveres y noches de charla e historias con otros viajeros a los que se unía y escondía su identidad. Las noticias de Otranto lo habían precedido y en una de esas noches, a poca distancia de Nápoles, conoció el desenlace de aquella guerra desastrosa.

—Tras negociar con los turcos, Alfonso —contó uno de los heraldos que regresaba a la capital— ha permitido que fletaran un barco hasta Vlörë para verificar la muerte de Mehmed, un deceso que consideraban noticia falsa propagada por los cristianos, y recibir las instrucciones que hasta el momento no les habían llegado debido al bloqueo naval.

Los viajeros, reunidos alrededor de una fogata, esperaron la continuación mientras el hombre comía.

—¿Y...? —lo instó un joven, tan preocupado por el final como por las provisiones que devoraba el heraldo sin contemplación alguna.

—¡Continúa! —se sumó otro.

—Pues eso, que lo comprobaron. Que comprendieron que, tras la muerte del sultán, estaban solos en el empeño de Otranto y que nadie acudiría en su ayuda, y volvieron.

El hombre echó mano a un pellejo de vino, pero el caminante que estaba a su lado se lo quitó de un zarpazo.

—Cuando termines —le exigió.

Arnau sonrió.

—Pues eso —repitió—. El trato era que en ese caso rendirían la ciudad y Alfonso los dejaría partir sin ningún tipo de venganza. Y así sucedió: la gran mayoría de los soldados embarcaron con sus dineros y pertenencias con rumbo a Albania.

—Así que han escapado —se lamentó alguien.

—No. —Muchos se inclinaron hacia el heraldo, expectantes. ¿Los había engañado el duque de Calabria?—. Una fuerte tormenta llevó al naufragio de varios barcos y un buen número de hombres murieron ahogados. Otros se vieron obligados a regresar a puerto y fueron masacrados por la gente, algo que ya no estaba previsto en el acuerdo.

—¿Y los que no habían embarcado? Has dicho que...

—Sí —lo interrumpió el heraldo, ya reclamando su vino—. Cientos de jenízaros, los mejores guerreros turcos, los más valientes, no huyeron...

—¡Dale el vino! —requirió uno de los presentes ante el discurso interrumpido.

—Que acabe primero —se negó el del pellejo.

El fuego crepitó entre el grupo durante unos instantes.

—De acuerdo —cedió el narrador—. Todos esos salvajes han entrado a formar parte del ejército de Alfonso.

El fuego volvió a chisporrotear anunciando la reacción de unos hombres tremendamente defraudados, engañados incluso.

—¡Han matado a miles de los nuestros!

—¡Son musulmanes! ¡Herejes!

—¡Blasfemos!

—¡Asesinos!

—¿Quién puede confiar en ellos!

Sentado en el suelo, Arnau negaba con la cabeza, rendida sobre el pecho, ante las revelaciones de aquel soldado que bebía del pellejo como si le fuera la vida en ello. La muerte de un solo hombre: Mehmed el Conquistador. La peste. Dos sucesos imprevistos, espontáneos, independientes de la voluntad del hombre se alzaban como los únicos causantes de la victoria de un inepto duque de Calabria. Miles de muertes inútiles y un reino arruinado en vano.

Se levantó y se dirigió adonde estaba Renco y se tumbó a dormir al raso, en un clima todavía templado y bajo un cielo estrellado que no dejaba de brillar, ajeno a la ignominia que acababa de escuchar. Suspiró y cerró los ojos; al día siguiente entraría en Nápoles y tendría que decidir acerca de su hija.

—¿Qué sabes de Marina?

Claudio siempre había tenido debilidad por esa niña. Arnau esperó la respuesta de un viejo criado que pretendía evitarla.

—Nada, señor —intentó zafarse el sirviente—. Hace tiempo que no la veo.

Arnau insistió, sin obtener respuesta.

—Claudio —le llamó la atención cuando el criado ya iba a salir del salón, aunque con un cariño que llevó al viejo a volverse hacia él, ladear su cabeza calva y entornar unos ojos ya acuosos—. No le deseo ningún mal. Te lo prometo.

El sirviente negó una vez más con gestos, incrédulo, y siguió camino a las cocinas dejando a Arnau solo en un inmenso salón frío, sucio y destartalado, con algunos tapices roídos, uno de ellos medio descolgado. El palacio continuaba cerrado. Claudio era el único que lo habitaba y se movía por él sin prisas, como un espectro, porque incluso su hijo Filippo ya evitaba alojarse allí.

Antes de que el criado regresara, que lo haría, Arnau observó la ruina que lo rodeaba y lo asaltó el desencanto. Cuanto había imaginado y pensado a lo largo de su viaje requería que arreglase su hogar para que rebosase esa nueva vida, la ilusión que había acariciado, pero dudaba si disponía de recursos. Si Sofia lo viera ahora, preocupado por aquel ambiente lúgubre, se sorprendería. ¿Cuántas veces llegó a negarle los dineros con los que ella pretendía embellecer el palacio de un catalán austero?

—Lo siento, querida —murmuró.

—¿Decíais algo, señor? —preguntó Claudio.

Había adelgazado tanto que probablemente levitara. Como siempre que su señor regresaba a Nápoles, le llevaba la correspondencia recibida. Ahora, si lograba entenderla, conocería el estado de sus finanzas y sabría si disponía de dinero para arreglar...

—Ya sé que, como suele ocurrir —interrumpió sus pensamientos el criado—, no prestaréis atención a las cartas, siempre se lo digo a Sánchez. Sin embargo, deberíais leer esta, la primera del montón —lo conminó al tiempo que descargaba los documentos sobre la mesa del comedor, que levantaron una ligera nube de polvo.

—¿De qué se trata?

—Lo ignoro, señor. La trajo un sirviente del barón Filippo Chiara.

Arnau ya la había cogido y rasgaba el sello de lacre de su viejo amigo con un presentimiento inquietante.

—El sirviente ha insistido en un par de ocasiones. Incluso dudé si hacérosla llegar a...

Pero Arnau ya no lo escuchaba. Leía con avidez. El esposo de Isabella, reclutado a la fuerza para el ejército ante los estragos de la peste y la necesidad de cirujanos, se había contagiado y poco después había fallecido en los aledaños del real de Otranto, donde trataban a los apestados. «Te lo cuento porque sé del interés que tienes en la mujer», leyó Arnau en la carta de Filippo. No pudo continuar porque le temblaban las manos.

—¿Señor? —se preocupó el criado.

—Dios ha decidido sonreírme al fin —contestó él.

Eran muchos quienes pretendían a la viuda, le advertía su amigo, gente principal, aunque del estrato al que pertenecía el médico: mercaderes con fortuna, hombres de letras y profesionales. Él, Filippo Chiara, noble catalán de calidad superior a todos ellos, había recogido en su casa a madre e hija, entonces privadas de excesivos recursos, cuando menos dinerarios, tras el fallecimiento de su esposo. Además, comentaba, la liberaba del agobio que le originaban las muchas propuestas, algunas tercas e insolentes, por parte de todos esos bellacos lujuriosos que él había aplacado al mostrar su interés por proteger a la mujer.

«Soy viejo —le avisaba con ironía en la misiva—, y me había rendido a las carencias propias de mi edad, pero esta viuda y su hija me están insuflando tal soplo de vida que me siento rejuvenecer. Si no te apresuras a venir a por ella, yo mismo le propondré matrimonio. Nada me complacería más en este momento».

Arnau soltó una carcajada estridente que sorprendió a Claudio. Filippo evitaba hablar de su propia esposa, porque Isabella no se habría refugiado en casa de un notorio libertino, por viejo que este fuera, de no ser por la presencia de esa paciente y bendita mujer.

—Ensilla mi caballo —ordenó al criado antes de lanzarse a leer de nuevo la carta.

—Lo acabo de desensillar —se quejó Claudio—. Está derrengado, señor. Ese rucio no os llevará a sitio alguno —quiso excusar su actitud pese a que Arnau no se la había recriminado, absorto como estaba en la relectura.

Arnau ahogó un suspiro. Claudio tenía razón: el animal necesitaba descansar, y él también. Y, de paso, adecentarse un poco. No podía presentarse así ante la mujer de su vida.

A la mañana siguiente, tuvo que apretar la cincha de la montura de Renco por no caer al suelo ataviado con los vestidos limpios y apestando a hierbas, porque si bien Claudio no había tenido bastante fuerza para ajustar los correajes al animal, al parecer sí que tenía la constancia precisa para proteger el deterioro de sus ropas almacenadas en el arcón a base de todo tipo de plantas aromáticas. Arnau, tras una noche en la que apenas logró dormir a pesar del cansancio, confiaba que durante el camino a Gaeta estas se aireasen lo suficiente para dejar de oler como un jardín en floración.

—¿Y qué hay de vuestra hija? —inquirió el criado cuando su señor ya se dirigía a la puerta del palacio.

Arnau tiró de las riendas y detuvo a un Renco que tampoco necesitaba mucha orden para pararse.

—¿Qué sucede con mi hija? —inquirió.

—No... Como habéis preguntado tanto por la señora Marina...

—Tantas veces como tú me has contestado que no sabías de ella.

—Sí, sí —se mostró contrito el otro, escondiendo el rostro—. Señor...

—¿Qué? —lo azuzó Arnau ante su silencio temeroso.

—Si es cierto que Dios os sonríe, deberíais agradecérselo y reconciliaros con ella.

Claudio se encogió como si fuera a ser golpeado a causa de su atrevimiento y desvergüenza; más de un sirviente había recibido un castigo ejemplar por mucho menos. Pero él ya era anciano y creía poder permitirse hablar así a su señor... Además, quería a su niña, habían pasado muchos años y era injusto que el padre la tratara de ese modo.

—Tendré en cuenta tu consejo —escuchó, sin embargo, de

boca de su señor. Arnau fue a arrear al caballo, pero se detuvo: ¿y Gaspar? ¿Qué había sido de ese canalla? Desde que leyera la carta de Filippo Chiara no había pensado más que en Isabella—. ¡Claudio! —llamó la atención del criado.

—¿Señor?

«¿Para qué?», pensó entonces ante la mirada atenta del anciano. Saber de Gaspar solo podía amargarlo, malograr el objetivo de acercarse a Isabella con el que había fantaseado toda la noche; además, debía de haber muerto hacía tiempo.

—En verdad pensaré en reconciliarme con Marina —quiso tranquilizar a aquel criado fiel que lo despidió con una sonrisa.

Espoleó a Renco y partió hacia Gaeta. Quizá el viejo Claudio tuviera razón, aceptó mientras luchaba contra un inédito impulso por echar pie a tierra y abrazarlo. Pero se contuvo. Sería una muestra exagerada, se convenció al mismo tiempo. Con todo, lo cierto era que la inesperada noticia sobre Isabella y su viudez..., ¡su libertad, más bien!, y el sentimiento de creerse agraciado por Dios lo llevaron a aceptar la petición de Claudio. Sí, se reconciliaría con Marina. Y olvidaría cuanto había podido suceder en Otranto, por mucho que le costase superar que ella pudiera haber estado relacionada de alguna manera con la muerte de sus hombres. En el fondo era consciente de que se lo había prometido a Sofia, cuando esta se encontraba ya enferma, y recordó su intento, que Marina rechazó por lealtad a su marido. No quiso pensar en el panadero ahora, solo en ella. La decisión lo liberó todavía más y sintió que la carga que hasta entonces lo mantenía oprimido se desvanecía ante la simple elección de esa reconciliación sin condiciones, sin reproches.

No había conseguido desprenderse del olor a las hierbas con las que Claudio conservaba sus ropas. Ese fue el estúpido y frívolo pensamiento en el que Arnau se refugió al verse frente a Isabella. Todo cuanto había pensado, soñado e ideado, todas las maravillosas escenas en las que se había recreado a lo largo del viaje hasta Gaeta se disiparon en el mismo instante en el que ella hizo acto de presencia en el salón de la casa de Filippo, y del brazo de este.

Arnau podía dar dos pasos y tocarla, coger su mano, quizá abrazarla; lo anhelaba. Pero se quedó quieto igual que ella, también paralizada, la boca abierta, una exclamación interrumpida flotando en el aire.

—¿Cómo estás? —se oyó preguntar con voz temblorosa.

De súbito, a Arnau se le vinieron encima los dieciséis años transcurridos desde que Isabella abandonara el palacio de Nápoles y uno tras otro, a modo de martillazos sobre un yunque, lo golpearon. El primero insultó su porte y su apariencia frente a la de aquella mujer vestida con la sencillez con la que se afrontaba la vida doméstica, y que en ese momento ofrecía una belleza serena, el rostro curtido, el cuerpo pleno, en la cima de la madurez. El siguiente atacó su vigor, su energía, y se burló de su virilidad dudando que fuera capaz de satisfacer a una hembra que irradiaba sensualidad. El Arnau que padecía las mil secuelas de la guerra empequeñeció ante esa Isabella tan esplendorosa como desconocida. ¡Dieciséis años! Los crueles efectos del transcurso del tiempo siguieron turbándolo: ¿Isabella lo querría? ¿Lo había querido alguna vez, en realidad? Un repentino sudor enfrió su espalda y las palmas de sus manos. Le faltó el aire. ¿Qué hacía allí? ¡Ingenuo! No era hombre para ella. ¡Necio!

Unos instantes bastaron para derribar las ilusiones de Arnau. Su decepción, expresada a través de una mirada que se hundió en el suelo como para escapar de aquel lugar, fue patente para cuantos asistían al encuentro: el barón Filippo y su esposa, y una joven ya en edad núbil que había entrado tras Isabella y se mantenía en un rincón, expectante.

—Estoy bien, duque —contestó en ese momento Isabella—. Esperándoos si es que ya sois libre.

Arnau irguió la cabeza para encontrarse con aquellos anhelados ojos verdosos cuyo resplandor tanto había iluminado sus noches solitarias y que ahora lo envolvía y lo acariciaba con su luz. Era ella, sin duda. El corazón que surgía a través de sus pupilas para reventar en la vida de los demás no había cambiado.

Asintió. Era libre. Se acercó y tomó la mano que ella ya le ofrecía.

—Te amo —le confesó.

Isabella ensanchó los labios en una inmensa sonrisa.

—En la última ocasión que nos vimos me lo declarasteis de una forma muy especial.

Arnau dio un respingo. Luego miró al suelo, señalándolo. «¿Arrodillado?», le preguntó con el gesto. Ella asintió con una mueca zalamera, y Arnau se postró sin pensarlo.

—Te amo, Isabella —repitió con una de sus manos todavía atrapada entre las suyas.

Ella pareció confundida.

—No —le dijo, y antes de que Arnau pudiera reaccionar, le apuntó—: «Toda cordura, recordad, os ruego...».

Arnau lamentó haber renegado de Ausiàs March, de todos los poetas del mundo y de esas obras que excitaban los sentidos, animaban a la confidencia y a las dolorosas declaraciones de amor no correspondidas. ¿Cómo continuaba? Era el último verso, sí. Debería acordarse.

—Causa sufrimientos... —intentó continuar.

Isabella se arrodilló frente a él.

—Haced memoria. Os ruego... —retomó para corregirlo—, que el Amor causa grandes sufrimientos... Y por Amor se pierde... —volvió a apuntar.

—... hasta el sentido —recordó entonces Arnau.

Y juntos, al unísono, recitaron:

—¡Yo soy la prueba, que he perdido el habla!

«Tú me perteneces, Arnau Estanyol», le había dicho ella, su ángel sanador, poco antes de marcharse de su lado, años atrás. Y ahora, por primera vez desde que se conocían, acercaron sus labios y se besaron con pasión.

## QUINTA PARTE

# Venganza y perdón

## 25

Contrajeron matrimonio allí mismo, en Gaeta, en la catedral de San Erasmo, donde Arnau la había espiado tras la muerte de Elisenda. Consistió en una ceremonia íntima celebrada en una capilla lateral. «Hace poco que he enviudado», alegó ella.

Isabella contó con la presencia algo esquiva de su hija de catorce años, Laura.

—Quería a su padre —la excusó frente a Arnau durante unos preparativos ante los que la joven se mostraba tímida y retraída.

Arnau asintió. Isabella añadió que el amor de Laura por su padre se había dado a pesar de que se trataba de un hombre estricto, engreído y violento.

—¿Tanto os maltrató? —inquirió compungido.

Él jamás había pegado a una mujer, el respeto hacia ellas formaba parte de los ideales del caballero. Además, disponía de suficientes procedimientos para desahogar su ira, violencia o cualquier tipo de tensión: el duro entrenamiento militar, la guerra, la caza... No obstante, era consciente de que infinidad de hombres maltrataban con crueldad a sus esposas y a sus hijas. Interrogó a Isabella con el corazón encogido ante la visión de aquel ángel con el rostro amoratado o el labio partido, sangrante, pero ella evitó contestar y escondió la mirada.

—¿Lo amabas?

Isabella cambió repentinamente de actitud y se enfrentó a Arnau, reprochándole con una dura expresión que no tenía derecho a plantear esa cuestión.

—Perdona —se disculpó él, asumiendo su error.

—No —terminó admitiendo la mujer, sin embargo—. Nunca llegué a quererlo. Con todo, debo reconocer que nos proporcionó techo y sustento a mí y a nuestra hija.

Arnau ocultó que él habría acrecentado hasta la magnificencia esos cuidados y que la habría amado con toda el alma, que le habría regalado el cielo, que a ella la habría hecho reina y a su hija, que sería suya también, princesa, y que... Pero se trataba de Isabella, una mujer que, si bien reconoció sentir algo por él, lo rechazó por tener una esposa en Barcelona, y que ahora, viuda, libre, continuaba oponiéndose a cualquier relación más allá de la de un beso casi casto, en espera de una boda que Arnau, apasionado, aceleró lo más que pudo. En esos días confesó a Isabella que su situación económica había empeorado mucho en esos años, pero ella ni siquiera le dejó terminar la explicación. «Eso no importa», susurró. Y él comprendió que era cierto, lo que hizo que la amara aún más, si cabía.

Junto a la tímida Laura, acompañaron al altar a Isabella cuatro amigos, así como Filippo Chiara y su esposa. Por Arnau acudieron el otro Filippo, su hijo, y un Claudio incómodo con unas ropas nuevas que le había proporcionado el primero. El duque de Lagonegro, general de Alfonso V que tanto había hecho por Gaeta, su refugio en la guerra, se vio en el compromiso de participar el enlace a las autoridades de la ciudad, muchas de las cuales se personaron en la catedral.

Su hijo Lorenzo, sin embargo, no pudo compartir la fiesta. Se hallaba todavía en Otranto, con Rocco, controlando la reconstrucción de las defensas de la ciudad y rindiendo honores, junto al duque de Calabria, a los ochocientos mártires decapitados por los enemigos de la fe cristiana. De esa manera pretendían esconder tras la indestructible muralla de la fe y de la piedad una guerra vergonzosa, unas decisiones desacertadas, cuando no insensatas, y una victoria humillante. El rey y su hijo, los consejeros y los prebostes de la Iglesia, siempre dispuestos, perseguían trasladar el dolor de aquellos centenares de víctimas inocentes a toda la cristiandad, de sacralizar una verdadera derrota desviando la atención y el interés del pueblo sobre la guerra, los soldados y, en especial, sus generales hacia los mártires. Y lo conseguían.

En un momento determinado, Arnau había propuesto invitar a Marina a la boda.

—Me gustaría obtener el perdón de mi hija y recuperar su cariño —arguyó—. Estoy dispuesto a ceder lo que sea necesario para conseguirlo.

Isabella forzó una sonrisa ante la propuesta. No podía negárselo, pero recordaba bien que Marina la culpabilizaba del rencor de Rocco hacia ella. No quiso entenderla, y la animosidad creció entre ambas, sin duda.

—¿E invitaríais…?

—Invitarías —la corrigió Arnau, que insistía en que Isabella abandonara el trato de respeto y lo hiciera con confianza. A ella le costaba desprenderse del hábito.

—¿Invitarías también a su esposo? —lo tanteó. Sabía que no, que ese sacrificio quedaba lejos.

—No lo sé, no lo sé —reconoció él.

Sus ilusiones por recuperar a su hija se estrellaban siempre contra la existencia del panadero. «¿Os sentaríais a la mesa con él, padre?», recordaba la pregunta que Marina le efectuara ya casi veinte años antes. «Jurasteis que mataríais a Paolo», lo acusó también. Ahora no lo mataría, seguro, ni siquiera estaba en condiciones para ello, pero de eso a sentarlo a su mesa… Esa sí que se alzaba como una posibilidad real, y no era capaz de contestarse, no sabía hasta qué punto tendría que ceder para reconciliarse con su hija. Quizá Marina hubiera cambiado de idea y ya no fuera tan terca, o no amara a su esposo, o este se hubiera convertido en un viejo grosero y desdentado. Lo que tuviera que suceder sucedería. No quiso pensarlo, pero sí argumentarlo ante Isabella.

—No lo sé. De lo que sí estoy seguro es de que él nunca aceptaría, no vendría —adujo acompañando su decisión con un gesto de las manos, como si eso fuera evidente y lo liberase de la cortesía.

—Ya, pero eso lo tiene que decidir él, no tú. Me alegro de que desees recuperar a Marina. Sin embargo, os…, te aconsejo que no la pongas en el compromiso de elegir entre tú o su esposo. Bien sabes por quién se decantará. Espera a regresar a Nápoles y podrás acercarte a ella sin correr esos riesgos.

Tras la ceremonia, Filippo Chiara abrió las puertas de su casa a los invitados, a los que, de manera sorpresiva, se sumaron muchos más gaetanos.

—Suerte que el barón paga el convite —comentó por lo bajo Arnau a su hijo Filippo—.Yo no habría podido.

—Padre —replicó este en el mismo tono—, no os preocupéis por eso, disponéis de vuestras rentas de Lagonegro.

—¿No están en manos de los banqueros?

—Quedan pocas y de escasa entidad. La mayor parte de los préstamos que os concedieron se han amortizado. ¡Hace casi veinte años que pedisteis el primero! Aquellos dineros para Martí y la libertad de vuestra esposa, Elisenda. Después os dieron más, pero desde entonces vuestra vida ha sido la de un misántropo mezquino. No os enfadéis —le pidió ante la mueca de disgusto de Arnau—. Cerrasteis el palacio y despedisteis a los criados. No habéis gastado un solo *denari*. Debéis de ser el primer noble en la historia de este reino, y de muchos otros, que cumple con sus compromisos ante los prestamistas.

—No lo sabía.

—Ya. Porque jamás prestabais interés por los estados de cuentas que Sánchez os mandaba a Nápoles. Esa era la queja constante de Claudio.

—Entonces soy... Vuelvo a ser...

—Rico. Sí.

—No me importa que seas rico, ya te lo dije. Sabes que nunca he perseguido el dinero, Arnau —le soltó Isabella al tiempo que se dejaba caer en una silla—. Además —alzó la voz—, no sé a qué viene ahora ese comentario.

A que tenía miedo, reconoció él. El conde de Navarcles, el antiguo, habría superado esa aprensión con un manotazo al aire, un juramento y todo el arrojo que fuera necesario. Pero no deseaba mostrarse violento, ni siquiera enérgico, frente a Isabella. «Soy rico», le había dicho con ingenuidad, como si con ello pudiera seducirla. ¡Necio! Sintió vergüenza de sí, y enrojeció. Lo cierto era que el subterfugio del dinero, de la riqueza, venía a que no sabía si su cuerpo respondería, si sería lo bastante hombre para satisfacer a una mujer como la que ahora lo miraba con una sonrisa en los labios después de desprenderse de unos zapatos que la habían torturado durante todo el día. Arnau no fue capaz de devolvérsela y titubeó. Ya contaba sesenta y cinco años amontonados en un cuerpo herido, vencido. Ella, sin embargo, cuarenta esplendorosos años en un cuerpo... Tembló con solo imaginarla entre sus brazos. Isabella se apercibió de ello.

—Ven aquí —le instó. Arnau se acercó—. Compláceme de nuevo con ese maravilloso poema. —Arnau se irguió y cogió aire—. De rodillas.

—¿De rodillas?

—Por supuesto.

Arnau se postró a los pies de su esposa. Se hallaban en la alcoba de Filippo Chiara, graciosamente cedida por sus anfitriones para esa primera noche de amor después de que renunciaran a las comodidades y las atenciones que les propusieron: baños templados, camisas limpias de dormir, frutas, afeites..., y dejaron atrás los gritos y la algarabía de la fiesta que atronaba la casa entera como lo haría un matrimonio ya experto. Arnau atacó el poema e Isabella se inclinó y le cogió la cara con las dos manos.

—Conozco todas tus cicatrices, ¿recuerdas? —interrumpió la declamación—. Yo las curé.

—Hace muchos años de eso.

—Los que Dios y el destino han dispuesto.

—Quizá Dios y el destino hayan olvidado prepararme para cumplir con sus deseos —se lamentó Arnau en tono irónico.

Ella se inclinó todavía más en la silla y lo besó; permanecieron en esa postura forzada durante un buen rato, hasta que Isabella puso fin al abrazo.

—Arnau Estanyol, ni me importa tu dinero ni tu vigor en el lecho. Solo me importas tú, estar a tu lado, verte y compartir mi vida contigo. Me enamoré de ti cuando jugabas con la muerte, inerme. Me enamoré de un hombre de cuerpo frágil y débil, tanto que necesitaba mis cuidados. Me enamoré, también, de un luchador..., no, no en la guerra —quiso corregir la repentina expresión de él—, lo hice de un malherido que fue capaz de pelear con la enfermedad, con las calenturas y las hemorragias. Te creí muerto en varias ocasiones, pero luchaste por la vida.

Dejó transcurrir unos instantes antes de romper la extrema tensión creada, y lo consiguió.

—¡Ahora me asustas! —dijo, y Arnau se echó a reír. Ella también—. Acostémonos y durmamos, simplemente, o hablemos..., o hagamos el amor incluso. No soportaría otro hombre violento, vigoroso, obsesionado por mostrar su poder sobre la mujer; ya he padecido esa afrenta durante muchos años. No tienes que demostrar nada.

Isabella tiró de él para levantarlo y volvieron a quedar el uno frente al otro, respirando el mismo aire.

—Sé que me tratarás con respeto y cariño, eso es lo único que te pido. En cuanto al resto, dejemos a Dios fuera de los actos carnales y que sea el destino el que nos indique el camino.

Se acostaron tras desnudarse con recato y ponerse las camisas nuevas que la esposa de Filippo se había empeñado en proporcionarles, pero no lograron conciliar el sueño. Tampoco hablaron, más allá de comunicarse su nerviosismo mediante una respiración acelerada. Al cabo, Arnau se acercó a ella.

—Ni dormimos ni hablamos —susurró al oído a una Isabella encogida de espaldas a él.

—¿Qué dice el destino? —preguntó ella mientras se acurrucaba contra el cuerpo de Arnau.

—No lo sé...

—Pues a mí sí que me marca el camino —afirmó ella a la vez que restregaba sus nalgas contra el miembro erecto de su esposo.

—¿Eso es el destino?

Arnau había perseguido el placer con innumerables mujeres desde que Isabella lo abandonara. No llegó a conseguirlo, y la mayoría de las veces se apartaba de ellas asqueado, sin poder quitarse de la cabeza esos ojos verdosos que lo señalaban. Esa noche, en un rostro que se le presentó bello hasta causarle dolor, aquellos mismos ojos resplandecían en la oscuridad e iluminaron unos pechos bien formados de pezones grandes, caderas redondeadas y nalgas todavía firmes. Arnau la besó, la acarició y la tocó extremando la delicadeza, en pos de la ternura que ella deseaba. Isabella, por su parte, recorría con el dedo sus cicatrices. Se le ofreció luego, y Arnau la penetró. Hicieron el amor hasta que él alcanzó el orgasmo.

—Ahora es cuando tienes que darme cariño —le pidió Isabella después de que él se hubiera dejado resbalar de encima de su cuerpo a un lado de la cama, agotado y jadeante.

Arnau no contestó. Isabella acercó su rostro, lo supo dormido, sonrió a la oscuridad y lo besó en la frente.

Lograr que el sol volviera a iluminar y calentar el interior del palacio de Arnau costó mucho menos tiempo y esfuerzo de lo que él preveía. Filippo, libre de ocupaciones diplomáticas en aquel momento —Arnau llegó a sospechar que por su culpa—, se prestó a ayudar a Isabella y contrató a un ejército de criados que puso a las órdenes de Claudio. Limpiaron a conciencia y repusieron gran parte de un mobiliario viejo y estropeado que regalaron a quienes lo desearon, incluidos los tapices y los muebles franceses que Sofía escondía y cuya existencia decidieron no revelar a Arnau. Repusieron también las cocinas, así como todo el menaje que consideró oportuno el nuevo cocinero que recomendó Filippo. Se llamaba Battista Bendedi, un hombre que antes incluso de contar con los nuevos equipamientos ya demostró sus artes culinarias y su mal carácter. Encargaron a un jardinero el arreglo y diseño de lo que se había convertido en una floresta salvaje e intransitable, y afrontaron con pasión hasta la tarea más insignificante a fin de reparar, embellecer y restituir la prestancia de lo que sería su hogar.

Arnau veía transitar y trabajar a criados, comerciantes y artesanos por las estancias de un palacio que le traía malos recuerdos: la violación de Marina, el panadero que defraudó su confianza ayudando a su hija a huir, el desapego con Sofía y Marina, su rechazo y el odio que le prodigaron; la muerte de la madre, el desprecio de la hija que no quiso acercarse a él, su propia y dolorosa convalecencia, la difícil crianza de Rocco y la negativa de Isabella. Ahora, sin embargo, esa misma mujer era capaz de lograr que cualquier aflicción que Arnau sintiera se esfumara con las esporádicas sonrisas que le lanzaba mientras mostraba el comedor a un vendedor de tapices o indicaba a un carpintero cómo quería que subsanase algún desperfecto.

—No deberías dedicar tanto esfuerzo en arreglar este edificio —llegó a pedirle Arnau—, pienso construirte un nuevo palacio, moderno…, aunque clásico, claro, ahora es así, se construyen como los antiguos, que muestre a Nápoles entera la belleza, la riqueza y la elegancia de su dueña. Tú, mi amor, la duquesa de Lagonegro.

Había mantenido la conversación tanto tiempo pendiente con Juan Sánchez, aunque esta no fue lo profunda y detallada que al secretario le habría gustado. El administrador le confirmó su riqueza y, a partir de ahí, Arnau se desentendió de cualquier explicación contable.

—¿Podría construir un nuevo palacio? —le preguntó.

—Varios de ellos, señor, y vuestras finanzas no se resentirían.

Arnau asintió con los labios fruncidos en señal de aprobación. Gratificó generosamente a Sánchez y lo confirmó en todos sus cargos.

—Un palacio mayor y más espléndido que cualquiera de los construidos en este reino… —continuó exponiendo a Isabella.

—Querido, no necesito ningún palacio nuevo. Por el contrario, tú sí que necesitas ropa nueva, toda la tuya está vieja y tan negra… —se burló.

Arnau trató de evitar el compromiso de renovar su vestuario y regresó al tema de conversación anterior:

—Pero este palacio está más viejo que la ropa…

—Aquí te conocí —lo interrumpió ella—. Aquí te curé y aquí me enamoré de ti. Me gusta este.

—Sea —cedió él como siempre hacía ante cualquier deseo de su mujer.

—¿Eso significa que irás a encargar ropa nueva? —aprovechó Isabella—. Te puede acompañar Filippo. Fíjate en él, siempre elegante.

—¿Quieres decir que yo no lo soy?

—Eso, quiero decir exactamente eso. Tienes muchas virtudes, pero todas se oscurecen con ese negro que paseas por todas partes.

Arnau también cedió en ello, consciente de que antes tendría nuevo vestuario que nuevo palacio. No había prisa, ya la convencería. Ferrante proyectaba ampliar las murallas de la ciudad en su sector oriental, el que se extendía hacia Sorrento y el Vesubio. Desde la conquista del reino por parte de Alfonso V, las obras de drenaje de los numerosos pantanos que rodeaban la capital y que entorpecían el tráfico y limitaban las necesarias tierras de cultivo habían constituido uno de los objetivos prioritarios de la administración aragonesa. Tras la muerte del rey Alfonso, Ferrante prosiguió esa labor y su hijo, que acariciaba grandes proyectos para engrandecer y reformar Nápoles, continuaba con la tarea. Se estaba drenando bien aquella zona, la que lindaba con el castillo Capuano, se erigirían nuevas murallas y en la gran extensión de terreno ganado se construirían grandes palacios, iglesias y monasterios. Filippo le había comentado que la duquesa de Calabria, la esposa de Alfonso, ya planeaba una mansión fastuosa digna del llamado a ser soberano de Nápoles.

Arnau regresó para ocupar su asiento en el *seggio* Capuano y, para sorpresa del resto de los nobles, participó con ilusión y voluntad en las tareas de administración de la ciudad, algo que hasta entonces lo aburría.

De la mano de Filippo asumía cada vez más una posición activa en la vida social napolitana. Ya no portaba espada, un cambio que no había pasado desapercibido a nadie que lo conociera. Fue Isabella, una vez más, quien lo consiguió.

—A quién prefieres llevar, ¿a mí o a tu espada? —contestó el día en que él le propuso acudir a un concierto en el mismo Castelnuovo.

—¿Es necesario renunciar a mi espada?

—Me golpeo con ella en la pierna —se quejó su esposa.

—Pues camina al otro... —Enmudeció de repente—. Ese, precisamente el de la espada, es el lado bueno, el tuyo, ¿no? —entendió ante un inicial gesto de desaprobación que fue mudando hasta convertirse en una sonriente afirmación.

Escuchaban poesía. Arnau estaba embelesado por la emoción con la que Isabella atendía a las lecturas y acogía la magia de unas palabras que revolvían sentimientos. Entre carpinteros, criados y jardineros había conseguido memorizar algunos otros poemas que recitaba a su esposa en la intimidad y que ella le agradecía con lágrimas y besos y promesas y risas. Y amor.

Arrinconar la espada, que no un puñal pequeño que escondía a Isabella; vestir con sedas de colores, aunque ninguno escandaloso; recitar poesía y deleitarse en la música, en las espectaculares actuaciones de juglares moros, bailarines, cantores o coros, todo ello lo convirtió en un hombre redivivo. Disfrutaba de todo aquello que antes odiaba, y lo hacía junto a la persona a la que amaba. Nunca había sentido amor. En una ocasión en la que vio marchar a Isabella a un recado y sintió crecer un hueco en su interior pese a que su ausencia iba a ser tan breve como que la vería de nuevo para cenar, trató de comparar aquel estado de felicidad con lo que siempre había creído que se la proporcionaba: la guerra. «¡Estúpido!», se insultó en voz alta.

Se trataba de algo desconocido. La guerra ataba con cadenas de acero de grandes y pesados eslabones a la realidad y a la muerte; el amor te unía mediante el estambre de una flor a las emociones para que te mecieras en ellas. En la guerra la derrota era violenta y la victoria, sangrienta. En el amor la derrota era lenta y cruel, una tortura por la que suplicabas la muerte y, sin embargo, la victoria nunca era la propia, sino siempre la ajena, la del otro: la felicidad de la persona amada.

Y en esa entrega incondicional flotaba día y noche Arnau. Isabella le había robado el alma, y él había alcanzado la plenitud sabiendo que la portaba ella.

Con todo, le faltaba Marina.

—¿Y qué haréis con su esposo? —le planteó Filippo, que mantenía contacto regular con su hermana.

Arnau había acudido a él en cuanto regresaron de Gaeta y el hijo le habló de la familia Crivino, de los progresos de la joven Aurelia, aunque ocultó, al igual que hizo su hermano, la relación con Gaspar a la que Lorenzo y él, ayudados por la tal Liboria, pusieron fin, si bien presumía que continuaba aunque fuera con menor intensidad.

Arnau tampoco preguntó por su hermanastro. Tras la primera revelación que le hiciera Claudio, cuando le explicó que había sido puesto en libertad y en precario estado de salud, lo había dado por muerto... o cuando menos totalmente inhabilitado por tantos años de encierro para suponer amenaza alguna, para él o para su hija. Con todo, no consiguió alejarlo de sus pensamientos, y en otras ocasiones en las que recaló en Nápoles, no pudo dejar de instar a su criado a que, tras contarle de Marina, le proporcionara noticias de aquel canalla. Al final Claudio le comunicó que Gaspar ya no vivía con Marina. Sin embargo, como acababa de hacer Filippo, calló la sorpresiva visita de Liboria, el relato siniestro de lo que estaba sucediendo en aquel palacio y la necesaria intervención de los hijos de Arnau para expulsar a Gaspar.

—Y ¿qué ha sido de ese malnacido? —inquirió Arnau.

—Lo ignoro, señor. Supongo que habrá fallecido, sé que estaba muy mal.

Ahí quedó todo. Arnau volvió a partir a la guerra y la suerte de Gaspar quedó en el olvido. Ahora, tratando con Filippo de un posible acercamiento a su hija, por nada del mundo deseaba mentar a su hermanastro e introducir ese elemento siempre problemático y capaz de arruinar toda relación.

Lo mismo pensaba Filippo, que presentía que su padre estaba dispuesto a ceder para reconciliarse con Marina, percibía su deseo y su emoción, la necesidad imperiosa de obtener el perdón de su hija, aunque fuera tarde. No obstante, tratándose de Arnau Estanyol y por más transformación que hubiera sufrido, la intromisión de Gaspar Destorrent sin duda echaría por tierra cualquier intento.

Pese al silencio, aquel no era el único problema que se abría ante una futura aproximación entre unos y otros.

—¡Es que, además del asunto de Gaspar, Paolo es sodomita! —se atrevió a revelar Filippo a Isabella tras pretender su apoyo y relatarle la conversación mantenida con Arnau.

Él lo sabía porque su madre, Sofía, creyó oportuno revelárselo cuando ya era consciente de su final. Conociendo el problema, podría ayudar a su hermana, lo exhortó. Luego él partió de viaje, y al final Marina quedó embarazada de la preciosa Aurelia.

—Me has hecho sufrir mucho —le recriminó Filippo con cariño tras el nacimiento de su hija—. Madre me contó de Paolo, y yo estaba convencido de que era un sodomita y de que malvivías espiritualmente a su lado. Sin embargo, con esta niña has despejado mis inquietudes —se atrevió a confesar, señalando a la entonces pequeña Aurelia.

—Lo es —le corrigió Marina—, practica la sodomía. Se lo conté a madre y me aconsejó que me lo ganase...

Y mientras Filippo recordaba cómo su hermana parecía haber descargado un tremendo peso sincerándose con él y explayándose en los tristes avatares de su vida hasta conseguir el equilibrio que la llevó a concebir esa niña, Isabella trataba de encajar la noticia.

—¿Sodomita? ¡Menudo lío! —bufó—. Eso no lo sabe tu padre, ¿no?

—No. Y no debe saberlo. Me costaría pensar que pudiera aceptar esa situación.

—Pues habrá que arreglarlo —sentenció Isabella.

—¿Cómo?


—¿Qué quieres decir con ese «cómo»! —se enfadó Marina con su hermano después de que este le plantease con crudeza la cuestión. Isabella ni siquiera había considerado la posibilidad de acompañarlo a hablar con su hermana, dejándolo solo para resolver el problema—. Pues de la única manera que se puede —continuó ella—: aceptándolo tal como es.

Paseaban cerca del mar y la playa, allí donde varaban las barcas de pesca, con Castelnuovo alzándose majestuoso sobre ellos.

—Padre está haciendo un esfuerzo —la detuvo Filippo, como si con ello recalcase la importancia de cuanto decía—. Sabes que nunca admitiría algo así.

—Tú conoces a Paolo —lo interrumpió Marina—. Mantiene relaciones con los grandes de Nápoles, con los de Florencia y con los de otros muchos lugares. Se reúne con nobles, doctores, jueces y mercaderes acaudalados. ¡Es aceptado y respetado por todos! ¿Acaso crees que va tocando el culo a los hombres? ¿A ti te molesta su presencia cuando estás en nuestra casa? ¿Te ofende? ¡Os apreciáis! Paolo confía en ti, lo sabes.

Filippo resopló. El sol lo cegaba, y reanudó el camino tirando de su hermana, con la que entrelazó su brazo. Marina tenía razón: Paolo era un prohombre napolitano, y discreto.

—Olvida mis palabras. No le diremos nada, y padre no tiene por qué descubrirlo. Sin embargo, hay otro problema...

—Sí —se le adelantó ella—, que padre quiere matar a mi esposo.

—¡Eso pasó a la historia! No lo veo capaz ni dispuesto a cumplir esa amenaza. ¡Ni siquiera lleva espada! Es un hombre diferente, ya lo verás. No, no es eso. Me refiero a Gaspar Destorrent y vuestras relaciones comerciales.

—¡Eso también pasó a la historia! —mintió ella, deseando, sin embargo, que su hermano sí hubiera dicho la verdad.

La reunión se propuso en el palacio de Arnau. Filippo ejerció como el diplomático que era, asumió el cargo de anfitrión y tejió la red necesaria para que el banquete fructificara. Isabella arrancó a Arnau el compromiso de aceptar y respetar a Paolo. Marina hizo lo propio con su esposo. Filippo convenció a las dos mujeres para que arrinconaran las rencillas derivadas de la educación de Rocco, ya que ninguna de ellas había tenido la culpa. Se trataba de olvidar, recordaba Filippo a todos ellos. Olvidar y perdonar. La reconciliación requería del perdón, y este no se podía condicionar; debía ser absoluto y sincero. Enviaron una invitación a Rocco, pero ni siquiera contestó. Lorenzo también recibió la comunicación de su hermano, y a vuelta de correo le hizo saber que ya se estaba dirigiendo hacia Nápoles acompañando al duque de Calabria para celebrar el triunfo, una vez aseguradas las defensas de Otranto.

Lo esperaron. Arnau no quiso participar con Isabella y Filippo en la recepción al príncipe, a sus generales y al ejército.

—Todo es un engaño, una farsa —se quejó—. Vais a aplaudir y vitorear a una partida de cobardes.

—Otranto estaba en poder de los turcos —replicó su hijo mayor—, y ahora ya no lo está. Esa es la realidad: vuelve a ser napolitana... ¡Y cristiana! Eso es lo que hay que celebrar, padre. Recordad que me habéis prometido no acusar a Lorenzo de cobarde ni poner en duda su honor. ¡Ni la menor mención! —llegó a regañarlo.

Los muchos prejuicios, recelos y odios que bullían en todos y cada uno de ellos se vieron reprimidos por el escándalo que originaban los distintos espectáculos que dispuso Filippo en el gran comedor del palacio de Arnau. No cabía más gente. Mimos, acróbatas, músicos, bufones..., todos ellos entraban y salían, vestidos de colores o con el torso desnudo, sustituyéndose sin pausa. Filippo había querido que aquello fuera una fiesta, que el bullicio sustituyera un silencio que preveía tenso en aquel primer acercamiento familiar. Ya habría tiempo para hablar del pasado, pensó.

Así que Arnau besó a Marina mientras un enano tiraba de la maravillosa falda de seda púrpura que vestía la mujer. El frío apretón de manos entre aquel y Paolo se vio acompañado por las volteretas de un acróbata que casi choca con ellos. Marina e Isabella se saludaron flanqueadas por sendos mimos que, a modo de espejos, las imitaban. Ellas se enfadaron, y los mimos también. Les exigieron que se fueran, y ellos trataron de echarlas. Entonces comprendieron el ardid al unísono y a punto estuvieron de sonreírse, una percepción a la que no llegó Lorenzo, ya en la reunión, cuando intentaba hablar infructuosamente con su padre a causa de un actor que los perseguía declamando a gritos.

—¿No puede callarse este hombre? —chilló dirigiéndose a Filippo.

—Claro, claro, perdón —se disculpó el hermano.

Pero en cuanto el barón de Penne se volvió hacia su padre, el poeta fue sustituido por un cantante. Hasta Arnau pareció complacido con la interrupción; no deseaba rememorar las últimas conversaciones que había mantenido con su hijo.

De entre todos ellos, las únicas dos personas a las que parecía no molestarles la algarabía eran Aurelia y Laura, de dieciséis y catorce años, respectivamente, que deambulaban como hechizadas entre familiares y cómicos, las dos luciendo trajes nuevos y joyas prestadas por sus madres.

Bendedi, el cocinero, estuvo a la altura de los deseos de Filippo: «Mucha comida —le exigió este—. Cantidades ingentes de ella. Quiero infinidad de platos, más que en un banquete real. Que los sirvan sin descanso, que los criados no permitan respirar siquiera a los comensales. —El embajador se retiraba ya cuando se detuvo y se volvió—: ¡Ah! ¡Que el botellero rebaje el vino con agua!».

Una vez sentados, con la plata lanzando destellos y las velas de los candelabros titilando, Claudio, consciente de las pretensiones de Filippo, dio entrada a una fila de criados: Sopas, varias de ellas; Carnes de todo tipo: carnero, oveja, lobo, conejo, vaca...; Aves: gallina, paloma torcaz, perdiz, capón...; Pescados: besugo, esturión, dentón, lenguado..., y Arroces, Verduras, Ostras y mariscos. Las fuentes no cabían en la mesa pese a las grandes dimensiones de esta. Claudio las hacía cambiar de un extremo a otro, una y otra vez, como si se tratara de un carrusel. Ordenaba servir los platos y que los retiraran antes de acabarlos. Hubo un momento en que hasta él perdió el control del personal. «Presión», le había exigido Filippo. Y la hubo. Los juglares y los comediantes no cesaban en sus ejercicios, y las conversaciones se interrumpían constantemente entre gritos y comida y acrobacias, incluso por encima de mesa y comensales.

Sirvieron los dulces, los pasteles y las frutas, las rosquillas, la leche mal cocida, como la llamaban los napolitanos, y los quesos, antes de que hubieran terminado con los platos principales, todos los convidados descoordinados, unos con carne, otros con pescado, en un alarde de caos y confusión. Pero nadie había discutido. Las únicas amonestaciones o reproches que se oyeron tuvieron por objeto algún criado que retiraba un plato antes de tiempo o un bufón que molestaba. Nadie se había emborrachado con aquel vino sin sustancia ni fuerza. Por encima de la mesa, Marina intercambió una mirada de complicidad con Isabella, que asintió. Luego se levantó y avanzó por el salón hasta la cabecera, donde se sentaba Arnau. Apoyó una mano sobre el hombro de su padre y este se levantó a su vez y la siguió hasta el salón que daba al jardín. En esa estancia, frente a la chimenea, Sofía les rogó que se reconciliasen. Ambos recordaron sus palabras interrumpidas por una tos funestamente premonitoria: «Nunca será suficiente el empeño», farfulló entonces. Allí mismo, también, Arnau Estanyol les pidió perdón. «Por el daño que os haya podido hacer», se disculpó.

Ahora, en ese día de reencuentro, no llegaron a cruzar palabra y, antes incluso de que lo hiciera Marina, Arnau estalló en llanto y se abrazó con fuerza a su hija.


Arnau no tenía excesiva prisa por alcanzar su destino; acudía a él obligado. Le habría gustado continuar montando a Renco y retrasar su llegada sobre aquel animal lento y perezoso. Pero sus hijos, apoyados por Claudio e Isabella, consideraron oportuno que el duque de Lagonegro se desplazara a lomos de un *corsiere* napolitano como lo fueran Peregrino o Cazador, y ahora Stella, su nueva montura, una briosa yegua torda, tiraba de él como si pretendiera apresurar un encuentro incómodo. Cuando menos, en contra de la opinión de quienes sostenían que aquel rucio cojo debía sacrificarse para carne —Sánchez, Claudio, el caballerizo, los mozos de cuadra...—, consiguió que Renco fuera a terminar sus días a Lagonegro, donde pacería y descansaría igual que los grandes caballos de guerra que lo precedieron.

—Os habéis vuelto demasiado débil, padre —se burló de él Filippo.

—Ha hablado el hombre de letras —intentó devolvérsela Arnau—. ¡El sensible!

—Quizá tu padre sea simplemente un romántico —terció Isabella en su defensa.

Él le sonrió. Sucediera lo que sucediese, Isabella siempre estaba de su lado, lo defendía y lo apoyaba. A diferencia de otras mujeres que escondían sus sentimientos, si era que los tenían, o que actuaban de manera recatada, ella carecía del menor reparo por mostrar públicamente el amor que le profesaba, y Arnau se derretía y no dejaba de felicitarse por la gran fortuna que significaba ser amado y deseado por aquella diosa. Día tras día, intentaba devolverle ese cariño que le insuflaba nueva vida, pero siempre acababa decepcionado, convencido de que sus esfuerzos eran insuficientes, que podía darle más, que debía ofrecerle hasta su vida. Eso debía de ser el amor, se decía entonces, con la inquietud permanente al percibir que nunca su entrega era bastante para colmar el anhelo por complacer a la persona que amaba.

Absorto en tales pensamientos, la irritante yegua le ganó la mano: de un hachazo con la cabeza, se zafó de unas riendas casi abandonadas y se lanzó al galope. Arnau se desequilibró, y a punto estaba de caer al suelo cuando los dos soldados que lo flanqueaban cerraron el paso al animal. Ninguno de ellos se atrevió a humillar al duque agarrando las bridas de Stella, por lo que Arnau se esforzó por recomponerse y detenerla.

Maldijo a una y alabó a los otros; era la primera ocasión en la que los soldados le eran útiles. Dos allí, con él, y casi una decena más en el palacio para vigilar, acompañar y proteger a Isabella, Laura y los suyos. Un regreso a cierta belicosidad que tuvo que adoptar tras las revelaciones que le efectuaron en su primera visita al *seggio*, un día después de escuchar misa.

—Cuidaos de Gaspar Destorrent —le susurró uno de los nobles con asiento.

Arnau se vio totalmente sorprendido.

—¿Gaspar? —inquirió turbado.

—Sí, vuestro hermanastro.

—¿Vive?

—Desgraciadamente.

Tras el lamento, el noble, miembro de una de las muchas ramas de los Capece, le habló de Gaspar, del ejército de delincuentes que capitaneaba en la clandestinidad y de sus tentáculos en todos los órdenes de la sociedad napolitana.

—El rey lo dejó libre creyendo que tras todo ese tiempo no sería más que un viejo loco impedido e inofensivo, pero las alimañas resisten y se alimentan de la podredumbre. Es un enemigo tremendamente peligroso —afirmó.

—¿Por qué me lo contáis?

—Mi familia mantiene ciertas querellas con otra familia..., no viene al caso su identidad —aseveró con un movimiento de los dedos de su mano derecha, como espantando el nombre—, y esos rastreros indignos de su estirpe han comprado la protección y el apoyo de Destorrent. No es el único grupo que se mueve en esos negocios. ¡Nápoles está plagado de ellos!

—Antes, estas rencillas se solucionaban con un desafío —apuntó Arnau.

—Siempre existirán los duelos, pero en estos nuevos tiempos en que miramos atrás y pretendemos imitar a los clásicos, a Epicuro sobre todo, y abrazamos el hedonismo, nos abandonamos al ocio y a la indolencia y nos debilitamos. Ya no somos una nobleza feudal y guerrera, sino burguesa. —Arnau asentía al discurso del noble Capece—. ¿Para qué mancharnos las manos si tenemos quien lo haga en nuestro lugar? Pues eso, nosotros, por nuestra parte, contratamos a otro..., un «mediador» —ironizó—. Bien, escuchad con atención, duque: los hombres que nos sirven han podido comprobar que los de Destorrent os vigilan. Casualidad —se adelantó a la pregunta que ya surgía de labios de Arnau—. Vuestro palacio está aquí al lado, a unos pasos. Mientras cuidaban de nuestra integridad observaron movimientos sospechosos de sicarios de Gaspar en las cercanías de vuestra casa. Me lo comentaron, y comoquiera que os tengo por amigo, ordené que se cercioraran. Os siguen, principalmente a vuestra mujer y a su hija. Debéis ser precavido.

Arnau acalló una sarta de improperios que pugnaban por salir de su boca. ¿Cómo era posible que Claudio no le hubiera contado nada de la recuperación física de Gaspar? Tardaría en reconocer, hasta serenarse, que tampoco era culpa del viejo criado, que se limitó a comunicarle que Gaspar ya no vivía con Marina. El resto... lo supuso él mismo quizá necesitado de alejar definitivamente aquella presencia perversa de una nueva vida que le ofrecía felicidad. Poco debía de saber Claudio de las actividades peligrosas de ese malnacido. ¡Maldito Gaspar! ¿Acaso nunca iba a dejar de tener que preocuparse por él?

—¿No se lo puede... anular? —inquirió—. A fin de cuentas, no es más que un delincuente.

—Muchos lo han intentado, nosotros entre ellos, y fracasamos —reconoció el Capece—. Dispone de un ejército de malhechores y de funcionarios corruptos que lo defienden. En todo lo tocante a Destorrent, no os fieis ni del servidor más leal, porque no tardará en comprar su voluntad. Pero, a mi entender, la mayor protección la encuentra en los muladares y estercoleros. Ese rufián no es más que una rata imposible de perseguir, oculto como vive entre la basura.

Arnau, pese a no esperar su opinión y haber dado ya la orden de que le buscaran una buena compañía de hombres, se vio obligado a comentarlo con Isabella, a explicarle unos conflictos, rivalidades y odios que habría preferido mantener enterrados y, sobre todo, disculparse por no haberle contado de Gaspar antes de que ella entrase a formar parte de su familia y, con ello, se convirtiera en posible víctima de aquel monstruo.

—Lo daba por muerto. Lo siento. Al final dejé de pensar en él.

—Lo entiendo, pero no podemos vivir permanentemente atemorizados —se quejó Isabella.

—Puede ser, sí. Desde que me lo han revelado no he dejado de temer por tu integridad y tu bienestar. Moriría si os sucediese algo malo a ti o a Laura.

La sola mención de su hija mudó el semblante de Isabella, aunque si algo la llevó a cambiar de opinión, por más que Arnau ya examinase con detenimiento las cualidades de los hombres que Juan Sánchez le presentaba y hasta hubiera contratado a algunos de ellos, fue la opinión de Marina.

Tras el caótico banquete organizado por Filippo en el que Arnau compartió la celebración con Paolo, ahora invitado con honores a la mesa de su casa, aquella en la que cada domingo se presentaba con una torta y solo se movía por el jardín y las cocinas, padre e hija se reconciliaron sin prevención alguna. El abrazo, con Sofia presente en la mente de ambos, fue como un estallido que expulsó con furia el rencor acumulado en su interior. Ninguno de ellos puso trabas o lanzó reproches, y el sosiego que los asaltó relajó sus maneras y dio paso al regreso del amor paternofilial, aquel del que disfrutaban antes del fatídico día en el que

Gaspar irrumpió en su hogar. Arnau culpaba a su hermanastro, y Marina estaba segura de que fue él quien la desgració, pero los dos expulsaron de sus conversaciones posteriores cualquier referencia a ese suceso.

Isabella, por su parte, se disculpó mil veces con Marina por la responsabilidad que pudiera corresponderle en lo tocante a la actitud de Rocco hacia ella. ¡Nunca lo había deseado! ¡Nunca había pretendido sustituirla! Marina aceptó la realidad que debió comprender en su día. «Eras muy joven para asumir esas responsabilidades... y no tenías la culpa de la situación personal de Rocco», le dijo a la esposa de su padre.

Confraternizaron, principalmente porque sus hijas lo hicieron también. Laura, la menor, encontró una guía y amiga en esa ciudad nueva y hostil que a sus ojos era grande e incontrolable, y Aurelia halló una condición que sus padres, con todo su dinero, no podían concederle: de un día para otro, se vio convertida en la nieta del duque de Lagonegro, un reputado general del que no había tenido noticia alguna a lo largo de su vida.

Las hijas unieron a las madres en reuniones y visitas, y fue Marina la que, con mayor crudeza, advirtió a Isabella al respecto de Gaspar:

—Es vil, cruel, inhumano, sanguinario.

Isabella se encogía en la silla, no tanto por los agravios como por el miedo y el odio que rezumaba Marina al expulsarlos de sí.

—Ese canalla es capaz de cualquier cosa. Cuidaos de él, tú y, sobre todo, tu niña. Vigila a Laura.

—Pero nosotras no hemos ofendido en nada a ese hombre.

—Es un desalmado. Ahora estás con Arnau y lo haces feliz. Eso es suficiente. Ese canalla no necesita más.

La reaparición de Gaspar en sus vidas fue para Arnau la confirmación de que la felicidad no podía ser absoluta; algo tenía que venir a empañar un goce de tal magnitud. Su hermanastro no solo revolvió recuerdos y sentimientos, sino que también sembró dudas. Marina había conseguido que Arnau y Paolo se mantuvieran al margen; nadie esperó de ellos ninguna otra actitud o posición que no derivase de la simple cortesía. Por lo demás, Arnau evitaba ante Marina toda referencia a los ballesteros de Otranto, y la aparición de Gaspar le proporcionaba una nueva perspectiva. Nunca había creído que la participación de su hija con aquellos mercenarios felones tuviera el menor alcance. Y, siendo sincero, tampoco veía a Paolo, un mercader respetado, incluso algo apocado a su entender, moviéndose entre facinerosos capaces de urdir un plan que los llevara a traicionar al rey. Sin embargo, Gaspar... ¡Ese sí que era capaz de cualquier cosa! Y tanto él como Paolo siempre habían mantenido buenas relaciones.

Todas esas complicaciones que habían ido amontonándose para turbar la felicidad de Arnau desaparecieron a la voz de uno de los soldados:

—Ahí lo tenéis, señor.

Hasta aquella yegua perturbada que le había incomodado el viaje debió de sentir en las piernas de su jinete la trascendencia del momento, porque se detuvo con mansedumbre. Hacía muchos años que Arnau no visitaba ese lugar.

—Castelpetroso —murmuró a su vista.

Se había casado con Isabella y reconciliado con Marina. Incluso había soterrado sus diferencias con Paolo, a pesar del muy reciente asunto de los mercenarios de Otranto aguijoneando sus recelos. Superadas las dificultades con su hija, sus hermanos olvidaron cualquier rencor hacia el padre. Lejos de las rencillas ordinarias en toda familia, lo que principalmente había abierto cierta distancia entre ellos derivaba de los hechos luctuosos que rodearon la juventud de Marina. Ahora Filippo se mostraba como un buen hijo, respetuoso y afable, y Lorenzo, el soldado altivo, pese al estorbo de saltimbanquis y cantantes, se disculpó el día del banquete por su insolencia en Otranto; no había sido apropiada ni justa su conducta, reconoció. Laura y Aurelia, esas dos niñas sobrevenidas para Arnau, vivían encantadas la coyuntura. Solo faltaba una persona: Rocco. Primero fue Marina quien lo apuntó. Una referencia implícita un día. En otro la queja llorosa al recuerdo de una madre. Luego, más referencias en situaciones varias. Un comentario manifiesto y, al final, Rocco como tema de conversación:

—Es una pena que el nieto de vuestro compañero Giovanni di Forti no disfrute del cariño de su familia.
—¿El nieto de Giovanni? Dirás tu hijo.
—Vuestro pupilo, padre.
Arnau calló, una postura que, en la alcoba, no adoptó Isabella.
—Deberíamos solucionar la situación entre Rocco, esta familia y, sobre todo, su madre —propuso.
—Ese hombre no quiere saber nada de Marina y menos de su padre. Nunca ha querido. Los repudia. Tú lo viviste.
—Por eso mismo, querido, porque lo viví… y participé, y me siento culpable. Ayúdame. Ayúdanos. Debes conseguirlo —le rogó.
—¿Yo?
—¿Acaso no fuiste su tutor? —terminó desarmándolo.

Pese a la insistencia de su esposa, Arnau dudaba, no por sí mismo, ya que estaba dispuesto a prestarse a cuanto le pidiesen, sino por defraudar a las mujeres. Rocco, ese barón orgulloso y pedante, era el que lo había tildado de viejo loco en Otranto, y Arnau era consciente de que, a diferencia de Lorenzo, nunca cedería en su posición. Se enrocaría todavía más en ella y sería imposible obtener resultado alguno. Pensó que sería preferible otro negociador, quizá Filippo, embajador, un hombre cordial, agradable en el trato, con experiencia en solucionar conflictos… Pero su hijo mayor lamentó tener que excusarse puesto que tenía previsto partir hacia Génova.

Marina insistió y, ante el asomo de indecisión por parte de su padre, estalló en un llanto profundo y doloroso que, en una mujer de más de cincuenta años, compungió a Arnau y lo llevó a desviar la mirada hasta que la oyó hablar:

—Me lo quitasteis —le reprochó, entre sollozos, esa realidad por primera vez desde que se abrazaran el día del banquete.

Y ahí estaba Arnau Estanyol, el viejo loco, observando desde la lejanía el castillo de Giovanni di Forti al tiempo que recordaba un juramento que, si bien había querido dar por cumplido, ahora le reclamaban de nuevo: cuidar de los suyos, de su hija Marina; el compromiso que permitió que su amigo expirara con serenidad.

No lo pensó más y espoleó a Stella con decisión.

# 26

El castillo era pequeño, pobre e inhóspito. Arnau lo recordaba más amplio y bien amueblado y adornado, incluso con cierta opulencia, pero, sobre todo, acogedor. Sin duda era el resultado de la simple proyección de la diferencia de caracteres entre abuelo y nieto: un Giovanni di Forti honorable y generoso hasta con su vida, y un Rocco agresivo, desconfiado e irritado con el mundo.

Arnau se vio sorprendido por las noticias que le proporcionó el heraldo que envió a Castelpetroso, no tanto porque su pupilo estuviera dispuesto a recibirlo, sino porque lo haría en cualquier momento. Rocco no tenía que estar ocioso en su feudo, pensó, debería estar peleando con sus hombres al lado de Alfonso. Escasos meses después de regresar de Otranto y recibir un triunfo inmerecido, el duque de Calabria encabezó una vez más el ejército napolitano para defender Ferrara del asedio de los venecianos, que, con la ayuda y el consentimiento de un pontífice siempre pendiente de beneficiar a su sobrino Girolamo Riario, en ese caso con Faenza, pretendían hacerse con las tierras del yerno de Ferrante, Ercole d'Este, casado con Eleonora y aliado de Nápoles.

—A ningún barón napolitano se le ha perdido nada en el norte de la península, a centenares de millas de Nápoles —replicó Rocco con sequedad, la energía y hasta la violencia de sus casi treinta años intimidando a Arnau—. Esa es la guerra de Ferrante y su familia, no la de Nápoles.

Arnau Estanyol era consciente de la desafección de muchos de los barones y principales napolitanos sufrida por Ferrante y su hijo Alfonso, una deslealtad que llevó al duque de Lagonegro a levantar hombres de armas, caballeros y ballesteros que, bajo el mando de Lorenzo, puso a disposición de su rey. Y este se mostró complacido y le trasladó su gratitud, como ya había hecho en otras ocasiones, porque Arnau, haciendo caso tardío a los consejos de Sofia, se había acercado a la corte real.

Isabella no quería ni oír hablar de un nuevo palacio en las tierras ganadas a los pantanos más allá de las viejas murallas; le agradaba ese en el que conoció a Arnau, lo cuidó y lo libró de la muerte. Así pues, el duque de Lagonegro disponía de recursos suficientes para ganarse el respeto y la consideración del monarca, siempre necesarios en un entorno donde la arbitrariedad de los gobernantes podía arruinar cualquier vida. Rescató algunos de los libros que Ferrante había empeñado para sostener la guerra contra el turco y los restituyó a la biblioteca real. Asimismo, financió actividades culturales y, de la mano de Filippo, que partió a Valencia para ocuparse personalmente, asumió el coste de llevar a Nápoles los mejores niños cantores para el coro de la iglesia de Castelnuovo y las veladas musicales en las que intervenían.

Sentado con Rocco frente a una chimenea apagada, los restos de algunos troncos a la espera de que se les prendiese fuego, Arnau pensó en la respuesta que debía darle acerca de la ayuda al ejército napolitano en su empresa de Ferrara.

Tras las guerras contra Florencia, Otranto puso de manifiesto la vulnerabilidad del reino. Ningún príncipe italiano acudiría en defensa de Nápoles; más aún, la mayor parte de ellos buscaban debilitarlo, en especial Sixto IV, que veía en el sur de Italia grandes posibilidades para continuar premiando con títulos y feudos a su sobrino, por lo que denigró a Ferrante y a su hijo por no ser capaces de proteger sus dominios de las ambiciones de los musulmanes y propuso que estos retornasen a la Iglesia para una eficaz defensa de la cristiandad.

Pero si el Papa utilizaba a su favor el miedo a los turcos, no sucedía lo mismo con los demás territorios italianos que se apresuraban a pactar con los herejes mientras Ferrante y Alfonso se dedicaban a sacralizar los hechos a través de los ochocientos mártires de Otranto para ocultar su incompetencia. Así, Venecia suscribía un nuevo convenio con el sultán y Lorenzo el Magnífico establecía unas provechosas relaciones comerciales por las que la Gran Puerta se obligaba a importar miles de piezas de lana florentina.

Comercialmente no le iba mejor a un reino que había tenido una de sus grandes referencias en Cataluña y su capital, Barcelona, ambas arruinadas tras la guerra civil y que carecían por lo tanto del empuje económico y la vitalidad con la que Florencia, Venecia o Génova se movían en los mercados.

El miedo a sufrir un nuevo ataque, la desconfianza acerca de la lealtad de esos barones napolitanos que hacía solo veinte años se aliaron con los franceses en su contra, y la necesidad, en suma, de centralizar y asumir el poder absoluto movieron a Ferrante a establecer un nuevo sistema impositivo con el que pretendía triplicar los ingresos fiscales del reino. Ni los principales ni el pueblo llano acogieron con agrado tales incrementos, y se sucedieron las quejas y las revueltas.

A todo ello cabía sumar que las tropas napolitanas acababan de sufrir una humillante derrota a manos de la liga de venecianos y pontificios en Velletri, antes incluso de cruzar los territorios de la Iglesia para acercarse a Ferrara.

Tales eran las condiciones que envolvían al reino cuando Rocco contestó a quien había sido su tutor con la acritud con la que lo había hecho.

—Todas las alianzas —le discutió Arnau—, y la de Nápoles y Ferrara es una de ellas y, además, sellada mediante un matrimonio con la mismísima hija del rey, afectan al reino y a sus barones.

—No me convenceréis, Arnau Estanyol. El Papa está levantando a los barones napolitanos en contra de Ferrante con el objetivo de recuperar Nápoles para la Iglesia. Yo soy uno de esos barones.

—¡Te debes a tu rey!

—¡Antes al Papa! Se trata del vicario de Cristo en la tierra. ¡Representa a Dios! —exclamó—. Mirad —añadió con media sonrisa cínica—, me debo a mi reino, a mis iguales, a los barones napolitanos. El rey es temporal y, sobre todo, circunstancial. Hoy son los aragoneses, un bastardo al que Alfonso compró su legitimidad, recordémoslo. Ayer fueron los angevinos. Y mañana...

—¿El Papa?

—¿Y por qué no los turcos? —Rocco dejó que esa posibilidad calase en Arnau—. ¿Creéis a Ferrante o, peor aún, a Alfonso capaces de enfrentarse al poderío de los musulmanes si decidieran invadirnos y sostener la afrenta? Vos, que tacháis de cobardes e inútiles a sus generales... —El joven barón soltó una carcajada—. Hoy por hoy, nadie acudiría en nuestra ayuda. ¡Ni siquiera el Papa! Sixto IV pactaría con el sultán para obtener más feudos. ¿Qué le importa tener a los turcos establecidos en el sur de Italia que unas millas más allá, en Albania, como ya lo están?

Arnau respiró hondo.

—Nunca des por acabado a un monarca —le advirtió—, y menos si su sangre es catalana.

Rocco volvió a sonreír con el cinismo aprendido de niño, pero no discutió.

Arnau, súbitamente consciente de que la conversación había empezado con mal pie, cambió el tono:

—No es mi intención revivir nuestras diferencias en Otranto. Olvida, pues, ese incidente, tal como lo he hecho yo.

—Sea. Pero está claro que no habéis venido aquí para hablar de la situación del reino —dijo Rocco, que, al contrario que su tutor, mantenía una actitud áspera—. ¿Qué interés os trae a mi casa?

—He venido a ruegos de tu madre. —Durante un instante, en el que Arnau se mantuvo en silencio, expectante, Rocco pareció aturdido, pero se repuso con rapidez e interrogó al otro con la mirada—. Marina... Tu madre y yo hemos olvidado nuestras rencillas, y me ha pedido que intente que tú también lo hagas, que volváis a relacionaros y...

—¿Volver! ¿Cuándo nos hemos relacionado? Desde que tengo uso de razón he vivido bajo vuestra tutela y la de los criados y preceptores que me imponíais.

—Continúa siendo tu madre, sangre de tu sangre. Ella te parió.

—Me parió concebido por un panadero. Mi madre se fugó y se casó con un villano y se entregó a él.

Arnau sintió hervirle la sangre. Debía defender a Paolo, y Rocco sabía lo que eso implicaba para él.

—Hoy es un mercader rico y prestigioso —alegó.

—Un panadero. Vos jamás lo perdonasteis. ¿Por qué tendría que hacerlo yo? Todavía hoy percibo cómo cuchichean a mis espaldas los nobles, cómo se ríen de mis orígenes —escupió—. Bromean en mis narices: «Barón, pasadme el pan», me piden en la mesa. «Ahora a mí, el pan, el pan». Y en cuanto a mi madre… ¡La condenaron por sodomita! El rey le requisó estas tierras y el título por cometer el pecado nefando. ¿Y vos pretendéis que me relacione con ella?

—Me lo debes.

—¿Qué? —Rocco se levantó de su silla con ímpetu—. ¿Qué os debo?

—Estas tierras. El título. Todo. Perdí a mi hija por ti. Acudí a la justicia del rey y me peleé con ella para que tú heredases todo esto. Ni tu madre ni tu padre me lo perdonaron nunca.

—¡Nooo! —exclamó el joven, alargando exageradamente una vocal que escupió sobre Arnau—. ¡Os peleasteis por el juramento que hicisteis a mi abuelo! Yo no tengo nada que ver. No buscabais mi beneficio, solo mantener intacto vuestro honor. ¡Demostrar al mundo que el conde de Navarcles era un caballero de palabra! Os habría dado igual que muriera de fiebres mientras hubierais cumplido con vuestro compañero de armas… Sí, a menudo pensé que deseabais mi muerte.

—No te sobreestimes, barón —refutó Arnau con sorna—, tú carecías de trascendencia alguna para que tu muerte llegara a preocuparme. Y sí, tienes razón: cumplí la palabra dada a tu abuelo, la de honor, la de un caballero catalán, una cualidad que no parece que tú compartas. —Se sintió mejor después de la réplica—. Y el rey Alfonso me concedió tu tutela para que no fueras educado por un panadero, ese al que tanto repudias. Y fue el rey Alfonso también quien, en honor a tu abuelo, te restituyó en los títulos y las riquezas. Y todo eso sucedió en perjuicio de una joven madre ingenua que cometió algunos errores que no supimos ni entender ni atajar, pero a la que quería con toda mi alma.

—¡Os es muy fácil excusaros ahora!

—¡Necio! —alzó la voz Arnau—. En Otranto os lo dije a ti y a Lorenzo: destacad en el campo de batalla y vuestros iguales os perseguirán para casar a sus hijas con los vuestros. ¡Cuántos mercenarios de fortuna han alcanzado la gloria y el poder en estos países siempre en guerra! Y nadie osa criticar sus orígenes. Atiende: yo no nací de un panadero o de una joven noble que cometió el desliz de flirtear con su criada. ¡Yo crecí en el vientre de una mujer a la que acusaron de ser hija del diablo!

Rocco quedó paralizado; nunca había sabido de los orígenes del conde de Navarcles, la historia de un general victorioso que fue quedando atrás en el tiempo y en el espacio, anclada en Barcelona.

—Y esa bruja —continuó Arnau— era a su vez la hija de un humilde botellero dueño de una taberna que, además, se casó con una esclava. Esos, junto a los del almirante Bernat Estanyol, son mis orígenes, y nunca nadie que siga vivo ha tenido el valor de reírse de ellos.

Uno sentado, el otro de pie, se interrogaron en silencio hasta que Arnau decidió quebrarlo:

—Tu madre llora por ti y tu padre es inmensamente rico. ¿Qué perderías acercándote a ellos? Podrías ganar mucho. —Hizo un gesto con la mano como queriendo abarcar la humildad del salón en el que departían—. Defiende a los tuyos ante quien te insulte, no los repudies, Rocco. Todos tienen algo que esconder. Como bien has dicho, Ferrante, el rey, es un bastardo, y de Alfonso y sus vicios mejor no hablar. Además —añadió ya levantándose—, tienes una hermana encantadora y preciosa, Aurelia, se llama, que se entusiasmará si te conoce.

Rechazó la invitación de Rocco, expresada por pura cortesía, de permanecer unos días en el castillo y convivir con su esposa y sus hijos: le vivían cuatro de cinco nacidos, explicó su pupilo con orgullo. Arnau presentía que, si no lo había convencido, cuando menos había sembrado la duda en aquel joven noble que no encontraba su lugar en el reino, distanciado del monarca y del heredero, por una parte, pero también de sus iguales napolitanos, que lo rechazaban y se burlaban de él, por la otra. Además, sin duda sus finanzas no eran boyantes. Con toda probabilidad se habría endeudado en las interminables guerras napolitanas, ¡bien lo había experimentado el propio Arnau!, con Otranto como punto álgido del que le costaría reponerse económicamente. No se había cobrado botín alguno de los turcos, nada se había saqueado, a los enemigos se les permitió abandonar el reino con sus pertenencias..., luego hundidas en el mar, como si hasta la naturaleza hubiera querido dar una lección a los gobernantes napolitanos; una paz humillante. Sí, Arnau estaba convencido de que Rocco se lo plantearía y, siquiera por interés, se avendría. Por eso decidió partir rápido de Castelpetroso. La discusión y el estallido de violencia de su pupilo eran cuestión de un simple chispazo que debía evitar a toda costa.

En el patio del castillo, algunas baldosas sueltas o rotas, las malas hierbas por doquier, pudo conocer a Maria, la esposa de Rocco, una mujer alicaída, y a aquellos cuatro hijos, tres de los cuales, aún de escasa edad, formaban con la seriedad del barón junto a su madre, que sostenía en brazos al cuarto, de no más de un año.

—Hijo —le dijo Arnau en tono cariñoso, con la yegua ya de su mano resoplando nerviosa—, si te decides, tú y los tuyos —añadió al tiempo que señalaba con el mentón a los hijos— entraréis de mi mano en Nápoles. Lo juro. No volveré a fallarte. Si la reconciliación con tus padres fracasa, yo estaré ahí y os beneficiaré. Ciertamente —bromeó cuando ya alzaba el pie al estribo—, necesitarás muchos vástagos de noble estirpe para casar a toda esta prole.

—¿Y qué esperáis de mí? —inquirió Rocco con Arnau, ya a caballo, peleando por controlar a Stella.

—Que promuevas la reconciliación con tu mad..., con tus padres —rectificó—, especialmente con tu madre —necesitó puntualizar, sin embargo.

—¿No queréis nada más de mí? Quizá acariciéis la esperanza de que traicione a los nobles napolitanos en favor de ese rey catalán y su hijo que están esquilmando a nuestras gentes. Podrían haberos encargado...

Arnau lo interrumpió antes de que lo insultase y lo llevara a un enfrentamiento. Recordaba bien la inquina de Rocco hacia los avaros y prepotentes catalanes, como los calificó todavía siendo un niño. «Expulsaremos a todos ellos del reino de Nápoles», afirmó entonces, y Arnau, ante la complacencia de Sofía con el crío, siquiera lo discutió. Ese rencor había ido alimentándose y creciendo en el espíritu del barón de Castelpetroso.

—No, no quiero nada más de ti —dijo Arnau—. Tus lealtades solo a ti te competen. Lo único que deseo es que busques a tus padres.

—¿Solo eso?

—Solo eso, Rocco, y no es poco: la reparación de una injusticia que ha marcado y arruinado vidas. Cumple, que te consta por experiencia que yo haré lo propio.

Unos días después de regresar de Castelpetroso, amparado en la oscuridad de la noche, Arnau observó con aprensión la casa en la que vivía Gaspar, humilde, sencilla, de dos plantas, similar a la del otro lado de la callejuela desde la que lo espiaba, a muy escasa distancia. Vio cómo se apagaba un candil en el segundo piso, sin duda el dormitorio de aquel malnacido y de su esposa. En los bajos del edificio, allí donde la gente de bien tenía sus negocios o talleres, en este se apostaban varios sicarios; Arnau contó entre ocho y diez, quizá más..., no estaba seguro, pues aparecían y desaparecían. Actuaban con maneras rudas, pero no los consideró enemigos de los soldados que había dispuesto abajo, en la calle; se trataba de delincuentes más o menos fuertes y crueles, aunque sin las habilidades de sus hombres con una espada en la mano.

Esperó unos instantes para dar la orden de atacar. Ni Isabella ni Marina estaban al corriente de sus propósitos. No le resultó difícil dar con la vivienda de su hermanastro, no se escondía, seguro como creía estarlo; sus secuaces podrían caer, pero él tendría previsto algún plan para escapar, a buen seguro. Algo más difícil le fue, sin embargo, convencer al atemorizado matrimonio que vivía en la casa de enfrente de que le permitiese aposentarse en aquella estancia. La promesa de que nadie lo sabría y una buena cantidad de dinero terminaron por inclinar la balanza a su favor. Lo había decidido durante el regreso de Castelpetroso: no permitiría que aquel malnacido atemorizase a su familia. Él era Arnau Estanyol, duque de Lagonegro, y por más que hubiera decidido apartarse de guerras y enfrentamientos, debía defender a los suyos; era su responsabilidad, y con las alimañas no cabía otra forma de hacerlo que mostrar fortaleza y recordarles quién mandaba.

Desde la ventana comprobó que sus hombres estuvieran listos para el combate. El cabo se lo confirmó alzando el puño en la penumbra del callejón. Arnau lo imitó y alzó el suyo. En el momento en que lo dejase caer se precipitaría una batalla, la que debería haber afrontado hacía años y que el rey le impidió.

Lo iba a hacer. Respiró hondo y dejó caer el brazo.

Dos bombazos casi simultáneos atronaron la noche y acertaron de lleno en la ventana del dormitorio de Gaspar, traspasaron el cuero que la cerraba y se estrellaron con estrépito en su interior. Esos espingarderos alemanes eran buenos, se felicitó Arnau al ver los estragos que las bombas lanzadas por aquellos pequeños cañones acababan de causar. Los despidió con un rápido abrazo y los animó a escapar. Habían luchado a sus órdenes, lo respetaban, y ahora estaban sin empleo hasta que Alfonso decidiera qué hacer con un ejército maltrecho y todavía detenido en la frontera con los dominios de la Santa Sede, por lo que el pago que les efectuó su antiguo capitán los animó a unirse a su causa sin preguntar. El alboroto de la calle obligó a Arnau a volverse, asomarse y prestar atención a cuanto sucedía a sus pies, un interés que dividió entre sus hombres, que esperaban bien apostados, ocultos en las sombras, y la ventana destrozada.

Los bandidos salieron en avalancha, gritando y provistos de todo tipo de armas: mazos con pinchos, hachas, espadas y algún que otro alfanje al modo turco. Tres de ellos cayeron de inmediato, asaetados en el pecho, en las piernas, en el cuello. El resto, sorprendidos por la lluvia de flechas que se produjo en el callejón, dudaron. Pero los soldados se lanzaron sobre ellos y los obligaron a recular hasta el interior de la casa, donde se encerraron.

Nadie apareció en la ventana. ¿Habrían acertado los alemanes?, se preguntó Arnau mientras sus hombres se retiraban. El silencio, solo turbado por alguna que otra exclamación de vecinos alarmados, fue ganando terreno hasta volver a imperar en la noche.

—¡Seguidores vencen! —bramó entonces Arnau el grito de guerra del rey Alfonso—. ¡Gaspar! —continuó a voces—. Eres un desecho humano escondido en una madriguera que no merece mi esfuerzo. Aun así, te advierto que si continúas molestando como un parásito irritante, te mataré..., a ti y a todos los tuyos. ¿Me habéis entendido! —se dirigió ahora a los secuaces encerrados en la planta baja—. ¡Ratas inmundas! —Los señaló con medio cuerpo fuera de la ventana—. Al que de vosotros vea cerca de alguien de mi familia o rondando mi palacio, lo mataré sin aviso alguno. ¡Palabra de Arnau Estanyol!

Tras la amenaza, descendió hasta encontrarse con los esposos que, en pie cerca del hogar, intentaban tranquilizarse el uno al otro. Aquello no era lo prometido; Gaspar sabría con certeza quién había ayudado a su enemigo y su venganza sería terrible.

—Lo siento —mintió Arnau—. Idos de aquí, escapad, ahora mismo, tras de mí, dejadlo todo —les aconsejó al tiempo que les entregaba una bolsa con las suficientes monedas de oro para que afrontaran, en ese mismo instante, una nueva vida mucho más cómoda.

Y abandonó él también la casa a través del huerto posterior. Lo hizo rejuvenecido, exultante, como si acabara de tomar un castillo al asalto.

—¿Crees que has obrado con acierto? —le cuestionó Isabella unos días más tarde.

Arnau asintió. Su esposa había llegado a enterarse del ataque a la casa de Gaspar a través de Marina, a quien se lo contó Paolo tras recibir la visita de su mentor con la intención de descargar en el mercader toda la rabia que lo atenazaba. Las bombas habían silbado por encima de sus cuerpos tendidos en el lecho, persiguiendo el sueño, para estrellarse contra la pared y originar un boquete que destrozó la medianera con la habitación colindante.

Paolo y Gaspar ya no colaboraban en el espionaje para los florentinos; Michele había clausurado todo aquel entramado tras la caída de Otranto y el establecimiento de relaciones mercantiles entre Florencia y Constantinopla. Paolo continuaba trabajando con los Giochi, transmitiéndoles cuanta información podía resultarles útil, si bien la limitaba a la esfera del comercio y los negocios, por lo que los tratos con Gaspar habían devenido escasos, y sus relaciones eran casi esporádicas. Pese a ello, Destorrent no dejaba que Paolo viviera tranquilo, la posibilidad de denunciarlo por aquel delito de traición seguía pendiendo sobre él, y Gaspar no perdía ocasión de recordárselo de vez en cuando, aunque, transcurrido tanto tiempo, la insistencia era cada vez menor.

—Arnau amenaza con mataros si os acercáis a alguien de su familia —le recordó Paolo a Gaspar en aquella visita—. Debéis tener cuidado porque Marina forma parte de ella, y, por extensión, también yo —añadió con sorna.

—¿Cómo sabes de las amenazas! ¿Acaso estabas allí! —escupió el malhechor.

Paolo se sentía fuerte. Superaba con creces los cincuenta y era muy rico. Tenía una esposa que lo comprendía y lo amaba. Una hija maravillosa. Había alcanzado el éxito. No pretendía el acceso a la nobleza que muchos de sus colegas mercaderes perseguían con ahínco. Se encontraba muy cómodo en su situación, ya vivía bastantes intrigas que podía dominar en el comercio como para añadir las cortesanas. Sin embargo, percibía que le faltaba algo, el carácter, esa decisión y poderío que, en su vida diaria, en su simple cotidianeidad, mostraban los principales, y Gaspar era el mayor exponente de su temperamento contenido; siempre se había aprovechado de él, llegando a humillarlo.

—Lo de la amenaza lo sabe Nápoles entera —contestó Paolo con tranquilidad—. Hay muchas personas pendientes de la resolución de este asunto... —Dejó que sus palabras flotaran en el aire antes de continuar—: Yo entre ellas. Tengo franca curiosidad.

—¿Quieres que te diga cómo terminará este asunto al que te refieres? Acabaré con Arnau, con él y con toda...

—Es un duque, y tengo entendido que últimamente muy

querido por Ferrante —le advirtió el otro—. Cuando erais noble y respetado, el rey estaba obligado a permitir vuestras querellas. Ahora no sois más que un delincuente odiado por la mitad de los principales napolitanos.

—Cuento a mi favor con la otra mitad.

La carcajada resonó hasta en los jardines de palacio. Gaspar frunció los labios y el ceño entre unas cejas ralas, de pelos largos y retorcidos.

—¿La otra mitad, decís? El día en que necesitéis a alguno de ellos nadie moverá un dedo por vos. Fuisteis un buen comerciante y, por lo tanto, un sagaz observador del comportamiento humano, pero compruebo que este dominio cruel y sanguinario que creéis tener sobre la humanidad os ha nublado el entendimiento. Ni siquiera vuestros secuaces os apoyarán; cuando llegue el momento os devorarán. Y Arnau Estanyol ha mostrado el camino a todos los demás nobles y principales a los que extorsionáis.

Así era. El hombre encogido sobre sí, cargado de hombros, siempre ataviado con una túnica negra calló ante Paolo el hecho de que, tras la agresión de Arnau, sus hombres dudaban y alguno hasta había desaparecido. Además, su organización se tambaleó al día siguiente de aquel en el que un alguacil, uno de sus sobornados, compareció en el palacio para interrogar a Arnau sobre su participación en la muerte de tres personas en casa de Gaspar Destorrent.

El alguacil ni siquiera tuvo oportunidad de abrir la boca.

—Advertí a tu amo que todo aquel que entrase en mi palacio moriría —lo amenazó Arnau, de pie en el patio, flanqueado por dos de sus hombres.

—Yo no soy...

Una saeta, a modo de aviso, disparada desde una tronera del segundo piso acertó en la pierna de uno de los miembros de la guardia que acompañaba al oficial de justicia.

—¡Representamos al rey! —se atrevió a amenazar el alguacil.

Sus hombres trataban de encontrar el origen del disparo, pero no lo conseguían. Se movían nerviosos.

—Detenme, pues —lo retó Arnau, hierático.

Otra flecha alcanzó a un segundo soldado, también en la pierna. Cumplían la orden expresa de Arnau: no matar a ninguno de ellos salvo que fuera imprescindible.

La guardia se replegó hacia los portalones de salida. El oficial de justicia hizo ademán de seguirlos cuando Arnau avisó a los dos que estaban con él en el patio.

—Tú no —le dijo.

El alguacil recorrió Nápoles desnudo y montado de espaldas en una mula vieja de la que tiraba uno de los criados de Arnau. La gente le propinó escobazos y le lanzó todo tipo de basura y excrementos, le escupió, lo golpeó, se rio de él y, con saña, lo vilipendió de traidor, vendido, corrupto... y mil insultos más.

—Y ninguna de vuestras mitades acudió en defensa del alguacil —se burló Paolo tras recordar a Gaspar el episodio—. Y ni el capitán de la ciudad, ni el rey ni ninguno de vuestros jueces han ordenado represalia alguna por ello. Las dos mitades de Nápoles están en vuestra contra, Gaspar Destorrent. Estáis acabado —sentenció con un vigor del que hasta él se sorprendió.

—Tú caerás conmigo...

—No. —Paolo negó hastiado—. No lo haré. Ya es suficiente. Mientras jugabais a ser dios, o mejor dicho, el diablo, yo sí que me he procurado los apoyos y medios necesarios para que eso no ocurra. Nadie concederá el menor crédito a una denuncia que provenga de vos.

La tez cetrina de Gaspar llegó a enrojecer de ira, la sangre acumulada golpeaba sus sienes. Paolo, por el contrario, notaba correr la suya con una fluidez placentera.

—Sí que me creen. Escucha: un día revelé a tu esposa que no eras más que un sodomita vicioso y terminó creyéndome, ¿cierto? Hoy te digo a ti, Paolo, que yo fui el primero en disfrutar de Marina, que la desvirgué cuando era una niña preciosa e inocente y que le gustó, que jadeó mientras la penetraba y gritaba de placer y me pedía más...

Paolo, con la bilis ardiéndole en la boca, se abalanzó sobre él. De repente, Gaspar extrajo un puñal de hoja reluciente de la manga derecha de su túnica que llegó a clavar en el vientre del mercader. Fue un pinchazo tan solo, porque Paolo reaccionó a tiempo y retrocedió.

—Y le gustó —siseó de nuevo Gaspar como una serpiente—. Y pedía más y más... —repitió al tiempo que se retiraba de espaldas, sin dejar de controlar a Paolo con la mirada.

Marina se llevó las manos al rostro para ocultar el llanto y se desplomó sobre los guijarros del jardín, donde cayó de rodillas. Paolo corrió a socorrerla, se agachó con ternura y la abrazó para ayudarla a levantarse.

—No llores —le susurraba—. No llores, te lo ruego, mujer, por Dios.

Arnau observaba la escena. Había hecho ademán de dirigirse hacia Marina, pero se detuvo al comprobar que su esposo, al que en esos momentos ayudaba Isabella, corría a consolarla.

«Madre». La impresión al oír esa palabra de boca de Rocco, plantado delante de ella y acompañado de una mujer con una criatura en brazos, la perturbó hasta el punto de llevarla a un ligero desvanecimiento. Había sido una encerrona. «Si se lo adelantas —advirtió Arnau a Isabella—, podría ser que Paolo no quisiera venir».

Sentaron a Marina en uno de los bancos de piedra que rodeaban la mayor fuente de las varias de las que disfrutaba aquel vergel en el centro de la Nápoles más antigua. Inconscientemente, Paolo se acomodó a su lado, inspirando con fuerza en busca del aire que le faltaba y tan aturdido como su esposa. Por un instante, ambos intercambiaron una mirada: aquellos bancos habían sido testigos de sus encuentros, de sus ilusiones... y también de las tremendas desgracias que después asolaron la vida de Marina. Hacía muchos años que no compartían ese lugar, esos asientos, los árboles y las plantas, el frescor, los aromas... y la harina que acostumbraba a manchar la ropa del panadero. Marina frunció los labios en una sonrisa antes de desviar la mirada hacia su hijo.

«Madre». Así la había saludado el barón de Castelpetroso, erguido, soberbio, altivo, parado junto a esa fuente del jardín en el que había transcurrido su infancia. Y volvió a estallar en llanto. No sabía qué hacer. ¿Levantarse y correr hacia él? ¿Abrazarlo? ¡Quería escuchar de nuevo esa palabra de sus labios! «Madre». Pero Rocco permanecía firme como una de las muchas estatuas que adornaban el entorno. Vestido de seda, el cabello largo y suelto, su espada al cinto, reluciente, hermoso le pareció a Marina, imponente, estaba ahí, pensó ella, delante de sí, ¡y la había llamado «madre»!

—Y estos son vuestros cuatro nietos —quiso romper Filippo la tensión a la vez que señalaba a dos niñas y un niño que correteaban entre todos ellos—: Antonia, de seis años. —Paolo y Marina los siguieron con la mirada a medida que Filippo los nombraba—. Biagio, de cuatro —indicó señalando a un niño, con la picardía en sus mejillas pecosas y el pelo revuelto, que estaba a punto de superar el cerco de la fuente y caer al agua. Marina hizo ademán de levantarse para impedirlo. Sus padres, por el contrario, no hicieron el menor caso, y el crío logró mantener el equilibrio—. Carmen, de tres —presentó Filippo a una pequeña que seguía a uno de sus hermanos ahora, a otro luego—. Y en brazos de Maria, la baronesa de Castelpetroso, Stefano, de solo un año.

La mujer, con el mismo aspecto de fatiga con el que Arnau la conoció en su castillo, inclinó la cabeza y sonrió a sus suegros con suspicacia, pendiente de su más mínima reacción.

—¿Entramos? —propuso entonces Isabella, y señaló hacia el salón que daba al jardín. Menos los tres niños, que continuaron correteando, el resto hizo ademán de seguir a la duquesa—. Arnau, ¿podrías quedarte fuera vigilándolos? —lo sorprendió Isabella.

Arnau agitó la cabeza, como si dudara haber oído bien.

—Hay criados —adujo.

—Son muy pequeños, querido —desaprobó de forma exagerada Isabella—. Siempre es buena la presencia de un familiar adulto —insistió ahora con una sonrisa—. Nunca se sabe...

—Y mucho mejor si está su abuelo —terció Marina.

La mujer entendió rápidamente la situación. Se libró de Paolo, que la acompañaba del brazo, y lo dejó atrás.

—Otra encerrona —se quejó el mercader cuando los demás ya cruzaban el umbral del salón.

—Me responsabilizo de todo ello —asumió Filippo, que también se había quedado en el jardín.

—¿Y ahora? —inquirió Paolo.

—Eso, ¿y ahora? —repitió el padre.

Había transcurrido tiempo desde aquel célebre banquete en el que Arnau y Marina se reconciliaron. Filippo actuó como maestro de ceremonias y, en la medida de lo posible, mediante todo tipo de ardides, convirtiendo la comida en un espectáculo al modo en que los reyes distraían a sus invitados, procuró impedir el contacto entre su padre y su cuñado. Creía haber acertado en su estrategia. Luego, la relación entre las familias, Isabella y Marina, Laura y Aurelia, auspició nuevos encuentros en los que los dos hombres se trataron con corrección, si bien nunca con aprecio. Quedaban muchas heridas silenciadas por restañar, y era cuando Rocco, quizá el mayor exponente de la enemistad entre ellos, se acercaba a la familia que debían superar esas atávicas diferencias. «¿Qué sentido tendría —apuntó Isabella en el momento en que lo discutió con Filippo— que Rocco se reconcilie y Arnau y Paolo continúen enfrentados?».

—Ahora —dijo el doctor en leyes, el diplomático que había urdido todos aquellos encuentros con ingenio— quiero que los dos observéis con detenimiento a esas tres criaturas.

Los conminó con tal vehemencia que ninguno de los dos se opuso. Antonia, sentada en el suelo, amontonaba guijarros en montañitas que, para su desesperación, su hermana Carmen pateaba. Biagio seguía tentando a la suerte desde el cerco de la fuente, manoteando en el agua en cuanto vislumbraba algún pez.

—Esos tres niños —continuó Filippo— son el resultado vivo de vuestras peleas y reyertas.

Arnau se volvió molesto. Paolo, por su parte, se mantuvo pensativo.

—Sí, padre —interrumpió Filippo cualquier intento de aquel por discutir—, vos criasteis al hijo de Marina y Paolo y marcasteis su destino. Alcanzó la nobleza por vuestra...

—¡Fue el rey Alfonso! —saltó Arnau.

—Dejad que el rey descanse en paz.

La pretensión, pausada, serena, provino de Paolo, el que, tras hacerla, continuó con la atención puesta en sus tres nietos.

—Dejemos en paz al rey Alfonso, ciertamente —se sumó Filippo—. Lo que sucedió, sucedió, padre. Uno u otro. ¡Panadero o duque! ¿Qué les importa ahora a esas criaturas? Esos tres niños... y el que está dentro os reclaman el perdón. Llevan la sangre de Giovanni di Forti. La tuya también, Paolo.

—No entiendo qué...

—Es fácil, padre: si no resolvéis vuestros problemas, estos pequeños vivirán de adultos con el estigma del enfrentamiento, de la inquina, de los recelos y de unas acusaciones cada vez más enquistadas en la defensa de una u otra familia.

Paolo, no por ello menos atento a su cuñado, sonreía ante los aspavientos de enfado de Antonia después de que su hermana volviera a destrozar una de sus montañas de guijarros. Arnau, también pendiente de los niños, abrió las manos en señal de incomprensión ante los argumentos de su hijo.

—No creo que me afecte todo lo que dices.

—Son los herederos de vuestro compañero de armas, ¿ya no les afecta a ellos vuestro juramento?

Arnau golpeó al aire con fuerza.

—Han pasado muchos años desde entonces —justificó.

—En virtud de ese juramento, nos quitasteis a nuestro hijo —lo interrumpió Paolo.

—Muchas veces os he oído sostener que defenderíais vuestra palabra hasta la muerte —añadió Filippo.

—Y tú me robaste a Marina —escupió Arnau a Paolo sin hacer el menor caso a su hijo.

Elevaron el tono de voz. Se desafiaron con la mirada. Filippo temió que se enzarzasen con las manos o la palabra, fatal en cualquiera de los casos, y se interpuso entre ellos.

—Pues todo eso os ha traído a estos niños. ¿Queréis que llame a Marina para que medie? ¿Una mujer? ¿Que os vea pelear? ¿Queréis arruinarle el día en que por fin se abraza a su hijo? No creo que ninguno actuara de mala fe; hicisteis lo que considerasteis más beneficioso para mi hermana. Sí —interrumpió el ademán de intervenir de su padre—. Olvidad de una vez las afrentas —les exigió—. Ambos sois afortunados. —Abrió las manos señalando el palacio, el jardín, los niños, las ropas caras que vestían, el cielo límpido y el sol napolitano—. ¡Disfrutad de vuestra estrella deslumbrante!

El diplomático era consciente de la dificultad, si no imposibilidad, de que aquellos dos hombres, ya superado el cenit de sus vidas, arrinconaran sentimientos tan intensos y corrosivos como los vividos hasta entonces. Arnau, orgulloso noble catalán, nunca dejaría atrás la ofensa sufrida a manos de un simple panadero. Y Paolo no perdonaría que le hubiera quitado a su hijo y obligado a vivir bajo la constante amenaza de muerte lanzada contra él.

Pero, por esa misma razón, la vejez que los asediaba, la felicidad de los suyos, hasta el simple hastío por una situación incómoda que afectaba a todos cuantos amaban: Marina, Isabella, las niñas…, Filippo también era consciente de que ambos deseaban superar esa etapa. Solo necesitaban una excusa para aplastar los rencores, algo que, más allá de Marina, los uniera, y ese pretexto…

El chapoteo obligó a todos a volver la atención hacia la fuente. ¡Biagio al fin había caído! Un par de criadas hicieron ademán de correr a ayudar al niño, que manoteaba en un cerco inofensivo de no más de un par de palmos de agua, pero se detuvieron como si no quisieran romper el hechizo trabado entre aquel crío y los señores, atentos todos a su reacción instintiva. Biagio logró arrodillarse, se levantó y se quedó quieto, empapado, sonriendo con picardía hacia Arnau y su abuelo.

Las carcajadas de ambos atronaron el lugar. A una señal del duque, una criada cogió al pequeño y se lo llevó en volandas, luego, los dos amparados por Filippo, se ofrecieron la mano y sellaron su reconciliación con un fuerte apretón.

Cuando los tres hombres entraron en el salón, encontraron a las mujeres sentadas con una copa de vino. Rocco permanecía de pie por detrás de los respaldos de las sillas, serio, en silencio, sin participar de conversaciones frívolas.

Con todo, Isabella le había propuesto una que no lo era. Mientras las otras se aposentaban, hizo un aparte con él, al que sabía contrariado después de conocer la noticia del matrimonio de su utópico amor juvenil con su tutor, algo que Arnau no le reveló en su visita al castillo. Los dos preveían el problema. «Déjame a mí», rogó Isabella a Arnau el día en que un heraldo venido de Castelpetroso les anunció la llegada de la familia di Forti. «No hace mucho que enviudé de un cirujano de Gaeta —confesó ella a Rocco al percibir en él los mismos celos infantiles que lo cegaban cuando vivía en Nápoles—. Entonces Arnau acudió en nuestra ayuda y nos recogió, a mí y a mi hija Laura».

De repente Rocco se relajó, como si lo tranquilizara la circunstancia de que hubiera sido un tercero el que hubiera gozado por primera vez de aquel cuerpo angelical con el que tantas veces había fantaseado.

—¿Cómo fue? —le preguntó Arnau esa noche.

—Los hombres sois muy simples —lamentó ella.

Tras la conversación con Isabella, Rocco intentó salir de la estancia para unirse a los hombres en el jardín, pero la gravedad de la discusión que distinguió entre ellos y el casi imperceptible gesto de contrariedad por parte de Filippo al advertir sus intenciones le aconsejaron no hacerlo.

Marina observó de reojo todos esos movimientos. Quería hablar con Rocco, saber de su vida, recuperar los mil años perdidos, pero la atemorizaba forzar una situación a la que quizá su hijo no estuviera dispuesto. Temía presionarlo. Debía ser paciente, actuar con prudencia. Era bastante tenerlo allí, aunque fuera con ese semblante adusto. Y habló con Maria. Se ganaría el afecto de su esposa, ¡por la Santísima Virgen que lo conseguiría! Y después conquistaría el cariño de esos cuatro maravillosos nietos que acababa de conocer. En cuanto al padre... «Su presencia hoy aquí, cerca de mí, es suficiente», se persuadía mientras arrancaba anécdotas de sus nietos a su nuera. Todas celebraban, todas intervenían, todas gritaban y reían. Maria se confió, y Marina no dejaba de dirigir alguna que otra mirada furtiva a su hijo. La había llamado «madre», ¡«madre»!, y eso curó toda herida, por profunda que fuera, al tiempo que le abría un mundo de felicidad hasta entonces inimaginable.

El ejército napolitano al mando de Alfonso, duque de Calabria, obtuvo permiso para cruzar territorio pontificio con destino a Ferrara tras un nuevo cambio de opinión del papa Sixto IV, que sopesó su alianza con Venecia y terminó temiendo la supremacía que podría alcanzar la Serenísima de conquistar los estados del duque Ercole D'Este.

Arnau continuó financiando una buena partida de hombres capitaneados por Lorenzo, pero Rocco se mantuvo firme en su compromiso con los barones napolitanos que se negaban a apoyar a los reyes catalanes, y no aceptó tomar en consideración siquiera los consejos que tanto Arnau como Paolo e incluso Filippo le proporcionaron una vez que se alejaron de mujeres y niños para hablar con seriedad.

—Alfonso es cruel —le previno Arnau—, y tomará medidas represivas contra quienes lo ayuden.

—De hecho, ya lo ha advertido —los sorprendió Rocco—. Antes de salir hacia aquí me llegaron noticias de que el duque de Calabria afirma que, una vez regrese de Ferrara, requisará todas las tierras y los castillos en un área de treinta millas alrededor de Nápoles.

Un silencio lúgubre acompañó los pensamientos de los cuatro hombres. Esa decisión, fruto del objetivo de Ferrante y de su hijo de centralizar y reunir el poder en el monarca, originaría conflictos. Los barones napolitanos se verían atacados y no lo consentirían, y Rocco era uno de ellos, quizá el más afectado, su honor y su prestigio rechazados, siempre persiguiendo el reconocimiento que los orígenes humildes de su padre le negaban. Ninguno de ellos quiso adelantar acontecimientos, augurar guerras y enfrentamientos, por lo que Paolo cambió el tema de conversación:

—¿Cómo tienes las finanzas de tus tierras, Rocco? —inquirió con la objetividad que podría mostrar un comerciante.

A partir de ahí, Paolo se convirtió en el centro de la reunión hasta el punto de que, en un momento en el que Arnau hizo un amago de intervenir, Filippo le tocó el brazo con discreción instándolo a que no interrumpiera el discurso de Paolo, en ese momento interesado por los cultivos de los feudatarios de su hijo. ¿A quién vendía? ¿Quién le suministraba? ¿A qué precios? «¿No los sabes?», se sorprendió. ¿Cuántas cabezas de ganado tenía? ¿De qué personal disponía? Y los impuestos que cobraba: pontazgo, peajes, tasas por mercados... Rocco contestaba con generalidades. El administrador era el que conocía todo eso, quiso excusar su ignorancia. Los administradores robaban, sentenció Paolo. Arnau se echó adelante, la réplica en defensa de Juan Sánchez en los labios, pero Filippo volvió a detenerlo. Sí, sí que robaban, insistía por su parte Paolo, sobre todo si el amo no se preocupaba lo suficiente.

—No te molestes —le rogó el padre ante la actitud de prevención que inmediatamente adoptó Rocco—. Tú sabes de guerras, yo de mercaderías, dineros y administradores. Piensa que ni el rey está a salvo de la ambición de sus ministros y secretarios. Su hijo Alfonso ha acusado públicamente a Antonello Petrucci y Francesco Coppola, encargados de las finanzas del reino, de enriquecerse a costa de Ferrante, al que han llevado a la pobreza. Si esos fraudes los perpetran los grandes del reino, ¿qué no harán los administradores de un barón que no se preocupa de su hacienda?

El éxito de la visita de Rocco a Nápoles se completaría más tarde cuando el barón de Castelpetroso permitió que un par de factores de confianza de su padre se personasen en su feudo para comprobar la regularidad de sus cuentas y proponer medidas al objeto de obtener mayores beneficios, unos resultados que Paolo no tuvo el menor inconveniente en afirmar que se producirían.

—¡Doblaremos tus ingresos! —garantizó a su hijo.

Rocco aguantó una semana más en la ciudad, incómodo por hallarse fuera de su entorno, y partió a sus tierras preocupado por las noticias que llegaban de Ferrara. María y sus cuatro hijos quedaron hospedados en el palacio de Arnau, mimados y atendidos por Marina, Isabella y sus respectivas hijas, que se deshicieron con ellos en regalos y atenciones.

Durante esos días, Paolo contempló a Marina y la vio libre de aquella pena que llevaba tantos años alojada en su mirada. El regreso de su hijo le proporcionaba una plenitud a la que parecía haber renunciado.

Paolo no había revelado a Marina la confesión de Gaspar acerca de su violación. Lo cierto era que nunca habían llegado a hablar en profundidad de aquel suceso trágico en la vida de su esposa. Unos turcos, se concluyó en contra de lo que opinaba Arnau. Entonces consideraron que se trataba de una obsesión por parte del duque, ¿cómo si no podrían haber aceptado la hospitalidad de Gaspar y haberse refugiado en Accumoli? Paolo dudó de que Marina supiera que Destorrent fuera el autor de aquella vileza..., si es que en realidad lo era. Gaspar era capaz de inventar barbaridades como esa solo por dañarlos. Fuera o no fuese el autor, Paolo no deseaba tratar ese asunto con su esposa. ¿Qué sentido podía tener revelar algo de lo que ni siquiera él estaba convencido?, especuló con la razón de un silencio adoptado de manera irracional. En un caso u otro, lo supiera o no Marina, no deseaba angustiarla de nuevo rememorando una desgracia que quizá había... ¿olvidado? «¡Imposible!», se corrigió.

Gaspar le escupió que a Marina le gustó, que jadeó mientras la penetraba y gritaba de placer y le pedía más. ¡No podía ser! ¡Mentía! La tristeza de Marina en aquellos días estalló en su recuerdo con una crudeza dolorosa que volvió a herirle. Era imposible que esa joven inocente pudiera disfrutar de tal infamia. No. Gaspar mentía. No debía molestar a Marina aunque... ¿y si solo exageraba? ¡Tampoco! ¿Qué sentido habría tenido que ni Marina ni su madre hubieran apoyado a Arnau en sus acusaciones si sabían que Gaspar era el culpable?

Paolo decidió no remover aquella herida, con toda seguridad todavía supurante, cuando ni él mismo era capaz de afirmar la verdad, y en último caso, suponiendo que fuera cierto y ella lo supiera, se empapaba de un sudor frío en cada ocasión en que imaginaba el dolor que debía de haber padecido su esposa, esa que lo había comprendido y apoyado en situaciones muy adversas, callando la violencia que Gaspar Destorrent había ejercido contra ella mientras él lo adulaba.

No estaba dispuesto a quebrar la felicidad de la que, por fin, disfrutaba Marina.

No hubo guerra contra los venecianos. En el verano de 1484, cuando los napolitanos ya se hallaban en el campo de batalla, se alcanzó un acuerdo de paz en Bagnolo. Ercole d'Este se mantenía como duque de Ferrara y recuperaba los territorios perdidos excepto Rovigo y Polesine. Nápoles, por su parte, recobraba Gallipoli, en el sur de Italia, que había sido tomada por Venecia mientras su ejército cruzaba las tierras de la Iglesia. Sixto IV fallecía cinco días después de la firma del tratado de paz.

Si Alfonso no luchó contra los venecianos, sí lo hizo contra los propios napolitanos. La relativamente fácil toma de Gallipoli por los venecianos, ciudad desde la que se controlaba el tráfico marítimo mediterráneo, alarmó todavía más a Ferrante. Nápoles había devenido en un reino vulnerable tras la muerte de Alfonso V, quien, como el elegido de Dios, había beneficiado y confiado en los barones napolitanos convencido de que su fuerza y el poderío de sus reinos españoles y sicilianos garantizaban una lealtad siempre precaria. Ni Ferrante ni su hijo Alfonso gozaban de la supremacía del conquistador. Otranto y Gallipoli eran buena prueba de ello, por lo que tan pronto como el duque de Calabria regresó a la capital, como siempre en loor de multitudes por una guerra cuya única batalla, la de Velletri, había conllevado una derrota humillante, se obstinó en rendir, someter e imponerse por la fuerza a aquellos que amenazaban su hegemonía: los poderosos barones territoriales, muchas de cuyas estirpes hundían sus raíces, sus títulos y sus honores ya no en tiempos de la dominación angevina, sino en la normanda.

Alfonso no tuvo reparo en mostrar sus intenciones, y en la comitiva de su entrada triunfal incluyó negros que barrían por delante de los barones, en clara alusión a sus intenciones. Los rumores corrieron por todo el reino; el duque de Calabria, al que muchos llamaban «el segundo Nerón», se proponía barrer a los barones, mostrando especial ahínco en aquellos que no lo habían ayudado en la guerra de Ferrara.

—¿Qué le sucederá a mi hijo? —preguntó Marina a Arnau ante la injustificada persecución de nobles para requisar sus tierras y fortalezas que Ferrante y Alfonso habían emprendido en cuanto el heredero se instaló en Nápoles.

Arnau no supo responderle. Mantenía una buena relación con la corte, principalmente con el rey Ferrante, aquel que años ha lo despreciaba por considerar que su padre le prestaba demasiada atención. Pero el tiempo sosiega siempre los ánimos, y ahora era el hijo, Alfonso, al que envenenaban en su contra los almirantes cobardes que fracasaron en Otranto.

No le preocupaba en exceso la posible animadversión del duque de Calabria. Arnau contribuía como el que más con hombres, armas y dinero al ejército real, defendía la causa de Aragón y de los catalanes, y era un barón probadamente leal a su monarca por más que la edad lo mantuviera apartado del campo de batalla. Alfonso y Ferrante perseguían a los barones napolitanos, aquellos felones capaces de aliarse y alzarse en armas como ya hicieran en apoyo de los angevinos tras la muerte de Alfonso V. Cualquier represalia contra él, aparte de injusta, aunque eso era algo inherente a la volubilidad y el capricho de príncipes perversos, sería mal vista y podría ser contraproducente ante aquellos nobles que apoyaban a Ferrante, que todavía eran bastantes; premiar la fidelidad con castigos no parecía la mejor forma de gobernar.

Desde que Filippo proveyera al coro de la capilla real de media docena de niños valencianos de voces limpias y virtuosas, Arnau había financiado muchas más actividades culturales para gloria y prestigio de Ferrante, sosteniendo y premiando a poetas, escritores y filósofos. Las ambiciones de Alfonso por convertir el reino en el centro de referencia cultural no ya de Italia, sino de Europa entera se diluían con el hijo. A diferencia de ciudades como Roma, Florencia, Mantua o la propia Ferrara, en las que el humanismo era la consecuencia de una evolución pausada en el tiempo y sustentada en el conocimiento y el esfuerzo, virtudes que se habían ido alimentando a sí mismas, en Nápoles todo ello había llegado de la mano de Alfonso de Aragón casi como una imposición: el proyecto de un rey todopoderoso que se desmoronaba a falta del empuje de su precursor. Con Ferrante, que había asumido el latín y el italiano como las lenguas propias de la corte, abandonando la pluralidad de estas que tanto caracterizó y enriqueció el reinado de su progenitor, el humanismo se mantenía a través de unas generaciones de pensadores todavía iniciadas con Alfonso. Como le sucedía en la guerra, Ferrante carecía de los recursos y la voluntad que su padre había invertido en la cultura, por lo que la buena disposición de Arnau se veía recompensada con la gratitud de su rey, que no del duque de Calabria, a quien el vicio y la crueldad apartaban de las actividades intelectuales, asumidas no obstante por su esposa, Ippolita Sforza.

Aun en buena posición, Arnau procuraba no intervenir en las decisiones de Ferrante y Alfonso con respecto a los barones; no deseaba que lo inmiscuyeran en esas luchas intestinas.

—Ignoro lo que le sucederá a Rocco —contestó a Marina—, pero, sea lo que sea, trataremos de solventarlo en el momento en que se produzca.

—¿No podéis adelantaros? —En ese caso, la pregunta surgió de Isabella.

La dirigió conjuntamente a su esposo y a Paolo, también presente. Los cuatro se hallaban aquel domingo en la iglesia de San Lorenzo, donde acababan de asistir a misa. Se habían alejado del resto de los parroquianos y buscado refugio junto al campanario, adonde los empujó Paolo en cuanto oyó hablar de Rocco.

—Marina sabe que lo hemos intentado —alegó este—. Tanto Arnau como yo, hasta mis factores, todos le hemos rogado que por lo menos no tome partido, que sea prudente y no se exponga, que Alfonso no pueda relacionarlo con el resto de los barones...

—¿Y? —lo interrumpió Isabella.

—Ha hecho exactamente lo contrario. Cuando empezábamos a poner un poco en orden su patrimonio, ha vendido todo el ganado para armar un ejército. La mayoría de los barones están actuando de igual manera, ¡hasta han descendido los precios por el exceso de oferta! Lo que no parecen comprender es que los funcionarios de Ferrante están pendientes de esas operaciones; controlan el mercado. Preguntan e investigan, hasta han acudido a mí para que les informe de compras extrañas. Indagan quién ha vendido masivamente su ganado y de ahí deducen quién está del lado de los rebeldes. Mis hombres me han informado de que Rocco está fortificando el castillo y rehaciendo sus defensas. Ha abierto zanjas en sus tierras, ha instalado todo tipo de trampas y ha encargado una pequeña bombarda. Se está preparando para la guerra. Creo que se ha significado de manera imprudente e irreversible contra el rey y su hijo.

Marina e Isabella interrogaron a Arnau con una mirada suplicante, como si esperaran que refutara las palabras de Paolo.

—Todo eso es cierto —las decepcionó él, a su pesar—. Rocco no hace caso. Esta crisis le ha ofrecido la posibilidad de demostrar su compromiso con la nobleza napolitana, de ser respetado como barón. Se ha convertido en uno de los cabecillas del descontento contra los soberanos catalanes. He oído que cuentan con él como jefe de una futura revuelta. Está enaltecido. Se siente orgulloso. No creo que nadie pueda convencerlo...

—¡Vos, padre! Vos tenéis que poder. ¡Vos lo educasteis! —le recriminó Marina.

Algunos de los parroquianos los miraron, sobresaltados por los gritos. Marina se volvió hacia la pared de la torre para ocultar el llanto en el que estalló mientras Isabella la tapaba y abrazaba por la espalda a fin de ofrecerle un consuelo que se le presentaba imposible. Una percepción esta que, sin embargo, no debió de considerar cuando se encontró a solas con Arnau en el palacio.

—¡Tienes que conseguirlo! —le exigió.

Arnau irguió la cabeza ante el tono desconocido con el que le hablaba su esposa, que, no obstante y aunque moderando su aspereza, insistió:

—Yo también me siento responsable de la actitud de Rocco.

—No tienes por qué. Lo eduqué como el caballero que debía ser, y lo es, solo que se está equivocando de bando... O no; igual está apostando por el vencedor.

—¿Qué quieres decir?

—El nuevo pontífice, Inocencio VIII, está detrás de esta rebelión. Grandes grupos de personas humildes de cualquier parte del reino se lanzan a las calles al grito de «¡Iglesia! ¡Iglesia!», y reclaman contra los nuevos impuestos que los empobrecen. Todo eso lo promueve el Papa, en quien los barones han encontrado un nexo que los une y que apoya sus pretensiones. Nápoles es un feudo de la Iglesia, y sus reyes, por lo tanto, son simples vasallos, solo que desde la conquista del reino por Alfonso V se negó esa dependencia y ni aquel ni Ferrante pagan lo establecido. Inocencio quiere recuperar Nápoles. Tiene relaciones con los Anjou, enemigos acérrimos de los aragoneses, y dos bastardos, Franceschetto y Teodorina, a los que quiere conceder riquezas, tierras y títulos. Eso ya no lo puede lograr en el norte de la península. El desmembramiento del reino de Nápoles le concedería una extraordinaria oportunidad de nombrar príncipe a uno y dotar generosamente a la otra.

—Y los demás estados, ¿qué postura tomarían?

Arnau sonrió, cerró los ojos y negó con la cabeza.

—Las intenciones de los príncipes italianos son imprevisibles, pero si se alían con el Papa, no auguro un buen futuro a Ferrante y mucho menos a su odiado heredero, Alfonso.

## 27

En septiembre de 1485, los barones rebeldes, Rocco incluido, se reunían en el castillo de Miglionico, en los dominios del príncipe de Bisignano. El rey se acercó a ellos y estableció su corte en Foggia, donde aprovechó para entregarse a su pasión: la caza. Arnau envidió a cuantos participaban de la actividad cinegética. Recordó con nostalgia la tensión de las galopadas campo a través en persecución de una pieza, los aullidos de los perros, el bramido de las trompetas de caza, la sangre…

Pese a ello, no le complugo el traslado a Foggia con la corte. Nápoles y las ciudades de sus alrededores se habían convertido en campos de batalla de una guerra soterrada entre partidarios de uno y otro bando. El rey Ferrante y su hijo cumplían sin oposición su amenaza, y continuaban requisando las tierras y los castillos de Terra di Lavoro que rodeaban la capital en un radio de treinta millas, deteniendo y encarcelando a quienes se oponían o se consideraban conjurados. La rebelión contra los aragoneses no se había iniciado de manera formal, pero las reuniones secretas se sucedían, las cartas y misivas corrían entre unos y otros, la gente se disfrazaba para poder reunirse, y hasta se asesinaba a los agentes y heraldos de los opositores. Los atentados, generalmente nocturnos, se producían en los núcleos de población, aunque también en la extensa zona de paso comprendida entre Nápoles, Salerno y Sarno.

La inmundicia conllevó la salida de las ratas y, entre ellas, la primera, la más repugnante, Gaspar Destorrent, que, tras los cañonazos de Arnau contra su casa, había desaparecido.

«Se dice que nunca duerme en el mismo lugar —le comentó un día Paolo—. Roberta, su esposa, vieja y enferma, ha quedado al cuidado de las monjas de un convento al que ha pagado bien. Por eso lo sé. El dinero siempre deja huella. Si Gaspar no os teme, que también es posible, sin duda os respeta. Sé que, tras vuestro ataque, muchos se liberaron de sus coacciones y se enfrentaron a ese hijo de puta».

Arnau esperó a que el mercader —Isabella lo había obligado a desterrar de su mente y su lenguaje el término «panadero»— continuase hablando, pero Paolo pareció perderse en algún lugar remoto y por demás doloroso, entendió al verle contraer involuntariamente el rostro. Paolo no había podido olvidar las palabras de Gaspar sobre la violación de Marina y, aunque jamás se había atrevido a tratar aquel asunto con ella, la posibilidad de que fueran ciertas seguía atormentándolo.

Por eso la llamada que Ferrante hizo al duque de Lagonegro para que se incorporase a la corte que iba a acudir a Foggia contrarió a Arnau. Ante la reaparición de Gaspar, quería estar cerca de Isabella y de Laura, incluso de los hijos de Rocco y de su esposa, que volvían a estar hospedados con ellos ajenos a las correrías del barón. Desde que cuatro años atrás Rocco le rogara expresamente que los alojara en su casa por un tiempo en previsión de las tensiones que se preveían entre los barones y el rey, la familia del de Castelpetroso había compaginado la estancia en sus tierras con largas temporadas en Nápoles; su abuela lo promovía, lo financiaba, suplicaba el contacto con sus nietos y hasta llegaba a exigirlo a sus hombres: Paolo y Arnau. Ahora, con un ejército en el castillo, en mitad de una guerra real aunque no declarada, habían vuelto a vivir con ellos. Pero Ferrante fue intransigente: Arnau debía comparecer en Foggia, por lo que se aseguró de dejar su casa bien protegida ante la amenaza constante e imprevisible de Gaspar Destorrent. Hasta el momento, no había intentado nada contra su familia, pero no podía fiarse de aquel hermanastro suyo amargado y siempre dispuesto a perjudicarlo.

Acudió a la llamada del rey y allí se desveló el interés del monarca. Paseaba por las perreras junto a él, entre los ladridos y gemidos de los animales, que revisaban y examinaban ambos a modo de expertos albéitares, que en verdad casi lo eran.

—Sé que tienes un familiar, un pupilo, ¿no? Me refiero al nieto de di Forti… Se halla entre los barones reunidos en Miglionico —dijo el monarca. Arnau aguantó la respiración, tenso. El rey detuvo su discurso y exploró las almohadillas de la pata de uno de sus perros—. Ayer cojeó —afirmó dirigiéndose ahora al perrero que los seguía.

—Encontramos una pequeña astilla clavada entre las almohadillas, majestad —contestó este.

—Una pequeña astilla —murmuró Ferrante, y se irguió—. Una minucia que puede estropear toda una cacería —se quejó—. Di Forti no es más que una astilla insignificante al lado de los príncipes napolitanos, pero su juventud, su vitalidad y su ímpetu pueden ser provechosos para los intereses espurios y traicioneros de esa partida de nobles pretenciosos de vida regalada.

Arnau seguía al soberano en silencio por el interior de las perreras. Presentía lo que iba a escuchar a continuación:

—Debes ganarlo para nuestra causa.

Arnau partió hacia Miglionico al día siguiente, en una comitiva encabezada por Antonello Petrucci y Francesco Coppola, los ministros del rey tan denostados por su hijo Alfonso y odiados por nobles cercanos a Ferrante como Diomede Carafa, conde de Maddaloni, que, como muchos otros barones de abolengo, no aceptaban el inmenso poder e influencia alcanzados por burgueses ennoblecidos como aquellos dos. Petrucci era el secretario real y Coppola, un mercader de éxito que terminó por asociarse con el propio Ferrante, rigiendo las empresas y compañías de la corona, y que fue premiado con el título de conde de Sarno. Tanto Petrucci como Coppola disponían de una inmensa fortuna, controlaban las finanzas del reino y se habían convertido en sus mayores acreedores por préstamos, los más recientes para financiar la guerra de Otranto y la última de Ferrara. El rey dependía económicamente de unos personajes en los que, corriendo el año de 1485, depositaba una confianza ciega.

Arnau repartió el tiempo que tardaron en llegar: en unas ocasiones a Venosa, población a mitad de camino entre Foggia y Miglionico; en otras al castillo que defendía esta última. Y lo hizo pugnando por controlar a Stella, la intranquila yegua torda que no cejaba en sus retrotes, caracoleos y hachazos contra el bocado, y también disimulando la animadversión que sentía hacia los embajadores del rey encargados de alcanzar un acuerdo con los barones rebeldes. Ese rechazo no estaba motivado por las razones de Diomede Carafa y los suyos, sino por los consejos recibidos de Paolo, que conocía bien a ambos puesto que mantenían empresas conjuntas.

—Nunca os fieis de ellos —había terminado advirtiéndole.

—No lo haré. Tú cuida de mi familia. —A esa angustia se debía la visita que le efectuó antes de partir con la corte—. No permitas que Gaspar se acerque a ninguna de las mujeres o los niños —lo instó.

—Lo intentaré, pero no sé si podré...

—Puedes, Paolo —lo interrumpió Arnau con brusquedad—. Contrata a los mismos ballesteros que Gaspar envió a Otranto —le espetó—, o a otros similares. De momento, dado que aún no estamos en guerra, hay muy buenos soldados que no tienen nada que hacer. Agradecerán tu generosidad. Yo dejo un buen número de ellos, pero con Gaspar hay que redoblar las prevenciones.

No discutieron sobre Otranto. Para Arnau carecía de sentido, y Paolo asumió la revelación como un mercader experto en el arte del disimulo. En su lugar, se dieron la mano con un vigor impropio.

Arnau fue relegado durante las conversaciones entre los representantes de los barones y los embajadores reales.

—¿Acaso no conocéis la razón? —le preguntó Rocco cuando se encontraron y Arnau se lo dijo. El barón de Castelpetroso también había sido excluido de esas reuniones restringidas.

Arnau se encogió de hombros. Cabalgaban al sol por las afueras de la ciudad entre campos agostados, los campesinos limpiándolos de las malas hierbas y preparándolas para la siembra.

—No cuentan conmigo —reconoció Arnau—. Mi misión aquí es exclusivamente la de...

—Todos conocen el contenido de vuestra misión aquí —lo interrumpió el barón—: convencerme de que traicione a los míos.

Arnau trató de no mostrar sorpresa y continuó con la vista al frente por encima del cuello de Stella, relativamente tranquila, como si respetase la trascendencia de la conversación.

—¿Entonces…? —inquirió—. Si ya lo sabes, ¿qué decides? —planteó sin la menor diplomacia.

—Duque —contestó Rocco con voz calmada, cambiando la condición de tutor y pupilo—, en este momento hay muchos barones napolitanos que están pendientes de que yo, a mi vez, cumpla la misión que me han encomendado… —Arnau la imaginó, pero le permitió proseguir—, y que no es otra que la de convenceros a vos de que os paséis a nuestras filas.

Años ha, Arnau Estanyol habría llegado a desenvainar su espada y embestir contra quien osara proponerle convertirse en un felón, traicionar a su rey; hoy, a las afueras de Miglionico, se limitó a fruncir los labios. «¡Estás viejo, Arnau!», se dijo. Fue a rehusar la propuesta, pero Rocco se lo impidió.

—¿Sabéis por qué no participáis de la reunión con los príncipes? Porque los dos embajadores de Ferrante apoyan la causa rebelde —se contestó él mismo— y no quieren que estéis presente.

Se volvió sobre la montura para observar la reacción de Arnau.

—Si es así, ¿por qué me lo desvelas tú? —preguntó este, y le sostuvo la mirada—. Podría regresar al real y denunciarlos.

—No lo haríais. Además, el propio duque de Calabria desconfía de Coppola y Petrucci, y así lo ha manifestado públicamente. He oído que hasta se ha peleado con su padre a causa de esos dos. —Al oírlo, Arnau se dijo que era cierto; Paolo le había hecho el mismo comentario—. ¿Por qué iba el rey a prestaros a vos, con todos mis respetos hacia vuestra excelencia, más crédito que a su propio hijo?

Arnau asintió pensativo. Había dejado atrás la guerra, pero ni eso ni el acercamiento a las letras y las artes de la mano de Filippo lo convertían en un diplomático; no controlaba las maquinaciones de la nobleza. Stella percibió su contrariedad y bufó, y el duque le acarició el cuello con unas palmaditas. «Sí —estuvo a punto de decirle al animal—, todo es muy complejo». Lo que no le costó comprender era que Rocco jugaba sus cartas: Marina, y también

Maria y aquellos cuatro niños alojados en Nápoles ya convertidos en el centro de atención y cariño no solo de su abuela, sino también de Isabella, de Laura y Aurelia, y hasta del propio Paolo, que se acercaba a ellos con una ternura que cada vez le costaba más esconder. Rocco era consciente de que Arnau nunca los decepcionaría a todos ellos. No lo traicionaría, y poner en su boca la deslealtad de los ministros del rey conllevaría su descrédito y su ruina.

—¿Qué hay de tu pupilo, Rocco di Forti? —inquirió Ferrante, él y Arnau solos de nuevo entre perros y caballos.

«Nunca se aliará con los aragoneses». Esa era la respuesta que Arnau debía dar al rey: la rotunda negativa de Rocco. Sin embargo, acababa de presenciar cómo Coppola y Petrucci habían distraído la atención de Ferrante y su corte con excusas que solo pretendían alargar la situación y que lanzaban, uno u otro, en un juego en el que parecían afianzarse mutuamente: «Hemos notado buena voluntad para alcanzar un acuerdo», «Os respetan», «Hay que continuar negociando», «¡Nunca se rebelarán contra su rey!», «Eso nos han prometido», «Sin embargo, los nuevos impuestos...», «Y la requisa de castillos en los alrededores de Nápoles», «¡Y las detenciones!», «Pretenden la liberación del príncipe de Rossano, del conde de Montorio y de los hijos de Orso Orsini», «Todo eso habría que negociarlo», «Están dolidos, hay que entenderlo, majestad, pero de ahí a alzarse en armas hay un trecho», «Las diferencias deben resolverse hablando».

Todo era mentira. Los barones negociaban una alianza con Venecia y el Papa, que incluso se había acercado de nuevo a los Anjou para ofrecerles, una vez más, el reino de Nápoles. Si los embajadores del rey lo hacían y engañaban a Ferrante, ¿por qué no él?, se preguntó entonces Arnau.

—Creo que mi pupilo está en buena disposición para pasarse a las filas de vuestra majestad —contestó sin comprometerse.

Ferrante examinaba ahora los caballos que le presentaban los palafreneros.

—¿Qué te parece aquel castaño? —preguntó a Arnau al tiempo que señalaba un hermoso *corsiere* de remos firmes y cuello largo y potente.

Arnau llegó a oler el aroma del galope: los animales, el aire, el miedo, la pasión...

—Hoy no me atrevería a montar ese animal, señor —reconoció, consciente de que su confesión constituía un verdadero halago para quien había competido con él en el arte de la guerra y de la caza.

Ferrante sonrió antes de fijarse en otro caballo.

—¿Y cuándo crees que tu pupilo podrá ponerse a nuestra disposición?

—Pronto, seguro. Pero conocéis bien la naturaleza de estos jóvenes impetuosos. Debe recapacitar y reconocer que no existe mejor señor que vos. Si dentro de unos días no ha contestado, no os quepa duda de que, una vez más, trataré de convencerlo... Y lo conseguiré.

Siguieron con los caballos y los perros, y las bridas y las monturas, y las lanzas y las armas, y todo aquello cuyo mal estado pudiera malograr una jornada de caza.

El rey insistió en la lealtad de Rocco en una estrategia de dividir a los barones, y solo consiguió excusas y dilaciones de Arnau, las mismas que recibía de sus embajadores.

—¿Qué se dice de Coppola y Petrucci? —le preguntó ya tras numerosas reuniones.

Arnau simuló desconcierto.

—No entiendo, majestad. ¿Qué se dice? Pues que están prosperando en las negociaciones. Son servidores fieles. Los mejores que podéis encontrar.

Pocos días después, quizá alertados también los representantes reales acerca del recelo de Ferrante, culminaron esas supuestas negociaciones en un acuerdo falso por el que, a cambio de una fidelidad ilusoria garantizada por Coppola y Petrucci, el rey se humilló y ofreció todo tipo de prebendas y mercedes a los barones, incluso enlaces matrimoniales reales para satisfacerlos, no sin recriminarles su actitud como si se tratase de niños traviesos.

Menos de dos meses después, el 19 de noviembre, la enseña papal se izaba en Salerno y las demás localidades rebeldes tras una alianza con Inocencio VIII suscrita por treinta y seis barones napolitanos. Venecia, pese a los territorios que el pontífice llegó a prometerles de un reino que preveía despedazar, se negó a participar en la conjura.

—Tu pupilo, Rocco di Forti, ha firmado esa traicionera alianza con el Papa —le recriminó de malos modos Ferrante a Arnau en Castelnuovo.

—Sin duda se ha equivocado, majestad. Lo haré cambiar de opinión, como os prometí.

—Ese barón está cada vez más implicado en la revuelta. Se ha convertido en uno de sus capitanes; excita a los demás contra mí, los exhorta a entrar en guerra. Me está desafiando, duque. ¡A mí!, ¡a su rey!

—Lo venceré, señor.

—Me lo prometiste, duque —lo apremió el monarca.

Arnau abandonó Castelnuovo realmente preocupado por el futuro de Rocco. El enfado del rey era patente. Ferrante y su hijo Alfonso continuaban intentando dividir a los rebeldes. Aquella estrategia era lo único que le procuraba algo de tranquilidad. Si era cierto cuanto aseguraba el soberano acerca de la participación de Rocco en la revuelta, Ferrante preferiría exhibir al reino su conversión antes que su derrota, y eso proporcionaba a Arnau un pequeño margen de maniobra.

Por otro lado, a excepción de un enfrentamiento abierto en los Abruzos, en la frontera entre ambos estados, la alianza con el Papa no derivó en una guerra en el interior del reino, sino en batallas puntuales entre las tropas regulares del rey, esas que había llevado para formar un ejército permanente, junto a las de sus fieles, y las feudales de los barones dispersas en sus territorios, todo entremezclado con negociaciones particulares, propuestas, muchos matrimonios con los que afianzar posiciones y toda clase de traiciones y artimañas.

Arnau continuaba apoyando económicamente a Ferrante y aportando lanzas. Las dirigía su hijo Lorenzo, que se mantenía leal al rey siguiendo la estela marcada por su padre.

—Familiares en cada bando enfrentados —lamentó Filippo.

Hablaban en el palacio de Arnau, donde acostumbraban a reunirse las mujeres para visitar a los niños.

—¿Cómo va lo de mi hijo? —inquirió Marina.

«Mal», debía haberle contestado Arnau, pero había decidido adoptar con los suyos la misma postura que con el rey: postergar, ocultar, distraer, confiar en que algún suceso cada vez más improbable viniera a solventar una situación que se complicaba día a día. Creyó haberlo conseguido con la firma del tratado de Miglionico. Su estrategia había sido la correcta, se enorgulleció. La paz implicaba que fuera innecesario que Rocco traicionara a los barones. Marina sonrió, felicitó efusivamente con besos y abrazos a Arnau por algo en lo que este no había participado, y celebró una y otra vez la liberación de su hijo. Arnau se vio incapaz de defraudarla y turbarla cuando los barones traicionaron a Ferrante y pactaron con el Papa, y mintió:

—Sí, Rocco es uno de los firmantes de la alianza con Inocencio —se vio obligado a reconocer lo que ya era público en Nápoles—, pero estoy en contacto con él... y con el rey. Negocian... Negociamos. Llegaremos a un acuerdo. Confía.

Un manotazo al aire quiso poner fin a una conversación totalmente ajena a la realidad: Rocco, como había apuntado Ferrante, estaba implicado en la rebelión y rechazaba cualquier acercamiento de los muchos que Arnau intentaba mediante correos y heraldos. El de Castelpetroso sentía aversión, cuando no un odio visceral, hacia los reyes aragoneses. Pese al manotazo, Marina insistió:

—¿Me lo juráis?

—Sí. Por supuesto —afirmó Arnau, entregado ya a su mentira.

El juramento en falso lo perseguía. Marina habló con Isabella, y Arnau la engañó también para no reconocerle que faltaba a la verdad a una madre. Lo mismo sucedió con Aurelia y Laura, ya con edad más que suficiente para ser conscientes de la situación. Y a medida que Rocco se manifestaba más y más como uno de los principales cabecillas de la rebelión, Arnau padecía en cada ocasión en que tenía que tranquilizar a Marina o a Isabella.

—No entiendo —confesó un día a Paolo y a Filippo—. Es normal que en la corte se hable y critique a los príncipes que apoyan la rebelión, el de Salerno, el de Altamura, el de Rossano o el de Bisignano, incluso a nobles principales como el conde de Sarno o el duque de Melfi. Pero lo que me parece ridículo, por más que se haya convertido en instigador de la revuelta, es que se equipare a Rocco con todos esos hombres ricos y poderosos. Se trata del barón de un territorio insignificante. ¿El capitán de qué? Dispone de cuatro soldados. En las conversaciones, en las críticas, en las amenazas de venganza, el apellido di Forti está al mismo nivel que el de Sanseverino o el Del Balzo. No tiene sentido. Hay algo que no encaja.

—Gaspar Destorrent —lo interrumpió Paolo.

Arnau entendió, asintió en silencio y ni siquiera preguntó. Filippo, en cambio, lo hizo:

—¿Qué tiene que ver Gaspar?

—Controla el mundo oscuro y tenebroso en el que se mueven los secuaces de unos y otros. Le pagan por todo tipo de encargos. Intercepta correos y obtiene confesiones. Conoce bien los entresijos de venganzas, asaltos y reyertas. Y todo eso le permite lanzar rumores a los que, viniendo de él, les dan crédito. Solo tiene que indicar a un hombre de Ferrante que acuse a Rocco de intervenir en algún ataque contra intereses del reino. Y eso es lo que está haciendo.

—Pretende perjudicarlo —comentó Filippo.

Paolo y Arnau intercambiaron expresivas miradas.

—Pretende perjudicarme a mí —reconoció este último.

En el verano de 1486, cuando ni siquiera había transcurrido un año desde que los barones napolitanos declararan la guerra a Ferrante y enarbolaran en sus castillos la bandera de la Iglesia, Inocencio VIII se retractaba y retiraba su apoyo a la causa. Florencia y Milán, España y Hungría se habían decantado por el rey de Nápoles. Tras unas rápidas conversaciones, el 11 de agosto se firmaba un tratado de paz entre Nápoles y la Santa Sede por el que Ferrante reconocía el vasallaje a favor de la Iglesia, se obligaba al pago del censo anual y perdonaba a los barones, especialmente a Francesco Coppola, conde de Sarno, retrotrayendo la situación de todos ellos a la que gozaban antes de esa conjura que quedaba huérfana de sostén externo. Asimismo, se establecía que en el caso de que Ferrante atacara al Papa, Florencia y Milán acudirían en defensa del pontífice.

Tres días después de la firma del tratado de paz, el rey invitaba a los barones al enlace matrimonial de su sobrina con el hijo de Coppola, el rico mercader ennoblecido que perseguía el enlace que legitimaría definitivamente su posición preeminente en el reino. Ferrante había ido retrasando el compromiso matrimonial porque no deseaba que la sangre real aragonesa se cruzara con la de un mercader, por más que hubiera sido él quien lo encumbrara a la nobleza.

Arnau e Isabella, ataviados con elegantes sedas de colores, deambulaban junto a decenas de personas por la gran sala del castillo de Castelnuovo a la espera de la llegada del rey y su sobrina. El brillante sol de agosto del Mediterráneo penetraba por el óculo central y los ventanales arrancando destellos de los azulejos valencianos que adornaban el suelo y que aparecían y desaparecían entre las piernas de los invitados. El ambiente era distendido, alegre, corría el vino, sonaba la música y la gente se felicitaba por el desarrollo de los acontecimientos; sobre todo, el propio Arnau, que veía en aquel acuerdo de paz con la Iglesia la libertad de Rocco. Se trataba de la segunda ocasión en que la fortuna acudía en su ayuda, y Arnau brindaba por ello, por las lágrimas de felicidad de su hija Marina al conocer el perdón del rey.

—Rocco nunca habría prestado vasallaje a Ferrante —confesó en un susurro a Isabella, a la que agarraba del brazo, expulsando con esas palabras toda la angustia padecida hasta entonces—. Odia a los aragoneses. La fortuna nos sonríe.

—Entonces ¿me engañaste?

—No —refutó él—. Solo quise protegerte.

—Pero si no hubiera salido bien...

—Habría raptado a Rocco antes de que cometiera alguna estupidez —trató de librarse manifestando, no obstante, una posibilidad que realmente había sopesado y que no había llegado a desechar.

Las trompetas atronaron la inmensa sala.

—¡El rey! —anunció Arnau.

Como la gran mayoría de los invitados, el matrimonio se volvió hacia las puertas, que en ese momento se abrieron de par en par. Debían entrar los maceros precediendo al monarca, pero en su lugar lo hizo el capitán del castillo acompañado de un cuerpo de guardia armado. Cesó la música. Las risas se convirtieron en murmullos y los presentes se apartaron al paso de los soldados.

—¿Qué sucede? —preguntó Isabella.

—Que la fortuna nos es esquiva —acertó a decir Arnau.

—¡Francesco Coppola! —gritó el capitán, ya parado ante el conde de Sarno—. En nombre del rey Ferrante de Nápoles, os detengo por rebelión y lesa majestad.

Varios soldados inmovilizaron al mercader ennoblecido.

—Sus hijos también —ordenó el capitán—. Y toda su familia: sus hermanos, sus cuñados, las esposas de todos ellos. —Luego buscó al secretario real—. ¡Antonello Petrucci! En nombre del rey...

Los dos hombres más ricos de Nápoles, junto a sus hijos y familiares fueron detenidos en la gran sala de Castelnuovo. En la seguridad de que el Papa no tendría tiempo para reaccionar, ni lo haría, Ferrante incumplió el tratado de paz suscrito con este y a partir de entonces desató toda su ira sobre los barones que habían participado en la conjura, iniciando una verdadera cacería contra ellos.

Los hijos de Petrucci primero, el padre y Coppola más tarde, fueron ejecutados, unos en la plaza del Mercato de Nápoles, otros en el patio de armas de Castelnuovo.

Los orgullosos barones napolitanos no rogaron clemencia al rey; al contrario. Ni un mes después de las detenciones de Castelnuovo, uno a uno, los príncipes por delante, reunidos todos en la iglesia de Sant'Antonio en Lacedonia, juraron sobre una hostia consagrada su compromiso irrenunciable e indisoluble en la revuelta contra los aragoneses.

Cuando llegó su turno, el barón de Castelpetroso se adelantó con paso marcial hasta el altar, se arrodilló y puso las manos por encima de las del sacerdote que sostenía el cuerpo de Cristo.

—Juro por Dios Nuestro Señor... —afirmó orgulloso con voz potente, en el mismo tono utilizado por sus iguales.

Nadie discutía ya la calidad de Rocco di Forti, lo que estimulaba todavía más su carácter altivo.

—Deberíais tener cuidado vos, duque —replicó a Arnau después de que este le advirtiese, una vez más, de las intenciones de Ferrante—. Los aragoneses tienen los días contados en Nápoles. Este es el momento en el que deberíais uniros a nosotros como está haciendo mucha otra gente. Contamos con el apoyo del pueblo, hastiado de la prepotencia y avaricia de los catalanes. Si hoy no juráis lealtad a los barones, no podré hacer nada por vos el día en que caigan Ferrante y el malnacido de su heredero.

Nada había dicho Rocco acerca de su esposa, Maria, y sus cuatro hijos, que continuaban en Nápoles, pensó Arnau mientras abandonaba un fortificado castillo de Castelpetroso. Él tampoco había querido plantear el asunto. Si lo hacía y Rocco se sentía ofendido, reclamaría a su familia a su lado, y aquellas criaturas no debían encontrarse en esas tierras el día que el rey interviniese, porque la bien dispuesta y hasta numerosa compañía de soldados que vigilaba la fortificación era, a juicio de Arnau, insuficiente para soportar el embate de las tropas reales. Rocco no disponía de artillería; Arnau buscó infructuosamente la bombarda de la que había hablado Paolo.

No podía seguir engañando a Marina y a Isabella. Debía revelarles la verdad, prepararlas para lo que podía sucederles a Rocco y a su familia. Ferrante estaba deteniendo a numerosos barones del reino. Los encerraba en las mazmorras de Castelnuovo, donde también alojaba bajo vigilancia a sus mujeres e hijos para impedir que huyeran con dinero, joyas, vajillas de plata u oro y demás bienes fácilmente ocultables. Luego venían las requisas de tierras y ganado, cosechas y molinos, y todos los derechos derivados de la relación feudal que se arrendaban a terceros; estos se ponían en administración o simplemente se vendían para incrementar el tesoro real, eso sí, con órdenes expresas de que si se encontraba alguna «cosita escogida», debía informarse al rey en persona antes de venderla.

—Y también tendré que informar al rey —dijo con un suspiro dirigiéndose a Stella; los soldados que lo acompañaban ya estaban acostumbrados a las conversaciones de su señor con la yegua—, no puedo jugar más con él. Además, poco le importa ya que un barón u otro se someta a su imperio. Los detiene, los encarcela, les roba y a algunos los mata. No hay príncipe en Italia que se oponga efectivamente a esa venganza. Rocco correrá esa suerte…

—¡Esa es la suerte que ha elegido! —gritó a Marina tras la insistencia y el llanto desesperado de la madre ante la cruda realidad que Arnau le acababa de exponer.

—Suplícale al rey —propuso Isabella.

Arnau dio un fuerte manotazo al aire. ¿Qué podía decirles? Las había mantenido esperanzadas durante casi dos años mediante engaños, y lo cierto era que podría haber sido una estrategia exitosa de no ser por la contumacia de aquellos barones tercos. No sabía cómo decirles que ni Ferrante ni mucho menos Alfonso mostrarían la menor compasión hacia Rocco.

—No me concederá esa merced —auguró.

—¡Siempre habéis sido fiel a los reyes de Aragón! —gritó ahora Marina —. Les habéis servido con lealtad…

—Compareceré ante Ferrante y le recordaré mis servicios a la casa de Aragón —quiso tranquilizarla—, y me arrodillaré y suplicaré por Rocco —añadió dirigiéndose a Isabella, con el estómago encogido y revuelto ante el estallido de ira con que sabía que el monarca recibiría sus ruegos.

Trató de dilatar el momento de su comparecencia ante el rey.

—Estoy buscando apoyos —mintió a las mujeres, porque ciertamente lo había intentado, en el *seggio*, en cuyos escaños se sentaban los nobles que se enorgullecían de su estirpe napolitana. No encontró quien se comprometiera a abogar por aquel que de verdad defendía el honor de todos ellos ante los invasores catalanes. «Son un hatajo de cobardes», estuvo a punto de confesar ante Marina—. Cuando disponga de ellos, acudiré a su majestad —dijo en su lugar.

Sin embargo, no tuvo que esperar. Al día siguiente, el capitán de la ciudad se presentó en el palacio. Arnau acudió a recibirlo al pie de la escalera que ascendía a la planta principal.

—Arnau Estanyol, duque de Lagonegro, por orden el rey debéis acompañarme a Castelnuovo.

—Ahora tengo cosas que hacer… —Arnau titubeó ante la actitud con la que el capitán y sus hombres acogían sus palabras—. Comunicad que acudiré en cuanto pueda.

—Ahora mismo —lo apremió el oficial, que no obstante detuvo en seco el gesto imperativo con el que pudiera actuar frente a cualquier ciudadano. Arnau lo interrogó con la mirada—. Órdenes de su majestad —expuso.

No lo forzaron ni lo detuvieron, pero le preocupó sobremanera que varios soldados quedaran apostados en su palacio.

—¿Qué sucede, capitán?

—Yo solo recibo órdenes, señor, nunca explicaciones.

Tampoco las recibió Arnau, al que encerraron en una estancia en la torre de San Giorgio, con las ventanas enrejadas y la puerta cerrada, pero con luz natural, relativamente amplia, y con un catre y un escritorio. «Podría ser peor», trató de animarse. Castelnuovo disponía de varias cárceles. Dos por debajo de la capilla palatina: la del Miglio, donde el granero del castillo, la de peores condiciones, y otra que ya se llamaba de los Barones, ambas ocupadas por muchos de aquellos sobre los que Ferrante y Alfonso descargaban su venganza ciega. En los fosos de las torres se ubicaban diversas mazmorras en las que no habría sido extraño que lo encerraran, porque lo cierto era que había enredado demasiado al rey, superando con creces el límite de su paciencia.

A medida que eran vencidos y detenidos los barones napolitanos, Rocco se significaba cada vez más. El ejército del soberano ya había tomado sus tierras y requisado sus bienes, y él había huido para convertirse en una especie de condotiero errante al mando de una partida de hombres que lo seguirían mientras le durase el dinero y cuyo único objetivo era el de asediar a las huestes reales, aquí y allá, y golpearlas de forma sorpresiva. Atacaba con cierta saña a las muchas ciudades cuyas universidades se habían rendido a Ferrante para librarse de sus señores feudales naturales y, de paso, hacerse con sustancioso botín.

«No es más que un bandido —llegó a decirse Arnau—, un salteador de caminos que excusa moralmente sus delitos en una causa ya perdida».

En los días que estuvo encerrado pudo recibir asistencia de sus propios criados. En cierto modo, con el dolor agarrado a la garganta, se felicitó por que Claudio hubiera muerto hacía algún tiempo; el fiel servidor no habría soportado el encierro de su señor, sin duda habría sufrido más que él. Por los criados supo que Isabella y Laura habían sido conducidas a Castelnuovo y permanecían con las damas de la reina, como muchas otras mujeres de los barones detenidos. Maria y los hijos de Rocco, en cambio, habían ido a vivir al palacio de Marina y Paolo. Una vez requisados todos los bienes del barón de Castelpetroso, poco interés tenían para el rey su esposa y los cuatro niños.

Filippo fue el primero en acudir en ayuda de su padre para preparar su defensa.

—¿Cómo se encuentran Isabella y Laura? —fue lo primero que le preguntó Arnau—. ¿Están bien? —Lo estaban, le aseguró Filippo. Con la reina. Arnau le insistió en que necesitaba ver a su esposa —. ¡Consíguelo! —le exigió—. No tengo que defenderme de nada —alegó después de que su hijo prometiera que le llevaría a Isabella y le rogara que se centrase en la defensa de su caso—. Es cierto que no he conseguido convencer a Rocco, pero eso no es ningún delito, es solo un fracaso. Ferrante lo entenderá.

—Es posible, padre, aunque no apostaría por ello; Ferrante está desenfrenado —lamentó Filippo—. Tras la muerte del rey Alfonso, la mayoría de los barones, ya fueran estos o sus antecesores, lo traicionaron y se aliaron con los franceses para destronarlo. Entonces los perdonó, y ahora se han vuelto a sublevar tras concederles cuantas gracias y mercedes solicitaban. Ferrante tiene motivos para estar resentido. Además está el problema del heredero. He estado en la corte, preguntando, presionando a la gente para que hable. Todos tienen miedo por la deriva que está tomando la revuelta. Se dice que el duque de Calabria ha sido el artífice de vuestra detención como conjurado. Si el rey pudiera tener algún cargo de conciencia por encerraros y juzgaros, el hijo no lo tendrá. Sabéis de su crueldad. Parece ser que experimenta un odio visceral hacia vos. ¿Qué le habéis hecho?

Arnau frunció los labios en una mueca de resignación.

Fueron tres comisarios diputados por el rey Ferrante, los tres doctores en leyes que ocupaban cargos de gran responsabilidad en la administración, los que se presentaron en la torre de San Giorgio para iniciar el proceso contra Arnau Estanyol, duque de Lagonegro.

—El rey os acusa de sublevaros contra su persona y la de su hijo, poniendo en peligro su vida y el reino —le comunicó el protonotario, Andrea Mariconnad; los tres funcionarios estaban sentados a un lado de la mesa de la cárcel, abarrotada ahora con ellos y los escribanos que tomaban nota sobre mesas arrastradas adentro a los efectos.

Arnau permanecía en pie frente a los inquisidores, Filippo se hallaba en una esquina. Se había permitido su presencia en su calidad de doctor en leyes, compañero de estudios y buen amigo de dos de aquellos funcionarios.

—Por testimonios fidedignos —continuó—, se os acusa de colaborar con los barones rebeldes que han causado estragos, cometido homicidios, depredaciones, incendios de tierras y saqueos de bienes y ganado, violaciones y devastaciones de propiedades y castillos.

El mismo sol que le había aportado cierto consuelo en los días que llevaba encerrado allí deslumbraba ahora a Arnau impidiéndole distinguir con claridad a los tres diputados. No se taparía los ojos en señal de debilidad, por lo que aguantó limitándose a escuchar las acusaciones. Filippo le había rogado que no se mostrase soberbio, a lo que él replicó que se mostraría como era: Arnau Estanyol, caballero catalán. El hijo se asustó ante tal postura y logró arrancarle el compromiso de no ofender a los funcionarios. El rey se protegía, le explicó, ante las posibles reacciones de los demás príncipes italianos, incluido el Papa, por la represión y los castigos a los que sometía a unos barones a los que se había comprometido a perdonar en el acuerdo de paz firmado con el pontífice. Ferrante había incumplido el acuerdo y ahora necesitaba acreditar ante la nobleza italiana, en muchos casos emparentada con los barones napolitanos, que estos merecían las terribles penas impuestas. Así lo había hecho ya con Coppola y Petrucci y sus respectivas familias, a las que había sometido a proceso para después editarlo y publicarlo con la finalidad de enviar copias al resto de los estados italianos y reinos extranjeros. Ferrante sostenía que los barones habían mantenido la rebelión con el juramento prestado en la iglesia de Lacedonia, lo cual era perjudicial para Nápoles, Italia y toda la cristiandad, puesto que los sublevados, alegaba, mantenían negociaciones con los turcos para aliarse con ellos y cederles el control de la Italia meridional.

—¿Y yo qué tengo que ver con esas intrigas? —inquirió Arnau.

—Padre, vos sois un noble catalán. El rey Fernando de Aragón es aliado, cuñado y primo de Ferrante, por lo que este no se va a arriesgar a irritar al monarca de uno de los principales reinos de Europa.

Después de que el protonotario acabase de leer la acusación, Arnau no pudo guardar silencio por más tiempo.

—¡Traedme aquí delante a esos testigos que me han acusado de rebelde! —bramó—. ¡Niego todos los cargos que habéis relatado! —En eso había quedado con Filippo: negar las acusaciones—. Siempre he sido fiel y leal a la casa de Aragón y a sus reyes. Lo fui con Alfonso y lo he seguido siendo con su hijo Ferrante. ¡Juro por Dios Nuestro Señor que jamás he confabulado contra ellos! ¡Estas acusaciones ofenden mi honor! Tomad nota —exigió volviéndose hacia los escribanos—. Y vosotros —añadió ya de nuevo frente a unos diputados que se mantenían desdibujados, iluminados desde atrás por el fulgor del sol napolitano—, comunicádselo a su majestad. ¡Reclamo su audiencia!

Gaspar Destorrent... El culpable no podía ser otro. A lo largo de diversas jornadas de interrogatorios en las que, para tranquilidad de Filippo, que no para Arnau, que aseguró estar dispuesto a someterse a ella con entereza y tranquilidad de conciencia, los diputados decidieron no utilizar la tortura, aparecieron un par de cartas supuestamente cruzadas entre los rebeldes e interceptadas por los realistas. En ellas se mencionaba al duque de Lagonegro como colaborador y financiador de la causa.

—Son falsas —alegó Arnau con voz calmada.

También había testigos, le confesaron los diputados en otra ocasión.

—¿Quiénes osan decir algo así!

—Eso consta en el escrito de acusación del rey —le contestaron.

—¡Traédmelos! —clamó.

Pero no lo hicieron. Se trataba de varias personas que juraban haberlo visto confabular con el barón de Castelpetroso y otros nobles rebeldes, y también aseguraban que había entregado grandes sumas de dinero a la causa rebelde. Uno de los testigos confesó incluso haber recibido personalmente parte de ese capital.

—¡Miente!

Afirmaban haberlo visto varias veces en Castelpetroso...

—¡Cumplía instrucciones de su majestad! —se defendió Arnau.

—¿Qué relación mantenéis con Rocco di Forti? ¿Sabíais que el barón de Castelpetroso es uno de los acérrimos enemigos de su majestad el rey Ferrante?

Insistieron con Rocco hasta la saciedad, y Arnau contestó con franqueza.

—Entonces, si lo que sostenéis es cierto —concluyó el protonotario—, eso significa que Rocco di Forti ha sido uno de los conjurados contra el rey, desafiándolo y asolando sus dominios.

—Esa decisión os corresponde a vosotros —trató de zafarse Arnau.

—¡Afirmáis ser leal al rey, pero os negáis a señalar y denunciar a sus enemigos! —saltó el inquisidor. Arnau se mantuvo firme,

Filippo se encogió en su esquina—. Os repito la pregunta: ¿es el barón di Forti uno de los conjurados contra el rey?

—Sí —se vio obligado a admitir Arnau, a su pesar.

El proceso inquisitorial duró varias sesiones que se alargaron más de un mes. Cuando terminaban los interrogatorios y la celda quedaba vacía, Arnau caía sobre el catre con sensaciones encontradas. Los letrados insistían e insistían, y, salvo la confesión que le llegaron a arrancar acerca de Rocco, se conducían con astucia formulando las mismas preguntas de distintas maneras, condicionándolas a premisas ciertas, supeditándolas en persecución de su error. No lo conseguían, y eso lo tranquilizaba y hasta satisfacía, pero le disgustaba la maldad de un rey al que se había entregado en cuerpo y alma y que ahora dudaba de él, aunque quizá lo hiciera cegado por la ira o engañado por su hijo Alfonso, el malvado duque de Calabria. Fuera como fuese, se trataba de una desdichada manera de poner fin a una vida honorable, con la única mácula de su silencio en el asunto de los ballesteros de Otranto. Tendido en el lecho, se hundía en una sima de desesperación hasta que la mano de Isabella tiraba de él hacia la luz. Filippo tuvo que desembolsar una generosa cantidad para que ella pudiera visitar a su esposo con cierta intimidad por parte de los soldados que montaban guardia a la puerta de la mazmorra. Isabella casi no le permitió hablar. Tras comunicarle que ella y Laura se encontraban bien y que las trataban con consideración y respeto, todo fueron palabras de ánimo, confesiones de amor... Arnau revivía cada una de aquellas tiernas frases que le originaron un llanto infantil, incontrolable, y que su mujer trataba de calmar besando sus párpados y el recorrido de sus lágrimas.

—Estaré contigo y te amaré hasta en el infierno —le prometió.

El último intento de los comisarios por conseguir la confesión de Arnau se sustentó en apelar a su honor.

—Un caballero honorable reconoce y confiesa todas sus culpas —dijo uno.

—Si tan fiel sois al rey, reconoced su razón —apuntó otro.

—Moriré por su majestad, si me lo pide. Me lanzaré desde esta ventana... Pero un caballero catalán nunca miente. ¡No he formado parte de la revuelta! Ni siquiera he simpatizado con sus objetivos y menos con sus formas.

A partir de ese momento entró en juego Filippo, que aportó suficientes testigos para acreditar la fidelidad de Arnau al rey. Muchos de los nobles del *seggio* acudieron a testificar. Compañeros del ejército. Algunos artilleros y hasta sacerdotes a los que Arnau había beneficiado a instancias de su esposa. Juan Sánchez, el administrador de Lagonegro, hizo lo propio: ningún dinero del duque podía ser dispuesto sin su autorización. Para sorpresa de Arnau, compareció Paolo, que no solo juró acerca de la probada lealtad al rey del detenido, sino que desveló, para que quedaran plasmados por escrito, los sucesivos manejos y la obsesión de Gaspar Destorrent, traidor a la corona y conocido delincuente, por perjudicar a su hermanastro. Luego se negó a declarar acerca de las relaciones con su hijo Rocco.

—Estoy aquí por Arnau Estanyol —se cerró en banda.

Carecían de pruebas consistentes y de la confesión que habían obtenido con otros procesados.

—Ningún príncipe italiano, mucho menos el rey de Aragón, admitiría una condena sobre estos presupuestos —planteó Filippo a sus dos amigos y compañeros de estudios: el lugarteniente del gran camarlengo y el vicecanciller del reino.

—El protonotario está sopesando la posibilidad de aplicar la tortura a vuestro padre para obtener esa confesión —le comunicó el último de ellos.

Filippo acogió la información con una mueca de aprensión. Percibía que sus dos amigos estaban convencidos de la inocencia de Arnau, pero las presiones del rey y, sobre todo, del duque de Calabria les impedían declararlo inocente.

—Arnau Estanyol jamás confesará un crimen que no ha cometido —afirmó con rotundidad—. Cuentan que su madre soportó tres duras y crueles sesiones de tortura sin revelar dónde estaba escondido su hijo para que no lo matasen los Destorrent, uno de los cuales ha urdido toda esta trama para acusarlo en falso. Aunque solo sea en memoria de su madre, mi padre nunca confesará. Asegurádselo al protonotario; el único resultado que obtendría con el uso de la tortura sería el de herir de muerte a una buena persona que siempre ha sido fiel al rey.

La gran sala de los Barones de Castelnuovo se hallaba a rebosar para presenciar el juicio al que Ferrante iba a someter a Arnau Estanyol. Después de que los tres comisarios diputados a esos efectos hubieran decidido no condenarlo, si bien tampoco declararlo inocente de los graves cargos que su majestad le imputaba, fue el propio rey quien tomó la iniciativa.

Arnau siempre se había hallado cómodo en aquella magna sala que Alfonso V había erigido para enaltecer a la ciudad de Nápoles. Era cosa de catalanes, se decía de la estancia. Empequeñecido en su interior, recordaba a su rey, su tierra y sus orígenes, y un fogonazo de nostalgia le traía a la memoria un pasado que, sin embargo, lo fortalecía en sus convicciones. Multitud de funcionarios reales y gran parte de la corte se habían dado cita bajo la maravillosa cúpula estrellada atendiendo a la convocatoria de Ferrante. «Quiere que todo sea público», le había comunicado Filippo, el mismo que siendo un niño prefirió y defendió la gloria de la cultura que representaba esa construcción a la del campo de batalla. Entre los presentes, Arnau habría podido señalar varios grandes señores que apoyaban la causa rebelde y aun así continuaban en sus cargos, algunos de los de mayor prestigio del reino, en una especie de juego hipócrita e intrigante en el que unos y otros sabían del contrario, pero callaban porque se temían. Quizá Ferrante los detuviera algún día, como había sucedido con su secretario, Antonello Petrucci, y con Francesco Coppola, y los ejecutara, o simplemente los mantuviera encarcelados como lo estaban muchos de sus compañeros en la conjura. O quizá fueran los otros los que terminasen robándole el reino.

También se hallaban presentes los almirantes que habían permitido la fuga de Gedik Ahmed de Otranto y a los que Arnau tildó de cobardes; sus rostros y su actitud rezumaban ansias de venganza.

No quiso prestarles mayor atención. En su lugar, se concentró en su familia. Allí estaban los adultos: Isabella y Marina, Filippo y

Lorenzo, también Paolo, pero no las jóvenes, a las que se les había prohibido la asistencia. Rocco se había convertido en el ausente perpetuo, que en ese caso, desgraciadamente, estaría en espíritu. Arnau sonrió y saludó con la cabeza a todos ellos antes de situarse en el centro de la sala frente al trono de Ferrante, todavía vacío. Le habían permitido ataviarse como el noble que era. Sin embargo, optó por desterrar los brocados, perlas, joyas, sedas y colores que lucían los espectadores y vestía de negro estricto, como acostumbraba cuando servía al rey Alfonso, pregonando sus raíces catalanas.

Las trompetas anunciaron la entrada del soberano: lo hizo por la puerta que comunicaba con sus estancias. Tras él, el duque de Calabria, el arzobispo y los grandes de Nápoles que conformaban el Consejo. Ferrante se aposentó, Alfonso y los principales también, por debajo, a menor altura, mientras que el resto permanecieron en pie.

El canciller dio inicio al juicio que comenzó con la lectura detallada de las actas levantadas por los tres comisarios, en un proceso que quizá fuera interesante para los curiosos, pero que aburrió a Arnau. Este se mantuvo firme, erguido, aguantando un punzante dolor de espalda y los calambres que atacaban sus piernas, forzadas a permanecer quietas igual que su mirada, fija en el rey, que se la sostenía sin desvelar sus intenciones ni propósitos. Por la mente de Arnau desfilaba la multitud de experiencias compartidas con el hijo del rey Alfonso.

—Arnau Estanyol —lo devolvió a la realidad la voz del canciller—. ¿Qué tenéis que alegar a las graves acusaciones formuladas contra vos?

—Que se sustentan en informaciones falsas —contestó refiriéndose a los manejos de Gaspar por no ofender a Ferrante—, lo que puede haber llevado a error a mi señor. Soy inocente de todas ellas.

—¿Juráis lealtad al rey Ferrante?

—Dejadme una espada y me quitaré la vida a una sola señal de mi soberano.

Pocos dudaron de que lo haría.

—¿Os ratificáis en la rebeldía de vuestro pupilo Rocco di Forti y en su participación en la conjura contra su rey?

—Sí, intenté convencerlo de que rectificase, que suplicara el perdón de su majestad y le jurase fidelidad, pero el barón de Castelpetroso eligió un camino equivocado...

—¡El camino de la traición y la rebelión! —lo interrumpió el canciller a voces—. ¿Acaso lo defendéis!

—No lo defiendo —replicó Arnau—. Sencillamente, respeto al enemigo, algo que me enseñaron mis reyes.

Desde la primera fila, Marina trató de mostrarse tan impasible como su padre. Filippo le había advertido de que aquello iba a suceder. Arnau lo había intentado todo. Nada que no fuera una victoria de los conjurados, cada vez más improbable, podría ayudar a Rocco. «Enorgullécete de él —le escribió Arnau desde la celda—. Tu hijo es un noble de firmes principios, orgulloso, luchador tenaz en pos de lo que considera justo. Eso define a los hombres de valía capaces de entregar su vida en defensa de sus valores». Aquella visión, nueva, alejada de la maternal que pretendía la simple salvación de un hijo díscolo, concedió fuerzas a Marina. «Sí —estuvo a punto de clamar tras Arnau—, el valiente enemigo de unos reyes injustos».

—Arnau Estanyol, duque de Lagonegro —proclamó Ferrante, originando un silencio reverencial en la estancia—, te declaro inocente de las acusaciones que se te imputan.

La gran sala de Castelnuovo estalló en murmullos. Algunos de los presentes aplaudieron; otros, entre ellos los almirantes, no escondieron su irritación y sus gestos quebraron cualquier atisbo de compostura. A la espera de que el rey se retirase o le concediese permiso para hacerlo él, Arnau sonrió a los suyos, e intercambió con Isabella una mirada con la que se auguraban amor y felicidad. Ajenos a eso, algunos comentarios fueron convirtiéndose en discusiones, hasta que el duque de Calabria se levantó y se adelantó un par de pasos en dirección a Arnau.

Uno de los porteros golpeó el suelo con su vara para reclamar silencio y la sala fue paulatinamente cayendo en él.

—Arnau Estanyol —exclamó Alfonso cuando las voces menguaron de intensidad—, habéis obtenido el perdón y la gracia del rey. Nadie contrariará, pues, la decisión de mi glorioso y bienamado padre.

¿A qué venía tal intervención? Un escalofrío recorrió la espalda de Arnau. Algo se precipitaba y, viniendo del heredero, no presagiaba nada bueno. Lo mismo pensaron la mayoría de los presentes en el gran salón de Castelnuovo, aunque casi todos ellos se planteaban en qué manera podía el duque de Calabria perjudicar a un noble cuya lealtad acababa de sentenciar el mismísimo Ferrante. La luz entraba por el óculo del techo para caer sobre el trono e iluminar a aquellos dos hombres que ahora ya parecían enfrentados, una luz límpida y brillante que se mezclaba con la corriente de aversión que se cruzaba entre ellos para crear un ambiente de misterio, de desdicha. Como si quisiera contestar a las dudas de los presentes, Alfonso llamó con un gesto a su secretario y este se adelantó hasta situarse al costado del príncipe. Llevaba en la mano un pliego de pergaminos en el que se advertían los sellos reales y del que colgaban cintas. Arnau, igual que hicieron Isabella y Marina, sus dos hijos, Paolo y muchos otros, fijó los ojos en esos documentos.

Marina clavó los dedos en el brazo de Isabella antes incluso de que el funcionario iniciase la lectura de aquel escrito. Lo había reconocido. Quebró su vida; conllevó su infortunio.

—«Yo, Alfonso de Aragón —clamaba el secretario—, rey de Aragón y de Nápoles, de Valencia, de Mallorca, de Sicilia, de Cerdeña y de Jerusalén, conde de Barcelona...».

Aquellos pergaminos contaban con la firma de Marina y la de Paolo, recordó desviando un instante la mirada hacia su esposo, que se la devolvió al mismo tiempo que asentía. Él también se había percatado. Marina observó a Arnau: había abandonado su actitud relajada para volver a erguirse, igual que hizo mientras escuchaba la lectura de su proceso. ¿Lo sabría él?

—«... Sentencio —recitaba el secretario en ese momento— el fin de la tutela de Marina di Forti por el duque de Lagonegro, declarándola libre y sin obligación de ingresar en la vida conventual...».

Luego venía la validez del matrimonio contraído con Paolo y la concesión de Rocco a la tutela de Arnau... Pero ¿qué sentido tenía traer a colación aquel acto tan lejano en el tiempo? La sentencia era larga, como todos los documentos reales. Al reconocimiento del matrimonio de los padres seguía la devolución a Rocco de sus tierras, derechos y honores.

—«... Reintegro en el título de barón de Castelpetroso que con tanto honor ostentó nuestro querido servidor Giovanni di Forti...».

¿Por qué? ¿Por qué?, se preguntaba Marina. Ella, ofuscada por el hecho de perder a su hijo, había firmado donde le indicaron, como también Paolo, entonces cegado por la ira contra Arnau. No recordaba el contenido exacto de la sentencia e intentó adivinarla a través de la actitud de Arnau: un temblor casi imperceptible atacaba su mano derecha, la más cercana a donde debía estar la empuñadura de una espada que no le habían permitido portar.

—«... Concedo a mi fiel general, Arnau Estanyol, duque de Lagonegro, la tutela de Rocco di Forti, barón de Castelpetroso, para que lo eduque en el amor cristiano, el honor y el espíritu de los caballeros, le enseñe el arte de la guerra para defender al reino, y las demás artes que deben iluminar la vida y presencia de los nobles en nuestra corte. Le concedo la tutela de Rocco di Forti para que lo instruya en el respeto, amor y fidelidad y servicio a su rey Alfonso de Aragón y de Nápoles, a la familia real y al monarca de la casa de Aragón que en cada momento reine en estas tierras...».

Marina creyó recordar. Paolo mantenía los labios fruncidos, serio. Isabella miraba nerviosa y expectante a unos y a otros, y la mano de Arnau empezaba a temblar ostensiblemente.

«... Con la firma de esta sentencia, Arnau Estanyol, duque de Lagonegro —elevó el tono de voz el secretario, deteniéndose tras cada frase para remarcar su trascendencia—, acepta la tutela de Rocco di Forti otorgada por su majestad Alfonso, y empeña su palabra, su honor y, con este, la totalidad de sus bienes, derechos, títulos, posesiones, la vida incluso, en el cumplimiento del encargo recibido, jurando lealtad y vasallaje en nombre propio y en el de su pupilo, hoy y en el futuro, al rey y a sus herederos. Si así lo cumple, que Dios se lo premie. Si no lo hiciere, que los hombres se lo reclamen».

Isabella creyó desfallecer. ¡Era eso!

—Arnau Estanyol —se dirigió a él el duque de Calabria—, habéis reconocido en esta sala, frente a su majestad, los miembros de la corte y la multitud aquí reunida que el barón de Castelpetroso es un enemigo, un rebelde que ha participado en la conjura contra su rey.

El duque, con el cinismo visible en todas sus facciones, le exigió una respuesta. Arnau desvió la mirada hacia su rey, impávido.

—Sí —se vio obligado a afirmar.

—En ese caso —continuó el heredero—, os acusamos de haber incumplido los términos de la sentencia dictada por mi muy querido y respetado abuelo Alfonso. Habéis fracasado en la educación de aquel que el rey puso bajo vuestra responsabilidad. En consecuencia, ejecutamos el compromiso por el que empeñasteis vuestra palabra, honor, títulos y bienes en el objetivo de conseguir la fidelidad y el vasallaje de vuestro pupilo, honores, títulos y bienes de los que en este acto os desposeemos y despojamos para siempre.

Los comentarios y hasta algunos aplausos y vítores que partieron del público, de los almirantes cobardes y de sus adláteres hicieron que Marina desviase su atención hacia quienes celebraban la desgracia de Arnau. Entre ellos había un fraile de túnica negra que escondía el rostro bajo la capucha y que se movía a espaldas de la gente. La mujer se estremeció al ritmo de un sinfín de sensaciones lúgubres hasta que, por encima del escándalo, llegó a oír con dolorosa nitidez el chillido de las ratas.

Confundida y atemorizada, mareada por la risilla aguda que golpeaba sus oídos, creyó vislumbrar en ese fraile que huía las facciones de Gaspar Destorrent. ¿Quién sino él habría revelado al duque de Calabria los términos de aquella antigua sentencia ya olvidada e intrascendente? Gaspar tuvo conocimiento de ella. Recordó como si fuera hoy el día en que Paolo le mostró la copia que guardaba para acreditar la validez de su matrimonio. ¡Otra vez aquel desalmado! De repente, la ira sustituyó toda reserva, emoción y malestar. El fraile se dirigía a la puerta y la escalera que descendía hasta el patio del castillo. Marina dejó plantados a todos, incapaces de reaccionar por la sorpresa, y corrió en persecución del malvado. En ese momento, el duque de Calabria daba orden a su guardia de que expulsaran a Arnau de la sala.

## 28

El fraile, encogido bajo su túnica negra, de andares lentos e irregulares, evitó introducirse en la ciudad. Rodeó el gran puerto comercial que se abría a los pies de Castelnuovo y continuó hasta la playa en la que varaban las barcas de los pescadores. Tras él, Marina lo vio inclinar la cabeza hasta que la barbilla debía de tocarle el pecho y envolverse todavía más en su hábito al cruzarse con alguna persona; en un momento determinado, hasta se escondió detrás de un árbol al paso de varias de ellas. Era evidente que aquel hombre se ocultaba, que no quería ser descubierto. En la playa, donde se carenaban y calafateaban los barcos de pesca, el fraile evitó los ruidosos y estridentes grupos de pescadores y buscó el refugio de las naves varadas que distraían su transitar cansino.

La soledad, sin embargo, también benefició a Marina, que ni siquiera lo pensó.

—¡Gaspar! —gritó a su espalda.

El fraile se detuvo sin darse la vuelta. Era él, supo la mujer ante esa actitud. Solo un par de pasos por detrás ahora, Marina temblaba.

—¡Mírame, hijo de puta!

La voz le surgió ronca, quebrada. Destorrent percibió inseguridad y se volvió hacia ella con la insinuación de una sonrisa en su boca de dientes picados y ennegrecidos.

—¿Tanto te gustó de niña que quieres que vuelva a follarte? —pretendió escarnecerla.

Fue impulsivo. Marina venció todo temor y, con un alarido, se abalanzó sobre Gaspar: una mujer todavía con cierto ímpetu y un cuerpo exuberante que arrolló a aquel viejo decrépito, artrítico e impedido. Cayeron los dos junto al casco de una vieja nave. En un principio Gaspar no ofreció defensa; confiado, buscaba con las manos un puñal entre los pliegues de sus ropas. Marina, encima de él, aullaba, lloraba enloquecida y lo insultaba con los peores y más vulgares epítetos que conocía. Lo golpeaba en la boca, en el pecho, en los ojos, en cualquier parte que pudiera, con saña, sin cesar: golpes fuertes, rápidos, al ritmo vertiginoso de los mil años de sufrimiento que se amontonaron en una mente entregada a la venganza. En la agitación, en el castigo constante, en el movimiento incesante y violento entre la túnica y las ropas de Marina, a horcajadas sobre él, Gaspar no daba con la manera de extraer el arma. Ella le echó las manos a su cuello quebradizo y apretó al tiempo que le escupía el inmenso rencor que acumulaba dentro de sí. El hombre cejó en la infructuosa búsqueda del puñal y agarró las muñecas que lo ahogaban. Forcejearon. La mujer levantó un palmo la cabeza de Gaspar y golpeó con ella contra la arena. No consiguió dañarlo. Gaspar la agarraba con fuerza intentando que lo soltase. Ella utilizó todo su cuerpo, lo echó hacia atrás y volvió a levantar la cabeza del malnacido, pero en esa ocasión, en lugar de dejarla caer contra la arena, lo hizo hacia el costado, contra el armazón de la barca. Gaspar encajó el golpe con un aullido de dolor y cierta relajación que la otra aprovechó: convirtió sus manos en simples asideros y, con el empuje de su cuerpo, volvió a levantar la cabeza de Gaspar y, volcándose toda ella, la estrelló contra la barca.

Gaspar se vio superado.

Marina repitió, una, otra, otra. La ira y el odio hacia aquel ser nauseabundo le proporcionaban unas fuerzas que jamás habría creído tener. Llegó la sangre, que salpicó a barca y atacante. Luego la rendición. Las manos que la entorpecían cedieron y se deslizaron inermes a los costados. Marina continuó golpeando. Lloraba con desconsuelo.

—Perro hijo de puta —lo insultaba entre sollozos.

El rostro de aquel bellaco, apenas contraído en una perenne

mueca de dolor, seguía hiriendo sus sentimientos. Gaspar dejó de moverse, y un inmenso cansancio asaltó a la mujer. Sus gemidos se mezclaron con las risas y el escándalo de pescadores y barqueros que había impedido que alguien pudiera oír la reyerta.

Evitó desplomarse sobre el asqueroso cuerpo de Gaspar y se arrodilló a su lado. Lo agitó para averiguar si aún vivía. No respondió; no se movía, pero Marina no podía asegurar que estuviese muerto. Gaspar había rebuscado por debajo de la túnica. Ella palpó por encima del vientre y notó el puñal. Le repugnó buscar por debajo de la túnica, rozar la piel del hombre que la violó en su juventud. Le sobrevino una arcada que, sin embargo, desapareció en el instante en que desenfundó el puñal y la hoja brilló al sol de Nápoles.

Quería gritar.

Miró al cielo y obtuvo permiso, el del espíritu de la niña violentada que murió el día en que le robaron la inocencia y la virtud.

Con toda la fuerza y la ira de las que fue capaz, clavó el cuchillo en la garganta de Gaspar, que estiró y convulsionó las piernas levemente, una pequeña tensión que fue desapareciendo a medida que la sangre negra y podrida de aquel ser abyecto se deslizaba por su cuello y su pecho hasta manchar la arena de la playa.

Escupió sobre él y lo dejó allí tirado. Luego corrió entre las barcas, agachada, hasta que pudo esconderse en un cobertizo donde se almacenaban aperos de pesca. Con manos temblorosas y despellejadas por los golpes, examinó su vestido manchado de sangre. No podía recorrer Nápoles en ese estado. Miró en derredor: redes, cabos, remos, tablas y algunas velas para remendar. Cogió una, la rasgó y se cubrió con ella por los hombros a modo de mantón. Pese a ello, no tuvo ánimo suficiente para abandonar aquel cobertizo; respiraba con agitación en busca de un aire que le faltaba. Temblaba; no lograba contener el castañeteo de sus dientes ni las sacudidas de sus piernas. ¡Había matado a un hombre!

«No», logró decirse a sí misma. Había acabado con un perro. Había matado a un canalla. A un miserable que destrozó su vida y la de todos a quienes quería. Luego los chantajeó y coaccionó, y humilló a Paolo. «¡Madre!», clamó entre dientes. Sintió el abrazo de Sofía y a partir de ahí empezó a recuperarse. En el momento en que su respiración se normalizó y sus miembros dejaron de temblar, salió, inspiró hondo, miró al cielo, límpido y azul, lanzó un beso al aire dedicado a su madre y sonrió con tristeza.

Luego anduvo hasta la ciudad y se encaminó al palacio con decisión.

No le importó confesarlo, al contrario, lo hizo con orgullo, el trozo de vela con el que se había cubierto tirado en el patio, el vestido ensangrentado a la vista.

—Nadie tendrá que preocuparse más por Gaspar —anunció cuando se encontró con Arnau, Isabella, sus hermanos y su esposo, todos reunidos en el salón principal del palacio de Paolo—. ¡Lo he matado! —proclamó.

Fue su esposo quien se levantó primero ante el impacto de la noticia para acoger en sus brazos a una mujer que ya había llorado todas sus lágrimas y que se dejó abrazar en busca de calor y cariño. Transcurrieron unos instantes hasta que Paolo trató de llevarla con delicadeza a su alcoba. Marina se opuso con la misma mesura y se dirigió a Arnau:

—Siempre tuvisteis razón, padre. Fue Gaspar Destorrent quien me violó.

Isabella se llevó una mano a la boca, sus ojos abiertos cuanto permitían las órbitas. Filippo y Lorenzo se irguieron en sus sillas. Arnau, por su parte, acogió la revelación con tristeza.

—¿Cuándo lo supiste? —inquirió.

Paolo se hizo la misma pregunta. Marina lo sabía; sin embargo, no se arrepintió de la decisión que tomó en su día.

—No importa. Lo sé desde hace tiempo —oyó que contestaba a Arnau.

Paolo chascó la lengua. Debió de padecer una verdadera tortura.

—Por lo menos —indicó Arnau—, tú has conseguido vengarte. Yo siempre tuve clara su culpabilidad, pero no logré acabar con ese canalla. ¡Maldito sea! —añadió al pensar en el sufrimiento que había provocado en su hija, en Sofía, en todos los que habían caído en su abyecta red de odio. Al fin y al cabo, era un acto de justicia que Marina fuera quien, finalmente, hubiera terminado con él.

—También fue Gaspar, sin duda —añadió ella—, quien indicó al duque de Calabria la existencia de esa sentencia. La conocía, y por eso hoy estaba presente en la gran sala..., disfrutando de su venganza.

Arnau resopló, negó con la cabeza y golpeó al aire sin fuerza antes de volver a caer en el profundo silencio en el que permanecía desde que lo habían obligado a ir a esa casa. Isabella lo había empujado. «¿Adónde si no?», la apoyaron sus hijos. El duque de Calabria, sin la menor consideración, había ordenado a sus hombres que echaran a Arnau del gran salón de Castelnuovo, quienes cumplieron el mandato y lo sacaron a empujones y patadas, como si fuera uno de los perros que se colaban en su interior. Algunos rieron a su paso. Muchos lo señalaron e insultaron. «¡Villano!», se ensañaron repitiendo la ofensa utilizada por el heredero al trono de Nápoles.

Arnau quiso buscar la magnanimidad del rey, pero en el tumulto que siguió al final del juicio se encontró con un sitial vacío, insultante ante la historia de Aragón que él mismo representaba.

Los suyos corrieron tras los soldados. Filippo y Lorenzo se encararon con ellos cuando pretendían lanzar a Arnau escaleras abajo como si fuera un fardo. Isabella, ya agarrada a su esposo, tiró de su brazo para impedirlo. Lorenzo llegó a llevarse la mano a la empuñadura de la espada y los soldados torcieron el gesto; no podían enfrentarse a un barón y tampoco valía la pena: el duque de Calabria habría quedado satisfecho con la humillación en la gran sala. Así pues, lo soltaron.

Una vez superado el arco triunfal de Alfonso V sobre las puertas del castillo, Arnau se empeñó en ir a su palacio. Nadie se opuso, aunque todos sabían con lo que se encontrarían, lo que ya le había sucedido a Filippo mientras se tramitaba el proceso: la guardia les impidió el acceso sin darles mayores explicaciones.

Tras el sonoro cierre del postigo por el que los habían atendido, la comitiva se encontró sola en el *vico* Domenni, la callejuela a la que se abría el palacio. Desde dentro les llegaban las conversaciones de los soldados, estentóreas, como correspondía a la tropa. Desde algo más allá, donde el Decumano Mayor, el estrépito de la vida corriente napolitana: vendedores anunciando a voz en grito sus productos, discusiones, bandos y edictos, risas...

Ninguno de ellos se atrevió a interrumpir los pensamientos de Arnau, hasta que habló, a nadie, a todos:

—Mejor habría sido que me condenaran a muerte.

No tenía nada, ni siquiera la espada con la que partió de Barcelona hacía ya cincuenta años, la que había conquistado aquellas tierras ahora hostiles.

—¿Y qué habría hecho yo sin ti? —pretendió animarlo Isabella, aunque con la voz quebrada a causa de la desesperación de un hombre hundido.

Arnau la miró y esbozó una sonrisa triste. ¿Qué vida podía proporcionar a aquella mujer maravillosa? ¿Y a su hija Laura? ¡Le había prometido el mundo! Había jurado poner Nápoles a sus pies. La risa nerviosa y entrecortada de la joven ante las fantásticas expectativas que le propuso Arnau vino a machacar su espíritu. En ese momento no les podía dar ni un pedazo de pan. Tendría que volver a humillarse y arrastrarse ante Ferrante y Alfonso y sus consejeros para obtener una renta por la labor que graciosamente quisieran adjudicarle, o quizá una mínima pensión, siquiera para que quien había sido noble por sangre y por méritos de guerra, familiar del difunto rey Alfonso, no fuera visto mendigando por las calles. Ese final menoscababa ante el pueblo el prestigio del propio estrato nobiliario.

—Vamos todos a mi casa —propuso Paolo—. Sois bien recibido, Arnau Estanyol —proclamó el comerciante, y acompañó su propuesta con una mirada llana y sincera.

Había jurado matar a aquel hombre... y lo habría hecho. ¡«El panadero», lo llamaba! Arnau lo humilló, lo insultó, y a pesar de ello...

—Vamos —lo instó Isabella—. Apresurémonos, querido. Marina ha desaparecido —recordó—. Tenemos que saber de ella.

A pesar de todo, ahora iba a terminar admitiendo la generosidad de Paolo, viviendo de su auxilio, pensó mientras se dejaba llevar por su esposa.

Y por si todo ello no fuera suficiente, Marina, lamentó ya en el palacio del rico mercader tras la confesión de esta, había acabado con la vida de su mayor enemigo. Arnau lo había perseguido, lo había retado, lo había atacado y, sin embargo..., ¡ella!, la dulce niña que adoptó como hija, era quien había ejecutado la venganza. Por un instante, Giovanni di Forti y el juramento de cuidar a los suyos acudieron a su mente. No recordaba los términos de la sentencia del rey por la que le entregaba a Rocco, probablemente ni siquiera había leído el documento antes de firmarlo, el notario se habría limitado a explicárselo de un modo general antes de entregárselo a la firma. El compromiso por el que empeñaba sus bienes y hasta su vida no constituía más que una cláusula de estilo, se trataba de algo que se daba por supuesto: la lealtad al rey. Nunca se habría planteado fallar en ese aspecto. Gaspar, empero, se acordaba bien y lo había utilizado en su contra. A pesar de la palabra dada al rey Alfonso años atrás, le habría gustado ser él quien hubiera acabado con la vida de ese miserable. Había incumplido la promesa que guio gran parte de su vida. Falló a Marina, a Rocco, quizá hasta a Sofia. Se sintió poco hombre y se hundió en un inmenso vacío: no había logrado vengarse ni defender a su familia de aquel despojo humano que, para su vergüenza, compartía la mitad de su sangre, paradójicamente la heredada de la rama de estirpe noble, la que no provenía de la hija del diablo, ¡del mismísimo diablo, por lo tanto! De repente, toda la estructura de principios y valores en la que había fundamentado su vida se derrumbó con un estruendo que le habría gustado vomitar en un grito desgarrador.

El calor de la mano de Isabella sobre su brazo le impidió hacerlo.

Arnau no dejó transcurrir ni un día para comparecer en Castelnuovo y solicitar audiencia con el rey. Era consciente de lo que le esperaba: semanas, sino meses de antesala, negativas y desprecio, en último caso tolerables si conseguía ser recibido, algo que tampoco podía dar por sentado. Ya no era el noble que, incluso en tal calidad, pasó por un calvario similar en el castillo Capuano cuando pretendía el perdón del rey Alfonso tras la conquista de la ciudad. Ahora, para la cohorte de funcionarios y secretarios que debían acompañarlo en su largo camino hasta Ferrante, no era más que un villano con quien disfrutarían mostrándole el inmenso poder que ostentaba un simple escribano sobre los humildes.

Se apropió del final de un incómodo banco de madera donde se sentaba cada mañana, jornada tras jornada, a la espera de que algún vulgar personajillo se dignara dirigirse a él. Lo hacía rendido al destino y pugnaba por mantener la mente en blanco, golpeando en alguna ocasión cansinamente al aire, como un perturbado ante los observadores sorprendidos, en un intento infructuoso por alejar de sí todo pensamiento o recuerdo irritante. No lo conseguía, y las horas estériles e indolentes que transcurrían con él a las puertas de los escritorios de los consejeros reales le traían a la mente con tenaz crueldad los muchos errores cometidos en su vida. La rigidez en sus creencias y aquel concepto atávico del honor que tanto le recriminara Sofia lo llevaron a exigir la tutela del nieto de su compañero di Forti en lo que ahora no dudaba en reconocer como una injusta decisión para con su hija y su marido, esos que, ante la adversidad, hoy los acogían en su casa. Entonces los menospreció. Los humilló. Los hirió. Los ofendió. Les arrebató lo que más querían. Esa indigna decisión del caballero soberbio, de quien se consideraba por encima de las emociones y los sentimientos de cuantos lo rodeaban, se había vuelto en su contra para, al cabo, llevarlo a la ruina… y a un atormentado mundo de culpas y remordimientos. Marina… ¿Cómo podría haber afrontado la vida ella después de que él le robara a su hijo? ¿Y Paolo? Intentó respirar hondo, pero la angustia no se alejaba. Isabella, ¿qué iba a ser de ella? Él dejaría pronto una vida que se le mostraba caprichosa, fútil, pero su esposa todavía era una mujer viva, preciosa, un ángel que trataba de consolarlo a su regreso por las noches, que le sonreía, que lo empujaba como para despertarlo a la vida y que lo besaba, que restaba importancia a cuantos problemas le planteaba él, y que también golpeaba al aire, en simpática imitación, ante el pesimismo que destilaban sus presagios. «Se arreglará —aseguraba—. Te amo». Pero Arnau no era capaz de creerla porque consideraba, porque no lo conocía, porque no lo concebía, que no existía amor capaz de soportar tales desgracias: el deshonor, la pobreza, la humillación... Y entonces recelaba de la sinceridad de su propia esposa, y no quería dudar de ella... Era cuanto tenía, más allá de sus hijos. ¡La amaba! Dependía de Isabella, pero le había fallado y no podía dejar de sospechar en su empuje e ilusión un atisbo de compasión por su tremenda torpeza. Y entre todos esos sombríos pensamientos siempre se colaba Gaspar. Gaspar, Gaspar, el causante de todos sus males. Arnau habría dado media vida por haber sido él quien le clavara el puñal en las entrañas para eviscerarlo y lanzar sus despojos a los perros. ¡Gaspar! Nadie había reconocido ni mucho menos reclamado el cadáver de un fraile asesinado en la playa, les contó Paolo que le informaron sus hombres. Los frailes y los religiosos proliferaban en tierras italianas, y muchos de ellos no eran más que impostores que engañaban a las buenas gentes. Quizá aquel fuera uno de ellos, probablemente, con toda seguridad concluyeron los cófrades que se hicieron cargo del cuerpo. ¡Gaspar!

Arnau luchaba contra sí al mismo tiempo que perseguía la concesión de una renta con la que sostener a su familia y liberarse de la limosna de Paolo, una sensación que ardía en su interior por más que el mercader y Marina los hubieran acogido con naturalidad y estima, ella convertida en una verdadera hija. Los demás también estaban con él. Filippo fue apartado y destinado a una embajada sin mayor trascendencia en Génova tan pronto como efectuó la primera gestión en la corte a favor de su padre. Partió, aunque no sin antes ponerse a su disposición. Lorenzo le abrió las puertas de su castillo en Penne. «Ahí tenéis nietos, disfrutad de ellos y vivid en tranquilidad», lo invitó. Arnau lo abrazó y le agradeció su buena disposición. El tercero, Martí, todavía no debía de conocer su situación; el último cruce de correspondencia entre ambos fue anterior al despojo padecido, aunque Arnau dudaba si comunicársela. Ciertamente, el conde de Navarcles estaba en deuda con él, aunque esa gratitud no encontraba otra causa que no fuera su propio desapego por la tierra de sus antecesores. Además, tampoco podía considerarse regalo alguno puesto que Martí tuvo que recuperar sus tierras y sus honores en una guerra fratricida. No, se corrigió, su hijo mayor no estaba en deuda con él porque el propio Arnau renunció a volver a Cataluña para defender sus posesiones. En cualquier caso, ya fuera una u otros, todo se reducía a que alguien le proporcionara techo y comida, a él, a su esposa y a la hija de esta, y no quería limosna. El rey lo había llevado a la ruina, por lo que estaba obligado a proveerlo de ingresos con los que vivir desahogadamente.

Y mientras Arnau efectuaba tales cábalas, Ferrante y su hijo Alfonso porfiaban en la implacable persecución de los rebeldes. Cayeron los grandes barones, que fueron encarcelados y privados de sus bienes. Se detuvo a miembros de las familias de los Sanseverino, excepción hecha del príncipe de Salerno, Antonello, que consiguió huir a Roma. Se detuvo también a los de la familia de los Zurlo, a los Del Balzo y los Caracciolo, al príncipe de Altamura y al de Bisignano, al conde de Ugento y al de Lauria, al duque de Melfi...

Ferrante ya no los juzgaba; los encarcelaba sin proceso. Algunos fueron ejecutados, otros permanecerían muchos años encerrados, otros tantos fallecieron en las lúgubres mazmorras de Castelnuovo y, para evitar presiones de los príncipes italianos ante esas muertes, el rey las escondía simulando que todavía vivían y organizaba la parodia de que les sirvieran comida como si efectivamente fuera así.

Era tal el desmán por parte de aquellos vengativos soberanos aragoneses, que hasta Paolo sucumbió ante la insistencia de su esposa.

—Arnau ya no está en disposición de ayudarnos, no podemos contar con él —lamentó Marina—. Tienes que ser tú quien socorra a nuestro hijo. ¡Encuéntralo! Y sálvalo.

—No lo merece.

¿Debía implicarse?, se preguntaba el mercader. Sí, habían comido juntos, aunque casi no hablaron y él no dejó de percibir el rencor y la aversión que le profesaba Rocco. Sus factores tuvieron acceso a los mendaces libros de cuentas de la baronía de Castelpetroso asentados por empleados ladrones y desleales, como ya suponía y predijo Paolo, y esa indolencia en el cuidado de sus intereses molestó al comerciante serio y escrupuloso. Sus nietos... Ese pensamiento debió de enternecer sus rasgos, porque Marina imaginó lo que pasaba por la mente de su esposo y aprovechó:

—Hazlo por ellos.

Paolo sintió una vez más la alegría que habían traído al palacio de Arnau primero y después al suyo aquellas criaturas; verdaderos soplos de vida que se habían ganado su afecto.

—Son los sobrinos de nuestra hija Aurelia. Los adora —insistió Marina, sabedora de que Paolo estaba a punto de ceder.

—Rocco nunca me ha respetado —se revolvió este, sin embargo—. Me ha insultado públicamente, me ha repudiado como padre.

—Y a mí como madre —añadió ella.

—¿Entonces...?

—Olvidó nuestra sangre cuando nos lo quitaron. Recibió una educación diferente sustentada en la soberbia y la prepotencia. Sé lo que es eso, querido. —Se acercó a su esposo con los labios en un mohín, agarró su mano y examinó un dorso en el que proliferaban las manchas oscuras—. ¿Recuerdas a la baronesa niña a la que llevabas una torta los domingos? —Él asintió, su recuerdo muy lejano—. Yo era parecida. Hemos sufrido mucho juntos. Me prometiste recuperar a nuestro hijo. Cumple..., panadero.

Era su historia, sus vivencias. Sus ilusiones.

La decisión liberó a Paolo de unos rencores que él mismo alimentaba hacia un hijo al que no había educado. Rocco era producto de la soberbia de todos aquellos nobles; sí, recordaba a Marina cuando ostentaba la baronía, y la sonrisa acudió a sus labios. Era su hijo.

A partir de ese momento utilizó sus recursos y relaciones, en ocasiones más eficaces que un ejército, para que sus hombres encontraran a Rocco y le propusieran que se retirase a Roma.

—Una retirada, nunca una huida —los aleccionó—. Explicadle que allí hay muchos barones junto al Papa, con quien siguen intrigando contra Ferrante y el duque de Calabria.

El dinero dio con el hijo del rico mercader, dispuesto a financiar la huida y los gastos en la Ciudad Eterna. Su factor prometió a Rocco una vida cómoda y lujosa para él y su familia. Allí podría sumarse a los preparativos que tramaba el príncipe de Salerno y quizá algún día la rebelión prosperase. Pero ahora la derrota era más que previsible. Sin embargo, Rocco no estaba dispuesto a poner las cosas fáciles a su padre. «Si tanto quiere gastar, que lo entregue a la causa, que pague un ejército para vencer a los catalanes que tanto daño infligen a nuestra tierra y a nuestras gentes», respondió con la altanería acostumbrada.

En Nápoles, Marina estalló en llanto al saber de la negativa de su hijo, que no tardó en caer en manos del rey. Dos barones de poca importancia lo delataron. Los justicias y carceleros de Castelnuovo interrogaban a los presos, los torturaban, los enfrentaban entre sí, los amedrentaban… y los premiaban si les ofrecían información que sirviera para terminar definitivamente con una conjura agonizante y de próximo final. La detención del barón de Castelpetroso se erigía como uno de los principales objetivos de Ferrante y Alfonso: la pieza deseada. Aquel noble de baja estirpe se había convertido en un verdadero azote para los aragoneses, por lo que el duque de Calabria no reparó en la concesión de beneficios para quien colaborase en su captura.

Una carta cifrada. Una cita secreta. Un compañero de armas, de confianza, que lo vendió a cambio del favor real, los barones detenidos y sus familias, unido todo ello a la imperiosa necesidad de hacerse con dinero para mantener unas tropas escasas y descontentas ante el rumbo decadente de la rebelión armaron la trampa. El felón le aseguró que el maestro racional pasaría por Sulmona con los dineros que iba obteniendo de la venta de los bienes requisados por los reyes aragoneses, oro que transportaba hasta la capital.

Rocco conocía muy bien esa zona. Castelpetroso estaba en el camino hasta Nápoles desde Sulmona, a poco más de cuarenta millas de distancia. Escondido en los Abruzos, en un entorno agreste, mandó espías a la ciudad que regresaron confirmando la información. El racional estaba en Sulmona acompañado por un considerable cuerpo de guardia bien armado.

—Contaba con esa protección —admitió Rocco—. Los avaros catalanes protegen más sus dineros que a sus mujeres. Podremos con ellos.

Con lo que no pudieron fue con la hueste de caballería que se abalanzó sobre los rebeldes por su retaguardia en el momento en que iniciaban el ataque a la caravana del racional.

Arnau fue uno de los primeros en enterarse. «Rocco». «El de Castelpetroso». «Detenido». Los rumores corrieron por la antesala en boca de los cortesanos que esperaban ser recibidos. Desde el extremo de su banco, inadvertido, casi convertido en un mueble más, Arnau escuchó la multitud de comentarios. Sin embargo, no acabó de darles crédito hasta que no apareció el capitán de Castelnuovo y exigió ver al rey con urgencia. Muchos se acercaron a él, y Arnau lo vio asentir una y otra vez: Rocco di Forti estaba preso en el castillo.

Ese día Arnau abandonó Castelnuovo a media mañana.

La ingente cantidad de dinero que ofreció Paolo Crivino por la libertad de su hijo no alteró un ápice la postura de los consejeros reales.

—¡No pueden ejecutarlo! ¡Es mi hijo! —gritó Marina.

Pero los consejeros no atendieron a sus exigencias:

—Nápoles entera espera ver en la ejecución del barón de Castelpetroso la victoria de Ferrante y el final de esta rebelión —le contestaron, para, acto seguido, añadir con la codicia en los ojos—: Si tanto dinero estáis dispuesto a entregar...

Era la segunda vez en poco tiempo que le proponían la prodigalidad en causas ajenas a las que él exponía.

Tras relatar aquel encuentro y su fracaso, el palacio se sumió en la tristeza. Marina lloraba. Maria, la esposa de Rocco, también. Antonia, su hija mayor, emuló a la madre, y Biagio, a modo de agorero, cesó en sus juegos y trastadas, escondió su sonrisa pícara y paseó un rostro compungido. Aurelia y Laura intentaron escapar de la tragedia y la desdicha en la que todos se movían, y hasta Isabella pugnaba por mantenerse firme en un escenario que expulsaba todo ánimo o esperanza.

—Lo sabéis, Arnau —confesó Paolo, los dos encerrados en el escritorio del mercader en un intento por distanciarse del desconsuelo que desde hacía días asolaba el palacio, la pensión real ahora lejos de las inquietudes de Arnau—, nunca he querido acercarme a la corte si no era por razón de negocios. A diferencia de muchos otros, he permanecido siempre al margen de noblezas y reconocimientos; de poco le sirvió a Francesco Coppola, el conde de Sarno —añadió con sorna.

—Pese a todo, mantienes relaciones con mucha gente importante.

—Y ya he acudido a ellos. Nadie quiere intervenir en defensa de una persona a la que Ferrante odia. Tienen miedo..., mejor dicho, pánico. Pensad que algunos de esos nobles y altos funcionarios me deben dinero, arriesgan su patrimonio, y, aun así, unos cuantos ni siquiera me han recibido. Mi hijo es un apestado.

—Pues ya somos dos, porque a mí tampoco me reciben. Y en cuanto a Filippo...

—Solo veo una posibilidad —anunció Paolo, y pasó a verbalizar algo que llevaba sopesando desde la noche anterior, cuando la oscuridad acicateó su ingenio—: escribir una carta urgente a Florencia a través de los Giochi para que intenten que Lorenzo el Magnífico interceda por Rocco.

—¿Crees que tendría algún efecto?

Paolo contestó con un murmullo que tanto podía significar una afirmación como lo contrario; la simple posibilidad de acudir a Michele en una cuestión de tal trascendencia, para suplicar su ayuda apelando a una amistad que se sustentaba en aquella maravillosa relación que, sin embargo, reputaban contra natura, lo llevó a entrever que sí gozaba de otro camino para acercarse al duque de Calabria.

—¿Qué opinas de los florentinos? —insistió Arnau ante el silencio del mercader.

—Que intercederán por Rocco —afirmó este, aunque todavía con la mente en la solución que barajaba desde entonces.

No quiso revelársela a Arnau; no estaba dispuesto a confesarle su condición.

—Sería muy bueno que Lorenzo de Medici se interesara por la suerte de tu hijo.

—Tanto como que el rey de España lo hiciera por vos —lo sorprendió Paolo.

Aquella posibilidad no existía. Paolo ignoraba el duro cruce de correspondencia entre Arnau y Martí tras la victoria frente a los catalanes, el perdón de los nobles y la represalia sobre aquellos campesinos privados del favor del rey por el que habían peleado.

Desde entonces tenía muy poca relación con España, un territorio unido siquiera de forma personal, que no jurídica, mediante el matrimonio de los reyes Fernando de Aragón e Isabel de Castilla. Cada año recibía correspondencia de su hijo Martí, una carta, en ocasiones hasta dos, pero su contenido evitaba las confidencias y confesiones que padre e hijo se cruzaban antes de la victoria sobre Barcelona; ahora se trataba de correspondencia de cortesía en la que Martí no profundizaba en sentimientos.

Arnau las respondía con igual circunspección, hasta la última carta, la del año anterior, 1486, en que Martí lo ponía al día de la situación en aquellas tierras. Los monarcas, con la reina Isabel por delante, se hallaban empeñados desde hacía cuatro años en conquistar el último bastión musulmán de la península: el reino de Granada. No pudo dejar de sonreír al leer el entusiasmo con que su hijo escribía acerca de la eficacia y los estragos que originaba la desconocida artillería en las constantes campañas contra los musulmanes, y cayó en la nostalgia en el momento en el que Martí, igual que hiciera él, se preguntaba qué futuro esperaba a los caballeros ante esas nuevas técnicas de guerra que se utilizaban desde la distancia, evitando los honrosos enfrentamientos cuerpo a cuerpo que solo se producían en última instancia.

Después de aquellas noticias, como si estuviera moralmente obligado a ello tras la reprimenda por parte de su padre, Martí ponía en su conocimiento de forma detallada y exhaustiva la firma en el monasterio de Guadalupe, cerca de Cáceres, un lugar en el otro extremo de España, a más de ciento cincuenta leguas de Barcelona, de una sentencia arbitral proclamada por el rey Fernando que ponía definitivo fin a la cuestión remensa. Había sido un problema que, tras la paz que hacía catorce años se firmó en la capital del principado, continuó con promesas, rectificaciones, leyes contrapuestas, ambición real por obtener recursos de unos u otros indistintamente, y sobre todo crueldad por parte de los señores, mucha, en especial de la Iglesia y el cabildo de Gerona, lo que originó nuevas revueltas de los campesinos.

En Guadalupe, los siervos de la tierra atados a ella en condición de semiesclavitud pactaban con sus señores la redención de todos los llamados «malos usos», aquellas leyes y costumbres que los sometían a la voluntad y el capricho de los nobles. Se derogaban las seis principales leyes que la propia sentencia calificaba como una iniquidad evidente, así como el derecho que se arrogaban los señores de maltratar a los payeses. Se suprimían también los usos y todas las costumbres, y, como tales, leyes en sus lugares, que ejercían los amos sobre los campesinos, y los primeros en ser citados en una larga y extensa relación eran el de nodriza, ese por el que la campesina tenía obligación de amamantar al hijo de su señor, seguido por aquel otro por el que el señor podía dormir y violentar a la novia la primera noche de su matrimonio. A continuación, se abolía el de exigir servicios personales a los hijos de los campesinos, y la relación continuaba con muchos otros más.

Sin embargo, esa derogación no fue graciosa; la Iglesia y la nobleza catalana no se mostraron generosas con los hombres y las mujeres a los que habían explotado, violentado y vejado durante siglos. Cada familia debía comprar su libertad y pagar diez sueldos por cada uno de los malos usos de los que se redimían; en conjunto se calculó que el total alcanzaría la cuantiosa cifra de seis mil libras.

¿Conocía Arnau las circunstancias de sus propios orígenes? Sabía de Bernat Estanyol, el siervo de la tierra que huyó de Navarcles con su hijo recién nacido a la gran Barcelona, donde si se escondía más de un año sin ser detenido por su señor ganaba la libertad. Eso se lo habían contado, sí, pero nadie le habló de que la mujer de aquel primer Bernat, su bisabuelo, fue violada por Llorenç de Bellera la primera noche de bodas. Tampoco le dijeron que después, airado ante el lunar con el que nació el niño y que seguían luciendo los Estanyol junto al ojo derecho, una marca que puso en entredicho su virilidad y que conllevó la mofa de sus iguales, el de Bellera llamó a la mujer para que amamantara a su propio hijo en detrimento de aquel primer Arnau Estanyol, al que abandonaron a la muerte en el rincón de una sucia herrería.

Fue el impulso de un secreto que roía sus emociones oculto en la sangre transmitida por sus antecesores, la de aquel Bernat y la de su mujer, la violada, de la que también era heredero directo, o la de Arnau, el niño desamparado. O quizá fue su propia lucha y sus inclinaciones y las afinidades que asumió en favor de la causa remensa cuando el rey Alfonso, que apoyaba el fin de tales injusticias, lo mandó a Cataluña a la caza de dinero y al consecuente enfrentamiento directo con la nobleza del principado. O quizá, simplemente, fue la desafección hacia su tierra natal junto a la tensión que vivía a causa de la rebelión de los barones napolitanos lo que llevó a Arnau a contestar a su hijo en términos incluso más duros que los de aquella primera carta que le escribió tras la rendición de Barcelona, a través de un escrito en el que volcaba la ira contenida por su fracaso en la redención de Rocco que tanto le reclamaban las mujeres.

Transcurrido un año desde la firma de su contestación, no recordaba con exactitud los términos en los que se había manifestado impelido por la ofuscación, pero sospechaba que eran hasta insultantes y ofensivos para un rey que había tardado tantos años en acabar con la injusticia de unos derechos que su tío Alfonso V ya derogó mediante una pragmática de hacía más de tres décadas.

No. La intermediación del rey español que proponía Paolo no parecía que fuera la solución para él.


El mismo día que Paolo habló con Arnau, llevaron con urgencia a Florencia la petición de ayuda a los Giochi varios jinetes, que se relevaron antes de que sus caballos reventaran, igual que hacían con las comunicaciones de negocios que no podían esperar.

Por la noche, cuando todos se habían retirado, el mercader se despidió de Marina, que lo interrogó con esa actitud abatida, la mirada triste y los ojos llorosos que mantenía desde la detención de su hijo.

—Lo siento, pero tengo que ir en busca de Tommaso —le dijo su esposo.

Le había contado de la carta a Michele y ahora, además, regresaba a las tinieblas de unas relaciones arrinconadas hacía tiempo, el vigor y las pasiones ya apaciguadas por la edad. La mujer asintió con la cabeza y él se dispuso a salir de su alcoba.

—Paolo —lo detuvo Marina. Él se volvió—. Gracias —reconoció—. Siempre has procurado por mí. No eres culpable de nada de lo que sucede, no has cometido ningún error...

—He cometido muchos errores en mi vida, cariño; el mayor de ellos, el de quererte sin límite —bromeó el mercader en un intento de aliviar la tensión.

—Te amo —lo despidió ella.

Hacía tres o cuatro años que Paolo no tenía contacto con Tommaso, desde que acudiera a él para acercarse a los amantes del duque de Calabria y espiar para Michele y los florentinos antes de lo de Otranto. Luzio Negri, su hombre de mayor confianza, no lo encontró en la casa que le señaló Paolo.

—No te preocupes. Si vive, daremos con él sin dificultad.

Acompañado por Luzio y un par de criados, caminando por Nápoles con tranquilidad gracias a Marina, que lo había librado del temor de que Gaspar pudiera atentar contra él, recorrió los lugares de la ciudad por los que se había extendido la prostitución femenina, un ambiente de lujuria y lascivia que aprovechaban los sodomitas, puesto que podían moverse con fluidez y pasar desapercibidos en esa vorágine de vicio.

Luzio, con Paolo alejado unos pasos, observándolo, habló con esquineras que hacían la calle cerca de la plaza de la Sellaria y en los *vichi*, callejones estrechos, muchos de ellos ciegos, que se abrían alrededor de la puerta Capuana y de la plaza del Mercato. Al final les dieron razón de Tommaso cuando preguntaron en la Rua Catalana, y encontraron al hombre instalado en un edificio cercano a esa famosa calle donde la reina Juana permitió el comercio de los naturales de Cataluña.

Les abrió la puerta un esclavo moro, muy joven. Los criados de Paolo quedaron fuera, y Luzio y él fueron acompañados hasta un salón acogedor, limpio, decorado con gusto, reconocieron ambos intercambiando una mirada.

Tras un rato de espera, el muchacho les llevó vino y, en silencio, lo sirvió con modales casi exquisitos. Se retiraba ya cuando apareció Tommaso. Los años habían asentado aquella belleza falsamente candorosa que tan bien supo explotar en su juventud; ahora tenían ante sí un hombre apuesto, sereno, sin asomo alguno de gesticulaciones exageradas que, tras un saludo que tampoco escondía el aprecio y cariño que todavía sentía por Paolo, escuchó con atención una propuesta que este le planteó de forma descarnada, sincera, sin omitir cuál era el objetivo: salvar la vida de su hijo Rocco.

—¿Qué opinas? —inquirió el mercader ante el silencio que prolongó Tommaso.

—Que el placer es capaz de torcer la voluntad más firme, incluida la de los reyes.

Costaría dinero, advirtió Tommaso. Habría que buscar a los efebos más atractivos de Italia, aunque si tan urgente era, quizá fuera mejor comprar esclavos instruidos en esos menesteres. Conocía a un tratante. Paolo aceptó sin reservas: dispondría de cuanto necesitase; Luzio se ocuparía de ello. Debatieron sobre otro de los puntos del plan. Aquella casa no era suficiente, debían encontrar un lugar fastuoso a la par que discreto, un sitio que complaciera a la vez que no hiciera recelar al heredero, y eso era difícil. Paolo se comprometió a encontrarlo.

—Lo trataré con el arrendador de las gabelas de las prostitutas.

Desde hacía siglos, ya cuando Nápoles estaba bajo dominio suevo, las meretrices eran sometidas a estrictas reglas de convivencia, así como al pago a las arcas reales de impuestos por el ejercicio de su actividad. Aquellos derechos, como la mayoría de los ingresos del reino, se cedían por una cantidad fija a particulares que se ocupaban de gestionarlos y cobrarlos mediante concesiones y licencias que, a menudo, se transmitían de padres a hijos. Nicola di Toraldo, el caballerizo mayor del rey, era el arrendador de las gabelas del juego y de la prostitución. Paolo estaba al cabo de quién era; los importantes ingresos que le reportaban tanto la voluptuosidad de los napolitanos como la avaricia de los jugadores que se dejaban su patrimonio en partidas de dados los había unido en algunas fructíferas empresas. Por necesidad, Nicola dominaba el negocio arrendado, sus empleados conocían a las prostitutas que tenían que pagarle mensualmente, y estaban al tanto de los burdeles, las casas de juego y todo el entramado de relaciones. Nada escapaba a su control y, por supuesto, sabía de lugares especiales como el que necesitaba su socio Paolo Crivino.

—Te lo mostraré —se ofreció Nicola.

Paolo tuvo que esperar un buen rato hasta que sus ojos se acostumbraran a la oscuridad y el silencio volviera a llenar el espacio que había quebrado el golpe de la puerta ahora cerrada a su espalda. Sensaciones absolutas esas que fueron precisándose a medida que transcurría el tiempo: la oscuridad no era tal, sino una penumbra resultado de los lánguidos rayos de luz que se colaban por un ventanuco abierto en lo alto de la celda. De golpe, el silencio mudó en el sonido de una respiración algo estentórea y el corretear de alguna que otra rata espantada por la inesperada presencia.

—¿Hijo? —se atrevió a preguntar Paolo, parado junto a la puerta.

Rocco tardó en contestar y lo hizo de forma sorprendente para Paolo:

—¿Padre? ¿Qué hacéis aquí?

«¡Padre!». El tratamiento resonó en la celda. El dolor, la derrota, la miseria y la cercanía de la muerte unían más que cualquier otro vínculo, tanto que Rocco apartó todo recelo hacia aquel panadero al que había llegado a odiar en extremo. En su interior ya no cabía otro rencor que no fuera contra los catalanes ni otra esperanza que morir como un caballero.

Paolo quiso contestar, pero sentía la garganta agarrotada. En su lugar, se acercó a la sombra, sentada con la espalda apoyada en una pared en la que se empotraban las cadenas que aherrojaban sus tobillos. Las ropas de Rocco, sucias y desgarradas, y la barba descuidada impidieron que Paolo reconociera un rostro al que tampoco estaba acostumbrado. Con todo, la fragilidad y vulnerabilidad que advirtió en aquel ser fruto de su propia sangre le hicieron temblar y percibir con fuerza inusitada esa sensación de posesión, ese vínculo, más que espiritual, vital, del que tanto le hablaba Marina y que a él le costaba entender.

—Quería conocer tu estado. —Se hallaba de pie, inclinado apenas sobre él, sin saber qué hacer, si sentarse, agacharse, acuclillarse... Con cierto esfuerzo para sus rodillas, optó por lo último—. Tu madre, tu esposa y tus hijos necesitan tener noticias de ti, saber que vives, que no estás herido...

—Mi estado ya lo veis... Bueno... —se corrigió con cinismo Rocco—, lo atisbáis.

—Intentaré que los carceleros te traten con respeto y consideración.

—No malgastéis vuestro dinero.

Paolo calló los costos que le estaban suponiendo todos los preparativos de su plan y que en ese momento, ante su hijo encadenado, le parecieron más necesarios que nunca. También calló que el carcelero había rechazado la bolsa de ducados de oro que le ofreció antes de entrar. «Las inspecciones son continuas —alegó el hombre a la vez que negaba con las manos como si los dineros quemasen—: el capitán del castillo, cabos, un consejero u otro, letrados, soldados... No hay nadie que pase por aquí que no controle al preso. Las órdenes del rey son estrictas y en todo momento está al tanto del trato que recibe el traidor. El propio soberano señaló esta celda, la peor de Castelnuovo, ¡de toda Nápoles! La muerte más horrorosa caerá sobre aquel que lo desobedezca. No encontraréis quien lo ayude».

—Olvidaos de mí, padre —insistió Rocco. Paolo volvió a temblar y se vio obligado a apoyar una mano en el suelo; no se acostumbraría a escuchar esa palabra de boca de su hijo, que, a diferencia de él, se mostraba entero—. Yo ya estoy muerto —afirmó como para demostrarlo.

—No digas eso.

—Sí, lo estoy. Y moriré con honor, como lo hacen los nobles napolitanos, con valentía y orgullo, mirando de frente a los verdugos que han invadido nuestras tierras y sometido a nuestras gentes. Mostrando al pueblo el camino de la revuelta, de la lucha contra esos avaros perros catalanes.

El discurso de aquel barón, antaño indolente, ante una muerte contra la que no podría pelear llevó a Paolo a estremecerse, aunque luego se preguntaría si de miedo, de orgullo o de ambas emociones. Nunca habría imaginado que alguien nacido de él pudiera convertirse en un peligroso enemigo de reyes, en un líder del pueblo capaz de morir por honor, una cualidad alejada de las propias de los panaderos, de los mercaderes, incluso del vulgo en general.

—Haré cuanto pueda por liberarte. Te lo juro. —El compromiso le surgió roto.

—Padre, quiero morir, lo deseo. Esta prisión es indigna. Solo deseo…

—¿Qué?

—… que me prometáis que os haréis cargo de los míos, de Maria y de mis hijos. Que me aseguréis que no quedarán también huérfanos de recursos.

—Los tuyos son los nuestros, hijo. No les faltará de nada. Tienes mi palabra.

Se hablaron en silencio un buen rato más, los ojos brillando en la penumbra hasta que Paolo logró levantarse antes de que la primera lágrima empañara aquellas miradas. Se despidió de Rocco rozándole una mejilla, un contacto que lo transportó a Accumoli, cuando jugaba con él, lo besaba, lo achuchaba y lo quería sin reservas. Suspiró.

—Volveré —anunció.

—Dad por mí un abrazo a todos.

Una vez hubo salido, Paolo se dirigió al carcelero, al que entregó un par de ducados de oro.

—Os he dicho…

—Sé lo que has dicho: no puedes beneficiarlo. Pero te pago, y seguiré haciéndolo, para que no lo perjudiques. Tendrás más cuando compruebe que cumples tu palabra.

—Así será, señor —contestó el otro con una reverencia desmedida tras pensarlo unos instantes y cerrar la mano en torno a las monedas.

Moriría con seguridad, concluyó Paolo. Si no era a manos del verdugo en la plaza del Mercato, lo sería aherrojado en esa celda inmunda. Comprendió que su hijo deseara morir. Ni siquiera Gaspar, traidor al reino, estuvo encarcelado en condiciones similares. Entonces Paolo consiguió aquello en lo que con su hijo había fracasado: comprar para Destorrent un trato benévolo por parte de los carceleros.

—Lo han encerrado en la peor de las mazmorras de Castelnuovo —reveló a Arnau. A las mujeres solo les contó que había pagado unos buenos ducados de oro al carcelero, realidad que alimentaría la imaginación que ellas necesitaban para hallar algo de tranquilidad, pero con Arnau fue contundente—: Está en el Miglio, aherrojado a las paredes, sin poder moverse ni andar. Convive con las ratas y respira todo el día ese aire infecto, pútrido. Esa zona del castillo está a nivel del mar, casi debe de tocarlo. El ambiente es húmedo, los techos y las paredes rezuman agua sucia que se estanca. No hay persona que pueda superar tales condiciones de vida.

Arnau resopló al tiempo que asentía: sabía de la infamia de ese lugar.

—¿Qué puedo hacer yo? —se ofreció sin convicción.

—Ante el rey, el duque de Calabria y la corte no creo que podáis ayudar, siento decíroslo.

Arnau convino, pero le restó importancia con un gesto.

—Aunque creo que aquí sí podéis ser muy útil. Yo... a partir de ahora faltaré con cierta frecuencia. Deberíais mantener el ánimo de las mujeres, convencerlas de que lograremos salvar a Rocco.

—¿Qué piensas hacer, Paolo?

—Permitidme que lo mantenga en secreto.

—¿Y tus negocios?
—Luzio se hará cargo de ellos.
—Cuenta conmigo, entonces.

Arnau volvió a ocupar los días en la antesala de los escritorios de Castelnuovo en reclamación de su pensión, aunque tampoco aguantaba las horas que hasta la detención de Rocco había soportado en pos de esa gracia. En varias ocasiones dejó recado a los secretarios y escribanos, hasta que ya no lo escucharon. «Sí, te avisaremos si hay algo nuevo», lo interrumpió con displicencia uno de ellos sin siquiera levantar la vista del pergamino en el que trabajaba.

«Te avisaremos». Ningún respeto. No era más que un villano que no merecía trato de honor. Incluso Paolo lo trataba ahora casi de igual a igual, pero con el panadero no se sentía ofendido. Juró matarlo, y ahora hasta se sentía cómodo a su lado. Procuró mostrar cierto ánimo con Isabella y Marina, con Maria y hasta con Aurelia y Laura. En ocasiones las engañaba: había oído en la antesala que el rey dudaba acerca del destino de Rocco. Él lo había visitado, les aseguraba a pesar de que era imposible puesto que no tenía dinero ni para comprar al carcelero, y añadía al objeto de calmarlas que no estaba en tan mal estado. Intentaba tranquilizarlas, aunque tampoco podía tomarlas por necias. Les decía que confiaba en que su padre lo liberase, contestaba a sus preguntas como buenamente podía. Charlaban. Les prometía lo que no creía que sucediese, pero ¿qué daño podían infligirles esas mentiras? El día en que Rocco muriera el dolor sería infinito, aquel falso optimismo nunca acrecentaría esa pena absoluta.

Procuró las risas, y las entretuvo con lecturas que hasta él afrontó. Animó a leer a Marina y a Isabella, y a Aurelia y a Laura, y se hartó de escuchar poesía y de simular unas emociones que sus circunstancias, su fracaso y su ruina no le permitían. Buscó también el sosiego y la caricia de la música que invitó a tocar a una Maria que sorprendió a todos con su virtuosismo con el arpa. Jugó con Biagio, al que armó con una espada de madera, como hacía con sus hijos, y peleó con él en el patio del palacio. Fueron a misa, muchas veces, muchísimas. Paseó con las mujeres. Contemplaron las obras de ampliación de la muralla en la puerta Capuana y los extensos terrenos en los que el duque de Calabria construía un nuevo palacio y una residencia y maravillosos jardines para su esposa, la *duchessa*. Igual que hacía el heredero ahora, también Arnau sopesó tiempo atrás construir allí un nuevo palacio para su duquesa: Isabella. Ahora no tenía ni siquiera aquel que ocupó tras la conquista de una capital que él mismo había encabezado al mando de una tropa que sorprendió al enemigo tras recorrer los acueductos de la ciudad..., todos siguiendo los pasos de un joven panadero.

Isabella se acercó consciente del dolor que padecía su esposo ante esas fastuosas obras.

—No pienses —le aconsejó agarrándose a su brazo.
—Ahí deseaba construirte...
—Olvídalo.
—No puedo. ¿Qué haremos si el rey no atiende mi súplica?
—Amarnos.

El embajador de Florencia entregó al canciller napolitano la carta por la que Lorenzo el Magnífico rogaba a Ferrante clemencia para el barón de Castelpetroso y le pedía que fuera magnánimo como lo fuera su padre, el rey Alfonso, y respetara su vida. Los Giochi habían cumplido, se felicitaron todos en casa de Paolo. Se acariciaba cierta esperanza. Si el monarca atendía a la intercesión del príncipe florentino y no ejecutaba a Rocco, algún día, quizá, llegaría el perdón.

Las mujeres especulaban con ello y se animaban, y Arnau compartía esas expectativas. Pero Paolo sabía que no era suficiente. La ira del rey y del duque de Calabria hacia Rocco estaba tan enquistada en sus entrañas que les costaría mostrarse compasivos. Con todo, la petición de Lorenzo de Medici venía a constituir la excusa para que lo hicieran si esta se conjugase con otras circunstancias. Complacer a los florentinos podía devenir una cuestión de política exterior; nadie tacharía de débiles a Ferrante y a Alfonso si su benignidad con aquel rebelde venía motivada por el superior interés del reino.

La llamada Conjura de los Barones había sido reprimida, solo restaban algunos elementos de menor relevancia. Por esa razón, Paolo entregaba dinero a espuertas; la necesidad apremiaba. Nicola di Toraldo le consiguió un palacio cerca del castillo Capuano, la residencia del duque de Calabria. Tommaso encontró jóvenes hermosos. Se organizaron encuentros y fiestas discretas hacia el público, pero desenfrenadas en la intimidad de aquel prostíbulo de lujo. Paolo compraba hasta el silencio del criado más insignificante, de alguaciles, de sacerdotes y frailes, cuando no los convidaba a aplacar su propia lujuria. Invitó a aquellos amigos de Alfonso a los que se había acercado cuando llevaba a cabo tareas de espionaje para Michele. Algunos ya eran viejos, pero el libertinaje que se vivía traspasado el portalón de acceso al palacio logró que renaciera en ellos cierta vitalidad. Los rumores corrieron entre el cerrado grupo de quienes disfrutaban del sexo con hombres, y las peticiones llovieron sobre Paolo, que seleccionó con estrictos criterios a los candidatos: debían conocer y tener cierta amistad con el duque, tan afecto a estos devaneos.

Al final, el segundo Nerón, el cruel, caprichoso y pervertido heredero del reino de Nápoles, se interesó por aquel opulento lupanar distante solo unos pasos de su castillo. Allí recibió el trato más exquisito, así como las atenciones más voluptuosas y placenteras que podía haber disfrutado en su vida. Paolo lo obsequió con regalos preciosos, y fueron muchos quienes ensalzaron al anfitrión ante el príncipe. Sí, siempre había sido uno de ellos, aseguraron gesticulando hacia su anfitrión.

—La lástima —lamentó alguien con congoja— es que su hijo Rocco, sodomita también, esté encarcelado en una celda miserable de Castelnuovo a la espera de ser ejecutado.

Paolo había tenido que respirar hondo varias veces antes de soltar aquel infundio entre un grupo escogido. Si Rocco llegara a enterarse, nunca se lo perdonaría. «Si no te lo perdona, significa que está vivo. Y eso que es lo único que nos interesa: que viva, aunque sea para no perdonarnos jamás. Se lo debemos», razonó Marina al conocer el plan.

El rumor se extendió entre los invitados. Unos lo propagaron por exigencia de Paolo, otros por simple vanidad; hubo quien hasta aseguró que Rocco era uno de los mejores amantes con quien había compartido lecho. Entre el vino y los placeres carnales, las mentes distraídas, las sensaciones en la propia piel, dispuestas al goce, más de uno pidió al duque clemencia para Rocco. Esa solicitud se repitió otros días. En uno de ellos Alfonso cruzó la mirada con Paolo, aun en la distancia a la que este se encontraba, siempre en una esquina, pendiente de todo. Un asentimiento de cabeza casi imperceptible aceleró el corazón del mercader estrellándolo contra su pecho, luego le sobrevino el cansancio, un vacío que a punto estuvo de dar con su cuerpo en el suelo.

Esa misma noche, el amanecer ya apuntando, Paolo dio la nueva a Marina.

—Estoy convencido de que no lo ejecutarán —afirmó.

En el lecho, su esposa cerró los ojos y los mantuvo así hasta que se atrevió a plantear la cuestión:

—¿Lo liberarán?

—No —aseveró Paolo—. Dudo que la generosidad de ese príncipe despreciable llegue hasta tal extremo. Lorenzo de Medici les pide que respeten su vida, y eso es lo que harán.

—Mientras no lo maten... Esperemos a ver qué nos depara el futuro. Acostumbra a ser caprichoso.

Durante el día Paolo se lo comunicó a Arnau.

—Me alegro de todo corazón —contestó este con una amplia sonrisa en la boca.

Paolo esperó en vano a que su suegro le preguntase cómo lo había conseguido, pero Arnau no se inmutó. En lugar de ello, siguió con la conversación:

—Debemos..., debes conseguir, Paolo, que lo saquen de esa mazmorra mortal.

No fue necesario que se esforzara en ello. En la siguiente visita a su hijo, un carcelero le anunció que, por orden del duque de Calabria, habían trasladado a Rocco. Lo encontró en otra celda en mejores condiciones y por la que le permitían moverse libre de cadenas.

—¿Qué habéis hecho para conseguirme estas ventajas, padre?

Paolo esbozó una sonrisa. Si Rocco supiera que lo había señalado como un sodomita, le saltaría al cuello en ese mismo instante. Los hombres como su hijo no admitían el vicio nefando…, ¿o sí? Conocía aguerridos guerreros que practicaban sexo con hombres. El propio duque de Calabria, despótico general del ejército napolitano, y su abuelo Alfonso, el primero de ellos, el conquistador, enamorado de su paje. En aquel magnífico lupanar financiado para tentar al duque había conocido personajes sobre los que nunca habría sospechado. Marina lo había aceptado. Muchos otros lo hacían con toda naturalidad. De no ser por la Iglesia y su hipócrita persecución del placer de los fieles, que no del de sus dirigentes, el retorno a la Antigüedad que tanto propugnaban los artistas y hombres de letras se manifestaría también en la libertad para elegir con quién disfrutar del sexo, como hacían los tan envidiados romanos y griegos. Suspiró ahora. Por lo menos él contaba con el apoyo de esa maravillosa mujer a la que se acercó con unas tortas de pan. Marina, los domingos en que se presentaba en palacio, ingenuo, manchado de harina, lo llevó a pensar en Arnau, que seguía sin mostrar interés por conocer la manera en la que había obtenido el favor real y el perdón de la vida de Rocco con independencia de la intercesión del príncipe florentino.

Todos en el palacio sabían de sus desapariciones nocturnas durante más de un par de meses hasta que la estratagema dio frutos. Convencer al duque de Calabria de que Rocco era como ellos había sido difícil, si es que Alfonso realmente llegó a caer en el engaño. Los jóvenes dispuestos a procurarle placer; los regalos: sedas, joyas, libros… ¿Qué fue lo que llegó a mover la voluntad del duque? El capricho, concluyó Paolo, ninguna otra causa. Lo percibió en la mirada hastiada que le dirigió un hombre hedonista. Resultaba decepcionante que un príncipe jugara con la vida de sus súbditos a modo de animales. Hasta los romanos y los griegos ofrecían mayores garantías a sus ciudadanos. Poco tenía que ver la república que engrandeció esos imperios con la autocracia que se estaba imponiendo en esa nueva era, al decir de muchos.

En cualquier caso, Arnau tenía que haberse interrogado por la razón que llevaba a Paolo a desaparecer por las noches.

—¿Te ha preguntado algo? —inquirió Paolo de Marina.

—A mí no.

La respuesta, evasiva, no convenció al mercader.

—¿Lo sabe? —la presionó.

—Lo ignoro.

—Marina, tengo que saber si Arnau está al tanto de mis...

—De tus nada —lo interrumpió ella con severidad—. Yo no se lo he dicho.

—¿Entonces...?

—No lo sé, querido. No te preocupes. Déjalo.

—¿E Isabella? ¿O tus hermanos? —insistió él, sin embargo—. ¿Lo saben?

—No... No. Nunca he hablado de ti con ellos.

Paolo frunció el ceño ante su actitud ambigua. Lo cierto era que, efectivamente, todos lo sabían. Filippo accedió al secreto a través de Sofia, y Marina se lo ratificó. Durante esos días, en sus conversaciones íntimas con Isabella, esas que lloraban anticipadamente la muerte de Rocco, la esposa de Arnau le confesó que ella también estaba al corriente. «¿Y Arnau?», inquirió Marina con el estómago encogido. Isabella admitió que no había podido callarlo. Dijo que la interrogó por las sospechosas ausencias de Paolo. «Lo remití a tu esposo, que le preguntase a él —le confesó a Marina—, pero antes de que terminase, me contestó con un manotazo al aire de esos que conoces tan bien, y me dijo que si Paolo hubiera querido, ya se lo hubiera contado, y que por eso me lo preguntaba a mí. E insistió una noche y otra, y otra..., y ya no pude inventarme excusas. Cada una que le proporcionaba parecía contradecirse con otra anterior. La torpeza de las mentiras... —lamentó para sí—. Y Arnau profundizaba en cada contradicción, y seguía golpeando al aire, y sus recelos y sospechas cada vez estaban más vivos. Y terminó cediendo», admitió finalmente Isabella.

Al igual que Arnau, Paolo también presionaba a Marina ante unas contestaciones que cada vez eran menos convincentes.

—Entonces... lo saben todos —sentenció cuando su esposa contestó a una de sus preguntas con un suspiro que le brotó de manera natural.

—No te preocupes —quiso restarle importancia.

Paolo no lo hizo, no tenía tiempo. En esos días su obsesión no era otra que pelear por su hijo, y era ahora, en esa celda con una ventana más grande y menos moho en las paredes como prueba de su éxito, siquiera provisional, que hasta le tranquilizó que cuantos lo rodeaban, ¡Arnau incluido!, supieran de sus inclinaciones. Ninguno se lo había recriminado, quizá Rocco tampoco lo hiciera si llegaba a descubrir su ardid.

—Te traigo mil besos de parte de tus hijos... —lo animó apartando cualquier duda al respecto.

Y terminó contándole de ellos, arrancándole risas con las trastadas que Biagio recuperó de forma instintiva en el mismo momento en el que en el palacio se respiró la tranquilidad del perdón real, y lágrimas que su hijo trataba de esconder con la gracia, belleza y dulzura de las niñas, a las que ensalzó hasta el infinito.

## 29

*Nápoles,*
*20 de diciembre de 1487*

A pocos días para la Navidad, con las calles de Nápoles, sus palacios y sus iglesias engalanados con flores, tapices, pendones e imágenes, la fiesta se adelantaba. En las sedes de los *seggi*, las mujeres e hijas de los nobles, envueltas en sedas, cantaban y danzaban igual que hacía la gente sencilla en la calle. Corría el vino a costa del monarca y la alegría iba *in crescendo* animada por todo tipo de cómicos, malabaristas y saltimbanquis. Un día fresco pero soleado. A media mañana, las campanas de todos los templos de la ciudad empezaron a repicar atronando hasta el último rincón. Y así continuaron, incesantes, festivas, moviendo al regocijo del pueblo mientras Ferrante y el duque de Calabria entraban triunfalmente en la capital del reino. Celebraban el fin de la Conjura de los Barones, la victoria sobre los vasallos del rey que habían osado, una vez más, poner en jaque a la corona.

Desde Castelnuovo, una procesión encabezada por centenares de caballeros se dirigió a la catedral. El pueblo arracimado al paso de la comitiva gritaba y vitoreaba a su soberano, al heredero y a los muchos jinetes que alardeaban de aquel triunfo. Entre todos ellos, como un matrimonio napolitano más, vestidos con las mismas ropas que los artesanos y los menestrales, se hallaban Arnau e Isabella, agarrados de la mano, aunque en silencio, con la mirada puesta en el desfile y, sobre todo, en la tribuna que se había erigido en el lado opuesto. Allí se sentaban los principales que no participaban en el desfile, Paolo y Marina entre ellos y, a su lado, Aurelia y Laura, que ya vivía con su amiga, acogida por los Crivino, todos engalanados para una ocasión a la que el rey había emplazado encarecidamente a sus vasallos. Italia entera debía saber de la victoria de la casa de Aragón. Arnau e Isabella tuvieron que pelearse y empujar a la gente, ella por delante, a fin de abrirse camino con paso firme para poder situarse enfrente de su hija, desde donde cambió de actitud y, con discreción, sin ponerse en evidencia, consiguió llamar la atención de la joven.

No hacía ninguna falta que gritara o gesticulara, pensó Arnau. La presentían. Isabella emanaba un fulgor que fascinaba a quienes la rodeaban. Ni siquiera el escándalo de aquella procesión que desfilaba dividiendo al pueblo llano y a los privilegiados conseguía mermar un ápice la atracción de una mujer tan poderosa como ella. Desde que Arnau había abandonado su espléndido palacio y habitaban un sencillo edificio de dos plantas entre el común, la vida había cambiado para el que fuera general de los ejércitos de Alfonso V. En aquellos edificios inmensos, de techos altos y espacios fríos, entre tapices y obras de arte, el amor se perdía y se escondía tras alguna figurilla de coral, triste, luego se recuperaba, sí, pero al día siguiente, y si no al otro o al siguiente, volvía a suceder.

En su nueva vivienda todo el espacio era Isabella; llenaba hasta el arcón más pequeño. La casa olía a ella. Su magia flotaba, podía palparse hasta el extremo de que un día Arnau dejó de golpear al aire por miedo a romper el hechizo. Estuviera donde estuviese, la oía reír o cantar. Se topaban en cualquier rincón, él se interponía en su camino y la besaba con delicadeza: «¡Pesado! —le recriminaba su esposa—. Aparta, tengo mucho trabajo». En algunas ocasiones, ella no llegaba a apartarlo. A su edad, cansado de guerras y reveses, Arnau Estanyol estaba inmerso en una constante explosión de amor y belleza que compensaba, con creces, una vida anodina, si no equivocada, en cuanto a sus relaciones con las mujeres, con el mundo entero.

Arnau miró a Laura en el momento en que la joven saludaba a su madre moviendo con timidez una mano por encima de su regazo. Isabella sonrió; él, en cambio, alzó un brazo por encima de las cabezas de la fila que ya no habían podido superar.

—¡Arnau! —lo regañó Isabella, una reprimenda que él acogió con una sonrisa para, acto seguido, indicarle que mirase cómo Marina y Aurelia le devolvían el saludo con bastante más efusión que la demostrada por su hija.

—Nunca debes renunciar a ella, Isabella. Recuérdale siempre quién eres y quién la trajo al mundo —le advirtió al tiempo que le pasaba un brazo por encima de los hombros y la apretaba contra sí—. Esta familia ya cometió un error similar con Rocco.

La última frase casi llegaron a oírla quienes los rodeaban: un instante de silencio, mucha de la gente había callado, deslumbrada. Arnau e Isabella, de puntillas, buscaron el motivo que ya conocían, y otearon la procesión. El repentino silencio, sorpresivo, casi de adoración, mudó en un rugir ante la aparición del duque de Calabria montado en un majestuoso semental blanco todo él, sin calzar, sin mácula alguna ni en la parte inferior de las patas ni en la testuz. Llevaba las largas crines trenzadas y adornadas con hilos de oro y campanillas. Movía manos y pies bailando con aires elevados, como si el propio animal se exhibiese ante la ciudadanía. Refulgía al sol napolitano. Su brillante pelo blanco, limpio y cepillado, relucía tanto como la montura y demás bridas y arneses, todo recamado en oro, perlas y gemas preciosas. Alfonso, vestido con lujo y riqueza, sonreía sabiéndose admirado y envidiado; jamás se había visto en Nápoles, ni siquiera cuando su abuelo entró triunfante tras la conquista de la ciudad, semejante alarde de opulencia.

El pueblo gritaba enloquecido ante el heredero del reino, que los miraba y saludaba con complacencia hasta que discurrió por delante de la tribuna en la que se ubicaba Paolo, ya en pie, como el resto, ante el discurrir del duque. Alfonso le dirigió una mirada tan imperceptible como la que le dedicara meses atrás, en el palacio que Tommaso convirtió en burdel. El mercader inclinó la cabeza en señal de respeto, pero tal como el príncipe lo dejó atrás, hizo una seña al criado que lo acompañaba y que salió corriendo hacia Castelnuovo.

Marina elevó una oración al cielo. Luego intercambió una mirada con Arnau e Isabella, al otro lado, que asintieron para animarla en silencio desde la distancia. La mujer tomó la mano de su esposo, hoy firme, en tensión.

Había encontrado aquel caballo en tierras del soldán de Egipto. Paolo buscó, mandó mensajes a todos sus socios y clientes a lo largo y ancho del mundo, se movió, pidió favores, halló al animal y pagó una inmensidad por él. Encargó la montura y los arneses en Florencia, tierra del lujo y del buen gusto. Le habían costado una fortuna, pero el duque lo había entendido: no se trataba de que aquel mercader enriquecido procurase por las arcas del reino, que también, sino que lo agraciase personalmente a él, al duque de Calabria, y eso lo cegaba. Paolo era consciente de la servidumbre que asumía con aquel hombre cruel donde los hubiera, pero el sudor y el temblor de la mano de su esposa buscando protección entre la suya eran razones más que suficientes para todos aquellos dispendios, como el coste de los hombres que, en ese preciso instante, asaltaban las mazmorras de Castelnuovo tras acceder a la fortaleza por una de las puertas que se abrían al mar. Nadie se lo impidió. Todos, desde el carcelero hasta el último soldado, participaban de la corrupción, amén de ciertas instrucciones de no intervenir que nadie supo muy bien de quién provenían pero que alguien atribuyó a gente cercana al duque de Calabria. «Hasta los nobles y los ricos quieren dinero», se comentó entre guardias y carceleros. La procesión, con las tropas vigilando la seguridad del rey, el resto de ellas pendientes de la diversión y el caos en la ciudad, marcó el día ideal para la fuga. El duque de Calabria lo comprendió en cuanto Paolo le entregó en su residencia del castillo Capuano el caballo blanco; ese era el día, y aquel, el precio. Entonces no le dijo nada. Paolo sabía que lo haría sufrir hasta ese último momento en que había asentido: no habría represalias.

Marina temblaba. Sabía lo que estaba sucediendo en Castelnuovo. Paolo se había visto obligado a contárselo. Nunca se habría perdonado que su esposa no hubiera tenido la oportunidad de despedirse de sus cuatro nietos. También él lloró al hacerlo, pero esa tristeza, insistió luego a Marina para consolarla, era un mal menor ante la libertad de Rocco. Los verían, los volverían a abrazar... a todos, le prometió. Y Marina pensaba ahora en aquellas mazmorras y en el plan de su esposo, similar a la que un día urdió para liberar a Gaspar, aunque desde luego sin tantos recursos y, mucho menos, sin contar con la aquiescencia del propio duque de Calabria. Lo cierto era que en aquella otra ocasión Liboria y ella desbarataron los propósitos de Paolo. «Liboria...», recordó Marina con una tristeza que, sin embargo, se atenuaba ante la perenne sonrisa que aquella siempre mostraba. Uno de sus hijos se había presentado hacía unos años en el palacio para comunicarle la muerte de su madre. Llegado el día, ella quería que la señora Marina lo supiera, se excusó. Marina no se contuvo y estalló en llanto delante de aquel joven sucio y de ropas gastadas. Cuando se recompuso, habló con él y se interesó por la familia. Los auxilió a todos. Quizá debería haberlo hecho antes, se recriminó con el corazón encogido mientras miraba al cielo ahora rogando la ayuda de su amiga Liboria para que todo saliera bien.

La fuga fue sencilla. Rocco y sus libertadores, que ni siquiera tuvieron que enfrentarse a la guardia, abandonaron el castillo por la misma puerta. Una vez fuera, embarcaron directamente en una nave que los llevaría a Ostia y, desde allí, irían a Roma. Si algo rompió el sigilo con el que se llevó a cabo la operación fueron los gritos de felicidad de los niños al recibir a su padre en el barco.

Mientras todo aquello se desarrollaba en el castillo, la procesión continuaba en la calle. Después de Alfonso desfilaron embajadores, nobles y familiares reales hasta que apareció el rey, vitoreado por el pueblo, aunque no con la admiración con la que lo había hecho a su hijo. Ferrante iba acompañado por los embajadores de España y de Milán y, tras ellos, tres soberbios caballeros: el conde de Navarcles, el barón de Penne y el duque de Lagonegro.

Isabella apretó a Arnau y lo agitó para que respondiese, conmovido como estaba al paso de los tres Estanyol, porque si él no quiso implorar la ayuda del rey de España, sus hijos Lorenzo y Filippo sí que lo hicieron y escribieron a su hermano Martí relatándole lo sucedido.

Ferrante había encontrado en España no solo a su nueva esposa, Juana, la hermana de Fernando, sino que pretendía ese apoyo del que disfrutó su padre, Alfonso V, y que él había perdido al dividirse los territorios en la herencia. Eran varias las ocasiones en las que el rey de Aragón había acudido en su auxilio; en esta, la de la conjura de sus propios barones, Fernando había mandado a Nápoles diez galeras al mando del almirante de Castilla en una acción con la que pretendían mostrar al Papa y a los demás príncipes italianos cuál era la posición de los reinos españoles en caso de conflicto armado.

Martí acudió al rey Fernando en solicitud de ayuda para su padre, Arnau Estanyol, ante tamaña injusticia; por fortuna, la carta que Arnau escribió al rey de Aragón recriminándole su actitud ante los payeses de remensa nunca llegó a su destino. Uno de los secretarios de Fernando la leyó y decidió evitar un problema al conde de Navarcles, a quien se la entregó en confidencia. Martí habló de Bernat, almirante de Castilla, luego de Aragón cuando el abuelo del soberano, Fernando de Trastámara, obtuvo la corona a través de la sentencia arbitral de Caspe. En cuanto a su padre, no tuvo que recordar al rey la ayuda que les prestó en la guerra que Cataluña inició para independizarse de su padre, Juan de Navarra. Entonces, en plena campaña, ya se alegraron por la contribución de Arnau Estanyol.

—Es un noble catalán, majestad —apuntó—, que siempre ha sido fiel a la casa de Aragón, que peleó al lado de vuestro tío Alfonso en la conquista de Nápoles y continuó haciéndolo con entrega absoluta al rey Ferrante y…

Fernando lo hizo callar con un gesto de su mano.

—Sé de la lealtad de tu padre hacia la casa de Aragón, de su valentía y arrojo en la guerra, y de su generosidad con los dineros que nos envió en vida del mío. Martí, estoy en deuda contigo y te considero mi compañero y amigo desde que apareciste en Gerona para protegernos a mi madre, la reina, y a mí, cuando solo era un joven de diez años y me perseguían los catalanes. Fuiste mi instructor en la milicia y desde entonces me has servido con fidelidad. El que tú me lo pidas es razón suficiente.

Martí, con la carta suscrita por el rey Fernando, partió junto al embajador español con destino a Nápoles. Nada más desembarcar, el diplomático hizo indagaciones para saber si Ferrante estaba en Castelnuovo y, ante la contestación afirmativa, insistió en acudir a su encuentro; ponían pie en tierra precisamente junto al castillo. Portaba, dijo a Martí, importantes instrucciones escritas de Fernando e Isabel acerca de la alianza entre los reinos españoles y Nápoles ante una futura guerra contra el turco, tenía orden de entregarlas cuanto antes y prefería desprenderse de los documentos para evitar actos de espionaje o robos. Aquel, el de la amenaza musulmana sobre la civilización cristiana, era uno de los argumentos que Ferrante utilizaba para ganarse la voluntad de sus piadosos parientes españoles, aunque estos ignoraban que, con tremenda doblez, el primo del de Aragón mantenía conversaciones con los herejes al mismo tiempo. Ocurría que el Papa, Venecia y ciertos aliados de la Liga itálica pretendían utilizar a Jem, el hermano del sultán Bayecid II, para deponer a este último. Ferrante, sin embargo, garantizó a los turcos que nunca participaría en tal empresa.

Los dos hombres, acompañados por la guardia, accedieron originando gran agitación a la antesala de la Glorieta, la estancia en la que ya Alfonso V recibía a los embajadores.

—¡El embajador español y el conde de Navarcles para su majestad el rey Ferrante de Nápoles! —anunció un heraldo a voz en grito en la sala.

La mayoría de los solicitantes que aguardaban se apartaron hasta las paredes para abrir paso a los recién llegados; a los que no lo hicieron los empujaron sin contemplaciones la guardia y los funcionarios. Era evidente que el rey tenía mucho interés en las noticias que le debía transmitir el embajador español. En el pasillo ya expedito, sin embargo, quedó en pie un solitario hombre.

—¡Fuera de aquí, villano! —se abalanzó hacia él uno de los escribientes.

En un instante, antes de que el funcionario llegara a tocar a Arnau, Martí se interpuso en su camino y lo abofeteó.

—¡Respeta a quien conquistó este reino para la casa de Aragón! —le exigió—. Entrad vos —se dirigió después a su compañero—. Mi cometido puede esperar.

Entre los comentarios y cuchicheos que se elevaron tras la desaparición del embajador por la puerta que llevaba a las estancias del soberano, Martí se volvió hacia su padre y abrió los brazos.

—¿Cómo no me contasteis de vuestro infortunio? —le reprochó—. Habría venido mucho antes.

Y se fundió con él en un abrazo.

Ferrante no pudo negarse a los deseos del rey de Aragón, secundados por su propia esposa, Juana, a la que su hermano mayor también se había dirigido para que apoyase la causa de los Estanyol. Así pues, ordenó la inmediata restitución a Arnau de todas sus tierras, derechos y honores. La sorpresa fue cuando este se negó y cedió la merced a su hijo Filippo Estanyol, un hombre respetado en la administración y en la corte. Ferrante no se opuso al deseo de Arnau puesto que le evitaba el enfado de su hijo Alfonso, visceral enemigo de aquel.

Arnau e Isabella no habían necesitado más de un par de frases y un montón de miradas tiernas y apretones de sus manos enlazadas para adoptar esa decisión. Él contaba la provecta edad de setenta años. «El rey Juan, al que ayudaste en el levantamiento de los catalanes, vivió hasta los ochenta y uno... y siempre guerreando», le contestaba Isabella cuando abordaban ese asunto. La mujer se agarraba a aquel ejemplo para levantar el ánimo de Arnau en los momentos en los que se asomaba a esa sima de desesperanza que tanto tentaba a los viejos; se sabía de muchos más ancianos longevos, incluso hasta los conocían, pero Juan de Navarra, hermano del venerado rey Alfonso, era el ideal para acallar cualquier lamento por parte de su esposo. Con todo...

—La corte —enunció Arnau—, los problemas, las ayudas al rey y su ejército, las intrigas, los dineros y los números del bueno de Juan Sánchez, solo el tener que vestir esos trajes pesados y sobrecargados...

—Renuncia, pues.

—Quisiera dedicar los pocos años de vida que me quedan exclusivamente a ti. No deseo tener otra preocupación que la de intentar hacerte feliz, Isabella.

—Tenerte a mi lado es la mayor felicidad a la que jamás podré optar.

Hablaron con Filippo, que vaciló, pero terminó aceptando ante sus argumentos. Además, era el heredero de sus propiedades en Italia, le recordó el padre. Establecieron un censo anual y vitalicio a favor de Arnau que pasaría a Isabella cuando él faltase, y que les permitiría vivir cómodamente y con holgura. Pactaron también la constitución de una generosísima dote para Laura que Filippo, soltero, asumió de buen grado.

Y compraron aquella casa de dos plantas, entre el común, que Arnau sentía vibrar al compás del corazón de su esposa.

Martí, Filippo y Lorenzo Estanyol saludaron con una solemne inclinación de cabeza a derecha e izquierda, primero al padre, luego a la hermana. Los tres eran caballeros dispuestos a defender sus reinos con la espada, o con la cultura, en el caso de Filippo —«No solo hay que vencer en el campo de batalla, padre», le había replicado este cuando no era más que un joven imberbe—; los tres eran dignos sucesores de Arnau, un caballero entregado a la guerra. No había sido en vano, se hinchó de orgullo el padre ante tales pensamientos. Pero en ese instante mágico en el que el destino les brindaba la oportunidad de reunirse como una gran familia libre de reproches, Arnau comprendió que la presencia allí de sus tres hijos, poderosos, soberbios, no era solo para rendir homenaje al padre que los había unido a la nobleza, a las espadas e incluso a la cultura, sino también para algo más: la reivindicación de las mujeres que los habían traído al mundo. En un solo instante, la banalidad con la que siempre contemplaba su pasado chasqueó con fuerza en su interior al quebrarse como una rama reseca. Isabella volvió a agitarlo, como acababa de hacer ante la aparición de sus hijos. ¿Acaso sabía aquella maravillosa hechicera cuanto hervía en su interior? La miró y se encontró con una sonrisa abierta que lo animaba a reconciliarse con su pasado. Elisenda y Sofia hacían suyo el griterío de la gente y se lo reclamaban. Y en ese momento, con las espaldas de sus tres hijos alejándose por encima del gentío, Arnau encontró sentido a toda su vida… en el amor y en la guerra.

# Notas del autor

La estirpe ilegítima napolitana de la casa de Aragón fue degenerando tras la muerte de Alfonso V, conquistador del reino, y se extinguió como linaje reinante en 1501, solo catorce años después de la entrada triunfal de su hijo Ferrante y su nieto Alfonso en Nápoles, subyugada ya la Conjura de los Barones.

En esa fecha, el reino se dividirá entre franceses y la rama legítima de Aragón encabezada por Fernando el Católico, quien dos años después, en 1503, expulsó a los primeros y se hizo con la totalidad del reino de las Dos Sicilias, dominio que se prolongaría hasta 1713, si bien como un virreinato, un simple apéndice, un territorio más de los que conformaban la corona española, a la que en ocasiones me refiero como un reino único y en otras como la unión de Aragón y Castilla a través de sus soberanos. Quizá una licencia que encuentra su razón en que fue entonces, con el matrimonio de los Reyes Católicos, cuando nació España.

En cuanto al rey Ferrante, ocupó el trono hasta su muerte en 1494, y su hijo Alfonso, el cruel y depravado duque de Calabria, se vio incapaz de hacer frente al ataque francés encabezado por Carlos VIII, que, una vez más, reclamaba el reino para los Anjou. Alfonso solo aguantó un año, y en 1495, perturbado, padeciendo de alucinaciones, odiado y repudiado por el pueblo, abdicó en su hijo Fernandino y se retiró a un monasterio, donde murió al cabo de unos meses.

La entrada de Carlos VIII en la ciudad de Nápoles significó la puesta en libertad de todos aquellos barones que aún permanecían recluidos en Castelnuovo o en otras prisiones reales. Muchos murieron antes de la llegada del francés, otros fueron excarcelados, si bien en circunstancias similares a lo que sería una libertad condicional, sometidos al estricto control y voluntad del rey.

Sin duda alguna, Alfonso V de Aragón y I de Nápoles se erige como una figura trascendental en el siglo XV italiano. Soldado, conquistador, su política internacional, sin embargo, no ofreció los frutos deseados. Alfonso nunca regresó a sus territorios españoles. Se estableció en Nápoles, donde se convirtió en un mecenas de las artes y la cultura en un momento histórico en el que se abrían paso las imparables corrientes humanistas que darían lugar al Renacimiento, un periodo esplendoroso originado en Italia que iluminó las tinieblas intelectuales, culturales y artísticas medievales y que tardaría algunos decenios en ser recibido en España.

En la novela hay ejemplos de esa evolución cultural y, sobre todo, del contraste entre el espíritu y la educación, incluso del ímpetu bélico, de la gente italiana y aragonesa, o catalana, como se los llamaba a todos ellos por extensión.

Con todo, el estudio de la personalidad del rey Alfonso el Magnánimo me ha llevado a incluir en esta obra personajes caracterizados con lo que hoy definiríamos como «orientaciones sexuales diversas», aunque difícilmente podríamos establecer la menor correspondencia con la actualidad dado el machismo imperante en la época, en esa, en la anterior y hasta en las clásicas griega o romana. Probablemente, ni siquiera el término «machismo» entendido como prepotencia o discriminación dentro de un ámbito liberal sea el adecuado para calificar ese momento histórico. La situación de las mujeres provenía entonces de lo que los autores, principalmente eclesiásticos, consideraban una incapacidad natural; nacían, pues, sometidas al hombre, y, desgraciadamente, el Renacimiento tampoco vino a solventar esa triste sumisión.

Centrado así el tema, vaya por delante que en aquella época ni siquiera se hallaban implantados los términos «homosexual» u «homosexualidad», una dualidad que, sin perjuicio de otras orientaciones, no solo no existía en el campo lingüístico, sino que tampoco se daba en la concepción de las gentes: las relaciones con sujetos del mismo sexo no eran objeto de la oposición antagónica que se produjo siglos después y que todavía podemos encontrar hoy en día; las personas, los hombres en especial por lo expuesto con anterioridad, eran libres de gozar del sexo con iguales o diferentes.

Si en las épocas clásicas no se daba esa situación, en el Medievo y en siglos posteriores la religión, castrante en todo cuanto afecta al placer, atacó con virulencia la sodomía. Girolamo Savonarola, fraile dominico, azote de los sodomitas, fue el gran inquisidor de la Florencia del principio del Renacimiento, pero escapa al ámbito geográfico de esta obra.

Escribir una novela cuyo paisaje se sustenta en la conquista de Nápoles obligaba a profundizar en el carácter del rey Alfonso V de Aragón y I de Nápoles. Sus apologetas, un ejército, alaban sus muchas virtudes, y sus coetáneos, salvo alguna excepción como la de su enemigo Francesco Sforza, coinciden en términos generales en su grandeza.

Sin embargo, Alfonso arrastró unas relaciones íntimas cuando menos complejas. Con su esposa, María de Castilla, de naturaleza débil y enfermiza, no tuvo descendencia.

Sí la tuvo, ilegítima, con una mujer italiana a la que, no obstante, al parecer conoció en Valencia, Giraldona Carlino, con la que tuvo tres hijos: Ferrante, su heredero, María y Leonor. Todo cuanto rodea a las relaciones del rey Alfonso V con esa mujer, incluida la paternidad de los tres hijos, ha sido objeto de discusión.

Algún que otro autor, en postura ni mucho menos unánime, sostiene que tuvo más amantes: Margarita de Híjar, en España; una tal Francesca, ya en Nápoles, y otras relaciones que se califican de discretas. Lo cierto es que en una época en la que los bastardos no eran criticados —sin ir más lejos, Alfonso tuvo esos tres de la Carlino y a uno lo hizo rey, y su hijo Ferrante tuvo nueve legítimos y reconoció a once ilegítimos—, al Magnánimo no se le conocen más hijos bastardos de esas supuestas relaciones, discretas o no. Al parecer, ninguna de esas numerosas amantes engendró un hijo del rey.

No existe la menor duda, en cambio, al respecto de sus amoríos públicos con Gabriele Correale, un paje que debía de tener diecisiete años —murió a los diecinueve— y al que favoreció con numerosos títulos y rentas, al igual que a toda su familia. El discurso de Alfonso en la agonía del paje y el epitafio de su tumba dan buena cuenta del amor que el monarca le profesaba.

Y después de Correale llegó la pasión ciega por una joven: Lucrezia d'Alagno. Durante diez años, desde 1448 hasta su muerte, Alfonso vivió para esa dama, a la que se entregó, enriqueció sin límite e incluso quiso alzar hasta la condición de reina consorte, si bien no lo consiguió porque el Papa se negó a anular su matrimonio con la reina María de Castilla.

Poco habría que decir acerca de un rey que, alejado de su mujer legítima, establece esa relación estable con una joven de belleza y gracia reconocidas. Lo extraño radica en que durante esos diez años Lucrezia no solo no concibió hijo alguno de Alfonso, sino que en todo momento alardeó de su virginidad y de que solo se entregaría al monarca el día en que se convirtiera en su esposa.

Pero resulta difícil calificarlo de amor platónico: el sentimiento era correspondido. Y tampoco se puede hablar de una relación blanca, sin sexo, porque este no quedó relegado en el caso de ambos, sino que, simplemente, Lucrezia lo condicionó al matrimonio.

Eso, desde mi punto de vista, es muy importante por cuanto los poetas de la corte, pagados por el propio Alfonso, no dejaron de exaltar en sus obras la virginidad y castidad de doña Lucrezia, que, al decir de esos mismos autores, consiguió rendir y someter al hombre llamado a la gloria divina, y lo hicieron en esas veladas literarias a las que tan aficionado era Alfonso V.

El césar, el dux, el rey de Aragón, Valencia, Mallorca y Sicilia, conde de Barcelona, conquistador de Nápoles, aquel que ocupa el *siti perillós* en la mesa del rey Arturo, es loado en público, ante la corte, en presencia de nobles, religiosos, funcionarios y embajadores, en unos versos que, por lo demás, llegaban al pueblo, como el vasallo de una joven virgen que no está dispuesta a entregarle su virtud. El vencedor de mil batallas tolera complaciente lo que para un caballero, para un hombre, constituiría una de las mayores ofensas.

¿Exacerbación de ese espíritu humanista que tanto guio su proceder? Lo ignoro. Algunos autores afirman la condición homosexual de Alfonso. Tampoco es mi función entrar en esa posible discusión. Al criterio del lector queda la valoración de esos hechos.

Si con Ferrante no encontramos tendencias homosexuales, con Alfonso, su hijo, el duque de Calabria, esa bisexualidad está contrastada. Alfonso II fue un personaje perverso que incluso llegó a secuestrar y violar repetidamente a la esposa de un noble de la que se había encaprichado y que se negaba a entregarse a él, como se relata en la novela. Sus relaciones con hombres eran públicas, y tal debía de ser el estado de la cuestión en Nápoles que, en su testamento, alentó a su sucesor a que tomara medidas para refrenar el vicio nefando que, sostenía, tanto se había multiplicado en el reino; bien debía de saberlo.

Se trata, pues, de una realidad social encabezada por la magnífica Florencia que no podía quedar relegada a lo anecdótico, máxime cuando uno de los principales protagonistas, el rey Alfonso V, incide en conductas de difícil comprensión si no son en el contexto que presenta la novela, dentro de los muchos por los que cabe decantarse a la hora de sustentar una trama histórica y que son imposibles de desarrollar en conjunto en una obra de entretenimiento.

Las crónicas acerca de la conquista de Nápoles señalan que, efectivamente, Alfonso V logró tomar la ciudad después de que parte de su ejército se introdujese en ella a través de la vasta red de túneles y acueductos subterráneos, una característica geofísica que todavía hoy sorprende al visitante. No fue el hijo de una panadera el que guio al ejército aragonés, sino dos maestros albañiles, ni tampoco, según algunos historiadores, la primera vez que se utilizaban los acueductos para superar las defensas de Nápoles. Flavio Belisario, casi mil años antes, ya la invadió con esa misma estratagema. Si Renato de Anjou no conocía esa circunstancia, Alfonso, por el contrario, una vez rey, anuló la entrada y creó una guardia nocturna destinada a prevenir sorpresas similares.

En esta novela, tercera de la saga de los Estanyol que se inició con *La catedral del mar*, se pone fin a los crueles derechos de los señores feudales sobre los payeses sometidos a su jurisdicción, que se erigió como uno de los pilares de la trama de esa primera novela, con el señor de Bellera violando a Francesca, la madre del primer Arnau Estanyol literario, en su noche de bodas.

Desde entonces, quizá por la repercusión de la obra (no desearía adjudicarme una influencia que no poseo entre los historiadores, por más que alguno de ellos haga expresa referencia a *La catedral del mar* en sus críticas), se ha propagado la discusión acerca de la existencia del llamado *ius primae noctis*, en ocasiones denominado «derecho de pernada» (*Diccionario panhispánico del español jurídico*) o en otras «firma de spoli forzada» (Pedro Nolasco, *Usages y demás derechos de Cataluña...*).

Asumamos el de *ius primae noctis*, que es la denominación en la que existe mayor consenso. En virtud de ese derecho, el señor podía yacer con la novia de su siervo la noche de la boda o, en su versión más benévola, pasar por encima de ella en el lecho como signo de sumisión; no cuesta mucho imaginar en qué terminaría el ceremonial de ese señor feudal, deslizándose por encima del cuerpo de una joven sierva, para alejar cualquier posibilidad de cortesía o de caballerosidad.

Porque ese debe ser el punto de partida cuando tratamos del *ius primae noctis*; no cabe observarlo con la mirada del ciudadano del siglo XXI. La Edad Media, a la que se remonta el derecho del señor a yacer con la novia, se desarrolla durante un periodo de cerca de mil años, una época en la que imperaban la violencia despiadada, la absoluta impunidad de los poderosos y la sumisión de los humildes a la jurisdicción criminal, imperio que durante largos periodos estuvo en manos de los señores feudales, junto con el derecho a maltratarlos que se instituyó legalmente a finales del siglo XIII.

En la sociedad, ese *ius maletractandi* del noble sobre sus vasallos tuvo su reflejo en el derecho del esposo a maltratar a la mujer en lo cotidiano —a matarla o encerrarla de por vida si la descubría en adulterio—, siendo ellas seres de condición inferior al hombre, transgresoras, pecadoras, la reencarnación del diablo, según la Iglesia. La mujer medieval sufrió todo tipo de vejaciones, agresiones y violaciones social, religiosa y legalmente consentidas, cuyo estudio y crítica han suscitado innumerables ensayos.

Es en el conjunto de tales prácticas, pues, en el que debe entenderse el *ius primae noctis*. Por más cruel que hoy pueda parecernos, el observador contemporáneo tiene que tratar de relativizar ese derecho feudal en un entorno social y en unos principios determinados.

En algunos lugares de la Cataluña vieja, la carolingia, la profundamente feudal en la que los hombres eran siervos atados a la tierra, el *ius primae noctis* existió. Los «malos usos», el conjunto de derechos que los señores tenían la potestad de exigir a sus payeses, se podían dividir en dos grupos. Uno estaba compuesto por aquellos que se hallaban jurídicamente regulados, en especial a través de los *Usatges*, un cuerpo codificado que a partir del siglo XI —quinientos años después de la fecha en la que se considera iniciada la Edad Media— recopiló las leyes que regían Cataluña y las costumbres que los jueces iban recogiendo. Sin embargo, junto a esos «malos usos» codificados coexistía un segundo grupo, el de los derechos sustentados en el uso o la costumbre, derechos de los señores sobre sus vasallos que, como costumbre, son locales, circunscritos a un territorio determinado y que como «común uso» no tienen por qué constar por escrito, aunque, una vez acreditados, constituían ya en aquel entonces fuente del derecho.

No encontraremos, pues, un corpus legislativo en el que se regule el *ius primae noctis* como sucede con otros tantos malos usos, pero sí encontramos textos legislativos en los que se regula lo contrario: la derogación de ese derecho.

Algunos autores sostienen que, en 1455 y 1457, Alfonso V, rey de Aragón y de Nápoles, decretó la derogación, entre otros, del derecho de «firma de spoli violenta», entendiendo por tal el de *ius primae noctis*. Obviemos una posible discusión terminológica. Lo cierto es que, en 1486, el rey Fernando el Católico dictó una sentencia arbitral por la que derogaba de manera definitiva todos los malos usos que afectaban a los siervos de la gleba catalanes.

En ese arbitraje, dictado tras años de negociaciones y hasta una guerra civil originada en gran medida por la tensión entre ambos grupos, y con participación de todos los interesados, se establecía: «VIII. Item, sentenciamos, arbitramos y declaramos que los dichos seniores [...] tampoco puedan la primera noche quel pages prende muger dormir con ella o en señal de senyoria la noche de las bodas de que la muger sera echada en la cama pasar encima de aquella sobre la dicha muger...».

El texto está debidamente contrastado y no es objeto de contradicción alguna, la redacción resulta incontestable y no permite interpretación; el rey, tras las negociaciones entre payeses y señores, deroga sin ambages el *ius primae noctis*. Hoy en día pecamos de diseccionar textos y discursos en busca de sentidos escondidos, de razones que no se explicitan pero que los exégetas políticos, morales o sociales intuyen que existen... o tratan de convencernos de ello.

En el Medievo, ya rozando el Renacimiento español, y en boca del rey, príncipe que no debía obediencia a nadie, no es posible pensar en mensajes ocultos u objetivos torticeros a modo del marketing actual; el rey derogó el *ius primae noctis*, y eso solo puede implicar que existía o había existido; ni el rey ni nadie previeron que, más de quinientos años después, algunos que se llaman a sí mismos «estudiosos» intentarían poner en duda esa deducción lógica.

Con todo, supongamos que alguien intenta destruir lo preceptuado en esa sentencia arbitral y sostener que no existió el *ius primae noctis*. En derecho, y no nos movemos en otra disciplina, quien afirma debe aportar las pruebas que sustenten su posición. Fácil para quienes defienden la existencia del *ius primae noctis*: lo dijo el rey, lo suscribieron los afectados, señores y siervos de la gleba; imposible para quien defiende lo contrario, la inexistencia del derecho, porque se enfrenta a lo que procesalmente se denomina la «prueba imposible», la del diablo: acreditar un hecho negativo.

Estamos hablando de costumbres, y por lo tanto locales, no necesariamente escritas, sino basadas en el uso común. Es imposible demostrar que en ningún lugar de Cataluña se dio la costumbre o el mal uso de que el señor yaciese con la novia en su primera noche. Habría que ir lugar a lugar, castillo a castillo, centenares cuando no miles de jurisdicciones, y estudiar en profundidad su historia propia, empeño estéril porque, siendo costumbre no escrita, nunca se obtendría prueba de que no existió. A falta de documentos, de leyes codificadas, se puede acreditar lo que existió, nunca lo que no existió.

Quizá podría sostenerse que esa figura jurídica no se daba en Barcelona, señor feudal de varios lugares, por su acervo documental, pero eso no es trasladable a ese castillo inaccesible de las montañas o a aquel otro perdido en las tierras del interior, ambos alejados de la riqueza y de los centros de cultura, y señoreados por personajes caprichosos y crueles, máxime cuando se pretende establecer esa premisa a lo largo de un periodo de mil años. Respetando el sentir de las mujeres de hoy en día que tiemblan ante tal aberración, al que nos sumamos, hay que reiterar que los maltratos y las violaciones de todo lo que en la actualidad calificamos como «derechos humanos» fueron constantes e impunes en el Medievo. Afirmar, por lo tanto, que en tierras catalanas no existió el *ius primae noctis* parece una temeridad carente del más mínimo sostén intelectual.

Para acabar con estas someras notas, cabe resaltar el profundo resquemor del rey Alfonso V hacia los catalanes, esa nación avara que Dante sentenció en la *Divina Comedia*, instaurando unos prejuicios que se han extendido incluso hasta la actualidad. Como se ha dicho, el monarca nunca volvió a sus reinos españoles. La cultura y la permisividad italianas quizá fueran una de las causas dado ese carácter antes tratado, pero existen referencias fidedignas a la animadversión de Alfonso hacia los derechos en los que los catalanes sostenían sus muchas y constantes reivindicaciones y relaciones de agravios. En Nápoles, sin embargo, el rey se encontró cómodo frente a una asentada aristocracia feudal poco organizada, inconexa, y a la que no tuvo reparo en beneficiar, frente a una casi inexistente oligarquía urbana carente de las constituciones que amparaban los derechos de los catalanes.

Mi agradecimiento a mis editores, Carmen Romero y Toni Hill, por su ayuda en esta novela y su confianza en el proyecto; al profesor Feniello por sus consejos, y a mi querida Ana Liarás, cuya generosidad la lleva a acompañarme en empresas tan complejas. Hago extensivo mi reconocimiento a cuantas personas, que son muchas, han colaborado y hecho posible la publicación de esta novela.

Y mi gratitud, una vez más, a Carmen, mi esposa, y a mis hijos y demás seres queridos.

*Barcelona, noviembre de 2024*

# Mapas

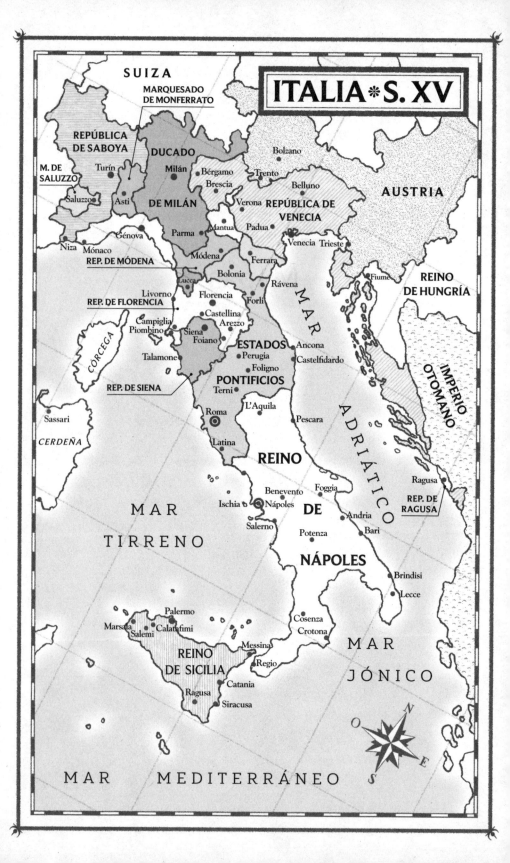

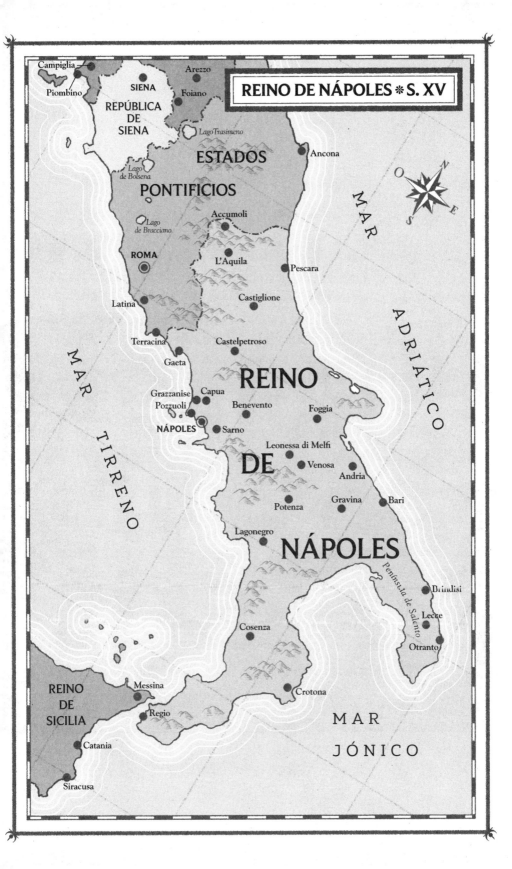

TAVOLA STROZZI DE FRANCESCO ROSSELLI

TAVOLA STROZZI DE FRANCESCO ROSSELLI